LA DÉCENNIE MITTERRAND

DES MÊMES AUTEURS

La Décennie Mitterrand
1. Les ruptures (1981-1984)
Seuil, « L'Épreuve des faits », 1990
et « Points », n° P50

La Décennie Mitterrand
2. Les épreuves (1984-1988)
Seuil, « L'Épreuve des faits », 1991
et « Points », n° P51

Pierre Favier
Michel Martin-Roland

LA DÉCENNIE MITTERRAND

3. Les défis (1988-1991)

Éditions du Seuil

ISBN 2-02-032367-2
ISBN éd. complète : 2-02-024016-5

(ISBN 2-02-019103-2, 1re publication)
(ISBN éd. complète : 2-02-014427-1)

Pour Élisabeth
P. F.

Pour Béatrix
M. M.-R.

Avant-propos

Les deux premiers volumes de *La Décennie Mitterrand – Les ruptures (1981-1984)* et *Les épreuves (1984-1988)* – racontaient l'histoire tumultueuse du premier septennat de François Mitterrand jusqu'à sa réélection, au terme d'une cohabitation heurtée avec Jacques Chirac.

Ce troisième volume – *Les défis (1988-1991)* – retrace les débuts du second septennat qui voit les socialistes reprendre les rênes du pouvoir.

La croissance est là, le couple Mitterrand-Rocard est formé, le gouvernement s'ouvre sur sa droite et les quelques promesses sociales de la campagne sont mises en œuvre : pendant un an, c'est « la quiétude », jusqu'aux lendemains des fêtes du bicentenaire de la Révolution. L'Europe connaît alors son plus grand bouleversement depuis la guerre avec le renversement des régimes communistes, qui conduit, en Allemagne, à la fusion rapide des deux États. Pour Mitterrand, l'enjeu est d'obtenir que l'unification n'affaiblisse pas la dynamique communautaire : c'est, au fond, « une Allemagne contre une Europe », période cruciale, d'intense activité diplomatique sur laquelle l'action du chef de l'État demeure l'objet de controverses. Elle méritait une enquête exhaustive qui fait la part des critiques fondées et de celles qui relèvent de la polémique.

Sur le plan intérieur, la deuxième année du gouvernement Rocard voit « l'effritement » des socialistes, enfermés dans la logique libérale de l'Europe, aux prises avec les « affaires » politico-financières, déchirés par leurs rivalités internes, et sur la défensive à propos des questions de société. Le conflit du Golfe prolonge le bail de Michel Rocard à Matignon. François Mitterrand revient sur le devant de la scène. « Guerres et paix », en Afrique, au Proche et au Moyen-Orient, constituent d'autres grands défis diplomatiques pour la France. Le Koweït libéré, la France se retrouve face à ses problèmes intérieurs et à ses querelles politiques. Entre le président et son Premier ministre grandissent « les dissentiments ». Michel Rocard démissionne au moment où la France s'enfonce de nouveau dans la crise économique.

Pour ce travail, nous avons mené plus de deux cents entretiens avec des personnalités de tous bords, acteurs ou témoins privilégiés, français et étrangers, dépouillé des collections de journaux et des milliers de pages d'archives d'État. Grâce en soit rendue à l'archiviste Françoise Carle, qui, à l'Élysée, nous a facilité cette tâche, une fois obtenu l'accord du président de la République.

Devions-nous consacrer tant d'années à ce labeur, alors que l'on ne compte plus, surtout depuis sa disparition, les livres sur François Mitterrand ? La réponse était évidente. Aucun ouvrage traitant à fond des années 1988-1995 n'existait, hormis des publications, parfois brillantes, mais écrites souvent à la hâte ou dans les passions du moment.

Un quatrième et dernier volume – *Les déchirements (1991-1995)* – achèvera ce cycle, qui aura atteint son but s'il donne les moyens de juger aux lecteurs d'aujourd'hui et des pistes fécondes aux historiens futurs.

ONZIÈME PARTIE

La quiétude

Au soir du dimanche 8 mai 1988, François Mitterrand est au faîte de sa gloire.

Il a lavé l'affront de mars 1986 en sortant largement victorieux de sa tumultueuse cohabitation avec Jacques Chirac. Il vient de se débarrasser de la droite et tout le porte à croire qu'il va pouvoir exercer pour sept ans encore le pouvoir suprême dans sa plénitude.

Après un demi-siècle de combats politiques, cet homme pétri d'histoire se dit qu'il entre dans l'Histoire. Si Dieu lui prête vie, il sera le premier monarque républicain à avoir régné pendant quatorze ans. Le premier homme de gauche à s'inscrire dans la lignée des souverains, les compagnons de sa mémoire qui, avant lui, ont nourri la même ambition : réconcilier les Français et porter la France au plus haut.

Mais, pour l'heure, son dessein est de répondre à l'attente de son peuple, recru de promesses et que la politique ne fait plus rêver. Il ne propose ni ruptures ni bouleversements. Il veut simplement prolonger le premier septennat en veillant à la cohésion sociale et en donnant à la patrie les moyens de réussir dans l'Europe, hors de laquelle il ne lui voit pas d'avenir.

François Mitterrand cherche à inscrire ce dessein dans les toutes premières décisions politiques qu'il doit prendre au lendemain de sa réélection : désigner un Premier ministre qui incarne un socialisme apaisé ; constituer un gouvernement correspondant au discours d'ouverture de la campagne présidentielle ; s'assurer une majorité parlementaire en provoquant des élections législatives immédiates, levant ainsi le doute qu'il a pu laisser s'installer dans l'esprit des dirigeants centristes.

Enfin, il convient de veiller à la succession de Lionel Jospin qui a décidé d'abandonner la direction du Parti socialiste. L'homme d'Épinay estime qu'il lui revient d'indiquer celui qui doit être élu par les instances dirigeantes du Parti du président.

Ces quatre décisions s'inscrivent dans une logique qui s'impose à tout nouveau président : installer les siens aux commandes tout en essayant de faire bouger les frontières partisanes. Mais elles concernent des hommes, donc des ambitions et des rivalités, et Mitterrand, rompu à ce jeu, confiant dans son savoir-faire et assuré de son autorité, envisage une distribution des rôles, toute en poids et contrepoids, qui lui permette de gérer les contradictions, donc de garder la main.

La mise en œuvre de ce socle politique du nouveau septennat provoque des incompréhensions et des querelles qui, surmontées dans un premier temps, pèseront ultérieurement dans les déchirements et déboires de la gauche.

CHAPITRE 1

Les trois malentendus

Le mardi 10 mai 1988, en fin d'après-midi, le secrétaire général de la présidence de la République, Jean-Louis Bianco, annonce sur le perron de l'Élysée la démission de Jacques Chirac et son remplacement au poste de Premier ministre par Michel Rocard. La composition du gouvernement est rendue publique de la même façon le jeudi 12 mai [1].

Dans la nuit du vendredi 13 au samedi 14 mai, dans une salle du Sénat, Pierre Mauroy est élu par les courants majoritaires du Parti socialiste pour succéder à Lionel Jospin. Le samedi 14 mai, le décret portant dissolution de l'Assemblée nationale élue le 16 mars 1986 est signé par le président de la République. Les élections législatives sont fixées aux 5 et 12 juin.

Le récit de ces trois épisodes donne la clé du septennat qui s'ouvre.

La logique de mai

• Rocard, Premier ministre

« Le choix de Rocard ne s'imposait pas du tout. Dans mon esprit, d'autres noms venaient avant sur le plan de la capacité à gouverner. Ainsi aurais-je très bien pu faire appel à Pierre Bérégovoy. Mais Rocard était celui qui correspondait le mieux à la situation politique du moment [2]. Son image exté-

1. Voir X^e partie : « La bataille ».

2. Un sondage IPSOS, réalisé le 8 mai 1988, place Michel Rocard largement en tête des « premiers ministrables » avec 32 %. Les Français citent

rieure pouvait exprimer ma volonté d'ouverture. Je voulais aussi écluser cette situation de conflit permanent entre nous. Si je ne l'avais pas nommé, on m'aurait reproché de l'avoir écarté, d'autant que je n'avais pas de raisons de le faire. Et cela aurait eu des effets délétères au sein du Parti socialiste. Je terminais ma vie politique et je voyais bien tout ce qui pouvait dissocier les socialistes. Il fallait que Michel Rocard fût le rassembleur. Je lui ai dit : "Vous prenez le gouvernement, je ne vais pas vous livrer le Parti. Soyez gentil de ne pas vous en occuper plus qu'il ne convient." C'était la base de notre accord. »

Ainsi Mitterrand justifie-t-il, six ans plus tard [1], son premier décret du second septennat.

Michel Rocard [2] ne contredit pas cette présentation. Il insiste lui aussi sur la logique politique de sa nomination et met en avant le sentiment de réconciliation qui a marqué le printemps 1988 : « Le premier Premier ministre d'un septennat n'est jamais choisi par le président, il est le produit d'une situation et j'étais alors le plus gros apporteur d'élargissement, d'ouverture de la majorité, un thème fort de la campagne. Nous nous étions beaucoup combattus dans le passé, mais à cette époque Mitterrand avait conclu que je m'étais fait à moi-même un serment de loyauté et qu'il pouvait tirer des chèques en blanc sur cette loyauté. C'est ce qu'il a choisi de faire bien avant que l'extérieur ne s'en rende compte. »

Bien avant ? Michel Rocard veut-il laisser entendre qu'un accord explicite avait été passé entre lui et Mitterrand à l'occasion de leur petit déjeuner en tête à tête, le 5 décembre 1987 à l'Élysée – une rencontre qu'il avait révélée le lendemain à la radio ? Non. Il assure n'avoir été certain de sa désignation que « deux heures » avant que le président ne signe le décret de nomination. En revanche, en décembre 1987, Rocard a pu tirer des propos de Mitterrand la conclusion que, s'il renonçait à sa candidature, le chef de

---

ensuite Valéry Giscard d'Estaing (17 %) suivi de Jacques Delors (12 %). Pierre Bérégovoy n'est cité que par 8 % des personnes interrogées.

1. Entretien le 29 mars 1994.

2. Entretien le 7 avril 1994.

l'État, s'il se représentait et était réélu, envisagerait de lui confier de hautes responsabilités [1].

A ceux, nombreux, qui l'interrogent au lendemain du 8 mai sur le choix de son rival de dix ans au sein du Parti socialiste, Mitterrand répond qu'il s'agit de « lever l'hypothèque » Rocard. Il le dit notamment à ses collaborateurs Michel Charasse et Jean Glavany, aux dirigeants socialistes Laurent Fabius et Lionel Jospin. Et la formule apparaît dans la presse, répercutée par les entourages.

Pourtant, les interprétations divergent sur les véritables intentions de Mitterrand.

S'agit-il d'« user » Rocard à l'épreuve du pouvoir afin de le « tuer » politiquement ? Pour Michel Charasse [2], sénateur socialiste et proche conseiller du président, cette thèse ne fait aucun doute. Il raconte qu'en signant le décret de nomination de Rocard, Mitterrand lui a dit : « Voilà, je le nomme, je cède à l'air du temps. Il faut crever l'abcès. Ça ne durera guère plus de six mois. » Selon Charasse, le président était persuadé que « la nouvelle majorité de gauche demanderait vite son départ, qu'il s'effondrerait aux yeux de la presse et de l'opinion, que le pays s'apercevrait vite que Rocard est nul ».

Pour d'autres, Mitterrand ne préjuge pas de l'issue de cette « mise à l'épreuve ». Lionel Jospin [3] estime qu'il l'a désigné « pour le voir à l'œuvre, sans parier sur sa chute dans les premiers mois ». Selon Laurent Fabius [4], Mitterrand « a pris un risque conscient en nommant Michel Rocard, laissant de côté pensées et arrière-pensées, estimant qu'il y aurait deux Premiers ministres au cours de la législature et qu'il n'était pas anormal que le premier gouverne pendant deux ou trois ans ».

Dans son éditorial du 13 mai 1988, Jean Daniel, qui a toujours souhaité la réconciliation Mitterrand-Rocard, écrit que le chef de l'État a placé « son intérêt politique » avant

1. C'est notamment la thèse de Jean-Paul Liégeois et Jean-Pierre Bédéï, in *Le Feu et l'Eau*, Paris, Grasset, 1990, p. 333 *sq.*

2. Entretien le 21 septembre 1995.

3. Entretien le 14 octobre 1992.

4. Entretien le 22 mars 1994.

« ses humeurs ou ses allergies ». Le directeur du *Nouvel Observateur* estime que « François Mitterrand, attentif aux sondages, s'est dit qu'il fallait accéder aux vœux des Français et utiliser cette carte, fût-ce pour en parler un jour au passé ».

Dans cette affaire de la relation Mitterrand-Rocard, si passionnelle et qui a alimenté à l'envi la chronique, il semble aussi que la raison l'a emporté sur la pulsion et que le chef de l'État a pris le parti d'attendre et de voir comment le pays réagirait à l'attelage qu'il a formé avec son ancien rival. Autrement dit, c'est l'épreuve de vérité : ou ça marche et on continue jusqu'à ce que le Premier ministre soit naturellement usé par l'exercice du pouvoir, ou ça ne marche pas et il faudra songer plus tôt à lui trouver un successeur.

« On ne nomme pas un Premier ministre pour s'en débarrasser six mois après [1] », assure Mitterrand, désireux d'écarter l'interprétation machiavélique de l'« hypothèque » Rocard.

• Un gouvernement déconcertant

La formation du premier gouvernement Rocard ne déroge pas aux usages : elle fait l'objet de tractations précipitées dans lesquelles l'Élysée a le dernier mot.

François Mitterrand est écartelé par des considérations contradictoires. Il souhaite un gouvernement resserré ; il tient à voir revenir aux mêmes postes les grands ministres socialistes du gouvernement Fabius, dont il apprécie la compétence et qui encadreront Michel Rocard ; il veut faire entrer des personnalités socialistes, y compris rocardiennes, qui n'ont pas eu de maroquin au cours du premier septennat ; enfin, il cherche à traduire dans la composition du gouvernement son discours d'ouverture.

On débouchera sur un gouvernement pléthorique – 42 ministres, ministres-délégués et secrétaires d'État – avec 27 socialistes dont 13 appartenaient à l'équipe Fabius. 7 d'entre eux retrouvent leurs postes d'avant 1986, dont les trois ministères de souveraineté (Pierre Bérégovoy aux Finances, Roland Dumas aux Affaires étrangères et Pierre

1. Entretien le 29 mars 1994.

Joxe à l'Intérieur). L'ouverture politique [1] se traduit par l'arrivée de personnalités marginales à droite et au centre, comme les UDF Michel Durafour, Jacques Pelletier et Lionel Stoléru. Des apolitiques, baptisés par la presse « représentants de la société civile », apportent une note originale : le « french doctor » Bernard Kouchner, le cancérologue Léon Schwarzenberg, l'industriel Roger Fauroux ou le haut magistrat Pierre Arpaillange.

Si les premiers sondages traduisent une relative satisfaction de l'opinion [2], la presse se montre sceptique, les socialistes grognent et la droite ricane.

« Ce gouvernement, ça ne va pas du tout. J'ai eu tort. J'ai peut-être manqué de réflexes, j'étais fatigué », confie le jour même François Mitterrand à Jean-Louis Bianco.

Ce dernier [3] explique que « l'inflation des cas particuliers nous a amenés à un gros gouvernement. Mitterrand voulait reprendre les grands ministres socialistes car, disait-il, ils sont bons et il ne faut pas se priver de leur compétence. Il a imposé Jean-Pierre Chevènement, Jean Poperen et Georges Sarre à Michel Rocard en lui disant : "C'est notre intérêt de les avoir dedans plutôt que de les voir nous critiquer de l'extérieur." J'ai plaidé en vain pour un coup de jeune car je craignais l'effet d'image du retour des éléphants. Mais Mitterrand était totalement imperméable à ces arguments ».

Michel Rocard [4] conserve lui aussi un mauvais souvenir de cet épisode : « Je n'étais pas très heureux de partir avec cette charretée ; on avait ressorti les éléphants. Mais je n'avais aucun choix. Ça s'est fait à l'Élysée. »

De fait, Michel Rocard a tenté sans succès d'écarter Roland Dumas du Quai d'Orsay au profit d'un diplomate de carrière. Il n'a pas obtenu de cumuler la charge de chef du gouvernement et de ministre de l'Éducation nationale, que Mitterrand destinait à Lionel Jospin. Il a toutefois pu appeler auprès de lui cinq rocardiens dont trois de ses proches :

1. Voir *infra*.

2. 76 % d'avis favorables chez les électeurs de Mitterrand, 44 % de l'ensemble des Français, selon une enquête SOFRES réalisée entre le 19 et le 21 mai 1988.

3. Entretien le 20 novembre 1992.

4. Entretien le 22 octobre 1992.

Claude Évin, Louis Le Pensec et Tony Dreyfus. Enfin, il a obtenu que Roger Fauroux, ancien président de Saint-Gobain, prenne en main le ministère de l'Industrie et que Jacques Chérèque, ancien responsable CFDT et préfet chargé en 1984 par Laurent Fabius de la reconversion de la Lorraine, poursuive son action au niveau national avec rang de ministre-délégué.

Jean-Paul Huchon, compagnon de route de Michel Rocard depuis les années 60 et qui devient son directeur de cabinet à l'hôtel Matignon [1], n'hésite pas à forcer le trait pour exprimer la frustration des rocardiens : « Le Premier ministre, passif par lucidité et par obligation, se retrouve ainsi à la tête d'une sorte de Politburo où les mitterrandistes reprennent consciencieusement la place qu'ils occupaient en 1986. Les Français, médusés, voient revenir les frères Dalton – Dumas, Mermaz, Joxe et Poperen, par ordre croissant de taille et décroissant de causticité à notre égard – et, bien sûr, Calamity Jane-Cresson ! »

Si Mitterrand et Rocard concèdent que leur premier gouvernement n'est pas de nature à soulever l'enthousiasme, ils ne s'en inquiètent pas outre mesure. Il n'est que transitoire puisqu'ils ont décidé d'un commun accord, dès le 12 mai, de procéder à des élections législatives.

Au cours de ces journées d'intense activité politique, une autre partie, fondamentale dans l'architecture du second septennat, se joue au sein de la majorité mitterrandiste du PS : la désignation du successeur de Lionel Jospin.

La fronde des héritiers

• Jospin intestat

Le 18 février 1988, Lionel Jospin annonce à la télévision son intention d'abandonner ses fonctions de premier secrétaire du Parti socialiste après l'élection présidentielle. Il ne cache pas, ce soir-là, son souhait d'exercer des responsabi-

1. In *Jours tranquilles à Matignon*, Paris, Grasset, 1993, p. 37.

lités gouvernementales, dans l'hypothèse d'une réélection de François Mitterrand.

Jospin avait fait part de sa décision au chef de l'État, quelques jours auparavant, en indiquant qu'il était prêt à y renoncer s'il le lui demandait. Mitterrand avait compris les arguments de celui qu'il avait installé à sa place exactement sept ans plus tôt, au moment de son investiture pour la présidentielle de 1981 : « Jospin voulait s'en aller à tout prix et entrer au gouvernement. J'ai accepté tout de suite [1]. »

L'élection du nouveau chef du Parti socialiste est donc fixée au lendemain de la présidentielle. Le PS se mobilise pour la campagne, ce qui n'empêche pas que s'engagent rapidement en coulisses contacts et tractations pour faire émerger un candidat acceptable. Jospin en charge son ami d'enfance, devenu l'un de ses conseillers politiques, le scientifique Claude Allègre [2] : « On a tout d'abord testé Édith Cresson et on a vite reculé devant ses éclats. Jospin se met ensuite dans la tête que Pierre Bérégovoy va prendre sa suite. Celui-ci refuse vers la fin du mois de mars, expliquant qu'il veut être ministre et pourquoi pas Premier ministre. On s'oriente alors, sans enthousiasme, vers une solution Pierre Mauroy, sur laquelle nous travaillons avec son bras droit Michel Delebarre. »

Pierre Mauroy [3] est flatté que l'on pense à lui. Il est très tenté par ce poste : « J'ai toujours souhaité être premier secrétaire. Je l'ai dit à Mitterrand avant et pendant la campagne présidentielle. Chaque fois, il éludait : "On verra plus tard." »

Alors que Lionel Jospin peine à se trouver un remplaçant, il apprend que Laurent Fabius est décidé à postuler. Ce dernier le lui confirme de vive voix, alors que les deux hommes regagnent la capitale en voiture, dans la nuit du 21 au 22 mars après une réunion électorale en Seine-Maritime. « A vingt kilomètres de Paris, se souvient Jospin [4], Laurent me dit : "Lionel, j'ai l'intention d'être candidat. Que feras-tu pour ou contre ?" Je suis resté silencieux car j'ai compris

1. Entretien le 29 mars 1994.
2. Entretien le 26 juin 1995.
3. Entretien le 22 mars 1995.
4. Entretien le 1er décembre 1992.

qu'il avait pris sa décision et qu'il ne me demandait même pas mon avis. Je ne l'ai pas très bien pris, humainement et politiquement, mais comme je me disais que j'allais entrer au gouvernement, je n'étais pas tenté de m'y opposer. »

« A la même époque, observe Claude Allègre, Mitterrand explique à Jospin : “Comme vous ne m'avez proposé personne jusqu'ici, pourquoi pas Fabius ? Il n'a pas toutes les qualités requises, mais il se fera les dents.” Jospin revient voir Mitterrand à plusieurs reprises pour lui dire son hostilité à cette candidature. Mitterrand l'écoute et ne dit rien. »

Les réticences – le terme d'« hostilité » employé par Allègre semble alors excessif – de Jospin à l'arrivée de Fabius à la tête du PS sont à la fois politiques et personnelles.

Le premier secrétaire sortant met en doute l'engagement à gauche de l'ancien Premier ministre. Il se demande depuis leur conflit de préséance sur la conduite de la campagne des législatives de 1986 [1] si le projet de Fabius n'est pas de transformer le Parti socialiste en une simple machine électorale visant à attirer le plus grand nombre de voix au prix de renoncements à l'identité du socialisme à la française.

Jospin souffre également de ne pas être le seul légataire de Mitterrand. Il supporte mal les manifestations de préférence du président à l'égard de son rival. Il se dit qu'en laissant Fabius prendre la tête du PS, il lui donnerait une longueur d'avance déterminante dans la course déjà engagée à la succession.

Laurent Fabius [2] ne s'étend pas sur les raisons de sa candidature, qu'il juge « naturelle ». Il s'abrite derrière son parrain en politique : « François Mitterrand pensait que j'étais le mieux placé pour redonner du dynamisme au Parti. Il avait une analyse froide des choses et une stratégie juste. Il avait dit aux dirigeants du PS que ma démarche était raisonnable. » Mitterrand renchérit : « Dès que Fabius m'a fait part de ses intentions, j'ai fait valoir aux responsables socialistes qu'ils auraient tort de ne pas utiliser un type jeune, qui a du temps

1. Voir VIIe partie : « L'attente ».
2. Entretien le 3 mai 1994.

devant lui et a prouvé ses capacités comme Premier ministre et lors de la campagne législative de 1986. »

Dès cette époque, Fabius et les siens s'étaient attelés à la conquête du Parti par une tournée de toutes les fédérations et par de nombreuses réunions de travail avec les élus et les cadres socialistes. Le député de la Seine-Saint-Denis, Claude Bartolone [1], bras droit de Fabius, explique : « A sa sortie de Matignon, on avait dit à Laurent : “Tu as poussé par le haut, tu dois maintenant pousser par le bas, prendre des racines, perdre ton image de Premier ministre et devenir un militant.” »

La question de la succession de Lionel Jospin passe au second plan au cours du mois d'avril 1988, entièrement consacré à la campagne présidentielle. Mitterrand doit penser que le problème est réglé et que les réticences de Jospin seront d'autant plus aisément surmontées qu'il compte lui confier l'Éducation nationale, avec rang de ministre d'État au lendemain de sa réélection.

D'ailleurs, Mitterrand reçoit Fabius à déjeuner le 3 mai [2] pour évoquer les perspectives immédiates : « Si je fais appel à Rocard (pour Matignon), la condition *sine qua non* c'est que vous, Fabius, vous dirigiez le Parti. »

Mitterrand [3] confirme qu'il était alors « dans cette disposition d'esprit ». Les deux hommes se souviennent d'avoir évoqué les oppositions qui pourraient se manifester à la désignation de Fabius.

Peut-être ont-ils ce jour-là pressenti le danger. Ils n'en ont assurément pas mesuré l'ampleur, ni les conséquences.

• Mauroy propulsé

Le 9 mai 1988, de retour de sa partie de golf hebdomadaire, le président réélu la veille reçoit, comme chaque lundi après-midi, le premier secrétaire du PS, Lionel Jospin. Il lui

1. Entretien le 6 octobre 1995.

2. *In* Laurent Fabius, *Les Blessures de la vérité*, Paris, Flammarion, 1995, p. 149.

3. Entretien le 25 septembre 1995.

annonce qu'il compte le nommer à l'Éducation nationale, premier ministre d'État, numéro deux du gouvernement.

Lionel Jospin [1] : « Mitterrand me parle de son hésitation entre Bérégovoy et Rocard pour Matignon, en me laissant entendre qu'il nommerait Rocard le lendemain. Il me demande mon avis, que je lui donne en faveur de Rocard. Il me répète qu'il souhaite voir Fabius prendre la direction du PS [2]. »

Claude Allègre [3] se souvient du retour de son patron rue de Solférino : « Je le rejoins dans son bureau et je demande à Henri Emmanuelli – alors numéro deux du PS – de venir. Jospin nous dit que, par respect pour Mitterrand, il ne veut pas s'opposer à son souhait de voir Fabius prendre la direction du Parti et qu'il refuse de mener la croisade contre son rival. »

Emmanuelli [4] n'accepte pas de voir Jospin se ranger au choix de Mitterrand : « Je hurle, nous nous engueulons. Je retourne dans mon bureau. Peu après, Lionel me rappelle. Il ne supporte pas que j'aie pu le soupçonner de lâcheté dans cette affaire. Il nous dira finalement : "Bon, alors, essayez de pousser Mauroy, mais moi je n'en suis pas. Je ne bougerai pas." »

La sincérité de Jospin n'est pas feinte. Mais son attitude est vraisemblablement dictée par son analyse des rapports de force au sein des deux courants Jospin et Mauroy qui constituent la majorité mitterrandiste du Parti. Il ne croit guère ce lundi soir aux chances d'une opération Mauroy. Ses proches se souviennent qu'il ne cachait pas son peu d'enthousiasme à la perspective de voir le maire de Lille s'installer dans son fauteuil. Il le juge attachant mais déplore son manque de dynamisme.

Le lendemain, mardi 10 mai, à 10 heures du matin, Pierre Mauroy [5] est reçu à sa demande par François Mitterrand. « A peine installés, Mitterrand me dit : "Je vois Fabius à la tête

1. Entretien le 14 octobre 1992.

2. Laurent Fabius est le favori des Français pour le poste de premier secrétaire. Un sondage IPSOS le crédite alors de 34 %, très loin devant Pierre Mauroy (13 %), Louis Mermaz (9 %) et Édith Cresson (7 %).

3. Entretien le 26 juin 1995.

4. Entretien le 19 septembre 1995.

5. Entretien le 22 mars 1995.

du Parti et vous à la présidence de l'Assemblée nationale après les élections, car je compte dissoudre sans attendre." Il me fait une description idyllique de la fonction : "Vous pourrez en faire un grand poste politique, commenter les événements, bref lui donner du lustre." Non, monsieur le Président, je préfère être premier secrétaire. Cela correspond à ce que je suis. J'ai été secrétaire général adjoint de la SFIO, numéro deux du PS. Ça serait pour moi une grande satisfaction. »

« Avec beaucoup de séduction, poursuit Mauroy, Mitterrand ne démord pas. Finalement, je cède. Va pour le perchoir !

« Je me lève. Mitterrand me propose de l'accompagner puisque lui et moi devions nous rendre au "pot" organisé au siège du PS, rue de Solférino, pour fêter la victoire.

« On pénètre sous le porche. Ils sont tous là dans la cour. Tout de suite, il sent quelque chose d'électrique et me dit : "Qu'est-ce qui se passe ? Ça sent la poudre."

« Il y avait une grande effervescence parmi les dirigeants du Parti. Une dépêche de l'Agence France-Presse venait de tomber, annonçant la candidature de Fabius avec le soutien de Mitterrand.

« Lui comme moi découvrons avec stupéfaction l'animosité entre jospinistes et fabiusiens. C'était un paroxysme, je n'avais jamais vu ça à un tel point. Mitterrand est conduit vers la grande salle du rez-de-chaussée où il doit dire quelques mots. Moi, je suis entraîné par Henri Emmanuelli, Jean-Marie Le Guen, responsable de la fédération de Paris, et André Laignel qui me dit : "Pierre, tu dois devenir premier secrétaire."

« Ils avaient téléphoné partout dans les fédérations et m'assuraient que j'avais une majorité. Je leur donne rendez-vous pour la fin de l'après-midi, le temps de vérifier par moi-même que j'ai bien une majorité. Le soir, c'est chose faite, et Mitterrand trouve le lendemain sur sa table une lettre [1] dans laquelle je lui explique pourquoi j'ai finalement décidé de me porter candidat. »

1. Cette lettre inédite datée du 11 mai 1988 mérite d'être reproduite *in extenso*. Elle témoigne de l'habileté politique de l'ancien Premier minis-

François Mitterrand est-il ébranlé par le revirement déterminé du maire de Lille ? Il ne le dit pas. Mais il réalise que la savante architecture qu'il avait imaginée – Rocard à Matignon, encadré par Fabius au Parti et Mauroy à l'Assemblée – est brusquement remise en cause. Des deux camps, celui de Mauroy-Jospin et celui de Fabius, lui reviennent des informations selon lesquelles chacun pense qu'il l'emportera dans un vote au sein du courant mitterrandiste [1].

Mauroy, dont la candidature est rendue publique le mercredi à l'heure du déjeuner, lui a affirmé dans sa lettre que « les amis des premiers jours », à savoir les anciens conventionnels, ne veulent pas de Laurent Fabius. Mitterrand les réunit donc le jour même à sa table pour vérifier leur état d'esprit [2].

Et il comprend très vite. A l'exception de Joxe, qui votera pour Fabius, la tablée [3] se montre violemment hostile au favori du président. Emmanuelli parle de nomination « monarchique », Mexandeau d'« entorse à la démocratie ». Mitterrand, contrarié, les interrompt très vite : « Ma préférence va à Fabius. Maintenant, faites ce que vous voulez, ce

---

tre : « Monsieur le Président de la République et Cher ami. Je m'autorise, après tout ce que nous avons entrepris et réalisé ensemble, à revenir sur la désignation du Premier secrétaire du Parti. Notre conversation d'hier matin, 10 mai, si riche de souvenirs et d'avenir, était, à ce point emprunte *(sic)* d'allégresse que j'en aurais oublié la déception que je vous exprimais. Tout au long de l'après-midi, j'ai reçu les encouragements de nombreux membres du Comité directeur. Les uns – et j'y attache le plus de prix – sont les amis des premiers jours et de tous les jours de votre action de rénovation du Parti socialiste. D'autres souhaitent l'ouverture et une identité confirmée de leur parti. Tous m'ont pressé de faire acte de candidature. Et pourquoi les décevoir ? Pourriez-vous, au milieu de vos réflexions sollicitées par ailleurs, laisser ouverte cette désignation avant que nous concluions, sous votre autorité, dans l'intérêt du Parti et de ce que vous entreprenez ? »

1. En jargon socialiste, il s'agit du courant « A » le plus puissant, conduit par Lionel Jospin et du courant « B » de Pierre Mauroy qui ont fusionné sous l'appellation « courant AB » lors du congrès de Lille les 3 et 4 avril 1987.

2. Ce jour-là, sont inscrits sur l'agenda du président les noms d'Henri Emmanuelli, numéro deux du PS, et les conventionnels Pierre Joxe, André Laignel, Georges Lemoine, Louis Mermaz et Louis Mexandeau. Jean-Louis Bianco, secrétaire général de l'Élysée, participe à ce repas.

3. Selon les témoignages concordants recueillis auprès de Jean-Louis Bianco, Henri Emmanuelli, Louis Mermaz et François Mitterrand.

n'est pas mon affaire mais celle du Parti socialiste. » Puis il leur confirme qu'il va dissoudre l'Assemblée nationale et le repas se poursuit de manière détendue. En sortant, les conventionnels et Emmanuelli se disent qu'au fond, Mitterrand ne fait pas de cette affaire un *casus belli*.

Mitterrand explique son attitude : « Quand j'ai vu à quel point ils étaient contre Fabius, j'ai compris que toute tentative était inutile. Je n'ai donc pas voulu leur forcer la main. Je n'ai fait aucunement campagne car je ne voulais pas avoir d'attitude régalienne à l'égard du Parti. » Jacques Attali[1] ajoute : « Mitterrand m'a dit ce jour-là : "J'aimerais bien que ce soit Fabius, mais je n'irai pas jusqu'à mettre mon veto à Mauroy." »

La réunion des dirigeants du courant mitterrandiste, chargés de désigner celui qui deviendra premier secrétaire, est fixée au soir du vendredi 13 mai. Laurent Fabius et Pierre Mauroy, tous deux convaincus de pouvoir l'emporter, décident de se maintenir.

Dans l'atmosphère de lendemain de présidentielle, alors que l'attention du public et de la presse est centrée sur l'installation de Michel Rocard et la composition de son gouvernement, la crise qui s'ouvre au sein du PS passe relativement inaperçue. On n'en mesure pas sur le moment la gravité. C'est pourtant la pire déchirure depuis les joutes du congrès socialiste de Metz au mois d'avril 1979, qui avait vu Mitterrand l'emporter de haute lutte sur Rocard.

Cette fois, c'est la propre famille du président qui se déchire.

Lionel Jospin, qui n'avait pas pris l'initiative de la bataille contre Fabius, est désormais aux avant-postes : « A partir du moment où un accord s'était fait pour soutenir Pierre Mauroy, j'ai décidé de m'engager. »

Les cent dix-huit représentants du courant mitterrandiste au Comité directeur se réunissent le vendredi 13 mai à 20 heures dans la salle Clemenceau, qui ressemble à une luxueuse salle de cinéma, dans les vastes sous-sols aménagés du Sénat.

1. Entretien le 8 février 1995.

De l'avis général, le climat est « tendu ».

Dans les deux camps, on affine ses pointages. Le vote s'annonce serré. Paul Quilès assure à Laurent Fabius qu'il l'emportera. Daniel Vaillant tient le même discours à Pierre Mauroy.

• Fabius floué

Lionel Jospin, le premier secrétaire sortant, ouvre la séance en annonçant que François Mitterrand vient de lui dire au téléphone qu'il ne souhaite pas s'occuper des problèmes du PS, qu'il désire « couper le cordon ombilical » et ne veut pas que l'on ait recours à lui comme « instance d'arbitrage ». Il faut donc, conclut Jospin, soit que l'un des candidats renonce, soit que l'on procède à un vote.

Claude Estier, président de séance, fait valoir que, dans cette situation « sans précédent », chaque candidat doit s'exprimer avant que ne s'engage un débat général.

Laurent Fabius assure qu'il entend « ancrer le Parti dans la réalité populaire » et éviter que les courants prennent trop de poids. Pierre Mauroy s'en prend sans détour à son rival et met en garde contre les risques de voir le PS perdre son « identité » en dérivant vers « un parti démocrate à l'américaine ».

Puis les orateurs se succèdent, nombreux à déplorer ce « gâchis » et ces « déchirements », moins d'une semaine après « la belle victoire de dimanche ». Pierre Bérégovoy explique qu'il faut élire Fabius conformément au « schéma » gouvernement-Parti tracé par Mitterrand. Il récuse l'argument de ceux qui reprochent à Fabius de vouloir se servir du PS comme « marchepied » vers l'Élysée. Henri Emmanuelli réagit aussitôt : « Lionel Jospin avait montré l'exemple en 1981 en disant que tant qu'il serait premier secrétaire, il ne serait pas candidat à de hautes fonctions électives. » Et il demande : « Choisit-on déjà ce soir un candidat à d'autres fonctions ? »

Au nom de la gauche socialiste, Jean-Luc Mélenchon s'en prend paradoxalement au discours ouvriériste de Mauroy : « Y aurait-il un candidat des riches opposé à un autre ? On évoque le peuple de manière parfois outrageante. Les héros du peuple sont Jaurès, Blum et Mitterrand. Ils n'étaient pas tourneurs sur métaux ! »

Lionel Jospin annonce qu'il votera Mauroy, car, insiste-t-il, « nous ne voulons pas d'un premier secrétaire animé d'ambitions électorales personnelles ».

Il est minuit. Louis Mermaz abat ses cartes. Il s'est assuré de l'accord préalable de Mauroy. Et il propose une suspension de séance afin que les candidats se consultent pour décider le retrait de l'un d'eux, ou, à défaut, le report au prochain congrès du Parti de la désignation de son chef.

Cette deuxième solution, concoctée avec l'assentiment de Lionel Jospin et appuyée, côté fabiusien, par Pierre Joxe, déboucherait sur la désignation de Mermaz comme premier secrétaire par intérim.

Tandis que les dix derniers orateurs inscrits défilent à la tribune, les lieutenants de Mauroy et de Fabius se concertent. Faut-il accepter la médiation de Mermaz ? Claude Estier conclut les débats en demandant à Mermaz d'expliciter sa proposition. Ce dernier demande aux deux candidats s'ils se retireraient au profit d'un troisième.

Pierre Joxe, qui veut avant tout éviter la fracture de la famille mitterrandiste, entraîne Fabius et Mauroy dans un salon voisin et leur demande de se retirer pour laisser place à « la candidature de compromis » de Mermaz.

Mauroy [1] raconte : « Et nous voilà, lui et moi, côte à côte sur une banquette ; nous étions là comme des gens qui ont un compte à régler ; on n'osait pas aborder le sujet, on tournait autour du pot. C'était surréaliste. Finalement, je me suis lancé et j'ai dit à Laurent : “Il faut en sortir, j'accepte Mermaz si tu prends le même engagement.” Il me répond : “Moi, je ne l'accepte pas.” »

Claude Bartolone [2] justifie l'attitude intransigeante de son patron : « Avant qu'il ne s'isole avec Mauroy, Laurent et moi nous sommes concertés. On s'est dit que s'il acceptait le compromis Mermaz, il se retrouverait sans rien, alors que Mauroy, lui, pouvait compter sur la présidence de l'Assemblée nationale que Mitterrand lui destinait. En revanche, en

1. Entretien le 22 mars 1995.
2. Entretien le 6 octobre 1995.

allant au vote et si par malheur Mauroy l'emportait, Fabius pouvait alors se rabattre sur le perchoir. »

Fabius décide donc d'aller jusqu'au bout, quitte à se faire battre, pour décrocher « au moins » la présidence de l'Assemblée nationale.

Les deux candidats reviennent salle Clemenceau et Joxe demande à Estier de passer immédiatement au vote à bulletins secrets.

La sentence tombe à 2 heures du matin : un bulletin avec l'inscription « 8 mai », 63 voix pour Mauroy et 54 pour Fabius.

« Pour Fabius, c'est une douche froide. Il pensait passer sans problème. » Paul Quilès[1], qui a supervisé la campagne de Fabius au sein du courant mitterrandiste, reconnaît qu'il a été « pris de court. Jospin, qui contrôlait l'appareil, avait précipité le mouvement. On n'a pas eu le temps de réagir. On n'était pas assez préparés. D'après les coups de fil et les pointages que j'avais fait faire, Laurent devait gagner de justesse, à 1 voix, comme quand la France a choisi la République. Mais quelques "oui" étaient vagues et certains d'entre eux se sont transformés en "non" au soir du vote, dans la passion du moment ».

Selon Claude Bartolone, les 5 voix qui ont fait défaut à Fabius résultent d'un retournement au sein de la fédération des Bouches-du-Rhône, l'une des plus puissantes : « A Marseille, ils nous avaient assuré que Michel Pezet (patron de la fédération départementale) nous apporterait ses 6 voix. Pezet l'a confirmé à Quilès. Mais Quilès a surdimensionné les promesses de Pezet, qui à l'époque était proche de Jospin et de Rocard. Je suis convaincu que Rocard, qui bien évidemment voulait barrer la route à Fabius, a dû appeler Marseille pour faire passer son message. »

Michel Pezet[2] s'inscrit en faux contre cette version des faits. Il faisait partie des responsables qui avaient poussé

1. Entretien le 15 novembre 1994.
2. Entretien le 31 octobre 1995.

Pierre Mauroy à se porter candidat. Mais, ajoute-t-il, « tout s'est passé très rapidement. Avant que Mauroy ne se lance, certains responsables de la fédération des Bouches-du-Rhône avaient fait savoir à Fabius qu'ils le soutiendraient. Une fois Mauroy candidat, les amis de Laurent Fabius n'ont pas révisé leurs pointages à la baisse et dans ma fédération on a tous voté Mauroy, c'est-à-dire 5 voix, sauf Charles-Émile Loo qui soutenait Fabius ».

Henri Nallet[1], qui a voté Fabius « sans état d'âme » pour se conformer au schéma de Mitterrand, juge « vraisemblable » que l'échec de Fabius provienne de la défaillance des « Marseillais ».

Le choix des mitterrandistes est entériné le samedi matin par le Comité directeur du PS qui, par acclamation, porte Mauroy à la direction du Parti. La presse retient de cette élection interne une volonté des socialistes d'ancrer leur parti à gauche.

Personne n'imagine alors que cet affrontement démocratique au sein du clan mitterrandiste aura des conséquences considérables pour les socialistes au pouvoir.

« C'est la première fois depuis la naissance du Parti d'Épinay que l'axe majoritaire se casse en deux. Sur le coup, ni Mitterrand ni les dirigeants socialistes n'ont vu l'ampleur du désastre », observe Henri Emmanuelli[2].

François Mitterrand tire une leçon fataliste de la première rébellion du second septennat. Dans les jours qui suivent, il confie à un Laurent Fabius[3] dépité : « Ils ne m'ont pas écouté. Ils ont commencé à m'enterrer dès le lendemain de ma réélection. Et ce sont ceux réputés les plus proches qui ont tenu la dague. »

Le chef de l'État, on l'a vu, n'a pas cherché à imposer Fabius : « Je n'ai pas voulu leur forcer la main ; j'ai peut-être eu tort », concède-t-il six ans plus tard.

Pour dire vrai, Mitterrand a jugé sur le moment qu'il

1. Entretien le 19 octobre 1995.
2. Entretien le 19 septembre 1995.
3. Entretien le 3 mai 1994.

n'avait pas les moyens d'imposer sa volonté à ses amis politiques les plus proches. Peut-être pensait-il aussi que la victoire de Fabius était plus que vraisemblable, car, au moment du choix, les socialistes passeraient au-dessus de leur antipathie à l'égard de Fabius, le préférant au maire de Lille dont la gloire était déjà inscrite dans le passé.

François Hollande [1], représentatif de la génération montante au Parti socialiste, avance une explication : « L'erreur de François Mitterrand, c'est de ne pas avoir été, à ce moment-là, le régulateur, l'arbitre de son camp. Il aurait dû réunir Mauroy et Fabius et leur dire : “Je suis pour Fabius, et si vous, Mauroy, êtes candidat contre lui, vous l'êtes donc contre moi.” Et là, Mauroy aurait cédé. Mais, au fond, Mitterrand n'aime pas trancher entre ses amis. Il ne rompt jamais, il répugne à se séparer des gens. Contrairement à la légende du Grand Cynique, il a du respect pour les hommes et leurs combats. »

Jean Poperen [2], qui a connu toutes les querelles d'appareil, et a voté Fabius sans enthousiasme, estime que « Mitterrand a très mal pris ce coup de Jarnac [3]. Il n'avait pas soupçonné cette hostilité viscérale et irréductible des mitterrandistes historiques à l'égard de Fabius. En mai 1988, dès sa réélection, sa succession était ouverte et il a surestimé sa capacité à influencer ceux qui avaient déjà tourné la page ».

Jack Lang [4] s'interroge : « Pourquoi Mitterrand, qui avait alors une grande autorité morale sur les socialistes et venait de sauver l'Élysée de la droite, n'a-t-il pas utilisé ses muni-

1. Entretien le 20 juin 1995.

2. Entretien le 24 mars 1994.

3. Jarnac est capitaine et beau-frère de la duchesse d'Étampes, qui fut la maîtresse du feu roi François Ier. Cette parenté lui vaut la jalousie de Diane de Poitiers, favorite du nouveau roi Henri II. Pour s'en débarrasser, le roi provoque un duel, le 10 juillet 1547, entre Jarnac et un champion réputé, La Châtaigneraie, au château de Saint-Germain. Par une feinte nouvelle, Jarnac tranche le jarret de son adversaire… et lui fait grâce de la vie. Le roi est obligé, selon l'usage, de l'embrasser. François Mitterrand est natif de Jarnac, en Charente. Au cours de ses deux septennats, la formule « coup de Jarnac » a fait florès, souvent pour critiquer les « manœuvres » du chef de l'État. Celui-ci objecte : « C'était un duel à la loyale, Jarnac n'a pas fait de coup tordu » (conversation avec les auteurs le 1er juillet 1994).

4. Entretien le 9 novembre 1993.

tions et ses cartouches ? Il aurait pu dire à Jospin : “Je vous nomme numéro deux du gouvernement, mais vous laissez passer Fabius.” »

• L’ouverture en trompe l’œil

Le samedi 14 mai, au moment où Pierre Mauroy est intronisé à la tête du Parti socialiste, dans les sous-sols du Palais-Bourbon, François Mitterrand signe le décret de dissolution de l’Assemblée nationale.

Le soir même, il s’en explique à la télévision : « L’ouverture que j’appelle de mes vœux n’a pu se réaliser jusqu’ici aussi largement que je l’avais souhaité. Le Premier ministre ne dispose pas, faute des concours nécessaires, et malgré ses efforts, d’une majorité parlementaire solide et stable. » Il demande aux Français de « trancher ».

Le chef de l’État se donne là le beau rôle. En réalité, ni lui ni les centristes n’étaient décidés à faire les concessions nécessaires pour parvenir à un accord ouvrant la voie à une véritable coalition politique.

S’il a pu laisser croire jusqu’au soir du 8 mai que la dissolution n’était pas inévitable, c’était purement tactique [1] : il s’agissait essentiellement d’attirer sur son nom l’électorat modéré et si possible d’obtenir le ralliement sans condition de personnalités centristes qui avaient mal vécu leurs deux années de soutien au gouvernement Chirac [2].

Accepter une alliance socialo-centriste, même en 1988, eût été pour François Mitterrand un reniement historique. Parvenu au pouvoir après avoir imposé aux socialistes la stratégie d’union de la gauche, il ne pouvait pas être celui qui revenait aux alliances vers la droite qui, sous la IVe République

1. Certains, dans son entourage, étaient convaincus que Mitterrand ne dissoudrait pas au lendemain de sa réélection. Ainsi, Jean Glavany, son chef de cabinet depuis 1981 (entretien le 8 mars 1994), assure-t-il : « Je ne m’y attendais pas. C’était d’entrée de jeu la dénégation de la “France unie”. » Interrogé par *Le Nouvel Observateur* entre les deux tours, Mitterrand explique, sans se dévoiler complètement : « On saura très vite si une dissolution rapide s’impose (…) mais quand je parle d’ouverture, je ne pense pas à l’Assemblée nationale, mais aux Français. »

2. Voir Xe partie : « La bataille ».

blique, avaient provoqué dans l'électorat populaire le rejet de la SFIO.

Mitterrand[1] se justifie : « J'avais assez d'expérience pour savoir qu'il était impossible de faire une alliance politique avec le groupe parlementaire et les partis du centre, qui en réalité sont de droite. »

« Sur le bien-fondé de la dissolution, il n'y a pas l'ombre d'une différence entre Mitterrand et moi, assure Michel Rocard[2]. Ne pas dissoudre immédiatement faisait dépendre des centristes la longévité de mon gouvernement. Cela était tout aussi intolérable pour Mitterrand que pour moi. »

Mais Rocard tient à se ménager ses amis du CDS. Il pense à son avenir présidentiel. Il cherche à les persuader qu'il est contraint de partager l'analyse de Mitterrand. Et il leur adresse deux signaux. Le premier par l'intermédiaire du président de l'Assemblée nationale Jacques Chaban-Delmas auquel il demande de plaider auprès de Mitterrand pour la non-dissolution. Le second[3] en prenant le temps d'aller lui-même s'expliquer au lendemain de sa nomination avec Pierre Méhaignerie, Jacques Barrot et Bernard Stasi. « Je suis allé leur expliquer loyalement pourquoi nous allions dissoudre. Ils ont eu beau me donner leur parole qu'ils n'iraient pas me renverser, cela ne pesait guère devant les pesanteurs de la bipolarisation. Ils étaient très méfiants à l'égard de Mitterrand qui entendait que ces gens se rallient comme des voyageurs sans bagages, mais j'ai senti qu'ils étaient assez prêts à travailler avec les socialistes sur certains dossiers comme l'Europe, le système éducatif ou la protection sociale. »

L'annonce de la dissolution permet à la droite d'étouffer dans l'œuf toute velléité d'émancipation du centre. Le scrutin majoritaire, rétabli en 1986 par le gouvernement Chirac, réactive la bipolarisation de la vie politique. Profitant de l'élimination de Raymond Barre au premier tour de la présidentielle et de l'échec de Jacques Chirac au second, Valéry Giscard d'Estaing prend de fait la tête de l'opposition. Trois jours

1. Entretien le 29 mars 1994.
2. Entretien le 22 octobre 1992.
3. Voir X[e] partie : « La bataille ».

après la dissolution, il fait accepter aux états-majors l'idée de candidatures uniques de la majorité sortante sous l'étiquette Union du rassemblement et du centre (U pour l'UDF, R pour le RPR et C pour le CDS).

Au vu des premiers sondages [1] qui annoncent une nouvelle vague rose, à l'image des élections législatives du mois de juin 1981, la droite plaide pour une Chambre équilibrée qui « ne donne pas au seul Parti socialiste et pour cinq ans la totalité du pouvoir ». A la télévision, un candidat UDF se produit avec une balance Roberval dont il demande aux électeurs d'équilibrer le lourd plateau de gauche en plaçant leurs votes dans le plateau de droite. « Ne mettez pas tous vos œufs dans le même panier », s'exclament nombre de députés sortants.

Le samedi 21 mai, dans son bref discours d'investiture prononcé dans la salle des fêtes de l'Élysée, François Mitterrand reprend mot pour mot ses thèmes de campagne : « Répétons-le sans nous lasser. Ce mois de mai 1988 n'a pas vu les bons l'emporter sur les méchants, ni le contraire (...) Je ne sépare pas le devoir politique d'ouverture de l'obligation de solidarité. »

• L'incompréhension de Solutré

Le lendemain, dimanche de Pentecôte, il sacrifie au rite du rendez-vous à la roche de Solutré, près de Mâcon. Après la promenade, il déjeune avec ses invités à l'auberge de la Grange-du-Bois, puis, comme c'est devenu l'usage depuis 1981, il rejoint pour une longue conversation autour de l'actualité les journalistes politiques venus d'autant plus nombreux de Paris qu'il s'agit de leur premier contact avec le président réélu.

Son pronostic sur les législatives ? « Je suis moins optimiste que les sondages. Il faut gagner les législatives et ce n'est pas fait. »

1. Le 18 mai, l'institut BVA crédite PS et MRG de 42 % des voix au premier tour. Au second tour de juin 1981, socialistes, communistes et radicaux de gauche avaient recueilli 40 % des suffrages.

L'ouverture ? Le processus se poursuit, explique Mitterrand. La première « opportunité » au lendemain du 8 mai s'est éclipsée « avant que je n'ouvre la bouche ». La deuxième interviendra « dans l'entre-deux-tours ». La troisième se fera après le second tour des législatives et la quatrième à l'occasion des municipales de 1989.

Puis il disserte sur sa conception de la représentativité des gouvernements : « Je ne conçois pas qu'un pays soit gouverné par ce qui est, en réalité, une minorité », le scrutin majoritaire donnant la majorité absolue de sièges à un parti qui n'a pas la majorité absolue des suffrages. Donc, poursuit-il, « il n'est pas sain qu'un seul parti gouverne et il faut que d'autres familles d'esprit prennent part au gouvernement ». Une majorité socialiste à l'Assemblée « facilite les choses » et permet de faire l'ouverture. « C'est justement parce que l'on n'en a pas besoin que c'est mieux de la faire », explique Mitterrand, en rappelant qu'il avait agi de la sorte au lendemain des législatives de 1981 en faisant entrer des ministres communistes alors que le PS disposait d'une majorité absolue à la Chambre.

Dans les heures qui suivent, agences de presse, radios puis télévisions font leurs titres sur la formule « il n'est pas sain qu'un seul parti gouverne ». Le lundi matin, *Le Monde* à son tour titre sur cette petite phrase et souligne que l'« ouverture » a été « indubitablement le mot le plus en bouche du cru 88 » de Solutré.

De nombreux commentateurs s'interrogent sur le sens de ce propos. Le chef de l'État s'inquiéterait-il d'une écrasante majorité socialiste ? Ou même, laisse-t-il apparaître un désir de priver ses amis d'un contrôle total de l'Assemblée ?

Plusieurs responsables socialistes assurent que sur le moment ils ont très mal pris le message de Solutré [1].

« Une douche froide, se rappelle le Premier ministre

1. Si tous les sondages annoncent une majorité absolue socialiste à la Chambre, seuls 22 % des Français la souhaitent et ils ne sont que 15 % à appeler de leurs vœux un gouvernement socialiste monocolore, selon la SOFRES.

Michel Rocard. Ça voulait dire : “Ne votez pas trop socialiste, chers électeurs.” » « Une facétie qui va nous coûter cher », renchérit son directeur de cabinet Jean-Paul Huchon. « Une phrase terrible », regrette le premier secrétaire Pierre Mauroy. « Ça n’a pas plu au PS », concède son rival Laurent Fabius. « Destructeur », déplore le fidèle Henri Nallet. « Catastrophique », accuse Jean Poperen selon lequel : « Il est rare qu’un chef de guerre dise qu’il ne veut pas gagner trop. Mitterrand ne pouvait imaginer que ses propos n’auraient pas d’effets auprès de l’électorat. »

Claude Estier[1] fait partie des habitués de Solutré. « Lors du déjeuner qui précède l’entretien avec la presse, Mitterrand me prend à son côté et m’engueule comme jamais. Il n’a pas digéré la fronde contre Fabius : “Vous, mes plus anciens amis, vous ne vous rendez pas compte de ce que vous avez fait. Je ne pardonnerai pas à ceux qui savaient ce que je voulais.” Un silence gêné se fait autour de la table. Il conclut sa diatribe : “Mes meilleurs amis m’ont manqué.” »

Cette colère a-t-elle laissé des traces dans la tonalité des propos tenus peu après par Mitterrand devant les journalistes ? Estier, qui connaît bien son homme, ne le pense pas.

Pour lui, Mitterrand, « en marquant son souhait de ne pas voir les socialistes gouverner seuls, cherche à éviter les effets négatifs dans l’opinion des surenchères socialistes de 1981 et de leur volonté hégémonique. En 1988, la réalité politique n’est plus la même. Mitterrand sait très bien qu’on ne peut plus jouer la même partition ».

Lionel Jospin dit ne pas avoir été « choqué » par les propos de Solutré. « Après tout, fait-il valoir, en 1981 on avait fait entrer les communistes au gouvernement, mais aussi Michel Jobert. En 1988, ce propos est tout à fait adapté à l’air du temps. » En revanche, Jospin se dit « en désaccord » avec une phrase qu’il prête à Mitterrand, qui ne l’a pourtant pas prononcée : « Il n’est pas bon qu’un seul parti dispose de la majorité. »

Pour Henri Emmanuelli, Mitterrand « a joué l’élégant, le

1. Entretien le 4 février 1993.

grand seigneur. Il pensait qu'il aurait au moins trois cents députés, mais il n'a pas dit tout ça pour saboter le PS ».

Louis Mermaz disculpe Mitterrand de toute maladresse. « Il ne pouvait pas dire autre chose. Ayant parlé de “France unie”, et après avoir nommé Rocard, il ne pouvait quand même pas appeler à la Restauration avec des socialistes triomphants et impérialistes, style vague rose. »

Paul Quilès se souvient de ses mésaventures au congrès de Valence [1] : « C'était une provocation de Mitterrand. L'exégèse était fausse. Il n'a jamais dit que le PS ne devait pas avoir la majorité absolue à l'Assemblée. Mais une fois que le ton est donné, on ne le rattrape plus. »

A droite, le propos présidentiel est une aubaine. Gérard Longuet [2], qui participe pour l'UDF aux négociations d'investiture avec le RPR, y voit un clin d'œil de Mitterrand aux centristes dont les formations politiques modérées peuvent tirer le plus grand parti. Il va même jusqu'à reproduire la petite phrase de Solutré en exergue de sa profession de foi de candidat dans la Meuse.

« Tout ce qu'on a pu dire sur mes propos de Solutré est une somme de bêtises, assure Mitterrand [3]. Les commentaires sur le sujet ont été volontairement biseautés. Je n'ai pas parlé des députés mais du gouvernement. Je faisais allusion au futur gouvernement que je voulais élargir de façon importante. Les reproches que l'on m'a adressés sont grotesques. Autant dire que, depuis 1971, la cause de tous les échecs socialistes, c'est moi. »

Après les législatives des 5 et 12 juin, qui ne donneront qu'une majorité relative en sièges au Parti socialiste, les critiques repartiront de plus belle sur les paroles de Solutré, et serviront d'alibi aux responsables socialistes qui reprochent à Mitterrand cette « maladresse ».

Il semble que la conversation de Solutré s'inscrivait dans la logique de la campagne présidentielle de François Mitter-

1. Voir IIe partie : « Le socialisme ».
2. Entretien le 21 décembre 1995.
3. Entretien le 29 mars 1994.

rand, largement réélu sur un discours d'ouverture. Tactiquement, il a voulu jouer l'apaisement face au cartel électoral de la droite qui mettait les Français en garde contre les socialistes, qui allaient de nouveau accaparer tous les pouvoirs. Mais sa tonalité s'est trouvée en décalage par rapport à la logique d'une campagne législative nécessairement axée sur la mobilisation gauche contre droite.

Ce manque de cohérence sémantique entre le président et les socialistes est révélateur d'une prise de distance entre le Père fondateur et ses héritiers. Conjugué avec la fronde anti-Fabius de la semaine précédente, il marque, dès le début du septennat, le moment où se sépare le chemin entre « Dieu et les siens ».

• La déception des législatives

La brève campagne pour le premier tour ne soulève guère d'enthousiasme dans le pays. Pierre Mauroy [1] concède : « On se disait alors : pas besoin de faire campagne, la victoire est acquise. »

Le dimanche 5 juin, plus d'un électeur sur trois boude les urnes : une abstention record pour ce type de scrutin.

Le Parti socialiste et son modeste allié, le Mouvement des radicaux de gauche (MRG), recueillent 37,5 % des suffrages, soit à peine un demi-point de moins qu'au premier tour « historique » de 1981 et cinq points de plus qu'en 1986. L'URC (RPR et UDF) réunit 38,4 %, contre 32,2 % en 1981 et 42 % en 1986.

Rien n'est joué.

Sur les plateaux de télévision, Valéry Giscard d'Estaing fixe la stratégie pour le second tour. Il demande de nouveau aux Français d'assurer « un équilibre des pouvoirs ». Michel Rocard en appelle aux abstentionnistes pour lui donner une majorité le dimanche suivant.

Au Parti socialiste, on s'inquiète. Les projections en sièges ne garantissent pas une majorité absolue. Dès le lundi, des voix s'élèvent au bureau exécutif pour critiquer l'ouverture. Henri Emmanuelli [2] raconte : « On a commis l'erreur de faire

1. Entretien le 22 mars 1995.
2. Entretien le 19 septembre 1995.

campagne sur “France unie”, de chanter l’air de la présidentielle, alors qu’il fallait faire une campagne gauche-droite. On décide alors de rectifier le tir. »

Mitterrand réunit Mauroy, Mermaz et Joxe pour définir les thèmes de campagne : « Majorité pour le président, rassemblement à gauche. »

Le mercredi 8 juin, au Conseil des ministres, Mitterrand répond aux critiques de son camp : « Je ne suis pas spécialement inquiet pour dimanche. Si je suis responsable de ne pas apporter 400 députés, n’oubliez pas que vous n’en aviez que 212 avant le premier tour. »

Le lendemain, sur TF1, il s’implique dans la campagne et demande aux Français de lui donner « une majorité nette sans qu’elle soit excessive ». Le vendredi, il confie aux auteurs qu’il s’attend à « un groupe socialiste autour de 300 députés », soit une dizaine de sièges au-dessus de la majorité absolue.

L’attention des médias se focalise sur l’accord de désistement réciproque passé dans les Bouches-du-Rhône entre l’URC et le Front national de Jean-Marie Le Pen. La compromission de Jean-Claude Gaudin, président du groupe UDF au Palais-Bourbon et chef de file de la droite marseillaise, embarrasse les états-majors parisiens. Raymond Barre et le centriste Bernard Stasi expriment leur réprobation. Les ténors socialistes trouvent là un angle d’attaque pour mobiliser leurs troupes contre la droite.

La nuit électorale du second tour est pleine d’incertitudes. En début de soirée, les sondages de sortie des urnes prédisent une majorité absolue aux socialistes. Puis la tendance s’inverse avec les premiers résultats. Les commentaires des responsables politiques sont prudents. Vers minuit, le verdict populaire apparaît clairement : si la gauche – socialistes et communistes – redevient majoritaire à l’Assemblée nationale avec 52 % des voix, le PS à lui seul n’a pas la majorité absolue. La droite a perdu, mais elle peut pavoiser. L’avenir s’annonce plein d’embûches pour le gouvernement Rocard [1].

1. PS et MRG obtiennent 279 sièges ; le PCF 27 ; l’UDF avec 131 sièges devance pour la première fois le RPR (130). Le FN n’a plus qu’un siège (Mme Yann Piat dans le Var). 14 députés sont élus sous l’étiquette divers

Le Premier ministre se rend à l'Élysée tard dans la soirée pour un entretien dans le bureau présidentiel avec le chef de l'État. Que se disent-ils ? On l'ignore. L'entourage de Michel Rocard se souvient toutefois qu'il a quitté Matignon inquiet et qu'il est rentré rasséréné, comme s'il avait obtenu l'assurance qu'il restait à son poste.

Dans son ouvrage *Verbatim III*[1], Jacques Attali, alors conseiller spécial du président, rapporte que ce soir-là, devant ses principaux collaborateurs, Mitterrand déclara notamment : « Il faut explorer toutes les solutions d'ouverture (...) Il faudra recomposer le gouvernement en négociant avec les groupes du centre. Cela ne peut être que programmatique. »

Aucun des témoins susceptibles d'avoir participé à cette conversation – Jean-Louis Bianco, Michel Charasse, Gilles Ménage, Hubert Védrine ou Christian Sautter – n'a le souvenir de tels propos de la part de François Mitterrand. En outre, Jean-Louis Bianco, secrétaire général de la présidence, auquel Mitterrand avait demandé de rendre compte chaque semaine à l'historienne Georgette Elgey, chargée de mission à l'Élysée, des propos et des activités du président, ne lui a rien dicté de tel. Les auteurs ont pu consulter tous les comptes rendus de Bianco recueillis par Mme Elgey. Ces documents, reproduits à la virgule près, constituent largement plus de la moitié des pages de *Verbatim III*, bien que Jacques Attali assure dans sa préface qu'il a utilisé « exclusivement » ses « notes personnelles ». Au-delà de cette imposture, les commentaires personnels de l'auteur paraissent bien souvent sujets à caution.

Au Conseil des ministres suivant, le mercredi 15 juin, Jean-Louis Bianco, dont le compte rendu est, comme à l'accoutumée, repris mot pour mot dans *Verbatim III*, rend compte des commentaires plus que réservés du chef de l'État

---

droite. Selon les experts électoraux du PS, le découpage des circonscriptions opéré sous l'autorité du ministre RPR de l'Intérieur Charles Pasqua en 1986 a fait perdre une dizaine de sièges à la gauche. Ironie de l'Histoire, la droite l'aurait nettement emporté si le mode de scrutin proportionnel à un tour instauré par la gauche pour les législatives de 1986 avait été maintenu, à condition bien sûr que les électeurs aient voté exactement comme les 5 et 12 juin.

1. Paris, Fayard, 1995, p. 38.

quant à un accord « programmatique » avec le centre : « Je n'ai jamais cru au centre, je n'y crois pas davantage aujourd'hui, du moins tant que ne parvient pas à se constituer un centre autonome avec un programme acceptable. On verra bien. En tout cas, ce n'est pas demain la veille. »

Devant les ministres qui s'interrogent sur la suite des événements, Mitterrand s'emploie à rassurer. Il observe que désormais « les forces conservatrices qui gouvernaient ne gouverneront plus ». Aux ministres PS dépités, il lance : « Avec les socialistes, quand on perd on est triste ; quand on ne perd pas, on est encore plus triste. La majorité absolue pour un seul parti, ce n'est pas normal, ce n'est pas sain, cela prépare une plus grande chute. Si vous excluez du jeu républicain la coalition, vous aurez les pires déboires. Mais il est vrai qu'aujourd'hui une coalition n'est pas possible. »

Jacques Chirac se « réjouit de voir que le Parti socialiste et le président de la République ont échoué dans leur tentative d'avoir tous les pouvoirs » et lance un « ardent appel » à une « union renforcée » entre le RPR et l'UDF qu'il soupçonne de vouloir collaborer avec la gauche. Valéry Giscard d'Estaing qui s'apprête à conquérir la présidence de l'UDF en écartant Jean Lecanuet, avec l'appui de François Léotard, estime en effet que les électeurs veulent que « les deux moitiés de la France travaillent ensemble ».

Georges Marchais annonce au soir du scrutin que les communistes n'entreront pas au gouvernement mais qu'ils « soutiendront les mesures populaires et combattront tout ce qui ira à l'encontre des intérêts du peuple ».

La contradiction du gouvernement

Le Premier ministre, qui, respectueux des usages républicains, avait remis sa démission la veille, pour être rapidement confirmé par le chef de l'État, a pour tâche de constituer son deuxième gouvernement. Mitterrand lui a demandé de prendre son temps d'ici la rentrée parlementaire, fixée au 23 juin.

Il précise [1] : « J'ai dit à Rocard de travailler sur la base d'une équipe comportant pour une moitié des socialistes et pour l'autre des personnalités extérieures. Sur le plan parlementaire, cela ne nous apportera pas grand-chose, mais vis-à-vis de l'extérieur cela montrera que les socialistes ne sont pas repliés sur eux-mêmes, qu'ils ne sont pas sectaires, puisqu'ils gouvernent avec d'autres. »

Michel Rocard [2] se souvient : « Quand j'ai vu que je n'avais pas de majorité absolue, je n'ai pas pleuré, au contraire. Ça me permettait d'une part de desserrer le carcan des "éléphants" au sein du gouvernement, comme Mitterrand me le demandait. D'autre part, je pouvais aussi commencer d'explorer à l'Assemblée nationale la recherche de majorités d'idées intelligentes avec les centristes qui s'émancipaient. »

Les quarante-neuf membres du gouvernement le plus nombreux de la Ve République, dont la liste a été rendue publique la veille, se rendent à l'Élysée le mercredi 29 juin au matin pour le Conseil des ministres. Le gros de la troupe est socialiste. L'ouverture politique est représentée par six personnalités venues de l'UDF et un écologiste. L'air du temps réunit un pot-pourri d'individualités obscures ou médiatiques [3].

La tentative de « déplacement des lignes » souhaitée par Mitterrand et Rocard s'exprime au premier chef par la nomination de Jean-Pierre Soisson au ministère du Travail, de l'Emploi et de la Formation professionnelle. Ancien ministre de Valéry Giscard d'Estaing, fondateur du Parti républicain en 1978, le député-maire d'Auxerre, poussé par Raymond Barre, a été approché par l'Élysée en pleine campagne pré-

1. Entretien le 29 mars 1994.

2. Entretien le 7 avril 1994.

3. Le gouvernement est composé de 26 ministres socialistes, dont 6 rocardiens, 3 MRG (Maurice Faure, François Doubin et Jean-Michel Baylet), 3 personnalités de gauche (Jacques Chérèque, Catherine Tasca et Gérard Renon), 6 UDF (les anciens ministres Michel Durafour, Jean-Pierre Soisson, Lionel Stoléru et Hélène Dorlhac de Borne, ainsi que Jean-Marie Rausch et Jacques Pelletier), l'écologiste Brice Lalonde et 10 représentants de ce qu'il est convenu d'appeler la « société civile » (Thierry de Beaucé, Roger Fauroux, Pierre Arpaillange, Alain Decaux, Théo Braun, Bernard Kouchner, Roger Bambuck, Émile Biasini, Michel Gillibert et Léon Schwarzenberg).

sidentielle pour évoquer le brûlant dossier de la Nouvelle-Calédonie[1]. Au lendemain de la présidentielle, Jean-Louis Bianco lui demande s'il est prêt à entrer dans le gouvernement au ministère des DOM-TOM. Soisson[2] donne son accord, mais veut attendre les législatives pour sauter le pas : « Je voulais d'abord m'en expliquer devant mes électeurs en faisant une campagne d'ouverture. » Réélu face à un candidat socialiste, il confirme son intention de rallier la nouvelle majorité. Michel Rocard n'ayant pas réussi à faire venir des personnalités de l'autre bord, ayant un plus grand poids politique, Soisson voit ses actions monter. Des six entrants de l'UDF, c'est à lui que Rocard propose le portefeuille le plus important politiquement – le ministère du Travail –, mais aussi le plus exposé en raison de la gravité du chômage. Mitterrand, peut-être pour apaiser les réticences des socialistes, fait savoir qu'il n'est pas favorable à cette affectation, mais il laisse le dernier mot à son Premier ministre. Dans son livre *Mémoires d'ouverture*[3], Soisson, qui a tenu à obtenir au préalable la bénédiction de Raymond Barre, raconte les circonstances de sa désignation : « Rocard me téléphone le mardi (21 juin) : "Alors, tu me dis oui ?" Je l'ai interrogé sur Jacques Barrot, Bernard Stasi et Simone Veil. Il a répliqué : "Ils n'entrent pas." "C'est difficile, lui dis-je, parce que nous allons être très peu à te rejoindre." Rocard conclut : "Tu seras un éclaireur !" »

Rocard rencontre plus de difficultés avec les socialistes.

Il souhaite écarter Jean Poperen du ministère chargé des Relations avec le Parlement. D'abord, parce que les deux hommes, bien qu'étant passés par le PSU, ne s'apprécient guère. Le sobriquet de « Rocardestaing » n'a-t-il pas été inventé par Poperen pour dénoncer sa « dérive droitière » ? Ensuite, parce que le chef du gouvernement va se trouver dans l'obligation de négocier certains textes législatifs avec les députés centristes, faute de majorité absolue socialiste. Aux yeux de Rocard, un tel « ayatollah » n'a pas le profil

1. Voir X[e] partie : « La bataille ».
2. Entretien le 9 février 1995.
3. Paris, Belfond, 1990, p. 53.

d'un homme de compromis. Poperen [1] observe : « Pour les rocardiens, tout ce qui avait trait à la tradition du socialisme paraissait un immense handicap. »

Michel Rocard téléphone à Roland Dumas, qui participe au côté de Mitterrand au sommet du G7 à Toronto, pour lui demander d'abandonner le Quai d'Orsay pour l'hôtel de Castries [2] où, lui dit-il, ses talents d'avocat, de négociateur et d'orateur feront merveille. Si Dumas accepte, Pierre Joxe, un autre proche de Mitterrand, quittera l'Intérieur pour les Affaires étrangères.

Dumas s'en ouvre à Mitterrand, qui affirme ne pas avoir été prévenu par Rocard et, agacé, s'oppose à cette opération.

Matignon n'obtient pas non plus gain de cause dans son souhait d'écarter Paul Quilès, Georges Sarre et André Laignel. Dans sa volonté de faire place à de nouvelles têtes, Rocard a même tenté d'éloigner Jack Lang en lui proposant une belle ambassade.

L'accord se fait en revanche aisément pour transférer Louis Mermaz du ministère des Transports, un poste très technique, vers une fonction éminemment politique : la présidence du groupe socialiste à l'Assemblée nationale. Michel Rocard [3] : « J'ai fait sortir Mermaz du premier gouvernement pour le mettre au groupe quand on m'a menacé d'y mettre Louis Mexandeau. »

Le secrétaire d'État aux Collectivités locales, Jean-Michel Boucheron, député-maire d'Angoulême, est discrètement écarté, à la demande de Michel Rocard, qui s'inquiète des rumeurs qui commencent à se répandre sur les graves irrégularités de sa gestion municipale.

La tradition des démocraties parlementaires, pas toujours respectée en France, selon laquelle les ministres vaincus aux élections législatives doivent renoncer à leur portefeuille, est, cette fois, battue en brèche. Cinq perdants du 12 juin restent au gouvernement : le président du MRG François Doubin, l'écologiste Brice Lalonde et les personnalités d'ouverture

1. Entretien le 24 mars 1994.
2. Siège du ministère des Relations avec le Parlement.
3. Entretien le 22 octobre 1992.

Thierry de Beaucé, Roger Bambuck et Bernard Kouchner. En revanche, la règle s'applique pour deux femmes socialistes, Catherine Trautmann et Georgina Dufoix.

A droite, les présidents des groupes RPR et UDF résument le sentiment général de l'opposition : Bernard Pons se gausse des « tentatives de débauchage ou de ralliement » qui se réduisent à l'arrivée de « quelques personnalités placées en trompe l'œil dans un gouvernement dominé par la fine fleur du Parti socialiste ». Pour Jean-Claude Gaudin, il s'agit d'un « gouvernement socialo-publicitaire qui reste entre les mains du Comité directeur du PS ».

Chez les socialistes, on comprend la nécessité de l'ouverture à droite ; on s'oblige à encaisser l'irruption des apolitiques censés incarner la compétence et la popularité, mais cette évolution a du mal à passer. « On se retrouve au Conseil des ministres flanqués de voisins que l'on n'a pas choisis. Personne ne m'avait dit que j'allais me retrouver au gouvernement avec des anciens ministres de Giscard », raconte Lionel Jospin [1]. Il reproche à Mitterrand de s'être alors « enfermé dans une contradiction – ouvrir largement le gouvernement tout en s'interdisant de transgresser le tabou de l'alliance avec la troisième force – qui s'est traduite par des débauchages individuels, qui, loin de dégeler le centre, ont troublé l'image du PS sans pour autant élargir notre base politique ».

Deux jours après la formation du gouvernement, le bureau exécutif du PS exprime son « trouble » à l'égard de l'ouverture. « Ne dites surtout pas que je suis socialiste, j'aurai peut-être une chance de devenir ministre », plaisante un mitterrandiste déçu. Henri Emmanuelli [2] concentre ses flèches sur la « société civile ». « Dès ce jour-là, j'ai dénoncé ce concept catastrophique qui fait passer la légitimité cathodique devant celle du suffrage universel. » Jean Poperen [3] restitue l'état d'esprit de l'heure : « On n'était pas enthousiastes au PS, mais on n'a pas moufté parce qu'on n'était pas assurés

1. Entretien le 14 octobre 1992.
2. Entretien le 19 septembre 1995.
3. Entretien le 24 mars 1994.

de l'appoint communiste à l'Assemblée et on savait qu'il nous faudrait compter avec le centre. »

Au sein du groupe socialiste, la nouvelle génération se sent tenue à l'écart. Elle est absente du gouvernement et regrette la trop grande place faite aux anciens ministres socialistes, qu'elle juge « repus du pouvoir », et aux Dorlhac, Bambuck et autres Decaux, qui n'ont rien à leur rendre en termes de compétences. François Hollande [1], qui vient d'être élu en Corrèze, avance une explication : « Le problème, c'est qu'en 1988, Mitterrand ne connaît pas les jeunes qui viennent d'arriver. C'est une faute de fonctionnement de l'Élysée. On aurait dû lui présenter les plus talentueux. Comme il est curieux, il aurait accepté de les voir. »

Une historiette de ces premiers pas de l'ouverture est révélatrice du mode de fonctionnement de Mitterrand. Le samedi 2 juillet, *Libération* publie une interview des deux « enfants terribles » de la gauche socialiste, les anciens militants trotskistes Jean-Luc Mélenchon et Julien Dray, qui dénoncent l'« ouverture politicienne » pratiquée selon eux par Michel Rocard. Dray [2] raconte : « A 7 heures du matin, Jean-Louis Bianco m'appelle de l'Élysée et m'engueule : “Vous n'auriez pas dû, car là, vous avez visé le président.” Jean-Luc et moi nous retrouvons au Comité directeur qui se réunit ce matin-là et on s'attend au pire. On tombe sur Jack Lang qui nous dit : “Ne vous en faites pas.” En séance, Rocard lance sa formule : “Vous avez mal à l'ouverture.” On sort ; Lang nous apprend que Mitterrand vient de lui dire qu'il trouvait notre interview très intéressante. » Dix jours plus tard, Dray et Mélenchon sont à la table du président qui leur dit : « L'alliance avec le CDS, je n'y crois pas. Et même si c'était possible, je n'en voudrais pas. Des ralliements ? Oui. Il faut être ouvert, il ne faut pas être sectaire. »

1. Entretien le 20 juin 1995.
2. Entretien le 3 novembre 1994.

CHAPITRE 2

Rocard aux avirons

L'heure de Michel Rocard a enfin sonné. A près de cinquante-huit ans, l'homme du « parler vrai », le chantre de l'« innovation sociale », le chef de file de la « deuxième gauche », dont la vision économique s'est imposée dans les rangs socialistes, va pouvoir faire ses preuves.

Matignon face aux pouvoirs

« Ça va être la galère, mais qu'est-ce qu'on est contents de prendre les rames ! » Ce cri du cœur du jeune conseiller politique et parlementaire Guy Carcassonne traduit l'état d'esprit des « rocardiens », cette « bande » de fidèles, très soudés, qui accèdent aux commandes de la machine gouvernementale.

Le cabinet de Michel Rocard, c'est d'abord et surtout Jean-Paul Huchon, un énarque de quarante-deux ans, passé par le PSU et que Rocard avait appelé pour diriger son équipe au ministère du Plan puis à l'Agriculture entre 1981 et 1985, avant qu'il ne prenne la direction du Crédit agricole.

« Je vois s'installer un cabinet nombreux, pas très organisé, mais bien tenu en main par Huchon, qui exerce son autorité avec bonhomie et gentillesse. » Le secrétaire général du gouvernement Renaud Denoix de Saint-Marc se souvient que, sous Rocard, Matignon fonctionnait efficacement car « on savait que les décisions d'Huchon, en raison de la proximité entre les deux hommes, étaient celles de Rocard ».

Dans sa biographie très fouillée *Le Mystère Rocard* [1], Jean-

1. Paris, Robert Laffont, 1993, p. 437.

Louis Andréani, alors journaliste accrédité du *Monde* à l'hôtel Matignon, dresse un portrait croisé du couple Rocard-Huchon : « Les deux hommes sont le complément et l'opposé exact l'un de l'autre, sur presque tous les plans : un rond calme, un sec nerveux ; Rocard n'est réellement à l'aise que dans l'administration des choses, Huchon se plaît dans le gouvernement des hommes ; Rocard manque d'humour, Huchon en est plein. » Mais « ce grand sensible est aussi un tueur froid ».

Au-delà des bagarres interministérielles qui vont émailler la période, la plupart des ministres s'accordent à décerner un satisfecit au fonctionnement de l'équipe Rocard. Jack Lang [1] résume le sentiment général : « Un cabinet sympathique et chaleureux, un peu boy-scout. Il était agréable de travailler avec Huchon, une sorte de vice-Premier ministre qui s'occupe bien des dossiers. »

Deux semaines après son installation, Michel Rocard adresse à ses ministres une lettre circulaire, publiée au *Journal officiel* du 26 mai, fixant les règles à respecter dans l'action gouvernementale et législative. Cette procédure inédite et insolite fait sourire les vieux routiers du gouvernement qui y voient une tentative naïve d'un Premier ministre débutant pour imposer d'emblée son autorité [2]. On n'a pas de mal à les suivre lorsqu'on voit que Michel Rocard tient à leur rappeler qu'aux termes de la Constitution, « le Premier ministre dirige l'action du gouvernement ».

On ne peut leur donner tort devant ses vœux pieux sur les évidences de la solidarité entre ministres : « Les propos publics tenus par un membre du gouvernement devront être de nature à ne gêner aucun de ses collègues (...) S'agissant des mesures déjà prises, la solidarité gouvernementale appelle non seulement l'absence de toute manifestation publique de désaccord ou de réserve de la part d'un membre du gouvernement, mais encore l'attribution au seul membre

1. Entretien le 9 novembre 1993.

2. « Dans les premières semaines, Rocard est très brusque. Sa lettre circulaire l'est aussi. Tout le monde ricane, y compris Mitterrand », rapporte Jean-Louis Bianco (entretien le 20 novembre 1992).

du gouvernement dont la mesure relève directement de la responsabilité d'en exposer au public le sens et l'économie. »

On le comprend, mais comment croire que les ministres pourront résister à la pression des médias, quand il les met en garde contre les « petites phrases » : « Je vous demande d'apporter aux questions inévitablement imprécises ou simplificatrices qui vous seront posées les réponses restituant au problème sa dimension réelle et de préférer à la facilité d'une repartie les exigences de la pédagogie. »

En revanche, Michel Rocard parle d'or quand il « insiste » sur la nécessité de « laisser au Parlement le temps de débattre et de faire adopter les textes par la majorité la plus large » et s'engage à « combattre l'excès de législation ».

Son souci de ne pas trop légiférer est d'autant plus facile à mettre en avant que la « feuille de route » de Michel Rocard n'est pas très fournie. Le programme du président, défini dans sa *Lettre à tous les Français*, n'impose pas le vote de nombreux textes, à la différence des « 110 propositions » de 1981 ou de la « plate-forme de gouvernement » RPR-UDF de 1986. De même, son culte de la recherche du consensus s'impose d'autant plus qu'il n'a pas de majorité absolue à la Chambre.

Mais Michel Rocard[1] fait sien l'adage du sociologue Michel Crozier selon lequel « on ne change pas la société par décret ». Il disserte ainsi sur la réforme : « Dans ce pays, tout est législatif ; on n'appelle réforme que ce qui est passé par le Parlement, donc ce qui est conflictuel et symbolique. En arrivant, j'avais donc érigé en principe le fait que le plus souvent possible j'échapperais à ce travers en évitant de passer par le Parlement. » Il précise : « Bon an mal an, on vote en France cent lois par an. Un tiers de ces textes sera rapidement abrogé par la législature suivante ; un tiers des lois s'ensable, les décrets d'application ne sortant pas ou venant trop tard. Cette masse législative ne crée donc ni les droits ni les comportements. Seul le tiers restant produit un résultat normal en apportant des droits, des procédures et des contrôles nouveaux, et l'attribution de fonds publics. La corrélation est assez forte entre ce sort heureux des lois et le fait qu'elles

1. Entretien le 7 avril 1994.

ont été beaucoup amendées et votées avec de larges majorités. »

Cette conception le conduit à courtiser les centristes. Elle présente aussi l'avantage de s'inscrire dans sa trajectoire présidentielle qui, à la différence du parcours de François Mitterrand, repose sur une alliance future avec la « troisième force ».

• Amadouer les « éléphants »

Michel Rocard doit en même temps rechercher la plus grande harmonie possible avec ses « amis » socialistes qui, au sein du gouvernement et des groupes parlementaires, tiennent à peser sur la marche des affaires, s'inquiètent souvent de son « tropisme centriste » et pensent, eux aussi, aux perspectives présidentielles.

Il constate qu'au lendemain de l'élection de Pierre Mauroy à la tête du PS, François Mitterrand n'a pas repris la pratique de ses rendez-vous hebdomadaires avec le premier secrétaire. Et il dit avoir voulu prendre les devants en conviant chaque mardi matin à l'hôtel Matignon les poids lourds du Parti socialiste.

« J'ai préempté les éléphants. On fait ce petit déjeuner chez nous, car, sinon, il se serait tenu ailleurs, explique Michel Rocard [1] : je voulais tirer parti de ma situation de prééminence hiérarchique, en l'absence du président de la République, avec les grands caïmans du gouvernement, le premier secrétaire et les présidents de nos groupes parlementaires. Il s'agissait de faire circuler l'information interne et de faire fonctionner un peu de collégialité entre les socialistes [2]. »

1. Entretien le 22 octobre 1992.

2. Les « éléphants », vocable qui apparaît à cette occasion dans la presse, réunis à partir du 31 mai 1988 autour du Premier ministre dans la salle à manger du premier étage de l'hôtel Matignon, sont : les ministres Pierre Bérégovoy (Finances), Jean-Pierre Chevènement (Défense), Lionel Jospin (Éducation nationale), Pierre Joxe (Intérieur), Jean Poperen (Relations avec le Parlement) ; le premier secrétaire du PS Pierre Mauroy, son numéro deux Henri Emmanuelli, les présidents des groupes Louis Mermaz et Claude Estier ; le président de l'Assemblée nationale Laurent Fabius, convive irrégulier ; Jean-Louis Bianco et parfois Jacques Attali, représentant l'Élysée ;

Très vite, l'exercice montre ses limites. Dès le mois d'octobre, Jean-Louis Bianco observe que « cela flotte beaucoup » et que les uns et les autres « semblent se marquer continuellement ».

Jean-Paul Huchon [1] estime que cette instance n'a que « rarement » permis « de gérer les conflits, de les aplanir et de leur trouver des solutions ». Il en conserve « un souvenir pénible : Bérégovoy essayait d'y faire parler la raison et la raison d'État. Mauroy s'y préoccupait de notre électorat et de notre base. Jospin introduisait de l'éthique et de justes interrogations. Fabius adoptait une attitude distante, faite de silence, d'indifférence hautaine ou de glaciales remarques qui mettaient mal à l'aise. Rocard tentait de convaincre et de faire des synthèses aussi peu conflictuelles que possible. Ce n'était pas facile au milieu des colères froides de Joxe, des remontrances extrémistes de Chevènement, des fausses naïvetés "militantes" de Mermaz ou des vrais coups de gueule d'Emmanuelli [2] ».

Lionel Jospin [3], qui a pratiqué lors du premier septennat les petits déjeuners en petit comité autour de François Mitterrand, au cours desquels « les choses se décidaient », constate que les mardis de Matignon ne permettaient « ni de débattre collectivement ni de fixer les orientations. On se contentait de mettre au point le calendrier du travail parlementaire ».

Pierre Mauroy partage cette impression. Il sera soulagé quand, à l'automne 1988, Mitterrand rétablira avec lui l'usage de la rencontre hebdomadaire avec le patron du PS.

• Coexister avec le président

Dès l'origine de la Ve République, le partage des rôles et la nature de la relation personnelle entre le président et le Premier ministre ont déterminé la conduite des affaires de

---

Jean-Paul Huchon, Guy Carcassonne et Jean-Claude Petitdemange, les conseillers politiques de Matignon.

1. In *Jours tranquilles à Matignon*, *op. cit.*, p. 193-194.

2. Ce tableau correspond bien à la tonalité des comptes rendus hebdomadaires de Jean-Louis Bianco aux archivistes de l'Élysée.

3. Entretien le 1er décembre 1992.

l'État. On se souvient du général de Gaulle laissant à Michel Debré le soin de gérer l'« intendance » pour se consacrer à son « domaine réservé » ; de Jacques Chaban-Delmas remercié par un président Georges Pompidou réfractaire à la « nouvelle société » et de la brusque démission de Jacques Chirac excédé par l'interventionnisme du président Valéry Giscard d'Estaing.

A Matignon se sont succédé des hommes qui ont su s'imposer comme Pompidou ou Raymond Barre, tandis que d'autres, tels Maurice Couve de Murville ou Pierre Messmer, se contentaient du rôle d'exécutants.

Sous François Mitterrand, le couple exécutif a connu trois époques : l'ère Mauroy avec un président très impliqué dans la gestion économique et sociale ; la période Fabius qui voit le Premier ministre bénéficier d'une réelle autonomie ; puis la cohabitation qui ramène à une lecture parlementaire de la Constitution et voit Jacques Chirac gouverner pleinement face à un président replié sur son « pré carré » de l'action internationale.

Le nouvel attelage s'inscrira-t-il dans un schéma déjà connu ? Mitterrand et Rocard étant tous deux socialistes, la page de la cohabitation conflictuelle devrait être tournée. Mais les deux hommes sont-ils vraiment réconciliés après tant d'années de luttes fratricides ? Leurs cultures politiques si différentes pourront-elles se conjuguer dans l'action ? N'ayant jamais travaillé ensemble, trouveront-ils un *modus vivendi* ?

Ils s'accordent aisément sur le mode de gestion quotidienne de la relation entre leurs deux maisons. Elle passe pour l'essentiel par le contact permanent entre le secrétaire général de l'Élysée Jean-Louis Bianco et le directeur de cabinet de Matignon Jean-Paul Huchon. Il leur revient d'informer leurs patrons respectifs sur les intentions de l'autre et de préparer leurs entretiens au sommet bihebdomadaires. Ce rouage central de la machine exécutive fonctionnera jusqu'au bout, pratiquement sans accroc.

« Dans cette épreuve de longue haleine (...) Bianco est loyal, écrit Huchon [1]. Il mesurait les limites de sa fonction et

1. In *Jours tranquilles à Matignon*, *op. cit.*, p. 148.

n'en abusa jamais. Il savait aussi "lire" François Mitterrand, mais, lorsqu'il ne le déchiffrait plus, il l'avouait. »

« Entre l'Élysée et Matignon ça se passait bien, sans ambiguïté. Huchon et moi savions décrypter nos patrons. Il savait que si je servais Mitterrand, mon rôle était aussi de faire tourner la machine », ajoute Bianco [1].

« Entre Mitterrand et Rocard, il y eut d'abord une période de rodage, estime Jean-Louis Bianco. Au démarrage, nous trouvions que Rocard était mauvais, qu'il commettait des maladresses psychologiques et des erreurs politiques qui agaçaient Mitterrand. Il était trop concentré sur les détails, trop "techno". Il voulait reprendre à zéro le Budget 1988 voté sous Chirac, puis il y a renoncé ; il voulait se concilier la Nouvelle-Zélande dans les négociations du GATT en renvoyant sur l'île d'Hao les agents de la DGSE Mafart et Prieur [2]. Je l'ai dissuadé d'en parler à Mitterrand ; il avait aussi envisagé de confier une mission internationale au RPR Alain Peyrefitte et avait repris l'idée centriste de réviser la loi Falloux sur le financement des écoles privées… »

« Puis, après quelques mois, Rocard a progressé, ajoute Bianco. Il a évité ce genre de gaffes. Il a mieux compris Mitterrand qui, alors, ne le trouvait pas mal. A ce moment, les deux hommes se trouvaient en phase et Mitterrand faisait même des compliments à Rocard. Le président me disait alors : "Rocard est passionné, il y croit, il bosse." Mais ensuite viendra la montée des critiques sur le thème : "Rocard est trop modéré, il a trop tendance au compromis, il est trop centriste, il cherche trop à plaire, surtout à ses adversaires politiques." »

« Avec Mitterrand, raconte Michel Rocard [3], on n'est jamais dans les mesquineries, mais dans le heurt de deux

1. Entretien le 20 novembre 1992.

2. Le commandant Alain Mafart et le capitaine Dominique Prieur, les « faux époux Turenge », arrêtés à Auckland après le sabotage du navire écologiste *Rainbow Warrior* en 1985 et condamnés à la relégation sur l'atoll français de Hao jusqu'au 23 juillet 1989, avaient été ramenés à Paris sur décision de Jacques Chirac, le premier en 1987 et la seconde à la veille de la présidentielle (voir VIIe partie : « L'attente »).

3. Entretien le 7 avril 1994.

cultures. On est dans une perception de la société française où ça ne colle pas bien entre nous. Il a une lecture de l'Histoire où la violence et la ruse sont les facteurs dominants. Il est moins sensible et a moins maîtrisé que moi les sciences humaines majeures que sont la sociologie, la démographie et l'économie. Ces domaines de la connaissance sont peu représentés dans sa bibliothèque. »

Et il ajoute : « Bien que la nature de nos relations n'ait pas beaucoup d'importance, une réalité s'imposait dès le départ : nous n'étions pas amis, nous n'étions pas fabriqués du même bois.

« Et pourtant, notre mode de fonctionnement a été efficace. La bonne hygiène de cette période, c'était de parler de ce qui appelait décision et de rien d'autre. Nous prenions six, sept décisions lors de nos rencontres du mercredi et du vendredi matin, car je suis rapidement parvenu à le "décoder". »

François Mitterrand[1] porte, rétrospectivement, un jugement plutôt apaisé, mais teinté d'ironie, sur son Premier ministre : « Au début, j'avais parfois du mal à comprendre de quoi il me parlait, mais je n'avais pas de difficultés avec lui. Je n'avais pas à me plaindre. C'était un inlassable et habile négociateur. Il a toujours été courtois. »

Courtoisie ? Le mot est faible. En réalité, Michel Rocard s'était fait une règle d'afficher en toutes circonstances le plus grand respect à l'égard du chef de l'État, n'hésitant pas à encourir le reproche d'obséquiosité. Se sachant surveillé en permanence par les caciques du mitterrandisme, il ne voulait jamais être pris en défaut dans son attitude à l'égard du « patron ». En s'efforçant d'être inattaquable sur ce plan, Michel Rocard visait ainsi à pousser Mitterrand à la faute : si un incident survenait, il ne serait pas du fait de Rocard. Ainsi, pensait-il, augmentaient ses chances de durer à Matignon.

Cette attitude de subordination permanente[2] a trouvé sa traduction dans une formule : « Rocard, le génie des Car-

1. Entretien le 29 mars 1994.

2. « Dans ce registre de la flagornerie, Michel Rocard en arrivait même à dépasser Jack Lang », observe Jean-Louis Bianco (entretien le 20 novembre 1992).

pettes. » Guy Carcassonne[1] en livre la version crue qu'il dit tenir de la bouche de Rocard : « Quand on agrippe bien fort le taureau par la queue, tout ce qu'il peut faire c'est vous chier sur la gueule, mais il ne peut pas vous donner un coup de corne. »

L'exploit calédonien

Le dimanche 26 juin 1988, les Français, devant leur télévision, assistent à une scène étonnante : dans le salon jaune du rez-de-chaussée de l'hôtel Matignon, les adversaires du conflit en Nouvelle-Calédonie se serrent la main sous le regard soulagé du Premier ministre.

Une légende est née : celle de la méthode Rocard.

Au terme d'une harassante négociation, qui s'est achevée par une nuit blanche, Jacques Lafleur, le chef de file RPR des Caldoches, et Jean-Marie Tjibaou, le leader des indépendantistes du FLNKS, viennent de signer un accord, arraché au forceps par Michel Rocard, qui doit ouvrir la voie à la réconciliation des deux communautés de ce territoire français des antipodes.

Cela tient du miracle. En effet, deux mois plus tôt, la Nouvelle-Calédonie était au bord de la guerre civile après le sanglant dénouement de la prise d'otages de la grotte d'Ouvéa[2]. Le 5 mai, à trois jours du second tour de la présidentielle, l'armée donnait l'assaut à ce repaire où un commando du FLNKS retenait 23 gendarmes en otages depuis deux semaines. Tous les otages sont libérés. Dans cette opération, 19 indépendantistes et 2 militaires du 11e régiment de choc sont tués. A l'appel du FLNKS, une situation quasi insurrectionnelle se développe sur le Caillou.

• Paix civile aux antipodes

Le dimanche 8 mai, au soir de sa réélection, François Mitterrand, depuis Château-Chinon, charge le futur gouver-

1. Entretien le 6 octobre 1992.
2. Voir Xe partie : « La bataille ».

nement de rechercher dans les prochains jours en Nouvelle-Calédonie « les apaisements et les dialogues nécessaires, car l'urgence est là ».

Et le dimanche suivant, Michel Rocard annonce en sortant de l'Élysée l'envoi immédiat en Nouvelle-Calédonie d'une mission chargée d'« apprécier la situation » et de renouer les fils du dialogue entre les communautés. François Mitterrand avait écrit, entre les deux tours, à Jacques Chirac, son « challenger » Premier ministre, pour lui proposer l'envoi d'une telle mission, réclamée par le FLNKS. Chirac l'avait refusée, estimant qu'il ne fallait pas faire le jeu des indépendantistes.

Cette fois, Mitterrand est totalement en phase avec son nouveau Premier ministre. Un groupe « œcuménique » de six personnalités s'envole sans délai vers Nouméa. Coordonné par le préfet rocardien Christian Blanc – qui fut l'adjoint du haut-commissaire du Territoire Edgard Pisani en 1984-1985 –, il comprend un proche de Raymond Barre, le sous-préfet Pierre Steinmetz, le chanoine Paul Guiberteau, recteur de l'Université catholique de Paris, le pasteur Jacques Stewart, président de la Fédération protestante de France, et Roger Leray, ancien grand maître du Grand Orient de France, auxquels l'on adjoint le conseiller d'État Jean-Claude Périer.

Au Conseil des ministres du 18 mai, Michel Rocard explique que cette mission a pour « objet exclusif de rétablir le dialogue dans un territoire où la situation est incertaine [1] » et où « il faut d'abord rassurer » des populations « qui doivent se sentir protégées et écoutées ».

François Mitterrand écarte la perspective d'une indépendance : « La situation en Nouvelle-Calédonie est de type colonial. C'est une colonie de peuplement qui a réussi. Si elle était totalement blanche, elle serait indépendante comme la Nouvelle-Zélande. Si elle était essentiellement noire, l'indépendance serait également possible. Mais la composition de sa population [2] rend cette solution impossible » à moins de prendre « les plus grands risques d'un bain de sang ».

1. Document d'archives.

2. Les cent cinquante mille Néo-Calédoniens se répartissent en 42 % de Mélanésiens, 38 % de Caldoches et Européens et 20 % originaires des îles et pays de la zone Pacifique.

Alors que l'attention se concentre en métropole sur la campagne des législatives, la mission Blanc travaille activement en rencontrant plus de mille personnes. Son effort porte en particulier sur le RPCR et son chef de file Jacques Lafleur qui jusqu'ici incarne la résistance d'une communauté blanche arc-boutée sur son refus d'un partage du pouvoir avec la minorité kanake. Approché par Olivier Stirn, alors secrétaire d'État aux DOM-TOM, et grâce à une médiation de l'ancien ministre et député RPR Alain Peyrefitte, Lafleur fait savoir qu'il est prêt à enterrer la hache de guerre. Circule alors dans les cercles restreints la rumeur invérifiable selon laquelle Lafleur, amer après l'échec de Jacques Chirac dont il aurait en partie financé la campagne sur ses propres revenus tirés de l'exploitation du nickel, aurait obtenu des « compensations » en échange de son retournement d'attitude. Le 3 juin, le chef du RPCR déclare au *Figaro* que « la discussion » est désormais la seule voie pour échapper à « la guerre civile ».

Et le mercredi 15 juin, il retrouve son ancien adversaire Jean-Marie Tjibaou à la table de Michel Rocard à l'hôtel Matignon [1]. Le dialogue est noué. Il aboutira au petit matin du 26 juin au terme d'un huis clos plein de rebondissements. Michel Rocard passe des heures à réécrire lui-même le texte du projet d'accord, que signeront avec émotion Lafleur et Tjibaou. Jean-Paul Huchon [2] relate une scène émouvante : « Lafleur et Tjibaou, s'emparant d'une carte Michelin de la Nouvelle-Calédonie, l'appliquèrent contre la tapisserie du fond, et, se déchaussant tous deux, montèrent en chaussettes sur le canapé du Salon jaune pour partager les territoires des communes entre les deux provinces de la Grande Ile. »

Les « accords Matignon » constituent un pas décisif : ils prévoient les modalités du passage à un nouveau statut au cours d'une période transitoire de retour à l'administration

1. Cette journée fut éprouvante pour le Premier ministre. Le matin, souffrant atrocement d'une crise de coliques néphrétiques, Michel Rocard est pris d'un malaise dans le bureau du président qui l'envoie se reposer dans sa chambre à l'Élysée. Le Conseil des ministres est retardé. De retour à Matignon, il doit interrompre ce déjeuner historique et se réfugier dans une baignoire d'eau chaude.

2. In *Jours tranquilles à Matignon*, *op. cit.*, p. 87-94.

directe du Territoire par l'État. Un référendum est prévu pour ratifier le futur statut et amnistier les commandos kanaks.

La classe politique, à l'exception du Front national, applaudit. Alain Juppé, secrétaire général du RPR depuis quatre jours, « se réjouit » d'un accord dans lequel il voit « la base pour un règlement en profondeur du dossier néo-calédonien ». Une semaine après, l'Assemblée nationale adopte à l'unanimité moins la voix du député UDF ultra-conservateur Alain Griotteray la loi formalisant les accords Matignon.

Sur place, en revanche, Jean-Marie Tjibaou peine à convaincre ses partisans divisés en tendances rivales, dont certaines intraitables sur la lutte pour l'indépendance. Dans le camp caldoche, Jacques Lafleur obtient le 23 juillet l'approbation unanime du RPCR.

Les deux parties peuvent revenir à Paris pour un nouveau conclave qui s'engage le 17 août, cette fois autour du ministre des DOM-TOM Louis Le Pensec dans son hôtel de la rue Oudinot. Nouveau succès au petit matin du 20 août. Le sénateur RPCR Dick Ukeiwé a remplacé Jacques Lafleur, éprouvé par ces mois de tension.

Un compromis est établi sur un projet de loi référendaire qui prévoit un statut de la Nouvelle-Calédonie découpée en trois provinces – deux à majorité kanake, le Nord et les îles Loyauté, et une revenant aux Caldoches, celle du Sud comprenant Nouméa –, et un scrutin d'autodétermination sur le seul Territoire en 1998.

Les raisons de fond qui ont permis ces accords sont aisées à comprendre.

Dans les deux camps, après la tragédie d'Ouvéa et le cortège d'affrontements qui a précédé, on se rend compte que le cycle des violences et de la répression conduit à une impasse.

Pour les Caldoches, qui veulent continuer à vivre sur leur terre natale, il apparaît sage de composer avec la métropole où la gauche vient de reprendre le pouvoir au moins pour cinq ans. A la présidentielle, boycottée par les Kanaks, Jacques Chirac a obtenu 90 % des suffrages exprimés. D'où leur consternation quand ils apprennent l'élection de François Mitterrand.

Chez les chefs kanaks, à l'inverse, la victoire du candidat de gauche est un soulagement. Bernard Pons, le ministre des DOM-TOM du gouvernement Chirac, n'avait-il pas envisagé de traîner les dirigeants du FLNKS devant les tribunaux ! Conscients de leur manque de cadres dirigeants, les indépendantistes estiment que les perspectives ouvertes par les accords Matignon et Oudinot permettent de préparer l'avenir en s'exerçant aux responsabilités dans deux provinces. Pour Paris, qui tiendra ses promesses en matière de développement économique et social, les dix années de stabilité institutionnelle espérée doivent habituer les communautés à gouverner ensemble, et peut-être voir s'estomper la revendication indépendantiste.

Michel Rocard et Louis Le Pensec reçoivent le mercredi 24 août les compliments de François Mitterrand lors du Conseil des ministres : « Nous pouvons encore connaître des phases difficiles », mais d'ores et déjà « je me réjouis de la manière dont cette affaire particulièrement délicate a été conduite. Je renouvelle, non pas mes félicitations, le mot serait insuffisant, mais mon accord profond avec ce qui a été accompli et qui est d'ailleurs conforme aux objectifs que j'avais fixés lors de l'élection présidentielle », conclut le chef de l'État, qui, de manière inattendue, souhaite un bon anniversaire à son Premier ministre qui a fêté ses cinquante-huit ans la veille.

• Incivisme en métropole

Michel Rocard quitte ensuite l'Élysée pour Roissy où il s'envole pour une tournée en Nouvelle-Calédonie destinée à lancer la campagne pour le référendum prévu à la rentrée.

Il découvre sur le terrain à quel point les esprits ont évolué : Jacques Lafleur convainc ses partisans de venir écouter Rocard et Tjibaou à un grand meeting organisé devant l'hôtel de ville de Nouméa. Le chef du gouvernement profite de cet état de grâce pour parler sans détour. Aux Caldoches, il demande « de réussir une décolonisation dans le cadre des institutions de la République et de soutenir une politique de réduction des inégalités et des injustices ». Des Kanaks, il attend qu'ils « se montrent responsables » et « se mettent au travail, seul moyen de n'être pas des assistés ».

Tandis que Rocard triomphe en Nouvelle-Calédonie, l'opposition en métropole se montre réservée quant à l'utilité d'un référendum national. Au RPR et à l'UDF, on met en avant le risque d'une participation insuffisante. L'arrière-pensée politique est évidente. Autant le retour à la paix les satisfait, autant ils ont du mal à s'engager dans une campagne dont le bénéfice politique irait à la gauche au pouvoir.

Mitterrand explique le mercredi 31 août à ses ministres le bien-fondé du recours au suffrage universel. « Le référendum constitue un élément décisif du contrat passé. Dans cette affaire, tout repose sur la confiance qui a besoin de garanties parce que la France a déjà trompé deux fois ses partenaires là-bas. » Le chef de l'État dénonce alors la droite qui a remis en cause les décisions de la gauche avec la non-application de la loi-cadre Defferre en 1963 et le changement de statut du Territoire survenu après mars 1986. « Ceux qui s'en prennent à la forme – au choix du référendum –, en réalité, et ils le savent, s'en prennent au fond », lance-t-il à l'intention de l'opposition.

Conformément à l'article 11 de la Constitution, le président de la République attend l'ouverture de la session parlementaire pour engager la procédure référendaire. C'est donc le 5 octobre 1988 que sont rendues publiques la question posée [1] et la date de la consultation, fixée au dimanche 6 novembre.

Les partis communiste et socialiste ainsi que l'UDF appellent à voter « oui ». Le Front national et le CNI [2] prônent le « non ». Le comité central du RPR se prononce le 15 octobre pour « une non-participation engagée et motivée », autrement dit l'abstention. La motion adoptée avec 80 % des votes « dénonce la manœuvre politicienne qui, en imposant le recours au référendum, vise à transformer le vote des Fran-

1. La question, publiée au *Journal officiel* du 6 octobre, est : « Approuvez-vous le projet de loi soumis au peuple français par le président de la République et portant dispositions statutaires et préparatoires à l'autodétermination de la Nouvelle-Calédonie en 1998 ? »

2. Centre national des indépendants.

çais en un engagement supplémentaire à l'égard du président de la République, du Premier ministre et de la politique qu'ils conduisent ». Cette argumentation reprend celle avancée au mois d'avril 1972 par le Parti socialiste de François Mitterrand pour prôner l'abstention lors du référendum décidé par le président Pompidou sur l'entrée de la Grande-Bretagne, de l'Irlande et du Danemark dans le Marché commun.

Jacques Chirac, conscient de la difficulté pour ses militants de ne pas participer à une procédure consacrée par le général de Gaulle, prend sa plume pour leur expliquer : « En refusant de voter, notre fierté sera de n'avoir pas sacrifié aux facilités démagogiques l'intérêt supérieur de notre pays. »

Michel Rocard lui répond publiquement le 25 octobre à Belfort : la position du RPR est « incivique et antinationale », elle est le résultat de « considérations boutiquières ». Il est vrai que les sondages ont de quoi l'inquiéter : si le « oui » est acquis en métropole, la participation s'annonce extrêmement faible, une donnée qui renforce l'attitude du RPR. Selon la SOFRES, 38 % des Français ont l'intention d'aller voter. Ils n'étaient que 47 % à accomplir leur devoir civique le 2 octobre, pour le second tour des élections cantonales, marquées par une grande stabilité du corps électoral.

Devant le risque de désertion des urnes, François Mitterrand monte en ligne. Le 26 octobre, il adresse un message au Parlement dans lequel il assure que le scrutin du 6 novembre n'a pas un caractère politicien : « Le référendum ne marquera ni le triomphe d'un camp ni la défaite d'un autre. Il annoncera la victoire de la concorde et de la paix. »

L'abstention atteint 63 %, un record d'incivisme qui traduit avant tout le désintérêt des Français pour l'avenir de ce territoire sous-peuplé du bout du monde, où la paix leur paraît acquise depuis les accords de l'été.

Le « oui » recueille 80 % des 12 millions de suffrages exprimés en métropole, mais seulement 57 % en Nouvelle-Calédonie où la participation est cependant près de deux fois plus élevée que dans l'Hexagone. Les Kanaks approuvent à plus de 80 %, tandis que les Caldoches votent non à 60 % dans leur province de Nouméa.

Le soir même, Michel Rocard ne peut que regretter le

« soutien chichement mesuré » apporté à ses efforts. Jacques Chirac voit son appel à l'abstention justifié par les électeurs qui ont « compris que l'objectif du gouvernement était purement politicien ».

Au Conseil des ministres du 9 novembre, François Mitterrand s'efforce de tirer le côté positif du scrutin : « Vous n'avez pas besoin de jeter des pleurs sur une situation qui est derrière nous. L'important est que cela entraîne une situation de droit nouvelle. Ceux qui estiment que la portée du vote dépend du nombre de votants manquent aux principes élémentaires de la démocratie. Dirait-on d'un texte de loi parlementaire qu'il a plus ou moins de portée juridique selon le nombre de députés en séance ? »

L'affaire calédonienne soulève une dernière polémique publique au moment de la libération, le 17 novembre, des vingt-six militants indépendantistes kanaks écroués à la suite de l'attaque de la brigade de gendarmerie de Fayaoué le 22 avril 1988 et de l'assassinat de quatre gendarmes. Cette amnistie exceptionnelle en application de la loi référendaire soulève l'indignation à droite et au sein de la gendarmerie. Le ministre de la Défense Jean-Pierre Chevènement est chargé de répondre. Il se place sur le terrain politique en expliquant que le tribut payé par la gendarmerie en Nouvelle-Calédonie « est largement imputable à la politique menée par M. Bernard Pons qui a choisi de laisser la communauté mélanésienne sur le bord de la route ».

Ces protestations étaient attendues par le pouvoir. François Mitterrand s'en était expliqué dans le huis clos du Conseil des ministres, dès le 24 août, au lendemain des accords Oudinot. « Le problème de l'amnistie en Nouvelle-Calédonie est que les auteurs de crimes de sang seront mis en liberté s'ils ne sont pas jugés avant la fin de l'année. Une mesure anticonstitutionnelle que j'assume car il est des moments où l'Histoire doit prévaloir. L'essentiel est de réussir la réconciliation. » Et il livre la clé de cette grave dérogation : « La justice française s'est très mal tenue quand elle ne s'est pas déshonorée en Nouvelle-Calédonie. » L'élargissement du commando kanak de Fayaoué répond en effet à l'acquittement, au mois d'octobre 1987, des quatre métis caldoches auteurs de l'embuscade de Hienghène trois ans plus tôt [1], au cours de laquelle 10 indépendantistes avaient été tués par balle.

« Sur ce dossier calédonien, j'ai éprouvé une fierté de "pro" », se souvient Michel Rocard [2]. Pourtant, le Premier ministre a le sentiment que le président a voulu rapidement le déstabiliser sur cette question. « C'était un mercredi matin, au début de 1989, lors de nos entretiens précédant le Conseil des ministres, Mitterrand me dit tout à coup : "Dites-moi, à propos de la Nouvelle-Calédonie j'ai eu des échos peu satisfaisants, il y aurait de nouveau des tensions." Il se trouve que deux jours plus tôt, par hasard, j'avais eu une conversation-bilan sur la Nouvelle-Calédonie d'où il ressortait que tout allait bien. J'ai eu le sentiment que de la part de Mitterrand c'était intentionnel. Il ne savait rien de ce que j'avais appris. J'ai vu dans son propos un pavé nauséeux sans fondement réel. Ce jour-là, j'ai compris que ça ne se passerait pas entre nous sur le registre de l'affection. Au fond, par cette mise en garde maladroite, mesquine et tout à fait infondée, Mitterrand m'a rendu un énorme service. Il m'a fait comprendre que je devais être sur mes gardes sur tous les dossiers, même les meilleurs. »

Mitterrand a certainement froissé ce jour-là la susceptibilité du Premier ministre. Ses remarques reposaient cependant sur une réalité. En effet, les responsables kanaks se plaignaient ouvertement au mois de janvier 1989 de la lenteur de la mise en œuvre des accords Matignon. « Nous avons été roulés », avait déclaré Jean-Marie Tjibaou à un quotidien australien. Le 11 février, dans un papier-bilan de son correspondant à Nouméa, *Le Monde* titrait sur la « fin de l'état de grâce en Nouvelle-Calédonie ».

Au-delà de ces péripéties politiciennes, la réconciliation s'est poursuivie sans encombre en Nouvelle-Calédonie. L'assassinat, le 4 mai 1989, de Jean-Marie Tjibaou et de son bras droit Yeiwéné Yeiwéné, à Ouvéa, dans un guet-apens

1. Voir X^{e} partie : « La bataille ».
2. Entretien le 22 octobre 1992.

tendu par les « durs » du mouvement indépendantiste, ne remet pas en cause le processus. Michel Rocard y veille en s'envolant séance tenante pour Nouméa. Un mois plus tard, les élections provinciales, prévues par le nouveau statut, se déroulent dans le calme. Les signataires des accords Matignon et Oudinot se partagent les sièges au congrès du Territoire. Comme prévu, les Kanaks contrôlent les deux conseils de provinces du Nord et des îles, et le RPCR celui de Nouméa au sud.

Les promesses sociales

Le mercredi 29 juin, au lendemain de la formation de son deuxième gouvernement, Michel Rocard prononce devant l'Assemblée nationale le traditionnel discours de politique générale. De cet exercice obligé, la presse, donc l'opinion, retient l'intérêt manifesté par le Premier ministre pour la « réalité quotidienne » de ses concitoyens. Il annonce « un milliard de francs pour des travaux d'urgence dans des quartiers dégradés » afin d'« agir directement sur l'entretien des logements, sur les réparations des cages d'escalier, des ascenseurs, des halls d'entrée (…) Pour ceux dont la réalité est faite d'ascenseurs en panne, de boîtes aux lettres cassées, de logements trop vétustes, de loyers trop chers, j'ai la conviction qu'il s'agit d'un nouvel espoir ».

Quel contraste avec les envolées lyriques de Pierre Mauroy en 1981 et le verbe mesuré de Laurent Fabius en 1984 ! Accueilli sur certains bancs par des ricanements ou de la commisération, ce discours est prémonitoire. Il prend la mesure d'un mal, celui des banlieues, qui peu à peu s'imposera à tout discours politique de droite ou de gauche.

La veille, François Mitterrand a longuement étudié ce discours sans y trouver à redire [1]. Il est vrai que la déclaration de politique générale respecte scrupuleusement les orientations de la *Lettre à tous les Français* : credo européen, prio-

1. Aux auteurs, qu'il recevait ce soir-là pour un bref entretien, il avait confié : « Je suis plongé dans le discours de Rocard. Quel boulot ! Mais ça va, ça ne pose pas de problème. »

rité à la formation et à la recherche, et, bien sûr, instauration d'un revenu minimum d'insertion et rétablissement de l'impôt sur les grandes fortunes.

Dans l'esprit de François Mitterrand, un « revenu minimum » doit « être garanti à ceux qui n'ont rien ». C'est « la condition de leur réinsertion sociale. Comment le financer ? En grande partie par le rétablissement de l'impôt sur les grandes fortunes », supprimé par le gouvernement Chirac au printemps 1986. Indissociables, ces promesses peuvent être mises en œuvre aisément et rapidement.

L'examen de ce dossier révèle le premier clivage politique avec Michel Rocard. Il se produit dans le secret des délibérations interministérielles, à l'insu de l'opinion publique.

La différence d'approche entre l'Élysée et Matignon est immédiate. Michel Rocard refuse de lier RMI et IGF dans un même projet de loi ; il souhaite retenir l'appellation moins revancharde d'« impôt sur la fortune » ; il veut prendre son temps, contrairement à François Mitterrand qui envisage une session extraordinaire du Parlement au mois de juillet pour une première lecture de ces réformes.

Un compromis est trouvé à l'avantage de Matignon : on s'oriente vers le dépôt simultané de deux textes distincts que le Conseil des ministres devra examiner avant les vacances ; on s'entend sur la formule « impôt de solidarité sur la fortune » (ISF) et l'on attendra la rentrée parlementaire du mois d'octobre pour examiner les projets de loi.

« Michel Rocard tenait beaucoup à éviter une session extraordinaire, explique son conseiller parlementaire Guy Carcassonne [1]. Son raisonnement d'alors est politique : Chirac est groggy et Giscard réclame une session extraordinaire pour prendre en main l'opposition. Il redoute, dans ces conditions, que des joutes parlementaires immédiates créent un climat de tension droite-gauche de nature à solidifier l'opposition contre lui. » La pause de l'été permet à Matignon de peaufiner ses textes et de poser des jalons vers les communistes et les centristes en vue des débats de l'automne.

A la fin du mois de juin, le dispositif envisagé pour le RMI

1. Entretien le 18 novembre 1992.

est retenu : l'État garde le contrôle financier de l'allocation, et les collectivités locales sont chargées du volet réinsertion.

En revanche, le désaccord tourne au conflit sur les sommes que doit rapporter l'impôt sur la fortune.

L'Élysée penche pour une reconduction des taux d'imposition de 0,5 % à 2 %, pratiqués entre 1981 et 1986 qui devraient faire entrer environ 6 milliards de francs dans les caisses de l'État, soit les trois quarts du coût prévu du RMI. Matignon se refuse à imposer au-delà de 0,9 %, réduisant à moins de 4 milliards le rendement de l'impôt. La rue de Rivoli avance une formule intermédiaire à 1,5 % dégageant un produit de 5,4 milliards.

Dans cette affaire, des considérations politiques divergentes conduisent le président de la République et le Premier ministre à jouer au chat et à la souris. Le vendredi 1er juillet, au sortir d'une discussion avec François Mitterrand sur l'ISF, Michel Rocard se dit convaincu d'avoir obtenu le feu vert présidentiel sur un taux maximal de 0,9 %. A l'inverse, le chef de l'État [1] indique à ses collaborateurs n'avoir pas donné son accord car il estime que la détermination des taux ne relève pas de sa compétence.

Rocard se dépêche de rendre public cet « arbitrage » en l'annonçant trois jours plus tard à la radio. Mais il n'est pas dupe. Il sait que François Mitterrand, épaulé par Pierre Bérégovoy, réclame un taux maximal plus élevé. S'il devait être désavoué, le Premier ministre pourrait apparaître comme celui qui, jusqu'au bout, s'est montré soucieux des préoccupations du patronat, des marchés financiers, et des centristes. Il apparaîtrait ainsi comme l'avocat de la modération, comme celui qui refuse de revenir au socialisme « doctrinaire ».

Mitterrand, quant à lui, ne veut surtout pas se voir reprocher de s'ingérer dans les affaires du chef du gouvernement. Il n'aimerait pas que la presse écrive que le président dicte ses choix comptables à un Premier ministre qui fait ses premières armes. Il n'intervient pas auprès de Michel Rocard, mais il demande à ses collaborateurs de faire savoir aux députés socialistes que des amendements relevant les taux ne lui déplairaient pas.

1. Documents d'archives.

Le mercredi 13 juillet, le Conseil des ministres adopte les deux projets de loi sur le RMI et l'ISF. On assiste à un vif échange [1] entre les deux courants du socialisme à la française. « Le rendement de l'ISF est faible, s'exclame Jean-Pierre Chevènement, il rapportera trois fois rien. Les classes possédantes ont l'art de plaider la cause de leurs privilèges avec succès en les présentant comme faisant partie de l'intérêt national. » François Mitterrand cherche à s'interposer : « Personne ici ne va s'apitoyer sur le triste sort des personnes en question, mais le débat a été étudié à fond par le Premier ministre et les ministres compétents. » Michel Rocard tient pourtant à répondre au ministre de la Défense : « Trois fois rien, c'est inexact. Il ne faut pas frapper plus fort pour ne pas faire fuir de France les capitaux. Une activité économique préservée nous apportera des rentrées fiscales supplémentaires. »

A la rentrée, le gouvernement renonce à l'affichage politique présentant l'ISF comme moyen de financer le RMI. Les contacts pris par Matignon avec les groupes parlementaires de l'Assemblée nationale permettent d'escompter un vote massif en faveur du RMI. Sur l'ISF, en revanche, le soutien espéré des centristes du groupe UDC s'annonce problématique.

Il est donc décidé que le RMI sera le premier texte inscrit à l'ordre du jour tandis que l'ISF sera inséré dans le débat budgétaire.

Le mardi 4 octobre, les députés abordent dans un climat serein le débat sur la solidarité à l'égard des exclus. Il s'agit de porter secours aux victimes de la nouvelle pauvreté, oubliées de la protection sociale : entre quatre cent mille et six cent mille ménages privés de tout revenu. Ce sont des personnes isolées et de plus en plus jeunes frappées par le déferlement du chômage, souvent victimes de la dislocation de la cellule familiale, et même de l'absence de logement. Sans compter le nombre croissant des marginaux. La pauvreté traditionnelle avait pratiquement disparu dans les années 70 avec le plein emploi et l'extension de la couverture

1. Récit de Jean-Louis Bianco. Document d'archives.

sociale. Dix ans plus tard, c'est donc à une nouvelle forme de pauvreté qu'il faut répondre en créant une nouvelle prestation qui crée un droit nouveau [1] : celui de la survie.

Le texte est adopté le 12 octobre à l'unanimité moins 3 voix (celles des UDF Gilbert Gantier, Alain Griotteray et Georges Mesmin) et 24 abstentions. Le gouvernement, conscient des réticences de la droite, n'a pas suivi jusqu'au bout le rapporteur socialiste Jean-Michel Belorgey qui refusait de lier le paiement du RMI à la volonté d'insertion du bénéficiaire. Il est confirmé à main levée le 30 novembre en dernière lecture après que le gouvernement a repoussé les profondes modifications sénatoriales visant à transférer à terme de l'État aux départements le pouvoir d'attribution du RMI. La loi est promulguée le lendemain et entre en application le 15 décembre, pour une période expérimentale de trois ans, en même temps que paraissent les décrets d'application. Le gouvernement Rocard peut à juste titre se prévaloir ici d'une rapidité de mise en œuvre inégalée.

Trois ans plus tard, le Parlement confirme définitivement le RMI en apportant au dispositif des améliorations tirées de l'expérience. Près de six cent mille foyers bénéficient alors de cette allocation [2] qui coûte au total près de 20 milliards de francs annuels à l'État et aux collectivités locales. S'il répond donc à un besoin criant, le RMI pèche par l'insuffisance de son volet réinsertion. Les contrats de travail orientés pour la plupart vers des emplois précaires demeurent insuf-

1. Chez les socialistes, on se dispute la paternité de cette innovation sociale majeure. Pour les rocardiens, c'est l'un des leurs, le député de la Sarthe Jean-Claude Boulard, qui l'a proposée deux ans plus tôt lors d'une université d'été de leur courant. Pas du tout, rétorque Lionel Jospin, l'idée a été avancée par son ami Dominique Strauss-Kahn lors d'une convention nationale du PS sur la modernisation en 1986. François Mitterrand renvoie tout le monde dos à dos en assurant qu'il n'a fait que reprendre une mesure mise en place en Suède par le Premier ministre social-démocrate Olof Palme avec lequel il s'en était longuement entretenu lors de sa visite officielle à Stockholm au mois de mai 1984.

2. Fixée en 1988, et indexée sur l'inflation, à 2 000 francs mensuels pour une personne seule, 3 000 francs pour un couple et 600 francs supplémentaires par enfant ou personne à charge, non exclusifs des aides au logement et de la couverture maladie de la Sécurité sociale.

fisants – environ 40 % des RMI – et la mobilisation est très inégale selon les départements, en particulier en région parisienne et sur le pourtour méditerranéen. Le RMI touche 1,8 % de la population métropolitaine et près de 18 % dans les départements d'outre-mer.

Le débat sur le rétablissement de l'impôt sur la fortune domine la discussion budgétaire qui s'ouvre le 18 octobre 1988 à l'Assemblée nationale. Grâce à une série de concessions aux groupes communiste et centriste, qui s'abstiennent lors du vote des recettes, le gouvernement n'a pas besoin d'engager sa responsabilité en faisant jouer l'article 49-3 [1].

La loi crée, à la demande du groupe socialiste, une nouvelle tranche supérieure de 1,1 % au-delà d'une fortune de 20 millions de francs. Les centristes obtiennent quelques déplafonnements pour les hauts revenus tandis que les communistes se satisfont d'un effort sur les crédits pour l'aide personnalisée au logement et pour les bourses d'études.

L'impôt de solidarité sur la fortune rentre mal. Le 28 juin 1989, soit à mi-chemin de l'exécution du Budget, Michel Charasse fait passer au président en Conseil des ministres une note manuscrite [2] dans laquelle il l'alerte : ses services s'attendaient à voir rentrer 4,2 milliards de francs en fin d'exercice alors que les premières indications ne laissent espérer que 3,3 milliards. Le ministre du Budget soupçonne les contribuables d'avoir « négligé » de déclarer leur fortune « pour échapper indûment » à l'ISF ; « beaucoup d'autres ont abusivement minoré la valeur de leur fortune ». Charasse envisage dans l'immédiat de « lancer les contrôles et les poursuites nécessaires ». Pour l'avenir, il estime que le groupe socialiste réclamera « inévitablement » un relèvement des taux lors du prochain Budget. Et, à l'automne, le Parlement crée un nouveau taux maximal de 1,3 % sur les fortunes supérieures à 40 millions de francs.

1. Cette disposition de la Constitution permet de faire adopter un texte sans qu'il soit voté, sauf si le Parlement vote la défiance en renversant le gouvernement par un scrutin acquis à la majorité absolue des députés.

2. Document d'archives.

CHAPITRE 3

Les contraintes du marché et la pression de la rue

François Mitterrand, Michel Rocard et Pierre Bérégovoy ont-ils sacrifié les idéaux de la gauche sur l'autel de la construction d'une Europe libérale ? Pouvaient-ils emprunter un autre chemin que celui du franc fort ? Ont-ils renoncé à l'audace industrielle et commerciale avec la règle du « ni-ni » ? Ont-ils dilapidé l'argent public pour satisfaire les revendications des fonctionnaires et engager l'État dans de coûteux chantiers ?

Ont-ils, à l'inverse, bien géré l'économie ? Sinon, quelle est leur faute ? Trop de rigueur, de laxisme ou d'immobilisme ?

Le franc fortifié

Lorsqu'ils reprennent les rênes du pouvoir, le président, le Premier ministre et le ministre des Finances sont d'accord sur les grandes options économiques. Depuis le tournant de la rigueur de 1982-1983 [1], les socialistes français ont choisi l'économie ouverte sur le monde et l'Europe, une voie qui détermine les grands impératifs : une monnaie solide, une inflation contenue, une gestion équilibrée des finances publiques, une économie modernisée et une fiscalité s'harmonisant progressivement avec celles des principaux partenaires européens.

Toutefois, sur la façon d'agir, leurs conceptions ne sont pas les mêmes et les six premiers mois de la nouvelle équipe vont nécessiter de délicats ajustements.

Michel Rocard n'est pas, au départ, obsédé par le dogme

1. Voir IVe partie : « La rigueur ».

de l'équilibre. Pour lui, les finances publiques sont un moyen de mettre en œuvre une politique économique et sociale volontariste. Un État moderne et agissant doit servir de moteur à la croissance génératrice d'emplois. Il ne doit pas s'interdire d'utiliser le levier de l'impôt et l'outil dynamique d'un déficit budgétaire acceptable. Autrement dit, il est keynésien [1]. Tout son discours est dominé par un refus du monétarisme qui s'est emparé des économies occidentales, hantées par l'inflation. Pour Michel Rocard, cela revient à « saigner le malade, comme les médecins de Molière. On étrangle l'économie par manque de monnaie. Résultat : le franc n'est pas attaqué. Donc ça marche, mais à quel prix ? Social, chômage [2]… ».

Son ministre des Finances tient, lui, pour le monétarisme. Pour Pierre Bérégovoy, non seulement la solidité du franc, mais sa parité avec le deutsche Mark, monnaie de référence des marchés, sont le postulat d'une politique économique de gauche. Son raisonnement tient en une phrase : la stabilité monétaire, c'est-à-dire la priorité absolue à la réduction de l'inflation, permet de défendre, voire de renforcer, le pouvoir d'achat des petites gens, même si, optiquement, l'illusion monétaire – hausse des prix et hausse des salaires – donne l'impression de mener une politique sociale. Cette conviction le conduit à se porter personnellement garant de la valeur du franc. Tant qu'il sera aux Finances, la France ne dévaluera pas sa monnaie. Cette posture déterminée vise à créer la confiance autour de la devise française, à convaincre les marchés qu'il est inutile de spéculer contre le franc. D'où aussi l'impérieuse nécessité d'une réduction du déficit budgétaire et de la dette publique.

François Mitterrand aimerait voir se réaliser une synthèse entre les sensibilités économiques des deux piliers du gouvernement qu'il a nommés. Il ne s'est jamais résigné à l'impérialisme reagano-thatchérien du monétarisme libéral. Il croit à l'économie mixte, à l'intervention de l'État. Pour

1. John Maynard Keynes, 1883-1946, économiste britannique dont les thèses ont notamment inspiré le « New Deal » de Roosevelt aux États-Unis, fondé sur une relance de l'économie par la dépense publique.

2. Intervention de Michel Rocard lors d'une convention du PS, les 15 et 16 décembre 1984.

lui, la France est riche, elle a donc les moyens de tenir son rang. La crise mondiale ne doit pas faire obstacle aux lourds investissements qui préparent ou garantissent son avenir : la recherche, la formation, la Défense nationale, la cohésion sociale.

Mais, dans son esprit, ce volontarisme est inséparable de l'impératif européen. Au moment où s'engage son nouveau mandat, l'ordre du jour de la construction européenne, dont il se veut le bâtisseur, est la mise en œuvre du « Grand Marché ». Elle passe par l'alignement sur le libéralisme avec la liberté totale des mouvements de capitaux, qui oblige en particulier la France à aller loin dans la réduction de la fiscalité de l'épargne et de la TVA, entraînant des pertes de recettes de l'ordre de la centaine de milliards de francs. Il expliquera un jour en Conseil des ministres[1] que « si la France veut avoir une autorité au sein de l'Europe, elle ne peut pas se placer dans la position du mauvais élève. Cela nous amène évidemment à avaler quelques pilules ».

Cette contrainte acceptée le conduit tout naturellement à épouser la politique du franc fort de son ministre des Finances. Ce dernier n'a même pas besoin de le convaincre que le maintien de la parité franc-Mark est primordial s'il veut parler à égalité avec son partenaire allemand. Mitterrand a intégré cette donnée lors de l'épreuve du tournant de la rigueur de 1982-1983. Pour lui, l'Europe doit être tirée par le moteur franco-allemand, qui ne peut bien tourner si la France se laisse trop distancer.

Deux réalités vont permettre aux socialistes de surmonter cette contradiction : l'assainissement économique et financier résultant des efforts consentis par la nation dans le cadre des politiques de rigueur menées par la gauche puis par la droite depuis 1983 ; et aussi une formidable embellie conjoncturelle qui permet à la France de retrouver en 1988 et 1989 une croissance qu'elle n'avait pas connue depuis le premier choc pétrolier de 1973.

1. Document d'archives.

• La rigueur sans douleur

Dès l'été 1988, la préparation du Budget voit prévaloir les thèses de Pierre Bérégovoy. Le ministre des Finances obtient en effet du chef du gouvernement qu'il reprenne à son compte l'objectif de leurs prédécesseurs, Jacques Chirac et Édouard Balladur, de ramener le déficit budgétaire à 100 milliards de francs.

Il s'agit essentiellement pour la rue de Rivoli d'adresser un signal aux marchés : en matière de rigueur, les socialistes font aussi bien que la droite, d'autant qu'ils ne se créent pas une cagnotte avec le produit des privatisations. Cet affichage immédiat doit renforcer une confiance dans le franc de nature à envisager une baisse des taux d'intérêt qui donne un peu d'oxygène à l'économie grâce à un crédit moins cher.

Le cabinet de Bérégovoy trouve une oreille attentive chez les principaux collaborateurs de Rocard qui vont s'employer à le persuader de souscrire à l'objectif « Balladur-Béré ». Jean-Paul Huchon [1] témoigne : « On apprend très vite, en examinant les grandes masses, au moment des fameux arbitrages budgétaires, que la marge de manœuvre financière de l'État est très ténue (...) L'entrée dans le Grand Marché européen ne permet déjà plus de mener une politique économique totalement autonome. » A l'Élysée, en revanche, Mitterrand confie à Jean-Louis Bianco [2], le 19 juillet : « Je ne comprends pas pourquoi Rocard s'est fixé un déficit budgétaire de 100 milliards qui avait été déterminé par Chirac. Il se crée une contrainte supplémentaire et inutile. »

Si cette critique est recevable sur le plan de la communication politique – pourquoi se mettre dans les pas de la droite ? –, elle ne résiste pas à l'examen des chiffres. La forte croissance de 1988 [3], déjà prévisible à l'été, va faire rentrer

1. In *Jours tranquilles à Matignon*, *op. cit.*, p. 129 et 135.
2. Document d'archives.
3. Le taux de croissance du produit intérieur brut en volume bondit de 2,2 % en 1987 à 4,3 % en 1988.

quelque 40 milliards supplémentaires dans les caisses de l'État, ce qui facilite grandement le passage d'un déficit annoncé de 115 à 100 milliards de 1988 à 1989.

A la veille de la rentrée, Michel Rocard prend ses distances avec la rigueur. Il « serait irresponsable de faire croire qu'on peut indéfiniment rogner sur les dépenses publiques », déclare-t-il le 26 août au *Nouvel Observateur*. Et il ajoute : « Si la stabilisation des prélèvements obligatoires est une idée saine, elle est assez mal adaptée à la réalité. »

Ces propos lui valent de recevoir un seau d'eau froide de son ministre du Budget. Le 8 septembre, dans une longue note [1], Michel Charasse l'accuse de « laisser les économies s'effilocher » et lui demande de « prendre conscience de la réalité des contraintes budgétaires ». Il souligne d'abord que « la population d'âge actif continuera, dans les prochaines années, à progresser en France alors qu'elle se stabilisera ou baissera chez nos principaux partenaires. Le traitement social du chômage n'est donc pas à la veille de cesser de peser sur le Budget de l'État », alors que « les prélèvements obligatoires atteignent 45 % en France, contre 38 % en RFA et en Grande-Bretagne ». Et de conclure sur « l'objectif fondamental d'une réduction du déficit budgétaire des années 1990 à 1992 à 70 milliards de francs » !

Michel Charasse inaugure avec cette lettre la nouvelle mission que lui a assignée son maître. François Mitterrand a en effet nommé au Budget son ami et collaborateur de longue date pour surveiller la forteresse des Finances dont il s'est toujours méfié. Il sait que le sénateur-maire de Puy-Guillaume, en Auvergne, s'est toujours emporté contre « le gaspillage des deniers publics ». En l'envoyant auprès de Pierre Bérégovoy, il lui demande de faire cette « boucherie » qui permettrait de mieux répartir les dépenses de l'État, de réaliser des économies, tout en consacrant plus d'argent aux dépenses d'avenir.

« Béré » n'a pu empêcher la nomination de son ancien collègue de l'Élysée. Il goûte peu ses excès de langage et de

1. Document d'archives.

comportement rabelaisiens. Mais, très vite, les deux hommes s'entendent. Ils se répartissent le travail, présentent un front commun et se retrouvent contre ce qu'ils appellent « le laxisme de Rocard ».

« Je n'ai jamais prisé son style. Je lui ai dit qu'il déshonorait la fonction de ministre, se souvient Michel Rocard [1], qui ne manifeste aucune rancœur. Charasse était extraordinairement compétent, très respecté sur tous les bancs du Parlement. Je l'ai toujours considéré comme un homme loyal car, à la différence de Bérégovoy, il acceptait mes arbitrages après s'être battu comme un chien. Bref, avec lui, on avait toujours le refuge de l'intelligence. »

• Crispations face à l'Europe sans frontières

La mise en œuvre à l'horizon 1993 de l'« Acte unique », décidé par les Douze au Conseil européen de Luxembourg le 4 décembre 1985 [2], prévoit « la libre circulation des marchandises, des personnes, des services et des capitaux ».

Deux dossiers se révèlent particulièrement épineux pour la France.

Elle doit accélérer la réduction de ses taux de TVA [3] pour les rapprocher de ceux de ses principaux partenaires, la RFA et le Royaume-Uni, qui ne pratiquent pas de taux majoré à 33 %.

Il lui faut aussi renoncer à sa forte fiscalité sur l'épargne si elle ne veut pas risquer de voir fuir les placements des Français vers les banques allemandes, britanniques et luxembourgeoises qui ne taxent pas l'épargne alors que les Douze décident le 13 juin à Luxembourg la libération des mouvements de capitaux pour le 1er juillet 1990.

Pierre Bérégovoy est très préoccupé par cette perspective qui peut entraîner des évasions massives de capitaux. Dès son installation rue de Rivoli, il s'en ouvre à François Mitterrand. Pour le ministre des Finances, la France court à la catastrophe si elle n'obtient pas au « préalable » un accord

1. Entretien le 22 octobre 1992.
2. Voir VIIe partie : « L'attente ».
3. Taxe à la valeur ajoutée.

des Douze sur une harmonisation de leurs fiscalités de l'épargne.

Le chef de l'État sait qu'Helmut Kohl et Jacques Delors se sont personnellement engagés à faire aboutir dans les délais cette libération des capitaux. Il considère que, quelle que soit la gravité de l'enjeu, la France ne peut pas se permettre d'amorcer une confrontation avec le chancelier allemand et le président de la Commission européenne.

Élisabeth Guigou, conseiller à l'Élysée pour les affaires européennes, suggère une solution : demander une évolution « parallèle » de la liberté de circulation des capitaux et de l'harmonisation de l'imposition de l'épargne. Mitterrand la reprend à son compte et s'en ouvre le 2 juin 1988 à Évian où il déjeune avec Helmut Kohl.

Le chancelier accepte cette proposition d'évolution « parallèle », entérinée le 13 juin à Luxembourg par les ministres des Finances des Douze, qui adoptent la directive instaurant la libération complète des mouvements de capitaux à partir du 1er juillet 1990. Mais le Luxembourg – paradis fiscal, qui, comme la Suisse, pratique le secret bancaire – et la Grande-Bretagne, principale place financière sur le vieux continent, font immédiatement connaître leur hostilité à l'harmonisation fiscale.

A Paris, on comprend que la partie est loin d'être gagnée. Le 24 juin, lors d'un conseil interministériel [1], Michel Rocard, juge la situation « explosive ». Faute d'harmonisation fiscale, il en coûtera 20 milliards de francs à l'État avec le risque, insiste Rocard, de mettre en cause « toutes nos priorités sociales et même les dépenses de Défense ». Il va jusqu'à brandir la « menace de ne pas exécuter la directive européenne ». Il avertit : « Si nous n'y prenons pas garde, nous ferons une Europe des forts, des puissants, des capitaux et s'accentuerait le phénomène de rejet anti-européen exprimé notamment par le vote Le Pen. »

Au mois de novembre, Jacques Attali alerte Mitterrand [2] : la libre circulation ne se limitera pas aux Douze, mais elle

1. Document d'archives.

2. Document d'archives : notes de Jacques Attali datées des 9 et 15 novembre 1988.

sera mondiale car la RFA et la Grande-Bretagne pratiquent déjà la liberté totale des mouvements de capitaux. Pour éviter une fuite de l'épargne française, il faudrait alors s'aligner sur les pratiques les plus libérales, comme l'ouverture de comptes anonymes à numéro à l'instar des banques de Genève, Lausanne et Zurich. « Tout cela est fou (...), il serait particulièrement choquant de voir se faire l'internationale du capital au moment où s'enlise l'Europe sociale. »

Du coup, Mitterrand élève le ton, à la table du Conseil européen de Rhodes, les 2 et 3 décembre : « La libération des mouvements de capitaux n'est pas concevable sans harmonisation fiscale. » Ce rappel provoque de « vives discussions » avec le Premier ministre britannique Margaret Thatcher qui se fait l'avocat des partisans de la « dérégulation [1] ». Le chancelier Kohl s'attache à démontrer sa bonne volonté en faisant instaurer, au mois de janvier 1989, en Allemagne une retenue à la source de 10 % sur l'épargne bancaire. Paris accomplit alors sa part du chemin en engageant peu après un processus d'allégement de la fiscalité de son épargne : le 19 avril, l'Assemblée nationale adopte un amendement du député socialiste Christian Pierret réduisant considérablement la taxation des plus-values sur les SICAV.

Peine perdue. Huit jours plus tard, le chancelier Kohl annonce au Bundestag la suspension du prélèvement à la source. Il n'a pu résister à la pression du lobby bancaire de Francfort, affolé par les fuites massives de capitaux vers le Luxembourg pour échapper au nouvel impôt. Cet épisode entraîne la démission du ministre des Finances Gerhard Stoltenberg.

Tandis qu'au Sénat Pierre Bérégovoy regrette ce « pas en arrière » des Allemands, Élisabeth Guigou rédige une note très pessimiste au président : « Malgré son engagement personnel en faveur de l'Europe, le chancelier Kohl est contraint, pour la première fois depuis qu'il est au pouvoir, de prendre une décision qui rendra très difficile et peut-être impossible une position commune franco-allemande. Une solution euro-

1. Télégramme du quai d'Orsay, daté du 5 décembre 1988, aux ambassades de France en Europe, résumant les débats de Rhodes.

péenne sur l'harmonisation de la fiscalité de l'épargne devient ainsi très hypothétique. »

La France se trouve dès lors placée devant un choix fondamental : ou bien elle refuse de s'engager plus loin dans la libération des mouvements de capitaux, mettant en danger le processus du Grand Marché, et donc à terme l'intégration européenne ; ou bien elle cède au libéralisme dominant avec le prix politique et social qui en découle sur le plan intérieur.

Pour sortir de cette ornière, Mitterrand, soucieux de ne pas bloquer la construction européenne, conçoit au cours de l'été 1989 un pari audacieux : demander à l'Allemagne de prendre un engagement irrévocable sur l'union économique et monétaire en échange d'un engagement français à ne pas remettre en cause l'achèvement du Marché unique.

L'issue de ce « marchandage historique » entre la France et l'Allemagne se jouera au moment du Conseil européen de Strasbourg, au mois de décembre 1989, alors qu'un séisme gigantesque risque de bouleverser la donne : la chute du mur de Berlin et la question de la réunification allemande [1].

La réduction des taux de TVA, dans le cadre de l'harmonisation fiscale nécessaire à l'entrée en vigueur du Grand Marché, a également donné lieu à des crispations au sein de l'Exécutif français.

Engagé par le ministre des Finances Édouard Balladur dans le Budget 1988, avec le passage du taux majoré de 33,3 % à 28 %, le processus de réduction des taux français doit se poursuivre en concertation avec les partenaires européens de la France jusqu'à l'échéance de 1993. Son successeur, Pierre Bérégovoy, continue donc dans la même voie en annonçant au mois d'août 1988 qu'il ramène de 7 % à 5,5 % le taux réduit dans la loi de finances pour 1989. Un effort accru est envisagé pour le Budget suivant afin de se rapprocher de la moyenne communautaire.

Mais le 9 septembre 1988, le Premier ministre jette un pavé dans la mare. Il déclare au magazine *L'Expansion* que « la seule vraie urgence est la fiscalité de l'épargne (...) Il est clair que pendant deux ans, on ne pourra pas agir en

1. Voir XIIe partie : « Une Allemagne contre une Europe ».

même temps sur la TVA au même niveau et aussi vite. D'ici là, je l'espère, plus personne n'aura envie de faire ce qui est envisagé aujourd'hui ». Et il conclut que baisser la TVA consiste à « tarir la seule ressource fiscale significative de l'avenir ».

C'est de la part de Michel Rocard une provocation calculée. La TVA, qui constitue près de la moitié des ressources de l'État, est un impôt indolore et entré dans les mœurs depuis sa création en 1968. A ses yeux, sa réduction peut entraîner une paupérisation de l'État contraire à ses coûteux projets de modernisation du service public, de contrats de Plan et d'infrastructures. Il pense que la France peut convaincre ses partenaires qu'il est contre l'intérêt même de l'Europe d'aller trop loin dans le démantèlement de la ressource fiscale.

Ses déclarations soulèvent un tollé à l'Élysée et rue de Rivoli. Elles sont contraires à la *Lettre à tous les Français* qui présente la baisse de la TVA comme un élément de justice sociale, de lutte contre l'inflation et d'engagement européen. Elles tournent le dos aux positions constantes des socialistes sur l'injustice de cet impôt qui pèse davantage sur les bas revenus. Enfin, elles placent la France au rang des mauvais élèves de l'Europe alors qu'il eût été plus avisé de s'abriter derrière les Britanniques, les Italiens et les Grecs, eux aussi contraints de réduire leurs taux de TVA.

Dans une note conjointe, Élisabeth Guigou et Hervé Hannoun (conseiller économique à l'Élysée, qui deviendra directeur de cabinet de Pierre Bérégovoy quatre mois plus tard) accusent le Premier ministre de « prendre le risque de se montrer très européen lorsqu'il faut accroître les privilèges fiscaux » dans l'affaire de l'harmonisation de l'épargne, « mais anti-européen lorsqu'il s'agit de baisser les prélèvements sur la consommation populaire ».

Une musique qu'aime bien entendre le président de la République…

Rocard est rapidement désavoué. A la demande expresse de François Mitterrand, Bérégovoy définit la position officielle de la France devant ses collègues européens réunis le samedi 17 septembre 1988 dans la station balnéaire d'Elounda, en Crète. Il n'oppose que des réserves formelles aux taux proposés par la Commission européenne. Et, à l'occasion du Conseil des ministres suivant, le 21 septembre, il fait passer un mot au président[1] : « J'ai fait de la corde raide en Crète sur la TVA. J'ai dit ce que vous m'aviez conseillé : les propositions de Bruxelles vont dans la bonne direction, mais elles sont trop rigides. Trop complexes, elles peuvent être étalées dans le temps. Jacques Delors a saisi la perche. Nous pouvons désormais nous abriter derrière l'hostilité fondamentale de la Grande-Bretagne, du Danemark, du Luxembourg et, finalement, d'à peu près tous les autres, sauf si de nouvelles déclarations d'origine française ne viennent troubler le jeu. »

De cet épisode technico-politique des tout premiers mois de son gouvernement, Michel Rocard[2] conserve une amertume à l'égard du président : « Immédiatement, j'ai eu les reins cassés là-dessus, or l'intérêt de Mitterrand eût été de me soutenir. Objectivement, la TVA est le bon impôt par excellence et Mitterrand, comme moi, voulait jouer l'animation par la dépense publique. Mais il préférait me gêner moi plutôt que Bérégovoy. Finalement, Mitterrand gouverne par équilibre entre les hommes, il fonctionne en situation d'autorité entre eux, il joue les rapports de force et soutient les uns ou les autres en fonction de leurs différences sur le fond. »

Dans le Budget 1990, le taux majoré de TVA est ramené de 28 % à 25 % ; un an plus tard, il passe à 22 %.

Sur ces choix économiques et financiers, pris au nom de l'engagement européen, la gauche au pouvoir a adopté une attitude paradoxale. Inquiète de la fuite des capitaux, redoutée par le Trésor et qualifiée de « fantasme » par les technocrates de Bruxelles, elle finit par céder et se lance dans une déréglementation à marche forcée. Ce faisant, la gauche arrive là où elle ne voulait pas aller : l'écart se creuse entre une France de nouveaux rentiers, qui profitent à la fois de la baisse de l'impôt sur l'épargne et de la hausse des taux d'intérêt, et une France des salariés dont le pouvoir d'achat

1. Document d'archives.
2. Entretien le 22 octobre 1992.

tend à stagner. C'est tout le débat des années 90 : l'Europe ou l'équité sociale.

Le dogme contourné

« Les nationalisations ont économiquement et financièrement réussi. Mais puisque les Français par leur vote de 1986 ont préféré une autre direction, laissons s'apaiser les bouillonnements que le va-et-vient nationalisations-privatisations ne prolongerait pas sans dommage. Le délai qui nous sépare du Grand Marché européen est trop court pour que soit pris le risque de bouleverser à nouveau le paysage économique. » Ainsi s'exprime le candidat François Mitterrand dans sa *Lettre à tous les Français* sur un dossier majeur : l'avenir du secteur public.

Sa volonté d'apaisement idéologique après les batailles homériques sur les nationalisations de 1982 et les privatisations de la cohabitation[1] est résumée dans son entourage, puis par la presse, par la formule « ni nationalisations ni privatisations » : le « ni-ni » est né. Le chef de l'État précisera, une fois réélu, que cet engagement porte sur la durée de la législature.

Mais cette règle énoncée, les divergences surgissent sur son interprétation. Le « ni-ni » est-il un dogme qui interdit aux entreprises publiques toute évolution de leur capital, ou une orientation qui n'empêche pas leur respiration par le biais de prises de participations, d'achats ou de ventes de filiales privées ou même de coopération avec des entreprises étrangères ?

Le problème se complique avec le sort que la gauche envisage de réserver aux fameux « noyaux durs » constitués par Édouard Balladur lors des privatisations. Ils sont conçus pour assurer la stabilité des grandes entreprises privatisées en interdisant aux investisseurs qui en font partie de vendre librement leurs titres pendant cinq ans. La gauche et les barristes avaient dénoncé cette pratique mais surtout le choix

1. Entre 1986 et 1988, une trentaine d'entreprises sont privatisées, soit un capital de 120 milliards de francs et un demi-million de salariés.

de patrons proches de la droite et désignés par le pouvoir pour contrôler ces noyaux durs.

Mitterrand, qui avait dénoncé « les bandes et les clans » qui s'étaient emparés de l'appareil de production de la nation, demande dès le lendemain de sa réélection à son ministre des Finances de casser ces noyaux durs, de « dénoyauter » sans tarder. Il expose ses arguments devant le Conseil des ministres, le 27 juillet 1988 [1] : « En soi, les noyaux durs ne sont pas une mauvaise notion, mais ce qui n'est pas supportable, c'est la confiscation par une formation politique de l'ensemble des féodalités économiques. Va-t-on laisser ce pouvoir à des personnes qui sont directement ou indirectement trésorières de certains partis politiques ? J'assume la responsabilité de cette décision, je proclame qu'il s'agit d'une décision politique. »

Mais comment s'y prendre ?

Pierre Bérégovoy suggère immédiatement de faire voter une loi faisant sauter le verrou des cinq années de stabilité des actionnaires des noyaux durs. Il se heurte au refus de l'Élysée où François Mitterrand et Jacques Attali ne veulent pas relancer les polémiques politiques sur ce sujet délicat. Mais pour eux, l'État doit retrouver ses positions de pouvoir.

Il ne reste dès lors qu'une seule voie : agir sur le marché boursier en demandant à des investisseurs, alliés de l'État, d'acheter de gros paquets d'actions qui leur permettront de prendre le contrôle des entreprises privatisées.

• Société Générale : l'État « *raider* »

Cette stratégie débouche sur le raid manqué contre la Société Générale qui secoue fortement le gouvernement avec la plus grosse affaire de délits d'initiés du septennat.

A la mi-juillet, Pierre Bérégovoy donne son feu vert au financier Georges Pébereau pour convaincre plusieurs gros investisseurs publics et privés de racheter en sous-main autour de 10 % des actions de la Société Générale, soit

1. Document d'archives.

quelque 3 milliards de francs, qui permettraient de prendre le contrôle de la première banque privée du pays.

Ancien président de la CGE (Compagnie générale d'électricité), remercié par la droite en 1986, Georges Pébereau, patron de la société financière Marceau Investissements, a, semble-t-il, une revanche à prendre. Son objectif au départ était de lancer un raid boursier pour reconquérir la CGE. Il en est dissuadé par Matignon qui ne veut pas de conflit avec ce puissant groupe industriel dirigé par le balladurien Pierre Suard. Au-delà des considérations de stratégie économique, les préoccupations de caractère politique ne sont sans doute pas absentes dans l'entourage de Michel Rocard : la CGE contrôle *L'Express*, premier hebdomadaire d'information français par son tirage, et il vaut mieux l'avoir avec soi que contre soi.

Pébereau s'oriente alors vers la Société Générale, une façon indirecte de s'attaquer à la CGE, dont la banque contrôle une partie du capital. Pour dénoyauter la Société Générale, Pébereau crée une filiale de Marceau Investissements, la SIGP (Société immobilière de gestion et de participation), sorte de coquille destinée à recevoir les actions acquises par les « *raiders* » français et étrangers.

Dans ce tour de table figurent d'une part des « capitalistes privés » : François Dalle (L'Oréal), Gustave Leven (Perrier), Jean-Louis Descours (chaussures André), surnommés les « *golden papies* », et le promoteur immobilier Christian Pellerin. Leurs motivations sont purement financières.

Pour réussir, le concours des « capitalistes publics » est indispensable, compte tenu des capitaux nécessaires. La Caisse des dépôts et consignations est le partenaire tout désigné. Premier organisme financier de l'État, elle est présente dans le capital de nombreuses banques publiques et fournit des crédits aux collectivités locales, au logement social, au financement des autoroutes. Son président, Robert Lion, est un ami de Georges Pébereau. Il accepte de participer activement à l'opération.

Avec l'accord de la rue de Rivoli, Pébereau sollicite également les trois compagnies d'assurances nationalisées : le GAN du chiraquien François Heilbronner, les AGF du rocardo-centriste Michel Albert, et l'UAP, à la tête de laquelle vient d'être nommé l'ancien conseiller économique de Pierre Mauroy à Matignon, Jean Peyrelevade [1].

Et là, l'opération s'enraye.

« Trois jours après mon arrivée à l'UAP, Georges Pébereau vient me voir et m'annonce que le raid vise la Société Générale et me demande 500 millions de francs pour participer au fonds d'investissement. Je refuse », raconte Peyrelevade. Pour lui, l'opération n'a pas de justification d'intérêt général, mais ne répond qu'à des « ambitions de pouvoir », à un objectif « idéologique et politique de la part de Pierre Bérégovoy ». De plus, elle lui semble « montée comme l'as de pique ». Aussitôt, le patron de l'UAP se rend à l'Élysée, à Matignon et rue de Rivoli pour « mettre en garde les autorités : attention, vous allez vous casser la gueule, arrêtez ça en empêchant la Caisse des dépôts de s'engager ». A la présidence, « Jean-Louis Bianco m'écoute et ne me répond pas. Rue de Rivoli, je vois Patrick Careil (conseiller chargé des dénoyautages) qui semble ennuyé mais ne réagit pas. Quant à Michel Rocard, Jean-Paul Huchon et Tony Dreyfus, ils me disent que c'est l'affaire de Bérégovoy : était-ce un aveu d'impuissance ou du machiavélisme de leur part ? »

Jean-Paul Huchon [2] assure que Matignon a tout fait pour dissuader les Finances de se lancer dans cette opération : « Au cours de l'été, Bérégovoy est venu nous dire qu'il fallait absolument le faire et Alain Boublil nous en a expliqué la mécanique. On leur a répondu qu'ils allaient se planter parce que Marc Viénot, le P-DG de la Générale, tenait tout l'*establishment* financier français et Pébereau n'était pas clair car il ne pensait qu'à sa revanche. Quant à Peyrelevade, dans un premier temps, il n'était pas contre. »

Toutes ces démarches et discussions sont, bien évidemment, secrètes. Au cours du mois d'août, le cabinet de Bérégovoy se heurte à un nouveau refus : Michel Albert, pour les AGF, emboîte le pas de l'UAP.

Pour Alain Boublil [3], alors directeur de cabinet de Béré-

1. Entretien le 13 novembre 1995.
2. Entretien le 20 novembre 1995.
3. Entretien le 26 septembre 1995.

govoy, « c'est Huchon qui a demandé à Peyrelevade de ne pas y aller[1] ».

Selon un proche collaborateur de Pierre Bérégovoy à l'époque, Matignon a, dès le départ, cherché à faire capoter le raid sur la Société Générale pour affaiblir le ministre des Finances : « Si Béré avait réussi ce raid, il aurait été salué comme un grand par le monde des affaires et de la finance. Il aurait acquis une assise, une stature, ce dont Rocard et les siens ne voulaient à aucun prix. »

A la fin du mois d'août, Pierre Bérégovoy décide d'intervenir personnellement auprès des compagnies d'assurances, déjà présentes dans le capital de la banque, pour qu'elles se joignent au tour de table. Fort de l'accord du chef de l'État, il les enjoint de s'engager. François Heilbronner donne son accord pour le GAN. Jean Peyrelevade pour l'UAP et Michel Albert pour les AGF maintiennent leur refus. Le raid se poursuit dans l'opacité.

Certains s'interrogent alors à l'Élysée sur l'opportunité de reprise du contrôle des entreprises privatisées par le seul recours à des investisseurs privés amis. Christian Sautter, secrétaire général adjoint de la présidence, observe, le 15 septembre[2] : « On n'a pas à faire le jeu des financiers qui mènent un combat douteux. Il y a beaucoup d'argent qui circule, ce qui est très propice aux délits d'initiés. »

Mais Bérégovoy continue d'appuyer l'opération alors qu'à Matignon on reparle d'une loi permettant le dénoyautage, celle-là même que l'Élysée, au début de l'été, avait refusée au ministre des Finances.

A la mi-octobre, les milieux boursiers font état d'un raid contre la Société Générale dont les actions, très demandées,

1. Boublil explique l'hostilité de Jean-Paul Huchon au raid contre la Société Générale par une bataille boursière survenue un an auparavant. Huchon, alors directeur adjoint du groupe financier EXOR, s'était allié en 1987 à la Société Générale pour prendre le contrôle de Perrier, la multinationale présidée par Gustave Leven. Ce dernier, désireux de reprendre le pouvoir dans son entreprise, a incité Georges Pébereau, son partenaire dans Marceau Investissements, à s'attaquer après mai 1988 à la Société Générale.

2. Document d'archives.

flambent au palais Brongniart. Le 24, Georges Pébereau annonce qu'il est désormais le premier actionnaire de la Générale avec 9,16 % du capital. La loi l'oblige en effet à obtenir l'autorisation des Pouvoirs publics pour dépasser le seuil des 10 %. Le Conseil d'État donnera son feu vert un mois plus tard.

Plusieurs acteurs conjuguent alors leurs efforts pour mettre en échec la poursuite de l'opération.

D'abord, le président de la Société Générale, Marc Viénot, nommé par Édouard Balladur au moment de la privatisation. Il s'étonne que la Caisse des dépôts, organisme public, ait pu intervenir aussi massivement dans ce raid boursier. On apprendra plus tard qu'il a lui aussi fait acheter des actions selon des procédures peu orthodoxes : en utilisant les fonds de pension de la caisse de retraite de la Générale et en passant par des paradis fiscaux.

Ensuite, l'opposition de droite où deux anciens ministres, le RPR Charles Pasqua et l'UDF Alain Madelin, dénoncent le « socialisme des affaires ». Ils accusent la gauche de « nationalisations rampantes » et demandent la création d'une commission d'enquête. Le Sénat la met en place à la veille de Noël.

Enfin, Matignon qui, c'est peu dire, manque singulièrement d'empressement pour venir au secours des Finances.

Le 26 novembre, Bérégovoy commet une maladresse. Il dément des informations publiées dans *Le Monde* selon lesquelles il aurait exigé des compagnies d'assurances nationalisées d'acheter des parts de la Société Générale. La rue de Rivoli doit au même moment faire face aux premières rumeurs concernant des délits d'initiés dans l'affaire Pechiney-Triangle [1]. Pour se rattraper, Bérégovoy indique le 30 novembre que la Commission des opérations de Bourse (COB), le gendarme du marché financier français, pourrait vérifier si le raid sur la Générale s'est déroulé en toute régularité. On soupçonne en effet certaines sociétés étrangères d'avoir spéculé sur le titre sans respecter les obligations légales d'information des pouvoirs publics français.

L'estocade est portée le 12 janvier par une interview reten-

1. Voir *infra*.

tissante du ministre de l'Industrie Roger Fauroux, proche de Rocard, qui déclare à *L'Express* que l'affaire de la Société Générale est « d'une tout autre gravité » que celle des délits d'initiés soupçonnés dans l'affaire Pechiney.

Selon plusieurs de ses collaborateurs, Pierre Bérégovoy se sent directement mis en cause et désigne le porteur de dague : Michel Rocard. Au sein de l'Exécutif, ça sent la poudre. François Mitterrand prend fait et cause pour le ministre des Finances qui a évoqué sa démission. Matignon publie le 13 un communiqué renouvelant la confiance du Premier ministre à Pierre Bérégovoy.

Jean-Paul Huchon [1] donne sa version des faits : « Après l'interview brutale de Fauroux, qui nous a beaucoup gênés et dont je n'ai jamais su si Rocard ne l'avait pas suscitée, Bérégovoy m'a appelé pour exiger le départ de Fauroux. J'ai dit à Rocard qu'il était difficile de ne pas le faire car nous devions ménager Béré. Mais Michel n'a pas voulu le virer. »

Bérégovoy demande à la COB d'enquêter sur les conditions du raid, le jour même où *L'Express* fait état de l'achat par le financier libanais Samir Traboulsi de plus de cinq cent mille actions de la Générale entre juin et septembre 1988.

Sur le marché boursier, le raid s'enlise. Georges Pébereau renonce au mois de février et se retire du capital après avoir trouvé un compromis avec Marc Viénot, sous les auspices du directeur du Trésor Jean-Claude Trichet. L'État double sa part (de 11 à 22 %) dans le capital de la banque, mais n'y tient pas de position dominante.

L'affaire entrera bientôt dans sa phase judiciaire [2], faisant apparaître de gigantesques plus-values constitutives de délits d'initiés.

Le pouvoir tire la leçon de sa mésaventure et revient à la proposition initiale de Bérégovoy : il fait préparer une loi permettant la recomposition des noyaux durs, qui sera définitivement adoptée au mois de juin 1989.

1. Entretien le 20 novembre 1995.
2. Voir *infra*.

• Pechiney : le pouvoir mis en cause

Au moment où éclate l'affaire du raid contre la Société Générale, un scandale éclabousse le pouvoir : il s'agit de la révélation de délits d'initiés survenus à l'occasion d'une autre opération boursière, elle aussi liée à la gestion du « ni-ni ». C'est l'affaire du rachat de la compagnie américaine d'emballage American National Can (ANC) par l'entreprise nationalisée française Pechiney, géant de l'aluminium.

Nommé en juillet 1986 à la tête de Pechiney, Jean Gandois cherche à développer le secteur emballage de son groupe afin d'assurer un débouché stable à sa production d'aluminium. Après l'échec d'une tentative de rapprochement avec Carnaud en 1987, le premier fabricant de boîtes de conserve en France, il engage des pourparlers avec Nelson Peltz, patron de la holding américaine Triangle, propriétaire d'ANC.

Les négociations secrètes s'accélèrent à l'été 1988 et aboutissent à la mi-novembre. Schématiquement, Pechiney, en cédant une part de son capital sur le marché, va pouvoir acquérir Triangle par une offre publique d'achat amicale pour un prix de 56 dollars l'action alors que le titre est coté 11 dollars à Wall Street. La transaction sera effectuée par une filiale créée pour l'occasion : Pechiney International.

Cette opération nécessite l'accord du gouvernement puisque Pechiney est une entreprise nationalisée. Au-delà de son bien-fondé industriel et financier, cette importante acquisition pose un problème politique pour la gauche au pouvoir : s'agit-il ou non d'une privatisation déguisée et donc d'une entorse à la règle du « ni-ni » ? Non, répond immédiatement la rue de Rivoli où l'on se dit que, si l'affaire réussit, la démonstration sera faite que le « ni-ni » n'est pas un obstacle au développement de l'industrie française. Matignon et le ministère de l'Industrie partagent cette analyse tandis qu'à l'Élysée, Jacques Attali se pose en gardien du dogme : « Le problème est de savoir si ce rachat, dans la mesure où il fait intervenir une filiale de Pechiney à l'étranger, ne constitue pas une privatisation "rampante"[1]. »

Dès l'été 1988, Alain Boublil, directeur de cabinet du ministre des Finances, suit de près la négociation menée côté français par Jean Gandois et son directeur financier Jean-Louis Vinciguerra, et côté américain par Nelson Peltz et son associé Peter May qui se sont attaché les services de Samir Traboulsi, l'homme d'affaires libanais installé en France.

Boublil[2] surveille d'autant plus attentivement ce dossier qu'il « redoute un piège » de Gandois : « Si ça ne marche pas, il nous accusera en mettant son échec sur le compte des nationalisations. » Il a en mémoire la démission fracassante de Gandois de la présidence de Rhône-Poulenc au mois de juillet 1982, alors qu'il « était avec Roger Fauroux l'un des deux seuls patrons maintenus à la direction de leur entreprise par les socialistes après leur nationalisation ». Gandois avait alors expliqué qu'il était en train de « devenir un otage » et qu'il avait servi de « caution » au gouvernement dans sa politique de nationalisation.

Entre le 14 et le 18 novembre, avant de s'envoler pour New York signer avec les Américains, Jean Gandois s'emploie activement à obtenir le feu vert des responsables français qui tarde à venir. Michel Rocard et Pierre Bérégovoy ont en effet le plus grand mal à arracher l'accord de l'Élysée. Gandois fait intervenir l'industriel Antoine Riboud qui fait la tournée des décideurs de l'État et voit notamment Jacques Attali, toujours persuadé qu'il s'agit d'« une fausse bonne idée ». Mitterrand finit par dire « oui », tout en exprimant ses réticences, le jeudi 17 novembre en fin de journée.

Le samedi 19, alors que Gandois survole l'Atlantique, un Michel Rocard ravi annonce à la télévision que, dans les quarante-huit heures, la France connaîtra « une grande et bonne nouvelle ».

1. In *Verbatim III*, Paris, Fayard, 1995, p. 127, à la date du 16 novembre 1988.

2. Entretien le 26 septembre 1995.

Et le lundi 21 novembre 1988, à l'ouverture de la Bourse de New York, soit à 15 heures en France, Pechiney annonce son OPA sur Triangle en même temps que l'installation d'une grosse unité de production d'aluminium à Dunkerque. Le communiqué de Gandois outrepasse l'instruction de Mitterrand de ne pas vendre plus de 25 % de Pechiney International au marché pour acquérir les titres de Triangle.

La France pavoise.

Deux jours plus tard, le ver est dans le fruit : la presse commence à parler de fuites dans l'opération Pechiney. Les premières informations proviennent d'outre-Atlantique où la SEC (Securities and Exchange Commission), le très efficace organisme de surveillance de Wall Street, a détecté des mouvements anormaux sur le titre Triangle entre le 14 et le 18 novembre avec plus de deux cent mille transactions, soit un volume plus de dix fois supérieur aux achats et ventes habituels. Pechiney annonçant qu'elle rachète les titres jusqu'à 56 dollars (365 francs) alors qu'ils étaient cotés 11 dollars (55 francs) avant l'annonce de l'opération. Les plus-values réalisées sont de l'ordre de 50 millions de francs.

Les raisons pour lesquelles la SEC a cherché à en savoir plus méritent que l'on s'y arrête. Selon une source très haut placée, l'administration américaine surveillait à l'époque les canaux de financement en Suisse des chrétiens du Liban. Elle était alors au début d'un processus de rapprochement avec la Syrie et répondait aussi à une demande israélienne d'asphyxier la résistance des milices chrétiennes de Beyrouth. Or, les services américains voyaient en Samir Traboulsi l'un de leurs principaux intermédiaires financiers. Quand la SEC a découvert que Traboulsi effectuait des achats heure par heure du titre Triangle, elle a alerté Paris. Les services français se sont mis au travail et ont intercepté des télex d'ordres d'achat entre Beyrouth et une société suisse connue pour ses liens avec la famille Gemayel et soupçonnée de financer les chrétiens du Liban.

Les milieux proches de l'enquête se demanderont plus tard si le financier libanais n'a pas cherché à « mouiller » Pelat et les autres initiés français proches du pouvoir en France, croyant ainsi se protéger en détournant l'attention de ses propres trafics.

Au début du mois de décembre 1988, la SEC saisit la COB d'une demande de coopération. Les Américains veulent savoir ce qui s'est passé du côté français.

André Gauron [1] se trouve dans le bureau de son patron, Pierre Bérégovoy, quand le directeur du Trésor Jean-Claude Trichet appelle le ministre pour l'informer de la requête américaine. Bérégovoy fait venir Trichet et l'interroge :

« Quelles sont les habitudes face à une telle demande ?

– On ne collabore jamais, c'est l'usage. Mais vous pouvez faire ce que vous voulez.

– A-t-on quelque chose à se reprocher ?

– Non, pas à ma connaissance.

– Bon, tranche Béré, alors répondez positivement. »

Et le 14 décembre, la COB annonce qu'elle ouvre une enquête sur les échanges de titres qui ont précédé l'OPA. Le 3 janvier, son président Jean Farge laisse entendre qu'il y a eu « délits d'initiés » dans l'affaire Pechiney. Les premiers noms cités très vite par les journaux provoquent la stupeur : Max Théret, l'ancien patron de la FNAC et financier du *Matin de Paris*, est de ceux-là. Ce « patron de gauche » aurait disposé d'informations privilégiées, ce dont il se défend avec véhémence. Le riche industriel Roger-Patrice Pelat, ami de François Mitterrand depuis leur captivité en Allemagne, aurait également gagné beaucoup d'argent.

Qui les a mis sur la piste de cette « bonne affaire » ? Alain Boublil est immédiatement soupçonné. Il a été informé des négociations en raison de ses fonctions. On chuchote qu'il fréquente Traboulsi et Pelat. Le 20 janvier, il démissionne de la direction du cabinet de Bérégovoy, afin, explique-t-il, de pouvoir mieux se défendre. Il a été poussé dehors par son ministre qui a fini par céder à la pression insistante des autres membres du cabinet. Olivier Rousselle [2], l'un des plus proches, raconte : « Nous en avions marre. Boublil se répandait dans Paris en disant qu'il n'était pas le seul à avoir fréquenté

1. Entretien le 9 octobre 1995.
2. Entretien le 28 novembre 1995.

Traboulsi, sous-entendant que Bérégovoy pouvait lui aussi être soupçonnable. J'ai dit à Bérégovoy : "Il faut qu'il parte, le cabinet ne le supporte plus." Le ministre m'autorise à parler à Boublil qui tombe des nues mais part le lendemain. » Rousselle ajoute : « A plusieurs reprises, moi et d'autres avions dit à Bérégovoy de ne pas fréquenter Traboulsi, et chaque fois on se faisait engueuler. »

Pelat et Boublil sont traqués par les télévisions. La presse lance ses limiers sur ce premier scandale du septennat. Raymond Barre dénonce « un certain affairisme politique », Philippe Séguin perçoit « un parfum louis-philippard dans la France d'aujourd'hui » et Alain Juppé dénonce « la gauche la plus pourrie du monde ».

Le 21 janvier 1989, *Le Monde* affirme que le chef de l'État aurait reçu la veille un rapport confidentiel l'informant que Patrice Pelat aurait acquis par l'entremise d'une banque suisse quarante mille actions Triangle en plus des dix mille titres qu'il aurait avoués à la COB. Fait exceptionnel, l'Élysée dément et s'en remet à la justice « qui devra se montrer sévère quels que soient les coupables ». Le même journal maintient sa version le 24, et la présidence publie un nouveau démenti.

Sur cette question de « rapport confidentiel », Jean-Louis Bianco [1] assure que le président n'a rien reçu depuis une note de son directeur de cabinet Gilles Ménage, le 12 janvier.

Mais derrière cette mise en cause de l'Élysée, c'est la relation Mitterrand-Pelat qui est visée. « Comme toujours dans ce genre d'affaire, observe Bianco, chaque personne mise en cause jure qu'elle n'a rien fait de mal. Pelat nie farouchement sur l'honneur. » François Mitterrand dit à Laurent Fabius et Pierre Joxe, le lundi 24 janvier : « Pelat me dit que ce n'est pas vrai, mais mon intuition me dit que c'est vrai, au moins partiellement. » Bianco ajoute : « Le président pense que tôt ou tard il faudra qu'il parle de sa tristesse. »

Une autre question se pose : quelqu'un à l'Élysée a-t-il pu informer Pelat et ses compères de l'opération Pechiney-Triangle ? Bianco est formel : la première information parvenue à la présidence date du mardi 15 novembre 1988 en fin d'après-midi quand le chargé de mission pour les ques-

1. Document d'archives.

tions industrielles Didier Oury a reçu un responsable de Pechiney venu lui présenter le dossier. Or, les premiers ordres d'achat donnés par Théret et Pelat sont intervenus plus tôt dans la journée. L'enquête judiciaire établira effectivement que les premiers ordres d'achat remontent au 14 novembre.

La COB enquête avec une grande célérité et conclut le 31 janvier. A la demande de François Mitterrand, son rapport est rendu public le jour même. Il établit que Théret et Pelat ont bénéficié d'informations privilégiées leur permettant de réaliser respectivement des plus-values boursières de 8,8 et 2,2 millions de francs. La COB a également découvert des pistes étrangères en Suisse, au Luxembourg et aux États-Unis, sans identifier leurs bénéficiaires. Elle souligne enfin les liens étroits entre MM. Boublil, Traboulsi, Théret et Pelat. Elle décide de saisir la justice. Le dossier est confié dès le lendemain au juge parisien Édith Boizette.

Le même jour[1], la COB ouvre une enquête sur le raid contre la Société Générale.

François Mitterrand est directement visé en raison de son amitié avec Patrice Pelat, qu'illustrent dans la presse des photos des deux hommes marchant côte à côte presque chaque jour dans Paris. Copains depuis près d'un demi-siècle, François et Patrice sont devenus « le président et le vice-président », selon une formule amusée qui courait déjà à l'Élysée où Pelat avait ses entrées quotidiennes.

Le chef de l'État a compris que son ami n'échapperait pas à une inculpation. Il en est profondément attristé, selon son entourage. Il sent bien que l'opinion est ébranlée et qu'il lui faut parler. Le dimanche 12 février sur TF1, il évoque longuement sa relation avec Pelat, rend hommage à son courage au Stalag – du temps où ils étaient tous deux prisonniers – puis dans la Résistance. Et il explique : « S'il est révélé que Patrice Pelat s'est contenté de jouer en Bourse, comme le font des milliers de Français, je n'aurai pas à lui en vouloir ou à regretter son action. S'il se révèle avoir commis une

1. Voir *supra*.

faute, dans le cadre de mes fonctions j'estimerai que je ne pourrai préserver la même qualité d'amitié que celle que j'ai connue depuis longtemps. »

Il réitère son discours sur « l'argent facile, toujours suspect et fait pour corrompre » et, à propos des affaires du moment, souhaite que la justice se montre « sévère, quels que soient les coupables ».

Cinq ans plus tard, François Mitterrand[1] confie : « Pelat, c'était pour moi cet homme qui avait commencé comme commis boucher à quatorze ans, avant d'être ouvrier chez Renault, puis communiste acharné, engagé dans les Brigades internationales en Espagne. C'était un garçon très intelligent qui n'avait fait aucune étude. On s'est rencontrés dans les camps et on ne s'est plus quittés. Après la guerre, mon frère Robert revient des États-Unis avec un brevet possible pour des amortisseurs, Patrice saute dessus, il fonde Vibrachoc[2], se démène et gagne beaucoup d'argent. » Pelat a-t-il été initié dans l'affaire Pechiney ? « La Bourse, c'est fait pour être initié, mais il savait bien qu'au-delà d'une certaine limite, il pouvait être puni. Quant à moi, je n'étais pas en difficulté dans cette histoire. Pelat et moi n'avons jamais eu de relations d'argent, sauf, avant 1981, lorsque, avocat, sa société m'avait rémunéré comme conseil juridique. Il apportait de l'argent dans les campagnes électorales, pas seulement dans mon camp. Mais ce n'était jamais de sa poche. »

Deux mois avant que n'éclate l'affaire Pechiney, Patrice Pelat[3] avait évoqué avec les auteurs ses relations avec Mitterrand : « On s'est rencontrés à l'armée puis on s'est retrouvés prisonniers en Allemagne. Moi j'étais un ouvrier, lui c'était un intellectuel et ça a accroché tout de suite entre nous. Il avait un besoin de contact avec le peuple. On ne s'est plus quittés. C'est moi qui lui ai présenté Danielle. »

De quoi se parlent-ils lors de leurs promenades parisiennes ? Pelat raconte : « D'abord des copains des Stalags et de

1. Entretien le 21 janvier 1994.

2. Sur l'affaire de la vente de Vibrachoc en 1982, et dont le prix a vraisemblablement été surévalué, voir XXe partie : « La lutte finale ».

3. Entretien le 20 septembre 1988.

la Résistance : il ne se passe pratiquement pas une semaine sans que François me demande des nouvelles de tel ou tel, s'il ne faut pas donner un coup de main à une veuve, ou à des enfants. Sur la politique, il est très secret, très discret, il ne me fait pas de confidences. Il me dit toujours : “Dès lors qu'on est plus de deux, il n'y a plus de secret.” Le monde des affaires, les entreprises, ça ne l'intéresse pas beaucoup. Par contre, mais ne l'écrivez pas, on aime bien parler des filles, celles qu'on a connues et celles qu'on croise dans les rues ! »

Le 16 février 1989, le juge Boizette inculpe Patrice Pelat de « recel de délit d'initié », ainsi que quatre autres personnes, dont Robert Reiplinger, un associé de Max Théret, qui, lui, est inculpé le 2 mars.

Pelat, qui était soigné pour insuffisance cardiaque, est hospitalisé à Neuilly début mars après une nouvelle alerte. Il reste en observation et décède le 7 mars.

Michel Charasse [1] se souvient : « Ses amis venaient le voir dans sa chambre à l'Hôpital américain. J'arrive vers 17 heures, il était avec Pierre de Bénouville qu'il avait connu dans la Résistance avec Mitterrand. Bénouville s'en va. Je passe trois quarts d'heure avec Pelat. Il disait aller mieux et s'apprêtait à rentrer bientôt chez lui. Jean-Luc Lagardère se pointe. Je dis à Patrice : “Je peux te laisser, tu vois bien que tu n'es pas seul.” Je dois retourner rue de Rivoli. Quand j'entre dans mon bureau, le téléphone sonne. C'est Béatrice Marre (chef de cabinet de Mitterrand) : “Pelat est mort.” Il venait de raccompagner sa femme jusqu'à l'ascenseur, et il s'est effondré dans le couloir. Mitterrand téléphonait régulièrement pour prendre de ses nouvelles. »

« Le jour des obsèques, raconte Michel Charasse, le président m'a entraîné à l'écart. Et derrière une haie de troènes, il s'est mis à pleurer et m'a murmuré : “Il faudra le venger.” »

1. Entretien le 18 novembre 1995.

• Que la justice passe

Les dossiers de la Société Générale et de Pechiney entrent dans leur phase judiciaire. Ils sont chassés de la une des journaux par l'irruption de la question du financement illégal des partis politiques avec, le 4 février 1989 à Marseille, l'inculpation de huit cadres d'une entreprise de travaux publics, la SORMAE, et la mise en cause de nombreux élus de tous bords. C'est le prélude de l'affaire Urba et du feuilleton des « affaires » qui toucheront d'abord la gauche, puis la droite, tout au long du septennat [1].

Les inculpations pour délit d'initié se succèdent de 1989 à 1994 au cours des instructions concernant le raid contre la Générale et le rachat de Triangle.

Aux termes de l'ordonnance de 1967, est coupable de délit d'initié quiconque aura agi sur la base d'« informations privilégiées acquises dans l'exercice de ses fonctions ». Cette qualification est très large, à la différence du droit anglo-saxon beaucoup plus restrictif qui ne parle de délit que quand il y a violation de la « confidentialité », détenue de par ses fonctions par une autorité.

Ce qui conduit Jean Farge, le président de la COB, à souligner, le 8 septembre 1989 dans *La Tribune*, au moment où l'organisme qu'il dirige publie son rapport sur la Générale, que « par définition, les marchés financiers sont des marchés d'initiés : toute la place est initiée ». Et il explique que « le délit d'initié ne pose pas un problème de nature, mais de degré ».

Les juges d'instruction Monique Radenne puis Mireille Filippini se plongent dans le dossier de la Générale et prononcent neuf inculpations puis mises en examen [2], dont celles de Jean-Charles Naouri, ancien directeur de cabinet de Pierre Bérégovoy de 1982 à 1986 ; de Samir Traboulsi ; du promo-

1. Voir notamment XIIIe partie : « L'effritement ».

2. A la suite de la réforme du Code pénal, le terme d'inculpation est remplacé en 1993 par celui de « mise en examen ».

teur immobilier Christian Pellerin ; de François et Geneviève Dalle ; du financier américain d'origine hongroise George Soros ; du banquier Jean-Pierre Peyraud ; et des financiers Jean et Jean-Claude Foureau.

Dans l'affaire Pechiney, Samir Traboulsi est inculpé au mois de janvier 1991 : il aurait réalisé ou fait réaliser une plus-value illégale de quelque 20 millions de francs après avoir transmis des ordres d'achat à des intermédiaires en Suisse et au Luxembourg. Alain Boublil est le treizième et dernier inculpé, le 6 novembre 1991. Il est soupçonné d'avoir informé Patrice Pelat. L'ancien directeur de cabinet de Pierre Bérégovoy est relaxé par le Tribunal correctionnel de Paris, le 29 septembre 1993, en « l'absence de preuve » de sa culpabilité. Traboulsi écope deux ans de prison avec sursis et 5 millions de francs d'amende. Théret est condamné à deux ans avec sursis et 2,5 millions d'amende pour « recel de délit d'initié ». Trois autres peines d'emprisonnement avec sursis sont prononcées contre le Libanais Charbel Ghanem, complice de Traboulsi, Robert Reiplinger, associé de Théret, et leur commissionnaire Patrick Gruman.

Le Parquet fait appel des jugements prononcés contre Boublil et Traboulsi qui sont condamnés, le 6 juillet 1994, par la Cour d'appel de Paris à deux ans de prison dont un avec sursis. Traboulsi doit en outre acquitter une amende de 20 millions de francs.

La Cour de cassation rejette leurs pourvois le 26 octobre 1995 et les deux hommes se retrouvent à la prison de la Santé.

A la veille de cet arrêt, le journal *Le Monde*, qui fut à la pointe des « révélations » sur l'affaire Pechiney, parle de « bouc émissaire » à propos d'Alain Boublil. Edwy Plenel écrit : « La lecture comparée des jugements contradictoires de première instance et d'appel – la relaxe dans un cas, la prison dans l'autre, à partir du même dossier – montre que la culpabilité de M. Boublil n'est pas formellement établie. » Il fait également valoir que « le raisonnement tenu par la Cour d'appel à l'encontre de M. Boublil – contre lequel aucun indice d'enrichissement n'a pu être retenu – peut aussi bien être décliné à propos d'autres protagonistes de cette affaire, dont seule la mémoire est en jeu puisque, entre-temps, ils sont morts ».

Edwy Plenel cite alors les noms de Pierre Bérégovoy et d'Harris Puisais, son homme de confiance au sein du cabinet, lui aussi ancien collaborateur de Pierre Mendès France [1].

Un mois avant son incarcération, Alain Boublil [2] confie aux auteurs ce qu'il a sur le cœur : « Qui a informé Pelat, qui lui-même a informé Théret ? Ça n'est pas moi. Il n'y a aucune preuve. Ça aurait très bien pu être Bérégovoy ou Traboulsi. François Mitterrand aurait-il été tenté de rendre service à son ami Pelat ? Non. C'est totalement faux. Mitterrand est complètement en dehors de tout ça. Je n'ai aucun doute là-dessus. Ma conviction est qu'il n'était même pas au courant du déroulement et du détail de cette négociation entre Pechiney et les Américains. L'hypothèse la plus vraisemblable, à mes yeux, c'est que Samir Traboulsi a parlé à Pelat avec ou sans la bénédiction de Pierre Bérégovoy. Le 13 novembre 1988, à la veille des premiers ordres massifs sur Triangle, lors de ce fameux repas chez Edgar [3] donné par Bérégovoy pour fêter son quarantième anniversaire de mariage, on était tous là ; Samir et Patrice étaient au bout de la table avec Bérégovoy. »

Alain Boublil se reproche en revanche d'avoir succombé aux paillettes et aux plaisirs, d'avoir en quelque sorte « commis un délit d'amitié » : « Ma faute, c'est qu'en tant que directeur de cabinet du ministre des Finances, je n'aurais pas dû frayer avec le couple Traboulsi. Ils nous traitaient en milliardaires. J'ai eu tort d'accepter d'aller sur leur yacht au cours de l'été 1988. Mais à l'époque, je me disais : "Tout le

1. Selon un proche de Bérégovoy, Harris Puisais était son financier : « Tout grand homme a son âme damnée ; Puisais était pour Béré, toute proportion gardée, ce que Jacques Foccart fut pour le général de Gaulle. » Un autre collaborateur de Bérégovoy fait cependant valoir qu'à l'automne 1988, Puisais « était hors circuit » car il était malade et venait de subir un double pontage coronarien.

2. Entretien le 26 septembre 1995.

3. Restaurant du quartier des Champs-Élysées fréquenté par le Tout-Paris de la presse et de la politique.

monde les fréquente : les Bérégovoy, les Pelat, Pasqua et Léotard, alors pourquoi pas moi ?" J'aurais dû être beaucoup plus prudent. »

Les conflits déminés

A l'automne 1988, le gouvernement est pris de court par une flambée de grèves dans le secteur public qui coïncide avec une embellie économique annonciatrice de la fin de l'austérité. L'ampleur du mouvement, la détermination des salariés emmenés par des « coordinations » très politisées et relayées par des syndicats, un moment dépassés par les événements, font naître un climat de crise qui inquiète une opinion, abreuvée d'images et de commentaires alarmistes dans les médias.

Michel Rocard, le chantre de l'innovation sociale, le modernisateur du service public et l'apôtre de la maîtrise des équilibres financiers, saura-t-il répondre à la pression de la rue ?

• Les grèves populaires

Depuis les grandes grèves dans les transports publics de l'hiver 1986, la France connaît une période de paix sociale. A la rentrée 1988, deux conflits localisés – dans l'audiovisuel public et chez les gardiens de prison – ne sont que de petits nuages dans un ciel social apparemment au beau fixe.

Le climat change brutalement avec le succès inattendu de la mobilisation des infirmières qui manifestent le jeudi 29 septembre à travers le pays. Elles sont plus de vingt mille à défiler à Paris pour réclamer 2 000 francs de plus par mois, une revendication considérable – de l'ordre d'un quart du salaire moyen – qui coûterait à la collectivité quelque 2 milliards de francs par an.

Le jeune ministre de la Santé Claude Évin [1], trente-neuf ans, reçoit immédiatement les syndicats du personnel hospitalier. Il n'a pas obtenu les moyens de les satisfaire :

1. Entretien le 26 mai 1994.

« Jusqu'à ma nomination avenue de Ségur, j'étais vice-président de la Fédération hospitalière de France et je savais que les personnels se sentaient mal lotis. Dès l'été, j'avais demandé 2,5 milliards de francs pour les six cent mille salariés de l'hôpital et les Finances m'avaient répondu : “Trop cher”, tandis que Matignon et l'Élysée redoutaient l'effet de dérapage généralisé d'une revalorisation tant attendue dans ce secteur. »

De plus, Évin commet une maladresse en refusant de recevoir les porte-parole des « coordinations » qui, débordant les appareils syndicaux, sont les fers de lance du mouvement.

Le combat des infirmières, relayé par plusieurs personnalités connues du monde médical, est accueilli avec sympathie par l'opinion. Chacun sait leur dévouement, chacun comprend le besoin de reconnaissance sociale et de dignité qu'elles expriment dans leurs défilés. A plusieurs reprises au cours de ce conflit, le président Mitterrand exprime sa compréhension face aux « travaux écrasants » et « au statut misérable » des infirmières mais fait valoir que la revalorisation de leur condition « exige un plan de quelques années ».

Le 7 octobre, au lendemain d'une nouvelle manifestation nationale, les infirmières rejettent les propositions de Claude Évin qui n'a pu obtenir qu'une enveloppe de quelque 400 millions de francs. Une nouvelle journée d'action est annoncée pour le 13 octobre. Leur colère est d'autant mieux comprise par l'opinion que les contrôleurs aériens viennent d'obtenir près de 15 % d'augmentation du ministre des Transports Michel Delebarre.

A l'hôtel Matignon, on mesure alors la gravité de la situation. La contagion menace : à la SNCF, à la RATP, aux PTT, les syndicats s'apprêtent à lancer des mots d'ordre. Michel Rocard comprend qu'il affronte sa première grande épreuve. Il décide de prendre les choses en main : première urgence, les infirmières, qui se verront octroyer de substantielles augmentations. Claude Évin peut enfin mettre quelque 2 milliards sur la table.

Le jeudi 13 octobre, Rocard monte en première ligne et annonce le soir à la télévision qu'il va tout faire pour que la négociation conduite par Évin réussisse « dans la nuit ». Face aux poussées revendicatives qui se précisent dans l'ensemble du secteur public, le Premier ministre se présente en « chef d'une entreprise de plus de deux millions de salariés » et promet de « mettre à plat tout ce qui ne va pas, dans l'ordre des non-reconnaissances de métiers et des inégalités injustifiées de rémunérations ». Il explique sa méthode : « Je ne lâche pas un petit peu par-ci, par-là, je ne lâche que lorsqu'il y a une situation d'injustice, ouverte et claire, et reconnue par l'opinion en plus. Et pas plus. »

Dans la nuit du 13 au 14 octobre, Michel Rocard tente de rééditer la formule de négociation « au finish » qui lui avait si bien réussi cinq mois plus tôt à propos de la Nouvelle-Calédonie. Syndicats et coordinations d'infirmières discutent pendant plusieurs heures avec Claude Évin en liaison avec les conseillers du Premier ministre. A 3 heures du matin, tous se retrouvent dans la salle du Conseil de l'hôtel Matignon autour de Michel Rocard qui sort de son lit. Ce « coup » de communication fait long feu. La magie n'opère pas et, au petit matin, c'est l'échec. Les infirmières grévistes annoncent qu'elles vont « étudier » les propositions du gouvernement qui leur offre entre 550 et 1 140 francs d'augmentations mensuelles. Le lendemain, 15 octobre, celles-ci sont rejetées.

Ce conflit passe brusquement au second plan, avec la grève nationale de la Fonction publique du 20 octobre. Claude Évin en profite pour faire de nouvelles propositions aux syndicats désireux d'en finir afin d'isoler les coordinations qu'ils jugent manipulées par des éléments trotskistes. Le 24 octobre, la CFDT, la CFTC et FO signent un protocole d'accord qui prévoit jusqu'à 1 200 francs d'augmentation, une accélération des carrières – soit une revalorisation estimée à 2 milliards de francs – et la mise en place d'une Commission nationale des infirmières chargée de préparer un « statut social » pour la profession. Les manifestations s'arrêtent, mais les braises du conflit couveront longtemps. Elles s'enflammeront de nouveau à l'automne 1991.

Mais pour Michel Rocard, ce premier incendie social est loin d'être circonscrit. La CGT, cette fois, a décidé d'en découdre. Elle lance seule, le 18 octobre, une journée nationale d'action. Le surlendemain, toutes les fédérations de fonctionnaires lui emboîtent le pas. La grève nationale désorganise l'activité du pays : dans les trains, les métros, à Air France, à EDF, dans les Postes et à l'Éducation nationale. Le Premier ministre, qui souhaitait répondre « cas par cas » aux revendications de la Fonction publique, est critiqué par sa majorité qui lui demande d'envisager les choses de manière globale en procédant à une révision des grilles salariales des fonctionnaires et des salariés du secteur public. Le ministre centriste de la Fonction publique Michel Durafour engage immédiatement des négociations avec les syndicats. Elles débouchent un mois plus tard sur des augmentations de 2 % en 1988 et 2,2 % en 1989. Le gouvernement lâche du lest sans pour autant rétablir l'indexation des traitements et salaires sur la hausse des prix, supprimée dans la douleur au mois de juin 1982.

• Les grèves paralysantes

« Faire sauter le verrou le plus tôt possible » : c'est la consigne de fermeté que François Mitterrand adresse par écrit au gouvernement, le 16 novembre 1988, au lendemain d'une nouvelle grève lancée par la CGT, cette fois dans le métro et le RER parisiens.

En effet, les 169 ouvriers cégétistes des trois centres d'entretien du RER ont entamé des grèves tournantes qui, en paralysant la maintenance des rames, peuvent en quelques jours mettre à genoux un réseau utilisé quotidiennement par quelque 3 millions d'usagers.

C'est le type même de la « grève thrombose » qui déjà perturbe gravement la distribution du courrier avec l'arrêt de travail des chauffeurs des camions postaux de la capitale.

Ces deux conflits qui traînent en longueur alourdissent le climat social jusqu'à la fin de l'année. Ils soulèvent le mécontentement des usagers, et plus largement de l'opinion [1].

Le pouvoir se trouve confronté à un dilemme : soit céder aux revendications « maximalistes » de la CGT et, à terme, ruiner l'État ; soit « faire sauter le verrou » en faisant inter-

1. Selon un sondage SOFRES, des 3 et 4 décembre 1988, 78 % des Français jugent justifiées les revendications des infirmières, 36 % celles des postiers et 31 % celles des agents de la RATP.

venir les forces de l'ordre et en prenant le risque d'entrer dans le cercle infernal « répression-solidarité ». Paul Quilès, le ministre des Postes, fait dégager les camions par des sociétés privées ; Michel Delebarre aux Transports menace de mise à pied les grévistes qui n'ont pas respecté à la lettre le droit du travail.

Le 28 novembre, la CGT cherche à étendre le conflit du RER aux métros et aux autobus en bloquant plusieurs dépôts et en paralysant plusieurs lignes. Les négociations salariales piétinent. Tandis que Parisiens et banlieusards pestent et piétinent sur les quais, Mitterrand réunit dans son bureau le Premier ministre et celui des Transports. « Ce qui intéresse les gens, c'est que ça roule, lance le président. Nous sommes dans un conflit qui va durcir et qui prendra prétexte pour cela des mesures que vous allez prendre. Le premier front est l'opinion publique. Je suis pour la sévérité, bien entendu étudiée à la loupe de la sensibilité publique. Que veut la CGT ? Veut-elle nous amener au bord de la crise jusqu'aux élections municipales du mois de mars 1989 ? Veut-elle la déflagration ? En tout cas, je crois qu'il faut jouer dur. Il ne faut pas que le PC tienne l'accord municipal pour acquis. Le gouvernement commence à jouer gros. » Mitterrand sait qu'il tient là un moyen de pression sur les communistes qui sont les plus demandeurs d'un accord PS-PC pour les municipales.

Le lendemain, Delebarre annonce des sanctions contre les grévistes et demande l'aide de l'armée pour transporter les Parisiens. Henri Krasucki l'accuse de « perdre son sang-froid ». Le secrétaire général de la CGT refuse quelques jours plus tard un accord salarial à la RATP signé par les autres organisations syndicales. La situation est toujours bloquée dans les centres d'entretien du RER.

Michel Rocard, à la demande du chef de l'État [1], lance l'idée d'un « service minimum » en cas de grève dans les services publics. Si elle est largement réclamée par la popu-

1. François Mitterrand a été alerté là-dessus par une note confidentielle de Robert Badinter, président du Conseil constitutionnel, suggérant notamment d'adapter à la France le système prévalant en Italie qui assure une continuité du service public en période de grève.

lation, cette réforme a toujours été combattue par les syndicats ouvriers et par la gauche. Cette fois encore, ses adversaires se font entendre. Mais le RER ne circule toujours pas et Rocard revient à la charge le 18 décembre à la télévision en assurant qu'un projet de loi sur le « service minimum » serait déposé au printemps. La grève aux ateliers RER est de plus en plus impopulaire, au point que la CGT reconnaît qu'elle cause un « préjudice » aux usagers. C'est le signal du repli. Et les 19 et 20 décembre, les grévistes votent pour la plupart la reprise du travail. Les RER ne circuleront de nouveau normalement que le 27 décembre.

Le Premier ministre peut à son tour amorcer le retrait du projet de « service minimum ». Il explique à *Libération* à la veille de Noël qu'au fond, un « code de bonne conduite » serait préférable à une loi difficile à mettre en œuvre.

Michel Rocard [1] se flatte d'avoir surmonté cette épreuve sociale, la seule vraiment importante qu'ait connue son gouvernement et qui s'est achevée sans violence. « J'ai dû faire face à quatorze grèves considérables de dimension nationale et jamais je n'ai eu à reculer. Nous étions en croissance économique rapide et les syndicats et les salariés se sentaient en droit de revendiquer », fait-il valoir. Pour son directeur de cabinet [2], Rocard est sorti vainqueur d'« une course de haies marathon, agrémentée, hélas, par les vociférations du Parti socialiste qui agissait comme s'il voulait bel et bien venir à bout du gouvernement ». Avec ce jugement, la rancœur de Jean-Paul Huchon à l'égard des socialistes semble l'emporter sur l'analyse détachée. Le PS n'a pas outrepassé son rôle en mettant en avant le nécessaire « rattrapage » social et il a largement pris la défense des usagers dans l'épreuve de force avec la CGT.

Dans cette affaire, Michel Rocard, qui affrontait la rue pour la première fois, s'est montré un Premier ministre à la hauteur, ni trop habile ni trop hautain. Aidé par des caisses bien remplies, il a pu satisfaire l'essentiel des revendications

1. Entretien le 7 avril 1994.
2. In *Jours tranquilles à Matignon*, *op. cit.*, p. 195.

d'un mouvement qui, au regard des luttes sociales en France, était sans commune mesure avec les explosions et les grandes grèves passées qui remettaient en cause l'organisation de la société et le pouvoir politique.

CHAPITRE 4

Au service du public

Une fois éteint l'incendie social, Michel Rocard et son gouvernement peuvent mettre en chantier les réformes de fond qui doivent marquer la législature socialiste. Elles portent pour l'essentiel sur le renforcement et la modernisation des grands services publics.

Éducation nationale : les milliards de Jospin

En dépit des efforts budgétaires consentis par les gouvernements précédents, la situation de l'Éducation nationale est préoccupante dans les écoles et les lycées et le retard criant à l'université. Conséquence des années 60 au cours desquelles les difficultés résultaient du « baby boom » de l'après-guerre, les années 80-90 sont celles de l'explosion de la population universitaire. Pour trouver un emploi, les jeunes poursuivent désormais leurs études le plus longtemps possible.

Ainsi, à la rentrée de 1988, sont-ils quelque 100 000 de plus à entrer au lycée où ils trouvent des classes de plus en plus nombreuses : 5 000 classes accueillent plus de 38 élèves. A seize ans, 100 000 d'entre eux quittent l'école sans diplôme.

On se bouscule pour entrer à l'université où les effectifs grimpent de 12 % par an. Selon les études officielles, il y a en 1988 deux fois trop d'étudiants par rapport aux locaux et au corps enseignant. Il manque au moins 100 000 chambres dans les résidences universitaires. La France n'est qu'au vingt et unième rang mondial quant aux moyens consacrés à l'enseignement supérieur par rapport à son PNB.

L'avenir proche exige un redoublement d'efforts puisque pour l'an 2000 on attend 400 000 lycéens et 200 000 étudiants supplémentaires. Selon une étude du ministère, pour atteindre des niveaux à peine moyens de lycéens par classe, de mètres carrés d'université par étudiant et de nombre de livres par lecteur, il faudrait 33 milliards de plus en cinq ans.

Quant aux enseignants (1 million, y compris les personnels, pour 14 millions d'élèves et d'étudiants), il y a longtemps qu'ils ont perdu le statut social qui les distinguait autrefois. Ils se sentent mal aimés et sont mal payés. Il faudra en former et en recruter près d'un demi-million d'ici la fin du siècle, alors que les vocations se font plus rares. Selon la rue de Grenelle[1], augmenter les instituteurs de 1 000 francs par mois (pour un traitement moyen en milieu de carrière de 7 500 francs) et les professeurs de 1 500 francs (9 000 francs de traitement moyen en 1988) coûterait quelque 30 milliards supplémentaires en cinq ans pour un budget annuel – le deuxième de l'État après celui des Armées – qui dépasse 200 milliards de francs.

L'Éducation nationale est donc une priorité qui s'impose.

François Mitterrand en prend acte dans sa *Lettre à tous les Français* : « L'État doit placer au premier rang de ses impératifs budgétaires celui de l'Éducation nationale (...) les estimations sérieuses fixent à 15 milliards d'ici 1992 l'augmentation minimale des crédits nécessaires à la modernité des enseignements, à la revalorisation de la fonction enseignante, à la qualité des équipements. »

15 milliards au moins en quatre ans, selon le candidat ; plus de 60 milliards en cinq ans, d'après l'Éducation nationale : la tâche s'annonce rude. Mitterrand la confie à Lionel Jospin dans un geste de confiance et de reconnaissance à l'égard de celui qui a tenu la maison socialiste au long du premier septennat. Cet ancien professeur d'IUT, passé par l'ENA, est fier de cette promotion, qui lui vaut d'être le numéro deux du gouvernement avec rang de ministre d'État. Politiquement, il sait que s'il réussit à mener à bien cette priorité du second septennat, il peut nourrir les plus hautes espérances.

1. Siège du ministère de l'Éducation nationale.

Or, dès son arrivée rue de Grenelle, le successeur de Jules Ferry se sent piégé.

• Un accord secret ?

On lui demande d'honorer un accord passé secrètement entre Laurent Fabius, qui avait pris en main le secteur de l'Éducation au PS entre 1986 et 1988, et la puissante Fédération de l'Éducation nationale (FEN), à direction socialiste, interlocuteur unique du pouvoir avec le monde enseignant. Cet accord, illustré par le slogan « travailler autrement » adopté par la FEN, prévoit une « revalorisation » des traitements en contrepartie d'un engagement des enseignants à participer à la « rénovation » du système éducatif.

« Au lendemain de ma nomination, raconte Lionel Jospin [1], un collaborateur de Fabius, le recteur Christian Bècle, m'apporte le contrat PS-FEN. Je suis scandalisé par cet accord secret passé à mon insu entre un appareil syndical et une fraction d'appareil politique. C'est une pratique contraire à l'idée que je me fais de la République. Trois jours plus tard, je reçois les responsables de la FEN qui me demandent d'honorer leur accord avec Fabius. Et ça se passe très mal. »

Selon plusieurs témoins, au cours de ses premiers contacts avec les syndicalistes enseignants, Jospin a fixé les règles : au secrétaire général de la FEN Yannick Simbron et à celui du Syndicat national des instituteurs (SNI) Jean-Claude Barbarant qui l'appellent Lionel et le tutoient, Jospin fait observer : « Désormais, je suis le ministre et vous les syndicalistes et l'on se vouvoie. »

Le conseiller d'État Olivier Schramek [2], directeur de cabinet du ministre de l'Éducation nationale, justifie cette attitude : « C'était une façon pour Jospin de dire qu'il n'exerçait plus de fonctions partisanes mais était désormais dépositaire d'une responsabilité d'État. C'est pourquoi il a voulu mettre les formes, c'est-à-dire, pour lui, les formes républicaines. »

1. Entretien le 1er décembre 1992.

2. Entretien le 17 octobre 1995 avec Gérard Leclerc et Florence Muracciole pour leur biographie *Lionel Jospin, l'héritier rebelle*, Paris, Jean-Claude Lattès, 1996.

« Dans les cartons du PS, explique l'universitaire fabiusien Christian Nique [1], associé aux contacts avec la FEN, il y avait des objectifs précis, des accords négociés et des hommes prêts à prendre les choses en main. Nous devions monter des équipes, mais aucun de ceux qui avaient préparé les dossiers n'a été appelé rue de Grenelle. L'accord entre le PS et la FEN revenait à dire : "Vous vendez la rénovation à vos troupes et nous on vous assure la revalorisation." » Nique estime que l'universitaire Claude Allègre, ami, conseiller et confident de Jospin, a beaucoup pesé dans le refus du nouveau ministre de l'Éducation nationale d'appeler des fabiusiens dans son cabinet et de prendre en compte l'accord PS-FEN pour mener sa politique.

Allègre [2] assure qu'avec Jospin, il a immédiatement examiné de « manière neutre » le « plan FEN-Fabius » pour conclure qu'il ne « correspondait pas à ce que nous voulions faire. Le plan Fabius était indigent sur l'enseignement supérieur et le second degré. Or, Jospin et moi pensions que la réforme devait se faire par le haut, c'est-à-dire en commençant par l'université. Il n'était pas non plus question pour nous de pratiquer le donnant-donnant, c'est-à-dire la "revalo" contre la "réno". Nous n'étions pas sur l'idée que les profs ne foutent rien ».

Jospin renchérit : « Je suis un ancien prof de gauche. Je ne pratique pas le chantage, la carotte et le bâton. C'est pour moi une question d'éthique, au cœur des données psychologiques entre gouvernants et gouvernés. D'autre part, tout le monde disait que les enseignants n'étaient pas assez payés. Eux-mêmes pensaient qu'ils méritaient une revalorisation forte. Je n'allais donc pas leur dire : "Vous serez revalorisés si vous travaillez autrement." »

Pour le patron de la FEN, Yannick Simbron [3], « le travail avec l'équipe Fabius reposait sur l'idée qu'il fallait éviter de faire apparaître l'Éducation nationale comme le tonneau des Danaïdes dans lequel on ajoute des milliards et des milliards

1. Entretien le 30 novembre 1992. Il deviendra chargé de mission à l'Élysée à l'automne 1989, pour le secteur Éducation.

2. Entretien le 26 juin 1995.

3. Entretien avec Gérard Leclerc et Florence Muracciole le 30 août 1995.

et duquel sort la même bouillabaisse. On était donc d'accord pour dire que la revalorisation était nécessaire, à condition qu'elle soit liée au fait qu'il fallait travailler autrement, c'est-à-dire s'organiser autrement, donc moderniser et s'adapter à la massification des effectifs ».

• Socialistes contre communistes ?

Parallèlement à ce désaccord sur la méthode, un conflit fondamental et complexe oppose Lionel Jospin aux responsables socialistes de la FEN, appuyés par les fabiusiens. Il touche au contrôle politique de la puissante Fédération de l'éducation nationale que se disputent âprement les instituteurs, dont les représentants sont proches du Parti socialiste, et les professeurs du secondaire, dont le syndicat est à l'origine dans la mouvance du Parti communiste.

Décortiquons l'affaire : la montée continue des effectifs dans l'enseignement secondaire depuis plusieurs années renforce le SNES (Syndicat national de l'enseignement secondaire) dont la direction conserve encore quelques liens avec les communistes. Les professeurs des lycées, de plus en plus nombreux, s'inscrivent à ce syndicat, le plus efficace dans leurs établissements. Ainsi, le poids croissant du SNES au sein de la direction de la FEN, jusqu'ici tenue par les socialistes, risque-t-il de faire basculer la majorité de cette forteresse syndicale.

Les socialistes, quant à eux, contrôlent les instituteurs et les professeurs des collèges au sein du SNI-PEGC (Syndicat national des instituteurs-professeurs d'enseignement général de collèges).

La bataille se joue sur l'affiliation syndicale des professeurs de collèges : le SNES revendique la création d'un corps unique de professeurs du secondaire rassemblant ceux des collèges et des lycées, qui lui assurerait rapidement, grâce à un gonflement de ses effectifs, le contrôle de la FEN. Au contraire, pour maintenir leur prédominance au sein de la FEN, les socialistes demandent la création d'un corps spécifique de professeurs des collèges distinct de celui des lycées. Ils empêcheraient ainsi les professeurs des collèges de passer en masse du côté du SNES. Les socialistes de la

FEN et du SNI-PEGC attendent de leur ministre, qui fut le premier des socialistes pendant sept ans, qu'il participe à la manœuvre devant « barrer la route aux communistes ». Cet argument est délibérément réducteur. En réalité, il y a beau temps que le SNES n'est plus aux mains de la place du Colonel-Fabien. Son secrétaire général, Monique Vuaillat, est alors en rupture avec les communistes orthodoxes. Mais, pour autant, elle n'est pas devenue socialiste.

De plus, on l'a vu, la FEN a passé un accord avec le PS sur la base d'une revalorisation salariale assortie d'une rénovation pédagogique. Le SNES, tenu à l'écart de cette négociation, insiste davantage sur la revalorisation.

Dans les mois qui suivent sa nomination, Lionel Jospin refuse sur ces deux plans de se plier aux injonctions de ses « camarades » socialistes.

Lionel Jospin : « J'ai refusé d'épouser les clivages syndicaux. Je n'ai pas voulu m'appuyer sur la majorité socialiste de la FEN alors que les communistes étaient majoritaires dans les lycées où se concentraient les difficultés, en raison de la grande vague de montée des effectifs. Je n'ai en aucun cas favorisé le SNES. Pour moi, le ministre ne doit pas être l'arbitre des batailles syndicales. Au sein des organisations syndicales, il n'y avait pas les novateurs et les autres, tous voulaient à la fois la revalorisation et la modernisation de l'enseignement. »

Son « complice » Claude Allègre explique les choses plus crûment : « La FEN nous proposait un pacte corporatiste de dupes. Elle était tenue par les instituteurs qui n'avaient qu'un rêve : être payés autant que les professeurs. Ils nous disaient : on travaillera plus (c'est la rénovation) et vous augmenterez nos traitements en relevant nos indices (c'est la revalorisation) et comme ça on va pouvoir empêcher les cocos du SNES de nous bouffer dans les collèges. »

Au sein du PS et du gouvernement, l'attitude de Lionel Jospin est très critiquée. On lui reproche d'engager une revalorisation très coûteuse des traitements sans contrepartie de la part du corps enseignant. On s'inquiète de le voir laisser le champ libre aux communistes du SNES avec le risque de voir le bastion de la FEN échapper au contrôle du PS.

Christian Nique résume l'état d'esprit des fabiusiens : « Jospin s'est dit qu'il avait intérêt à se démarquer de Fabius en misant sur son image d'homme de gauche contre le centrisme fabiusien. C'est pour cela qu'il a voulu jouer délibérément le SNES dans une sorte d'alliance objective contre le SNI-PEGC. En refusant de créer un corps de professeurs des collèges, il a laissé le champ libre au SNES et, pour ne pas tomber aux mains des communistes, la FEN a fini par exploser. »

A Matignon, on lui adresse au début le même reproche. Jean-Paul Huchon [1] se souvient d'avoir tenté avec les dirigeants de la FEN de « faire comprendre à Lionel Jospin et Claude Allègre que la recomposition syndicale et donc de la FEN était capitale pour l'avenir du pays et du gouvernement. Mais les proches de Lionel Jospin flirtaient parfois plus que nécessaire avec les opposants communistes de la FEN et fragilisaient ainsi cette dernière ». Huchon [2] ajoute : « Jospin est arrivé rue de Grenelle avec le souci de ne rien faire de ce qu'avait préparé Fabius et l'Éducation nationale a beaucoup souffert de cette controverse. » De plus, Matignon, sous l'influence du conseiller pour l'éducation Antoine Prost, fait de la rénovation un préalable à la revalorisation.

Dès le début du second septennat Mitterrand, la relation Jospin-Rocard avait été conflictuelle.

Au lendemain des élections législatives, Lionel Jospin publie dans le journal *Le Monde* du 22 juin 1988 un article, qui, sous le titre « Gouverner mieux », avance quelques idées pour assurer un bon fonctionnement politique de la gauche dans la situation nouvelle créée par l'absence de majorité absolue socialiste. Michel Rocard le prend très mal. Il n'accepte pas qu'un de ses ministres, fût-il le plus élevé protocolairement, lui dicte sa conduite. Il veut faire un exemple. Jospin raconte : « Le lendemain, Rocard m'appelle et

1. In *Jours tranquilles à Matignon*, *op. cit.*, p. 225.
2. Entretien le 24 janvier 1994.

m'annonce qu'il va me rétrograder dans la hiérarchie gouvernementale. Je lui dis que s'il le fait, je démissionnerai car je n'accepte ni d'être puni ni d'être humilié. Aussitôt après, j'appelle Jean-Louis Bianco à l'Élysée pour qu'il en parle à Mitterrand. » Ce dernier, qui a apprécié l'article de Jospin, qu'il a lu à Toronto où il participait au sommet du G7, intervient auprès du Premier ministre et l'affaire en reste là. Jospin reconnaît son erreur : « Je n'aurais pas dû écrire cet article. Je n'avais pas encore réalisé que j'avais changé d'habit et que je n'étais plus le premier secrétaire du PS qui fixe la ligne. »

Le 8 décembre 1988, à l'occasion d'un déplacement commun à Limoges, Michel Rocard et Lionel Jospin laissent apparaître leur désaccord sur la manière de gérer le dossier scolaire. Lors d'une conférence de presse conjointe, le Premier ministre exalte la rénovation pédagogique alors que celui de l'Éducation nationale se bat en comités interministériels pour obtenir les énormes crédits lui permettant d'engager d'abord la revalorisation. Au point qu'invité par Rocard à répondre à son tour aux questions des journalistes, Jospin, renfrogné, s'y refuse : « C'est votre conférence de presse, monsieur le Premier ministre. »

De retour à Paris, raconte Jospin [1], « Rocard et moi nous sommes expliqués. Il voulait être copilote dans le domaine de l'Éducation et il regrettait que Mitterrand ne l'ait pas laissé être en même temps Premier ministre et ministre de l'Éducation nationale. J'entendais être patron dans mon secteur tout en me comportant loyalement à son égard. »

• Le spectre d'un Mai 68 ?

C'est un moment de grande tension au sein de l'appareil d'État. Matignon, les Finances et les conseillers de l'Élysée font chorus contre Jospin : il demande trop d'argent et sa méthode n'est pas la bonne.

En témoigne une note de Jean-Louis Bianco [2] qui, le 7 décembre, alerte François Mitterrand : « Lionel Jospin a

1. Entretien le 1er décembre 1992.
2. Document d'archives.

établi, pour la seule revalorisation des salaires des enseignants, un plan complètement hors de proportions avec vos engagements de candidat. Il demande 31 milliards de francs sur cinq ans », alors qu'il faut également financer le recrutement des enseignants, les bourses, la construction de locaux et l'augmentation des personnels de l'Éducation nationale. Faisant valoir que Matignon croit possible « un accord avec la FEN et le SNI sur des bases plus raisonnables », Bianco met en garde contre « le danger de dérapage général » que provoqueraient les choix de Jospin. Il déplore que celui-ci « ne prévoie pas de lier la revalorisation des salaires avec les améliorations du service public pour les élèves ». Et il redoute même « une crise gouvernementale », le ministre de l'Éducation nationale « pouvant aller jusqu'à mettre sa démission en balance ».

A l'approche de la fin de l'année 1988, rien n'est encore décidé sur ce dossier prioritaire. Les syndicats piaffent et s'inquiètent. A peine le Budget voté, Michel Rocard réunit les ministres concernés le 22 décembre pour arbitrer enfin sur les propositions du ministre de l'Éducation nationale.

Ce jeudi à Matignon, Lionel Jospin [1] place la barre très haut. Il réclame sur les cinq ans de la législature 33 milliards de francs pour la « rénovation », qu'il juge « primordiale », et 30 milliards pour la « revalorisation » qui « ne peut être éludée ». Il fait valoir que cette évaluation « ne dépasse pas les capacités de l'économie française, dont il évalue la croissance à 4 % en 1988 et en 1989 [2] ». Et il place le Premier ministre et celui des Finances devant leurs responsabilités : « Si nous n'assumons pas cet effort considérable, la réalité nous sautera au visage en plein septennat, nous aurons à terme proche une explosion dans les universités et sans doute dans les lycées. Mon devoir est de vous alerter : le milieu est volatil. Professeurs, élèves et étudiants peuvent très bien partir ensemble dans de vastes mouvements. Si la crise vient, je

1. Document d'archives.

2. Le pronostic de Jospin se vérifiera puisque la croissance du PIB en volume atteint 4,3 % en 1988 et 3,9 % en 1989. A la même époque, Pierre Bérégovoy et Michel Charasse appuient leurs argumentaires anti-Jospin sur des prévisions de 3 % pour ces deux années. Était-ce par calcul ou par excès de prudence ?

veux avoir quelque chose dans les mains, sinon, nous courons le risque d'un Mai 68 sur fond de problèmes structurels. Je ne cherche donc ni à dépenser ni à plaire, je veux que nous réussissions. »

Michel Rocard est sensible aux risques politiques mis en avant par Lionel Jospin. André Gauron [1], alors proche conseiller de Bérégovoy, se souvient : « Entre Noël et le jour de l'An, Jospin a convaincu Rocard alors qu'aux Finances, on pensait qu'on allait l'emporter. Jospin a sans doute fait valoir qu'il ne fallait pas rompre les ponts avec le PCF, d'autant que Rocard avait besoin de ses députés à l'Assemblée nationale. » De plus, alors que le gouvernement vient d'affronter la vague de grèves de l'automne, le Premier ministre a dû être sensible à l'idée qu'il ne fallait pas se mettre le SNES à dos et risquer de voir les professeurs descendre à leur tour dans la rue.

Du coup, le Premier ministre écarte les objections d'orthodoxie financière de Bérégovoy et de Charasse et, après trois semaines de marchandages serrés, tranche, le 5 janvier, pour une enveloppe de 24 milliards de francs supplémentaires en cinq ans. Jospin prévoit de la répartir en 13 milliards pour la modernisation du système éducatif et 11 milliards pour l'amélioration des traitements. Sachant que Lionel Jospin doit présenter son dossier au Conseil des ministres du 17 janvier, les « financiers » montent à l'assaut. Le ministre du Budget alerte le président de la République [2] : Lionel Jospin ne tiendra pas cet engagement car il faudra consacrer au moins 16 milliards aux équipements et au recrutement, ce qui ne laisse que 8 milliards pour la revalorisation salariale. Hervé Hannoun, conseiller économique à l'Élysée, appuie la démarche de Charasse. Il indique le 15 janvier au chef de l'État que « la tournure prise par le travail gouvernemental sur l'Éducation est extrêmement dangereuse [3] ». En cédant à « la pression de M. Jospin, le Premier ministre » risque de « faire exploser toute la grille de la Fonction publique ».

1. Entretien le 3 octobre 1995.
2. Note du 12 janvier 1989.
3. Document d'archives.

Ils ne sont pas suivis par François Mitterrand qui se range à l'arbitrage de Michel Rocard pour deux raisons essentielles : il veut éviter une flambée d'agitation dans les lycées et les universités ; et il pense que le pays peut supporter financièrement l'effort supplémentaire réclamé par Jospin. Quant à la méthode retenue par le ministre de l'Éducation nationale, qui engage une laborieuse négociation avec les syndicats mobilisés et prêts à toutes les surenchères sur la revalorisation, Mitterrand est sceptique mais il n'intervient pas. Il estime, selon Jean-Louis Bianco, que Jospin aurait dû commencer par expliquer et faire accepter son programme de rénovation au lieu d'entreprendre immédiatement des négociations salariales.

Le 17 janvier 1989, Lionel Jospin présente au Conseil des ministres son projet pour l'Éducation, qui lui vaut un hommage appuyé de Michel Rocard : « C'est un grand moment pour le gouvernement et ce sera peut-être un grand moment pour l'histoire de la France. » François Mitterrand garde le silence.

Les négociations avec les syndicats, qui doivent aboutir avant que le gouvernement ne présente formellement sa loi d'orientation sur l'enseignement[1], se prolongent pendant quatre mois particulièrement rudes : grèves d'avertissement, manifestations, surenchères syndicales et concessions ministérielles commandées par des considérations à la fois politiques et catégorielles.

La tonique patronne du SNES Monique Vuaillat témoigne : « Jospin a été obligé de négocier une revalorisation sans contreparties (...) mais il a fallu se bagarrer, en commençant par des grèves perlées dès octobre 1988, puis une grève forte au mois de janvier 1989. »

« L'erreur la plus considérable de Jospin a été de faire la revalorisation avant la rénovation, regrette le patron de la FEN Yannick Simbron. Je me sentais bafoué mais sans pouvoir dire quelque chose car Jospin avait obtenu beaucoup

1. Lionel Jospin, favorable à une loi de programmation de cinq ans, contraignante sur le plan juridique, n'a pas été suivi par François Mitterrand qui, au mois d'octobre, a tranché en faveur d'une loi d'orientation ayant simplement valeur d'engagement gouvernemental.

d'argent (...) ce qui a été tout à fait extraordinaire pour l'ensemble des enseignants. »

Lionel Jospin aura le plus grand mal à satisfaire à la fois ses « camarades » de la FEN et du SNI et ses interlocuteurs du SNES. Ainsi, après avoir parlé d'avancement au mérite, doit-il faire marche arrière sous la pression des instituteurs qui sont quinze mille dans les rues de Paris le 1er février. Cinq jours plus tard, il satisfait le SNES et s'attire les foudres des socialistes de la FEN en refusant la création du corps des professeurs de collèges. Il leur accorde en revanche, au grand dam du SNES, la parité de la formation entre instituteurs et professeurs du second degré [1].

A plusieurs reprises, Michel Rocard se trouve personnellement confronté à ces batailles politico-syndicales. Il est conspué par les professeurs à Strasbourg, chahuté à Toulouse, insulté à Paris et il doit écourter une visite à Besançon. Excédé, le Premier ministre menace de retirer le plan Jospin. Ce dernier remarque : « C'est la première fois que je vois faire grève contre 10 milliards. »

Ce dossier soulève de nombreuses interrogations au sein du pouvoir socialiste. Jean-Louis Bianco [2] restitue ce climat en rapportant ainsi les échanges du petit déjeuner des « éléphants » du mardi 7 mars 1989 : Jospin réclame 1 à 2 milliards de plus en 1989 pour conclure avec les syndicats. Rocard envisage 500 millions qui seront déduits de la modernisation de l'école.

Louis Mermaz ouvre le débat : « Il faut le faire. Quant à concilier cela avec la sauvegarde du franc, c'est votre problème. » Pierre Mauroy : « Ce n'est pas avec des OS dans l'enseignement que l'on fera une grande réforme. » Jean-Pierre Chevènement estime que « l'on se trompe sur la revalorisation : si l'on donne deux, ils demandent dix. Si l'on donne quatre, ils demanderont vingt. Il y a beaucoup de

1. Ce qui débouchera sur une réforme majeure et très controversée jusqu'en 1993 : la suppression des écoles normales d'instituteurs et la création des IUFM (Instituts universitaires de formation des maîtres) qui constituent une filière pédagogique unique du niveau de la licence pour les instituteurs, rebaptisés « professeurs des écoles », et les professeurs du secondaire.

2. Document d'archives : récit de Jean-Louis Bianco à Georgette Elgey.

parias en France et pas seulement dans l'Éducation (...) Attention aux positions de faiblesse. Je trouve que le mouvement général est beaucoup trop d'essayer de faire plaisir ». Pierre Joxe renchérit : « Je ne vois pas en quoi le fait d'ajouter deux milliards va changer quoi que ce soit au problème. »

Après quelques chamailleries entre les uns et les autres, Mauroy revient à la charge : « On ne peut pas gouverner en faisant fi des revendications qui sont celles de notre base électorale. » Jospin observe qu'« il y a sous-estimation autour de cette table du retard pris par l'Éducation nationale ». Ce qui lui vaut une réplique de Pierre Bérégovoy : « Nous avons d'ores et déjà augmenté les dépenses publiques plus vite que la richesse nationale. Je veux bien que l'on fasse plus pour l'Éducation à condition, comme l'a dit le président de la République, qu'aucun budget ne soit tabou. »

Cahin-caha, la négociation progresse grâce à l'obstination de Jospin, soutenu par Matignon, qui concède des avantages pécuniaires supplémentaires pour arracher un accord.

A la fin du mois de mars, les syndicats sont prêts à signer. Ils ont obtenu un total de 35 milliards de francs cumulés sur cinq ans pour la revalorisation. Celle-ci se traduira par une augmentation de 200 à 300 francs par mois pour les instituteurs et un traitement de fin de carrière de l'ordre de 15 000 francs contre 10 000 jusqu'ici. Tous les professeurs toucheront 500 francs de plus et passeront de 13 000 à 15 000 francs en fin de carrière, hors primes spéciales (soutien scolaire, travail en ZEP – zones d'éducation prioritaire). Le 17 mai 1989, le Conseil des ministres adopte le projet de loi Jospin et la FEN paraphe finalement le protocole d'accord salarial une semaine plus tard. La loi est votée en juin, grâce à l'abstention communiste.

Jospin peut enfin respirer. « Au cours de cette période, Mitterrand m'a laissé faire, même s'il pensait que je dépensais plus que ce qu'il avait annoncé. J'ai bénéficié le plus souvent des arbitrages favorables de Rocard et Huchon. Quant à Bérégovoy et Charasse, ils étaient dans leur rôle mais ils ont suivi. Il fallait s'appuyer sur la revalorisation pour changer ensuite les comportements et ce travail de rénovation a pu être mené, dans le supérieur avec le plan “Université 2000”, dans le primaire avec les nouveaux cycles, et avec la réforme des lycées. »

Les fabiusiens, désavoués, se réfugient dans la critique permanente sur le thème « Jospin arrose du sable ». Mais c'est à la direction socialiste de la FEN que l'amertume est la plus forte. Si ses troupes ont obtenu des avantages financiers importants, la démarche de Lionel Jospin, qui ne l'a pas suivie dans sa bataille avec le SNES, risque de lui coûter le pouvoir. Au cours de l'été 1989[1], Yannick Simbron, secrétaire général de la FEN, vient expliquer à l'Élysée qu'à terme, sa fédération risque de « basculer dans l'orbite communiste ».

Le dossier scolaire reviendra sur le devant de l'actualité au mois de novembre 1990 avec un mouvement d'agitation lycéenne qui démontrera que « les milliards de Jospin » n'ont pas réglé tous les problèmes[2].

Audiovisuel : une émancipation chaotique

Commencée au cours du premier septennat de François Mitterrand avec la Haute Autorité en 1982 puis la CNCL en 1986[3], la rupture du « cordon ombilical » entre le pouvoir et l'audiovisuel public est loin d'être accomplie, même si l'indépendance et le pluralisme de l'information semblent irréversibles.

Le président réélu, qui n'a eu de cesse de dénoncer pendant la campagne l'attitude partisane de la CNCL, souhaite la remplacer au plus tôt par une nouvelle institution qu'il veut pérenniser en l'introduisant dans la Constitution. Cette troisième réforme en six ans lui permet de se débarrasser d'une CNCL majoritairement à droite au profit d'un Conseil supérieur de l'audiovisuel dont la majorité des membres sera nommée par la gauche.

La CNCL n'était-elle pas digne de « respect », selon la

1. Document d'archives.
2. Voir XVe partie : « Les dissentiments ».
3. Voir IXe partie : « Le libéralisme ».

formule du candidat Mitterrand ? Sept ans après, les politiques et les professionnels s'accordent à convenir que l'institution présidée par Gabriel de Broglie n'a guère contenu ses penchants partisans. L'un de ses membres, le patron de presse Roger Bouzinac [1], coopté par la majorité de droite de la CNCL, juge qu'elle s'est comportée « en rouleau compresseur aux ordres du RPR ».

• Un Conseil supérieur

Mitterrand charge de ce dossier Catherine Tasca, ancien administrateur du théâtre des Amandiers à Nanterre et qu'il avait nommée à la CNCL en 1986. Devenue ministre chargée de la Communication auprès de Jack Lang, celle-ci remet un premier rapport [2] au chef de l'État dès le 22 juin 1988. Catherine Tasca obtient immédiatement l'accord de l'Élysée pour un conseil composé de neuf « professionnels », dont le mode de désignation est calqué sur celui du Conseil constitutionnel et de la défunte Haute Autorité de l'audiovisuel : trois membres, dont le président, sont nommés par le président de la République, trois par celui de l'Assemblée nationale et trois par celui du Sénat. Il est également décidé que l'on agira vite, en commençant par une consultation préalable des gens du métier et des forces politiques afin de dégager le plus grand consentement possible. En revanche, Tasca n'est pas suivie quand elle préconise d'inscrire immédiatement le CSA (Conseil supérieur de l'audiovisuel) dans la Constitution. Mitterrand, conscient de l'opposition qu'un tel projet rencontrera au Sénat où la droite est majoritaire, préfère que le texte soit, dans un premier temps, adopté comme une loi ordinaire.

La préparation de cette réforme suscite une différence d'approche entre l'équipe Lang-Tasca et Matignon. Michel Rocard souhaite faire de l'adoption de la loi sur le CSA un exemple de consensus politique. Il envisage donc d'inviter officiellement les chefs de tous les partis représentés au Par-

1. Entretien le 23 novembre 1995.
2. Document d'archives.

lement pour les consulter puis de déposer le texte d'abord au Sénat dans un geste de bonne volonté à l'égard de l'opposition. Sur le fond, il reprend à son compte un souhait de plusieurs parlementaires centristes : faire nommer conjointement par les présidents de l'Assemblée et du Sénat six des neuf membres du Conseil.

Jack Lang et Catherine Tasca ne sont pas d'accord. Ils estiment plus astucieux de rencontrer de façon informelle et sans publicité les leaders politiques afin de s'assurer le soutien direct ou indirect d'un certain nombre d'élus centristes ou de droite. Ils veulent que le débat s'ouvre d'abord à l'Assemblée nationale pour éviter l'enlisement au Sénat.

Placé en position d'arbitre, Mitterrand tranche en faveur de Rocard sur sa méthode de consultation de la classe politique et sur son souhait de voir les sénateurs examiner le projet avant les députés. En revanche, il refuse le compromis sur la nomination conjointe par les présidents des deux Assemblées, qui lui semble mener au mieux à la confusion, au pire au blocage de la nouvelle institution. De même, partant du principe que les chaînes publiques sont financées par l'État, il donne raison pour l'essentiel à Tasca, favorable au maintien de la pratique des cahiers des charges entre le gouvernement et les chaînes, contre Rocard, qui souhaitait établir désormais des contrats entre ces chaînes et le CSA. Seules les questions touchant au pluralisme feront l'objet de « conventions » entre le CSA et les chaînes.

Le projet de loi est inscrit à l'ordre du jour du Conseil des ministres du 12 octobre pour être voté avant la fin de l'année. Mais les efforts acharnés de Matignon pour tenter d'obtenir l'assentiment des députés centristes de l'UDC et les réserves exprimées au Conseil d'État sur le pouvoir de sanction de la nouvelle instance conduisent, à la fin du mois de septembre, à une remise en cause de l'architecture même du CSA. Les conseillers de Michel Rocard préconisent désormais un CSA scindé en deux formations : l'une chargée de la gestion, et l'autre, composée de magistrats et de conseillers d'État, compétente pour prononcer des sanctions. A défaut, ils suggèrent de maintenir l'unité du CSA mais d'en augmenter l'effectif en y faisant entrer des magistrats.

Ce bouleversement du projet originel est rejeté par l'Élysée et la Culture. Mais le Conseil d'État sera associé aux procédures de sanctions pour lesquelles le CSA est doté de pouvoirs nouveaux et importants. Outre le pouvoir de suspension ou de retrait des autorisations d'émettre, déjà accordé à la CNCL, il pourra infliger des amendes allant jusqu'à 5 % du chiffre d'affaires des chaînes en contravention avec la loi.

L'adoption du projet de loi, le 12 octobre, par le Conseil des ministres [1], fournit à François Mitterrand l'occasion de relativiser l'importance politique de cette réforme. Pour lui, toutes les institutions sont critiquables. « Quand j'ai critiqué la CNCL, on a dit que j'avais manqué de respect aux institutions de la République (...) et quand on critique le président de la République, le Parlement, le Conseil constitutionnel, est-ce qu'on ne manque pas à la République ? Aucune institution n'est à l'abri de la critique et c'est tant mieux. »

Puis il repousse *sine die* l'élévation du CSA au rang d'institution constitutionnelle en reprenant à son compte « une pensée juste » de Raymond Barre, selon lequel « il faut d'abord que le CSA fasse ses preuves ».

Pour le chef de l'État, le problème de la télévision en France est bien plus vaste que celui de l'instance de régulation : « Le système a été complètement déséquilibré par la privatisation de TF1 et le secteur public a cru nécessaire d'imiter le privé dans sa médiocrité. Mais il ne s'agit pas, bien sûr, de vouloir contraindre les Français à supporter les élucubrations de ceux qui se prétendent porteurs de la culture. L'information doit être indépendante, je ne dis pas impartiale. L'impartialité est faite d'une masse de partialités qui se contredisent. »

Au Parlement, la démarche consensuelle prônée par Michel Rocard n'aboutit pas. Il a pourtant accepté de valider dans la loi, selon le vœu de la droite, les autorisations d'émettre des jeunes chaînes commerciales, la Cinq et M6, qui violaient ouvertement leurs cahiers des charges en matière de quotas de productions françaises. Il a aussi, pour se concilier les centristes, accepté un amendement prévoyant une

1. Document d'archives.

coupure publicitaire unique des œuvres de fiction sur les chaînes privées. Cette décision hâtive gênera considérablement la Cinq et M6 alors que TF1, en position de quasi-monopole sur le marché publicitaire, en avait déjà accepté le principe lors de sa privatisation en 1987.

Pour la première fois depuis sa nomination, le Premier ministre est obligé d'engager la responsabilité de son gouvernement sur ce texte, aux termes de l'article 49-3 de la Constitution. L'opposition ne dépose pas de motion de censure, et la loi sur l'audiovisuel est finalement adoptée sans vote le 22 décembre 1988. Au fil des débats, les parlementaires centristes, objets des sollicitations rivales du RPR et du gouvernement, ont choisi le camp de l'opposition.

En fait, Mitterrand et Rocard ont vite compris que les centristes exigeaient toujours davantage de concessions sans pour autant donner l'assurance qu'ils s'abstiendraient pour permettre l'adoption du texte. Parmi leurs exigences, la nomination par Mitterrand ou par Fabius, dans leurs quotas respectifs, d'une personnalité représentant la sensibilité centriste. Jacques Barrot avait d'ailleurs vendu la mèche en séance publique en indiquant que son vote dépendrait du choix des membres du CSA.

La loi est promulguée le mardi 17 janvier 1989. Saisi par l'opposition, le Conseil constitutionnel l'a amputée de quelques dispositions en matière de sanctions.

Le mardi suivant, le président de la République et le Premier ministre, qui n'a pas son mot à dire sur le choix retenu, signent le décret nommant les neuf membres du CSA.

Écartant les suggestions avancées par Jack Lang et Catherine Tasca favorables à l'historien Jean-Noël Jeanneney, ancien président de Radio France, et aux avocats de gauche Jean-Denis Bredin et Georges Kiejman, le chef de l'État retient une suggestion de Roland Dumas à la recherche d'une personnalité qui ne soit pas trop marquée politiquement : il nomme à la présidence du CSA le conseiller d'État Jacques Boutet, ancien directeur des affaires culturelles au Quai d'Orsay et éphémère P-DG de TF1 en 1981. Mitterrand avait apprécié l'attitude de cet Aveyronnais de sensibilité discrètement « rad-soc », qui présidait en 1981 la Commission de contrôle des émissions radiotélévisées de la campagne officielle.

Sont également désignés par l'Élysée la journaliste de télévision Geneviève Guicheney, écartée du journal de FR3 pendant la cohabitation, et le président de la très puissante Union nationale des associations familiales (UNAF), le Normand Roger Burnel[1], un « Jeciste », ancien patron de PME, qui n'a aucune compétence particulière dans le secteur de l'audiovisuel. Il apprendra sa nomination en regardant la télévision le jour de la publication du décret. « Mitterrand m'avait reçu quatre jours auparavant pour m'annoncer qu'il souhaitait désigner un représentant du mouvement familial. Je lui avais suggéré deux noms, dont une femme, compétents en la matière. Après ma nomination, Mitterrand, pince-sans-rire, m'avait reçu : "Vous êtes content ? C'est moi qui ai choisi." »

Laurent Fabius reconduit le haut fonctionnaire Bertrand Labrusse, ancien président de la Société française de production (SFP) et membre de la CNCL, nommé par Mitterrand. Une nomination qu'avait combattue son ancienne collègue de la CNCL, Catherine Tasca, en faisant savoir à l'Élysée qu'elle le considérait comme « complètement discrédité par ses mondanités et ses bavardages » et en jugeant « urgent de le sortir du secteur audiovisuel ».

Les deux autres choix du président de l'Assemblée nationale se portent sur le producteur et réalisateur de renom Igor Barrère, et sur la normalienne Monique Augé-Lafon, de sensibilité fabiusienne.

Alain Poher, pour le Sénat, reconduit la productrice Daisy de Galard, de la famille gaulliste, l'universitaire Francis Balle, présenté comme un barriste, et l'ancien président de Radio France Roland Faure, qui incarne la droite chiraquienne.

Face à l'immensité de sa tâche et à la dimension économique et industrielle du dossier, la nouvelle instance de régulation déçoit : « Le CSA nommé paraît d'une incroyable légèreté face au machiavélisme et à l'expérience juridique des grands groupes de communication. Il manque de stature,

1. Entretien le 10 novembre 1995.

d'étoffe, à côté des Hersant, Berlusconi, Bouygues, Rousselet... C'est un collège dont certains membres ignorent absolument tout du secteur qui leur est confié. La CNCL faisait dans l'obséquiosité politique. Le CSA est une formidable erreur de casting [1]. »

Une décision immédiate, qui relève du nouveau président du CSA, remonte jusqu'au président de la République. Ses conseillers l'alertent le 18 janvier sur la nécessité de remplacer le directeur administratif de la CNCL dès la mise en place du CSA. Il s'agit de Pierre-François Racine, membre du Conseil d'État, « et de surcroît membre du comité juridique du RPR ». Sur la note de son conseiller juridique Jean Kahn [2], Mitterrand écrit : « D'accord, mais cela dépendra du futur président. » Jacques Boutet maintiendra Racine pendant quelques mois, le temps d'assurer la transition entre CNCL et CSA.

Le 13 février 1989, François Mitterrand installe le CSA dans les locaux de la CNCL, rue Jacob, à Paris. « Ne vous attendez pas à être épargnés », lance-t-il aux neuf nouveaux sages. « Travail, courage, obstination, voilà ce qui vous attend », et de conclure : « Réjouissez-vous, car vous ne me verrez plus. »

• Une présidence commune

La mise en place du CSA coïncide avec la démarche de réflexion sur le malaise du service public audiovisuel, engagée par le gouvernement après les grèves de l'automne 1988 à Antenne 2, FR3 et Radio France, les plus dures depuis l'éclatement de l'ORTF en 1974.

Né d'une indignation – la publication au mois de septembre de la rémunération de la journaliste-présentatrice d'Antenne 2, Christine Ockrent, 120 000 francs par mois plus une note de frais de 55 000 francs –, ce mouvement revendicatif traduit une crise d'identité du service public en perte de vitesse face à la montée en puissance de TF1 dans le

1. *In* Marie-Ève Chamard et Philippe Kieffer, *La Télé, Dix ans d'histoires secrètes*, Paris, Flammarion, 1992, p. 515.

2. Document d'archives.

paysage audiovisuel. Avec un budget de 5 milliards de francs en 1988, soit le double de celui d'Antenne 2, la « première chaîne » privatisée par la droite en 1987 se taille la part du lion du marché publicitaire (50 % contre 25 % au secteur public) et de l'audience (40 % face aux cinq autres chaînes françaises). La chaîne de Francis Bouygues dicte sa loi en imposant des tarifs publicitaires élevés et contraint ses concurrentes à la surenchère pour s'attacher à prix d'or les présentateurs-vedettes et acheter les « directs » des grandes rencontres sportives. En deux ans, les droits de retransmission de ces compétitions-spectacles sont multipliés par six ou sept. Bref, désormais l'audimat commande le niveau des recettes publicitaires, et donc la survie des chaînes.

Dès la fin des grèves de l'automne, Jack Lang et Catherine Tasca avaient mis en place quatre groupes de travail confiés à des professionnels, qui concluent au mois de mars 1989 : « La redevance stagne. Les coûts s'envolent et les entreprises publiques se livrent une concurrence anarchique. » Une solution est avancée : trouver une formule permettant aux deux chaînes publiques d'harmoniser leurs programmations pour affronter ensemble la concurrence des télévisions privées. D'où l'idée d'une présidence unique pour Antenne 2 et FR3.

Tasca l'impose de haute lutte à Mitterrand et aux socialistes hostiles à une construction de type ORTF, à un nouveau « monstre bureaucratique » qui risque d'avoir l'effet inverse du but recherché.

Jusqu'au dernier moment, le chef de l'État se montre très réservé. Il cède à contrecœur le mercredi 26 avril, au moment où le Conseil des ministres doit trancher sur ce point. Jean-Louis Bianco a pesé de tout son poids pour persuader le président. Dans la note manuscrite[1] qu'il lui remet chaque mercredi avant son entretien avec le Premier ministre, il « plaide une dernière fois » pour la présidence commune en résumant ses avantages : « Ceux qui sont contre ne sont pas tous désintéressés, notamment ceux qui briguent la présidence d'une chaîne et le P-DG de TF1, Patrick Le Lay est violemment hostile à ce moyen de renforcer le secteur public. » Bianco fait également valoir que « face à la puis-

1. Document d'archives.

sance énorme de TF1, Antenne 2 et France 3 se livrent à une guerre stupide : concurrence sur l'achat des droits de retransmission (jeux Olympiques et tennis), programmes de même nature, au lieu de jouer sur la complémentarité ». Il observe enfin que présidence commune ne signifie pas « fusion » des deux chaînes.

A l'inverse, Jacques Attali et son ami Jean-Pierre Elkabbach, qui guigne la présidence d'Antenne 2, se sont employés à convaincre Mitterrand de repousser cette réforme.

Michel Rocard entre dans le bureau présidentiel. Il est cueilli à froid par un Mitterrand qui exprime son refus : « Je n'ai pas été assez associé. C'est reconstituer l'ORTF. » Le chef du gouvernement répond : « Je vous en ai parlé deux fois et, si on ne le fait pas, vous aurez la démission de Catherine Tasca. » Mitterrand lâche : « J'ai peut-être mauvaise mémoire, j'ai donc tort, mais quand même, je ne suis pas d'accord. » Et le projet est accepté.

A l'Assemblée nationale, deux mois plus tard, les socialistes, emmenés par le rapporteur Bernard Schreiner, expriment à leur tour leurs réticences devant ce projet qu'ils jugent insuffisant. Pour eux, le salut du service public passe d'abord par des moyens financiers accrus, par une augmentation de la redevance. Michel Rocard impose le texte en recourant une fois de plus à l'article 49-3. La loi instituant la présidence commune des deux chaînes publiques est adoptée le 3 juillet 1989.

Se joue alors dans le petit monde politico-médiatique traversé de passions et de haines une *commedia dell'arte* au cours de laquelle s'enchaînent doubles discours, trahisons et malentendus qui débouchent sur un jeu de dupes : le pouvoir est floué et le CSA empêtré.

Au départ, il semble acquis que le CSA, dont six des neuf membres viennent d'être désignés par la gauche, nommera à la présidence commune d'Antenne 2 et de France 3 une personnalité agréée par l'État actionnaire.

D'entrée de jeu, l'opération semble mal engagée : deux candidatures sérieuses s'opposent, alors qu'elles semblent d'évidence soutenues par l'Élysée : celles de l'avocat Georges Kiejman et du professionnel de l'audiovisuel Hervé

Bourges. Le premier, ténor du barreau, défenseur des droits de l'homme et esprit cultivé, plaît à une certaine gauche, même si on s'interroge sur sa connaissance du monde audiovisuel. Le second, à l'inverse, est reconnu par ses pairs, mais certains, en particulier au ministère de la Communication, lui reprochent d'avoir par trop cédé, quand il dirigeait TF1, à des impératifs commerciaux, au détriment de la qualité des programmes.

Kiejman [1] : « François Mitterrand m'a encouragé et, à partir de là, j'ai cru que tout allait se dérouler sur un tapis. Mais Catherine Tasca était réticente et Laurent Fabius plaidait pour Hervé Bourges. »

Bourges [2] : « Le poste m'intéressait, j'étais un chaud partisan de la mise en place d'une présidence commune. Quand j'ai su que Kiejman était sur les rangs, j'en ai parlé à Mitterrand. Il a approuvé ma candidature, mais je l'ai senti embarrassé. J'ai pensé alors qu'il valait mieux renoncer, mais, à l'approche de l'échéance, Catherine Tasca, André Rousselet et Gilles Ménage [3] ont insisté pour que je me maintienne. »

Le président du CSA, Jacques Boutet, a fixé aux 9 et 10 août les auditions des candidats devant les neuf « sages ». Cette confrontation étant importante pour l'image que veut donner l'instance naissante, il souhaite une diversité de candidatures qu'il s'applique à susciter sans grand succès, ne parvenant à convaincre que le « jobertiste » Michel Caste, ancien président de la Sofirad puis du Loto. Catherine Tasca agit de même et persuade l'éditeur Christian Bourgois de se présenter. A vrai dire, Boutet n'est toujours pas convaincu du bien-fondé de la « présidence commune ». Il l'avait ouvertement critiquée au moment du débat parlementaire.

Dans le même temps, le patron du CSA reste en contact permanent avec l'Élysée. Dans la plus grande discrétion, il parle à François Mitterrand et à Gilles Ménage. A la mi-juillet, il fait tenir au chef de l'État le schéma qu'il préconise :

1. Entretien le 24 janvier 1995.
2. Entretien le 22 novembre 1995.
3. Sous la présidence Mitterrand, c'est le directeur de cabinet qui supervise le suivi des dossiers de la presse et de l'audiovisuel. Il est exclu qu'il encourage Hervé Bourges sans l'accord, au moins tacite, du président de la République.

Georges Kiejman, président commun, Jean-Noël Jeanneney, directeur général d'Antenne 2, et Jean-Pierre Hoss à FR3. Hervé Bourges, écarté par Boutet, se verrait confier la présidence de la Sofirad, la holding financière qui contrôle plusieurs radios périphériques.

Les collaborateurs du chef de l'État plaident pour qu'Hervé Bourges, « immédiatement opérationnel », trouve une place dans l'audiovisuel public : à défaut de la présidence commune, il pourrait diriger Antenne 2. Ils s'inquiètent du « rapport des forces au sein du CSA, dont les membres se seraient majoritairement laissé convaincre qu'écarter M. Bourges serait une manifestation de leur indépendance à l'égard du pouvoir politique ».

Jacques Boutet et ses interlocuteurs élyséens ignorent à ce moment-là qu'une candidature rivale se prépare activement et secrètement à droite. Celle du président de la SFP [1], Philippe Guilhaume, nommé à ce poste par Jacques Chirac en 1986 sur l'insistance de Jacques Chaban-Delmas dont une nièce est l'épouse de Guilhaume. Brillant en société, spécialiste des relations publiques, Guilhaume est contesté sur ses capacités de gestionnaire. Sous sa présidence, la SFP continue de s'enfoncer dans les déficits [2]. Il ne cache pas à ses proches qu'il souhaite faire autre chose.

Conseillé par son collaborateur Claude Lemoine, proche du RPR, Guilhaume parvient à convaincre, à la fin du mois de juillet, les trois membres du CSA désignés par Alain Poher de soutenir sa candidature en l'absence d'autres personnalités venues de l'opposition. L'enquête minutieuse de Marie-Ève Chamard et Philippe Kieffer [3] rétablit la vérité face à la version de Philippe Guilhaume, qui, dans son livre *Un président à abattre* [4], affirme ne s'être décidé qu'au dernier moment à se porter candidat.

1. Société française de production qui fournit les équipes et les matériels techniques de production des chaînes publiques.

2. Au mois de juin 1990, la SFP connaît une grève très dure à la suite d'un plan de restructuration prévoyant 600 départs sur 3 600 salariés, afin de redresser les comptes qui affichent un déficit de 300 millions de francs sur un chiffre d'affaires de 1 milliard.

3. *La Télé, Dix ans d'histoires secrètes*, *op. cit.*

4. Paris, Albin Michel, 1991, p. 15-35.

Après d'ultimes journées de tractations, de retraits et de candidatures confirmées à la dernière minute, cinq noms sont inscrits au tableau des auditions du CSA : d'une part, Michel Caste, Christian Bourgois et Philippe Guilhaume qui font figure d'« outsiders », et, d'autre part, Georges Kiejman et Hervé Bourges, donnés l'un ou l'autre gagnant.

Bourges refuse de se prêter aux simagrées du « grand oral » devant les « sages ». Il ne juge pas utile de se lancer dans un grand exposé sur l'audiovisuel. Il a présidé TF1 pendant quatre ans ; il estime n'avoir rien à démontrer. Maladroit, il critique l'action de ses prédécesseurs à la tête de cette chaîne, comme s'il avait oublié que Boutet était l'un d'eux. Kiejman, quant à lui, n'impressionne pas par sa connaissance des dossiers. Il s'attache surtout à convaincre de sa volonté de bien faire. A l'inverse, Guilhaume, qui s'est arrangé pour « plancher » après ses principaux concurrents [1], fait une prestation jugée unanimement « éblouissante », même si, avec le recul du temps, plusieurs membres du CSA y verront surtout de la « poudre aux yeux » et le plus grand « flou » en matière de gestion.

Le vote à bulletins secrets intervient le 10 août. Pour l'emporter, une majorité absolue, soit au minimum 5 voix contre 4, est nécessaire. Au premier tour, Guilhaume recueille les 3 voix du Sénat, tandis que Bourges, Bourgois et Kiejman se partagent les 6 voix de l'Élysée et de l'Assemblée nationale. Bourgois se retire et, au deuxième tour, Guilhaume gagne 1 voix, celle d'Igor Barrère, qui ne s'en cachera pas, tandis que Kiejman devance Bourges de 1 voix avec 3 votes contre 2.

Un troisième tour est organisé. Geneviève Guicheney et Francis Balle, chargés du dépouillement – car ils sont les plus jeunes –, annoncent à la stupéfaction générale que Philippe Guilhaume l'a emporté sur Georges Kiejman par 5 voix contre 4.

Le candidat soutenu par le pouvoir, appuyé par le président du CSA et théoriquement assuré de 6 voix sur 9, a été coiffé

1. Voir *La Télé, Dix ans d'histoires secrètes*, *op. cit.* : Marie-Ève Chamard et Philippe Kieffer révèlent que Guilhaume a inventé l'obligation d'un voyage professionnel à l'étranger pour être entendu le dernier.

sur le poteau par celui de l'opposition censé n'avoir aucune chance !

Mitterrand, Lang et Tasca sont consternés. Le CSA les a floués. La presse, un peu somnolente au cœur du mois d'août, s'en donne à cœur joie : « Vous avez voulu un CSA indépendant, vous êtes servis », serinent les commentateurs.

Comment en est-on arrivé là ?

Quatre des votes qui se sont portés sur Guilhaume ne font aucun doute : Daisy de Galard, Francis Balle et Roland Faure, les « trois du Sénat » ont émis un vote politique. Le quatrième, Igor Barrère [1], explique qu'il n'a pas exprimé un choix politique en se prononçant pour un candidat qu'il croyait capable de mener la télévision publique, alors qu'il se défiait d'Hervé Bourges et n'avait pas été impressionné par Georges Kiejman.

L'incertitude demeure sur le cinquième bulletin.

Au terme d'une « enquête » approfondie au sein de la maison des « sages », qui, six ans plus tard, semblent encore traumatisés par cet épisode au point de ne pas vouloir être nommément cités, les auteurs sont contraints de parodier Agatha Christie : « Tous disent que Boutet et Burnel ont voté Kiejman. Augé-Lafon s'enferme dans son devoir de réserve, mais Labrusse a vu par-dessus son épaule qu'elle a voté Kiejman. Labrusse assure avoir voté Kiejman sans état d'âme mais certains insinuent qu'il est coutumier du mensonge. Pourtant, tous ont lu la consternation sur son visage à l'annonce de la victoire de Guilhaume. Quant à Guicheney, presque tous la soupçonnent d'avoir voté Guilhaume et certains affirment même qu'elle le leur a avoué. Elle s'en défend énergiquement et désigne Labrusse. Enfin, ils sont plusieurs à se demander si, au bout du compte, l'élection de Guilhaume n'est pas le fait d'une erreur matérielle : quelqu'un se serait trompé de bulletin… »

Les « vaincus » se remettront vite. François Mitterrand invite Georges Kiejman à le rejoindre pour quelques jours dans les Landes. Leur amitié se renforce et l'avocat sera bientôt ministre. Hervé Bourges obtient à la rentrée la présidence de la Sofirad. Pour la « télé », il attend son heure.

1. Entretien le 15 novembre 1995.

• Deux chaînes sinistrées

Le « super-président » se met à la tâche avec enthousiasme. Il devra très vite déchanter et sera conduit à démissionner seize mois plus tard, au terme d'une longue épreuve de force avec le pouvoir, dans un climat de profond malaise et de difficultés financières de l'audiovisuel public.

Les hostilités s'engagent avant même la rentrée à propos de la désignation des directeurs généraux d'Antenne 2 et de France 3. L'État actionnaire, à commencer par le ministre de la Communication Catherine Tasca [1], estime devoir au mieux être associé, au pire être consulté sur les choix de Philippe Guilhaume. Il ne sera même pas informé.

Avec François Mitterrand, Michel Rocard, Jack Lang et Catherine Tasca qui le reçoivent dans les semaines qui suivent sa nomination, Philippe Guilhaume s'en tient à un discours très général et ne dévoile rien sur ses intentions alors qu'il a entrepris d'auditionner d'innombrables candidats potentiels. Du coup, on le soupçonne de vouloir priver ses futurs directeurs généraux de toute autonomie et de mettre finalement le pouvoir devant le fait accompli en « distillant des noms faussement consensuels ». Jean-Louis Bianco écrit à la fin du mois d'août au président de la République : « Je crois qu'il ne faut pas entretenir d'illusion sur l'attitude de M. Guilhaume. Il faut simplement lui rappeler l'autonomie des chaînes A2 et FR3 [2]. »

Et ce n'est que le 13 septembre 1989 que Guilhaume informe à mots couverts Jack Lang et Catherine Tasca de sa décision, arrêtée secrètement avec les intéressés depuis deux semaines : Jean-Michel Gaillard dirigera Antenne 2 et Dominique Alduy FR3.

Guilhaume indique à ses ministres de tutelle qu'il compte l'annoncer le lendemain à la télévision, mettant ainsi le gouvernement devant le fait accompli. Il en est dissuadé par une

1. Catherine Tasca n'a pas donné suite aux demandes d'interview des auteurs.

2. Document d'archives.

intervention de Jean-Paul Huchon qui lui demande de laisser vingt-quatre heures de réflexion au gouvernement pour examiner ses propositions.

Le pouvoir se sent de nouveau piégé. On lui place deux socialistes – Gaillard a été chargé de mission à l'Élysée au cours du premier septennat et Alduy a travaillé au cabinet de Pierre Mauroy à Matignon – que Guilhaume, habilement, présente en outre comme des « gestionnaires », le premier étant de la Cour des comptes et la seconde responsable du « câble » à la Caisse des dépôts.

Cette appréciation est vivement contestée par Gilles Ménage [1] qui fait aussitôt valoir au président que Dominique Alduy « n'a pas d'expérience dans l'audiovisuel ni dans la gestion » et que « le choix de Jean-Michel Gaillard apparaît plus comme la recherche d'une caution que comme la garantie d'une bonne gestion dans un domaine où il n'a aucune expérience ».

Mais François Mitterrand juge qu'il est trop tard pour modifier ce choix. Il demande à Ménage de le faire savoir à Matignon et à Attali de transmettre cette consigne de non-intervention à Lang et Tasca.

L'Élysée prend d'autant plus comme une gifle la désignation de Jean-Michel Gaillard que celui-ci devait être nommé au prochain Conseil des ministres à la tête de la DATAR [2], un poste auquel il s'était préparé de longue date.

La nomination de Gaillard et d'Alduy intervient le 15 septembre [3].

Jean-Michel Gaillard [4] s'explique : « Avant d'être nommé, je n'ai consulté personne. C'est contre ma logique politique. Car si on me dit non, c'est une pression, et si on me dit oui, je devrai ensuite rendre des comptes. » Il ajoute : « Dès la

1. Document d'archives.

2. Délégation à l'aménagement du territoire et à l'action régionale.

3. Les auteurs, reçus ce matin-là par Jacques Attali, se souviennent de sa réaction traduisant l'ire présidentielle à l'annonce de la nomination de celui qu'il a côtoyé pendant cinq ans à l'Élysée : « C'est qui Gaillard ? Je ne le connais pas. » Le porte-parole de l'Élysée Hubert Védrine lâche pour sa part la formule, reprise par *Le Canard enchaîné* : « Et pourquoi pas Gonzague Saint-Bris pour diriger la Nasa ! »

4. Entretien le 10 mars 1993.

nomination de Guilhaume, l'idée de base du pouvoir, c'est qu'il faut le décrédibiliser : il ne fallait pas que la gauche aille travailler avec lui afin de le contraindre à prendre des gens de droite pour diriger les chaînes. Mon arrivée et celle d'Alduy ont fait échouer ce plan en donnant à Guilhaume une légitimité. Beaucoup ont cru en effet que nos nominations signifiaient la réconciliation entre Guilhaume et le pouvoir. »

La productrice-animatrice Ève Ruggieri devient directeur des programmes d'Antenne 2 et le journaliste Jean-Marie Cavada de FR3. Son confrère Jean-Pierre Elkabbach, qui rêvait de diriger la deuxième chaîne, avait fini, poussé par François Mitterrand et Roland Faure, par accepter la direction des programmes de la troisième chaîne, avant de faire machine arrière *in extremis*, sceptique sur la capacité de Guilhaume à relancer l'audiovisuel public.

Le trio est enfin à pied d'œuvre pour redresser la barre.

En trois ans, essentiellement en raison du succès de TF1, Antenne 2 a perdu la moitié de son audience et FR3 stagne [1]. Le déficit des chaînes publiques pour 1989 est estimé à quelque 300 millions de francs, les recettes publicitaires sont inférieures aux prévisions et les personnels sont démobilisés.

L'essentiel de l'effort se concentre sur la deuxième chaîne. En dehors de la course aux « stars » du petit écran engagée avec TF1, la programmation ne verse pas dans la facilité : ainsi le magazine de la mer « Thalassa » est-il avancé à 20 h 30 alors que naît au mois de janvier « Envoyé spécial », l'émission d'enquêtes et de grands reportages de qualité. Un début de complémentarité est institué dans la grille des deux chaînes.

Mais le style brouillon de Guilhaume, qui multiplie à plaisir réunions, comités et colloques, ne contribue pas à rétablir la sérénité avenue Montaigne et cours Albert Ier. Cavada est écarté au mois de janvier, Ruggieri s'en va également au mois d'avril. Puis c'est le tour de Michel Drucker, l'enfant

1. Selon Médiamétrie, l'audience passe de 41,3 % en janvier 1986 à 21,7 % en septembre 1989. Dans le même temps, FR3 passe de 11 % à 10,3 %.

chéri du service public, qui part sur TF1, au moment où son émission de variétés « Champs-Élysées » commence à prendre des rides.

Au printemps 1990, la réalité s'impose : le redressement tarde à se concrétiser. Guilhaume et Gaillard font valoir à l'État actionnaire que les prévisions de recettes publicitaires inscrites dans le Budget 1990 sont surévaluées de quelque 400 millions de francs puisqu'elles sont fondées sur une progression d'audience de cinq points. Mais l'État objecte que les chaînes publiques sont dispendieuses : pour les seules dépenses de programmes, elles consacrent 5 milliards de francs pour une audience cumulée de 36 % alors que TF1 investit 3 milliards dans sa grille pour 42 % d'audience.

Ce dialogue de sourds va aller s'envenimant. Guilhaume et Gaillard ont le sentiment qu'on cherche à les déstabiliser en recourant au « nerf financier ». L'Élysée, les Finances et Tasca mettent en cause leur gestion et leur coûteuse politique de programmes.

Dans ce climat de suspicion réciproque, d'infamantes calomnies circulent, sous la forme de rumeurs, sur la vie privée de Philippe Guilhaume. Il s'élèvera dans son livre[1] contre les services de police des Renseignements généraux qu'il affirme être les instruments d'une campagne de déstabilisation ourdie par le pouvoir. Il ira jusqu'à désigner ceux qu'il poursuit de sa vindicte : « On me comprendra peut-être si j'écris ici que, lorsque j'entends M. Mitterrand, M. Rocard ou un de leurs semblables, parler de "droits de l'homme", de "libertés publiques", de "respect de la dignité de la personne", j'ai envie de vomir. » L'accusation est grave. Si Guilhaume a pu de bonne foi se sentir épié par les Renseignements généraux, s'il est vrai que dans les rédactions parisiennes des coups de fil anonymes distillaient les « révélations » sur les prétendues frasques du « super-président », il n'en reste pas moins qu'à la calomnie il répond en recourant lui-même à la calomnie.

Au mois de novembre 1990, alors que se prépare le budget des chaînes pour 1991, l'État actionnaire a le sentiment

1. *Un président à abattre*, Paris, Albin Michel, 1991.

d'avoir été mené en bateau par le directeur général d'Antenne 2. Après avoir annoncé au mois de juin un déficit pour 1990 de 80 millions de francs, grâce notamment à la vente des stocks de films et de programmes de la chaîne, Jean-Michel Gaillard annonce que ce déficit s'établit à 335 millions, soit 10 % du budget. La déprogrammation de l'émission confiée à la rentrée à Claude Sérillon entre 19 et 20 heures, la tranche horaire la plus rentable en termes de recettes publicitaires, symbolise ce naufrage de l'audiovisuel public dans son combat inégal contre la télévision commerciale.

Gaillard [1] justifie sa stratégie : « Rien que pour tenir le rang de ma chaîne, j'ai volontairement dépensé 200 millions de plus. J'ai demandé à trois reprises un collectif budgétaire car j'estimais qu'il me manquait 600 millions pour lutter contre TF1. Mais Tasca disait partout : il n'a pas besoin de plus d'argent. »

Guilhaume, qui à ce moment-là affirme que Gaillard lui a caché ces chiffres, décrit la démarche de son directeur général : « Pour redresser l'audience, il surinvestit dans les programmes en espérant que, l'audience étant renforcée, les recettes publicitaires viendront rapidement compenser les dépassements de dépenses. »

Le 23 novembre, Catherine Tasca en appelle à l'arbitrage de Michel Rocard pour sortir de la situation financière périlleuse de la deuxième chaîne. Elle lui demande par lettre [2] d'« envisager la recapitalisation d'Antenne 2, en faisant appel au Budget de l'État, sauf à accepter que l'asphyxie financière de la société ne conduise inéluctablement à sa privatisation ». Mais elle ajoute qu'il « n'est sans doute pas souhaitable que cette recapitalisation intervienne tout de suite, car il est indispensable qu'elle soit assortie de garanties solides sur une stratégie claire ». L'allusion est limpide : l'équipe en place n'est pas à même de remplir ce contrat.

Les événements vont se précipiter, entraînant une aggravation du climat dans l'audiovisuel public. Une grève est

1. Entretien le 10 mars 1993.
2. Document d'archives.

déclenchée au sein de la rédaction de FR3. Près de la moitié des 750 journalistes de la chaîne réclament l'alignement de leurs salaires sur ceux d'une quarantaine de pigistes qui viennent d'être intégrés dans des conditions plus avantageuses. Le conflit durera un mois. Philippe Guilhaume voit dans la fermeté des pouvoirs publics, qui craignent une contagion à Radio France, RFO et RFI où les salaires sont moins élevés, un moyen supplémentaire de le déstabiliser. Il est très vraisemblable que le gouvernement ait fait passer aux responsables syndicaux un message du genre : « Ne cédez pas, on verra après. »

Le point d'orgue est atteint le 17 décembre lors de la cérémonie de remise des « 7 d'or » au Lido, retransmise cette année-là par TF1. Le producteur-animateur Frédéric Mitterrand, dont l'émission vient d'être déprogrammée d'Antenne 2, en même temps que celles également décevantes en termes d'audience de Claude Sérillon et de Thierry Ardisson, provoque le scandale de l'assistance où sont assis aux premiers rangs Lang, Tasca, Boutet et Guilhaume. Devant des millions de téléspectateurs, il pose sur la scène le trophée qu'il vient de recevoir et déclare avec sa grandiloquence habituelle : « Ce “7 d'or”, je le prends et je le pose là où se trouve aujourd'hui le service public : à terre ! »

Ite missa est.

Le CSA se réunit le lendemain pour essayer de trouver un moyen de dénouer la crise en provoquant le départ de Guilhaume. L'un des « sages » raconte : Jacques Boutet avance le nom d'Hervé Bourges pour lui succéder. Il s'est assuré de l'accord de Catherine Tasca. Mais les trois membres nommés par le Sénat demandent s'il va accepter. Boutet assure que si le CSA, unanime, réclame Bourges, il le lui demandera officiellement. On discute ensuite du départ de Guilhaume et Roland Faure suggère de le rencontrer pour le convaincre de remettre sa démission dès le lendemain.

En réalité, Boutet s'est résigné à appeler Bourges, qu'il n'aime pas, faute d'avoir pu convaincre l'Élysée de faire appel à Pierre Elseen, Jean-Noël Jeanneney ou Christian Blanc. « Bourges s'impose, pas de fonctionnaire », avait décrété Mitterrand.

Le lendemain, mercredi 19 décembre, Guilhaume, défait,

annonce sa démission dans un salon de l'hôtel Plaza Athénée sous le regard hostile d'une centaine de journalistes de FR3 en grève, qui brandissent leurs cartes de presse et martèlent leurs revendications.

Quelques heures plus tôt, Hervé Bourges [1] avait reçu un appel de Jacques Boutet. Le président du CSA lui demandait de venir le voir discrètement tour Mirabeau, sur le Front de Seine où vient de déménager le Conseil : « Les stations régionales de FR3 sont à feu et à sang ; le trou financier à Antenne 2 est terrible et nous sommes unanimes pour faire appel à vous. »

L'entretien est très bref. Bourges, qui ne veut pas subir une deuxième humiliation après celle de l'été 1989, demande s'il y aura d'autres candidats et s'il devra plancher devant le CSA. Boutet le rassure : « Non, tout ce qu'on vous demande c'est de dire “oui”. » Dans sa voiture, qui le reconduit à son bureau, son épouse l'appelle : « Europe 1 vient d'annoncer que tu es le nouveau président. » Le CSA vient en effet d'avaliser sans débat par 6 voix et 3 abstentions l'accord passé entre Boutet et Bourges.

Igor Barrère [2], qui avait donné sa voix à Philippe Guilhaume, témoigne : « Il s'agissait de sauver le bateau. Bourges était l'homme idoine car tout partait en quenouille. Il faut dire que le pouvoir politique avait savonné la planche de Guilhaume en refusant de lui donner les moyens financiers que Bourges obtiendra. »

Pour Bertrand Labrusse [3], ce dénouement était inéluctable : « Guilhaume avait échoué à la SFP et le désastre s'est reproduit à la télévision où il a engagé des dépenses inconsidérées. Les pouvoirs publics ne voulaient pas sa peau, mais c'était un piètre gestionnaire qui ne maîtrisait plus son navire. »

Jean-Michel Gaillard [4] est remplacé par Éric Giuly, un haut fonctionnaire venu des cabinets Defferre et Joxe au ministère de l'Intérieur. Il raconte : « Je saute, mais on garde Dominique Alduy sur FR3 pour ne pas donner l'impression de faire

1. Entretien le 22 novembre 1995.
2. Entretien le 15 novembre 1995.
3. Entretien le 17 novembre 1995.
4. Entretien le 10 mars 1993.

une grande lessive. Finalement, Guilhaume n'a été ni meilleur ni moins bon que les autres. Au fond, la présidence commune n'est pas une bonne chose. Ça alourdit, ça institutionnalise le conflit entre les deux chaînes et en outre le “super-président” préfère toujours une chaîne à l'autre. »

La pilule est amère pour Catherine Tasca. Elle a porté la loi créant le CSA ; l'Élysée a placé à sa tête un homme qu'elle récuse ; elle a ensuite mis son poste en jeu pour arracher l'adoption de la « présidence commune » et le CSA a désigné un homme dont elle ne voulait pas. Celui-ci s'est joué d'elle en nommant des directeurs généraux sans la moindre concertation. Puis c'est le naufrage d'Antenne 2 et l'arrivée d'un « sauveur » qu'elle a la clairvoyance d'accepter.

Hervé Bourges fait procéder à un audit de chaque chaîne. A la fin de 1990, Antenne 2 connaît un déficit d'exploitation de 690 millions. FR3 a perdu 60 millions. Les perspectives pour 1991 font craindre un déficit cumulé de 1,8 milliard.

Au printemps 1991, le gouvernement apporte 500 millions et exige un plan de restructuration drastique qui prévoit plus de 800 suppressions d'emplois sur les deux chaînes et de fortes économies sur les programmes. Bourges le mène à bien sans conflit majeur et arrache au gouvernement un milliard supplémentaire pour 1992. Le service public de l'audiovisuel est remis à flot.

Poste et Télécom : une modernisation réussie

Parmi les « grands chantiers » annoncés par Michel Rocard, une réforme majeure a été conduite jusqu'à son terme : la disparition des bons vieux PTT, remplacés par deux entités capables de relever le défi de la concurrence mondiale : la Poste et France Télécom.

Cette révolution des structures et des mentalités n'a pas été une mince affaire. Le Premier ministre et celui des Postes et Télécommunications, Paul Quilès, ont dû batailler ferme pendant près de deux ans pour venir à bout des résistances de l'Élysée et des Finances puis pour convaincre près d'un demi-million de fonctionnaires fortement syndiqués et attachés à leur statut.

Avec ses 300 000 agents répartis dans 17 000 bureaux, la Poste est, avec l'école, le service public le plus ancien – il remonte à Louis XI – et le plus proche des usagers. Le téléphone, si difficile à obtenir jusqu'aux années 70, est entré dans tous les foyers grâce aux efforts de Norbert Segard, ministre des PTT sous Valéry Giscard d'Estaing. Mais le statut, qui remonte à 1923, devient inadapté et le personnel est mal payé, surtout quand il doit se loger à Paris et dans les grandes villes.

Le succès du Minitel, généralisé au milieu des années 80, ne doit pas faire illusion. L'acheminement du courrier est de moins en moins rentable. Chaque grève des postiers, comme celle très dure de l'automne 1988 [1], renforce les concurrents privés, comme DHL ou Federal Express, auxquels recourent de plus en plus les entreprises. Alors que la Grande-Bretagne de Margaret Thatcher déréglemente activement ce secteur et que la Bundespost allemande se modernise, la France prend du retard, même si l'usager est globalement satisfait du service.

En matière de télécommunications, il y a aussi urgence. Les directives de Bruxelles attendues pour 1990 sonnent le glas du monopole qui va se réduire au téléphone de base. Ce secteur va se concentrer dans les mains d'un petit nombre d'opérateurs mondiaux capables de répondre aux besoins internationaux des entreprises. Il y aura les américains ATT et IBM, le japonais NTT et peut-être en Europe British Telecom, Deutsche Bundespost et France Télécom.

Rocard ouvre ce chantier, aussitôt surmonté le conflit des Postes de l'automne. Au mois de décembre 1988, il charge son ami Hubert Prévot, ancien de la CFDT et ex-commissaire au Plan, d'engager un débat sur la place du service public des PTT. Tables rondes, colloques, questionnaires et réunions de concertation se multiplient auprès des agents, des usagers, des entreprises, dans un vaste brassage d'idées, au travers duquel Rocard et les siens entendent illustrer leur « méthode » de gouvernement.

Le rapport Prévot est prêt au cœur de l'été 1989. Il recommande de séparer les activités Postes et Télécommunications

1. Voir *supra*.

en deux entités distinctes dotées d'une personnalité morale et disposant d'une autonomie financière par rapport à l'État. Il propose aux personnels de choisir entre un nouveau statut assorti de meilleures perspectives de carrière ou le maintien dans celui de la Fonction publique.

Michel Rocard réunit le 11 août Pierre Bérégovoy et Paul Quilès pour trancher sur les propositions du rapport Prévot. Quilès épouse les thèses de ce rapport : faute d'une réforme, les activités les plus rentables se développeront dans les filiales des PTT qui seront un jour privatisées, ne laissant au secteur public que des activités non rentables. Et il propose un calendrier serré : publication du rapport à la fin du mois d'août et présentation d'une loi-cadre au Parlement à la fin de l'année 1989, assortie d'augmentations salariales substantielles dès 1990. Bérégovoy n'est pas d'accord. Il refuse toute concession salariale par crainte de l'effet boule de neige dans la Fonction publique ; il estime que le service public des Postes et Télécommunications doit conserver son monopole et qu'il ne faut pas se laisser aller à trop de concessions à l'Europe libérale. Rocard, soucieux de « donner à la France le moyen de faire face à la concurrence mondiale », tranche en faveur de Quilès sur le fond. Mais il propose un calendrier sans date butoir : le rapport Prévot « n'engagera pas le gouvernement » et Quilès sera chargé d'ouvrir la négociation avec les syndicats avant toute annonce concernant une loi-cadre.

• Mitterrand renâcle

A la suite de cet arbitrage, Matignon demande au secrétariat général du gouvernement d'inscrire une communication de Paul Quilès sur ce dossier à l'ordre du jour du Conseil des ministres du 30 août, qui doit coïncider avec la publication du rapport Prévot. Le 25 août, François Mitterrand examine le projet d'ordre du jour et demande le retrait de la communication de Quilès et donc le report de la diffusion du rapport Prévot. Pas question à la veille de la rentrée sociale d'agiter un tel chiffon rouge devant les syndicats. Pour le chef de l'État, dont les principaux conseillers – Attali, Bianco, Sautter – partagent les craintes, le gouvernement fait preuve d'une hâte excessive. Rocard et Quilès, estime-t-il, n'ont pas mesuré que la bombe du rapport Prévot fournira à la CGT et à FO des armes pour leurs luttes revendicatives et politiques. Ces syndicats agiteront l'épouvantail de la privatisation, même si la réforme envisagée ne la prévoit nullement.

Mais Mitterrand est pris de vitesse. Quilès fait savoir à l'Élysée qu'il est trop tard pour faire machine arrière : 500 000 exemplaires du rapport Prévot ont été imprimés et sont prêts à être envoyés à tous les agents des PTT. Il fait valoir qu'un contrordre entraînerait des fuites mettant le gouvernement en difficulté. Le président cède avec mauvaise humeur : « Je ne peux empêcher une diffusion à ce point engagée. Mais je trouve cette procédure détestable et oublieuse des règles de travail qui s'imposent à tous. Cette façon de faire ne me plaît aucunement », écrit-il sur une note d'un collaborateur [1] lui faisant le point sur ce dossier.

Michel Rocard, tout juste rentré d'une tournée dans le Pacifique, est informé de l'irritation présidentielle. Il écrit à Mitterrand le 29 août [2], à la veille du Conseil des ministres : « L'urgence de la réforme tient à la situation sociale que j'observe aux PTT. Cette réforme, que certains jugent porteuse d'un grave risque de conflit, est la seule qui soit – paradoxalement sans doute – de nature à répondre à l'insatisfaction sociale et salariale des agents des PTT. Elle permettrait d'entreprendre un réexamen des carrières et de développer l'intéressement pour des montants significatifs. »

Le lendemain matin, deux heures avant le Conseil des ministres, le secrétaire général de l'Élysée prend le contrepied du Premier ministre : il adresse un mot manuscrit au chef de l'État [3] dans lequel il plaide la plus grande prudence face au danger d'un soulèvement syndical. « Si l'on change le statut des PTT, ce qui n'est peut-être pas vital, la réaction des syndicats sera négative et très dure. La CGT, naturellement. FO, par conservatisme, et parce que Marc Blondel voudra surenchérir sur une fédération des PTT dominée par

1. Document d'archives.
2. Document d'archives.
3. Document d'archives.

les amis de Claude Pitous [1]. Et la CFDT sera gênée par ses gauchistes. Il ne faut pas se précipiter, alors que la rentrée sociale s'annonce difficile. Des consignes très strictes devraient être données à M. Quilès pour qu'il entame une concertation longue (plusieurs mois), prudente, et surtout pour qu'il n'annonce aucun changement de statut au départ. »

• Quilès s'acharne

Paul Quilès sort du Conseil des ministres avec un feu orange. Il peut engager la concertation avec ses syndicats mais le gouvernement ne se prononcera pas avant plusieurs mois sur les propositions d'Hubert Prévot. En dépit de leurs réactions immédiates et hostiles, les syndicats, à l'exception de la CGT, acceptent un premier rendez-vous avec le ministre, le 8 septembre. Le dialogue est noué. Il aboutira au printemps après de longs mois de négociations au cours desquels Quilès a fait preuve d'acharnement et d'habileté. Gérard Moine [2], qui dirige alors son cabinet, résume ainsi la « méthode Quilès » : « Il a mis en œuvre tous les moyens techniques pour dialoguer avec les salariés – téléconférences et visioconférences –, moyens également mis à la disposition des syndicats ; après chaque réunion, il faisait envoyer des fax à tous les bureaux de postes et à toutes les agences de France Télécom, de véritables "tracts ministériels" qui bluffaient les syndicats. » Paul Quilès [3] précise qu'il a également eu recours aux sections d'entreprise du Parti socialiste qui représentent 5 000 adhérents aux PTT.

Dès le mois de novembre 1989, le gouvernement prend acte du bon déroulement de la concertation avec les syndicats et décide de préparer un projet de loi pour le printemps suivant. Il y aura donc deux établissements publics – la Poste et France Télécom –, les agents conserveront le statut de fonctionnaires et la négociation salariale leur assurera davan-

1. Lors du XVIe congrès de la CGT-FO, au début du mois de février 1989, Marc Blondel a succédé à André Bergeron à la tête de la confédération, l'emportant sur Claude Pitous par 3 644 voix contre 3 154, après de durs affrontements.

2. Entretien le 12 octobre 1995.

3. Entretien le 15 novembre 1994.

tage que l'ensemble des fonctionnaires d'État. Les facteurs pourront terminer leur carrière à 10 000 francs par mois.

Pierre Bérégovoy concède cette importante revalorisation, mais, après d'ultimes arbitrages difficiles, obtient gain de cause sur les missions de la Poste : celle-ci ne pourra développer ses activités bancaires en matière de prêts aux particuliers.

A la veille de l'adoption du projet de loi par le Conseil des ministres, les syndicats lancent un dernier mot d'ordre de grève, mais sont peu suivis. Le texte est adopté le 12 mai 1990 en première lecture à l'Assemblée nationale grâce à l'abstention de la droite (RPR-UDF) et du centre (UDC) qui compense largement l'hostilité des communistes.

Les débats parlementaires de ce printemps 1990 font déjà apparaître le caractère transitoire de cette importante réforme qui renforce et modernise le service public à la française. En effet, plusieurs orateurs de droite et de gauche souhaitent que la Poste puisse se transformer en une véritable banque concurrentielle. Les plus libéraux laissent entendre que s'ils reviennent un jour aux affaires, France Télécom évoluera inéluctablement vers une privatisation. Gérard Longuet [1], prédécesseur de Paul Quilès au ministère des PTT, approuve la réforme qui correspond à la démarche qu'il avait timidement engagée. Le jour du vote, il s'abstient, expliquant sur le ton de l'humour à son successeur qu'il ne voulait pas le mettre dans l'embarras vis-à-vis de la gauche et des syndicats en marquant trop ouvertement son approbation.

Le 4 juillet 1990, deux jours après la promulgation de la loi au *Journal officiel*, Paul Quilès fait passer un mot au président de la République pendant le Conseil des ministres [2]. Il triomphe : « Quand j'étais venu vous présenter le projet il y a huit mois, vous sembliez préoccupé. J'espère que vous êtes satisfait que cette réforme historique ait pu être acceptée sans difficulté majeure au Parlement et sans conflit social. »

1. Entretien le 21 décembre 1995.
2. Document d'archives.

CHAPITRE 5

Les urnes, l'hémicycle et le drapeau

Deux rendez-vous électoraux – les élections municipales au mois de mars et européennes au mois de juin – rythment la vie politique en 1989. La gauche maintient ses positions alors que les partis de droite traversent une période de remise en question.

Privé de majorité absolue à l'Assemblée nationale, le gouvernement Rocard doit à chaque débat s'assurer de la complicité alternative de la droite modérée et des communistes pour mettre en œuvre son programme législatif et éviter d'être renversé.

La première année du second septennat s'achève dans un climat d'apothéose républicaine avec les célébrations fastueuses du bicentenaire de la Révolution française auxquelles sont conviés les dirigeants des démocraties et du tiers-monde non communiste. La France offre alors l'image d'une nation rayonnante, prospère et apaisée.

Droite, année zéro

Vaincue pour la deuxième fois consécutive à la présidentielle, la droite est consciente qu'au-delà de l'échec personnel de Jacques Chirac, le 8 mai 1988, le désaveu est plus profond : « Il sanctionne l'incapacité persistante des modérés à adapter leur discours, leur organisation, leur stratégie aux attentes d'une société nouvelle, aussi réfractaire aux cultures traditionnelles de la droite que de la gauche. » C'est la thèse de l'universitaire, élu régional du RPR, Jean-Louis Bourlanges, dont le livre, *Droite, année zéro*[1], publié au mois de novembre 1988, sert de catalyseur aux remises en question dans les états-majors politiques.

Au RPR, Jacques Chirac, après avoir un moment envisagé de passer la main en confiant la présidence du mouvement à Édouard Balladur, se range aux arguments de Charles Pasqua et reste à son poste. Il nomme Alain Juppé secrétaire général à la place de Jacques Toubon et chacun, avec son tempérament, entonne le thème de la nécessaire « révolution culturelle » à mener. D'autant que le mouvement gaulliste a vacillé sur ses bases au lendemain des élections législatives du mois de juin. En effet, pour la première fois depuis 1962, les gaullistes sont devancés – ne serait-ce que d'un siège – par l'autre famille de la droite, coalisée au sein de l'UDF. La désignation du président du groupe parlementaire, jusqu'ici admise par consensus, révèle pour la première fois une mise en cause de l'autorité de Jacques Chirac. Philippe Séguin, déçu que son rival Alain Juppé lui ait été préféré pour diriger le mouvement, se présente contre Bernard Pons, désigné au dernier moment par Chirac. L'ombrageux député des Vosges est battu d'une voix par celui du XVIIe arrondissement de Paris. La petite histoire retiendra que c'est le vote par procuration, pourtant promis par Jean de Gaulle, l'un des deux petits-fils du Général, qui aura manqué à Philippe Séguin. Ce dernier ne rend pas les armes. Au cœur de l'été, il lâche une première petite phrase assassine au *Nouvel Observateur*, qu'il jugera plus prudent de démentir : le RPR « a autre chose à dire et à faire que de soutenir les candidatures présidentielles de Jacques Chirac ».

Avec Juppé rue de Lille et Pons aux commandes du groupe, Chirac s'est cependant assuré de la maîtrise de l'appareil et des élus. Charles Pasqua, qui retrouve la présidence du groupe RPR au Sénat, et Édouard Balladur, qui prend ses quartiers dans le faubourg Saint-Germain pour préparer l'avenir, redeviennent les visiteurs les plus réguliers et les plus écoutés du maire de Paris.

Alain Juppé s'attelle à la rédaction de statuts « rénovés » du RPR, instaurant un fonctionnement plus démocratique du

1. Paris, Flammarion, 1988.

mouvement. Le 8 septembre, au lendemain de l'émotion soulevée par le « calembour » de Jean-Marie Le Pen parlant de « Durafour-crématoire » devant ses militants réunis au cap d'Agde, Juppé annonce que tout accord avec le Front national pour les municipales sera sanctionné. Jusqu'ici, le RPR, condamnant toute alliance au niveau national avec le parti d'extrême droite, avait laissé aux instances locales du mouvement la liberté d'apprécier l'opportunité d'accords avec les partisans de Le Pen.

A l'UDF, Valéry Giscard d'Estaing refait surface. Servi par l'échec de Raymond Barre et celui de Jacques Chirac, il pense tenir la corde pour la prochaine présidentielle. Et, selon son entourage, il parie sur un second mandat écourté de François Mitterrand. Le chef de l'État lui a-t-il laissé entendre qu'il n'irait pas jusqu'au bout, comme l'assure Franz-Olivier Giesbert[1], ou Giscard a-t-il lu sur son visage les signes de la vieillesse et d'une santé déclinante ? Il n'en est rien : Giscard justifie en fait par ce pronostic sa volonté de rester dans la course.

Raymond Barre, qui ne brigue aucun poste et n'exerce aucune responsabilité partisane, se complaît dans le rôle de franc-tireur. Le député du Rhône approuve publiquement les grandes orientations de François Mitterrand et souscrit à sa démarche d'ouverture. Les deux hommes se sont secrètement rencontrés, au moins à deux reprises, au lendemain des élections législatives du mois de juin 1988, au domicile de François de Grossouvre, quai Branly, à Paris.

L'opposition ne ménage pas ses critiques devant le comportement de Barre qu'elle juge « complaisant » à l'égard du pouvoir. Seule, une partie des centristes, derrière Pierre Méhaignerie, apprécie la « démarche indépendante » de l'ancien Premier ministre, qui correspond à leur désir d'émancipation par rapport à la droite.

Ces débats se cristallisent au moment de la préparation des listes d'union pour les élections municipales des 12 et 19 mars 1989. Si l'accord RPR-UDF se réalise au tout début de l'année pour 194 des 223 villes de plus de 30 000 habi-

1. In *La Fin d'une époque*, Paris, Fayard-Seuil, 1993, p. 30.

tants, deux grandes villes verront un affrontement entre les deux composantes de l'opposition parlementaire. A Lille, le barriste (CDS) Bruno Durieux affrontera dans une primaire à droite le RPR Alex Turk. A Lyon, le maire UDF sortant Francisque Collomb, soutenu par Raymond Barre, se voit opposer une liste RPR emmenée par Michel Noir.

Ce dernier l'emporte dans les neuf arrondissements de la capitale des Gaules, où l'électorat modéré a plutôt choisi le renouvellement que le RPR contre l'UDF. A Paris, Jacques Chirac est reconduit pour la deuxième fois en s'imposant dans les vingt arrondissements. Son directeur de cabinet, Michel Roussin [1], se souvient de l'énergie dépensée par Chirac entre les deux tours du scrutin, cage d'escalier après cage d'escalier dans les cités HLM des XIXe et XXe arrondissements, les quartiers populaires de la capitale, qu'il craignait de perdre. Pour Chirac, ajoute Roussin, « cette campagne fut une sorte de thérapie après le vrai coup encaissé par sa défaite à la présidentielle du printemps précédent ».

Le RPR doit en revanche abandonner Nantes, Dunkerque et Chambéry aux socialistes qui conquièrent 35 nouvelles grandes villes, dont Strasbourg pour la rocardienne Catherine Trautmann, aidée par les Verts, et Mulhouse où Jean-Marie Bockel bénéficie d'une des très nombreuses triangulaires provoquées par le maintien du Front national au second tour. C'est également le cas à Aix-en-Provence où Jean-François Picheral ravit la mairie traditionnellement à droite. Les communistes sont les grands perdants du scrutin en cédant à l'UDF La Ciotat et Amiens, même s'ils conservent de justesse Le Havre et reprennent Saint-Quentin au RPR. Ce scrutin est également marqué par l'apparition des écologistes dans de nombreux conseils municipaux.

Les socialistes ont toutes les raisons d'être satisfaits. Un an après leur retour au pouvoir, ce premier scrutin national ne leur a pas fait perdre de voix et ils ont accru leur implantation.

Au Conseil des ministres du 22 mars, le ministre de l'Intérieur explique que les socialistes ont pu conquérir nombre de

1. Entretien le 21 février 1996.

villes grâce à un phénomène nouveau : le maintien du Front national faute d'accord avec la droite, qui « assure à la gauche les bénéfices d'une majorité relative ».

François Mitterrand n'a pas attendu le second tour pour se réjouir du succès du neurochirurgien Robert Vigouroux à Marseille. Dès le 15 mars, en Conseil des ministres, le chef de l'État soulignait que le successeur de Gaston Defferre « est apparu comme un homme de sang-froid, qui n'est pas sectaire et exerce un métier qui inspire confiance ».

• Garder Marseille

Le 19 mars 1989, la crainte de voir la deuxième ville de France basculer à droite est conjurée. Le maire sortant, Robert Vigouroux, un chirurgien réputé qui avait succédé à Gaston Defferre, décédé au mois de mai 1986, l'emporte sur l'UDF Jean-Claude Gaudin dans les huit secteurs de la ville. Au premier tour, les listes socialistes dissidentes de Vigouroux avaient recueilli 42 % des voix contre 25,6 % à celles de Gaudin et 15 % à la liste socialiste emmenée par l'avocat Michel Pezet, chef de file du PS des Bouches-du-Rhône.

La candidature de Robert Vigouroux maintenue contre celle de Michel Pezet, pourtant investi à l'unanimité par la direction du Parti socialiste, est le résultat d'un désaccord insurmontable entre deux camps : Matignon et la rue de Solférino, d'une part, l'Élysée et le ministère de l'Intérieur, d'autre part.

Cet épisode municipal n'aurait été qu'un classique affrontement électoral au sein d'un même parti s'il n'avait pas donné lieu à une manœuvre douteuse du pouvoir, ouvrant la voie, bien au-delà de l'enjeu marseillais, aux enquêtes sur le réseau Urba de financement illégal du Parti socialiste et à leurs considérables répercussions politiques [1].

A en croire Michel Pezet [2], tout a commencé au lendemain de la nomination de Michel Rocard à l'hôtel Matignon : « Rocard m'appelle : "Je te mets sur ma liste, je pense à toi pour le ministère de l'Équipement." Le lendemain, nouveau

1. Voir XIIIe partie : « L'effritement ».
2. Entretien le 31 octobre 1995.

coup de fil de Rocard : “Le président me dit qu’il n’a rien contre toi, mais qu’il faut d’abord régler la question de Marseille.” »

Pezet réagit comme s’il n’avait pas compris qu’on lui proposait un maroquin en échange de son effacement devant Vigouroux pour mener la liste socialiste aux municipales à Marseille. Il s’emploie en effet rapidement à recueillir le soutien des sections socialistes de la cité phocéenne pour conduire la liste. Vigouroux, conscient qu’il n’a aucune chance de l’emporter auprès des militants, annonce à ce moment-là qu’il sera candidat, même en dehors du Parti.

Pezet, qui a refusé de se retirer gentiment de la course, ne sera pas ministre. Rocard lui confirme alors qu’en fait Mitterrand avait accepté qu’il entre au gouvernement à condition qu’il laisse le champ libre à Vigouroux.

Deux légitimités s’affrontent pour le contrôle de la mairie du Vieux-Port. Celle de Pezet, l’homme fort de la fédération des Bouches-du-Rhône, qui reçoit le 13 novembre le soutien unanime des instances dirigeantes du PS. Et celle de Vigouroux, le maire sortant, soutenu par la veuve de Gaston Defferre, l’écrivain Edmonde Charles-Roux, dont l’influence à Marseille détermine le choix du *Provençal*, le grand quotidien régional, d’ignorer quasiment Michel Pezet. Elle le poursuit de sa vindicte depuis la mort de son mari, victime d’une attaque, au soir d’une réunion houleuse des socialistes marseillais au cours de laquelle Pezet avait tenu tête à Gaston.

Pierre Mauroy, premier secrétaire du PS, parvient cependant à obtenir le feu vert de l’Élysée pour proposer un lot de consolation à Vigouroux, en échange de son retrait de la course. Ce dernier exige une grande ambassade. Il évoque Washington. Mauroy rejette cette prétention excessive. Les collaborateurs de Mitterrand envisagent également d’offrir à Vigouroux un secrétariat d’État à la Santé. Cette solution n’est pas retenue.

L’Élysée prend alors connaissance des premières enquêtes des Renseignements généraux qui placent Vigouroux loin devant Pezet. L’Élysée change alors son fusil d’épaule et tente de persuader Pezet, donné battu, de s’effacer.

Pierre Joxe[1] est lui aussi convaincu que « seul Vigouroux peut garder la ville à la gauche ». Il se souvient des dernières municipales de 1983, que Defferre avait remportées de haute lutte grâce à son équation personnelle et au découpage de la ville en secteurs qui lui a donné l'avantage en nombre d'élus alors que son rival de droite Jean-Claude Gaudin l'avait emporté en nombre de voix. Il estime, comme Mitterrand, que Vigouroux peut attirer des voix modérées en faisant une campagne d'ouverture, version au goût du jour de la tradition defferriste d'alliance socialo-centriste. Joxe raconte : « Un soir, je reçois Pezet vers minuit au ministère de l'Intérieur et je lui dis : "Tous les sondages te donnent battu et Vigouroux vainqueur." Pezet est accablé mais il m'explique qu'il ne peut pas faire autrement que d'y aller parce que le PS le soutient. J'écarte cet argument en faisant valoir qu'en politique ce qui compte c'est la dynamique et que l'autorité du Parti n'est qu'un arbitrage et que tout le monde peut se tromper. Si Vigouroux est exclu du Parti, il sera réintégré une fois élu ; ça se passe toujours comme ça. »

Michel Pezet[2] confirme la teneur de cette conversation, à ceci près que, loin d'être accablé, il a fait valoir à Joxe que « sur une campagne droite-gauche, sa liste socialiste peut gagner ».

Bien qu'il s'en défende à l'époque, l'Élysée apporte son soutien à Vigouroux en multipliant les signes en sa faveur.

Le 17 novembre 1988, le secrétaire général de l'Élysée rend visite au maire de Marseille. Jean-Louis Bianco a prévenu Pezet qu'il ne le rencontrerait pas lors de ce déplacement annoncé à la presse, car il vient non pas en envoyé de Mitterrand, mais en tant que président de l'Office national des forêts. Ce déplacement est immédiatement commenté dans la presse et les milieux politiques comme un geste de soutien présidentiel à une candidature Vigouroux. Bianco[3] assure qu'il n'était porteur d'aucun message et que son déplacement marseillais ne revêtait aucun caractère politique. Cette visite à Marseille, dit-il, correspondait bel et bien aux questions de forestation.

1. Entretien le 8 novembre 1995.
2. Entretien le 31 octobre 1995.
3. Entretien le 8 janvier 1996.

Le 21 novembre, Vigouroux est reçu à l'Élysée par le chef de l'État et il annonce le lendemain dans *Le Provençal* que sa décision d'être candidat est irréversible. Jacques Pilhan, le conseiller en communication de Mitterrand, est dépêché à Marseille : Vigouroux, qui n'est pas un homme de terrain et ne prise guère les tréteaux, au point que ses adversaires le traitent d'« autiste », axera sa campagne sur la continuité gestionnaire en évitant soigneusement de se mêler de politique.

Vigouroux est inflexible, Pezet est obstiné. Il obtient du Parti et du groupe socialistes de défendre à l'Assemblée nationale deux amendements touchant au mode de scrutin municipal à Marseille qui doivent l'avantager dans son combat contre son rival. Sous couvert d'un alignement sur le statut de Paris et de Lyon, il s'agit de remplacer les huit maires de secteur par seize maires d'arrondissement et d'obliger chaque candidat à présenter une liste dans chaque arrondissement. Pezet explique : « Vigouroux n'avait pas l'appareil du Parti et il était évident qu'il aurait eu bien du mal à présenter des candidats partout. »

Le député des Bouches-du-Rhône doit proposer ses amendements au cours d'une séance de nuit de la fin du mois de décembre, dans le cadre d'un projet de loi visant à prévenir la fraude électorale en Corse. Au moment où il se lève, le ministre de l'Intérieur intervient : ces amendements n'ont pas été examinés par la Commission des lois, ils risquent donc d'être frappés d'inconstitutionnalité. Si Pierre Joxe a raison sur le plan de la procédure, Pezet peut s'estimer victime d'une obstruction délibérée dans la mesure où il est courant que l'Assemblée nationale vote sur des amendements présentés par la majorité non soumis préalablement aux commissions.

Les ennuis de Michel Pezet ne font que commencer. Il raconte : « Tout à la fin de ce mois de décembre 1988, un ami avocat m'appelle : "Un client me dit que les flics l'interrogent sans cesse sur le thème : qu'avez-vous versé à Pezet ? Cette insistance contre toi me paraît louche, je voulais t'en informer." »

Un mois plus tard, le directeur général d'une entreprise de travaux publics, la SORMAE, filiale marseillaise de la SAE

(Société auxiliaire d'entreprise), un géant du BTP, Paul Peltier, interrogé par deux inspecteurs de la brigade financière de Marseille, dans le cadre d'une enquête de routine sur des fausses factures, passe aux aveux. Il livre aux inspecteurs Antoine Gaudino et Alain Mayot les noms de dix élus locaux de droite et de gauche qui ont perçu d'importants dessous-de-table. Ses révélations sont transmises au procureur de la République de Marseille auquel il revient, sous l'autorité hiérarchique du ministre de la Justice, de décider des suites judiciaires à donner à cette affaire.

Traditionnellement, la chancellerie ne poursuit pas lorsqu'il s'agit de délits ayant trait au financement des partis politiques. Cette mansuétude est acceptée dans la mesure où chacun sait qu'en l'absence de législation permettant le financement des partis, la pratique des fausses factures et des commissions occultes est monnaie courante.

Or, à la grande surprise des deux inspecteurs [1], un juge d'instruction est désigné : « Qu'a-t-il bien pu se passer pour que la chancellerie, après avoir longuement réfléchi, opte pour cette solution à haut risque ? »

Pezet apprend vite que les noms de ses amis José Mattei, son chef de cabinet, et Jean-Victor Cordonnier, adjoint au maire, figurent au procès-verbal transmis au juge et qu'il serait lui-même mis en cause, à propos d'un détournement en 1987 d'un million de francs de la SORMAE vers *L'Hebdomadaire*, un éphémère magazine marseillais proche des socialistes. Le 15 février, *Le Canard enchaîné* reprend ces affirmations. La presse cite également les noms de Mattei et de Cordonnier en les présentant tout naturellement comme des amis de Pezet.

Il en conclut qu'il s'agit d'un complot le visant pour le déstabiliser à un mois du premier tour des élections municipales. Et il dénonce publiquement un « coup bas ». Ses proches ajoutent que leur chef est la victime d'une vengeance interne au Parti socialiste.

Pour Michel Pezet, le responsable n'est autre que Pierre Joxe : « Quand le cabinet du ministère a appris que Peltier se mettait à table, il a ordonné aux policiers de Marseille de

1. *In* Antoine Gaudino, *L'Enquête impossible*, Paris, Albin Michel, 1990.

"poursuivre sur Pezet". » Une fois l'enquête partie, la chancellerie n'a fait que suivre, estime-t-il.

Pierre Joxe[1] s'élève contre cette accusation : « Je n'ai jamais fait ça. Ce qui est vrai, c'est que certains ont pu penser que j'avais les moyens d'empêcher l'action de la justice par le bras de la police judiciaire, et, qu'ayant ces moyens, je ne les ai pas employés à dessein dans un but politicien[2]. »

Et Vigouroux fut élu maire de Marseille.

• Le feu de paille des « rénovateurs »

A peine sortie des municipales, la classe politique se lance activement dans la campagne des européennes fixées au dimanche 18 juin.

Dans l'opposition, un sentiment de déjà-vu se dégage. Depuis l'hiver, Jacques Chirac et Valéry Giscard d'Estaing se sont mis d'accord pour présenter une liste commune RPR-UDF menée par l'ancien président de la République avec éventuellement Édouard Balladur en numéro deux. Au centre, comme d'habitude, on renâcle et les dirigeants du CDS plaident ouvertement pour une liste autonome affichant sans ambiguïté leurs engagements européens. Le nom de Simone Veil circule déjà pour mener cette bataille.

Mais ces scénarios figés ne répondent pas aux attentes de la nouvelle génération qui accède aux postes de responsabilités, en particulier dans les mairies et les régions. Un « ticket » Giscard-Balladur leur fait horreur. Ce serait une « liste Louis XV - Louis XVI », plaisantent-ils.

Depuis la présidentielle, ces quadragénaires de l'opposition se sont beaucoup parlé. Ils cherchent un moyen de sortir de la spirale de l'échec, d'en finir avec la pesante guerre des chefs, bref de faire coïncider leurs ambitions avec un rajeunissement des hommes, des structures et des idées.

Le mardi 28 mars 1989, Charles Millon provoque l'électrochoc dans une interview minutieusement préparée au quotidien *Libération*. Une fois réaffirmée la nécessité de « la

1. Entretien le 8 novembre 1995.

2. Sur les développements de l'affaire de la SORMAE puis de l'affaire Urba, voir XIIIe partie : « L'effritement ».

révolution culturelle qui s'impose à l'opposition », le jeune président UDF de la région Rhône-Alpes va droit au but : « L'idéal, pour les européennes, serait que puisse se retrouver la nouvelle génération du RPR, de l'UDF et de l'UDC. Des hommes et des femmes qui, tous, symbolisent le renouvellement. L'idéal serait qu'ensemble ils aient le courage de constituer leur liste. Elle préfigurerait ce que nous voulons faire pour l'avenir. »

L'élan est donné. Il reçoit le soutien immédiat de onze jeunes élus qui forment le groupe des « rénovateurs », immédiatement adoptés par les médias et l'opinion qui suivront avec sympathie leur brève aventure [1].

Le 6 avril, les frondeurs annoncent qu'ils préparent une liste pour les européennes. Le 9, Dominique Baudis entre dans l'histoire de la politique médiatique en lançant sur le plateau du « vingt heures » de TF1 un appel mémorable à Giscard : « Ayez ce geste porteur d'avenir que le pays attend de vous : tendez le flambeau à une équipe nouvelle. » Le 13, ils renoncent. Le poids des appareils politiques, les rivalités internes et la crainte d'être marginalisés ont eu raison de leur enthousiasme initial [2].

Dès le 1er avril, Jacques Chirac, interpellé par Michel Noir à la tribune des journées parlementaires RPR de Nice, a qualifié d'« absurdes » ces « querelles de générations ». Il a autorisé son secrétaire général Alain Juppé à brandir en dernier recours la menace de l'exclusion. Philippe Séguin, soucieux de ne pas être excommunié, abandonne discrètement le navire. Le 5 avril, Valéry Giscard d'Estaing a obtenu le concours de François Léotard pour tuer dans l'œuf l'opération des Douze. Selon son biographe [3], le patron du Parti républicain s'est laissé circonvenir par celui de l'UDF qui

1. Les « douze salopards », comme ils se désignent eux-mêmes, reprenant le titre d'un film de l'Américain Robert Aldrich, sont les RPR Michel Noir, Philippe Séguin, Étienne Pinte, Michel Barnier, François Fillon et Alain Carignon, les PR Charles Millon, François d'Aubert et Philippe de Villiers et les CDS François Bayrou, Bernard Bosson et Dominique Baudis.

2. L'ouvrage de référence sur cet épisode, même écrit « à chaud », demeure celui des journalistes de *Libération* Gilles Bresson et Jean-Michel Thénard : *Les vingt et un jours qui ébranlèrent la droite*, Paris, Grasset, 1989.

3. Jean-Philippe Moinet, *Léo et les siens*, Paris, Seuil, 1995.

lui a fait entendre qu'en échange de son soutien pour les européennes, il lui donnerait le champ libre sur la scène politique nationale [1].

Dès le lendemain, « Léo » rallie Giscard et dénonce dans *Le Figaro* l'initiative « suicidaire » des rénovateurs. Quant au chef du CDS, Pierre Méhaignerie, après avoir donné l'impression d'encourager les jeunes turcs, il se rabat sur son choix initial, celui d'une liste centriste autonome.

Le 13 avril, le conseil national de l'UDF, cinq jours après le RPR, ratifie la liste commune menée par Giscard, Juppé et Léotard. Dans un communiqué, les Douze annoncent qu'ils renoncent à présenter une liste « pour ne pas ajouter à la division » et indiquent qu'ils ne se rallieront à personne. Dix jours plus tard, le CDS, réuni en congrès, se prononce pour une liste autonome conduite par Simone Veil.

Les rénovateurs manifestent néanmoins leur présence en déposant ensemble une motion de censure contre la politique européenne du gouvernement [2].

Pour éviter de nouveaux heurts, Chirac laisse la liberté de vote aux députés RPR. Le 16 mai, la motion ne recueille que 192 voix, boudée par une cinquantaine de RPR et 23 UDF et UDC. Au lendemain des européennes, les Douze organisent une convention à Lyon. Ils réclament la tenue à l'automne d'états généraux de l'opposition, une initiative qui sera reprise par les chefs de l'opposition à partir de 1990.

Bernard Bosson [3] tire la leçon de l'échec : « Nous avions fini par confondre notre proximité d'âge et de style avec le fond. Les rénovateurs se sont cassé la figure et tant mieux. Nous avons été sabotés par le poids des vieux appareils partisans qui nous ont d'ailleurs très bien récupérés et ont

1. Pourtant, Giscard ne tiendra pas parole. Quelques mois plus tard, il fera battre François Léotard par Charles Millon dans l'élection à la présidence du groupe UDF à l'Assemblée nationale à la veille de la rentrée parlementaire de l'automne.

2. Clin d'œil à l'histoire, cette motion dénonçant « le manque de volonté européenne du gouvernement » est cosignée par Philippe de Villiers et Philippe Séguin, il est vrai un an et demi avant le Conseil européen de Maastricht.

3. Entretien le 21 novembre 1995.

démontré qu'ils étaient plus solides et plus malins que nous ne le pensions. »

Au soir du dimanche 18 juin, la liste RPR-UDF de Valéry Giscard d'Estaing arrive en tête avec 28,87 % des suffrages devant celle du socialiste Laurent Fabius qui recueille 23,61 % des voix, un peu au-dessus de la moyenne du PS dans ce type de scrutin. La liste centriste de Simone Veil s'est effondrée dans les derniers jours de la campagne, passant de 13 % d'intentions de vote à un résultat de 8,42 %, derrière le Front national qui confirme son implantation avec 11,73 % et celle d'Antoine Waechter qui atteint le score historique pour les Verts de 10,59 % au niveau national. Les communistes emmenés par Philippe Herzog poursuivent leur déclin avec seulement 7,72 % des votes.

Giscard s'autoproclame vainqueur. Il a gagné puisqu'il est le premier. La presse lui emboîte le pas et l'opinion, selon les sondages, souscrit largement à l'interprétation de l'ancien président de la République.

Au Conseil des ministres[1] qui suit, François Mitterrand commente la « victoire » de son prédécesseur : « Elle se solde par la perte de huit sièges. La "défaite" de la tête de liste socialiste se solde par le gain de deux sièges. J'en suis désolé pour les journalistes, mais dans les Assemblées, c'est avec des sièges qu'on travaille, pas avec des impressions. Au total, la droite perd six ou sept points en pourcentage, si l'on compare le score des listes Veil et Giscard à celui de Mme Veil en 1984. »

Une majorité par défaut

Avec 275 députés[2], le groupe socialiste n'a pas la majorité absolue de 289 voix. Il manque donc arithmétiquement 14 voix au gouvernement pour faire voter ses textes et ne

1. Document d'archives.

2. Le groupe socialiste compte 275 députés auxquels il convient d'ajouter celui des Hautes-Pyrénées Claude Miqueu, non inscrit, exclu du PS au mois de juin 1988 pour s'être présenté contre le candidat investi par la rue de Solférino Jean Glavany.

pas être renversé. Avec les 25 députés communistes, la gauche est majoritaire à l'Assemblée nationale. Mais Michel Rocard est loin d'être assuré d'obtenir leur soutien.

L'opposition RPR-UDF-UDC compte 262 députés, dont 40 centristes parmi lesquels le Premier ministre, selon les textes présentés, peut espérer trouver des appuis.

Quant aux 15 non-inscrits, dont 6 élus d'outre-mer, leurs votes sont pour la plupart d'entre eux imprévisibles.

Selon François Mitterrand [1], il était clair dès le début que « si nous n'avions pas de majorité absolue, nos adversaires n'en avaient pas davantage. Rocard pouvait donc gouverner. Avec les communistes un peu erratiques, il avait une majorité assurée. Il passait son temps à rechercher l'appui des centristes et Carcassonne se délectait de ça ».

Guy Carcassonne [2] : « Mitterrand n'a jamais vraiment compris comment on se débrouillait pour faire passer nos textes, mais il n'était pas contre. »

Ce jeune agrégé de droit public, parmi les plus proches conseillers de Rocard, jouera un rôle essentiel dans la négociation permanente entre le gouvernement et le Parlement. Apprécié pour son humour, son côté joueur, il est surtout reconnu comme un fin connaisseur des arcanes parlementaires, pour avoir été conseiller juridique du groupe socialiste pendant sept ans.

• La pêche aux voix

Le travail de Carcassonne consiste à s'assurer, texte après texte, que le gouvernement disposera d'une majorité, tantôt grâce au vote ou à l'abstention communiste, tantôt grâce aux voix ou au refus d'obstruction des rangs centristes et non inscrits. Son efficacité est due au fait qu'il jouit de la confiance entière du Premier ministre et que les groupes parlementaires ou les députés disposés au dialogue avec le gouvernement en ont fait leur interlocuteur principal.

Le premier marchandage s'est produit au détriment des

1. Entretien le 29 mars 1994.
2. Entretien le 18 novembre 1992.

centristes lors de l'examen du projet de loi d'amnistie au mois de juillet 1988. Hormis les socialistes, il apparaît très vite que personne ne veut voter en l'état cette amnistie traditionnelle après une élection présidentielle. La droite la considère trop laxiste, les communistes exigent d'y voir figurer les salariés protégés coupables de fautes graves. Il s'agit surtout pour le PCF de permettre la réintégration des « Dix de Renault », militants cégétistes licenciés à la suite de violences.

Michel Rocard[1] voit dans le dénouement de cet épisode le point de départ du mode de fonctionnement entre le gouvernement et les députés : « Ce soir-là, à l'Assemblée, on constate en séance un blocage total de la part des centristes. L'adoption de la loi d'amnistie allait donc se jouer en fonction du groupe centriste ou communiste. Le premier qui allait comprendre que le PS était "opé-able" en allant à mi-chemin dans les concessions créerait la complicité qui allait constituer la majorité implicite de la législature. André Lajoinie – président du groupe communiste – l'a compris le premier, avant Pierre Méhaignerie – président du groupe UDC –, et nous avons pris en compte leurs demandes. J'en ai voulu aux centristes car l'inverse était parfaitement possible. »

Après l'affaire de l'amnistie présidentielle, se souvient Carcassonne, « Lajoinie a souhaité m'avoir pour seul interlocuteur. La même pratique s'est engagée avec les centristes parmi lesquels mes principaux contacts étaient Pierre Méhaignerie et le secrétaire général du groupe UDC François Froment-Meurice. L'attitude des centristes à l'égard du gouvernement a été, en pente faible, de se rapprocher de la droite. Ils avaient tendance, chaque fois qu'ils faisaient quelque chose avec nous, à vouloir se faire pardonner par leurs alliés du RPR et de l'UDF en votant contre nous. Du coup, ils ont été perçus au mieux comme des hésitants, au pire comme des vendus malgré eux, alors qu'ils ont fait preuve de courage civique et politique ».

« Carcassonne était diaboliquement intelligent, se souvient également Jean-Jacques Hyest[2], il jouait entre le PCF et

1. Entretien le 7 avril 1994.
2. Entretien le 14 novembre 1995.

l'UDC ; si c'était fermé chez nous, il allait chez eux et vice versa. » Ce député UDC de Seine-et-Marne, vice-président de la Commission des lois, parlementaire très présent, faisait partie de ceux qui, au départ, ont cru à l'opposition constructive : « Nous pensions que nous pouvions obtenir d'améliorer les textes du gouvernement, de le faire céder parfois, mais on obtenait souvent peu, car derrière le souci apparent d'ouverture, il y avait des blocages. Au fond, il n'y a jamais eu de concessions réelles de Rocard à notre égard. Mais nous étions d'autre part agacés par l'opposition un peu bébête du RPR et d'une partie de l'UDF qui déposaient des motions de censure à répétition. Or, sur certains sujets, la politique du gouvernement Rocard n'était pas la plus mauvaise, même s'il a manqué d'audace en préférant mener une politique au fil de l'eau plutôt que d'engager de vraies réformes. »

L'attitude de Hyest s'inscrit dans la ligne politique voulue par son chef de file Pierre Méhaignerie, qui, tout au long du gouvernement Rocard, a entretenu une relation étroite avec l'équipe de Matignon.

A l'inverse, d'autres responsables centristes, emmenés par les « 3 B » – Dominique Baudis, François Bayrou et Bernard Bosson –, ne veulent pas se compromettre avec les socialistes, fussent-ils rocardiens. Bosson[1] justifie cette attitude : « Nous avons eu des tensions assez vives avec Méhaignerie sur ce point. Moi, j'étais dans l'opposition et j'ai mis un malin plaisir à ne jamais rencontrer Rocard, Huchon ou Carcassonne. J'étais favorable à la création d'un groupe parlementaire distinct de l'UDF pour des raisons d'efficacité et de cohérence politique entre élus partageant les mêmes valeurs. Je voulais un groupe UDC critique vis-à-vis de la gauche et sans compromissions mais qui voterait ce qui était bon pour le pays, à l'image des oppositions municipales qui votent les bons projets des maires. »

• Un jeu de balancier

L'examen des votes des différents groupes durant les trois années du gouvernement Rocard montre que l'UDC s'est

1. Entretien le 21 novembre 1995.

abstenue une fois sur trois, a voté pour une fois sur trois, le dernier tiers se divisant entre vote contre et groupe divisé. Le groupe communiste, qui a toujours voté en bloc, a choisi presque à égalité l'abstention (47,5 % des cas) et le vote contre (44,9 %). Son vote favorable n'est intervenu que sur 9 textes importants alors que le RPR en a approuvé 21 et l'UDF 23 [1].

Le jeu des majorités alternatives avec les centristes ou les communistes est constant. Ainsi, dans les scrutins budgétaires, PCF et UDC s'abstiennent presque à tour de rôle pour sauver le gouvernement. Pour le budget de l'Éducation nationale de 1989, l'UDC vote contre et les communistes s'abstiennent. A l'inverse, pour les crédits du Logement, le groupe d'André Lajoinie vote contre, celui de Pierre Méhaignerie s'abstient.

L'adoption de la loi de finances pour 1989 tient du miracle. Communistes et centristes s'abstiennent sur les recettes. Pour les dépenses, le vote contre de l'UDC au côté du RPR et de l'UDF est surmonté par l'abstention communiste. L'année suivante, en revanche [2], Michel Rocard est obligé de recourir à l'article 49-3 pour faire adopter son budget.

Jean-Jacques Hyest : « On vote, on refuse, on laisse passer. C'était amusant. On disait : "Ce budget est bon, ce ministre est sympa, alors on le soutient." En règle générale, on laissait passer les budgets mineurs. »

Au lendemain de la session budgétaire de l'hiver 1988, Guy Carcassonne [3] déclare à Michel Rocard : « Tu n'es pas renversable. Tu disposes désormais de majorités stéréos. Nous disposerons toujours d'une solution de rechange qui ne nous fera dépendre de personne. On ne pourra pas dire que tu dois ta survie aux communistes ou aux centristes. » Et il lui explique qu'en quelques mois, il a noué « des liens étroits et confiants d'estime réciproque avec des députés non inscrits qui ne se réclament pas de la majorité présidentielle mais se

1. *In* « Bilan de l'activité parlementaire pendant le gouvernement de Michel Rocard », mémoire de DEA de Denise Marqueur, Paris I, 1991.

2. Voir XIIIe partie : « L'effritement ».

3. Entretien le 6 octobre 1992.

trouvent bien traités par le gouvernement et considèrent que Rocard est un bon Premier ministre que, dans l'intérêt du pays, ils ne souhaitent pas faire chuter ». « Dans les rangs centristes, certains font la même analyse », ajoute Carcassonne, qui précise : « Ces derniers m'ont assuré qu'ils ne mélangeraient pas leurs voix à celles des communistes. »

Louis Mermaz[1], alors président du groupe socialiste, ajoute : « Il n'y avait pas non plus de surprise à attendre des communistes car ils nous disaient toujours qu'ils ne mêleraient pas leurs voix à celles de la droite. »

Bref, à la fin de la session, Rocard est rassuré : il peut compter sur un réservoir de stabilité qui dépasse le strict besoin arithmétique.

Mais le gouvernement n'a-t-il pas eu recours à quelques gestes concrets pour maintenir ces parlementaires de tous bords dans leurs bonnes dispositions ?

Les réponses varient.

Henri Emmanuelli[2] : « Carcassonne et Huchon accordaient des tronçons de routes, des collèges, des salles polyvalentes aux centristes qui obtenaient tout ce qu'ils demandaient. Ils intervenaient auprès des ministres concernés. Ce travail constant en direction des centristes n'était pas seulement motivé par la pêche aux voix. Rocard préparait aussi la suite, à savoir un accord avec Méhaignerie et les autres en vue de la présidentielle. »

François Hollande[3] : « Le gouvernement donnait beaucoup plus aux députés centristes ou d'outre-mer qu'à nous, socialistes. J'ai ainsi découvert que Pierre Méhaignerie mais aussi le RPR Philippe Séguin engrangeaient d'énormes subventions alors qu'on ne nous donnait rien car notre vote était acquis. »

Jean-Jacques Hyest : « Carcassonne soignait particulièrement de ce point de vue les non-inscrits et les députés d'outre-mer. Ces derniers veulent toujours se mettre bien avec le pouvoir de la métropole pour obtenir des équipe-

1. Entretien le 2 février 1993.
2. Entretien le 16 novembre 1995.
3. Entretien le 20 juin 1995.

ments comme des pistes d'aviation ou des réfections de routes. »

Jean-Pierre Soisson [1], alors ministre du Travail : « Avec Carcassonne, on se partageait la tâche. C'était un vrai travail d'acrobates ; on connaissait par cœur les circonscriptions des députés CDS réceptifs et de ceux des DOM-TOM, et on décrochait pour eux des crédits pour l'extension de pistes d'aéroport, comme à Saint-Pierre-et-Miquelon, un hôpital par-ci, une subvention par-là. »

Guy Carcassonne se veut moins terre à terre : « Nous étions raisonnablement attentifs aux demandes des parlementaires. On a parfois accéléré la solution de leurs requêtes légitimes, mais ça s'appliquait à tous, sans exclusive. On distribuait subventions ou équipements, on faisait quelques fleurs aux députés communistes ou centristes, mais ça a coûté "peanuts" [2]. Mais ce n'était jamais du donnant-donnant – une subvention contre une voix – car je ne pouvais espérer avoir la voix d'un parlementaire et *a fortiori* d'un groupe qu'à partir du moment où j'arrivais à les convaincre que le texte était conforme à l'intérêt général. Je sais bien qu'on disait alors "Carcassonne arrose", mais c'était un peu simpliste. Évidemment, le groupe communiste était sensible à certains gestes comme l'évolution des aides publiques à la presse dont *L'Humanité* avait un grand besoin. Un jour, une imprimerie de *L'Huma* a brûlé. Nous avons aussitôt fait passer le dossier dans le cadre de la législation sur les entreprises en difficulté. »

Et de conclure : « Tout cela relevait d'un comportement de bonne compagnie, un peu comme le président de la République qui offre une porcelaine de Sèvres à un visiteur étranger. »

1. Entretien le 9 février 1995.

2. Michel Charasse (entretien le 29 novembre 1995), alors ministre du Budget, évalue à moins de 100 millions par an ces largesses gouvernementales prélevées sur les crédits déjà affectés aux ministères, auxquelles s'ajoute la « réserve parlementaire », d'environ 400 à 500 millions, reliquat du budget laissé à la discrétion du président de la commission des Finances et du rapporteur général du Budget en fin d'année et dont profitent généralement tous les groupes.

La France au plus haut

Deux cents ans après la prise de la Bastille, le monde a les yeux tournés vers la France qui célèbre avec éclat le bicentenaire de sa Révolution. Pendant tout l'été, cérémonies, spectacles et reconstitutions historiques se multiplient à travers le pays. A Paris, où se pressent trente-deux chefs d'État et de gouvernement, la grande diplomatie se mêle à la fête. Présidents africains et sud-américains, Premiers ministres asiatiques et dirigeants des sept pays les plus industrialisés assistent aux premières loges aux célébrations, dans une capitale vidée de ses voitures, où tout est fait pour mettre en valeur les grands travaux du président. Le jeudi 13 juillet, ils inaugurent tous ensemble l'Opéra Bastille avant d'aller souper au musée d'Orsay. Le 14, ils ont droit avec les Parisiens à deux défilés sur les Champs-Élysées : le matin, la traditionnelle revue militaire, et le soir, apothéose du Bicentenaire, *La Marseillaise*, opéra-ballet cosmopolite et branché, retransmis dans une centaine de pays : 6 000 danseurs, musiciens et figurants déferlent au milieu de centaines de milliers de spectateurs, dans un fracas de musique, un tourbillon de lumières, et, pour la scène finale imaginée par Jean-Paul Goude, dans la fumée d'une locomotive tout droit sortie de *La Bête humaine*. A peine les lampions éteints, les maîtres du monde industrialisé se retrouvent pour leur rendez-vous annuel : c'est le « sommet de l'Arche », qui se déroule tour à tour sous la pyramide du Louvre et au parvis de la Défense.

Le G7 s'est bien passé, la fête a été réussie, les grincheux ont remisé leurs critiques. François Mitterrand, au faîte des sondages, a de quoi être satisfait. Il peut être reconnaissant envers celui qui a monté cette opération mégalomaniaque : son conseiller spécial Jacques Attali.

Le 31 mai 1988, trois semaines après l'élection présidentielle, Attali avait adressé une longue note à François Mitterrand sous le titre : « Quelques réflexions sur l'avenir de votre politique étrangère [1]. » Au chapitre des « rapports avec les pays du Sud », il proposait, outre une initiative sur la dette, de les associer à la préparation du sommet de Paris et d'inviter du 12 au 14 juillet 1989 une dizaine de chefs d'État du Sud « pour qu'ils assistent aussi, avec les Sept, à la fête du 14 juillet ».

Dix jours auparavant, lors d'une réunion des sherpas [2] en vue du sommet de Toronto le mois suivant, Jacques Attali avait subrepticement posé un premier jalon de son grand projet en faisant accepter la date du 14 juillet 1989 pour le sommet suivant qui allait se tenir en France. Aussitôt, il avait fait bloquer des centaines de chambres dans les grands hôtels parisiens, en prenant soin de ne pas faire apparaître l'Élysée.

Puis le sherpa français s'était concentré sur le dossier de remise de la dette des pays les plus pauvres, qui aboutit à Toronto où les Sept adoptent la proposition de François Mitterrand, d'annulation partielle des dettes selon trois options, éventuellement combinables : annulation de la dette – Paris donne l'exemple en réduisant d'un tiers les créances publiques des pays africains les plus pauvres, pour un coût budgétaire d'un milliard de francs par an –, réduction des taux d'intérêt ou rééchelonnement.

Le programme du volet parisien des festivités du 14 juillet est fixé dans ses grandes lignes au cours de l'été 1988. Le ministre de la Culture et du Bicentenaire Jack Lang a la haute main sur l'organisation délicate des cérémonies et des spectacles, en liaison avec l'historien Jean-Noël Jeanneney qui dirige la « mission » du Bicentenaire.

Jacques Attali se concentre sur la partie diplomatique. L'objectif relève de la mission impossible : il s'agit de réunir à Paris et de conduire à dialoguer des dirigeants des pays riches et pauvres sans dire qu'il s'agit à proprement parler d'un « sommet Nord-Sud » dont on ne veut à aucun prix à Washington et à Londres.

Aidé par le secrétaire général de l'ONU Javier Perez

1. Document d'archives.

2. Représentants personnels des chefs d'État ou de gouvernement du G7 chargés de la préparation des sommets annuels.

de Cuellar, mis dans la confidence dès le mois de juillet, Attali multiplie les visites éclairs pour inviter les présidents des grands pays du Sud.

Au début du mois d'octobre 1988, alarmés par les propos publics de Jack Lang pouvant laisser croire que Paris souhaitait transformer le G7 en sommet Nord-Sud, les sherpas américain et britannique menacent de mettre en cause la date du 14 juillet. Attali calme le jeu en se montrant très vague sur la configuration et la nature des rencontres au sommet des dirigeants de la planète, les 13 et 14 juillet. Le 25 février 1989, lors d'une nouvelle réunion des sherpas en Dordogne, le programme du sommet est accepté. Les dirigeants des pays riches rencontreront ceux du tiers-monde le 13 juillet à l'Élysée pour des entretiens informels. Mais les Anglo-Saxons s'opposent absolument à toute réunion formelle, qu'Attali envisageait d'organiser sous la forme d'un dîner commun le 14 juillet. Attali doit promettre qu'il s'emploiera à isoler le G7 des cérémonies du Bicentenaire où sont attendus alors quinze dirigeants du tiers-monde.

A défaut d'un sommet Nord-Sud le 14 juillet 1989, Attali échafaude un scénario alternatif visant à mettre les dirigeants des pays riches au pied du mur à Paris pour qu'ils acceptent le principe d'une telle réunion en 1990 : l'Égyptien Hosni Moubarak, le Sénégalais Abdou Diouf, le Vénézuélien Carlos Andrès Perez et l'Indien Rajiv Gandhi se mettront d'accord pour demander officiellement le 13 juillet à François Mitterrand d'organiser un sommet Nord-Sud à Paris l'année suivante. Le président français acceptera et se fera leur porte-parole dès le lendemain, 14 juillet, auprès du G7.

Ce « guet-apens » diplomatique est mis au point le 15 avril 1989 au château de Rambouillet où Attali a réuni secrètement les ministres des Affaires étrangères des quatre pays « complices » du Sud.

Parallèlement, Jacques Attali prépare une nouvelle initiative française d'allégement de la dette des pays les plus pauvres, essentiellement en Afrique noire. Mitterrand souhaite l'annoncer au sommet de l'Arche, espérant que, comme à Toronto, l'« exemple » français incitera les autres pays riches à agir dans la même direction. Les États-Unis ont déjà commencé de le faire avec le plan du secrétaire au Trésor Nicholas Brady concernant les dettes des pays en développement à l'égard des banques privées.

Le président décide finalement d'anticiper l'annonce de cette décision en la rendant publique le 24 mai à l'ouverture du sommet francophone de Dakar : la France honorera les remboursements des créances d'aide publique qu'elle détient auprès de trente-cinq pays africains. La mesure coûtera chaque année 400 millions de francs au Budget de l'État pendant quarante ans.

Dans le mois qui précède le grand rendez-vous du 14 juillet, des voix s'élèvent pour critiquer l'ampleur de ces célébrations officielles. Au mécontentement habituel face aux restrictions de la circulation automobile dans la capitale, s'ajoute une critique d'une partie de l'opposition qui, à l'instar d'Alain Juppé, adjoint au maire de Paris, dénonce la « mégalomanie » de François Mitterrand [1].

Plus sévère est celle venue de la gauche tiers-mondiste qui dénonce ces cérémonies réservées aux riches. La contestation est notamment menée par l'écrivain Gilles Perrault et le chanteur Renaud qui propose la tenue d'un « contre-sommet » des pays pauvres et annonce pour le 8 juillet une « fête populaire » à la Bastille, loin du Bicentenaire officiel [2].

Le 14 juin, François Mitterrand manifeste devant le Conseil des ministres [3] son agacement devant ces critiques : « Il y a là une offensive médiatique réelle qui a de la force. Elle rassemble tous ceux qui sont contre la Révolution [4], tous

1. Le maire de Paris, Jacques Chirac, se tiendra volontairement à l'écart de ces célébrations.

2. Le chanteur, qui avait appelé à la candidature Mitterrand en 1988 – « Tonton laisse pas béton » –, dénonce dans une lettre reçue le 13 juin par Jacques Attali (in *Verbatim III*, *op. cit.*) ce « Bicentenaire étatisé, barriérisé, flicardisé et marchandisé dont le peuple se sent dépossédé ». Le 11 juillet, amer, il regrettera dans une autre missive de s'être fait « récupérer » par les communistes, la droite et les râleurs. La « fête » de la Bastille avait rassemblé vingt-cinq mille personnes.

3. Document d'archives.

4. Si l'on en croit une enquête SOFRES du mois de décembre 1988, seuls 6 % des Français disent qu'ils auraient lutté contre la Révolution et 49 % l'auraient faite. Les Français de 1989, selon la formule de l'historien François Furet, « plébiscitent la Déclaration des droits de l'homme, mais rejettent massivement la violence révolutionnaire ». Ainsi, 75 % sont-ils

ceux qui auraient été pour en son temps, mais qui sont plus réservés maintenant parce que privilégiés. A cela s'ajoutent ceux qui sont contre le gouvernement » et « en même temps il y a une démagogie de la voiture ».

Et le 20 juin, il prononce au château de Versailles, dans la salle du jeu de Paume, refaite à neuf pour l'occasion, le discours dont il est le plus fier. C'est une magistrale leçon d'histoire. Mitterrand fait revivre l'événement. L'auditoire a l'impression d'être au cœur de ces journées exaltées de 1789 au cours desquelles le tiers état, emmené par Mirabeau, fait le serment d'abolir les privilèges.

Puis il livre sa pensée sur la Révolution : « Ne faisons pas à ses acteurs l'injure de croire qu'ils s'affrontèrent pour peu de choses ou pour de délirants motifs (…) Sans indulgence pour les fautes, les excès ou les crimes, tâchons de comprendre pourquoi, dans le mouvement complexe de la Révolution, à courage égal, à conviction égale, tous les choix ne se valent pas (…) La Révolution a fait la République » qui « contient un ensemble d'institutions et de règles, de droits et de devoirs, qu'on appelle la démocratie (…) L'Angleterre, les premiers États de l'Amérique indépendante avaient défriché le chemin. La France alla plus loin. »

Sa conclusion relie le passé au présent : « Observons le mouvement de l'Histoire telle qu'elle se déroule sous nos yeux : notre Europe démocratique qui se forme et grandit. Et l'autre Europe qui s'en inspire ou qui cherche à s'en inspirer. Observons le mouvement du monde : partout lève la même espérance. Et tout cela nous ramène à Pékin, place Tian'anmen. Trois images : une statue de la Liberté, quatre chiffres, 1789, et ce jeune homme seul, debout devant les chars. Avez-vous entendu ce que criait la foule ? On me l'a rapporté : "Nous avons du pain, nous voulons des lois." La vraie révolution est en marche. »

Les célébrations du Bicentenaire débutent le jeudi 13 juillet par une cérémonie sur le « parvis des Droits de l'homme »

---

pour l'abolition de la monarchie, mais ils refuseraient à 61 % l'exécution de Louis XVI.

au Trocadéro. Margaret Thatcher est sifflée par la foule. Le même jour, *Le Monde* publie une interview du Premier ministre britannique dans laquelle elle déclare : « Les droits de l'homme n'ont pas commencé en France. » Quatre ans plus tard, dans ses Mémoires [1], elle explique dans quel état d'esprit elle était arrivée à Paris pour participer à ce Bicentenaire : « Pour moi, une conservatrice britannique, nourrie de la pensée de Burke, la Révolution française était une tentative utopique de renverser l'ordre ancien, qui, certes, avait de nombreuses imperfections, au nom d'idées abstraites, énoncées par des intellectuels prétentieux » qui s'est dévoyée « dans les purges, les massacres collectifs et la guerre, anticipant dans une large mesure la révolution bolchevique encore plus terrible de 1917 ».

L'après-midi, l'Élysée prend des allures de congrès de Vienne, à ceci près que l'hémisphère Sud y est imposé par le Metternich du jour : François Mitterrand. Les trente-deux chefs d'État et de gouvernement accompagnés de leurs ministres des Affaires étrangères et de leurs proches conseillers se répandent dans les salons et les jardins, multipliant entretiens, apartés et conciliabules, dans une ambiance de rendez-vous de chasse où les diplomates du protocole perdent leur latin. Les Africains ont pris possession de la salle des fêtes ; Brian Mulroney et Hosni Moubarak accordent leurs audiences au bord de la pelouse, Benazir Bhutto complote avec Mohammad Ershad dans la bibliothèque… François Mitterrand reçoit brièvement George Bush sur le palier du premier étage. Le président américain lui remet pour la durée de la fête la clé de la Bastille que le général-marquis de La Fayette avait offerte au président George Washington. Arrivé en retard, Michel Rocard se précipite vers l'escalier pour les rejoindre. Il se heurte à deux costauds du « secret service » américain qui le repoussent sans ménagement. *« But I am the Prime minister of France »*, plaide le malheureux Rocard, qui ne devra son salut qu'à l'intervention de Jacques Attali, beaucoup plus connu dans les couloirs de la Maison-Blanche que le chef du gouvernement français.

1. *The Downing Street Years*, New York, Harper Collins, 1993.

En fin d'après-midi, comme convenu entre les « conjurés », l'Élysée publie le communiqué des quatre présidents du Sud qui demandent à leur hôte français d'« engager un processus de consultations régulières au sommet entre pays développés et pays en développement ».

Maggie Thatcher voit immédiatement la manœuvre : « Le président Mitterrand avait eu la brusque intention de relancer un autre dialogue "Nord-Sud" du genre de celui que nous avions fort heureusement laissé derrière nous à Cancún [1] », raconte-t-elle dans ses Mémoires. Margaret Thatcher se souvient, avec quelque dépit, avoir mis en garde George Bush, nouveau venu dans le cénacle des G7, qui aurait devant elle jugé délicat de bloquer une telle initiative sans prendre le risque d'apparaître comme « une bande d'égoïstes qui s'en fichent ».

Le président américain est d'autant moins enclin à faire front avec la « Dame de fer », qu'il est lui-même engagé dans une initiative diplomatique délicate. Le dimanche précédent, il a présenté à Varsovie un « plan d'action pour la Pologne » afin d'aider financièrement ce pays où Solidarnosc vient de remporter les premières élections libres. Le chef de l'administration américaine, qui souhaitait au départ confier à un comité du G7 la gestion de cette aide, a dû reculer devant l'hostilité française à toute dérive institutionnelle des Sept. A Paris, il espère rallier ses partenaires à l'idée d'une action concertée envers la Pologne, sous l'égide de la Banque mondiale.

C'était sans compter avec un troisième larron, Jacques Delors, le président de la Commission européenne, rompu aux pratiques du multilatéralisme, qui veut montrer que la CEE peut jouer un rôle sur le théâtre est-européen.

Son bras droit à Bruxelles, le Français Pascal Lamy [2], relate avec verve ce coup fourré des « eurocrates » : « Le 14 juillet au soir, alors que les Sept se pressent derrière leur vitre blindée sur le balcon de l'hôtel de la Marine, place de la

1. Sommet réuni à l'initiative de l'ONU, dans cette station balnéaire du Mexique, les 22 et 23 octobre 1981 qui fut sans lendemain. Voir IIIe partie : « La France dans le monde ».

2. Entretien le 27 octobre 1995.

Concorde, pour voir le défilé de Goude, Delors entreprend Mulroney. Il lui parle des graves problèmes alimentaires que va connaître la Pologne l'hiver prochain. Il lui demande d'appuyer une initiative sur cette question qu'il veut présenter le lendemain au nom des Douze. Le Canadien, bon gars, donne son accord. Au fil de la soirée, Delors tricote les autres, sauf Thatcher et Mitterrand. Kohl, inquiet à l'idée que Polonais et Hongrois pourraient venir mendier des patates cet hiver en Allemagne, se laisse convaincre. »

Dans la nuit, Delors et Kohl chargent leurs sherpas Pascal Lamy et Hans Tietmeyer de préparer un amendement sur la Pologne à la déclaration finale du sommet de l'Arche. Il est convenu que le chancelier allemand le propose en séance plénière.

Le lendemain, les Sept abordent la situation à l'Est et Kohl lance « sa » proposition sur la Pologne. George Bush s'y rallie. Margaret Thatcher se préoccupe du coût et François Mitterrand, soucieux de réussir son sommet, écarte les objections que lui souffle Jacques Attali. Ce dernier a déjà conçu le projet d'une banque européenne pour l'Europe de l'Est, qui deviendra la BERD. Il ne souhaite donc pas voir la Commission de Bruxelles s'installer en pourvoyeur d'aide financière à l'autre Europe, dont on perçoit déjà les premiers craquements.

DOUZIÈME PARTIE

Une Allemagne contre une Europe

Le mardi 2 mai 1989, la Hongrie commence à démanteler son réseau de barbelés et d'alarme protégeant sa frontière avec l'Autriche. Le 19 août, alors que, pour la première fois depuis la fin de la guerre, un non-communiste devient Premier ministre en Pologne, cinq cents Est-Allemands, en vacances en Hongrie, s'engouffrent dans cette première brèche dans le « Rideau de fer » et passent en Autriche avant de se réfugier en Allemagne de l'Ouest. Très vite, le gouvernement communiste réformateur de Budapest ouvre entièrement sa frontière aux citoyens de RDA candidats à l'exil. Pour le seul mois de septembre, ils sont 25 000 à prendre le chemin de ce « pays frère », fuyant le régime le plus stalinien du « camp socialiste ».

L'Histoire, soudain, s'emballe.

Un an plus tard, l'Allemagne s'est réunifiée, la démocratie a déferlé sans violence sur l'Europe de l'Est et le Kremlin assiste, impuissant, à la désagrégation de l'empire soviétique. C'est la fin de l'ordre de Yalta.

La France, comme ses partenaires de l'Alliance atlantique et de la Communauté européenne, se trouve confrontée à ces bouleversements considérables et doit s'y adapter en quelques mois. L'absorption de la RDA par la RFA bouscule toutes les données, économiques, stratégiques et communautaires. Paris est concerné au premier chef par le destin de son puissant voisin qui est de surcroît son premier partenaire commercial et son principal coéquipier dans la conduite de la construction européenne.

Président de la Ve République, François Mitterrand est

alors aux commandes de la diplomatie française. Sa perception, son attitude et son action face à la question allemande demeurent controversées : pour certains, il n'a rien vu et rien compris ; pour d'autres, il fut un visionnaire.

CHAPITRE 1

Une ambition tranquille

Quand François Mitterrand entame son nouveau mandat présidentiel, la situation de l'Europe lui semble prometteuse.

A l'Ouest, la Communauté européenne connaît – ce qui n'est pas si fréquent – une phase positive : le Marché unique est en cours de réalisation, les problèmes de financement de la CEE ont été surmontés au printemps lors du Conseil européen de Bruxelles [1], et l'idée de créer un espace monétaire commun a été lancée au mois de février par le ministre ouest-allemand des Affaires étrangères, Hans Dietrich Genscher.

Pour faire avancer l'Europe, le président français, assuré de la durée, peut compter à Bonn sur son partenaire allemand Helmut Kohl, réélu pour quatre ans en 1987. Le tandem politique franco-allemand pourra s'appuyer à Bruxelles sur Jacques Delors dont la reconduction à la présidence de la Commission européenne est acquise.

A l'Est, le changement continue de venir de Moscou.

Au pouvoir depuis trois ans, Mikhaïl Gorbatchev accélère son programme de réformes politiques, alors que l'URSS semble incapable de surmonter seule son échec économique. La *glasnost* et la *perestroïka* sont en passe de mettre fin à la loi du silence et de la répression. Le secrétaire général du Parti communiste soviétique multiplie les gestes de bonne volonté à l'égard de l'Occident, où il est devenu très populaire : retrait d'Afghanistan de l'Armée rouge, avancées significatives dans la négociation américano-soviétique sur le désarmement nucléaire et ouvertures diplomatiques vers l'ouest du continent pour édifier la « maison commune européenne ».

1. Voir IXe partie : « Le libéralisme ».

Ce dégel a gagné Varsovie et Budapest. Il fait peur aux gérontes des autres « démocraties populaires » : l'Allemand Erich Honecker, le Tchécoslovaque Gustav Husak et le Bulgare Todor Jivkov se crispent sur une logique et des méthodes brejnéviennes.

Dans ce contexte géopolitique, la France et la RFA poursuivent les mêmes objectifs : pousser les feux de la construction européenne pour créer un pôle de prospérité et de stabilité ; aider Gorbatchev à poursuivre son œuvre historique et marquer leur présence dans les pays du pacte de Varsovie dont les régimes figés ne survivraient peut-être pas longtemps aux « idées nouvelles » propagées par Moscou.

Une monnaie pour l'Europe

Dans le rêve de ses pères fondateurs, l'Europe fédérale aurait un seul gouvernement doté des pouvoirs souverains dont celui, essentiel, de battre monnaie. Ainsi, citoyens et marchandises circuleraient-ils librement dans un espace sans frontières et les échanges se feraient dans une seule et même monnaie. Depuis le traité de Rome de 1957, les rapports sur ce sujet se sont empilés sur les bureaux des « eurocrates ». Aucun jusqu'ici n'est allé au-delà du document de réflexion.

Le 26 février 1988, c'est à un Allemand qu'il revient de relever ce formidable défi. Alors que son pays préside la CEE, Hans Dietrich Genscher remet à ses onze homologues un « mémorandum » proposant de créer « un espace monétaire européen et une banque centrale européenne », qui compléteront le Marché unique et assureront l'indépendance monétaire par rapport à l'hégémonie du dollar. Le chef de la diplomatie ouest-allemande suggère une méthode : mettre en place un groupe de « sages » chargé de préparer en un an un rapport soumis à l'approbation des Douze. Genscher[1] réalise un premier tour de force. Ses compatriotes le suivent, alors même que l'idée d'une union monétaire signifie l'abandon de la souveraineté du deutsche Mark et de la Bundesbank

1. Entretien le 6 novembre 1995.

qui symbolisent pourtant la réussite économique et la puissance de l'Allemagne de l'après-guerre : « Je n'ai pas été du tout contrarié que mon projet parvienne jusqu'à la presse, provoquant en Allemagne un débat montrant qu'il pouvait y avoir une autre approche que celle du ministère des Finances. La réflexion était lancée et, peu à peu, j'ai reçu l'appui de l'opinion, mais aussi des milieux politiques. Au mois d'avril 1988, la CDU et le SPD ont à leur tour soutenu l'idée d'une union monétaire. » En réalité, Helmut Kohl est sceptique. C'est Jacques Delors [1] qui emporte son adhésion au terme de plusieurs « plaidoiries ».

Paris accueille favorablement la démarche de Genscher, même si la mise en place d'une banque centrale européenne signifie, à l'inverse de la problématique outre-Rhin, un abandon de l'autorité du gouvernement sur la Banque de France. L'Élysée donne son feu vert pour que le « mémorandum » Genscher soit soumis à la fin du mois de juin au Conseil européen de Hanovre.

• L'engagement de Hanovre

Comme à l'accoutumée, c'est du Premier ministre britannique que vient le refus le plus net. En témoigne le compte rendu établi par le conseiller diplomatique de Matignon après un entretien, le 10 juin à Paris, de Michel Rocard avec Margaret Thatcher [2] : « Mme Thatcher a mené une vive attaque contre les propositions allemandes de renforcement de l'Europe monétaire ; elle ne voit pas l'utilité d'un groupe de réflexion sur la création éventuelle d'une banque centrale européenne. Elle ne croit pas possible, ni ne souhaite, la création d'une monnaie unique et d'une banque centrale, même à très long terme. Pour elle, une banque centrale n'a pas plus de sens que l'union européenne. L'Europe ne deviendra jamais une fédération. »

Réunis en conseil les 27 et 28 juin 1988 à Hanovre, les Douze surmontent l'obstacle britannique en recourant à une méthode éprouvée : ils ne se prononcent pas sur le fond du

1. Entretien le 20 décembre 1995.
2. Document d'archives.

projet Genscher mais chargent un comité, réunissant les gouverneurs des banques centrales et trois experts de renom sous la présidence de Jacques Delors, de proposer les étapes menant à la réalisation de l'union monétaire.

François Mitterrand est satisfait. Avant de quitter la capitale de la Basse-Saxe, il fait valoir que cette méthode a déjà réussi, notamment à Milan au mois de juin 1985, pour surmonter l'hostilité de Londres à la mise en place de l'Acte unique.

Margaret Thatcher, quant à elle, déclare publiquement ce qu'elle a confié à Michel Rocard trois semaines plus tôt. Elle a toutefois obtenu de rayer du communiqué des Douze créant le « comité Delors » les mentions de monnaie commune et de banque centrale européenne. Dans ses Mémoires [1], elle confesse qu'elle espérait que le gouverneur de la banque d'Angleterre Robin Leigh-Pemberton et celui de la Bundesbank Karl-Otto Pöhl, dont elle connaissait les réticences, « parviendraient à mettre des bâtons dans les roues de ce véhicule particulier de l'intégration européenne. Malheureusement, ce ne fut pas le cas ».

La rentrée de 1988 est dominée sur le terrain européen par une passe d'armes entre Jacques Delors et Margaret Thatcher qui fait couler beaucoup d'encre. Le président socialiste de la Commission de Bruxelles provoque en effet l'ire du chef du gouvernement conservateur de Londres en prononçant, le 7 septembre, devant le Trades Union Congress [2], un plaidoyer pour l'Europe sociale. Thatcher riposte quinze jours plus tard à Bruges, devant le collège de l'Europe, en s'en prenant avec virulence à la bureaucratie bruxelloise qu'elle compare au système étatique soviétique.

Jacques Delors, que l'on dit blessé, ne répond pas. Il a mieux à faire : il est engagé dans des discussions serrées avec les gouverneurs des banques centrales des Douze, qu'il réunit chaque mois à Bâle, au siège de la BRI [3], pour rédiger le rapport sur l'union monétaire qui lui a été commandé à Hanovre.

1. *The Downing Street Years*, *op. cit.*
2. TUC : confédération des syndicats britanniques, proche des travaillistes.
3. Banque internationale des règlements.

En effet, deux écoles s'affrontent au sein du comité Delors : les « pragmatistes » et les « fondamentalistes »[1].

Les premiers, emmenés par le gouverneur de la Banque de France Jacques de Larosière, dont Pierre Bérégovoy et les Italiens partagent l'approche, préconisent la création immédiate d'un fonds de réserve européen au sein duquel les banques centrales de chaque pays apprendraient à coordonner leurs politiques monétaires tout en renforçant le système monétaire européen[2]. Dans une phase ultérieure, on pourrait envisager d'aller vers la monnaie commune.

Les seconds souhaitent, au contraire, que les Douze s'engagent d'emblée sur le principe de l'union monétaire, en adoptant un calendrier prévoyant trois phases pour y parvenir, avec une date butoir qui pourrait être l'an 2000.

Jacques Delors soutient évidemment cette dernière thèse puisqu'elle requiert un engagement clair des gouvernements sur le but final de la monnaie unique. Cette approche l'emporte grâce au soutien des gouverneurs allemand et britannique, appuyés par leurs capitales, dont les arrière-pensées sont totalement opposées. Pour Bonn, elle permet d'envisager une union monétaire réservée aux pays ayant les monnaies les plus fortes – RFA, France, Bénélux et Danemark –, n'obligeant pas le puissant deutsche Mark à se commettre avec les faibles lires, pesetas ou autres drachmes. Pour Londres, le cheminement en trois phases permet de s'engager dans la première, limitée à une concertation monétaire accrue, en se gardant la possibilité, le moment venu, de se dérober face à l'ultime échéance.

A Paris, Pierre Bérégovoy rejette la conception allemande, qui soumet à des critères de bonne santé budgétaire et monétaire les pays éligibles à une monnaie unique. Il se fait l'avocat des petits pays comme le Portugal qui voient dans la méthode allemande une obligation de réadhérer à un club

1. Distinction opérée par l'ancien correspondant du magazine britannique *The Economist*, à Bruxelles, Charles Grant, dans son livre *Inside the House that Jacques Delors Built*, Londres, Nicholas Brealey Publishing, 1994, p. 122.

2. SME : mécanisme créé en 1978 visant à renforcer la coopération monétaire européenne par la mise en place de marges de fluctuations réduites des monnaies.

dont ils sont déjà membres. Il estime également qu'en avançant à Douze et non pas à Six, les Anglais finiront par suivre, d'autant qu'ils sont en plein débat sur l'opportunité de faire enfin entrer la livre sterling dans le SME (système monétaire européen).

Il est désavoué par François Mitterrand qui tient le raisonnement suivant : Paris est pour l'union économique et monétaire ; les Anglais et les Allemands se sont mis d'accord pour soutenir la formule Delors ; la France ne peut pas être isolée sur une question de méthode, fût-elle essentielle, alors qu'elle défend le même objectif.

Parallèlement se dessinent les termes d'un « donnant-donnant » franco-allemand indispensable au succès de l'entreprise.

Helmut Kohl, qui aura du mal à emporter l'adhésion des milieux économiques et financiers allemands, exige que la future banque centrale européenne dispose d'une réelle indépendance par rapport aux gouvernements, à l'image du statut de la Bundesbank à l'égard des autorités fédérales. Pour les Allemands, la monnaie, c'est sérieux, et il n'est pas question, en cas de crise, d'attendre que les gouvernements se mettent d'accord pour réagir à la même vitesse que les marchés.

François Mitterrand accepte le sacrifice que constitue pour un dirigeant français l'abandon de tout pouvoir sur la Banque de France. En retour, il demande à Kohl de s'engager sans barguigner dans le processus conduisant à la monnaie unique.

Concrètement, cet engagement peut se manifester par la convocation rapide d'une conférence intergouvernementale des Douze, chargée de préparer le projet de traité européen nécessaire à la mise en œuvre des phases deux et trois du rapport Delors sur l'union monétaire.

Tout est dès lors affaire de calendrier.

Le rapport Delors, publié le 17 avril 1989, ne propose qu'une seule date : la première étape, coïncidant avec la libération totale des mouvements de capitaux, devrait commencer au plus tard le 1er juillet 1990. Elle ne comporte qu'un engagement, celui de faire entrer toutes les monnaies dans le SME. Il concerne en l'occurrence la Grande-Bretagne, l'Espagne, le Portugal et la Grèce. La deuxième étape crée la Banque centrale européenne et la troisième met en place la monnaie unique.

• L'arrangement de Madrid

Lors de la préparation du Conseil européen de Madrid des 26 et 27 juin 1989 qui doit entériner le rapport Delors et fixer la date du lancement de la première étape, la France essaie d'imprimer un rythme rapide : elle souhaite que cette étape démarre au 1er janvier 1990 afin que soit simultanément convoquée la conférence intergouvernementale chargée de préparer la suite. Mais, très vite, Paris se range à la date du 1er juillet pour le début de la première étape et, surtout, renonce à demander au chancelier que soit fixée dès Madrid la date d'ouverture de la conférence intergouvernementale. Helmut Kohl doit en effet affronter à la fin de 1990 une réélection difficile. Pour ne pas risquer de s'aliéner la frange nationaliste de son électorat, il souhaite repousser au-delà de cette échéance l'irruption du débat sur l'union monétaire.

Son partenaire de la coalition, le libéral Genscher, vice-chancelier et chef inamovible de la diplomatie, n'a pas ce souci. Au contraire, son électorat, restreint par rapport à celui de la puissante CDU-CSU, est plus allant sur les affaires européennes.

Aussi Roland Dumas trouve-t-il en lui un allié objectif pour tenter de forcer l'allure au sommet de Madrid. Une semaine avant la réunion, les deux « complices » préparent dans le plus grand secret un projet de conclusions de ce Conseil européen qui obtiendrait à la fois l'aval du chancelier Kohl et l'engagement du Royaume-Uni sur l'ensemble du rapport Delors, et pas seulement sur sa première étape. Il s'agit pour eux de faire accepter par Margaret Thatcher le principe d'une conférence intergouvernementale qui embarquerait Londres dans le processus d'union monétaire.

Ce document, mis au point le 19 juin [1], stipule que « les trois étapes constituent les éléments d'un processus unique, dont la globalité doit être maintenue en termes de substances comme de procédures ». Il établit que les Douze devront

1. Document d'archives.

signer un « nouveau traité » préparé par une « conférence des représentants des gouvernements des États membres ».

Kohl souscrit du bout des lèvres à l'initiative Dumas-Genscher, jugeant la formulation trop contraignante pour emporter l'accord de « Maggie ». C'est également le souci du président du gouvernement espagnol Felipe Gonzalez qui, pour assurer le succès de son conseil, pousse lui aussi au compromis avec Mme Thatcher. Ils savent aussi que cette dernière a déjà dû reculer sous la menace de démission de ses deux principaux ministres – le chancelier de l'Échiquier Nigel Lawson et le secrétaire au Foreign Office Geoffrey Howe – si elle n'acceptait pas au moins la première étape du plan Delors qui prévoit l'engagement britannique de faire entrer la livre sterling dans le SME.

Dès l'ouverture du Conseil, au matin du lundi 26 juin, Margaret Thatcher ouvre les hostilités [1] : « Je n'accepte pas le rapport Delors comme base du processus ultérieur. L'opinion publique n'a pas confiance dans les banques centrales européennes. Si je suis d'accord pour engager la première étape, les transferts de souveraineté qu'entraînent les autres phases du rapport Delors n'auront pas le soutien du Parlement britannique. »

François Mitterrand intervient à son tour : « Pourquoi s'engager sur la phase 1 s'il n'y a pas de phase 2 ? Le processus est un tout. Si les uns veulent tirer les autres en arrière, nous n'aboutirons pas. Il faut accepter qu'il y aura une deuxième et une troisième phase. Il faut décider la conférence intergouvernementale même si son contenu peut attendre. »

Après deux heures de palabres, interrompues par un déjeuner, Helmut Kohl avance un compromis : « Le Conseil européen doit lancer la première phase à partir du 1er juillet 1990 puis engager des travaux préparatoires à la tenue d'une conférence intergouvernementale, qui échouerait si elle était convoquée trop tôt. »

Les tractations aboutissent le lendemain sur la base du

1. Document d'archives : traduction française des minutes du Conseil européen de Madrid.

compromis allemand. Et les Douze se séparent, satisfaits d'avoir évité la rupture.

Margaret Thatcher peut retourner devant la Chambre des communes avec la satisfaction d'avoir empêché tout engagement précis sur les étapes ultérieures. Elle a cédé sur la mention d'une conférence intergouvernementale, car cette décision ne requiert pas l'unanimité des Douze.

Helmut Kohl s'en tire à merveille : l'Europe continue d'avancer sur l'union monétaire, mais on ne parlera pas de ce qui fâche pendant sa campagne électorale de 1990.

Quant à François Mitterrand, qui prend le 1er juillet la présidence semestrielle de la Communauté, il ne s'avoue pas vaincu et annonce avant même de quitter Madrid qu'il demandera d'ici peu la convocation pour le second semestre de 1990 de la conférence intergouvernementale chargée de codifier le passage aux phases suivantes.

Au Conseil des ministres du 6 juillet, il donne sa version des débats madrilènes [1] : « La seule manière de procéder pour l'union économique et monétaire, c'est de réunir une conférence intergouvernementale. Au cours des discussions, le Danemark était souvent acquis à la cause britannique, parfois aussi le Portugal et les Pays-Bas. On retrouve là une clientèle traditionnelle. En tout cas, l'enjeu c'était d'obtenir la conférence intergouvernementale et nous l'avons obtenue. Nous avons eu l'appui constant et ferme de la Belgique, de la Commission, de l'Allemagne – sauf dans le cas de cette dernière pour fixer la date de la conférence – et un appui dans l'ensemble ferme de l'Italie. La marche en avant continue. »

A la veille de la trêve estivale, cette histoire de date n'est qu'un élément habituel dans les marchandages permanents qui font l'ordinaire de la vie communautaire. Quatre mois plus tard, le mur de Berlin est tombé, et cette question prend pour Paris une dimension essentielle dans son souci de voir l'Allemagne confirmer son engagement européen au moment où l'effondrement de la RDA pourrait tout remettre en question.

1. Document d'archives : récit de Jean-Louis Bianco.

Une politique à l'Est

« Je voyais l'Allemagne qui avançait partout à l'Est ; je voyais que Genscher allait tous les mois en Tchécoslovaquie, qu'il se rendait quatre fois par an en Hongrie ; je voyais leur rapprochement politique et leurs liens économiques se renforcer. Hans Dietrich me disait : “Roland, il n'y a plus d'État en RDA, on doit leur prêter des fonctionnaires. Tu ne peux pas savoir dans quel état de délabrement se trouve ce pays. Les armées est-allemandes et les troupes soviétiques sont incapables de faire la guerre. Vous ne voudriez pas de leurs casernes pour y mettre vos chevaux.” Il trouvait embêtant que l'Allemagne soit seule à s'engager dans cette voie car cela ravivait là-bas de mauvais souvenirs. »

De ces conversations qu'il situe aux années 1986 et 1987, Roland Dumas [1] tire la conclusion que la France a une carte à jouer de l'autre côté du Rideau de fer. Il s'en ouvre à François Mitterrand et ils décident d'en reparler après l'élection présidentielle.

« Au début de l'année 1988, ajoute Hubert Védrine [2], Mitterrand me dit qu'il faut réfléchir à une présence renforcée de la France dans les pays de l'Est. Il observe que Gorbatchev semble avoir renoncé à employer la force pour maintenir des régimes qui vont de mal en pis. Après sa réélection, on en parle avec Roland Dumas de retour au Quai d'Orsay et il part là-bas en précurseur. » Dumas précise : « Nous sentions des craquements et nous pensions qu'il fallait soutenir les boutures de liberté qui commençaient à apparaître. »

Dès l'été 1988, la décision est prise à l'Élysée d'organiser dans les premières années du septennat des visites présidentielles dans tous les pays de l'Est, à l'exception de la Roumanie, jugée trop infréquentable. Helmut Kohl, consulté sur ce projet, suggère d'envisager une approche franco-allemande.

Les contacts entre les conseillers à l'Élysée et ceux à la chancellerie font apparaître que les Allemands veulent s'oc-

1. Entretien le 28 janvier 1994.
2. Entretien le 17 octobre 1992.

cuper surtout des pays qui se portent le moins mal – Hongrie, Tchécoslovaquie et RDA –, laissant à la France les pays insolvables – Pologne, Bulgarie et Roumanie, raconte Hubert Védrine. Une répartition inacceptable qui conduit Paris à jouer sa propre carte en concurrence avec Bonn, ainsi qu'avec Londres et Rome, déjà très actifs à l'Est.

La compétition s'exerce aussi à l'égard de l'URSS où Helmut Kohl se rend à la fin du mois d'octobre 1988, apportant avec lui des crédits bancaires de 10 milliards de francs. La France, qui vient de céder à l'Italie la place de troisième partenaire commercial de l'Union soviétique, consent un nouvel effort. François Mitterrand est à Moscou à la fin du mois de novembre à la tête d'une délégation d'industriels et de banquiers, dont le président du Crédit Lyonnais qui signe un protocole d'intention pour l'octroi d'un crédit de 1 milliard de francs.

Un voyage officiel en Tchécoslovaquie est prévu pour le mois suivant et un autre en Bulgarie pour janvier 1989. Dès l'automne, Mitterrand avait annoncé aux membres du gouvernement : « Nous devons revenir en force en Europe de l'Est. Il y a le problème polonais, le durcissement tchèque, les folies roumaines, le suivisme bulgare, tout cela complique les choses, mais j'irai dans chacun des pays d'Europe de l'Est, ou presque, dans les mois qui viennent. »

La préparation du voyage en Tchécoslovaquie – le premier d'un président français – donne lieu à des tractations serrées avec le régime communiste de Prague. François Mitterrand a posé comme condition à sa venue une rencontre avec les principaux dissidents, comme le dramaturge Vaclav Havel, cofondateur de la « charte 77 », l'intellectuel Peter Uhl et le père Vaclav Maly. Ce n'est que quelques jours avant le voyage que les autorités de Prague acceptent cette exigence. Elles refusent cependant que le chef de l'État français reçoive le leader du « printemps de Prague », Alexander Dubcek, en retraite à Bratislava, la capitale slovaque.

Cette visite à l'un des régimes les plus réfractaires à l'esprit réformateur qui souffle à Moscou marque le coup d'envoi de la « politique à l'Est » du second septennat. Elle ne soulève guère de controverses en France. Une partie de la presse se contente de se faire l'écho des craintes, exprimées par Havel dans une tribune libre au *Monde* du 2 décembre, qu'elle « ne confortera pas la légitimité et le bien-fondé de la politique » de la direction tchécoslovaque.

Le jeudi 8 décembre 1988, au soir de la première journée, François Mitterrand répond à ces interrogations en évoquant le « printemps de Prague », devant les visages glacés de ceux qui l'avaient réprimé vingt ans plus tôt, avec l'aide des chars soviétiques, le président Gustav Husak et le secrétaire général du PCT Milos Jakes. « Vous n'ignorez pas le prestige moral qui s'attacha chez nous aux actes et aux personnes qui, à nos yeux, illustrent les valeurs auxquelles nous croyons », ajoute-t-il, avant de conclure de façon mesurée : « Je respecte votre souveraineté et je compte sur le dialogue qui s'engage entre nous pour aller plus loin dans la confrontation de nos points de vue. »

Le lendemain matin, il réunit huit dissidents pour un petit déjeuner autour de la table du palais baroque où réside l'ambassadeur de France, à quelques pas du pont Charles qui enjambe la Moldau. Ce n'est pas la première fois que l'opposition tchécoslovaque est reçue par des responsables occidentaux. Mais jusqu'ici, ils avaient rencontré au mieux des ministres des Affaires étrangères. Ce contact avec un chef d'État est donc une première diplomatique.

François Mitterrand en conserve un souvenir ému. Il en fera, après l'avènement de la démocratie à l'Est, un symbole de sa clairvoyance : « Quand je l'ai rencontré à l'ambassade, Vaclav Havel venait de sortir de prison ; il devait y retourner un mois après. » Cinq ans plus tard, jour pour jour, Havel, devenu président, reçoit son homologue français pour célébrer cet anniversaire.

La visite s'achève à Bratislava par une autre « première » : un dialogue complice avec les rares étudiants autorisés à pénétrer dans l'amphithéâtre de l'université. Sur l'estrade, au côté d'un Husak plus fermé que jamais, Mitterrand, enchanté de l'embarras de son hôte, évoque les « inconvénients du dogmatisme » et le respect des accords d'Helsinki.

Le déplacement en Bulgarie, trois semaines plus tard, suit le même canevas, à ceci près que les intellectuels conviés au petit déjeuner de l'ambassade sont pour certains des « gorbatchéviens » légalistes. Un opposant francophone s'y montre fort discret, Jeliou Jelev. Dix-huit mois plus tard, il sera élu président de la République. Quant au tonitruant président Jivkov, il se garde bien d'assister à la rencontre avec les étudiants.

A la mi-juin 1989, François Mitterrand se rend en Pologne entre les deux tours des premières élections libres à l'Est, qui vont donner une large victoire aux candidats de Solidarité. Plus que le soutien au processus démocratique historique en cours, c'est une aide financière concrète que les Polonais attendent de la France. Ils ne seront pas déçus puisque, à cette occasion, est annoncé un plan d'aide de près d'un milliard de francs et un rééchelonnement de la dette polonaise envers la France. A Lech Walesa qui, lors d'une rencontre à Gdansk, réclame 10 milliards de crédits occidentaux, le président français répond qu'il s'y emploiera au sein de la CEE et du G7 qui se réunit à Paris le mois suivant [1].

Après la Pologne, un voyage demeure au programme est-européen de François Mitterrand : la RDA, où il compte se rendre avant la fin de l'année 1989, à l'invitation, lancée le 6 janvier 1988 à Paris, par Erich Honecker.

Un tsar déconcertant

Au cours de l'été 1989, tous les dirigeants occidentaux ont acquis la certitude que Mikhaïl Gorbatchev, au pouvoir depuis quatre ans, a engagé son empire de façon irréversible dans des transformations radicales qui les obligent à réviser les schémas hérités de la guerre froide.

Trois voyages en Europe du secrétaire général Gorbatchev en apportent la preuve.

C'est en héraut de la paix qu'il arrive à Bonn, le lundi 12 juin 1989, pour sa première visite en RFA. Américains et

1. Voir XIe partie : « La quiétude ».

Soviétiques viennent en effet de mettre sur la table des propositions de désarmement qui, pour la première fois, laissent espérer la dénucléarisation de l'Europe. Les foules l'acclament et les sondages le désignent comme l'homme politique le plus populaire en Allemagne de l'Ouest.

Et soudain, des perspectives vertigineuses s'ouvrent devant le chancelier allemand. Helmut Kohl [1] raconte : « Un soir, après nos entretiens, nous avons traversé les jardins de la chancellerie pour nous asseoir sur un petit mur, dominant le Rhin. Seul l'interprète nous accompagnait. Nous venions de nous mettre d'accord sur notre déclaration commune fixant l'avenir des relations entre nos deux pays. Nous étions en train d'en examiner les détails quand je lui ai dit : “A la longue, tout ça ne pourra pas marcher si l'Union soviétique n'accepte pas l'idée que les Allemands n'ont pas abandonné la perspective de leur unité.” En tenant ce discours, je ne pensais ni au lendemain ni à l'année à venir, mais au long terme. Auparavant, dans tous mes entretiens avec Brejnev ou Tchernenko, Andreï Gromyko [2] était toujours là pour me contrer sur le thème du revanchisme allemand. Il disait chaque fois : “Vous tenez le discours des fauteurs de guerre, des pays pour lesquels l'Histoire a porté un jugement définitif.”

« Ce jour-là, pour la première fois, je n'ai pas été contredit. Gorbatchev ne m'a pas dit “oui”. Il est resté silencieux. Alors j'ai insisté : “Répondez-moi, lui ai-je dit. Voyez le Rhin qui coule devant nous. Il va vers la mer. On pourra dresser tous les barrages que l'on voudra, il y aura peut-être des crues, tout sera détruit, mais il continuera de couler vers la mer. Eh bien c'est comme ça dans la vie ; c'est comme ça dans l'Histoire et c'est aussi comme ça pour l'unité allemande.”

« A ce moment-là, Gorbatchev s'est mis à me parler pour la première fois des énormes problèmes d'approvisionnement qu'il rencontrait en URSS. Et il m'a demandé si l'Allemagne pouvait l'aider. J'ai répondu : “Si je peux, naturellement, je vais vous aider.” »

1. Entretien le 13 avril 1994.
2. Ministre soviétique des Affaires étrangères d'avril 1957 à juillet 1985.

Kohl prend conscience ce jour-là qu'en répondant par un appel à l'aide à une question sur l'unité allemande, Gorbatchev était peut-être en train de poser les termes d'un marchandage historique.

Le chancelier poursuit : « Quelques semaines plus tard, l'un des nombreux vice-Premiers ministres soviétiques est arrivé à Bonn. Il voulait absolument me voir alors que je n'avais pas prévu de le recevoir. C'était un vendredi. Je l'ai dirigé vers le ministre de l'Économie. Mais il insistait : "Je veux parler avec le chancelier seul à seul." Alors il est venu dans mon bureau et m'a dit : "Mikhaïl Gorbatchev vous demande si vous honorerez vos promesses." J'ai répondu : "Mais certainement. Envoyez-moi quelqu'un."

« Et le lundi, un émissaire soviétique m'a apporté une liste énumérant les besoins de Kiev, Leningrad, Moscou et de bien d'autres villes où il n'y avait plus rien dans les magasins : ils réclamaient 80 000 tonnes de porc et de bœuf, de la poudre de lait et, détail amusant, la liste comportait une commande de soutiens-gorge. Je lui ai répondu en riant : "Je regrette, mais je n'ai pas de soutiens-gorge à la chancellerie." Il en voulait 50 000 !

« Alors j'ai fait appel aux patrons des grands magasins et je leur ai dit : "Voyez les Russes." Moscou a payé les soutiens-gorge et les souliers et on leur a fait cadeau des vivres. Croyez-moi, ce geste a été très important. »

A Paris aussi règne la « gorbymania » quand Mikhaïl Sergueïevitch et son épouse Raïssa s'adonnent aux bains de foule, de la Bastille à la pyramide du Louvre, au cours de leur visite du 4 au 6 juillet 1989.

Une impression de confiance et d'espoir se dégage des déclarations publiques de Mitterrand et Gorbatchev.

« Nous sentons, ici et là, d'un bout à l'autre du continent, des volontés se tendre pour dépasser l'Europe née du hasard des armes et victime d'une division artificielle », déclare le président français lors du dîner de gala à l'Élysée, concluant son toast par un propos très optimiste : « La consolidation des équilibres chèrement acquis n'y paraît plus aujourd'hui incompatible avec l'extension de la démocratie, ni le besoin de sécurité des États avec le désir de liberté des citoyens. »

Dans sa réponse, le secrétaire général renchérit : « La période d'après guerre a vécu. Aujourd'hui s'ouvre devant nous une issue vers une paix solide basée non pas sur l'équilibre des forces mais sur celui des intérêts réels et bien compris. Cette chance, l'Europe la tient entre les mains. »

Mais, de ses dix heures d'entretiens, dont un long tête-à-tête après un dîner des deux couples au domicile privé des Mitterrand rue de Bièvre, le président français retient surtout l'inquiétude, pour ne pas dire l'angoisse, qui étreint son visiteur. Il en fait part à George Bush, qu'il reçoit une semaine plus tard, à l'occasion du Bicentenaire et du G7 [1] : « Gorbatchev est très inquiet de ses problèmes intérieurs et un peu inquiet des problèmes extérieurs. Il redoute d'avoir à arrêter la libéralisation politique. Il ne veut pas faire la même chose qu'en Chine avec Tien'anmen, mais il craint d'y être entraîné. Il dit : "C'est dur, je ne dors pas." Il est fatigué, harcelé, mais il poursuit sa politique dans la même direction. Nous devons donc l'encourager, ce n'est pas à notre détriment. »

Sur le plan diplomatique, Mitterrand fait observer à Bush que « l'URSS est prête à accepter beaucoup de choses en Pologne, mais qu'il y a des limites, sinon c'est Budapest en 1956. Pendant un certain temps nous ne devons pas donner l'impression que l'on veut franchir cette limite. Il faut une étape intermédiaire, car vouloir tout de suite une réussite absolue des objectifs de l'Occident pourrait amener à l'échec ».

Le président français suggère à son hôte américain d'organiser « le plus tôt possible » une « réunion informelle » avec Gorbatchev, parce que celui-ci est « nerveux » et qu'il ne faut pas lui donner l'impression que l'Ouest « joue la politique du pire » en le laissant penser que l'on mise sur « l'échec de la *perestroïka* ».

Hubert Védrine [2] a assisté à une partie des entretiens Mitterrand-Gorbatchev portant sur l'Europe de l'Est. Selon

1. Document d'archives.
2. Entretien le 17 octobre 1992.

lui, Mitterrand « en a tiré la conviction que Gorbatchev ne s'opposerait pas aux changements politiques à l'Est et qu'il allait virer les vieux schnocks au pouvoir dans ces pays, sans recourir à la force en cas d'agitation populaire. Devant Mitterrand, Gorbatchev s'est montré extrêmement dur contre les dirigeants de la RDA ».

Le vendredi 6 octobre 1989, Mikhaïl Gorbatchev arrive en effet à Berlin où l'accueille un Erich Honecker aux abois. Par milliers, ses concitoyens se sont réfugiés dans les ambassades ouest-allemandes à Prague et Varsovie, d'où ils ont pu gagner la RFA par convois. Les manifestations, durement réprimées, se multiplient et atteignent une ampleur inégalée depuis le soulèvement d'octobre 1953, à Leipzig, Magdeburg, Dresde et Karl-Marx-Stadt.

Sur la piste de l'aéroport de Schönefeld, le numéro un soviétique embrasse son camarade à la russe : c'est le baiser de la mort.

« Gorbatchev a beaucoup hésité à faire ce voyage, explique Andreï Gratchev [1], alors son conseiller pour les affaires européennes. Il y va en traînant les pieds, poussé par la nécessité de maintenir les apparences. Ses rapports politiques sont au plus bas avec la direction est-allemande. Honecker s'en prenait publiquement à la *perestroïka*, la dénonçant comme une trahison du socialisme et soutenait ouvertement les adversaires conservateurs de Gorbatchev comme Egor Ligatchev. A Berlin, les conversations furent très pénibles. »

Les cérémonies du quarantième anniversaire de la création de la République démocratique allemande se déroulent dans une atmosphère glaciale, alors que, dans les rues, les manifestants défilent aux cris de « Gorby, aide-nous ».

Le lendemain, celui-ci leur répond devant les micros et caméras occidentaux qui l'assaillent sur une place de Berlin-Est : « La vie punit celui qui arrive en retard. Les dangers ne menacent que ceux qui ne réagissent pas à la vie. » Dans la nuit qui suit, « cet avertissement indirect mais limpide [2] » au

1. Entretien le 12 mars 1993.

2. *In* Dennis Bark et David Gress, *Histoire de l'Allemagne depuis 1945*, Paris, Robert Laffont, 1992, p. 1102.

SED (Parti socialiste unifié aux mains des communistes) s'est répandu comme une traînée de poudre par le truchement des radios et des télévisions ouest-allemandes. Plus de quinze cents manifestants sont arrêtés dans la nuit par les « Vopos » qui se livrent massivement aux passages à tabac.

Gorbatchev envoie le même jour un autre signal à l'Ouest en déclarant que « ce n'est pas à Moscou, mais à Berlin » que doit être décidée la politique de la RDA. A Washington, le secrétaire d'État James Baker décode aisément ce propos sibyllin : le Kremlin lâche Honecker et les 450 000 soldats soviétiques cantonnés en RDA ne se mêleront pas à la répression. Quinze jours auparavant, il avait reçu son homologue Édouard Chevardnadze dans son ranch du Wyoming. Là, le Géorgien lui avait confié à propos de l'exode massif des Allemands de l'Est : « Ce n'est pas à nous de résoudre ce problème ; c'est à eux. A leur place, je laisserais partir tous ceux qui le veulent, même s'ils sont un million [1]. »

Encouragés par les déclarations de Gorbatchev, les groupes d'opposition décident d'organiser une grande manifestation le lundi 9 octobre à Leipzig autour de l'église protestante Saint-Nicolas, foyer de la résistance au régime. Honecker donne l'ordre de réprimer. Il n'est pas suivi par les responsables locaux qui ont trouvé un accord avec les manifestants grâce à l'entremise du chef d'orchestre du Gewandhaus, Kurt Masur. Le soir, ils sont 50 000 dans les rues de la ville. La police n'intervient pas. Le lundi suivant, ils sont 150 000 à crier : « Nous sommes le peuple, nous voulons des élections, le mur doit tomber. » Le lundi 23 octobre, 300 000 manifestants envahissent Leipzig. Le 18, Honecker a démissionné et cédé la place « pour raisons de santé » à son dauphin désigné, le gorbatchévien Egon Krenz.

A Moscou, explique Andreï Gratchev, « nous comptions beaucoup sur la capacité des réformateurs comme Krenz à reprendre l'initiative pour contrer ceux qui à la direction du Parti soviétique auraient voulu faire intervenir l'armée ».

1. *In* James Baker, *The Politics of Diplomacy*, New York, Putnam, 1995, p. 150.

Le jour même où la vieille garde s'effondre à Pankow, sous la pression de la rue, François Mitterrand se déclare « serein devant les événements récents ». Au Conseil des ministres, il expose sa vision de l'avenir. Selon lui, « la réunification de l'Allemagne n'est pas pour demain » car « elle supposerait l'abandon par la RDA de l'appartenance au pacte de Varsovie », ce qui est le « tabou » pour les Soviétiques. Mais il ajoute : « De toute manière, la France ne serait pas en mesure de s'y opposer. » Dans l'hypothèse où l'unité allemande s'accomplirait, il n'envisage qu'une « politique de rechange » : rendre l'Europe des Douze « plus attractive, pour qu'une Allemagne éventuellement réunifiée préfère la Communauté à un balancement entre l'Est et l'Ouest ».

A l'Élysée, on considère désormais que « le mouvement de rapprochement entre les deux Allemagnes paraît inévitable ». Mais, dans une note au président rédigée ce 18 octobre, Hubert Védrine estime que « le point d'arrivée de ce processus n'est pas joué d'avance ». Il en énumère les scénarios, du plus modeste au plus radical : « Libération des mouvements de personnes, suppression du Mur, relations aisées de type Autriche-Hongrie, situation de type Benelux, confédération, État unique. »

Die Zeit relève à cet égard le 20 octobre que les porte-parole du mouvement démocratique qui conduisent les manifestations à Leipzig « ne veulent pas supprimer la RDA, ils veulent la changer ». « La question allemande à l'ordre du jour n'est pas celle de la réunification, mais celle de la réforme en RDA », observe le journal de Hambourg.

François Mitterrand n'a pas attendu l'automne 1989 pour s'interroger sur la question allemande. A mesure que l'Est s'ébrouait, il a précisé sa pensée [1].

Alors que le bloc soviétique paraît inébranlable, il est d'avis que les choses peuvent aller plus vite que ne l'imaginent ses interlocuteurs ouest-allemands.

Il reçoit le chancelier Helmut Schmidt, le 7 octobre 1981 à Latche :

1. Documents d'archives.

Schmidt : « Je ne pense pas que la réunification intervienne d'ici à ma mort, après l'an 2000. »

Mitterrand : « Il vous faudra du temps pour atteindre la réunification. Elle est inscrite dans l'Histoire. Elle correspond à des réalités objectives et subjectives, il faudra qu'une génération passe. Il faudra que l'empire soviétique se soit affaibli, ce qui interviendra dans les quinze ans. »

Schmidt : « A mon avis, cela durera beaucoup plus longtemps. »

Un an plus tard, à Bonn, le 21 octobre 1982, avec le chancelier Helmut Kohl :

Kohl : « Pour nous, l'important c'est la RDA (...) Nous savons que nous devons vivre longtemps avec cette séparation. Il n'est plus possible d'envisager un État national à la Bismarck. Il faudra des générations avant que cette situation puisse changer. »

Mitterrand : « Il est normal que tout Allemand se préoccupe de ce problème ; on ne peut en nier la réalité historique fondamentale, mais qui n'est pas la réalité contemporaine. Mais quels moyens avons-nous ? C'est aussi compliqué que de se débarrasser des conséquences de Yalta. Cela se fera en douceur, peut-être même avant la fin du siècle. Il ne faudra pas des générations. »

Printemps 1989 : Tout a changé à Moscou. Le monde sort de la guerre froide.

Le 3 mai, en Conseil des ministres, Mitterrand estime que l'unité de l'Allemagne n'est plus une question abstraite : « Que les Allemands veuillent la réunification, c'est parfaitement logique et normal. Il faut que nous prenions en compte dans notre diplomatie ce besoin irrépressible. »

Le 20, il déclare à George Bush, qui le reçoit dans sa maison de Kennebunk Port, que la réunification ne devrait pas se faire « avant dix ans », c'est-à-dire pas avant « la dislocation de l'empire soviétique ». Selon lui, Moscou s'opposera jusqu'au bout « par la force » à l'unité allemande.

Été 1989 : le mouvement s'accélère. Mitterrand fixe les

conditions de l'unité allemande et appelle ses protagonistes à faire preuve de retenue.

Dans une interview à cinq journaux européens, dont *Le Nouvel Observateur* du 27 juillet, il déclare : « L'aspiration des Allemands à l'unité me paraît légitime. Mais elle ne peut se réaliser que pacifiquement et démocratiquement [1]. » Cela signifie que le processus doit résulter à la fois d'élections démocratiques des deux côtés de l'Elbe et d'un accord diplomatique entre l'ensemble des pays concernés.

Mitterrand ajoute : « L'Allemagne n'a pas intérêt à renverser ses alliances ni à sacrifier sa politique européenne pour une réunification à laquelle l'URSS n'est pas prête. Aucun des deux pays allemands ne peut imposer ses vues à l'autre. »

Le 6 septembre, il précise devant le Conseil des ministres que « pendant longtemps encore, l'Union soviétique se refusera à la réunification de l'Allemagne, mais qu'il faut cependant en envisager froidement la possibilité [2] ».

« Au nom de quoi accuserait-on le peuple allemand de désirer se retrouver, dès lors qu'il s'agit strictement d'un appel qui monte vers nous, qui vient de l'Est et qui en appelle aux valeurs qui sont les nôtres ? Il faut tirer cette leçon qui consistera à renforcer et à accélérer la construction politique de l'Europe, seule réponse au problème qui nous est posé. »

Par ces deux phrases, prononcées le mercredi 25 octobre 1989 devant le Parlement européen réuni à Strasbourg, François Mitterrand livre pour la première fois publiquement

1. James Baker reprendra presque la même formulation le 8 octobre sur NBC, au lendemain de la visite de Gorbatchev à Berlin-Est : « Les États-Unis soutiennent l'idée de réunification de l'Allemagne, à partir du moment où elle se réalise dans la paix et la liberté. »

2. Margaret Thatcher, qui a entendu avec effroi le même discours de François Mitterrand lors d'un entretien à Chequers, le 1er septembre, s'en est fait l'écho quelques jours plus tard à Moscou auprès de Gorbatchev : « Je lui ai expliqué, qu'en dépit des résolutions traditionnelles de l'OTAN en faveur de l'aspiration à l'unité allemande, nous étions en fait plutôt réservés sur ce point. Je ne parlais pas que pour moi-même, car j'en avais discuté avec au moins un autre dirigeant occidental. Je faisais allusion, mais sans le nommer, au président Mitterrand. Gorbatchev a confirmé que l'URSS ne voulait pas non plus de la réunification. Cela m'a renforcée dans ma détermination à ralentir un processus qui prenait déjà un rythme accéléré » (in *The Downing Street Years*, *op. cit.*).

la substance de la « politique de rechange » dont il avait parlé une semaine plus tôt dans le huis clos du Conseil des ministres. Pour lui, une course de vitesse est engagée entre le rapprochement interallemand et le renforcement de la cohésion de l'Europe des Douze.

L'allocution de Strasbourg est également l'occasion d'apporter le soutien de la France à « l'élan » et à « l'espoir » des « peuples qui bougent au nom de la liberté » tout en mettant en avant les risques de « troubles et de crises » qu'implique le passage d'« un ordre qui se défait sous nos yeux » à « un équilibre nouveau, essentiellement désirable », mais qui « sera plus compliqué ».

Mitterrand livre alors la seconde clé de son analyse : tout a été rendu possible par l'action de Gorbatchev, et il faut absolument qu'il puisse la poursuivre, faute de quoi le mouvement d'émancipation à l'Est risque d'être brutalement interrompu. « Tout cela n'est possible que parce que l'Union soviétique elle-même connaît et accepte, du moins dans ses dirigeants, une évolution qui la précipite elle-même dans de nouvelles difficultés », c'est pourquoi « il faut aider M. Gorbatchev », dont le « rôle éminent » est « historique ». A Moscou, « nous savons ce que nous avons, nous ne savons pas ce que nous aurons » et « nous devons aider à ce que toutes les chances existent, seraient-elles faibles ».

Le président français affirme là deux convictions dont il ne se départira plus :

– Il faut pousser les feux de la construction de l'Europe pour que l'Allemagne y soit engagée au point que, même si elle venait à se réunifier, elle ne soit pas tentée de faire cavalier seul et de devenir la puissance dominante d'une Europe morcelée.

– Il faut que l'Occident joue la carte Gorbatchev pour que le processus de désintégration de l'empire soviétique, qu'il a permis *volens nolens*, se poursuive sans un retour de manivelle, facteur de tension, voire de guerre.

CHAPITRE 2

Le maelström

Dans la nuit du jeudi 9 au vendredi 10 novembre 1989, la nouvelle fait le tour du monde : le mur de Berlin est ouvert.

Par milliers, les habitants de l'Est se sont rués vers les points de passage et leur déferlement dans le secteur occidental de la ville, qui leur était interdit depuis plus de vingt-huit ans, a donné lieu à des explosions de joie. L'allégresse des retrouvailles va durer pendant tout le week-end.

Le jeudi soir, rendant compte à la presse des travaux du comité central du Parti communiste est-allemand, l'un de ses membres, Günter Schabowski, avait annoncé que des visas seraient désormais délivrés sans restriction dans les commissariats, à partir du 10 novembre, aux Est-Allemands souhaitant se rendre à l'Ouest. De plus, la police avait reçu l'ordre de laisser passer tout le monde dès minuit.

Depuis l'érection du mur, sur ordre de Moscou, le 13 août 1961, près de 40 000 personnes avaient réussi à passer à l'Ouest, une soixantaine était tombée sous les balles des soldats et policiers est-allemands.

Une première réaction de stupeur fait vite place à une exaltation, mêlée de prudence devant l'inconnu.

A Bonn, où ils sont ce soir-là en séance, les députés du Bundestag accueillent dans un tonnerre d'applaudissements l'annonce de l'ouverture du Mur et des frontières interallemandes. A Varsovie, où il vient d'entamer une visite de six jours, le chancelier Kohl déclare : « La roue de l'Histoire s'accélère. Il y a peu, on parlait de l'unité de la nation allemande comme d'un sujet intéressant la prochaine génération. Qui peut encore affirmer cela aujourd'hui ? » Et il décide de se rendre à Berlin dès le lendemain.

A Moscou, l'Agence Tass annonce la décision est-allemande sans commentaire, tandis que le Quai d'Orsay publie un communiqué de Roland Dumas qui parle « de décisions heureuses, d'avancées à grands pas vers la démocratisation » et conclut : « Espérons que rien ne viendra contrarier ce mouvement. »

Le vendredi 10 novembre, Helmut Kohl [1], qui a retrouvé le libéral Hans Dietrich Genscher et les sociaux-démocrates Willy Brandt et le maire de Berlin Walter Momper pour une cérémonie devant l'hôtel de ville de Schöneberg, est copieusement sifflé quand il évoque devant les Berlinois, qui l'ont toujours méprisé, les perspectives de la réunification. Mais son souci est d'une autre nature : « Je parlais à la foule quand l'un de mes collaborateurs me glisse à l'oreille : "Mikhaïl Gorbatchev vous a appelé à Bonn ; il demande à vous parler d'urgence." Je lui ai dit que je ne pouvais pas quitter la tribune car on croirait que je m'en vais à cause des sifflets. J'ai fait dire que j'appellerai Moscou dès que possible. Au téléphone, Gorbatchev est très inquiet. Le KGB redoute des émeutes à Berlin-Est et des attaques contre les casernes soviétiques. Ses interlocuteurs le pressent d'envoyer les chars comme en 1953. Cela aurait tourné à la catastrophe car les Anglais et les Français auraient fait mouvement vers Check-Point Charlie et on n'aurait rien pu faire pour les empêcher. Je lui ai dit qu'il était mal informé et que, selon mes propres sources, les Berlinois étaient très calmes et pacifiques et qu'il n'y avait aucun danger immédiat pour les soldats soviétiques. Gorbatchev m'a cru. C'est à moi qu'il a fait confiance et pas au KGB. Cela a été déterminant. Personne n'a su à ce moment-là ce que l'on s'était dit. »

Au Kremlin, confirme Andreï Gratchev [2], « Gorbatchev était ce jour-là très inquiet. Nous étions tous préoccupés devant ce déferlement incontrôlable. Nous ne savions pas si nous pourrions parvenir à canaliser la mer des émotions spontanées et à dominer la situation ».

Le soir même, Gorbatchev lance un cri d'alarme aux diri-

1. Entretien le 13 avril 1994.
2. Entretien le 12 mars 1993.

geants occidentaux. Exprime-t-il une réelle angoisse devant l'emballement de l'Histoire ou veut-il simplement exercer une pression diplomatique pour freiner les ardeurs allemandes ? On l'ignore, mais son message verbal[1] aux présidents Bush et Mitterrand et à Margaret Thatcher est éloquent : « D'après les informations qui nous parviennent, un rassemblement est prévu ce soir à Berlin-Ouest (...) un autre est envisagé dans la capitale de la RDA. Avec l'ouverture des passages et les mouvements massifs de populations dans les deux sens, une situation chaotique aux conséquences imprévisibles risque de se développer. » Indiquant avoir demandé personnellement au chancelier Kohl de « prendre des dispositions pour éviter toute déstabilisation », il enjoint également les trois dirigeants occidentaux d'empêcher dans les secteurs qu'ils contrôlent à Berlin que « les événements prennent une tournure indésirable ». Il met en garde contre « l'extrémisme politique » en RFA qui voudrait contester « les réalités de l'après-guerre, à savoir l'existence des deux États allemands », alors qu'un « processus de démocratisation et de renouveau se développe en RDA ». Il place Washington, Londres et Paris devant leurs responsabilités : « Faute de votre nécessaire compréhension, nous risquons une déstabilisation au centre de l'Europe, mais aussi à une échelle plus vaste. »

Enfin, Gorbatchev réclame une réunion des ambassadeurs des quatre puissances garantes du statut de Berlin.

« Je prends l'Histoire comme elle est »

François Mitterrand prend connaissance de ce message le vendredi soir à son retour d'un déplacement à Copenhague, dans le cadre de la préparation du Conseil européen de Strasbourg du mois de décembre. Avant de quitter la capitale danoise, le chef de l'État français avait qualifié l'ouverture du Mur d'« événement heureux (...) qui sera contagieux, c'est-à-dire qu'il ira ailleurs et plus loin ». « La réunification des deux Allemagnes, qui n'est pas la seule modalité dans les relations entre les États allemands, rencontrera bien des

1. Document d'archives.

obstacles, car la carte de l'Europe n'a pas à ce point changé. Mais, exprimant la volonté du peuple allemand, elle doit être notre loi suprême. C'est pour cela que j'ai dit que je ne la craignais pas [1] », rappelle-t-il.

Ce soir-là, Mitterrand, pas plus que Bush et Thatcher, ne donne suite à la requête soviétique de réunion quadripartite à Berlin. Ce serait prêter une oreille complaisante à la dénonciation par le Kremlin des « revanchards » allemands. D'autant que les multiples conversations des dernières heures entre les dirigeants occidentaux expriment la même tonalité : surtout pas de provocation à l'égard de quiconque. A Washington, une formule fait florès : « Il est urgent d'attendre. »

Helmut Kohl, qui a parlé la veille avec George Bush et Margaret Thatcher, s'entretient au téléphone le samedi 11 novembre avec François Mitterrand. Horst Teltschik [2], le principal conseiller diplomatique du chancelier, retient de cette conversation deux formules du président français : « l'heure des peuples a sonné » et « c'est une chance pour le développement de l'Europe ». Il « s'étonne » cependant que « malgré les changements dramatiques, Mitterrand veuille maintenir sa visite officielle en RDA, alors que le chancelier hésite encore à aller rencontrer Egon Krenz ».

Enfin, Teltschik note assez justement qu'en France, « la presse est enthousiaste et la classe politique réservée ». Toutefois, si les quotidiens font leurs grands titres sur la liberté recouvrée à Berlin, les premiers commentaires écartent toute perspective proche de réunification. Ainsi, l'historien Joseph Rovan, considéré à Paris comme le meilleur spécialiste de l'Allemagne, constate-t-il que « le problème de l'unification des deux États Allemands n'est pratiquement jamais à

1. François Mitterrand fait allusion à la réponse qu'il avait donnée le 3 novembre à Bonn, à l'issue d'un sommet franco-allemand : « Je n'ai pas peur de la réunification (…) Je prends l'Histoire comme elle est. Je pense que le souci de réunification est légitime pour les Allemands. S'ils le veulent et s'ils le peuvent. La France adaptera sa politique de telle sorte qu'elle agira au mieux des intérêts de l'Europe et des siens. »

2. Dans son journal de la réunification, *329 Tage*, Berlin, Siedler Verlag, 1991, p. 26.

l'heure actuelle évoqué en RDA [1] » et « l'évocation permanente d'une imminente réunification par les médias et les hommes politiques occidentaux procure plutôt de l'agacement ». Dans *Le Monde* du 11 novembre, Daniel Vernet met en garde contre « une réunification "à chaud" », qui « conduirait à un déséquilibre en Europe, remettrait en cause les intérêts stratégiques des grandes puissances et des pays européens, bouleverserait les projets d'unification de la Communauté et pèserait lourdement sur l'économie de la RFA ».

Les responsables politiques français se montrent pour la plupart très prudents dans leurs premiers commentaires, sans doute parce qu'ils jugent la situation insaisissable. Seul Valéry Giscard d'Estaing avance des propositions. Il conforte ainsi son image de chef de l'opposition, habilité à dialoguer d'égal à égal avec François Mitterrand sur les grandes questions du monde. Plutôt qu'une réunification des deux Allemagnes, l'ancien chef de l'État souhaite que la CEE, qui « doit poursuivre son union sans perdre de temps, puisse accueillir le moment venu » une RDA démocratisée. « Si on passe par un État national allemand unifié, les conséquences seront considérables pour l'Europe. Ce sera une autre Europe que celle que nous connaissons. »

Dans l'immédiat, Giscard d'Estaing appelle le 12 novembre à la convocation d'un Conseil européen extraordinaire, dont Mitterrand, en tant que président en exercice de la Communauté, irait présenter les conclusions à Bush et Gorbatchev qui doivent se rencontrer les 2 et 3 décembre à Malte. Jacques Chirac demande pour sa part au chef de l'État de « susciter immédiatement la discussion entre les Douze pour avoir une vue commune des événements et de l'avenir de l'Europe ». L'opposition s'engouffre dans cette logique : elle dénonce

1. Un sondage de l'hebdomadaire ouest-allemand *Quick*, réalisé du 8 au 10 novembre, indique que « 59 % des Allemands de l'Est sont favorables à la réunification. 20 % pensent qu'elle est possible dans les trois ans, et ils sont autant à penser qu'elle ne se fera jamais ». Au même moment, un sondage Louis-Harris fait apparaître que 62 % des Français estiment que les deux Allemagnes se réuniront prochainement sans faire obstacle à la construction européenne.

« l'inertie de la France et de l'Europe » et presse Mitterrand de réagir rapidement.

Ce qu'il fait dès le lendemain, 13 novembre, en annonçant qu'il recevra ses onze partenaires européens à dîner, le samedi 18 à l'Élysée, pour un « tour d'horizon » sur les événements récents en RDA et à l'Est. Le 15, il s'explique devant le Conseil des ministres[1] : « Si j'ai décidé cette réunion informelle, c'est précisément pour ne pas encombrer le Conseil de Strasbourg qui a pour tâche principale de parachever la construction européenne. » Mitterrand a senti le danger lors de son entretien téléphonique du samedi précédent avec Helmut Kohl, quand celui-ci a exprimé le souhait que Strasbourg soit centré sur la question allemande, une façon pour Bonn de différer les décisions difficiles sur la mise en œuvre de l'union monétaire.

Comparé à l'ampleur des bouleversements à l'Est, cet attachement au calendrier communautaire donne l'impression que les Douze passent à côté de l'Histoire. Pour Mitterrand, c'est tout le contraire : il est convaincu que plus l'autre Europe se transforme, plus la CEE doit accélérer le pas. C'est ce qu'il appelle un « binôme indissociable ».

« Certains qui voudraient que l'on multiplie les parlotes offriraient volontiers à l'Angleterre et peut-être à l'Allemagne l'occasion de ne rien faire », ajoute le chef de l'État, qui reproche à Valéry Giscard d'Estaing de « sauter sur toutes les idées qui passent : il faudrait que j'aille rendre compte à Malte sur un bateau de guerre étranger aux deux grands tuteurs de la planète qui me remercieraient poliment et passeraient aux choses sérieuses après m'avoir congédié. Et ceux qui me demandent de le faire parlent de la grandeur de la France et de l'Europe ! »

A vrai dire, le souci de François Mitterrand est tout autre. Le dîner des Douze n'est qu'un leurre. Il s'adresse essentiellement aux opinions publiques auxquelles il faut montrer que l'Europe est présente dans le maelström qui s'empare de l'est du continent. Pour le chef de l'État, l'essentiel est toujours de ne pas déstabiliser l'homme du Kremlin. Alors que Roland

1. Document d'archives.

Dumas a été dépêché à Moscou pour porter ce message, Mitterrand appelle Gorbatchev le 14 novembre [1] et lui propose une conversation « dans un pays tiers » après la rencontre soviéto-américaine de Malte. Le Russe accepte immédiatement en soulignant à quel point « il faut garder son sang-froid et éviter une accélération artificielle » des événements. Le Français s'emploie à le rassurer : il est « en contact avec Kohl qui lui assure que la RFA restera fidèle à ses engagements » internationaux.

Le rendez-vous franco-soviétique est annoncé le même jour sans précision de date ou de lieu.

Le lendemain, Mitterrand évoque ce coup de téléphone au Conseil des ministres [2] et dresse le tableau d'un homme assiégé de toutes parts : « Gorbatchev ne peut pas supporter à la fois la dégradation économique de son pays, les tensions des nationalités, la perte d'influence sur ses satellites et la remise en cause des pactes et des frontières. Demander cela, c'est le pousser à la culbute. »

Peu après ce Conseil des ministres, l'Élysée publie un message de Mitterrand à Egon Krenz annonçant « une prochaine visite » en RDA « pour faire progresser les relations bilatérales dans l'intérêt mutuel et au profit de l'Europe entière ». Cette annonce ne suscite guère de commentaires immédiats. Elle semble s'inscrire dans la démarche des voyages présidentiels à l'Est, à un moment où rares sont ceux qui assurent publiquement que l'unité allemande n'est plus une question d'années. Roland Dumas ne soulève aucune vague quand il déclare l'après-midi même à l'Assemblée nationale que « la réunification de l'Allemagne ne peut être un problème d'actualité ».

Aux deux rendez-vous pris à l'Est, le président français ajoute une rencontre avec le grand allié occidental : lors d'un entretien téléphonique le vendredi 17 novembre, George Bush et François Mitterrand conviennent de se voir avant la fin de l'année « dans un pays tiers ».

« Tout allait très vite et il me semblait utile, d'autant que la France présidait alors la Communauté, de rencontrer Gor-

1. Document d'archives.
2. Document d'archives.

batchev et Bush pour connaître leurs sentiments après leur rencontre de Malte, se souvient Mitterrand[1]. Quant à ma visite en RDA, elle correspondait à ma décision de visiter les pays communistes et, compte tenu de ce qui s'y passait, je trouvais qu'il était d'intéressant d'aller voir. »

• Le dîner des Douze

Lors de leur dîner du samedi 18 novembre à l'Élysée, les Douze se concentrent essentiellement sur les conditions politiques et les modalités économiques et financières de l'aide qu'ils peuvent apporter aux pays d'Europe de l'Est engagés à des degrés divers sur la voie de la démocratisation. Ils éludent délibérément la question explosive de la réunification allemande. D'abord, parce que, soucieux d'aider Gorbatchev, ils ne veulent pas jeter d'huile sur le feu. Ensuite, parce que les conditions politiques de l'unité allemande leur paraissent encore loin d'être réunies puisque rien n'est acquis quant à l'organisation d'élections libres promises par les communistes réformateurs qui essaient de se maintenir à Berlin. Enfin, parce que les Douze ne sont pas d'accord entre eux.

Jacques Delors a résumé pour Jean-Louis Bianco l'essentiel de cette conversation[2] : François Mitterrand a lancé le débat en estimant, à propos de l'aide aux pays de l'Est, qu'il fallait s'occuper « immédiatement de la Pologne, de la Hongrie et peut-être aussi de la RDA ». Il a suggéré que l'on s'abstienne de discuter de « la question des frontières », une manière qui ne trompe personne de dire qu'il ne faut pas poser ce soir-là le problème de la réunification allemande. Il a enfin mis en avant le souci de ne pas « déstabiliser » Gorbatchev.

Puis Helmut Kohl parle très longuement, en particulier de la situation en RDA. Il « confirme solennellement son engagement européen », mais fait valoir qu'il doit « respecter la volonté des Allemands de l'Est ». Il n'en dit pas davantage sur la réunification.

C'en est déjà trop pour Margaret Thatcher selon laquelle

1. Entretien le 21 janvier 1994.
2. Document d'archives.

« il ne faut pas réagir sous le coup de l'euphorie et de l'émotion[1] ». Elle ajoute que « toute tentative de parler de modifications de frontières ou de réunification allemande affaiblirait Gorbatchev et ouvrirait la boîte de Pandore des contentieux territoriaux dans toute l'Europe centrale ». Enfin, Mitterrand doit pratiquement lui arracher son acquiescement pour « étudier » la création, souhaitée par la majorité des convives, d'une banque d'investissements pour l'Europe de l'Est, qui deviendra la BERD.

Le président français ne trahit donc pas la teneur des propos des convives quand il déclare le soir même devant les journalistes interloqués que la réunification « est un problème qui occupe beaucoup d'esprits, ce qui est parfaitement légitime, mais qui n'a pas été posé » à la table des Douze. Dans son livre posthume, *De l'Allemagne, de la France*[2], il remarque : « Si l'on évoqua l'unification, ce ne fut que par brèves allusions, comme par mégarde. »

Le conseiller diplomatique du chancelier et celui du président trouvent tout à fait normal que la réunification n'ait pas été à l'ordre du jour du dîner. Selon Horst Teltschik, « les partenaires de l'Allemagne n'avaient pas à interroger Kohl là-dessus », car cela ne relève pas de leur « responsabilité ». Pour Hubert Védrine, il en va de même : « La gestion de la réunification relève des quatre puissances victorieuses de 1945, pas des Douze. Il n'y avait donc rien à dire ce jour-là sur l'Allemagne, pas de décision à prendre. »

Et voilà comment un sommet des Douze, convoqué dans l'émotion soulevée par l'ouverture du mur de Berlin, se termine par un silence paradoxal sur la question pourtant inévitable de la réunification.

« Il est normal de s'inquiéter de l'avenir »

Pourtant, en Allemagne, elle est sur toutes les lèvres.

A l'Est d'abord, où le nouveau Premier ministre Hans

1. Le témoignage de Jacques Delors correspond à la relation qu'en fait Margaret Thatcher dans ses Mémoires (*The Downing Street Years*, *op. cit.*).

2. *De l'Allemagne, de la France*, Paris, Odile Jacob, 1996, p. 76.

Modrow a proposé le 17 novembre de former une « communauté contractuelle » entre les deux États allemands. Une concession considérable pour un communiste est-allemand, pourtant jugée trop timide par la foule des manifestants du lundi à Leipzig, qui, le 20 novembre, pour la première fois reprennent avec force les slogans en faveur de l'unité. Autre souci partagé des deux côtés de l'ancien mur, l'afflux continu d'Est-Allemands qui pèse sur l'économie et le système social de l'Ouest et fait vaciller les fondations de la RDA.

A l'Ouest, la CDU se réjouit de la perspective de l'unité allemande, tandis que le SPD, visiblement embarrassé, commence à parler de « confédération » et que les « républicains » de l'extrême droite font de la surenchère nationaliste.

Pour Helmut Kohl, il devient évident qu'il ne peut laisser monter ce débat sans intervenir, sans dessiner des perspectives. A l'approche d'une année électorale, il y va de sa crédibilité.

Mais, à la différence des manifestants de Leipzig ou des sociaux-démocrates de Bonn, il doit tenir compte de la position de l'URSS et de ses partenaires occidentaux. Il sait que la proposition de Modrow a été formulée avec l'aval du Kremlin, ce qui lui permet d'envisager d'aller au moins aussi loin dans le rapprochement interallemand. Ses partenaires occidentaux, en revanche, présentent un front désuni. Margaret Thatcher écarte farouchement l'idée d'une réunification, estimant que « la question ne doit pas être posée avant dix ou vingt ans [1] ». François Mitterrand, s'il dit ne pas avoir d'« objection idéologique ou politique à l'idée de réunification », souligne que les Soviétiques s'y opposeront [2].

De Washington, en revanche, son ministre des Affaires étrangères, rapporte à Kohl, le 22 novembre, des échos nettement plus encourageants. Hans Dietrich Genscher lui assure qu'au nom des États-Unis, James Baker s'est prononcé « sans réserve » en faveur de la réunification. Pour le chancelier, cela équivaut à un feu vert [3].

1. Interview au *Times* du 24 novembre.
2. Interview au *Wall Street Journal* du 22 novembre.
3. Hans Dietrich Genscher (entretien le 6 novembre 1995) se souvient que, lors de sa conversation avec Jim Baker, « la question du maintien de l'Allemagne unifiée dans l'OTAN n'a pas été posée. Sans doute, ajoute-t-il,

Le mercredi 23 novembre, Kohl et ses principaux conseillers mettent en place un scénario destiné à propulser le chancelier à la pointe du mouvement : le 28 novembre, à l'occasion de son intervention dans le débat budgétaire, il prononcera un discours fondateur. Pour lui donner un maximum de retentissement, on jouera à fond de l'effet de surprise : ni ses ministres ni ses partenaires dans la coalition, à commencer par le ministre des Affaires étrangères, ne devront être au courant. Les capitales étrangères n'en seront informées qu'au moment où le chancelier montera à la tribune [1].

« Il y a des moments, dans la vie démocratique, où l'on doit jouer sa tête en décidant seul, explique Helmut Kohl cinq ans plus tard [2]. Je n'ai rien dit à personne, y compris à Genscher. A la fin, quand certains ont senti que je préparais quelque chose, je leur ai dit : “Patientez, vous verrez bien ; si vous êtes contre, on en discutera après.” »

Le discours fait l'effet d'une bombe, même si chaque formule a été minutieusement pesée. Le chancelier fédéral propose un plan de réunification par étapes sans fixer de calendrier. Il articule son propos en dix points, allant de la condition préalable d'élections libres en RDA à son intégration dans l'Europe communautaire. Sur la réunification, il se déclare prêt à « reprendre l'idée de communauté contractuelle proposée par Hans Modrow », envisage la mise en place ultérieure de « structures confédérales entre les deux États avec l'objectif de créer ensuite une fédération ». Il conclut, dans son point dix : « La réunification reste le but politique du gouvernement fédéral (…) mais nous sommes conscients que des questions particulièrement complexes auxquelles nous n'avons pas encore de réponses définitives se poseront sur la voie de l'unité allemande. »

Helmut Kohl assure qu'il ne se doutait pas que les choses iraient aussi vite : « Si vous m'aviez demandé au soir de ce 28 novembre si l'unité allemande interviendrait avant celle

---

parce que d'emblée, j'avais dit : “Nous sommes membres de l'OTAN et nous le resterons.” Du coup, les Américains étaient entièrement d'accord avec l'unification ».

1. *In* Horst Teltschik, *329 Tage*, *op. cit.*

2. Entretien le 13 avril 1994.

de l'Europe, j'aurais répondu l'Europe d'abord. Jamais je n'aurais dit que l'inverse était possible. »

Sur le plan politique intérieur, Kohl gagne son pari haut la main. Les principales forces politiques, à l'exception des Verts, ne peuvent que se rallier à son projet. Certaines voix s'élèvent toutefois pour lui reprocher de forcer l'allure aux dépens d'une réforme authentique de la RDA. On lui reproche aussi chez les libéraux son silence sur le caractère définitif des frontières extérieures de l'Allemagne. A l'Est, le gouvernement Modrow affiche une satisfaction de voir reprise la notion de « communauté contractuelle », mais les partisans d'une réunification rapide, qui s'expriment essentiellement dans la rue, sont déçus.

Pour les Soviétiques, le chancelier va trop loin : pas question d'aller au-delà d'une confédération maintenant l'existence de deux États allemands.

Comme dans toutes les capitales étrangères, la première réaction de Washington relève de l'amour-propre : Kohl ne nous a pas prévenus.

Mais le lendemain, James Baker répond aux dix points de Kohl en « suggérant » quatre principes devant, à ses yeux, guider le processus de réunification : l'autodétermination ne doit pas connaître de limite, l'unité allemande doit se réaliser pas à pas sans remettre en cause l'appartenance de la RFA à l'OTAN, au sein d'une Communauté européenne plus intégrée et dans le respect des responsabilités des puissances alliées. Enfin, le principe de l'inviolabilité des frontières, reconnu par les accords d'Helsinki, doit être respecté. Washington regrette que ce dernier point ait été délibérément omis par le chancelier dans son discours.

Sur le moment, les quatre principes américains ont été perçus comme des contraintes ralentissant le processus et donc de nature à rassurer Moscou. En réalité, ils expriment la principale préoccupation de la Maison-Blanche : le maintien de l'Allemagne dans l'Alliance atlantique. Un an plus tard, l'Allemagne se sera réunifiée dans le cadre fixé par les Américains.

Depuis Athènes, où il poursuit sa tournée préparatoire au Conseil européen des 8 et 9 décembre, François Mitterrand réagit avec circonspection. Il rappelle que les quatre puissances ont un droit de regard sur le destin de l'Allemagne : la confédération ne le « choque nullement », et « la volonté des peuples est une donnée nécessaire (...) mais pas suffisante dans la mesure où nous sommes tous garants d'un statut pacifique ».

Valéry Giscard d'Estaing se montre encore plus réservé en observant au soir du discours de Kohl que la réunification est « probablement inacceptable pour la direction soviétique actuelle ». L'ancien chancelier social-démocrate Helmut Schmidt, qui participe ce jour-là à un débat en France avec son « ami » Giscard, rappelle son hostilité à la réunification et souligne que le plan Kohl est en contradiction « avec les intérêts stratégiques de l'Union soviétique ». Parmi les personnalités françaises, Édouard Balladur tranche par sa conviction que « sous une forme ou sous l'autre, rapidement ou progressivement, l'unité de l'Allemagne se fera ». L'ancien ministre des Finances ajoute, dans le *Monde* du 1er décembre, que « les gouvernements, et notamment les vainqueurs de la guerre, pourront tenter de retarder le mouvement ; ils ne pourront pas l'éviter ». Quant à Jacques Chirac, il s'exprime peu. Le 13 décembre, dans *Le Quotidien de Paris*, le président du RPR adopte une position proche de celle de Mitterrand. Ses « analyses et suggestions recoupaient les miennes presque mot pour mot, phénomène assez rare pour être remarqué », écrira l'ancien président dans son livre-souvenir[1].

L'Élysée a très mal pris le fait de ne pas avoir été informé au préalable des intentions de Kohl. On y voit un mauvais coup porté à l'amitié franco-allemande qui s'ajoute à l'incertitude dans laquelle le chancelier tient son partenaire français sur son engagement dans l'union monétaire[2].

Pour Jean-Louis Bianco[3], l'attitude allemande, « plus qu'une grossièreté, manifestait un souci délibéré de leur part de nous tenir à l'écart ». Il en veut tout particulièrement à

1. *De l'Allemagne, de la France*, *op. cit.*, p. 55.
2. Voir *infra*.
3. Entretien le 16 décembre 1992.

Horst Teltschik, l'inspirateur du plan en dix points, dans lequel il voit l'un des conseillers « les moins pro-Français de la chancellerie ».

Jacques Attali, qui a essuyé « la mauvaise humeur » de Mitterrand à propos du comportement du chancelier, appelle Horst Teltschik [1] le 1er décembre : « L'Élysée peut vivre avec le plan Kohl. » L'Allemand soulève un autre problème : le voyage du président Mitterrand en RDA du 20 au 22 décembre, dont la date a été annoncée une semaine auparavant, contrarie les projets du chancelier. Celui-ci tient à se rendre en RDA avant Noël, mais après le congrès du Parti est-allemand qui se tient du 15 au 17 décembre. Il ne peut pas non plus remettre une visite en Hongrie prévue du 16 au 19 décembre. Mitterrand arrivant à Berlin le 20, il ne reste au chancelier que quelques heures dans la journée du 19, s'il veut y précéder le chef de l'État français, qui tient à effectuer cette visite avant la fin de sa présidence semestrielle de l'Europe. Dans un premier temps, Kohl avait cédé, en faisant savoir qu'il envisageait de reporter sa visite au début de l'année 1990. Mais devant les critiques de l'aile droite de la CDU, qui n'accepte pas que Mitterrand soit le premier dirigeant occidental à se rendre en RDA depuis la chute du Mur, Kohl est revenu à la charge. D'où la démarche de Teltschik auprès d'Attali qui s'avère infructueuse.

Au moment où ils sont aux prises avec l'Histoire, cette querelle de préséance et de calendrier entre l'Élysée et la chancellerie traduit le climat de méfiance qui vient de s'installer entre les deux rives du Rhin.

Helmut Kohl [2] : « A partir de mon discours du 28 novembre, il y a eu une période très difficile avec François Mitterrand. Il vacillait un peu, il était hésitant. Il ne savait pas exactement à quoi s'en tenir avec nous. Il se disait : "Ah là là, ça y est, Kohl fait bande à part, il se soustrait à nous. Les Allemands vont se tourner vers l'Est et renoncer aux engagements européens qu'ils ont tenus jusqu'ici." Devant la bourrasque à l'Est, nombre de nos partenaires ne savaient

1. In *329 Tage*, *op. cit.*
2. Entretien le 13 avril 1994.

pas à quoi s'en tenir. Je conçois très bien qu'à l'Élysée à ce moment-là, on devait se demander si l'Allemagne n'allait pas faire machine arrière et s'il fallait continuer de miser sur Helmut Kohl. Mais moi, en tant qu'Allemand, je n'avais pas ces problèmes. »

François Mitterrand [1] : « Je n'avais pas de crainte avec Helmut Kohl en ce qui concerne l'Europe. Il avait toujours été solidaire. Mais l'Allemagne est éternelle, pas lui. Il était donc normal de s'inquiéter de l'avenir. L'Allemagne allait récupérer de fortes provinces, la Prusse et la Saxe, et cela posait le problème de l'équilibre européen. Il était en revanche absurde de vouloir empêcher la réunification, personne n'aurait fait la guerre pour ça. »

« J'aurais mieux fait de saisir l'opinion »

Après de telles confidences, il convient de s'interroger sur l'état d'esprit de François Mitterrand au moment où l'histoire de l'Europe prend un tour vertigineux et d'anticiper sur les semaines décisives qui vont suivre pour faire apparaître sa ligne de conduite.

Il n'y a aucun doute sur sa satisfaction de voir s'effondrer le communisme totalitaire à l'Est, même si la victoire des valeurs occidentales ne doit pas conduire l'autre Europe à tomber dans les excès de l'ultralibéralisme. Il refuse de participer à l'euphorie du moment car il est préoccupé, pour ne pas dire angoissé, par l'avenir, tant il est marqué par les tragédies du passé et par la démission collective de Munich. L'Europe qui se défait n'est-elle pas à la veille d'un embrasement, dont les causes sont multiples : bruits de bottes à Moscou après le renversement d'un Gorbatchev qui laisse se disloquer l'empire stalinien, de Varsovie à Sofia et de Prague à Berlin ; flambée des nationalismes jusqu'ici étouffés par la dictature communiste ; irrédentisme allemand vers ses anciennes provinces orientales ?

Bref, il ne sait pas comment les choses vont tourner et il

1. Entretien le 21 janvier 1994.

est donc prudent. Si le pire venait à se produire, comme il le redoute, il ne veut pas que l'Histoire lui reproche d'avoir laissé faire sans réagir. Il pense donc au-delà de Kohl, de Gorbatchev et de lui-même, avec l'obsession d'encadrer le mouvement.

Si les peuples et leurs dirigeants parviennent à maîtriser la bourrasque, l'Europe nouvelle sera dominée par une Allemagne de 80 millions d'habitants, créant inévitablement un déséquilibre au détriment de la France.

Devant un tableau aussi sombre, que peut faire Mitterrand au nom de la France ?

La guerre étant exclue, la seule voie est la diplomatie.

Comment analyse-t-il alors l'attitude de ses interlocuteurs étrangers ?

A peine moins vite que les Allemands et les Américains – le décalage n'excède pas trois semaines –, mais, à la différence des Britanniques, il se rend compte que l'URSS, affaiblie par la débâcle économique et l'émancipation de ses Républiques, ne s'opposera pas à la réunification. Elle n'en a ni la volonté ni la force. Dès lors, et contrairement à une idée reçue, ce n'est pas Mitterrand qui a misé sur la résistance de Gorbatchev, mais c'est ce dernier, qui voyant que Paris et Londres lui faisaient défaut, s'est jeté dans les bras de l'Allemagne qui faisait tinter ses deutsche Mark.

S'il a pu prêter une oreille complaisante au discours violemment anti-allemand d'une Margaret Thatcher désireuse de ressusciter l'« entente cordiale » franco-britannique pour ralentir le processus de réunification, il n'a pas donné suite car c'était renoncer à la construction européenne.

Il ne partage pas la préoccupation première des États-Unis de voir l'Allemagne réunifiée rester dans l'OTAN, car, au terme du processus, les alliances militaires issues de la guerre froide lui semblent dépassées. Et il prend pour propos de circonstance les bonnes paroles de Washington sur l'intégration européenne, car il estime que l'administration Bush a décidé de miser en Europe sur une puissante Allemagne au détriment de la « relation spéciale » avec Londres qui perd sa raison d'être.

Reste l'« ami » allemand dont il admet qu'il retrouve sa pleine souveraineté, mais à condition qu'il confirme son engagement communautaire et fasse taire les démons du passé en reconnaissant, sans la moindre équivoque, ses frontières orientales imposées à Yalta.

Sur sa détermination européenne, Kohl donne des sueurs froides à Mitterrand jusqu'au sommet de Strasbourg des 8 et 9 décembre qui appose son imprimatur à la réunification et, parallèlement, ouvre la voie à l'Europe de Maastricht.

A l'inverse, le chancelier, excédé que Paris puisse douter de sa bonne foi, est poussé dans ses derniers retranchements sur la question de la frontière Oder-Neisse par le président français qui se fait, jusqu'au bout, le porte-parole des inquiétudes polonaises. Mitterrand sait très bien que Kohl est mû par des préoccupations électorales – ne pas s'aliéner le puissant lobby des réfugiés de l'Est –, mais il n'en a cure. Peu lui importe que certains l'accusent d'avoir ainsi joué la victoire de l'opposition sociale-démocrate en Allemagne. Pour lui, l'intangibilité des frontières passe avant le destin politique du chancelier.

Au cours de cette période, François Mitterrand a donné l'impression de n'accepter qu'à regret l'effondrement de l'équilibre inique et stable hérité de la Seconde Guerre mondiale. Dans toutes ses interventions publiques, le salut aux peuples de l'Est en marche vers la liberté est assorti de considérations sur les incertitudes et les dangers de la période qui s'ouvre.

Il ne dit jamais que la France souhaite la réunification allemande. Il se limite à la juger légitime du point de vue allemand. Il se garde donc de toute manifestation symbolique destinée à montrer aux opinions que la France est au côté de l'Allemagne dans ce moment historique.

Quand on fait valoir devant lui que ses propos publics et son attitude au cours de cette période avaient une tonalité négative, il admet qu'il a sans doute « raté sa communication [1] », mais il défend le bien-fondé de ses analyses : « C'est vrai, j'ai été absent des écrans mais pas de la politique. Il ne faut pas confondre le fait d'être et le fait de paraître. J'aurais mieux fait de saisir l'opinion publique de façon plus

1. Entretien le 29 décembre 1990.

constante, j'ai peut-être manqué de présence d'esprit, mais cela n'a rien à voir avec le fond d'une politique. La France a toujours été présente. »

Sa visite en RDA du 20 au 22 décembre 1989 polarisera les critiques. En Allemagne de l'Ouest puis en France, on lui reprochera dans les milieux politiques et dans la presse d'avoir cherché à prolonger la vie d'un État qui pourtant s'écroulait sous ses yeux. C'était sans doute le voyage de trop, le geste qui, au regard de l'Histoire, apparaît comme une erreur.

En revanche, la pression mise sur Kohl dans l'affaire de la frontière Oder-Neisse, même si elle a pu être désagréable pour le chancelier et une partie de l'opinion allemande, ressortait du devoir d'un chef d'État français.

Au bout du compte, fallait-il que François Mitterrand se montrât aussi Allemand que les Allemands en s'alignant sur Helmut Kohl ? C'eût été se mettre des œillères en négligeant non seulement sa conception des intérêts de la France, mais aussi les forces politiques influentes outre-Rhin, qui n'étaient pas sur la même ligne que le chancelier chrétien-démocrate. Il faut enfin se rappeler qu'au cœur de la tourmente, la réaction du président semblait correspondre au point d'équilibre des positions des milieux politiques français. C'est surtout à l'heure du bilan qu'apparaîtront les désaccords.

CHAPITRE 3

Les rendez-vous de décembre

« Le plan en dix points d'Helmut Kohl est totalement inacceptable. Le ton du troisième point exigeant un changement fondamental et irréversible du système politique et économique de la RDA est celui d'un diktat. »

« Il faut éviter des actes irréfléchis, inconsidérés. Il doit y avoir réunification, mais dans le cadre d'une grande Europe. »

La réponse mesurée de François Mitterrand au cri de colère de Mikhaïl Gorbatchev, lors de leur entretien [1] de Kiev, au soir du mercredi 6 décembre 1989, résume la teneur de cette rencontre franco-soviétique.

Paris et Moscou se retrouvent côte à côte pour reprocher à Bonn de vouloir dangereusement précipiter le mouvement. Mais ils divergent, sans en débattre, sur la question de fond : Mitterrand ne rejette pas le principe de la réunification, alors que Gorbatchev ne l'envisage qu'avec des réticences frisant l'hostilité.

L'illusion de Kiev

La réunion de Kiev avait été organisée à l'origine pour permettre à François Mitterrand, en tant que président en exercice de la Communauté européenne, d'interroger le numéro un soviétique au lendemain de sa rencontre de Malte avec le président américain. Mitterrand a déjà entendu le rapport qu'en a fait George Bush, venu le 4 décembre à Bruxelles « débriefer » ses partenaires de l'Alliance atlantique.

1. Document d'archives.

A bord du paquebot soviétique *Maxime Gorki* puis du croiseur américain *Belknap*, ballottés par une tempête homérique, Bush et Gorbatchev ont d'abord fait connaissance. Ils se sont montrés très prudents sur la réunification allemande et favorables au maintien des alliances militaires. Ils ont aussi donné un nouveau coup d'accélérateur aux négociations de désarmement conventionnel et stratégique de Vienne et de Genève. Si le président américain s'est déclaré désireux d'aider économiquement l'URSS, le numéro un soviétique s'est montré particulièrement irrité par la formule « valeurs occidentales » utilisée par l'administration Bush à propos de ce vers quoi doit tendre l'évolution engagée à l'Est. James Baker [1] l'a apaisé en proposant de parler plutôt de « valeurs démocratiques ».

Pourtant, à Kiev, Gorbatchev s'en plaint encore à Mitterrand. Il a l'impression que Washington veut lui « imposer les valeurs du capitalisme », le contraindre à reconnaître la défaite idéologique du communisme. Le Français le comprend : « Les valeurs occidentales sont différentes des valeurs américaines. Le marché a une grande importance, mais il faut y introduire la notion de justice sociale. » D'ailleurs, ajoute-t-il, « la France est prête à aider la Pologne, la Hongrie, la RDA et la Bulgarie sans imposer les valeurs occidentales ».

Puis Mitterrand aborde la question allemande [2]. Il veut intégrer la réunification dans un cadre global, celui de la nouvelle architecture de l'Europe. A l'Ouest, « un progrès dans la construction de la communauté européenne » ; à l'Est, « l'évolution » et notamment celle du COMECON. Et pour chapeauter l'ensemble, une réunion de la CSCE en 1990, pour garantir les frontières de Yalta, conformément à ce qu'a proposé Gorbatchev une semaine auparavant à Rome. Le « débat sur l'Allemagne » pourra ensuite intervenir. Et il observe : « Il

1. Dans ses Mémoires *(The Politics of Diplomacy, op. cit.)*

2. Au même moment, à Berlin, la situation prend un tour incontrôlable. Egon Krenz a brusquement démissionné de la présidence. Le SED vient de convoquer un congrès extraordinaire. Les dépêches diplomatiques font état d'une grande effervescence au sein des forces armées. On y redoute que le chaos s'installe dans le pays, que les opposants s'emparent des armes dans les casernes. Mitterrand et Gorbatchev l'apprendront au sortir de leur entretien.

est difficile de ne pas tenir compte des volontés politiques fortes d'un peuple, mais, à l'inverse, personne ne peut vouloir en Europe une transformation majeure, due à une réunification allemande, sans que des dispositions aient été prises [1]. »

Mikhaïl Gorbatchev acquiesce : « Pour ce qui est de l'Allemagne de l'Est, je partage votre position. Disons que le problème doit trouver sa solution dans le cadre européen, cela garantira l'Europe contre tout cataclysme. »

Puis le Soviétique raconte au Français qu'il a parlé « brutalement » la veille à Moscou avec Hans Dietrich Genscher. Il lui a reproché de se faire l'avocat du plan Kohl qu'il a qualifié d'« éléphant dans un magasin de porcelaine ». Mais Gorbatchev se garde bien de révéler à Mitterrand les dernières paroles qu'il a échangées la veille avec le chef de la diplomatie ouest-allemande. Genscher [2] raconte : « Gorbatchev était hors de lui à propos du plan Kohl. Il était agressif. Toutefois, à la fin de l'entretien, quand nous nous sommes levés, et que seuls les interprètes pouvaient entendre, il m'a dit : "Quand le processus européen aura bien avancé et quand les relations entre l'URSS et la RFA en auront fait autant, alors nous pourrons envisager l'avenir de la question allemande." J'ai alors compris qu'avec ce message clair, la question de l'unification était déjà dans l'esprit des gens du Kremlin. Tout allait désormais dépendre de notre capacité à intégrer l'unification dans un cadre européen global. »

Il apparaît donc clairement qu'au-delà de ce concept d'unité allemande comme élément de la nouvelle Europe, envisagé par Genscher, Gorbatchev et Mitterrand, le maître du Kremlin a bel et bien commencé à jouer la carte germano-soviétique, celle du marchandage diplomatico-financier, qu'il avait dévoilée au chancelier au mois de mai sur les bords du Rhin.

Avant de se rendre ensemble devant les journalistes, Gorbatchev répète pourtant à Mitterrand ce qu'il lui avait dit au

1. Devant les journalistes, Mitterrand résumera sa pensée en déclarant qu'il ne faut pas « inverser l'ordre des facteurs ». Les presses allemande et française y verront le signe d'une prise de distance entre le président et le chancelier qui conduira certains commentateurs à parler un peu vite d'« alliance de revers » franco-soviétique.

2. Entretien le 6 novembre 1995.

téléphone deux semaines plus tôt : « Si la réunification a lieu, je serai renversé par un coup d'État militaire. »

Ils sont rejoints par leurs ministres des Affaires étrangères dont la conversation a porté presque exclusivement sur l'Allemagne [1]. Leur méfiance est grande à l'égard du chancelier Kohl :

« D'où vient cette approche irresponsable du chancelier ? demande Édouard Chevardnadze. Mesure-t-il qu'il y a 500 000 Soviétiques en RDA ? Espérons qu'il n'y aura pas d'incidents, mais le danger est là, il est grave. »

« C'est d'autant plus compliqué que l'on ne saisit pas ce qui se passe en RDA, répond Roland Dumas. Dans ce processus de démocratisation, que se passerait-il si les électeurs de RDA "élisaient Kohl"? Le chancelier est obnubilé par les élections. Ce qui est troublant, c'est qu'il n'a jamais fait allusion à l'inviolabilité des frontières, ce qui serait pourtant de nature à rassurer, ainsi qu'à l'existence internationale des deux États allemands. Je comprends l'inquiétude de l'URSS comme celle de la Pologne (…) mais il est difficile de saisir chez le chancelier la part du comportement préélectoral et celle du pangermanisme. »

Chevardnadze estime que Kohl ne « recherche pas la guerre », mais « l'esprit revanchard vit toujours. Après la réunification, il peut y avoir Königsberg, la Silésie et les Sudètes ».

Tard dans la soirée, après un dîner offert par les apparatchiks ukrainiens, les deux délégations regagnent leurs capitales respectives.

« François Mitterrand, selon Roland Dumas [2], n'écartait pas l'idée, avant d'arriver à Kiev, que Gorbatchev pourrait déplacer quelques divisions » pour marquer sa désapprobation au plan Kohl et signaler à l'Occident que Moscou était tout à fait capable de réagir. « Il voulait donc savoir ce que Gorbatchev avait derrière la tête. »

1. Document d'archives.
2. Entretien le 21 novembre 1995.

« A Kiev, assure Mitterrand [1], Gorbatchev s'est montré très résolu contre la réunification, mais j'ai commencé à me demander si ce n'était pas au fond une posture diplomatique en vue d'une négociation. Il a cédé à partir de janvier 1990. Et donc on se serait trompés si on s'était appuyés sur la volonté de Gorbatchev, car il ne pouvait plus guère freiner les événements. »

Un témoignage soviétique corrobore cette analyse : « Gorbatchev pensait avant Kiev qu'il pouvait compter davantage sur la compréhension et le partage des responsabilités avec Paris et Londres, dans son intention de ralentir au maximum la réunification déjà engagée. » Toujours selon Andreï Gratchev, qui a fait le voyage de Kiev, le but de Moscou était alors de ralentir le processus afin de laisser le plus de temps possible à la RDA pour que les réformateurs du SED tiennent le coup et prolongent les chances d'existence de leur pays comme composante de la confédération. C'est pourquoi Gorbatchev a plaidé auprès de Mitterrand, comme avec Thatcher, pour une démarche par étapes. « En fait, il a été déçu car Mitterrand ne lui a apporté qu'un soutien moral, loin de l'appui espéré », conclut le diplomate soviétique.

Le rendez-vous de Kiev dissipe les illusions. Gorbatchev et Mitterrand ont compris que leurs intérêts nationaux divergeaient trop pour permettre d'œuvrer efficacement ensemble à une alliance permettant d'encadrer l'imprévisible Allemagne.

Le test de Strasbourg

Dès son retour de Kiev, le président français met la dernière main à la préparation du Conseil européen de Strasbourg, dont il doit diriger les travaux les vendredi 8 et samedi 9 décembre.

Plus que jamais, le succès de ce sommet des Douze dépend d'un accord franco-allemand. Mais Mitterrand ne sait tou-

1. Entretien le 21 janvier 1994.

jours pas s'il va obtenir de Kohl les deux engagements qu'il juge essentiels : une déclaration sans équivoque sur la reconnaissance des frontières orientales de la future Allemagne unie et un signe clair en faveur de l'union monétaire de l'Europe.

• La question des frontières

Pourquoi Mitterrand, Thatcher, Gorbatchev, les Polonais et les autres voisins de l'Allemagne soulèvent-ils alors avec une telle insistance cette question de la reconnaissance de la frontière entre la RDA et la Pologne ?

La question a pourtant été réglée depuis des années. En 1950, la RDA signe avec le pays frère polonais un traité qualifiant de « frontière de l'amitié » le tracé de leurs limites territoriales décidé par les Alliés à la conférence de Potsdam cinq ans plus tôt. En 1970, c'est au tour de la RFA de reconnaître la ligne Oder-Neisse, dans l'un des gestes les plus symboliques de l'Ostpolitik du chancelier Willy Brandt.

Mais ces deux traités sont provisoires dans la mesure où ils n'engagent pas juridiquement la future Allemagne unifiée. La Loi fondamentale créant la RFA prévoit en effet qu'il reviendra à l'Allemagne unie de se prononcer définitivement sur ses frontières.

Au lendemain de la guerre en effet, le territoire de l'Allemagne est coupé en trois : à l'Ouest, les secteurs d'occupation américain, britannique et français constituent dès 1949 la République fédérale ; au centre, le secteur soviétique devient la RDA. A l'Est enfin, les provinces de Haute-Silésie, de Prusse orientale et de Poméranie sont intégrées à la Pologne derrière une ligne fixée par Staline à l'est du fleuve Oder qui se jette dans la Baltique et, plus au sud de son affluent, la Neisse de Lusace, jusqu'à la frontière tchécoslovaque. Le territoire du Reich est ainsi amputé de plus de 100 000 kilomètres carrés – une superficie égale à celle de la RDA – et où vivent 5 millions d'Allemands.

Ceux-ci prennent massivement le chemin de l'exil vers l'Allemagne de l'Ouest où ils se lancent dans l'action politique pour exiger le retour de leur terre natale à la patrie allemande.

En 1989, ils représentent avec leurs descendants une population d'environ 10 millions de personnes, totalement intégrée à la société et concentrée dans les *Länder* où le parti CDU-CSU d'Helmut Kohl est le mieux implanté. Leur parti, le BHE[1] s'est mué en un groupe de pression, le BdV[2], qui revendique 2 millions d'adhérents. Ils balancent, sur le plan électoral, entre le soutien à Kohl ou le vote en faveur des républicains de l'extrême droite, seule formation à réclamer l'autodétermination des « terres allemandes » situées derrière la ligne Oder-Neisse.

Même si, au mois d'octobre 1989, le chancelier a assuré devant le congrès du BdV que la RFA n'avait pas l'intention, ni aujourd'hui ni demain, de revendiquer la moindre parcelle du territoire polonais, il est embarrassé. A un an des élections législatives en RFA, et alors que l'effondrement de la RDA excite les esprits « revanchistes », il cherche à se ménager cet électorat déterminant. C'est pourquoi il n'a pas mentionné la question des frontières dans son plan en dix points, au grand dam de Moscou, Varsovie, Londres et Paris.

« Tous les autres étaient contre moi, se souvient Helmut Kohl[3]. J'avais un immense problème de politique intérieure que ne pouvaient imaginer les gens comme Mitterrand. Nous avions perdu après la guerre le tiers du territoire du Reich, non pas des espaces conquis par les nazis, mais des campagnes et des villes qui ont toujours été allemandes comme Breslau ou Königsberg[4]. Puis Adenauer et après lui les autres chanceliers ont réussi l'exploit d'intégrer ces réfugiés. Mais, en 1989, ils étaient encore 5 millions et avaient mis au monde 7 millions d'enfants. Mais le problème c'est qu'au lendemain de la guerre Adenauer et Schumacher[5] n'avaient cessé de dire à ces réfugiés que les dirigeants allemands n'accepteraient jamais le partage territorial décidé à Potsdam car lors

1. « Bund der Heimatvertriebenen und Entrechteten » : bloc des expulsés et spoliés.

2. « Bund der Vertriebenen » : ligue des expulsés.

3. Entretien le 13 avril 1994.

4. Breslau, sur l'Oder en Silésie, devient Wroclaw en Pologne. Königsberg, sur la Baltique, est devenue une enclave de l'URSS en Pologne et a pris le nom de Kaliningrad.

5. Kurt Schumacher, leader du SPD.

de cette conférence il avait été dit que la question serait définitivement réglée dans le cadre d'un traité de paix en bonne et due forme. C'est pour cette raison que si j'avais reconnu la frontière Oder-Neisse après la chute du Mur, ça aurait provoqué en RFA un collapsus. D'autant que j'étais totalement isolé à l'époque. Même au sein de mon parti, ça n'était pas toujours facile. De plus les sociaux-démocrates jouaient la carte polonaise en reprenant à leur compte les exigences de Varsovie. »

Dans sa plaidoirie, le chancelier chrétien-démocrate passe une fois de plus sous silence son désaccord sur ce point avec son partenaire gouvernemental de l'époque, le libéral Hans Dietrich Genscher. Ce dernier [1] confie, faussement naïf, qu'il n'a « jamais compris pourquoi cette question était un problème pour Kohl ». Pour lui, l'Allemagne avait déjà accepté les frontières à l'Est. Réfugié de RDA, ce Saxon a épousé une Silésienne. « Dans sa famille, on a toujours dit : "Bien sûr que nous aimons nos villages. Mais nous aimons encore plus nos enfants. Et nous ne voulons pas les voir tués dans une guerre pour récupérer nos villages." »

• L'engagement vers l'union monétaire

Pour François Mitterrand, on l'a vu, la seule « politique de rechange », face à l'accélération des changements à l'Est, consiste à pousser les feux de l'intégration européenne. Il veut arrimer au plus vite à la Communauté une Allemagne dont il craint qu'ayant retrouvé son unité, elle renoue, au détriment du projet collectif des Douze, avec sa vocation historique de grande puissance de la « Mitteleuropa ».

Les interrogations du président français se nourrissent, au cours de l'automne 1989, de l'impression que l'Allemagne fédérale se dérobe face aux décisions à prendre pour la mise en œuvre de l'union monétaire.

A l'issue du Conseil européen de Madrid, au mois de juin, Mitterrand, qui prenait la présidence semestrielle de la Communauté, avait annoncé qu'il demanderait à ses partenaires de s'engager au mois de décembre à Strasbourg à convoquer

1. Entretien le 6 novembre 1995.

avant la fin de l'année 1990 la fameuse conférence intergouvernementale (CIG) chargée de préparer un nouveau traité rendant possible le passage aux étapes décisives de l'union monétaire.

Le 5 octobre à Venise, lors d'une rencontre franco-italienne [1], il fait part au président du Conseil Giulio Andreotti de ses inquiétudes : « La position de la RFA n'est pas très claire sur la date de lancement de la conférence intergouvernementale. Kohl est assiégé par les financiers et les politiques qui veulent rester dans la zone Mark. Il évolue dans un sens favorable, il a accepté le rapport Delors, mais la conjoncture allemande n'est pas bonne. Il faut voir si la volonté européenne de Kohl résistera face aux hommes comme Gerhard Stoltenberg [2]. »

Le soutien de Bonn lui est d'autant plus indispensable qu'il s'attend à Strasbourg à « une opposition luxembourgeoise et anglaise, une grève hollandaise, des réticences danoises ». Pourtant, assure-t-il à l'Italien qui partage sa préoccupation, « il faut précipiter le mouvement ».

Le 12 octobre, les nouvelles en provenance de Bonn sont plutôt rassurantes. Joachim Bitterlich, conseiller à la chancellerie pour les questions européennes, indique à son interlocutrice élyséenne Élisabeth Guigou [3] qu'Helmut Kohl « serait prêt à accepter » l'ouverture de la CIG au second semestre de 1990. Mais il ne précise pas si cette décision sera annoncée à Strasbourg, comme le demande la France.

Deux semaines plus tard, c'est la douche froide. Lors d'un dîner à l'Élysée, le 24 octobre, Helmut Kohl « fait tout pour éviter de parler de l'union monétaire ». Selon Élisabeth Guigou, qui assiste au repas, Mitterrand a beau « forcer son hôte dans ses derniers retranchements, rien n'y fait : Kohl refuse de parler de date pour la convocation de la CIG ».

Le lendemain, dans son discours devant le Parlement européen, Mitterrand, après en avoir informé un chancelier « furieux », annonce néanmoins qu'il demandera à Stras-

1. Document d'archives.

2. Alors ministre de la Défense, et proche des milieux financiers ouest-allemands attachés à la toute-puissance du deutsche Mark.

3. Document d'archives.

bourg que soit annoncé le lancement de la CIG à l'automne 1990.

Le désaccord s'installe.

Mitterrand reçoit dans l'après-midi du 27 novembre une lettre de Kohl [1] qui renvoie aux calendes la convocation de la CIG. Celle-ci pourrait au mieux se réunir en 1991, si les Douze le décidaient au Conseil européen de Rome, à la fin de 1990 – soit un an plus tard que ne le demande Mitterrand –, et à condition qu'ils soient satisfaits du résultat des nouveaux travaux préparatoires des ministres des Finances, que réclame le chancelier.

Élisabeth Guigou résume ainsi le recul du chancelier : « Sous sa rédaction alambiquée et ses ambiguïtés évidemment volontaires, il vous demande de ne pas fixer l'ouverture de la CIG à la fin de 1990, reprenant ainsi de façon tortueuse l'argumentation britannique. »

Le coup est rude pour l'Élysée, même si l'on comprend les préoccupations de politique intérieure du chancelier. Au souci de reporter au lendemain des élections allemandes du mois de décembre 1990 une décision communautaire qui est loin de faire l'unanimité dans son électorat, s'ajoute désormais l'ébullition provoquée par l'effondrement de la RDA.

Mais, vingt-quatre heures plus tard, ce qui n'était que contrariété se transforme en désarroi. Sans prévenir personne [2], Helmut Kohl annonce en effet le 28 novembre son retentissant « plan en dix points », laissant penser sur le moment qu'il cherche à précipiter la réunification allemande.

La lettre à l'Élysée du 27 novembre et le discours au Bundestag du 28 novembre conduisent François Mitterrand à se demander si son ami Helmut Kohl n'a pas décidé de le lâcher. Roland Dumas [3] situe à ces journées « le début de la tension » franco-allemande. « On s'est posé des questions à propos de Kohl : allait-il privilégier l'unification allemande

1. Document d'archives.

2. L'attitude d'Helmut Kohl dans cette affaire contrevient au Traité d'amitié franco-allemand signé par Adenauer et de Gaulle en 1963, qui prévoit que « les deux gouvernements se consulteront avant toute décision, sur toutes les questions importantes de politique étrangère », notamment sur les « relations Est-Ouest sur les plans politique et économique ».

3. Entretiens les 28 janvier 1994 et 21 novembre 1995.

à la construction européenne ? L'Allemagne unifiée allait-elle sortir de l'Union et que deviendrait l'Europe ? Mitterrand, en homme de sa génération, s'est toujours méfié de l'Allemagne, mais il était jusqu'ici convaincu que Kohl était un Européen dans la lignée d'Adenauer, même s'il le trouvait trop électoraliste. Mais là, c'est de Kohl lui-même qu'il a douté [1]. »

Le 30 novembre, Hans Dietrich Genscher [2] arrive à Paris, troisième étape d'une tournée d'explication qui l'a déjà conduit à Washington, où on l'a encouragé sur la voie de la réunification, et à Londres où on lui a tenu le discours inverse. « Au Quai d'Orsay, je trouve un Roland Dumas irrité par notre attitude sur l'union monétaire. Les hésitations allemandes sur la date de lancement de la CIG étaient le fait du ministère des Finances et, dans une certaine mesure, de la chancellerie. En réalité, ce n'était lié qu'à nos échéances électorales. »

Dumas explique à Genscher que l'irritation française est plus profonde : « Les atermoiements de Bonn sur la CIG ne révèlent-ils pas que l'Allemagne s'engage sur une nouvelle voie à cause de la réunification ? » Puis il le conduit jusqu'au bureau du président.

« Mitterrand n'était pas contre la réunification. Il ne se montrait pas inquiet non plus. Mais il m'a demandé de bien lui expliquer la position de l'Allemagne, se souvient Genscher. Je lui ai dit que je venais d'Allemagne de l'Est et que j'étais fier de ce qui était en train de s'y produire. Que les gens là-bas se battaient pour leur liberté et la démocratie de façon pacifique. Puis je lui ai exposé le cadre dans lequel je concevais la réunification. Quant au sommet de Strasbourg, j'ai fait valoir qu'un double signal devait en ressortir : d'une part, une volonté ferme de poursuivre l'intégration européenne et, d'autre part, un engagement en faveur d'une coopération plus étroite avec l'Est. »

Mitterrand et Dumas ne peuvent qu'être satisfaits des paro-

1. A la chancellerie aussi, on s'interroge depuis quelque temps sur l'attitude de Paris. Dans son journal, Horst Teltschik situe aux 21 et 22 novembre, dates des annonces des visites de Mitterrand en RDA et à Kiev, « le début des spéculations sur les intentions du président français ».

2. Entretien le 6 novembre 1995.

les de Genscher. Il œuvrera à Strasbourg pour faire aboutir les propositions françaises. Mais ils savent aussi que l'équipage Kohl-Genscher traverse alors une nouvelle phase conflictuelle[1]. Aussi Mitterrand prend-il sa plume pour répondre[2] le 1er décembre à la lettre du chancelier : « Je poserai à Strasbourg la question de la date d'ouverture de la conférence intergouvernementale sur l'union économique et monétaire. Je souhaite vivement que nous y décidions l'ouverture de cette conférence avant la fin de l'année 1990. » Et il propose d'en discuter avec lui le 4 décembre à Bruxelles, en marge du sommet de l'OTAN convoqué pour entendre le compte rendu de George Bush au lendemain de ses entretiens de Malte avec Mikhaïl Gorbatchev.

Le chancelier ne trouve pas le temps de ménager cet entretien à Bruxelles, de même que le président n'avait pu dégager les quelques quarts d'heure nécessaires pour une conversation avec Kohl, quinze jours auparavant à Strasbourg, où ce dernier venait de prononcer un discours devant le Parlement européen. Ces rendez-vous manqués ne s'expliquent-ils que par des agendas surchargés ?

C'est donc à nouveau sous la forme épistolaire que le chancelier fédéral répond, le 5 décembre, à la lettre française du début du même mois. Il répète que la décision d'« inaugurer » la CIG reviendra au Conseil européen de Rome, au mois de décembre 1990. Et il fait appel à la compréhension de Mitterrand en soulignant « l'importance » que revêt pour lui ce calendrier « pour des raisons de politique intérieure ».

Le président français lui répond le même jour, dans la lettre circulaire à ses onze partenaires fixant l'ordre du jour du Conseil européen : c'est bien à Strasbourg, et non à Rome un an plus tard, que devra être décidé que la CIG commencera ses travaux à la fin de 1990.

1. Avec le « plan en dix points » de Kohl, Genscher a le sentiment de s'être fait souffler le premier rôle dans le scénario de la réunification. Il déplore en privé que le chancelier n'y ait rien dit sur la frontière Oder-Neisse.

2. Document d'archives.

• Un Conseil intense

L'importance du signal à donner sur la construction européenne, l'inquiétude soulevée chez tous ses partenaires par l'attitude de Bonn face à la grande question de la réunification et le vertige provoqué par l'accélération des changements à l'Est font du Conseil de Strasbourg un moment intense de l'histoire de la Communauté.

François Mitterrand attend essentiellement de ce sommet un engagement d'Helmut Kohl sur l'union monétaire. Fort de l'appui de la majorité de ses partenaires, qu'il a rencontrés les uns après les autres dans les semaines précédentes, il sait que l'hostilité de Margaret Thatcher sur cette question ne résistera pas à un ralliement de Bonn à ses thèses. C'est donc d'un test pour la solidité du couple franco-allemand qu'il s'agit.

Helmut Kohl est conscient de la méfiance des Onze sur sa politique allemande. Il sait que, quoi qu'il lui en coûte sur le plan électoral, il doit donner des gages concrets de l'attachement qu'il affiche à l'intégration européenne. Il aimerait en contrepartie obtenir de ses partenaires un soutien de principe à l'unité allemande. Mais il ne veut pas être contraint à se prononcer clairement sur les frontières.

Margaret Thatcher s'est pratiquement mise hors jeu par la rigidité de ses positions. Elle refuse tout : l'union monétaire, la charte sociale [1] et le feu vert à Kohl sur la réunification.

D'emblée, le chancelier allemand fait le geste courageux que l'on attend de lui. Lors du déjeuner du premier jour, le

1. Soucieux de donner une dimension sociale à la construction européenne, au moment où la mise en œuvre du Marché unique entraîne la libération des mouvements de capitaux et de nombreuses autres mesures de déréglementation, François Mitterrand a obtenu de ses partenaires qu'ils approuvent une « charte sociale », affirmant les « droits sociaux fondamentaux », qui pourrait déboucher sur des directives sociales de la part de la commission de Bruxelles. Au nom d'un attachement doctrinal au respect des lois du marché, Margaret Thatcher refuse obstinément cet engagement, pourtant de portée essentiellement symbolique. Elle redoute que cette charte, d'« inspiration dirigiste », n'entrave l'« épanouissement des entreprises privées ».

vendredi 8 décembre, il accepte que le Conseil convoque pour la fin 1990 la conférence intergouvernementale préparant le traité sur l'union économique et monétaire. « Nous avons le souci qu'émane de Strasbourg un message politique clair. C'est pourquoi je suggère qu'on fixe une date. Il convient que ce soit déjà en 1990. Si nous tardions trop, on périrait en effet d'eurosclérose », déclare Helmut Kohl, pour le plus grand soulagement de Jacques Delors et de François Mitterrand. Le tour de table est dès lors une formalité et, passant outre l'hostilité de Margaret Thatcher qui trouve cette décision prématurée, le président français se déclare « en droit de constater que la majorité est réunie pour tenir une conférence intergouvernementale [1] ». En effet, si la présidence française ne pouvait passer outre l'opposition politique de l'Allemagne, elle peut, forte dès lors d'un accord à onze, ignorer juridiquement l'hostilité britannique puisqu'il suffit d'une décision à la majorité pour convoquer une telle conférence.

Mais l'engagement de Bonn a un prix. La délégation allemande a fait savoir en coulisses que le chancelier attendait en retour un soutien formel des Douze à la réunification. Celui-ci est loin d'être acquis. A l'exception de l'Espagnol Felipe Gonzalez, qui se montre le plus conciliant, les dix autres partenaires, menés par le Royaume-Uni, la France et l'Italie, attendent du chancelier une clarification de ses positions sur l'intangibilité de la frontière entre la RDA et la Pologne.

Avant le dîner au cours duquel les chefs d'État et de gouvernement doivent aborder cette question délicate, François Mitterrand noue une alliance tactique avec Margaret Thatcher. De leurs deux entretiens de ce jour, il ressort qu'ils vont exiger de Kohl qu'il « respecte les frontières ».

Mais leur conversation [2] va plus loin. Elle fait apparaître qu'ils sont tous deux pris d'une angoisse historique devant l'inéluctable renforcement de la puissance allemande, accé-

1. Selon le récit de Philippe Lemaitre, dans *Le Monde* du 10-11 décembre 1989.

2. Selon les comptes rendus de Margaret Thatcher, dans ses Mémoires (*The Downing Street Years*, *op. cit.*), et d'Élisabeth Guigou.

léré par Kohl et que Moscou « ne peut » et Washington « ne veut » empêcher. Ils se demandent s'ils ne revivent pas le cauchemar de leurs prédécesseurs à la veille des deux guerres mondiales. Pour ne pas « se retrouver dans la situation de Munich », selon la formule du chef de l'État français, ils examinent les moyens diplomatiques dont ils disposent face à la Grande Allemagne. Élisabeth Guigou se souvient surtout de la « hantise de Margaret Thatcher face à la domination économique d'une Allemagne unifiée ».

Thatcher veut convoquer une conférence des quatre puissances garantes du statut de l'Allemagne de l'après-guerre. Mitterrand élude en insistant sur la nécessité de discuter avec les Allemands pour faire respecter les traités.

Le Premier ministre, qui a sorti de son sac à main des cartes du Grand Reich, et redoute que l'Allemagne ne veuille le reconstituer, suggère des rencontres franco-britanniques régulières « pour faire contrepoids à l'Allemagne ». Le président partage l'analyse selon laquelle « le peuple allemand n'a jamais trouvé ses frontières » et reprend l'idée d'« établir des relations particulières entre la France et la Grande-Bretagne comme en 1913 et en 1938 ».

Au sortir de ces extraordinaires conversations, Margaret Thatcher a le sentiment qu'« à défaut d'avoir trouvé les moyens de contrebalancer le géant allemand, ils en ont tous deux la volonté. C'était un bon début », conclut-elle dans ses Mémoires. François Mitterrand [1] se souvient quant à lui d'une Margaret Thatcher « en rage, qui voulait empêcher la réunification. Je comprenais ses préoccupations, mais il me semblait irréaliste de s'opposer à la réunification et qu'il fallait s'attacher à la négociation ».

Le dîner des Douze, vendredi soir, est l'occasion d'« un affrontement anglo-allemand d'une rare violence », se rappelle Roland Dumas. Soutenue par le Néerlandais Ruud Lubbers et l'Italien Giulio Andreotti, Margaret Thatcher, très remontée, selon tous les témoignages, harcèle le chancelier. Elle exige qu'il prenne un engagement sans ambiguïté dans le communiqué final du Conseil en faveur de l'intangibilité

1. Entretien le 21 janvier 1994.

de la frontière germano-polonaise. Kohl, mal à l'aise, se montre évasif. Il explique que « l'opinion allemande n'y est pas encore prête ». Il conserve le souvenir [1] d'« une ambiance très brûlante : J'étais un contre dix. Seul Gonzalez était de mon côté malgré ses réticences. La plupart des gens qui étaient autour de la table ne me croyaient pas quand je leur assurais qu'une fois unie, l'Allemagne reconnaîtrait les frontières ».

François Mitterrand, préservé par son statut de président de séance, se tient à l'écart de ces affrontements. Pour surmonter le refus britannique d'un texte des Douze en faveur de la réunification, il demande à Roland Dumas de préparer dans la nuit avec Hans Dietrich Genscher « un texte plus doux » conciliant les positions de Londres et de Bonn.

Au petit matin, les deux ministres, assistés de Jacques Attali et Horst Teltschik, sont parvenus à un compromis qui sera approuvé par les Douze. Noyé dans une longue « déclaration sur l'Europe centrale et orientale », le texte déclare que « le peuple allemand retrouvera son unité à travers une libre autodétermination. Ce processus doit se réaliser pacifiquement et démocratiquement, dans le respect des accords et traités et de tous les principes d'Helsinki, dans un contexte de dialogue et de coopération Est-Ouest et dans la perspective de l'intégration européenne ». La référence aux accords existants et à Helsinki est le maximum qu'Helmut Kohl ait concédé sur la question des frontières.

Puis, c'est une tradition, le président français et le chancelier allemand prennent ensemble leur petit déjeuner, au second jour du Conseil européen.

Leur conversation [2], dans un salon de la préfecture du Bas-Rhin, porte sur la situation en Allemagne de l'Est et ses conséquences pour Mikhaïl Gorbatchev. « Tout cela s'effondre, c'est extraordinaire, constate Mitterrand. Ce sont des moments révolutionnaires : en sens inverse, c'est un mouvement plus fort que l'accession de Lénine au pouvoir. Com-

1. Entretien le 13 avril 1994.
2. Document d'archives : note d'Élisabeth Guigou.

ment Gorbatchev se protégera-t-il des chocs en retour quand tous les pays de l'Est auront le pluripartisme ? L'URSS aboutira-t-elle au même résultat ou y aura-t-il une poussée inverse ? »

« La situation est difficile à l'Est, lui répond Helmut Kohl. Il faut calmer les choses. Modrow m'a demandé de le faire en m'adressant aux populations en RDA. Je vais aussi à Budapest dans cette intention. En Pologne, Delors me dit que c'est le chaos, ils ne peuvent pas se chauffer et ils ont faim. Il y a beaucoup d'idéalisme et de bonne volonté, mais peu de professionnels pour gouverner. »

Après avoir évoqué sa visite en RDA à partir du 20 décembre, qu'il dit hésiter à maintenir, Mitterrand expose à son partenaire allemand les conclusions qu'il a tirées de son entretien du mercredi précédent avec le numéro un soviétique : « Son calme est étonnant. Il m'a dit qu'il ne prendrait pas de décisions d'ordre militaire et que, maintenant qu'il a décidé, il est tranquille. Ce n'est plus la même URSS ! Gorbatchev a accepté toutes les conséquences prévisibles car il a une claire conscience de l'échec de l'Union soviétique. J'avais l'impression d'un homme qui philosophait plus qu'il n'agissait. »

Puis, il réintroduit le débat sur les frontières, en s'abritant cette fois derrière la position du Kremlin : « Sur l'Allemagne, il n'a pas eu de réactions vives, mais il s'est montré très dur sur les frontières. Les frontières RFA-RDA ne sont pas comparables aux frontières RDA-Pologne », ajoute Mitterrand pour être bien compris.

« En effet, c'est très différent », s'empresse d'approuver le chancelier.

Le président français s'interroge alors sur ce que « ferait Gorbatchev face à une évolution rapide en RDA. Ses armées sont là-bas. Le pacte de Varsovie est son dernier rempart. Mais c'est une fiction car les troupes des pays de l'Est ne se battront pas au côté de l'URSS. Et Gorbatchev n'a, là-dessus, pas plus d'illusion que nous ».

Kohl acquiesce : « Gorbatchev a besoin du pacte pour son prestige et pour l'intérieur. » Mais « l'Union soviétique se désagrège et est confrontée à un problème colonial. Il ne faut donc rien faire sur la question allemande qui le déstabilise.

Il faut que cette peur russe de l'invasion par l'ouest se perde. Tout mon effort consiste à freiner les évolutions et à rester en communication avec lui ». Mitterrand revient à la charge sur les frontières en soulignant que Gorbatchev n'est pas « obsédé par l'aspect politique de la réunification, mais par le sort de ses troupes en RDA et par celui de la frontière RDA-Pologne ».

A la fin de l'entretien, le chancelier ne peut cacher sa contrariété quand Mitterrand évoque, en précisant qu'il n'a encore rien décidé pour la France, le projet d'une réunion des quatre ambassadeurs représentant les puissances garantes du statut de Berlin, réclamée par Moscou et Londres. Elle se tiendra le surlendemain, pour la première fois depuis 1971, et sera interprétée en RFA comme un avertissement aux partisans d'une réunification précipitée.

Après avoir pris congé de son hôte, qu'il retrouvera une heure plus tard en séance, François Mitterrand est rejoint par Roland Dumas devant lequel il revient sur sa propre obsession : que dira l'Histoire du chef de l'État français qui aurait laissé faire la réunification allemande si elle devait un jour déboucher sur la guerre ?

Mitterrand[1] constate que « Yalta, c'est fini » puisque cela signifiait « la toute-puissance des deux grands ». Il se demande « où est maintenant la ligne de défense de Gorbatchev » et s'inquiète d'« une explosion de revendications territoriales » dans le bloc soviétique « qui pourrait conduire à des conflits armés ». A propos de l'Allemagne et de sa hantise d'un nouveau Munich, il observe : « Nous sommes objectivement dans la situation de nos prédécesseurs » de l'avant-guerre, « mais nous avons sur eux l'avantage de l'expérience. Ils n'ont pas pu agir politiquement et psychologiquement quand Hitler a pu récupérer sans coup férir 11 millions d'Allemands, alors qu'ils auraient pu réagir militairement ». Et il conclut : « Au fond, la revendication allemande sur le peuple allemand inquiète, mais ne déclenche pas de réactions. »

Roland Dumas y va de sa boutade : « Thatcher ne veut pas

1. Document d'archives.

être Chamberlain ; nous ne devons pas être Sarraut[1]. » Élisabeth Guigou[2] est ce jour-là frappée par « l'émotion et la rancune anti-allemandes » qui se dégagent de l'attitude de Roland Dumas, dont le père a été exécuté par les nazis dans les maquis de Limoges : « Mitterrand le laissait dire mais, au fond de lui-même, il avait une attitude froide à l'égard de l'événement, se refusant à la fois à l'inquiétude et à l'exaltation. »

Le sommet de Strasbourg s'achève donc sur un succès et sur un compromis : les Douze se sont donné les moyens d'avancer vers l'union monétaire et ils ont apporté un appui conditionnel à l'unité allemande.

Paris juge que le chancelier Kohl, placé devant un choix terrible – l'Allemagne allemande ou l'Allemagne européenne –, a pris une décision d'homme d'État. Pour Mitterrand, il s'agissait là d'un point clé pour la suite de la construction européenne.

Mais il ne se satisfait pas du communiqué sur l'unité allemande dans le respect des traités. Au lendemain du Conseil de Strasbourg, le président, interrogé à la télévision, se montre très insistant sur « le principe essentiel du respect des frontières : il faut que nos amis allemands tiennent compte du fait qu'il a existé une guerre mondiale, qu'elle a dessiné une certaine configuration de l'Europe et que l'on demande que les frontières fixées à cette époque ne soient pas bouleversées ». Et le surlendemain, à l'Assemblée nationale, Roland Dumas met les points sur les « i » : « Pour la France, il y a plus : il faut que soit affirmé sans réserve le caractère définitif, c'est-à-dire intangible, de la frontière occidentale de la Pologne. » Cette déclaration est mal accueillie à la chancellerie où, selon Horst Teltschik[3], Helmut Kohl « voulait éviter ce débat ». Il ajoute : « L'attitude française nous apparaît comme peu secourable et nous conduit à penser que la France veut freiner le développement » du rapprochement interallemand.

1. Neville Chamberlain : Premier ministre britannique au moment de Munich ; Albert Sarraut : président du Conseil au moment de l'arrivée d'Adolf Hitler à la chancellerie.

2. Entretien le 2 janvier 1996.

3. In *329 Tage*, *op. cit.*

Le toast de Berlin

Mais Helmut Kohl a d'autres urgences que de répondre aux exigences lancinantes des Français. Sous ses yeux, la RDA s'effondre. L'appareil communiste perd chaque jour davantage le contrôle du pays : ses dirigeants démissionnent à un rythme accéléré ; le siège de la Stasi [1], redoutable police politique du régime, est saccagé par la foule. L'économie et la vie sociale sont de plus en plus désorganisées avec l'émigration quotidienne de plus de 2 000 Ossies (Est-Allemands), pour la plupart des cadres, ingénieurs, professeurs ou médecins, les plus aptes à trouver du travail dans les *Länder* de l'Ouest.

Devant cet écroulement, le chancelier appelle ses partisans à ne rien faire qui puisse donner le sentiment qu'il veut brusquer les choses. Une trop grande hâte vers l'unité pourrait susciter des craintes chez nos partenaires, déclare-t-il le 11 décembre à Berlin devant les cadres de son parti. Il apparaît même paradoxalement en retrait par rapport à l'opposition sociale-démocrate qui appelle à l'établissement rapide d'une confédération des deux États allemands. D'autres grandes voix s'élèvent aussi à l'Ouest pour apaiser l'inquiétude générale et refréner la montée des passions nationalistes. L'ancien chancelier Willy Brandt insiste sur la nécessité de « respecter » la volonté des Allemands de l'Est et le président Richard von Weizsäcker parle de « deux États au sein d'une même nation ».

A l'Est, la confusion est telle qu'il est difficile de mesurer l'attitude du peuple à l'égard de la réunification. Doit-elle intervenir au plus vite, progressivement ou pas du tout ? Le débat agite aussi les forces politiques d'opposition, anciennes et nouvelles, qui se divisent entre les pour, les contre et un marais qui ne s'y retrouve plus. Seules des élections permettront d'y voir clair, mais elles sont prévues seulement dans quatre mois. Les slogans des manifestants de Leipzig ne servent plus de boussole. Ainsi, les appels à la réunification

1. Ministerium für Staatsicherheit : ministère de la Sécurité d'État.

ne font pas l'unanimité le lundi 11 décembre autour de l'église Saint-Nicolas, mais le journal local publie le même jour un « sondage » selon lequel les trois quarts des habitants de la capitale saxonne sont favorables à l'unité…

• James Baker franchit le Mur

Le 12 décembre 1989, c'est le secrétaire d'État américain qui se fait, à Berlin-Est, le porte-parole de cette volonté des partenaires des deux Allemagnes de ne pas brusquer les choses, pour éviter un dérapage de la situation en RDA.

Au cours d'une visite de quelques heures, il rencontre le Premier ministre Hans Modrow et une délégation de pasteurs luthériens. Devant la presse, il apporte l'appui des États-Unis au gouvernement est-allemand pour que le processus de réforme « progresse de manière stable et pacifique. J'ai dit à M. Modrow que nous étions satisfaits que la table ronde [1] ait fixé la date du 6 mai pour des élections démocratiques et que les Allemands de l'Est sont désireux d'aller de l'avant pour réformer leur économie ».

James Baker rappelle enfin que, pour les États-Unis, la réunification allemande doit s'inscrire « dans le contexte de la poursuite de l'engagement de l'Allemagne dans l'OTAN, et dans une Communauté européenne de plus en plus intégrée en tenant compte du rôle légal et des responsabilités des puissances alliées ». A propos des frontières, il se contente de réitérer le soutien américain aux principes d'Helsinki.

Ce déplacement éclair à l'Est, le premier et le dernier d'un haut responsable américain en RDA, passe au second plan de l'actualité ce jour-là. Une heure auparavant, à Berlin-Ouest, il venait en effet de lancer une initiative diplomatique majeure en proposant une « nouvelle architecture européenne » et un « nouvel atlantisme » liant, éventuellement par un traité, les États-Unis et la Communauté européenne [2].

Dans ses Mémoires [3], où il passe sous silence ses déclara-

1. Réunissant la coalition gouvernementale et les dirigeants de l'opposition est-allemands.

2. Sur ce discours de Berlin, fondateur de la « doctrine Baker », voir *infra*.

3. *The Politics of Diplomacy*, *op. cit.*

tions publiques en faveur des réformes en RDA, Baker raconte avoir décidé la veille au soir d'aller à Berlin-Est : « Je savais que le président Mitterrand allait s'y rendre la semaine suivante et je voulais démontrer le *leadership* américain en y allant le premier. Plus important, je pensais que ma visite pouvait contribuer à un processus de changement pacifique. » Le chancelier Kohl, qu'il a rencontré ce matin-là, l'a encouragé à aller parler à l'Est, selon Hans Dietrich Genscher. Au cours de cet entretien, rapporte Baker, Kohl, qui revenait du Conseil européen de Strasbourg, s'était montré « manifestement ennuyé par les feux orange venus de Paris et surtout de Londres » à propos de la réunification. Il avait le sentiment que les efforts occidentaux pour la freiner ou pour contenir les souhaits des Est-Allemands étaient « une attitude très dangereuse ». Baker assure avoir dit au chancelier que, pour leur part, les États-Unis « s'étaient clairement engagés en faveur de l'objectif de réunification ».

Quatre jours plus tard, François Mitterrand entend le même discours de la bouche du président américain. George Bush, qu'il rencontre le 16 décembre sur la partie française de l'île antillaise de Saint-Martin – un entretien qui fait le pendant de la rencontre franco-soviétique de Kiev dix jours auparavant –, se dit « inquiet » d'une accélération des événements en RDA. Selon Roland Dumas [1], « Bush était très calme devant les événements. Il écoutait beaucoup Mitterrand. Son problème était essentiellement de pouvoir poursuivre le désarmement avec l'URSS. Il se fichait complètement de la réunification du moment que l'Allemagne restait dans l'OTAN et que Gorbatchev pouvait avaler la pilule et la faire accepter chez lui. A Saint-Martin, comme à chaque rencontre franco-américaine, Mitterrand a plaidé pour une approche progressive de la question allemande ne mettant pas Gorbatchev en péril. Il a aussi insisté sur la question des frontières polonaises qui ne préoccupait pas outre mesure la diplomatie américaine ».

Le président français attend de la rencontre de Saint-Martin qu'elle témoigne pour les opinions publiques de la proximité des relations franco-américaines. Il sait que la

1. Entretien le 29 septembre 1993.

visite de Kiev, avec la scène d'un Mikhaïl Gorbatchev, ajustant la chapka de son hôte à sa descente d'avion, avait contribué à alimenter l'impression d'une amitié franco-soviétique dirigée contre l'Allemagne. Aussi, ses conseillers en communication Jacques Pilhan et Gérard Colé ont-ils pour instruction de mettre en scène aux Antilles une autre image forte, qu'ils appellent dans leur jargon « un plan potes » : les journaux télévisés diffuseront la scène idyllique de George et François, en chemisettes, marchant sur la plage, au bord des eaux turquoise de la mer des Caraïbes.

• Helmut Kohl acclamé à Dresde

Trois jours plus tard, une autre image, bien évidemment plus intense, fait la une des médias : la foule vibrante de Dresde, ville martyre de la Seconde Guerre mondiale, qui, aux cris de « Deutschland, Deutschland », accueille le mardi 19 décembre le chancelier fédéral, qui effectue sa première visite officielle en RDA. « C'est ce jour-là, raconte Helmut Kohl[1], que j'ai acquis la certitude que l'unification allait se faire rapidement. Je descendais de l'avion et devant moi s'offrait le spectacle de milliers d'Allemands agitant notre drapeau. En descendant la passerelle au pied de laquelle m'attendait Hans Modrow, je me suis retourné vers Rudolf Seiters[2] et je lui ai dit : "Rudi, l'unité allemande est accomplie." »

A la fin de ses entretiens avec Modrow, à l'hôtel Bellevue, encerclé par une foule sans cesse plus nombreuse, le maire de Dresde, Wolfgang Berghofer, s'approche du chancelier. « Celui-là, c'était une vraie girouette, commente peu charitablement le chancelier. Il a senti que le vent tournait et, en présence de son ami Modrow, il m'a proposé de parler à la foule devant l'église Frauenkirche. Il avait fait dresser une estrade. Ce n'était pas prévu du tout. C'était le discours le plus difficile de ma vie. Il y avait 100 000 personnes et des journalistes venus du monde entier. Ma préoccupation était

1. Entretien le 13 avril 1994.
2. Ministre de la Chancellerie : équivalent du directeur de cabinet du Premier ministre français.

qu'on ne dise pas à l'étranger que j'étais venu attiser les passions. »

De fait, le chancelier se garde de prononcer les mots explosifs de « fédération » ou de « réunification ». Mais les vivats s'élèvent quand il lance : « Mon but demeure, quand l'heure historique le permettra, l'union de notre nation. »

« Avant de monter sur l'estrade, je me suis demandé avec mes collaborateurs : "Que fait-on si la foule entonne la première strophe de l'ancien hymne national, *Deutschland über alles* ? Dans le monde entier on dira : ça y est, ça recommence." Alors, j'ai fait appeler un chantre de l'église. Il est arrivé en courant. C'était un barbu ! Je lui ai dit : "Vous resterez près de moi, et quand vous sentirez que j'arrive au bout de mon discours, vous monterez sur l'estrade et vous chanterez *Danke, Danke Gott*[1], un cantique de Martin Luther." Mais j'avais oublié que la plupart des gens qui étaient devant moi ne l'avaient pas appris à l'école puisque c'était l'État SED. Finalement, une vieille dame est montée sur l'estrade, elle m'a embrassé et s'est mise à pleurer en prononçant ces paroles : "C'est maintenant l'unité allemande." Ces images ont produit un effet incroyable. Cette bonne femme m'a beaucoup aidé. »

Les clameurs de Dresde balaient en quelques heures les proclamations du gouvernement et de l'opposition est-allemands qui, la veille, avaient conclu leur table ronde en affirmant que la souveraineté et l'identité de chacun des deux États allemands ne devaient pas être remises en question. Même les propos tenus cinq jours plus tôt à la télévision est-allemande par un chancelier prêchant la raison – « Ceux qui veulent aller trop vite risquent de mettre en péril le but final » – paraissent dépassés. L'exhortation à la patience n'est pas entendue par la foule de Dresde, submergée par l'émotion. L'euphorie réunificatrice, que le chancelier voulait freiner, reprend de nouveau le dessus, à l'Est comme à l'Ouest.

Helmut Kohl a compris que l'ambition qui l'habite depuis quelques semaines de devenir le chancelier qui réunira les Allemands est à sa portée.

1. « Merci, merci, mon Dieu. »

Après James Baker et Helmut Kohl, c'est au tour de François Mitterrand d'effectuer, le 20 décembre, le voyage de Berlin.

• François Mitterrand salue le « peuple est-allemand »

Cette visite officielle, on l'a vu, a donné lieu à une crispation entre l'Élysée et la chancellerie pour des raisons de calendrier. Le président français ayant pris le chancelier de vitesse en annonçant très tôt les dates des 20 au 22 décembre, ce dernier avait écourté sa visite officielle à Budapest pour devancer François Mitterrand en RDA. Les presses allemande et française s'étaient alors gaussées de cette course entre les deux rivaux.

Devant la fulgurance des événements, le chef de l'État français s'était apparemment interrogé sur l'opportunité de maintenir cette visite à un État au bord de l'effondrement.

« Je m'interroge sur ce voyage ; le 20 décembre, c'est encore loin, mais je n'ai pas de raisons de refuser », avait-il expliqué à Helmut Kohl au cours de leur petit déjeuner du 9 décembre à Strasbourg.

« Il faut être prudent, Manfred Gerlach – le successeur d'Egon Krenz à la présidence – n'est qu'un intérimaire de plus », lui avait répondu le chancelier, sans toutefois le décourager d'entreprendre ce voyage : « Vous êtes comme Richelieu face à la confédération rhénane. Si les choses restent comme elles sont, allez-y, ne changez pas votre programme et appelez-moi le jour où vous partez. »

Joachim Bitterlich [1], conseiller du chancelier pour les questions européennes, a assisté à cette conversation. Selon lui, « Mitterrand avait bien vu que son voyage à Kiev avait été mal ressenti et que celui de Berlin était mal perçu à Bonn. Il a fait comprendre à Kohl qu'il ne pouvait plus faire marche arrière. Pour le chancelier, il était impossible de dire au président de ne pas y aller, de dire : "Tintin, c'est pas vous, c'est moi qui y vais." »

François Mitterrand sait très bien que les autorités est-allemandes attachent une grande importance à sa venue. Elle

1. Entretien le 2 avril 1994.

conforterait l'existence de leur État qui se désintègre un peu plus chaque jour. En témoigne, le 1er décembre, un message confidentiel du ministre est-allemand du Commerce extérieur Gerhard Beil [1] transmis à Mitterrand par Édith Cresson qui vient de le rencontrer. « Je vous en prie ! Que votre président, au cours de sa visite en RDA, négocie, agisse, s'exprime et conclue en mettant en évidence qu'il le fait avec la République démocratique allemande souveraine. Toute la RDA, y compris notre opposition, attend de votre président cette mise en exergue. » Et il conclut : « Quatre-vingts millions d'Allemands dans le même État, ce n'est pas l'intérêt de la France. »

Cinq jours plus tard, Caroline de Margerie, chargée de mission à l'Élysée, fait part au président de « la curieuse impression d'irréalité » qu'elle a ressentie la veille et l'avant-veille lors du voyage préparatoire chargé d'organiser le déroulement de la visite présidentielle. « Nul ne sait vers quel régime, vers quel État, va s'orienter la transition de plus en plus chaotique que connaît la RDA », écrit la jeune diplomate dans son compte rendu [2]. Celle-ci raconte [3] : « Le lendemain, le président m'appelle : "Si je comprends bien, vous pensez qu'il ne faut pas y aller ?" » Elle répond par l'affirmative et, avant de raccrocher, Mitterrand lâche : « On verra. » Le 10 décembre, il confirme à la télévision qu'il ira bien en RDA à la date prévue.

Pour Hubert Védrine [4], le conseiller diplomatique pourtant le plus écouté du président, « on aurait mieux fait d'annuler ce voyage, car il tombait mal. Mais Mitterrand voulait terminer sa tournée des pays de l'Est et il pensait alors, comme Kohl et Bush, que la RDA allait encore durer un bout de temps ». Selon Védrine, cette visite constitue « la seule erreur » dans l'attitude de Mitterrand face à la question allemande.

A la veille du départ, ce n'est pas Mitterrand qui appelle Kohl, comme ce dernier l'avait suggéré, mais Dumas qui

1. Document d'archives.
2. Document d'archives.
3. Entretien le 4 octobre 1995.
4. Entretien le 17 octobre 1992.

téléphone à Genscher[1] pour connaître son sentiment. « J'ai dit à Roland : "Si vous tenez absolument à être les premiers et les derniers à voir ces dirigeants est-allemands, allez-y." Il m'était difficile de le dissuader car le chancelier avait encouragé Baker à se rendre à Potsdam pour rencontrer Modrow. J'ai ajouté : "Si le président y va, il doit faire trois choses : prononcer un discours dans lequel il s'engage clairement pour l'unification ; se rendre à Leipzig quelles que soient les circonstances, car la ville est devenue un symbole pour les Allemands ; il faut enfin qu'il y rencontre des personnalités de l'opposition, à commencer par Kurt Masur, le chef d'orchestre du Gewandhaus, qui incarne le mouvement engagé en RDA." »

Genscher conclut : « Et Mitterrand a fait tout cela. »

Au soir du premier jour, lors du dîner d'État offert par le président Manfred Gerlach, avec lequel il s'est auparavant entretenu, François Mitterrand déclare dans son toast : « République démocratique allemande et France, nous avons encore beaucoup à faire ensemble. » Au regard des bouleversements en cours et de la désintégration qui suivra, ce propos, qui en d'autres circonstances relèverait de la formule rituelle, conduira des commentateurs à conclure que le chef de l'État est venu à Berlin pour marquer son hostilité à la réunification allemande.

Pourtant, comme l'écrivent le lendemain les envoyés spéciaux du journal *Le Monde*, « jamais encore M. Mitterrand n'avait choisi une tonalité aussi positive pour parler de l'unité du peuple allemand que mercredi à Berlin-Est ». Il évoque en effet ce soir-là « le bouleversement qui, de part et d'autre de l'Elbe, a saisi le peuple allemand vibrant à l'unisson. L'aspiration à l'unité plonge ses racines dans l'Histoire et retrouve son actualité. C'est d'abord l'affaire des Allemands qui auront à se prononcer librement sur ce que sera leur destin ». Puis il rappelle qu'à ses yeux, la réunification « est aussi l'affaire de vos voisins qui cherchent à préserver l'équilibre européen et la paix ». Il insiste sur « l'inviolabilité des frontières, principe consacré dans l'acte final d'Helsinki ».

1. Entretien le 6 novembre 1995.

Le lendemain matin, devant les étudiants qui s'entassent dans un amphithéâtre de l'université Karl-Marx de Leipzig, il précise que « la frontière qui existe entre les deux États allemands est d'une nature différente de celles qui existent ailleurs, car elles ont été créées à l'intérieur d'un même peuple ».

Puis il répond à leurs questions sur la réunification : « Seules des élections libres, ouvertes, démocratiques permettront de savoir exactement ce que veulent les Allemands des deux côtés. Pour l'instant, il existe deux États qui ont une existence souveraine. » Si le peuple allemand se prononce pour l'unité, « ce n'est pas la France qui s'y opposera ».

Le président accomplit alors un geste symbolique en rencontrant Kurt Masur à l'église Saint-Thomas où repose Jean-Sébastien Bach. Puis, c'est la visite de l'église Saint-Nicolas d'où sont parties, chaque lundi, les grandes manifestations qui ont mis fin à la dictature communiste.

De retour à Berlin en fin d'après-midi, Mitterrand s'entretient avec Gregor Gysi, le nouveau président du Parti communiste, rebaptisé Parti social-démocrate. Ce dernier lui assure qu'« un quart de ses compatriotes est opposé à la réunification, un tiers la veut très rapidement, le reste la souhaite à un rythme raisonnable [1] ». Ce jeune avocat communiste réformateur veut « freiner » le mouvement vers l'unité et fait valoir que « si des capitaux non allemands s'investissaient en RDA, la pression pour la réunification se relâcherait car les problèmes économiques seraient moins aigus ».

Au cours de cette visite, cinq accords bilatéraux économiques, culturels et environnementaux pour la période 1990-1994 sont signés, une goutte d'eau par rapport à la manne qui tombe de RFA et même à l'aide que la Communauté européenne a décidé, au Conseil de Strasbourg, d'octroyer à la RDA. Le ministre de l'Économie Christa Luft en tire cependant une conclusion politique : « La France part du principe que la RDA a un avenir et qu'elle existera en tant qu'État dans les prochaines années. »

1. Selon une confidence recueillie auprès d'un diplomate français membre de la délégation.

Quant au Premier ministre Modrow, qui se sait en sursis jusqu'aux élections du printemps, il se réjouit que Mitterrand ait vu en lui « l'un des hommes sur lesquels l'équilibre européen repose en ce moment ».

Les auteurs n'ont pas eu accès aux verbatims des conversations de Berlin. Le preneur de notes français, Loïc Hennekinne, leur a précisé les avoir remis intégralement au service des Archives nationales. Les 2 et 3 mai 1996, l'hebdomadaire allemand *Der Spiegel* et *Le Monde* publient des extraits de notes prises alors par un collaborateur de Modrow. Les anciens conseillers de François Mitterrand, Loïc Hennekinne, Hubert Védrine et Jacques Attali en authentifient le contenu, sous réserve de sa présentation en style indirect. Dans son ouvrage posthume *De la France, de l'Allemagne*[1], François Mitterrand ne rapporte rien du contenu de ses entretiens avec les dirigeants est-allemands. Ils font apparaître un président français sensiblement plus réservé sur les perspectives de l'unification qu'il ne l'exprime dans ses propos publics. Son souci de voir les puissances alliées maîtriser le processus domine son discours. Selon la version officielle est-allemande, Mitterrand souligne à Modrow que l'« on doit tout faire ensemble pour ne pas mettre l'Europe en danger et pour ne pas détruire l'équilibre existant. La France n'a pas peur du problème de l'unité ; ce problème est une réalité historique (…) Un cours trop rapide des événements porte en lui le risque que l'ordre existant en Europe depuis quarante ans s'effondre et conduise à une situation instable (…) Il revient à la RDA de faire la preuve que ses quarante d'ans d'existence en tant qu'État représente une réalité politique durable (…) Personne dans les pays européens n'a intérêt à créer une situation explosive », voire « des conflits militaires ». Au contraire, « vouloir imposer l'unification sous la pression populaire fait peur aux autres peuples » et « la France ne mènera jamais la politique du pire ». Puis il souligne que « la volonté du peuple allemand » demeure pour lui « une inconnue » et s'en remet, pour connaître la réponse, aux premières élections libres prévues alors en RDA pour le 6 mai.

1. Paris, Odile Jacob, 1996.

Même tonalité, lorsqu'il retrouve le président Gerlach un peu plus tard : François Mitterrand dit ne pas pouvoir « mesurer l'ampleur » des « revendications en faveur d'une unité immédiate » et que « les élections donneront certainement des indications à ce sujet ». Enfin, il assure son homologue que « la RDA, si elle retrouve son équilibre politique, aura de grandes chances dans le futur de trouver une place importante en Europe ».

Loïc Hennekinne se souvient qu'au sortir de ces entretiens, Mitterrand a évoqué « l'angoisse devant l'inconnu » de ces dirigeants qui voyaient « la terre se dérober sous leurs pieds ». Il en avait conclu, devant ses collaborateurs, que « la désagrégation du régime est-allemand serait beaucoup plus rapide que l'on pouvait l'imaginer ». Modrow lui était apparu « malheureux, sans illusion et extraordinairement inquiet ». Quant à Gerlach, comme tout le monde, il le jugeait « falot ». Pour Hennekinne, les propos de Mitterrand sur l'avenir de la RDA « n'allaient pas au-delà de cette espèce de langue de bois diplomatique dans laquelle on professe toujours amitié et soutien à son interlocuteur officiel ».

Rétrospectivement, ces « bonnes paroles » confirment toutefois l'impression que François Mitterrand est hostile à une réunification précipitée qu'il juge déstabilisatrice pour l'équilibre européen. Il pense peut-être aussi que s'ils ne se sentent pas totalement abandonnés par les partenaires européens de l'Allemagne, les électeurs de l'Est vont certes chasser les communistes mais ne se donneront pas forcément à ceux qui prônent l'absorption de la RDA par la RFA.

Le soir, les dirigeants est-allemands et surtout les intellectuels à l'origine du mouvement d'opposition, avec lesquels l'ambassadeur de France Joëlle Timsit entretient de longue date un contact étroit, se pressent dans les salons de l'hôtel Palast où les reçoit le couple présidentiel français. Dans la nuit, à l'insu de la presse, Mitterrand, accompagné de Jack Lang, fait une brève promenade le long du Mur dont les marteaux piqueurs ne sont pas encore venus à bout.

Le lendemain, devant la presse, il tire un premier bilan de son « contact direct » avec les dirigeants « actuels » et « toutes les nuances de l'opinion ». Ce qui l'a « le plus marqué », c'est « le mouvement profond des Allemands de l'Est vers une ouverture sur l'Europe ». Il ajoute qu'il a pour sa part « le sentiment d'un mouvement puissant en faveur de l'unification rapide », même s'il n'a pas « pour l'instant de porte-parole. Cela n'émane pas d'un parti organisé, mais cela viendra sûrement ».

A sept reprises, il répète que le destin de l'Allemagne dépend des Allemands, même si ses voisins, dont la France, ont leur mot à dire en tant que « garants de la paix en Europe ». Il souligne que la question des frontières ne peut pas « rester en déshérence » et assure, répondant là aux attaques du journal populaire ouest-allemand *Bild*, qu'il « n'est pas de ceux qui freinent » la réunification.

On lui demande s'il aurait envie de prolonger son séjour à Berlin de quelques heures pour assister à l'ouverture symbolique de la porte de Brandebourg, cérémonie coprésidée par Helmut Kohl et Hans Modrow. Il répond que s'il s'était posé la question, il aurait dit « non ». Mais il refuse d'expliciter son refus. Ce serait répéter une huitième fois que la réunification est l'affaire des seuls Allemands, sauf en ce qui concerne les frontières extérieures de cette grande nation.

Helmut Kohl, désireux de mettre au point avec François Mitterrand un geste franco-allemand signifiant publiquement leur accord sur la réunification, avait pourtant convié le président à participer à cette cérémonie qui s'est déroulée, malgré une pluie battante, dans une liesse indescriptible. Jean-Louis Bianco[1] nuance : « On avait travaillé avec les Allemands sur l'idée d'une rencontre Mitterrand-Kohl-Modrow à Berlin, puis ça a tourné court. Mitterrand a réfléchi jusqu'à la veille au soir, puis il s'est refusé à participer à ces scènes d'euphorie allemande alors qu'il s'interrogeait sincèrement sur la capacité de Kohl à tenir publiquement son engagement sur la frontière Oder-Neisse. Pour lui, il s'agissait avant tout d'une cérémonie germano-allemande et il ne voulait pas apparaître comme le cousin qui s'impose sur la photo de mariage. De plus, on n'a pas eu le sentiment que

1. Entretien le 8 janvier 1996.

le projet soulevait un réel enthousiasme, tant à la chancellerie que dans l'entourage de Modrow [1]. »

De retour à Paris avec le président, Jean-Louis Bianco appelle Horst Teltschik [2] pour lui rendre compte de la visite en RDA. Il lui dit que « Mitterrand a été frappé par l'embarras de ses interlocuteurs, qu'il n'est pas sûr que la majorité des Allemands de l'Est votent pour la réunification et que les dirigeants est-allemands craignent que Kohl veuille imprimer un rythme trop rapide ».

A l'issue de cette visite qu'il juge « anachronique », Teltschik écrit dans son journal : « Deux esprits se combattent dans l'âme de Mitterrand. D'une part, il ne veut pas se mettre en travers du chemin de la réunification allemande, il dit que cela ne lui fait pas peur ; d'autre part, il montre continuellement qu'il y a de grosses difficultés qui doivent être surmontées. »

Helmut Kohl [3] assure que la visite de Mitterrand en RDA « ne l'a pas gêné, même si c'était une erreur. Je le lui ai dit, mais il s'en est aperçu lui-même sur place ». Selon Jacques Delors [4], interlocuteur intime du chancelier, « Kohl a plaisanté ensuite sur ce voyage, qui, sur le moment, n'a provoqué qu'un peu d'agacement dans le petit monde de Bonn ».

Le Monde estime que Mitterrand s'est plutôt bien tiré de l'« exercice délicat » de ce voyage au cours duquel il a « clairement réaffirmé les principes et respecté toutes les sensibilités ». La *Frankfurter Rundschau* constate que « tout comme la venue d'Helmut Kohl et de James Baker, la visite du président français a renforcé aussi la viabilité du second État allemand. On ne serait pas triste en France – la visite l'a bien montré – qu'il y ait toujours deux États allemands d'ici la fin du siècle. François Mitterrand a été toutefois suffisamment habile pour ne pas l'exprimer clairement ».

1. Mitterrand résume ainsi l'explication, dans son livre *De l'Allemagne, de la France* (*op. cit.*, p. 117) : « J'avais été tenté d'accompagner Helmut Kohl lors de sa première visite aux décombres du Mur » mais « je pensais que la célébration appartenait en propre aux Allemands ».

2. In *329 Tage*, *op. cit.*

3. Entretien le 13 avril 1994.

4. Entretien le 20 décembre 1995.

CHAPITRE 4

Les tâtonnements de l'hiver

L'incomprise Confédération

Avant de quitter Berlin le 22 décembre 1989, François Mitterrand évoque dans sa conférence de presse « l'effort d'imagination à faire » face aux révolutions démocratiques qui embrasent l'est de l'Europe. Il envisage la mise en place d'un « système qui puisse prévaloir pour l'Europe tout entière » en créant « un type de relations organiques qui permettrait d'intégrer tous ces pays, chacun à leur manière ».

Le propos passe totalement inaperçu.

Neuf jours plus tard, l'idée fait l'effet d'une bombe, quand Mitterrand, à l'occasion de ses vœux télévisés, lui donne corps en parlant de « Confédération européenne ».

« L'Europe, c'est évident, ne sera plus celle que nous connaissons depuis un demi-siècle. Hier dépendante des deux superpuissances, elle va, comme on rentre chez soi, rentrer dans son histoire et sa géographie. » Mais, pour le président français, un danger menace ce processus : « L'éclatement et le retour à l'Europe de 1919 » qui a conduit à la guerre. Pour l'éviter, un seul remède : la construction européenne. L'idée nouvelle est d'ajouter à la Communauté des Douze une « deuxième étape », baptisée « Confédération européenne » qui « associera tous les États de notre continent dans une organisation commune et permanente d'échanges, de paix et de sécurité ».

Il précise que la « Confédération » accueillera tous les pays à condition qu'ils se dotent d'institutions pluralistes et démocratiques, observant qu'« à la vitesse où vont les choses, nous n'en sommes peut-être pas si loin ».

Au dernier soir de l'année 1989, l'Europe centrale et orientale a largement accompli sa sortie du communisme. Depuis deux jours, le dramaturge Vaclav Havel est président de la Tchécoslovaquie et l'homme du « printemps de Prague », Alexander Dubcek, préside l'Assemblée fédérale. En Roumanie, le « conducator » Nicolae Ceausescu et son épouse Elena ont été fusillés le jour de Noël après un simulacre de procès, dont les scènes pitoyables ont été diffusées par toutes les télévisions de la planète. Le 26, l'ancien dirigeant communiste Ion Iliescu est nommé président et l'universitaire Petre Roman devient Premier ministre. Un mois plus tôt, la Bulgarie a rompu avec l'ère Jivkov et le gorbatchévien Petar Mladenov a engagé une *perestroïka* à marche forcée sous la pression de la rue. Le 29 décembre, la Diète polonaise abolit le rôle dirigeant du Parti communiste, comme l'ont fait trois semaines auparavant les Républiques soviétiques baltes de Lituanie et d'Estonie et, au début du mois, le Parlement est-allemand. La Hongrie n'est plus depuis deux mois une République populaire et des élections libres sont prévues pour le printemps. Des premiers craquements se manifestent en Yougoslavie et Mikhaïl Gorbatchev doit faire face à un bouillonnement des nationalités à travers l'« empire éclaté ».

En renonçant publiquement à l'été 1989 à la « doctrine Brejnev » selon laquelle Moscou dicte la ligne des « pays frères » du pacte de Varsovie, au profit de ce que les diplomates américains ont baptisé la « doctrine Sinatra[1] », Mikhaïl Gorbatchev a ouvert la boîte de Pandore.

Les États-Unis ont été les premiers à réagir à l'effondrement de l'Est en formulant une nouvelle conception des relations entre les nations du bloc occidental, « vainqueur de la guerre froide » : c'est la « doctrine Baker », proposée le 12 décembre à Berlin par le secrétaire d'État américain. Inquiète de voir l'OTAN perdre de sa raison d'être face au dépérissement du pacte de Varsovie, l'administration Bush, pour conserver son *leadership*, envisage un « nouvel atlantisme » fondé sur un renforcement contractuel des liens entre les USA et la CEE. La RFA, toute à sa réunification, n'a rien

1. Formule tirée de *My Way* (mon propre chemin), succès mondial de Frank Sinatra, créé par le Français Claude François sous le titre *Comme d'habitude*.

à refuser aux États-Unis. Le Royaume-Uni applaudit, à la différence de la France qui voit dans cette OTAN « new look » un cheval de Troie américain dans la patiente entreprise d'émancipation de l'Europe communautaire.

Mais surtout, la « doctrine Baker » ne dit rien de l'autre Europe, celle qui préoccupe tant l'homme de l'Élysée. D'où la « Confédération » qui vise à amarrer les pays de l'Est à une Communauté européenne à laquelle ils ne peuvent encore adhérer en raison de leur immense retard économique. Au cœur de cette « doctrine Mitterrand » se trouve aussi le double souci de créer une architecture européenne dans laquelle les États-Unis n'auraient pas leur mot à dire et d'empêcher la future Grande Allemagne de monopoliser le dialogue avec les pays d'Europe centrale qui constituent son « pré carré ».

François Mitterrand [1] : « Je voyais bien l'Europe éclater en morceaux ; j'étais fixé sur cette idée qu'il fallait absolument trouver une structure de substitution après les empires, après l'Europe des tribus et celle de la guerre. La Confédération offrait une solution consensuelle intermédiaire, traitant à égalité de dignité les pays démocratiques d'Europe. Il fallait aussi éviter une relation de type colonial entre pays riches de l'Ouest et une kyrielle d'États de l'Est qui quémanderaient l'aide de la Communauté et, un jour ou l'autre, se fâcheraient avec elle. »

« Je n'en avais parlé à personne et j'ai préparé ma déclaration tout seul pendant trois jours à Latche », ajoute-t-il, justifiant sa façon de faire par le souci de créer un effet de surprise et d'éviter les innombrables objections qu'une consultation préalable n'aurait pas manqué de soulever.

De fait, les principaux collaborateurs du chef de l'État découvrent la « Confédération européenne » en regardant les vœux présidentiels à la télévision.

Hubert Védrine [2] se souvient : « Nous étions ébahis. On trouvait l'idée magnifique mais on se demandait ce qu'elle recouvrait concrètement. » Jacques Delors [3] trouve lui aussi cette idée « géniale » et le déclare publiquement à la télévi-

1. Entretien le 21 janvier 1994.
2. Entretien le 17 octobre 1992.
3. Entretien le 20 décembre 1995.

sion dès le lendemain. Le président de la Commission européenne y voit une solution au problème de l'élargissement : « Nous traînions après nous cette pression constante des PECO [1] qui veulent entrer dans la Communauté mais n'y sont pas prêts, alors que leur dire “non”, c'est se montrer réticents. La Confédération permettrait de les englober dans un ensemble pour traiter des questions extérieures et intérieures, sachant que, pour eux, la sécurité c'est plus important que l'économie [2]. »

Dans l'immédiat, l'attention se porte sur la réaction allemande alors que, le 4 janvier, Helmut Kohl et François Mitterrand se retrouvent en tête à tête à Latche. Devant la presse qui suit leur promenade sur la plage landaise du Vieux-Boucau, le chancelier se contente de juger « très bonne » la proposition de son hôte : « Il faut que tous les pays qui se démocratisent à l'est de l'Europe puissent avoir une perspective européenne. »

L'inéluctable unification

• « Si j'étais allemand… »

Et pourtant, la « Confédération européenne » n'apparaît pas dans le compte rendu des entretiens de Latche [3].

Ce jour-là, les deux hommes, enfoncés dans des fauteuils mous recouverts de peaux de chèvre, près de la cheminée où crépite une flambée de pins, ont une étrange conversation.

L'Allemand cherche avant tout à rassurer son interlocuteur en exposant un processus d'unification étalé sur dix ans. Il brode sur son plan en dix points du 28 novembre et passe sous silence sa conviction, établie le 19 décembre à Dresde, que les Allemands de l'Est plébiscitent la réunification la plus rapide possible.

Devant Mitterrand, Kohl envisage dans l'immédiat un

1. Pays de l'Europe centrale et orientale.
2. Sur l'échec de la Confédération en 1991, voir XVIIe partie : « L'Europe en souffrances ».
3. Document d'archives.

traité sur la communauté contractuelle entre les deux Allemagnes sans lequel les Allemands de l'Est continueront à affluer à l'Ouest. Il affirme que « l'ancrage » de la RFA dans la CEE est « une condition préalable » à la réunification qui, selon lui, ne réussira que « dans un cadre franco-allemand ».

Le Français n'a que faire de cette invocation rituelle de l'amitié franco-allemande. Il rappelle sa position constante : « Que cela me plaise ou non, la réunification est pour moi une réalité. Il serait injuste et stupide de s'y opposer. » Puis, comme s'il ne croyait pas un mot de ce qu'il vient d'entendre, il met en garde le chancelier contre une réunification rapide qui entraînerait le renversement de Gorbatchev par des militaires nationalistes. Il demande à Kohl que « l'unité allemande ne soit pas faite de telle sorte que les Russes se raidissent et que l'on entende des bruits d'armement, des bruits de bottes en URSS. Nous sommes juste au bord. J'ai trouvé Gorbatchev inquiet à Kiev d'une précipitation qui le place en porte à faux ». Pourtant, on l'a vu, Mitterrand se demandait au soir de ses entretiens de Kiev si la fermeté et l'inquiétude affichées par Gorbatchev n'étaient pas « une posture de négociation » purement tactique.

Bref, la preuve est faite une nouvelle fois ce jour-là que lorsque des intérêts nationaux essentiels sont en contradiction, les protestations d'amitié entre les dirigeants ne sont plus de mise et laissent parfois place à l'hypocrisie et au mensonge diplomatique.

Mais les deux hommes se fréquentent depuis suffisamment longtemps pour savoir aussi se parler plus crûment : « Si j'étais allemand, dit Mitterrand, je serais pour la réunification, c'est du patriotisme. Mais étant français, je n'y mets pas la même passion. »

Quant au chancelier, il annonce presque sans détour à son hôte qu'il va monnayer avec Gorbatchev son feu vert pour la réunification allemande : « Il a des problèmes croissants d'approvisionnement, il y a des chances d'un bon arrangement. Je vais l'aider. »

Pendant le déjeuner, au cours duquel le chancelier fait honneur au foie gras puis à l'armagnac, la conversation prend un tour anecdotique. Helmut dresse pour François des portraits peu flatteurs de certains dirigeants de l'Est. Vaclav

Havel, qu'il a reçu l'avant-veille à Munich ? « Un intellectuel qui ne comprend strictement rien aux problèmes politiques et économiques. Il parle du FMI comme on disserte d'une pièce de Kafka. Il m'a dit qu'il virait les meubles du château car ses prédécesseurs n'avaient aucun goût. Alors on a parlé meubles. Autant parler avec Baltik », lance-t-il en désignant le labrador du président français.

Puis le chancelier, en verve, raconte une histoire qui a cours à Prague à propos des anciens apparatchiks communistes. Milos Jakes reprochait à Lubomir Strougal sa passion pour les femmes. Strougal répondait en lui présentant ses mains : « C'est vrai qu'elles ont tenu de plus belles croupes que toi, mais au moins elles ne sont pas couvertes de sang ! »

Les deux hommes prennent congé au pied de l'hélicoptère qui doit déposer le chancelier à l'aéroport de Biarritz. Ils ont décidé de se revoir dans un mois.

Au rythme où vont les choses, c'est une éternité.

• « L'unification est certaine »

Quand Kohl et Mitterrand se séparent, ce 4 janvier 1990, la réunification des deux Allemagnes hante tous les esprits, mais si elle semble à terme inéluctable, elle est loin de recueillir l'assentiment général. Le chancelier fédéral la prépare activement, soutenu par les États-Unis, l'URSS de Mikhaïl Gorbatchev continue d'afficher son refus, tandis que Londres veut la freiner et Paris la canaliser.

Quatre semaines plus tard, la réunification s'impose à tous dans une accélération qui balaie les calculs et les plans des uns, les réticences et l'hostilité des autres. La République démocratique allemande s'est en effet effondrée, vidée de sa substance par la fuite quotidienne de quelque 2 000 Est-Allemands vers la RFA et la perte totale de crédibilité du gouvernement communiste réformateur du Premier ministre Hans Modrow.

François Mitterrand, qui, jusqu'au début de l'année 1990, mettait en avant l'hostilité de Moscou et le risque de déstabilisation de Mikhaïl Gorbatchev pour prêcher la plus grande prudence sur la question allemande, se rend compte, comme tous les responsables concernés, que l'Union soviétique ne peut plus rien empêcher.

Le 16 janvier, lors d'une réunion restreinte sur les questions de défense, il déclare : « L'unification est certaine (...) Il y a trois mois, la grande puissance soviétique n'avait qu'à faire un froncement de sourcils et tout le monde se soumettait. Mais les Allemands commencent à penser que la menace russe n'existe plus. »

Le surlendemain, à Budapest, il fait observer au chef du Parti communiste réformateur hongrois Rezsö Nyers que « l'URSS n'a plus les moyens de s'opposer à la réunification ».

Deux jours plus tard, il fait valoir à Margaret Thatcher qu'« il serait stupide et irréaliste de dire "non" à la réunification car aucune force en Europe ne paraît pouvoir l'empêcher, pas même l'URSS ». Il souligne que « les Allemands de l'Est se rendent compte que la RFA peut tout acheter et qu'au fil des semaines le gouvernement Modrow perd son crédit et le désordre s'installe [1] ».

La conversation Thatcher-Mitterrand du 20 janvier à l'Élysée sonne le glas de toute velléité d'entente franco-britannique contre la Grande Allemagne. Même si le président français partage le sentiment du Premier ministre britannique que « les Allemands de l'Ouest enflamment les choses » et font preuve d'« arrogance », il ne la suit pas quand elle lui dit « chercher à ralentir les choses ». « Rien ne serait pire que d'élever des objections, de rappeler des traités, sachant que cela resterait sans effet », objecte-t-il.

« Maggie » quitte l'Élysée pleine d'amertume à l'égard de Mitterrand. Venue à Paris dans l'espoir que son partenaire français surmonterait, comme elle l'écrit dans ses Mémoires, « sa tendance à la schizophrénie », c'est-à-dire le contraste entre sa pensée intime et son attitude publique face à la

1. L'avant-veille, en effet, dans un geste de défiance à l'égard des atermoiements du régime, la foule a saccagé l'ancien siège de la Stasi, et le lendemain, à Bonn, le chancelier Kohl refusait à Modrow de signer, avant les élections de mai, le traité sur la « communauté contractuelle ».

question allemande, elle regagne Londres en regrettant qu'au fond, Mitterrand se refuse à « changer le cours de sa politique extérieure ». Selon elle, il a commis l'erreur de persévérer dans son idée d'« arrimer le géant allemand à une Europe de plus en plus fédérale », plutôt que d'« en revenir aux principes chers au général de Gaulle d'une France souveraine nouant des alliances correspondant à ses intérêts ». Elle concède toutefois que « Mitterrand avait raison quand il disait que rien ne pourrait empêcher la réunification allemande ».

François Mitterrand[1] estime qu'en se montrant « totalement contre l'unité allemande, Mme Thatcher manquait de réalisme. Je lui disais que c'était au contraire une réalité de l'Histoire et qu'il fallait simplement s'assurer qu'elle se réalise dans les meilleures conditions possibles, en particulier le respect des frontières, un point sur lequel nous étions entièrement d'accord ».

Huit jours plus tard, les échéances démocratiques se précipitent en RDA avec la décision collective des formations politiques d'avancer au 18 mars les premières élections libres, prévues pour le mois de mai. Cette nouvelle accélération, qui semble avantager le Parti social-démocrate, alors le mieux organisé en RDA face aux communistes en perte de vitesse, confirme, s'il en était besoin, à quel point l'équipe de Modrow a perdu le contrôle de son pays. Lui-même accepte d'ouvrir son gouvernement en sursis à tous les autres partis et ne cache plus que la RDA sombre dans l'anarchie.

Le lendemain, 29 janvier, Mitterrand confie à son visiteur du jour, le président italien Francisco Cossiga que, « l'URSS ne pouvant plus dire grand-chose », il faut que les partenaires européens de l'Allemagne comme l'Italie et la France exercent une « influence modératrice » et « conseillent la prudence aux Allemands ». Cossiga renchérit en soulignant qu'une « réunification rapide poserait un énorme problème à Gorbatchev. Il est donc très important que les pays de l'Alliance atlantique lui donnent des garanties de sécurité faute de quoi on l'accusera chez lui d'avoir bradé l'empire

1. Entretien le 21 janvier 1994.

et renoncé à son cordon sanitaire ». Une préoccupation que partage le président français.

Le mardi 30 janvier au matin, Jacques Attali appelle Horst Teltschik[1] à la chancellerie pour l'interroger sur la situation en RDA. « Attali me fait le pari que l'unité allemande sera réalisée avant la fin de l'année. J'en ris de surprise. A Paris, note Teltschik, on se prépare aussi à un changement profond d'opinion. »

Quelques heures plus tard, la grande nouvelle tombe de Moscou. Au sortir de ses entretiens avec Mikhaïl Gorbatchev, Hans Modrow annonce que l'Union soviétique reconnaît « le droit à l'autodétermination » aux citoyens des deux Allemagnes. Même si le mot d'unification n'est pas prononcé, c'est un nouveau tournant de taille de la diplomatie russe. Face à l'effondrement de la RDA, Gorbatchev a en effet accepté l'idée de la réunification allemande, même s'il assortit cette concession majeure de deux conditions : « tous les États directement concernés » ont leur mot à dire sur le processus qui, comme Modrow sera chargé de le préciser peu après, ne peut qu'aboutir à « une Allemagne neutre ».

En RFA, tout le monde se réjouit. La presse ne tarit pas d'éloge à l'égard de Gorbatchev, et la campagne électorale redouble d'intensité à l'Est.

A Paris, François Mitterrand constate le lendemain, 31 janvier, devant le Conseil des ministres[2] que « l'URSS n'a plus les moyens psychologiques et politiques de s'opposer à quoi que ce soit ».

Comme il aime à le faire dans les grands moments, il s'interroge à haute voix et à huis clos sur la suite des événements. La réunification étant désormais acquise, il pose immédiatement la question du statut international et militaire de la nouvelle Allemagne. Pour lui, le concept de « neutralisation » a perdu la signification que pouvait lui donner la période révolue de la confrontation Est-Ouest. « Il n'est pas complètement exclu que Gorbatchev préfère, à terme, l'intégration de l'Allemagne dans l'OTAN à son autonomisation. »

1. Dans son journal *329 Tage*, *op. cit.*
2. Document d'archives.

Mais la France se garde bien de provoquer son interlocuteur soviétique en évoquant publiquement cette question. C'est toujours ce souci de ne pas mettre Gorbatchev en péril.

A l'inverse, le secrétaire général de l'OTAN, Manfred Wöerner, en liaison étroite avec Bonn et Washington, et avec l'accord de Londres, déclare publiquement le lendemain, 1er février, qu'une neutralité allemande est « inacceptable ». Cet ancien ministre ouest-allemand de la Défense fait valoir qu'il faut désormais « convaincre Moscou d'accepter une Allemagne unie restant membre de l'OTAN ». Helmut Kohl dit à peu près la même chose le lendemain, à Davos, où il vient de s'entretenir avec Hans Modrow, en marge du Forum économique mondial : « Neutraliser l'Allemagne, c'est ne rien comprendre à l'histoire et à la géographie. »

Raymond Barre [1], un habitué de ce prestigieux séminaire, conserve un souvenir « stupéfiant » de son séjour helvétique : « Modrow arrive à Davos, de retour de Moscou et nous dit : "Gorbatchev est d'accord pour engager les pourparlers de réunification à condition qu'il n'y ait pas d'adhésion à l'OTAN." L'Est-Allemand nous explique : "On fait ça, car sinon il ne restera plus que des vieillards et des enfants en RDA." Le soir même, Helmut Kohl nous rejoint et nous dit que la RFA ne peut plus supporter le flux d'Allemands de l'Est et que la seule solution c'est la réunification "au plus vite", une thèse qu'il doit aller défendre une semaine plus tard à Moscou. »

• Le premier « oui » de Moscou

Et, à 22 heures, le samedi 10 février 1990, un chancelier allemand radieux, escorté par son ministre des Affaires étrangères, s'installe à la tribune de la salle de conférences du ministère soviétique des Affaires étrangères pour déclarer à la presse mondiale : « Je n'ai ce soir qu'un seul message à transmettre à tous les Allemands : le secrétaire général Mikhaïl Gorbatchev et moi-même sommes d'accord pour estimer qu'il appartient au seul peuple allemand de décider s'il veut cohabiter au sein d'un seul et même État. »

« Aujourd'hui est un bon jour pour l'Allemagne et je suis

1. Entretien le 13 décembre 1995.

très ému », ajoute Helmut Kohl qui s'empresse de « remercier » Mikhaïl Gorbatchev pour « cette décision dont le résultat est historique ».

Selon Andreï Gratchev [1], « Gorbatchev s'est rendu compte que l'écroulement de la RDA ne permettait plus de ralentir les choses. Constatant qu'il se trouvait seul face au front consolidé de l'Occident, il s'est engagé dans une fuite en avant en privilégiant désormais ses relations avec l'Allemagne de Kohl, au détriment de l'Angleterre de Thatcher et de la France de Mitterrand. Bref, à partir du 10 février, il ne joue pratiquement plus que la carte allemande, sachant bien que les crédits en deutsche Mark sont derrière ».

Mais derrière le « *ja* » de « M. Da », pour reprendre la formule du directeur du *Monde*, André Fontaine, trois « *niet* » empêchent l'Allemand de savourer pleinement sa victoire :

– Gorbatchev [2] n'a pas donné son accord explicite à la formule diplomatique dite « 4 + 2 » selon laquelle les quatre vainqueurs de la guerre et les deux gouvernements allemands doivent négocier ensemble un règlement définitif de la question allemande.

– Le numéro un soviétique a également « rejeté catégoriquement l'appartenance de l'Allemagne unifiée à l'OTAN », bien que Kohl et Genscher aient évoqué la possibilité de ne pas étendre la zone OTAN au territoire de la RDA.

– Enfin, il s'est élevé contre la position exprimée par Kohl selon laquelle une décision unilatérale allemande, et non pas un traité international, suffirait pour affirmer la reconnaissance définitive des frontières germano-polonaises.

Les trois conditions

Comment organiser le règlement diplomatique complexe de la réunification allemande ? A mesure que se profilait l'indispensable feu vert soviétique, les diplomates occidentaux les plus chevronnés échafaudaient des solutions.

1. Entretien le 12 mars 1993.

2. Selon le compte rendu du sommet de Moscou fait par le conseiller de l'ambassade soviétique en France au conseiller diplomatique de l'Élysée.

• « 2 + 4 » : une formule magique

Une première formule consistait à réunir une sorte de congrès de Vienne du XXe siècle par le biais d'une conférence de la CSCE regroupant tous les États d'Europe plus le Canada et les États-Unis. Cet équipage à 35 présentait, outre sa lourdeur, l'inconvénient majeur de donner aux petits États d'Europe un droit de veto risquant de bloquer le processus.

Une deuxième proposition envisageait de confier aux quatre puissances garantes de 1945 le soin de régler la question. Soutenue d'emblée par l'URSS et convenant au Royaume-Uni et à la France, elle devait être rapidement écartée par les États-Unis qui y voyaient un anachronisme issu de la Seconde Guerre mondiale inacceptable pour la grande puissance démocratique qu'était devenue l'Allemagne fédérale.

Restait la solution interallemande laissant aux seules RFA et RDA la responsabilité du statut de l'Allemagne. Elle ne pouvait convenir aux Quatre qui se voyaient là brutalement dépossédés de toute influence.

C'est le secrétaire d'État américain James Baker qui trouva la formule magique « 2 + 4 » de nature à rallier les suffrages. Elle figurait dans un rapport que lui avait présenté à la fin du mois de janvier 1990 la cellule de prospective de son administration.

Le 29 janvier, il obtient l'accord du nouveau secrétaire britannique au Foreign Office Douglas Hurd qui se fait fort d'emporter l'adhésion de Margaret Thatcher. Quatre jours plus tard, toujours à Washington, l'Allemand Hans Dietrich Genscher l'approuve à son tour et promet d'y rallier Helmut Kohl. Enfin, James Baker en parle à Roland Dumas venu le rejoindre à l'aube du 6 février sur l'aéroport irlandais de Shannon où le Boeing du secrétaire d'État fait une escale technique en route pour Moscou. Le ministre français des Affaires étrangères suggère d'inverser la formule « 2 + 4 » en « 4 + 2 » et indique qu'il en référera au président François Mitterrand.

Le surlendemain à Moscou, Édouard Chevardnadze a la même réaction que son collègue français : pour marquer la prééminence – aussi éphémère soit-elle – des quatre puissances victorieuses de 1945, il marque sa préférence pour l'appellation « 4 + 2 ». Mais Mikhaïl Gorbatchev est plus réservé, il plaide encore pour la formule CSCE sans toutefois rejeter expressément la proposition à six [1].

Le même jour, à Paris [2], Roland Dumas suggère à François Mitterrand de demander aux Allemands de proposer eux-mêmes publiquement la formule à six, car la France ou les États-Unis ne veulent pas « provoquer l'indignation de l'opinion allemande » en s'en faisant les avocats.

Et le samedi 10 février à Moscou, Hans Dietrich Genscher, parlant après le chancelier Kohl devant la presse, présente officiellement pour la première fois cette proposition.

C'est le 13 février à Ottawa, en marge de la réunion sur le désarmement dite « Ciel ouvert [3] », qui réunit les ministres des Affaires étrangères de l'OTAN et du pacte de Varsovie, qu'est lancée la conférence « 2 + 4 » destinée à encadrer la marche vers l'unité allemande. Selon la déclaration finale, les chefs de la diplomatie des six pays se réuniront « pour discuter des aspects extérieurs de l'unité allemande, y compris les problèmes de sécurité des États voisins ». Cette dernière mention doit beaucoup à l'insistance de Roland Dumas, soucieux des craintes de la Pologne à propos de la frontière Oder-Neisse.

• L'Allemagne dans l'OTAN : un refus soviétique

S'il revient à James Baker d'avoir trouvé le compromis sur le cadre diplomatique de la réunification allemande, c'est à Hans Dietrich Genscher que l'on doit d'avoir convaincu les Occidentaux de proposer une formule permettant à l'URSS d'admettre que l'Allemagne unifiée appartienne à l'OTAN. Soucieux de satisfaire les Américains sans trop provoquer les Soviétiques, le chef de la diplomatie allemande avait convaincu James Baker, dès le début du mois de février 1990, de ne pas déployer le dispositif militaire de

1. Selon James Baker in *The Politics of Diplomacy*, *op. cit.*

2. Document d'archives.

3. Le projet « Ciel ouvert » consiste à permettre le survol des territoires de chacun des deux blocs par des avions de l'autre pour repérer les installations militaires ou les mouvements de troupes suspects.

l'OTAN sur le territoire de la RDA qui serait démilitarisée. Les 380 000 soldats soviétiques rentreraient progressivement en URSS grâce à une aide financière massive de Bonn permettant de les reloger.

Le 7 février 1990, Hubert Védrine dit, dans une note à François Mitterrand, que « ce schéma américano-ouest-allemand a toutes les chances de s'imposer au détriment du schéma soviétique d'une Allemagne totalement démilitarisée ».

Mais le président français est sceptique. Il déclare le 13 février au président turc Turgut Ozal que « l'URSS peut difficilement admettre que l'Allemagne de l'Est vienne grossir l'héritage de l'OTAN ». Il précise le même jour au président du Conseil italien Giulio Andreotti que « sans aller jusqu'à recourir à la force, les Soviétiques feraient des difficultés si l'Allemagne unifiée entrait dans l'OTAN et si la frontière Oder-Neisse était menacée ».

Selon Védrine [1], « la question de l'appartenance de l'Allemagne unifiée à l'OTAN ne préoccupait pas beaucoup Mitterrand. Il n'y fait pas obstacle mais pense que c'est un peu surréaliste dans la mesure où les alliances militaires perdent leur raison d'être. Mais il était sensible à l'inquiétude de Gorbatchev estimant qu'il ne fallait pas trop charger la barque là-dessus. La position soviétique d'une Allemagne hors alliance n'était pas tenable et Mitterrand s'est coulé dans le mouvement occidental ».

« La France s'est montrée solidaire des Occidentaux dans cette affaire », constate Andreï Gratchev [2]. Le conseiller diplomatique du Kremlin ajoute que, sur cette question, « Gorbatchev a eu le sentiment d'avoir été lâché par les puissances alliées qui ont renoncé à l'ordre établi de l'après-guerre et que l'évolution en Europe de l'Ouest sur la voie de l'intégration communautaire a détruit les engagements géostratégiques entre la Russie et ses alliées de 1945. Dans ce contexte, la France était devenue l'otage de ces évolutions, car Paris voulait maintenir à tout prix de bonnes relations avec l'Allemagne au nom de l'Europe ».

1. Entretien le 17 octobre 1992.
2. Entretien le 12 mars 1993.

• Les frontières : l'insaisissable chancelier

« La frontière Oder-Neisse n'est pas un problème. C'est une question de politique intérieure.

– C'est à vous de montrer que la frontière polonaise n'est pas mise en cause, même si c'est une souffrance pour beaucoup d'Allemands. »

Cet échange Kohl-Mitterrand, le 4 janvier à Latche, résume parfaitement le désaccord qui va empoisonner les relations entre Bonn et ses partenaires jusqu'au terme du processus de réunification.

A Varsovie, à Moscou, à Paris, à Londres, on ne doute pas des bonnes intentions de Kohl. On sait qu'il doit compter aux législatives de décembre 1990 avec l'appoint indispensable des suffrages influencés par les associations de réfugiés. Mais Kohl n'est pas éternel et la ligne Oder-Neisse est un enjeu qui dépasse la seule question germano-polonaise. En effet, si une démocratie aussi solide que la RFA ne peut accepter d'apposer sa signature au bas d'un acte international reconnaissant cette frontière, comment pourra-t-on exiger plus tard des autres pays d'Europe centrale et orientale qu'ils respectent leurs frontières héritées de la guerre, aussi injustes soient-elles ? On pense aux conflits de nationalités recouverts par le glacis du communisme qui risquent de resurgir dans la violence : la Transylvanie, la Moldavie, la Yougoslavie… Bref, derrière le bras de fer avec Kohl, se joue la stabilité de la nouvelle Europe.

Le chancelier proteste de sa bonne foi. Le 17 janvier à Paris, devant l'Institut français des relations internationales, il s'écrie : « Les Allemands, nul ne devrait en douter, n'ont pas l'intention de déclencher dans l'Europe de demain une discussion à propos des frontières qui compromettrait obligatoirement l'ordre de paix européen. » Mais il ajoute aussitôt que « la RFA ne peut pas agir au nom des deux Allemagnes ». Il rappelle que les Alliés se sont engagés par la convention de Bonn de 1952-1954 à ce que « la "fixation définitive des frontières de l'Allemagne" attende un règlement de paix pour l'ensemble de l'Allemagne, librement négocié ».

Et il conclut : « La discussion que d'aucuns mènent à ce sujet s'avère artificielle, voire superflue. »

Ce n'est pas l'avis de François Mitterrand, qui, ce jour-là, invoquant dans un message à Kohl d'autres « obligations » d'emploi du temps, s'est bien gardé d'assister à la prestation du chancelier, ni même d'y envoyer un représentant de l'Élysée. Trois jours plus tard, il explique à Margaret Thatcher qu'il ne voulait pas se sentir « engagé » par les propos du chef du gouvernement allemand.

CHAPITRE 5

Les grands marchandages

Encore les frontières et toujours l'Europe

• L'insistance française

Cinq jours après son voyage historique à Moscou, Helmut Kohl retrouve François Mitterrand pour un dîner à l'Élysée, qui porte le désaccord franco-allemand à son paroxysme. Le président remue le couteau dans la plaie sur la frontière polonaise, devant un chancelier stupéfait et profondément irrité.

Mitterrand pose le problème crûment : « La question la plus importante, c'est l'Oder-Neisse. Je comprends, sentimentalement, ce que doivent ressentir les Allemands. Mais politiquement c'est autre chose. »

Pour toute réponse, Kohl reprend son antienne : « L'Allemagne unifiée confirmera les frontières. » Mitterrand insiste : « Politiquement, il aurait été utile de le faire avant l'unification. »

Le visage du chancelier devient alors « très rouge », selon Élisabeth Guigou. « Il est ébahi par l'insistance de Mitterrand », se souvient Horst Teltschik. Et il s'emporte : « On a fait mousser cette question. Elle n'aurait pas dû exister comme ça. C'est une grosse blessure. Normalement, on traite les blessures avec un baume et pas avec de l'huile bouillante. Cela n'aide pas. »

Devant une telle sortie, qui le vise directement, Mitterrand, plus conciliant, fait miroiter une Europe apaisée « qui atténuerait la rigueur des frontières ».

Mais le chancelier est piqué au vif : « Il ne faut pas exiger un traité de paix en préalable à l'unification. »

« Je ne le fais pas, rétorque Mitterrand, mais vous dites que c'est le Parlement de l'Allemagne unifiée qui reconnaîtra les frontières. A mes yeux, ce ne serait là qu'un acte unilatéral » or « il faudra une décision internationale des pays intéressés. Il faudra un acte international ».

« Oui, d'accord », concède Helmut Kohl.

Il n'en fera rien.

Aux Polonais qui exigent dès le lendemain d'être associés aux futures négociations « 2 + 4 » sur la question des frontières, Bonn oppose un refus total.

Varsovie ne peut « donner de procuration pour une discussion portant sur sa sécurité », insiste le Premier ministre catholique Tadeusz Mazowiecki après, ironie de l'Histoire, s'être assuré de l'appui des communistes Modrow et Gorbatchev. Le même jour, Roland Dumas et Douglas Hurd déclarent à Londres qu'il faut trouver le moyen de faire participer la Pologne à ce débat. Hans Dietrich Genscher se montre encore plus pressant. Il déclenche les hostilités avec la chancellerie en déclarant le 23 février que l'aspiration polonaise est « légitime » et que « l'incertitude et l'absence d'engagement de Bonn sur les frontières font obstacle à l'unification de l'Allemagne ».

Mais les États-Unis ne veulent pas gêner le chancelier sur cette question délicate. Pour l'administration américaine, le souci premier est de conforter Kohl qui a pris un engagement vital à leurs yeux : ne pas céder sur l'appartenance de l'Allemagne à l'OTAN. Et le 24 février, à Camp David, Helmut Kohl convainc George Bush de lui laisser les mains libres. Washington se contente de rappeler que l'inviolabilité des frontières est reconnue depuis 1975 par l'acte final d'Helsinki.

Mitterrand décide alors de mener ouvertement bataille pour faire céder le chancelier.

Le jeudi 1er mars 1990, il envoie Roland Dumas devant le club de la presse de Berlin-Ouest dénoncer le « silence lourd d'ambiguïtés » de Kohl. « Qu'est-ce qui peut empêcher aujourd'hui les parlements des deux Allemagnes de dire leur résolution sur l'intangibilité de la frontière Oder-Neisse ? Il faut le dire sans attendre pour tuer l'inquiétude et les hantises qui sont les germes de l'instabilité », déclare le chef de la diplomatie française. Et il assure, devant Genscher, installé au premier rang et qui l'applaudit ostensiblement, que la France « veillera » à ce que la Pologne participe à la discussion.

Au même moment, Paris et Varsovie annoncent la venue en France, le 9 mars, du président, du Premier ministre et du ministre des Affaires étrangères polonais.

A la chancellerie, on n'apprécie pas du tout l'offensive française. « Nous ne sommes décidément guère aimés en retour, écrit ce jour-là Horst Teltschik dans son journal : on a beau aider la Pologne à réussir ses réformes économiques et politiques, dans les autres capitales on nous répond toujours lapidairement que l'on a d'autres intérêts. Ça m'énerve. »

Helmut Kohl réagit sans céder de terrain. Il convoque la presse en toute hâte après les déclarations de Dumas et envisage de faire adopter une résolution commune des parlements ouest et est-allemands sur Oder-Neisse, mais sans valeur juridiquement contraignante. Le lendemain, il annonce que la reconnaissance du caractère définitif de la frontière doit être liée à l'abandon par Varsovie de toute demande de réparation pour les dommages de la Seconde Guerre mondiale. Ce clin d'œil aux associations de réfugiés accentue l'isolement du chancelier. Le libéral Genscher est rejoint par des personnalités de la CDU de l'Ouest comme de l'Est pour dénoncer ce comportement digne d'« un éléphant dans un magasin de porcelaine ».

La coalition au pouvoir à Bonn est au bord de l'éclatement, la communauté internationale a perdu patience face aux manœuvres électorales du chancelier. Celui-ci se décide enfin à sonner la retraite.

Le 5 mars, il téléphone à Mitterrand[1] pour lui dire son « intention de changer de position ». Le 6 au matin, il réunit les responsables de la coalition pour mettre au point un projet de résolution du Bundestag sur Oder-Neisse dans laquelle il n'est plus question des « réparations » polonaises. Et à

1. Document d'archives.

15 h 30, il le transmet à Mitterrand en lui annonçant que le Parlement en débattra le 8. Il ajoute : « Cher François, je vous saurais gré de bien vouloir soutenir dans vos entretiens du 9 mars avec MM. Jaruzelski et Mazowiecki l'attitude exprimée dans cette résolution que je me suis personnellement employé à élaborer au prix de discussions serrées au sein de la coalition. »

La motion, adoptée le jeudi 8 mars par le Bundestag, reconnaît l'intangibilité de la frontière Oder-Neisse et demande que les parlements de l'Ouest et de l'Est votent après les élections du 18 mars en RDA une déclaration identique stipulant que « le peuple polonais doit savoir que son droit à vivre dans des frontières sûres ne sera pas remis en question par nous, Allemands, ni maintenant ni dans l'avenir par des revendications territoriales [1] ».

Mais la signature d'un traité de paix avec la Pologne est reportée au lendemain de la réunification, ce qui ne « satisfait pas totalement » Varsovie, qui compte sur Paris pour revenir à la charge.

• Les surenchères polonaises

« Le problème vital de la frontière Oder-Neisse doit être posé avec une clarté totale et débattu en priorité par la conférence "4 + 2" avec la participation de la Pologne », déclare d'emblée le président Wojciech Jaruzelski, le 9 mars dans le bureau de François Mitterrand [2].

« Nous ne pouvons en rester à la déclaration unilatérale du Bundestag exagérément imprécise », lui répond le président français. « Par rapport au phénomène d'unification, il n'y a guère de moyens de peser de l'extérieur, sauf sur un point : l'intangibilité des frontières. Les Allemands n'ont pas envie aujourd'hui d'être à nouveau les éléments perturbateurs de l'Europe, c'est cela qu'il faut exploiter », ajoute-t-il.

Au cours du déjeuner, puis au café, le Premier ministre Tadeusz Mazowiecki et le ministre des Affaires étrangères Krzysztof Skubiszewski s'emploient à convaincre Mitterrand

1. Ce vote interviendra le 21 juin 1990.
2. Document d'archives.

et Dumas d'imposer la présence de la Pologne à la table des Six. Les Polonais sortent une brochure de propagande de la CDU-Est représentant une carte de l'Allemagne en une seule couleur englobant les anciennes provinces allemandes du Reich devenues polonaises. Mitterrand est impressionné. Mais il émet des doutes sur la réaction des États-Unis : « Leur appui est probable, mais pas certain. »

Devant la presse, il fait cependant droit aux revendications polonaises : « Il faut qu'un acte juridique soit négocié le plus tôt possible avant l'unification allemande. Il appartient aux Allemands et aux Polonais de débattre de la question des frontières et aux Quatre de donner leur opinion et d'apporter des garanties à cet acte international. »

Cette mise en demeure suscite « colère et étonnement » chez le chancelier, raconte Horst Teltschik qui, le lendemain samedi 10 mars, lui rend compte en détail des entretiens franco-polonais de Paris. Teltschik note que la presse allemande a raison de parler d'« irritation croissante franco-allemande », pour ajouter aussitôt que Kohl s'en console aisément en mesurant chaque jour, à une semaine des élections législatives est-allemandes, que sa popularité lui promet un succès éclatant.

Le 14 mars à midi, c'est au tour de Mitterrand d'informer Kohl par téléphone sur ses entretiens avec les dirigeants polonais[1]. Le ton est glacial : « Je veux que les Polonais soient associés. La seule chose qui presse vraiment, c'est la frontière. » Le chancelier accepte, demandant toutefois que ces « négociations ne se tiennent pas à Varsovie ». Puis il reproche amèrement à son interlocuteur « le discours de Roland Dumas à Berlin : pourquoi met-on en doute la décision du Parlement allemand ? ». Kohl souligne l'urgence des problèmes qu'il doit résoudre en RDA et reproche à Paris de « vivre sur une autre étoile ».

Autre sujet d'irritation de la part du chancelier : l'audience que doit accorder Mitterrand dans l'après-midi à son adversaire social-démocrate Oskar Lafontaine, venu officiellement en France pour assister au congrès du Parti socialiste qui s'ouvre à Rennes le lendemain. « Mon opposition veut sortir

1. Document d'archives.

de l'OTAN quoi que pourra vous dire Lafontaine », lance-t-il. La conversation s'achève sur la réponse d'un Mitterrand, pincé : « Mon entretien avec Oskar Lafontaine est protocolaire. »

Il ne dure en effet que trente-cinq minutes, mais il est dense. Chacun rappelle ses positions et, avant de prendre congé, Lafontaine ne cache pas qu'il s'attend à une victoire de la CDU dans quatre jours en RDA.

Au même moment, à Bonn, les experts des ministères des Affaires étrangères des « 2 + 4 » tombent d'accord pour inviter la Pologne à leurs consultations dès qu'il s'agira des frontières.

François Mitterrand [1] : « Cette affaire des frontières a embrouillé les choses, mais ce n'était au fond qu'une crise nerveuse sans importance. Il fallait pousser Kohl à céder, même s'il était pénible pour les Allemands de fixer cette frontière toujours mouvante dans leur histoire. C'était en réalité une façon de l'aider face à la surenchère des "pieds-noirs" des anciens territoires. Cette affaire des frontières a été le seul différend qui ait mis à l'épreuve l'amitié franco-allemande au cours de ces semaines. »

Helmut Kohl [2] : « Ça a été une période très difficile, la plus délicate de ma carrière politique, car j'étais vraiment isolé à ce moment-là. Je n'ai jamais douté de la nécessité de reconnaître la frontière Oder-Neisse, mais je voulais à tout prix éviter une faible majorité au Bundestag là-dessus. Si j'avais immédiatement accédé aux demandes qui venaient de ma propre coalition et de nos partenaires européens, certains auraient pu m'accuser de reconnaître la ligne Oder-Neisse avant le traité de paix promis depuis quarante-cinq ans à l'ensemble des Allemands. »

Le dimanche 18 mars, les électeurs est-allemands plébiscitent massivement une réunification rapide en portant au pouvoir la CDU-Est de Lothar de Maizière, contrairement à la plupart des prévisions. C'est un triomphe pour Helmut

1. Entretien le 21 janvier 1994.
2. Entretien le 3 avril 1994.

Kohl qui voit balayées les réserves de ses adversaires sociaux-démocrates devant l'accélération des retrouvailles interallemandes. Il peut désormais envisager de parvenir à l'unité allemande avant même les élections générales de décembre qui deviendraient alors panallemandes et pourraient le consacrer comme le « chancelier de la réunification ».

François Mitterrand a beau lancer le lundi 19 mars une « bonne chance à l'Allemagne », à l'unisson de ses partenaires occidentaux, un sentiment de malaise affleure en France face à l'émergence désormais acquise de la Grande Allemagne.

Le ton des commentaires change brusquement. La neutralité observée jusqu'ici par la plupart des journaux cède le pas à une critique rétrospective de la diplomatie française.

Si l'on sait gré à Mitterrand de s'être prononcé le premier à l'Ouest en faveur de la réunification allemande et d'avoir tenu bon face à « l'inadmissible ambiguïté » de Kohl sur les frontières, on lui en veut désormais d'avoir moins bien anticipé que le chancelier le cours des événements.

Dans *Le Monde* du 27 mars, Jacques Amalric reproche au chef de l'État son voyage à Kiev « au cours duquel M. Gorbatchev fit cautionner par M. Mitterrand ce qu'il préférait ne pas dire seul ». Il critique « la dérisoire course vers la RDA où le président de la République voulait être vu avant le chancelier Kohl » et « le tapis rouge déroulé pour Oskar Lafontaine », le 14 mars à Paris.

Le même jour, Claude Imbert affirme dans *Le Point* que « Mitterrand a paru incapable de comprendre ce séisme historique dans sa fatalité, son rythme et sa dimension. Il a d'abord donné l'impression de renâcler en sous-main contre un processus qu'il déclarait pourtant naturel et inoffensif. Son voyage à Kiev aura fait croire qu'il allait y porter son petit bois pour un contre-feu improvisé ». Cet éditorialiste parle la semaine suivante de « dérapage diplomatique sur quoi daubent toutes les chancelleries d'Europe et qui procédait de deux erreurs majeures de diagnostic : celle d'abord de nier l'éventualité de réunification tant on escomptait que Moscou l'interdirait ; celle ensuite de croire que la défaite des amis de Kohl aux élections de RDA ruinerait le crédit du chancelier avant ses propres élections de décembre ».

Ces critiques, on l'a démontré, sont outrancières : Mitterrand a vu assez vite que Gorbatchev ne pourrait pas, quoi qu'il dise, empêcher les Allemands de s'unir. Quant à l'idée qu'il ait pu miser sur une victoire du SPD en RDA, elle ne tient pas : Lafontaine lui-même lui a dit quatre jours avant le scrutin que la partie était perdue pour sa formation. On peut en revanche avancer que le président français aurait sans doute préféré un processus de réunification plus lent, comme le préconisaient les sociaux-démocrates allemands.

• La relance communautaire

« Devant la réunification allemande, nous ne sommes que des spectateurs : elle se fait à la vitesse d'un train roulant à cent à l'heure, alors que la construction de notre Communauté progresse au rythme d'un train de banlieue. Il faut donc qu'on accélère sur l'Europe. »

En tenant ces propos, le 13 février 1990, devant l'Italien Giulio Andreotti, François Mitterrand cherche à tirer parti de l'événement perturbateur que provoque la brusque montée en puissance économique et démographique de l'Allemagne unifiée. Tous les partenaires de Bonn sont légitimement inquiets de ce soudain déséquilibre au sein de la Communauté. Le moment est donc propice pour renforcer sa cohésion afin d'y arrimer davantage la Grande Allemagne.

Helmut Kohl est entièrement d'accord. Il a toujours dit qu'à ses yeux, l'unification allemande et celle de l'Europe « étaient les deux faces d'une même médaille ». Il s'agit pour lui non seulement de rassurer ses partenaires, mais d'éviter pour l'avenir que son pays « succombe à ses mauvais démons ».

Les éléments d'une relance communautaire, une nouvelle fois impulsée par le « couple » franco-allemand, semblent donc réunis. Mais Kohl et Mitterrand n'ont pas les mêmes priorités.

Le Français voudrait brûler les étapes sur la route de l'union économique et monétaire. Il veut arracher à Helmut Kohl ce qu'il n'a pu obtenir au mois de décembre 1989 à

Strasbourg : le lancement de la conférence intergouvernementale sur la monnaie dès l'été 1990. Le chancelier s'y refuse. Il répète le 15 février à Mitterrand qu'il n'est pas question de revenir sur le calendrier adopté à Strasbourg : la CIG sur l'union monétaire ne sera lancée qu'après les élections allemandes de décembre. Paris revient à la charge au cours du printemps, mais, sur ce point, Bonn se montre intraitable.

L'Allemand insiste en revanche sur la nécessité de donner une impulsion décisive à l'union politique des Douze. Il veut mettre en route une réforme institutionnelle majeure de la Communauté devant aboutir à l'Europe fédérale qu'il appelle de ses vœux. Concrètement, il s'agit de réviser le traité de Rome de 1957 en donnant de nouvelles compétences aux institutions européennes, à commencer par la Commission de Bruxelles et le parlement de Strasbourg. Ce projet, qui correspond à la culture fédéraliste de l'Allemagne, est beaucoup plus porteur pour le chancelier que celui de l'abandon programmé du deutsche Mark.

Lors du Conseil européen de Strasbourg au mois de décembre 1989, Kohl avait été obligé de le ranger dans sa serviette, devant le refus de Mitterrand. Dès janvier, il est relayé par Jacques Delors qui annonce, devant le Parlement des Douze puis à la télévision française, son ambition de mettre en place « une fédération » européenne avant la fin du siècle. En étroite coordination avec la chancellerie, il suggère de réunir parallèlement à celle sur la monnaie une seconde conférence intergouvernementale sur l'union politique.

A Paris, on trouve que Delors excède ses pouvoirs et montre trop d'empressement à épouser les thèses allemandes. En petit comité, Mitterrand raille son ancien ministre des Finances et n'est pas mécontent des flèches que lui décoche le ministre de la Défense Jean-Pierre Chevènement, toujours sourcilleux dès qu'il s'agit de renforcer les pouvoirs de la Commission au détriment de la souveraineté nationale. L'Élysée fait donc officiellement la sourde oreille aux offres allemandes de relance politique de l'Europe, même si des travaux exploratoires ont lieu dans la coulisse entre Élisabeth Guigou et son interlocuteur allemand Joachim Bitterlich.

Le chef de l'État se méfie d'une union politique qui commencerait par un renforcement des organes supranationaux. Héritier d'un État millénaire, unitaire et centralisé, il sait que le simple mot de « fédéralisme » appliqué à l'Europe peut retourner l'opinion française contre ce grand projet. Pour lui, comme l'explique Élisabeth Guigou[1], « les institutions de Bruxelles ont tendance à rechercher le pouvoir pour le pouvoir alors qu'il faut commencer par se demander ce que les Douze peuvent faire ensemble, par exemple une politique extérieure et de sécurité commune ».

Mais l'affaire de l'union politique est désormais lancée. Les députés européens soutiennent tout naturellement la démarche Kohl-Delors qui reçoit également l'appui de l'Italie et de l'Irlande. De même, la Belgique apporte sa pierre avec un mémorandum du ministre des Affaires étrangères Mark Eyskens qui fait des propositions en matière de diplomatie et de défense communes.

Le 16 février 1990, à la demande publique de Delors et discrète de Kohl, le Premier ministre irlandais Charles Haughey, président en exercice des Douze, convoque un Conseil européen extraordinaire à Dublin, qui, au lendemain des élections en RDA, tirera les conséquences de la réunification pour la Communauté.

Mitterrand estime qu'un sommet des Douze qui se bornerait à organiser concrètement l'intégration de 17 millions d'Est-Allemands dans la CEE ne donnerait pas suffisamment l'impression que la construction européenne accélère au même rythme que l'unité allemande. Il sait que, sur l'union monétaire, les choses ne bougeront pas jusqu'aux élections allemandes de la fin de l'année. Aussi se rallie-t-il à la proposition Kohl-Delors d'avancer sur le terrain politique. Il décide alors d'engager la négociation réclamée par Bonn pour voir s'il est possible de prendre une initiative franco-allemande capable d'entraîner les Douze sans verser dans les excès fédéralistes qui agitent alors les esprits. Au moment où l'OTAN perd chaque jour davantage sa raison d'être, en dépit des pressions américaines pour la revivifier[2], se dit-il, pourquoi ne pas envisager dès maintenant de donner un

1. Entretien le 14 décembre 1993.
2. Voir *infra*.

contenu concret à l'union politique des Douze en proposant de réfléchir à une défense et à une sécurité communes ?

Les tractations entre l'Élysée et la chancellerie sont laborieuses. Mitterrand les juge suffisamment avancées pour annoncer le 25 mars à la télévision qu'une initiative franco-allemande sur l'Europe politique sera prise dans les prochains jours, en vue du sommet de Dublin, dont la date a été fixée au 28 avril.

Le 28 mars, Kohl va plus loin en proposant qu'à Dublin, les Douze décident d'une conférence intergouvernementale sur l'union politique.

Et le 18 avril, Bonn et Paris rendent publique une lettre conjointe appelant leurs partenaires à lancer cette conférence en même temps que celle sur l'union monétaire, avec pour objectif de transformer la Communauté en une « Union européenne ». Le mot est lâché et les divergences franco-allemandes sur le contenu de cette Union sont masquées par des termes délibérément flous. A propos des pouvoirs du Parlement européen, il n'est question que de « renforcer la légitimité démocratique de l'Union ». Quant à ceux de la Commission, ils disparaissent derrière la formule « rendre plus efficaces les institutions ».

Dix jours plus tard, dans la capitale irlandaise, les Douze décident de reporter au Conseil européen ordinaire du mois de juin la décision sur la tenue d'une CIG sur l'union politique mais un calendrier est adopté : la CEE devra s'être transformée en Union européenne avant le 31 décembre 1992 [1].

Le sommet extraordinaire de Dublin approuve par ailleurs les propositions de Jacques Delors sur le mécanisme d'intégration de la RDA dans la Communauté, c'est-à-dire dans l'économie de marché. Puisque l'unité allemande est acquise, il n'est plus question d'y faire adhérer la RDA en tant qu'État. Dans un souci de rapidité, la Commission travaillera en prise directe avec Bonn pour adapter toutes les règles communautaires à la nouvelle situation. Pascal Lamy [2], alors directeur

1. Ce sera tout l'effort du Conseil européen de Maastricht au mois de décembre 1991. Voir XVIIe partie : « L'Europe en souffrances ».

2. Entretien le 27 octobre 1995.

du cabinet de Delors, raconte : « En réalité, nous étions déjà prêts. Chaque texte, chaque directive, chaque protocole annexe contenait toujours à la demande des Allemands depuis la création du Marché commun une “clause RDA”. Pour Delors, la réunification allemande a été une fantastique occasion de montrer que la Communauté était un cadre utile qui faciliterait la tâche des Allemands. Les liens entre Delors et Kohl se sont noués à ce moment-là », d'autant que le Français avait tenu à choisir comme directeur adjoint de son cabinet un chrétien-démocrate allemand, Gunter Burghardt.

Dans son souci de réussir au mieux l'intégration des Allemands de l'Est dans l'Allemagne et dans l'Europe, le président de la Commission propose à Helmut Kohl à la veille de Dublin d'inscrire à l'ordre du jour du sommet un programme d'aide communautaire des Onze à l'intégration économique interallemande. Jacques Delors [1] raconte : « Kohl m'écoute attentivement. Il réfléchit un moment. Puis il me répond : “Non. Mes partenaires redoutent déjà notre puissance nouvelle et leur demander une aide économique rendrait l'unification de l'Allemagne encore plus impopulaire.” »

Le dernier obstacle

Le plébiscite est-allemand du 18 mars 1990 en faveur d'une réunification à marche forcée pose immédiatement la question du dernier obstacle à un règlement définitif de la question allemande : son statut par rapport aux alliances militaires. La RFA appartient au commandement intégré de l'OTAN avec la présence de quelque 300 000 soldats américains, britanniques et français sur son sol. Sur la rive droite de l'Elbe, la RDA demeure la tête de pont du pacte de Varsovie avec près de 400 000 hommes de l'Armée rouge. Même si la guerre froide est terminée, les armes nucléaires des deux blocs se font toujours face en Allemagne.

Les Occidentaux estiment que l'Union soviétique finira bien par accepter que l'Allemagne unie reste dans l'OTAN. Le vent de l'Histoire souffle en effet dans ce sens : le pacte

1. Entretien le 20 décembre 1995.

de Varsovie se disloque à mesure que ses membres rompent avec le communisme ; la « maison mère » soviétique elle-même se désagrège avec la poussée indépendantiste de ses Républiques, le désarroi idéologique de l'appareil d'État et, surtout, l'aggravation inexorable de la paralysie économique.

Mais pour le Kremlin, accepter le basculement de l'ensemble allemand dans le bloc militaire occidental, c'est reconnaître l'échec de la diplomatie soviétique depuis la guerre. C'est dire à 250 millions de Soviétiques, qui cultivent la mémoire de leurs morts héroïques, que l'ennemi allemand a pris sa revanche. Bref, c'est une humiliation pour le pouvoir, pour l'armée, le Parti et le peuple.

Le lundi 19 mars 1990, au lendemain du scrutin est-allemand, Moscou affirme donc clairement que « l'URSS n'accepte pas que l'Allemagne unie entre dans l'OTAN ».

Le lundi 16 juillet 1990, à Moscou, Mikhaïl Gorbatchev donne à Helmut Kohl son accord définitif pour que l'Allemagne unie fasse partie de l'alliance militaire occidentale.

Ce retournement spectaculaire est le résultat de dix-sept semaines d'un extraordinaire ballet diplomatique plein de rebondissements entre Bonn, Washington et Moscou.

Les temps forts de ce grand marchandage méritent d'être relatés, en passant au crible la façon dont Paris a vécu, accompagné et anticipé cette phase ultime de la réunification allemande et ce bouleversement de l'équilibre européen.

• Le jeu de l'Amérique

A partir du mois de mars 1990, les notes [1] qui affluent sur le bureau de François Mitterrand, émanant essentiellement de son conseiller stratégique Hubert Védrine et de son chef d'état-major particulier, le vice-amiral Jacques Lanxade, décrivent un scénario prémonitoire. « Il est probable que les Soviétiques finiront par accepter que l'Allemagne unie, en fait la RFA élargie, reste dans l'OTAN, sans que le dispositif militaire intégré soit déployé au-delà de l'Elbe », selon le

1. Documents d'archives.

compromis formulé au début du mois de mars par Hans Dietrich Genscher. « Américains et Allemands se mettront probablement d'accord pour autoriser les Soviétiques à conserver pendant quelques années des bases sur le territoire de l'actuelle RDA, le temps d'organiser leur rapatriement massif et coûteux », écrit Védrine le 23 mars. « Moscou va faire monter les enchères en conditionnant son accord à un plafonnement des effectifs de la Bundeswehr et à un processus de retrait des armes nucléaires et de réduction des troupes américaines, qui viderait les alliances de tout contenu militaire », précise Lanxade le même jour.

Les mêmes considèrent quelques jours plus tard que « l'URSS finira sans doute par penser que mieux vaut pour elle que l'Allemagne unie soit encadrée par l'Alliance », notamment par la présence d'armes nucléaires américaines sur son sol, plutôt que de risquer de voir les Allemands combler eux-mêmes ce « vide stratégique » en se dotant de leur propre arsenal atomique.

C'est exactement ce qu'a fait valoir quelques jours plus tôt Jim Baker[1] à Édouard Chevardnadze, à Windhoek, en marge des cérémonies d'indépendance de la Namibie. « Si nous retirons nos troupes d'Allemagne de l'Est, nous ne voyons pas d'inconvénient à ce que vous mainteniez les vôtres à l'Ouest. Mais que se passerait-il si vous deviez aussi les retirer un jour ? » s'interroge le chef de la diplomatie soviétique. Et l'Américain de lui répondre : « Nous ne pouvons rester en Allemagne que dans le cadre de l'OTAN. »

Pourquoi le maintien de l'Allemagne dans le dispositif militaire de l'Alliance atlantique est-il si important aux yeux de l'administration américaine alors même que la menace d'un conflit Est-Ouest s'estompe ? Une note confidentielle du ministère français de la Défense, datée du 29 mars, fournit la réponse : « Pour Washington, l'Alliance et l'OTAN sont les meilleurs moyens d'assurer la sécurité de l'Occident et les vecteurs privilégiés de son influence en Europe. Or, l'Allemagne, en raison de sa puissance économique et militaire et de sa situation géographique, est le pivot de

1. In *The Politics of Diplomacy*, *op. cit.*, p. 238.

l'Alliance. Si elle en sort, c'en est fini de la structure militaire intégrée de l'OTAN. »

Les « atlantistes » redoutent que si Moscou persiste trop longtemps dans son refus, l'opinion allemande pousse ses dirigeants à préférer l'unification au maintien dans l'OTAN. D'autant que le Parti social-démocrate, alors favori pour les élections générales du mois de décembre, plaide pour une sécurité purement européenne et un dépérissement des alliances militaires.

Pour sauver l'OTAN face au danger neutraliste allemand et pour la rendre moins menaçante à l'égard des Soviétiques, les États-Unis décident, outre une réduction négociable des effectifs américains en Europe, de lui faire subir un « lifting », sur la base de la « doctrine Baker » de décembre 1989 : la « nouvelle Alliance » devrait avoir un rôle plus « politique » axé sur le désarmement, les relations avec les nouvelles démocraties d'Europe de l'Est, la sécurité en dehors de la zone euro-atlantique et le dialogue États-Unis-CEE.

Paris voit, comme toujours dans ce type de démarche, une volonté de « reprise en main » par Washington pour maintenir son *leadership* en Europe.

On observe alors une sourde irritation américaine à l'égard de la France de François Mitterrand qu'on aimerait bien, au Département d'État et au Pentagone, voir « rentrer dans le rang », à l'instar d'Helmut Kohl, Margaret Thatcher et Giulio Andreotti, au moment où se joue une partie difficile avec Moscou.

Le 4 avril 1990, au moment où est décidée une rencontre Bush-Mitterrand pour le 19, dans l'île de Key Largo en Floride, Hubert Védrine énumère les raisons de l'« agacement croissant » des Américains :

– « Nous n'avons exprimé qu'une réserve polie » aux propositions du plan Baker de nouvelle Alliance atlantique au mois de décembre.

– « Nous avons amené les Douze à soutenir la proposition Gorbatchev de réunir à la fin de l'année un sommet de la CSCE pour acter le désarmement et la nouvelle carte de l'Europe, alors que les Américains y étaient hostiles et ont dû finalement s'y rallier. »

– Quant au projet de « Confédération européenne », ils en ont « surtout retenu qu'ils en seraient exclus ».

– Enfin, « ils voient sans plaisir la BERD [1] s'imposer irrésistiblement, symbolisant la prise en main par l'Europe de ses propres affaires dans un domaine clé ».

Cinq jours plus tard, de retour de Washington, l'amiral Lanxade alerte le président sur « une très forte crispation » de la diplomatie américaine qui reproche à la France son « opposition trop systématique à toutes ses initiatives en faveur de l'Alliance ».

Au moment où des voix s'élèvent de nouveau au Congrès en faveur d'un désengagement américain en Europe [2], la Maison-Blanche s'inquiète du *forcing* de Mitterrand auprès de Kohl pour introduire l'idée d'une défense européenne commune dans le projet d'union politique que Bonn et Paris s'apprêtent à relancer auprès des Douze.

Ce souci est perceptible dans la lettre [3] que George Bush adresse à François Mitterrand, le 17 avril, deux jours avant leur rencontre en Floride : « Le message le plus important que je souhaite vous transmettre est que je suis convaincu que les États-Unis doivent rester profondément engagés en Europe et au sein de l'Alliance atlantique (...) J'espère que vous considérez comme moi que celle-ci est un élément essentiel pour l'avenir de l'Europe » et « je ne crois pas qu'un renforcement quelconque de l'OTAN nuise à la Communauté européenne ». Et, pour placer son allié français devant ses responsabilités historiques, il ajoute : « L'OTAN est, dans mon pays, la seule justification plausible de la présence militaire américaine en Europe. »

On imagine la réaction américaine, quand, pour toute réponse, Mitterrand et Kohl rendent publique la fameuse lettre dans laquelle ils inscrivent la défense au chapitre des politiques communes que les Européens doivent mettre en œuvre.

1. « Banque européenne pour la reconstruction et le développement », destinée à financer le développement économique de l'Europe de l'Est : projet lancé par François Mitterrand au mois d'octobre 1989, sur une idée de Jacques Attali, officiellement adopté le 9 avril 1990.

2. Selon un sondage, deux Américains sur trois souhaitent un rapatriement massif des GI basés en Allemagne.

3. Document d'archives.

Mais le président français n'a pas pour autant l'intention d'ouvrir une crise transatlantique sur cette question. Aussi importante soit-elle à ses yeux d'Européen, il serait irresponsable d'isoler la France au moment où l'Alliance se mobilise pour arracher le consentement soviétique sur le maintien de l'Allemagne unie dans l'OTAN.

Et, le 19 avril à Key Largo, en trois phrases [1], il s'emploie d'emblée à rassurer son hôte qui le reçoit dans l'une des villas de rêve de cette île paradisiaque pour multimillionnaires : « La présence militaire américaine en Europe reste indispensable. L'OTAN a une compétence normale sur tous les problèmes de sécurité européenne. L'Allemagne unie doit rester dans l'OTAN et les Soviétiques sont prêts à le comprendre. »

George Bush laisse à son secrétaire d'État le soin d'exprimer les doléances américaines. « Quand les Douze prennent entre eux des décisions qui affectent la sécurité, sans nous consulter, il y a un problème, car la sécurité, cela relève de l'OTAN », lance James Baker.

Bush renchérit : « Le soutien du public américain à notre présence en Europe s'effondrerait si les États-Unis n'apparaissaient pas impliqués dans les affaires européennes. Il convient donc d'étendre à cet égard le rôle de l'OTAN, de lui donner un rôle politique accru. Il lui faut changer de vitesse car nous ne savons plus qui est l'ennemi. »

« C'est très embêtant de ne plus avoir d'ennemi », compatit Mitterrand, qui exprime alors nettement ses réserves : « Le pacte atlantique a un champ d'application géographique. Tenons-nous en là. S'il s'agit par exemple de vérifier le désarmement en Europe, la réponse est "oui". Si, en revanche, on veut s'occuper de la sécurité du Japon, la réponse est "non". » Puis il rappelle que la France ne rejoindra pas le commandement intégré de l'OTAN et réitère son désaccord avec la stratégie de riposte graduée de l'Alliance.

Ce jour-là, l'accord franco-américain trouve toutefois le moyen de se manifester : Bush et Mitterrand décident d'aider Gorbatchev à surmonter la crise balte provoquée par la décla-

1. Document d'archives : notes de Loïc Hennekinne et de l'ambassadeur de France à Washington, Jacques Andreani.

ration unilatérale d'indépendance de la Lituanie, le 14 mars. Loin de riposter au blocus imposé par Moscou, ils décident de faire pression sur le président Vytautas Landsbergis pour qu'il fasse marche arrière, qu'il comprenne que la crise qu'il vient d'ouvrir avec Moscou risque de déstabiliser Gorbatchev et donc de faire capoter les tractations Est-Ouest sur l'Allemagne. « N'exigeons pas de Gorbatchev ce que nous n'exigerons pas du dictateur qui lui succédera », observe Mitterrand. Londres pousse dans le même sens et Bonn se joint à cette démarche en cosignant, la semaine suivante, avec Paris une lettre au président Landsbergis lui demandant de suspendre provisoirement les effets de la déclaration d'indépendance. Ce dernier obtempère immédiatement. La crise est provisoirement évitée [1].

• L'hésitation des Soviétiques

Le 26 avril à Paris, où il reçoit Helmut Kohl, François Mitterrand assure que les « dissentiments » franco-américains sont maintenant « dissipés ». Les Américains « ont parfaitement le droit de participer au nouvel équilibre européen », même s'ils demeurent « méfiants sur la question de leur présence sur notre continent ».

La tension franco-allemande des derniers mois est, elle aussi, retombée. Le chancelier lève pour le président un coin du voile des contacts germano-soviétiques : il n'y est pas question de négocier l'appartenance de l'Allemagne à l'OTAN, et Bonn accepte que les troupes soviétiques restent encore trois ou quatre ans sur le territoire de la RDA.

A son retour à la chancellerie, Kohl trouve un message de la Maison-Blanche : Bush lui rend compte en détail de ses conversations de Key Largo avec François Mitterrand et de celles, une semaine plus tôt aux Bermudes avec Margaret Thatcher. Les Allemands se réjouissent : « Il est clair qu'il

1. Après des mois de tensions et d'affrontements, à Vilnius, la Russie de Boris Eltsine reconnaîtra l'indépendance de la Lituanie le 29 juillet 1991. Celles des deux autres Républiques baltes annexées par Staline seront reconnues un mois plus tard, au moment du putsch contre Mikhaïl Gorbatchev. Voir XVIe partie : « Les faux pas ».

n'y aura aucune limite à notre souveraineté », note Horst Teltschik dans son journal.

Le 4 mai, à la veille de la première réunion des ministres des Affaires étrangères du « 2 + 4 » à Bonn, le Premier ministre britannique reçoit François Mitterrand à Waddesdon Manor, dans la campagne anglaise. Margaret Thatcher continue de se montrer inquiète de la puissance de l'Allemagne. Elle partage l'inquiétude de Gorbatchev : « Je ne vois pas comment avec ses 25 millions de morts de la guerre, il peut accepter la réunification sans un traité de paix avec l'Allemagne. » Mitterrand se montre moins préoccupé : « Les Allemands sont naturellement portés vers l'Est. Hitler écrivait dans *Mein Kampf* : "Il n'y a pas de vide de force pour nous à l'ouest, mais il y en a à l'est." Mais aujourd'hui les Allemands sont démocrates ; il y a beaucoup plus de garanties ; l'expérience de la guerre a été terrible pour eux et on ne peut pas faire grand-chose face à l'inquiétude des Polonais et des Russes : c'est dans leurs gènes [1]. »

Le lendemain pourtant, les certitudes occidentales vacillent quand Édouard Chevardnadze oppose une brutale fin de non-recevoir à Hans Dietrich Genscher qui ouvre à Berlin la première réunion du « 2 + 4 » en plaidant pour « l'appartenance de l'Allemagne unie à l'Alliance atlantique ». « Une telle perspective porterait gravement atteinte aux intérêts de la sécurité de l'URSS et lui créerait une situation militaro-stratégique dangereuse. Je voudrais que l'on comprenne que là-dessus, nous ne jouons pas et nous ne bluffons pas », martèle-t-il.

« L'Allemagne dans l'OTAN n'est pas pour demain », constate un James Baker amer en regagnant Washington. Dix jours plus tard, il revient à la charge, cette fois à Moscou où il se heurte de nouveau à un double « niet » de Gorbatchev et de Chevardnadze. Le diplomate américain a pourtant résumé à l'intention des Soviétiques les « neuf assurances [2] »

1. Document d'archives.

2. Ces neuf assurances, qui ne seront rendues publiques qu'un mois plus tard, sont : les effectifs de la Bundeswehr seront plafonnés ; les négociations sur les armes nucléaires tactiques s'ouvriront prochainement (le 3 mai, George Bush avait déjà annoncé que l'OTAN renonçait à moderniser ses

pour leur sécurité, qui constituent à ses yeux le point limite des concessions occidentales.

George Bush fait part de ce blocage à François Mitterrand dans une lettre du 23 mai : « Devant Jim Baker, Gorbatchev a rejeté catégoriquement l'appartenance de l'Allemagne à l'OTAN. Les Soviétiques essaient d'utiliser le processus "2 + 4" pour imposer des restrictions à la souveraineté de l'Allemagne unie. » Le président américain demande à son homologue français de lui rendre compte des entretiens qu'il doit avoir à Moscou le surlendemain.

A Paris, on explique l'attitude de Gorbatchev par ses difficultés de politique intérieure qui l'obligent à s'appuyer sur les conservateurs. On estime qu'en bloquant toute solution diplomatique, le Kremlin « joue la montre » en espérant qu'à l'approche des élections parlementaires en Allemagne, le SPD et même la CDU finiront par céder sur l'OTAN. Dans ce moment crucial, souligne Hubert Védrine à François Mitterrand, « les États-Unis sont très attentifs au comportement de leurs alliés dont ils attendent un soutien sans faille au chancelier Kohl afin de l'aider à résister à la pression soviétique et à empêcher l'opinion allemande de basculer ».

Dès son retour de Moscou, François Mitterrand écrit à George Bush pour lui dire ce qu'il a retenu de ses entretiens du Kremlin [1] : « L'hostilité de Mikhaïl Gorbatchev à la présence de l'Allemagne unifiée dans l'OTAN ne me paraît être ni feinte ni tactique. Il est sur ce sujet ferme et déterminé. J'ai fait valoir qu'il n'était pas raisonnable de songer à une solution autre que celle de la participation de l'Allemagne unie à l'Alliance atlantique et j'ai indiqué que, du côté occidental, on ne se refuserait certainement pas à mettre au net

---

missiles à courte portée en Europe) ; l'Allemagne unie ne pourra disposer d'armes nucléaires, chimiques ou bactériologiques ; l'OTAN n'avancera pas dans l'immédiat au-delà de l'Elbe ; les forces soviétiques pourront rester sur le territoire est-allemand pendant une période transitoire ; la stratégie de l'OTAN sera révisée compte tenu de la diminution de la menace ; un accord sera trouvé sur la frontière Oder-Neisse ; la CSCE sera institutionnalisée ; l'Allemagne unifiée compensera économiquement pour l'URSS la perte de la RDA.

1. Document d'archives : lettre datée du 28 mai 1990.

les garanties qu'il serait en droit d'attendre pour la sécurité de son pays. » Sur ce point, ajoute le président français, Gorbatchev s'est montré « attentif ». Mitterrand en conclut dans sa lettre que le numéro un soviétique « n'a plus guère de marge de manœuvre » quant aux « conséquences de l'unité allemande ». Il observe enfin : « Je crois que Gorbatchev est, au fond, désireux d'un accord, mais à la limite de son pouvoir. »

Deux jours plus tard, le 30 mai 1990, George Bush reçoit Mikhaïl Gorbatchev à la Maison-Blanche et aborde immédiatement la question cruciale de l'appartenance de l'Allemagne réunifiée à l'OTAN.

« L'Allemagne devrait pouvoir décider dans quelle alliance elle s'inscrirait, n'est-ce pas ? » demande le président américain à son homologue soviétique.

« Oui », répond Gorbatchev à la surprise de tous, à commencer par le maréchal Sergueï Akhromeiev, l'homme de l'Armée rouge auprès du maître du Kremlin.

James Baker, qui révèle dans ses Mémoires la volte-face inattendue de Gorbatchev, souligne que la délégation soviétique a aussitôt insisté pour que les États-Unis fassent un effort supplémentaire en matière d'aide économique. Une fois de plus, les termes du marchandage Est-Ouest sur l'Allemagne apparaissent clairement.

Le sommet américano-soviétique se poursuit le lendemain à Camp David dans une atmosphère particulièrement détendue, mais le changement brutal d'attitude de Gorbatchev sur l'Allemagne n'est pas rendu public.

Ce dernier a vraisemblablement fait valoir à ses interlocuteurs qu'il avait encore besoin de temps pour faire admettre à la nomenklatura soviétique cet abandon de taille, d'autant que le congrès du Parti convoqué pour la mi-juillet s'annonce particulièrement difficile.

Dans les semaines qui suivent la négociation progresse par à-coups.

Le 5 juin, Moscou fait une concession supplémentaire. En marge d'une réunion des ministres des affaires étrangères de la CSCE à Copenhague, Édouard Chevardnadze confie à James Baker que l'URSS n'exige plus que les effectifs de la

Bundeswehr dans la future Allemagne unifiée fassent l'objet d'une négociation Est-Ouest.

Baker en informe aussitôt Genscher qui, le 12 juin, lui apporte à son tour de « bonnes nouvelles ». Il revient de Moscou où il a confirmé que Bonn s'engageait à apporter à l'URSS jusqu'à 25 milliards de dollars (environ 100 milliards de francs). Sur l'OTAN, le « non » de Gorbatchev est devenu un « oui, mais » confirme Genscher, soulignant à quel point il était désormais essentiel de montrer aux Soviétiques que l'OTAN avait changé.

• La discipline atlantique

Pour prouver aux Soviétiques que l'OTAN n'est plus l'organisation militaire agressive de la guerre froide, Washington décide de renoncer à la doctrine qui incarnait cette menace. Les États-Unis abandonnent le principe de « la riposte graduée [1] » au profit du concept de « dernier recours » : l'Alliance ne déclenchera le feu nucléaire que dans l'hypothèse où ses armes conventionnelles ne suffiraient pas à repousser une attaque soviétique.

Parallèlement, Washington s'engage à réduire sa présence nucléaire en Europe, fait de nouvelles propositions plus audacieuses en matière de désarmement conventionnel, invite ses anciens ennemis à nouer des contacts avec l'OTAN et accepte d'institutionnaliser la CSCE, comme Gorbatchev le demande depuis la chute du Mur.

Un sommet extraordinaire de l'OTAN est convoqué pour le 5 juillet 1990 à Londres afin que les 16 pays membres de l'Alliance entérinent la nouvelle approche américaine.

La diplomatie américaine doit s'efforcer dans un premier temps de convaincre le Royaume-Uni. Ancrée dans son hostilité à la réunification allemande, Margaret Thatcher tente en vain d'empêcher l'abandon de la riposte graduée. Le Premier ministre britannique souscrit en revanche au volet poli-

1. Conçue par le ministre de la Défense Robert McNamara en 1967, cette doctrine prévoyait un engagement nucléaire de l'Alliance dès le début d'un conflit, en commençant par l'emploi des armes nucléaires tactiques à courte portée visant les troupes soviétiques, et allant si nécessaire jusqu'à l'utilisation des missiles balistiques contre les villes.

tique du projet américain qui étend les compétences de l'OTAN en dehors de la zone Europe-Atlantique Nord.

A Paris, on admet parfaitement la nécessité d'apaiser les craintes soviétiques en modifiant l'image de l'OTAN. Mais on redoute que la superpuissance américaine n'en profite pour maintenir son *leadership* aux dépens de l'Europe dans une Alliance qui a perdu de sa raison d'être.

Le décalage franco-américain apparaît alors dans la correspondance Bush-Mitterrand. Le 21 juin 1990 [1], le président américain écrit à son homologue français : « Notre réunion de Londres va être l'une des plus importantes de l'histoire de l'Alliance. Nous sommes à un moment crucial. Les Soviétiques vont devoir décider cette année s'ils admettent à l'amiable la réunification de l'Allemagne en tant que membre à part entière de l'OTAN. Les Américains, comme les Français, s'interrogent sur l'adaptation de l'Alliance à l'Europe nouvelle en formation. » Et il propose que les Alliés adoptent une brève déclaration prenant en compte les évolutions souhaitées par Washington, en particulier sur le déclenchement du feu nucléaire.

L'amiral Lanxade analyse en détail les propositions américaines : « elles n'ouvrent aucune perspective européenne en matière de sécurité » et s'orientent « vers un accroissement de l'intégration du commandement », ce qui doit « nous inciter à demeurer dans notre situation actuelle vis-à-vis de l'organisation intégrée ». Mais le chef d'état-major particulier du président de la République, dans cette note du 25 juin 1990, se montre également fin diplomate. Il recommande au chef de l'État de ne pas « marquer une opposition trop forte à ce texte », compte tenu de l'état de la négociation avec Moscou et parce que, à moyen terme, « la consolidation de l'union politique européenne est à peu près inéluctable du fait du désengagement militaire américain ».

Le ministre français de la Défense est d'un tout autre avis. Jean-Pierre Chevènement fait valoir à François Mitterrand qu'il lui paraît « absolument nécessaire de tenir la France en dehors » de la déclaration de Londres. Il y voit une volonté américaine de transposer à l'Europe le pacte nippo-américain

1. Document d'archives.

de 1950 qui ne laisse au Japon que des forces d'autodéfense confiant son destin, en dernier recours, au « Grand Protecteur ».

François Mitterrand se donne quelques jours de réflexion et, le 29 juin, il répond à George Bush [1] : « J'approuve entièrement votre démarche générale visant à renforcer le caractère défensif de l'Alliance atlantique », mais « vous comprendrez que rien ne soit changé en ce qui nous concerne par rapport au commandement intégré de l'OTAN ».

La France signera donc, avec ces réserves de principe, la déclaration de Londres, sans changer son statut par rapport à l'Alliance. Elle ne se considère donc pas liée par la nouvelle doctrine de l'engagement nucléaire de « dernier recours ».

Pour François Mitterrand, celle-ci est aussi inefficace que la précédente, dite de la « riposte graduée ». Il s'en explique ainsi dans sa lettre à Bush : « La menace de l'emploi des armes nucléaires n'étant envisagée, si j'ai bien compris, qu'une fois une guerre conventionnelle perdue, je continue à penser au contraire que la dissuasion pour être effective doit être précoce. »

Autrement dit, les bouleversements politico-stratégiques de l'heure ne remettent pas en cause la doctrine de dissuasion française selon laquelle la force de frappe doit empêcher la guerre et non pas servir à la gagner.

Parallèlement à sa lettre du 29 juin, Mitterrand envoie l'amiral Lanxade à Washington pour mieux connaître l'état d'esprit américain. Ce dernier revient de sa mission le 2 juillet avec le sentiment que la Maison-Blanche ne manifeste pas d'« irritation réelle » à l'égard de la position française, à la différence du Département d'État qui voit dans les thèses de Mitterrand « un obstacle au maintien du *leadership* américain sur l'Europe ».

Lanxade constate également qu'outre leur souci de rendre l'OTAN plus acceptable aux Soviétiques, les Américains redoutent également l'opinion allemande. Si Gorbatchev ne cède pas sur l'appartenance de l'Allemagne à l'alliance, il n'est pas exclu que Kohl lui-même finisse par se rendre aux

1. Document d'archives.

pressions pacifistes, très fortes dans son pays, et renonce à la présence américaine sur son sol.

Cette inquiétude est d'autant plus vive qu'on assiste alors à un nouveau durcissement de Moscou. En effet, lors de la deuxième réunion des « 2 + 4 » à Berlin, le 22 juin, Édouard Chevardnadze est revenu en arrière, récitant la position figée du « Politburo ». L'Allemagne, a-t-il dit, doit appartenir aux deux alliances, l'OTAN et le pacte de Varsovie. Dans la coulisse, la délégation soviétique assure cependant aux Américains et aux Allemands qu'il ne s'agit que d'une « posture » liée aux difficultés politiques intérieures de Gorbatchev à trois semaines du congrès du Parti communiste.

C'est pourquoi, dès l'ouverture du sommet de l'OTAN, le 5 juillet à Londres, Baker insiste auprès de ses collègues pour présenter un front commun en faisant taire leurs intérêts nationaux : « Nous sommes là pour obtenir que l'Allemagne soit réunifiée et ce n'est pas le moment d'affaiblir la portée de notre déclaration », avertit le secrétaire d'État. En dépit des objections françaises, ce texte est adopté le lendemain sans grande modification.

Baker révèle dans ses Mémoires qu'il a transmis le projet de communiqué de l'OTAN à Chevardnadze, alors en pleine préparation du congrès du PCUS, afin que lui et Gorbatchev puissent s'en servir pour l'emporter face à leurs adversaires conservateurs ou nationalistes !

Quatre jours plus tard, le 10 juillet, Helmut Kohl se bat comme un lion devant ses pairs du sommet du G7, réuni à Houston, pour obtenir un engagement concret des puissances industrielles à financer les réformes économiques en URSS. Mais les réserves américaines, japonaises et britanniques ne lui permettent pas de donner à Gorbatchev le « signal fort » qu'il attend ce jour-là. François Mitterrand et Brian Mulroney prêtent main forte au chancelier allemand. Ils parviennent à rayer du projet de communiqué les notions de conditionnalités politiques à l'aide à l'URSS. Le compromis trouvé est timide : les Sept décident d'engager des études de l'économie soviétique en vue de déterminer le montant et la nature de l'aide ultérieure. Kohl conclut que, dans l'immédiat, il lui reviendra de solliciter ses propres finances publiques pour arracher à Gorbatchev l'adhésion de l'Allemagne à l'OTAN.

A Moscou, le XXVIIIe congrès du Parti communiste bat alors son plein. Mikhaïl Gorbatchev l'emporte. Il est réélu secrétaire général le 10 juillet après avoir mis en minorité Egor Ligatchev, le chef de file des conservateurs. Mais le ver est dans le fruit : le vendredi 13 juillet, Boris Eltsine, le président du Parlement russe, quitte le Parti, de même que les maires réformateurs de Moscou et de Leningrad, Gavril Popov et Anatoly Sobtchak.

Pour l'heure, Gorbatchev a les mains libres.

« Allons dans le Caucase »

Le dimanche 15 juillet, il reçoit Helmut Kohl à Moscou pour un entretien décisif. Le lendemain, à Jelednovodsk, station thermale du Caucase, où les deux hommes achèvent leurs négociations, le chancelier annonce que l'Allemagne unifiée pourra décider librement et de façon indépendante à quelle alliance elle appartiendra. La presse mondiale fait ses gros titres sur l'« accord historique du Caucase », qui marque le plus grand retournement de la diplomatie soviétique depuis 1945.

En réalité, c'est la veille à Moscou qu'Helmut Kohl a obtenu le « *da* » espéré de Mikhaïl Gorbatchev. Le chancelier [1] en rit encore de délice : « Au moment où je suis parti pour Moscou, je savais, par mes ambassades qu'à Washington ou à Paris on pensait que j'allais finir par accepter la neutralisation de l'Allemagne en quittant l'OTAN afin d'aboutir à un accord avec Gorbatchev sur l'unité allemande. Mais c'est l'inverse qui s'est produit. A la fin de nos entretiens de Moscou, j'ai dit à Gorbatchev : “Si vous croyez que l'Allemagne va sortir de l'Alliance atlantique, ce n'est pas la peine de continuer à discuter. Je renonce à notre voyage prévu dans le Caucase et je rentre immédiatement à Bonn.” Pour moi, en effet, c'était un prix que je refusais de payer et cela entraînait à terme la destruction de la Communauté européenne car l'union politique était condamnée. A ma grande surprise, Gorbatchev n'a pas répondu par “oui” ou par “non” ; il a simplement dit : “Allons dans le Caucase.” »

1. Entretien le 13 avril 1994.

Kohl poursuit : « La question de l'appartenance de l'Allemagne à l'OTAN était donc enfin résolue. Restait un second point fondamental : celui des effectifs de notre armée. Avant de partir pour l'aéroport, je lui ai dit qu'il fallait aussi régler cette question et je lui ai annoncé qu'il nous fallait conserver 370 000 soldats. Il m'a regardé comme si je venais d'une autre planète et a lancé : "Quoi ! tant que ça !" Je savais qu'on lui disait, y compris dans les milieux politiques allemands, que 250 000 hommes suffisaient pour la Bundeswehr. Alors j'ai plaidé ma cause avec passion : "L'appartenance à l'OTAN n'est pas un problème strictement allemand. En revanche, celui des effectifs de notre armée me préoccupe moi, Helmut Kohl. Je ne veux pas d'une armée de professionnels, on a connu ça avec la République de Weimar et on sait ce qu'il en est advenu. Je tiens à avoir une armée de conscrits. Je ne veux pas voir les pauvres faire leur service militaire et les riches parvenir à y échapper. Mes propres fils sont des parachutistes de réserve et pour moi, c'est très important." Gorbatchev n'a pas répondu et on a continué à discuter dans l'avion en notant sur deux colonnes d'un petit carnet nos points d'accord et de désaccord. »

A Jelednovodsk, Kohl et Gorbatchev reprennent leur négociation et l'Allemand a gain de cause. Kohl raconte encore : « Je lui mettais le carnet sous les yeux, ses conseillers faisaient la grimace, et finalement il a tranché. Ses collaborateurs ont alors exigé que nombre d'unités de la Bundeswehr soient placées sous le commandement de l'OTAN. Mais Gorbatchev les a contredits : "On ne peut pas demander cela aux Allemands." »

« Quant à moi, conclut Kohl, j'ai bien sûr rassuré mes interlocuteurs en leur disant qu'il n'était pas question d'étendre l'OTAN sur le territoire est-allemand. C'était complètement dingue de vouloir, comme y poussait James Baker, des manœuvres des forces de l'Alliance à Rostock (le grand port est-allemand) ! C'est ainsi que nous avons pu annoncer ce fameux accord en huit points [1]. »

1. L'accord prévoit que :
– L'Allemagne unifiée recouvrera sa pleine souveraineté.
– Les pouvoirs des quatre puissances occupantes seront abrogés.

L'« accord du Caucase » débloque aussitôt les pourparlers « 2 + 4 » qui ont lieu à Paris le 17 juillet. Le ministre polonais des Affaires étrangères, qui y est associé pour la négociation sur la frontière Oder-Neisse, renonce à la signature d'un traité entre les deux États allemands et la Pologne sur ce point, préalablement à la réunification. Il accepte que ce traité n'intervienne qu'après l'unité.

Le jour même, Roland Dumas prépare un communiqué constatant qu'à la suite de l'accord Kohl-Gorbatchev, dont les six ministres du « 2 + 4 » ont pris acte à Paris, « rien ne s'oppose plus désormais à ce que l'Allemagne unie soit établie dans toutes ses prérogatives et sa souveraineté avant la fin de l'année. La France s'en réjouit ». L'accord « marque une étape importante dans la construction d'une Europe solidaire et libre ». Dans le projet de communiqué qui lui est soumis, François Mitterrand raye une phrase indiquant que « la France estime que cet accord est un acte heureux pour tous les Européens ».

Le 23 août, le Parlement est-allemand vote l'adhésion de la RDA à la RFA. Les deux États fusionnent le 31 août en signant un traité à Berlin et l'unité est solennellement proclamée le 3 octobre 1990, 329 jours après la chute du mur de Berlin. Helmut Kohl devient le chancelier de toute l'Allemagne, qui, deux mois plus tard, lors des premières élections législatives panallemandes, le reconduit triomphalement.

– L'Allemagne choisira l'alliance militaire à laquelle elle appartiendra.
– Un traité bilatéral sera conclu pour préciser les modalités du retrait des troupes soviétiques de l'ex-RDA dans un délai de trois à quatre ans, période durant laquelle les structures de l'OTAN ne seront pas étendues à cette fraction du territoire.
– Des troupes étrangères ne pourront plus y être déployées mais seulement des unités allemandes, intégrées ou non à l'OTAN, pourvu qu'elles ne disposent pas d'armements nucléaires.
– La RFA s'engage à plafonner les troupes du futur État à trois cent soixante-dix mille hommes.
– L'Allemagne unifiée renoncera à la fabrication d'armes chimiques, bactériologiques et nucléaires.
– Les troupes des trois puissances occidentales (USA, Royaume-Uni et France) pourront rester à Berlin tant que les troupes soviétiques stationneront sur le territoire de RDA.

Au cours des années qui suivent ce phénoménal bouleversement, la diplomatie française menée par François Mitterrand donne lieu à des interprétations contradictoires.

Dans son livre *Les Péchés du prince* [1], le journaliste Alain Genestar résume ainsi les thèses de l'accusation : « Quoi que le chef de l'État dise, la France a commis des fautes, elle n'a pas été à la bonne hauteur, elle a cherché à ralentir le processus de réunification et a, sanction logique d'une faute, égratigné sa réputation (…) Le président, même s'il s'en défend, même si ses motivations étaient d'abord de ménager Mikhaïl Gorbatchev et de calmer le jeu, a donné l'impression détestable d'être dans le camp retranché de ceux qui tremblent quand l'Histoire ébranle le vieil ordre établi (…) François Mitterrand a été dépassé par les événements. »

Pour la défense, son confrère Robert Schneider, dans *Les Dernières Années* [2], répond à quatre questions sur l'action de Mitterrand : « A-t-il prévu la rapidité avec laquelle la réunification s'est réalisée ? Non, mais aucun chef d'État ou de gouvernement n'a cru que Gorbatchev céderait aussi vite (…) A-t-il assisté, passif, à un événement qui le dépassait ? Non, il a le premier fixé le cadre de la réunification » et « a cherché à accélérer la construction européenne pour mieux arrimer le nouvel État allemand à la Communauté. S'est-il comporté en homme du passé ? Non, il a seulement cherché à préserver les frontières de l'Europe ». Enfin, l'auteur estime que le président français a eu raison de « prendre le risque de compromettre les bons rapports entre Bonn et Paris » car « il était de son devoir de défendre les intérêts français et ceux de la construction européenne ».

Chez les responsables politiques aussi, le jugement est contradictoire.

Ainsi, Jacques Chirac [3] considère-t-il que « la France n'a pas été à la hauteur des événements », et que « M. Mitterrand et son gouvernement n'ont pas compris ce qui se passait. Ils

1. Paris, Grasset, 1992.
2. Paris, Seuil, 1994.
3. Entretien le 31 octobre 1990.

ont été absents de ce qui était pourtant l'ouverture d'un nouveau grand dessein de l'Europe où la France avait un message à donner, une place à prendre, une parole à faire entendre. Imaginez ce qu'auraient été, dans de telles circonstances, les réactions du général de Gaulle. M. Mitterrand a fait des déplacements incongrus à Berlin, en refusant de le faire avec le chancelier ; à Kiev, en donnant l'impression de vouloir faire une alliance de revers, type XIXe siècle, avec l'Union soviétique. Tout cela a enclenché un mécanisme d'effacement de la position française en Europe qui a été préjudiciable ».

Pour Raymond Barre [1], « François Mitterrand a réagi comme un chef de l'État français doit le faire face au problème allemand. S'il aurait pu se passer de son voyage en RDA – mais peut-être n'a-t-il pas voulu annuler une visite prévue de longue date ? –, ce qui ne relève que des apparences, il était de son devoir d'intervenir sur la frontière Oder-Neisse. Face à Helmut Kohl, il était dans son rôle, sur une question fondamentale. Personne ne pensait que la réunification viendrait aussi vite, il s'est montré prudent et soucieux que les Allemands ne jouent pas une carte de réunification vers le neutralisme, une Grande Allemagne hors de l'Union européenne et de l'OTAN ».

Pourtant, une impression négative de l'attitude de François Mitterrand sur la question allemande s'est installée dans les esprits.

Au terme de leur enquête, les auteurs jugent que Mitterrand a « raté » le début en se montrant sur la défensive parce qu'il était hanté par les risques de déstabilisation futurs. En répugnant à jouer les Cassandre alors que l'opinion, principalement en RFA, attendait un discours plus enthousiaste, il s'est mis en porte à faux. S'il a eu raison d'aller à Kiev pour prendre la mesure de la position de Mikhaïl Gorbatchev, il aurait mieux fait d'annuler son voyage officiel à Berlin-Est, car il donnait inévitablement le sentiment que la France voulait soutenir un État en voie de disparition.

1. Entretien le 13 décembre 1995.

Au-delà de ces atermoiements, il a agi conformément aux intérêts de son pays, sur les deux affaires dans lesquelles la France pouvait peser : la construction européenne et la stabilité des frontières.

TREIZIÈME PARTIE

L'effritement

CHAPITRE 1

Acquis, profits, partage

Crispations pour un Budget social

La mise au point du Budget 1990 provoque les premiers conflits de fond au sein du pouvoir socialiste.

Un an après l'installation du gouvernement Rocard, le président de la République et nombre de députés socialistes reprochent au Premier ministre et au ministre des Finances de ne pas prendre suffisamment en compte la lutte contre les inégalités sociales, alors que le retour de la croissance apporte à l'État une manne fiscale supplémentaire de l'ordre de 40 milliards de francs. Mais Michel Rocard et Pierre Bérégovoy ont le souci de maîtriser les dépenses publiques pour ne pas mettre en péril les grands équilibres, facteurs essentiels de confiance dans une économie ouverte.

Le chef de l'État avait donné le ton dès le 12 mai 1989 à Limoges en plaidant pour « un partage plus égal » de la prospérité nationale. Il avait insisté, le surlendemain, à l'occasion de son rendez-vous annuel de Solutré, sur son souhait de voir le gouvernement s'en préoccuper, soulignant qu'il lui revenait « constamment, d'aiguillonner les choses, d'avertir et d'inciter, non pour gêner, mais pour aider » Michel Rocard et ses ministres.

Depuis plusieurs semaines, François Mitterrand s'inquiétait devant certains collaborateurs ou ministres de l'« indécision » de Michel Rocard et redoutait de voir resurgir à la rentrée 1989 le climat de crise sociale qui avait marqué l'automne précédent. « Rocard est trop économique, il faut faire du social », avait-il notamment déclaré le 11 avril devant Michel Delebarre et Paul Quilès [1].

1. Document d'archives.

Le premier secrétaire du Parti socialiste Pierre Mauroy, qui venait de reprendre ses rencontres hebdomadaires avec le président, après une année de « froid » consécutive à sa victoire sur Laurent Fabius pour la direction du Parti, avait à son tour donné de la voix en réclamant « une correction permanente » de la politique du gouvernement qui « doit se faire plus à gauche ».

A la fin du mois d'août, au cours de l'université d'été des jeunes rocardiens à Avignon, l'accusation se fait beaucoup plus nette dans la bouche du ministre « mauroyiste » des Transports Michel Delebarre, qui s'interroge sur le « déficit social » de l'action gouvernementale.

L'équipe Rocard n'a pas attendu cette dernière banderille pour réagir. A Avignon, Jean-Paul Huchon présente le programme de rentrée de Michel Rocard sous la forme de « onze travaux d'Hercule », le douzième étant la construction européenne qu'il partage avec François Mitterrand. Le directeur de cabinet du Premier ministre lance en même temps la formule de « pacte de croissance » qui consiste à partager en trois les fruits de la prospérité économique : une prime de croissance pour le pouvoir d'achat, une réduction de l'endettement public et un investissement sur l'avenir dans les secteurs de la recherche, de l'industrie et de l'éducation.

Michel Rocard défend lui-même son projet, le 1er septembre, devant les cadres du PS réunis à Risoul, dans les Hautes-Alpes, et son entourage assure alors qu'il est parvenu à désamorcer à la fois la bombe de la rentrée sociale et la critique de son camp. Un sondage du 22 septembre semble lui donner raison puisque le « pacte de croissance » est bien accueilli par 61 % des personnes interrogées par la SOFRES.

Mais, à trois semaines de la présentation du Budget devant le Conseil des ministres, l'Élysée considère que le débat n'est pas clos.

Les priorités en matière de dépenses ne posent pas de problème. Elles portent sur l'Éducation nationale, la recherche, la formation et le logement social, autant de chapitres correspondant à la *Lettre à tous les Français*, encore présente dans les esprits. La croissance record de 1988 (+ 4,3 %) et les prévisions optimistes pour 1989 et 1990 (+ 3 %) permettent à la fois de financer ces promesses et de continuer de réduire le déficit budgétaire (– 90 milliards).

En revanche, les désaccords se cristallisent sur la fiscalité qui, en avantageant les revenus financiers, accroît les inégalités. A l'Élysée, un exemple récent est considéré comme choquant : le rachat par la compagnie financière de Suez du groupe d'assurances Victoire, au mois d'août, a permis au groupe du banquier Jean-Marc Vernes, principal actionnaire de Victoire, de réaliser une plus-value de plus de 6 milliards de francs. Or, cette plus-value à long terme n'est taxée qu'à 15 % alors que le taux normal de l'impôt sur les bénéfices distribués des sociétés est de 42 %.

De même, en ce qui concerne l'épargne des ménages, l'exonération complète en dessous de 288 000 francs de ventes d'actions accroît l'inégalité fiscale par rapport à l'imposition des revenus salariaux.

Les experts du ministère des Finances font valoir que toute modification sensible de la fiscalité française des revenus financiers provoquerait immanquablement une fuite des capitaux vers les pays où ils sont moins taxés. Il y a donc une contradiction totale entre le souci de justice sociale exprimé par le président et sa décision de l'été 1988 d'accepter, sans contrepartie sur la fiscalité de l'épargne, la libération des mouvements de capitaux dans le cadre de la mise en place du Grand Marché européen.

Bien qu'enfermé dans cette contradiction, le président souhaite voir Matignon et Bercy revoir leur copie budgétaire sur deux points : renoncer à réduire de 39 % à 37 % l'impôt sur les bénéfices réinvestis des sociétés et aligner la taxation des plus-values financières sur l'imposition des sociétés, soit passer de 15 % à 42 %. Mais il n'impose pas ses vues. A propos de l'impôt sur les sociétés, il se contente d'exprimer son désaccord à Michel Rocard. Sur les plus-values, il agit dans deux directions : il demande au président du groupe socialiste à l'Assemblée nationale Louis Mermaz de se tenir prêt à interpeller le gouvernement ; et il prie le ministre des Finances d'étudier la possibilité d'en alourdir la taxation.

La réponse négative de Pierre Bérégovoy, en date du 15 septembre 1989 [1], reprend tous les arguments des tenants du modèle libéral européen. L'homme de Bercy explique tout d'abord que rien n'est possible dans le Budget 1990 en raison de la priorité à la réussite de la libération des mouvements de capitaux prévue pour cette année.

Pour les entreprises, il propose ensuite de passer de 15 % à 35 % en deux ans, de 1991 à 1992, à condition de coupler cette hausse avec une réduction parallèle de l'impôt sur les bénéfices de 39 % à 35 %, seul moyen à ses yeux d'« éviter une crise de confiance ».

Pour les ménages, il fait valoir que la fiscalité du patrimoine « est beaucoup plus lourde en France qu'en RFA » et rappelle habilement que le taux de 15 % avait été fixé par le gouvernement Mauroy en 1982 au moment de la mise en place de l'impôt sur les grandes fortunes. Il suggère, plutôt que de frapper les plus-values, un alourdissement de l'ISF en créant un taux majoré de 1,5 % pour les patrimoines les plus élevés.

Enfin, se plaçant sur le terrain politique, Bérégovoy souligne qu'une hausse de l'impôt sur les plus-values serait « mal ressentie par la grande masse des petits actionnaires (...) dont le patrimoine financier a souvent été constitué par un effort personnel d'épargne, prélevé sur le revenu de leur travail ».

Le 20 septembre, le Conseil des ministres adopte le projet de Budget dans le sens souhaité par Pierre Bérégovoy : création d'une cinquième tranche de l'ISF au-delà d'un patrimoine de 40 millions de francs, réduction de l'impôt sur les sociétés de 39 % à 37 % et fiscalité inchangée sur les plus-values.

François Mitterrand n'insiste pas, même s'il déclare à ses collaborateurs que le Budget est « trop à droite » et le ministre des Finances « trop conservateur ». Il compte sur les députés socialistes pour infléchir la loi de finances. Certains d'entre eux, à la suite de l'intervention de Mitterrand auprès de Mermaz, début septembre, ont préparé des amendements fiscaux qu'ils entendent déposer devant la Commission des finances le 10 octobre.

1. Document d'archives.

Ce jour-là, Mermaz accompagne le chef de l'État en visite officielle au Venezuela. A Paris, la rumeur se répand selon laquelle Louis Mermaz, à la demande de Mitterrand, a aussitôt appelé au téléphone depuis Caracas les députés socialistes qui travaillent sur le Budget, pour leur dire que le président les soutenait activement. La presse parle alors de l'« appel de Caracas » et Matignon distille aux journalistes qu'il s'agit là d'une manœuvre de déstabilisation du Premier ministre par le président de la République. Louis Mermaz [1] assure qu'il n'a pas téléphoné à ses collègues depuis le Venezuela : « Toute cette affaire a été montée par Matignon. Les députés socialistes n'avaient pas besoin des encouragements de Mitterrand par mon intermédiaire pour présenter ces amendements sur lesquels nous étions d'accord bien avant ce voyage officiel. »

Des tractations, qualifiées de toutes parts de « difficiles », voire de « tendues », se poursuivent jusqu'au dernier moment entre le groupe socialiste et l'attelage Matignon-Bercy. Le mercredi 17 octobre, jour de l'ouverture du débat budgétaire, une ultime réunion [2] est organisée pour essayer de trouver un accord sur la fiscalité du patrimoine. Louis Mermaz déclare d'emblée qu'il reviendra au groupe d'avoir le dernier mot sur un éventuel compromis. Il demande ensuite une majoration des droits sur les grosses successions. Rocard et Bérégovoy la rejettent d'une même voix en affirmant que cela « effraierait une grande partie de la population » qui ne fait pas de distinction entre les grosses successions et les autres. Ils font cependant un geste supplémentaire sur l'ISF en majorant la nouvelle cinquième tranche de 1,3 % à 1,5 % et la quatrième de 1,1 % à 1,2 %.

La principale concession aux exigences du groupe est l'augmentation de 15 % à 19 % de la taxe sur les plus-values réalisées par les entreprises. En revanche, Rocard et Bérégovoy tiennent bon sur les plus-values de l'épargne des ménages.

La réunion à Matignon s'achève sur le sentiment qu'un accord est possible. Mais Louis Mermaz rappelle qu'il revient

1. Entretien le 14 février 1996.
2. Document d'archives.

maintenant au groupe parlementaire de trancher et demande à Pierre Bérégovoy de ne pas assister à cette réunion, de crainte qu'un vote n'intervienne. Le ministre d'État prend cela comme un affront et annonce qu'il démissionnera s'il est mis en minorité par les députés socialistes.

En brandissant cette menace, pour la première fois depuis son retour aux Finances, Bérégovoy veut éviter toute surenchère de l'aile gauche du Parti socialiste. Il connaît aussi la valeur dissuasive de ce geste dans un monde où la moindre divergence au sein de la majorité sur ces questions budgétaires a des conséquences sur des marchés financiers hypersensibles.

Cet épisode illustre la situation inconfortable dans laquelle se trouve le Premier ministre. Comme s'en souvient Michel Charasse, alors ministre du Budget, Rocard était pris entre deux feux : « D'une part, le président autorisait en sous-main les députés à asticoter Rocard et, d'autre part, Bérégovoy le poussait à se montrer encore plus rigoureux. »

De tout temps, les choix budgétaires et fiscaux ont donné lieu à des crispations entre le gouvernement et sa majorité parlementaire. On se souvient notamment des difficultés rencontrées par le Premier ministre Raymond Barre pour faire voter le Budget 1980 par les députés RPR animés d'un esprit frondeur, lié à la rivalité entre Valéry Giscard d'Estaing et Jacques Chirac. Jusqu'ici, la gauche n'avait pas connu ce type de tension. La relation compliquée entre François Mitterrand et Michel Rocard, le fait que le Premier ministre dirige un courant minoritaire au sein du groupe parlementaire et du Parti socialistes, la perspective du congrès du PS et la difficulté pour la gauche d'assumer les contraintes de l'Europe libérale expliquent dans une large mesure ce changement de climat. Il se perpétuera jusqu'au terme du gouvernement Rocard, au mois de mai 1991, plaçant constamment le Premier ministre sur la défensive en matière sociale, comme si on lui reprochait de conduire une politique centriste en s'appuyant sur une majorité de gauche.

Contraint d'infléchir son Budget sous la pression des socialistes, Michel Rocard s'est *ipso facto* privé de l'appui des centristes, qui reprennent le discours de l'opposition en faveur d'une réduction accrue des déficits et de la pression fiscale. A l'inverse, les communistes jugent ce budget trop inégalitaire. Dès lors, faute de majorité absolue, le chef du gouvernement engage sa responsabilité sur la partie recettes du Budget et l'opposition dépose une motion de censure. Elle est repoussée le 23 octobre en raison de l'abstention communiste et d'une vingtaine de défections dans les travées du centre et de la droite.

Le 20 novembre, le même scénario se déroule pour l'ensemble de la loi de finances, au terme d'une session parlementaire marquée par un durcissement de l'opposition qui contraint Michel Rocard à recourir à treize reprises à la procédure de l'article 49-3.

Tractations sur la demande sociale

Si le plan emploi du mois de septembre 1989, prolongeant celui de l'année précédente, et dont la principale innovation est le remplacement des TUC (travaux d'utilité collective) et des PIL (programme d'insertion locale) par les CLES (contrats locaux emploi-solidarité), ne pose guère de difficultés politiques en raison de la décrue du chômage, liée à la croissance économique, la législation sur le travail précaire provoque, au mois de décembre, une nouvelle tension entre le groupe socialiste et le gouvernement.

Le 6 décembre, le Conseil des ministres examine un projet de loi destiné à mieux protéger le million de salariés sous contrats précaires ou temporaires, défendu par le ministre du Travail Jean-Pierre Soisson, chef de file des ministres d'ouverture. Cinq jours plus tard, devant l'Assemblée nationale, le ministre appelle les partenaires sociaux à engager une négociation préalable à l'adoption de cette loi.

Cette méthode contractuelle, chère aux rocardiens, suscite l'irritation des leaders mitterrandistes du PS (Mauroy, Fabius, Mermaz, Emmanuelli) qui y voient une soumission au patronat et un moyen de retarder une mesure de protection des travailleurs.

Le groupe socialiste dépose donc une proposition de loi

réglementant strictement le recours à l'emploi temporaire et demande publiquement son inscription à l'ordre du jour de la session parlementaire qui s'achève le 31 décembre. Henri Emmanuelli, alors numéro deux du PS, ne cache pas sa volonté de bousculer la « politique néo-libérale » de Rocard et de Mitterrand.

Devant cette offensive, Jean-Pierre Soisson menace de remettre sa démission. Michel Rocard prend fait et cause pour son ministre.

Pierre Mauroy se précipite à l'hôtel Matignon pour tenter de faire fléchir le Premier ministre. Selon les entourages des deux hommes, l'explication est violente et s'achève sur un constat de désaccord.

Le chef du gouvernement use alors de son autorité : il adresse le 14 décembre une lettre au premier secrétaire [1] dans laquelle il maintient sa position. Il précise : « Depuis votre visite, divers contacts rapides ont clairement confirmé que les partenaires sociaux interpréteraient comme un désaveu de leurs efforts contractuels une intervention du législateur sur un sujet en cours de négociation. » Il assure enfin que « le Parlement sera appelé à statuer sur le travail précaire dès les débuts de sa prochaine session ordinaire, ce qui ne laisse pas place à la moindre ambiguïté quant aux intentions du gouvernement ».

Devant cette détermination, le groupe socialiste retire sa proposition de loi et Jean-Pierre Soisson sa menace de démission. Le projet de loi sera adopté à l'été 1990, après accord entre les partenaires sociaux, l'hostilité communiste étant contrebalancée par l'abstention de la droite et du centre.

Ces débats interviennent alors qu'un rapport officiel du CERC (Centre d'étude des revenus et des coûts), publié en novembre, jette une lumière crue sur l'écart croissant, à l'avantage des premiers, entre les revenus du capital et ceux du travail au cours des dix dernières années. Le déficit social apparaît clairement quand on sait que, dans la France des années 80, 10 % des ménages possèdent 50 % du capital et 5 % seulement possèdent 56 % des actions cotées en Bourse.

1. Document d'archives.

Le 19 décembre, Michel Rocard saisit l'occasion d'un discours devant le Conseil économique et social pour tenter de redonner espoir aux salariés et au « peuple de gauche ». « Je ne laisserai pas la société fabriquer des hommes et des femmes qui auraient perdu l'espoir », lance le Premier ministre qui, griffant au passage ses détracteurs socialistes, regrette que « la répartition des fruits de la croissance n'ait pas été pendant la plus grande partie de la décennie 80 aussi équitable » qu'il « l'aurait souhaité ». Une façon d'oublier ses réserves sur la politique de relance de la gauche en 1981, fondée pour une bonne part sur l'augmentation du salaire minimum et des prestations sociales.

« Le premier devoir du gouvernement est de veiller à préserver l'équilibre macro-économique » et « l'État ne peut que corriger à la marge les inégalités », prévient le chef du gouvernement comme pour marquer que la prospérité économique est la condition première de tout progrès social.

Pour l'immédiat, Michel Rocard souligne que l'État « doit balayer devant sa porte » et répondre à la « désespérance sociale » qui s'étend dans les échelons inférieurs du secteur public. Parallèlement à la « revalorisation » de la condition enseignante qui débouche au mois d'octobre 1989 sur un accord entre Lionel Jospin et les syndicats de l'Éducation nationale, Michel Rocard demande au ministre de la Fonction publique Michel Durafour d'engager la négociation sur la rénovation de la sacro-sainte grille des quelque 4 millions de fonctionnaires de l'État, des collectivités locales et des hôpitaux.

Engagées après l'octroi d'une prime de croissance de 1 200 francs par an à tous les agents, ces discussions aboutissent au mois de février 1990 à une réforme de la grille des salaires, assortie d'une enveloppe budgétaire de 40 milliards de francs sur sept ans. Michel Rocard pourra se prévaloir d'avoir mené à bien une réforme modernisant incontestablement le service public, même s'il sera accusé d'un laxisme coûteux pour les deniers publics, quand la droite reviendra au pouvoir en 1993, en pleine récession économique.

Deux conflits dans la Fonction publique, surgis au cours de l'été 1989, illustrent la difficulté pour la gauche, dans un climat d'embellie conjoncturelle, de répondre à des attentes sociales, souvent légitimes, sans hypothéquer l'équilibre des finances publiques : la grogne des gendarmes et la grève des fonctionnaires des impôts.

• Gendarmes

A la fin du mois de juillet et surtout au mois d'août, les journaux publient des lettres anonymes de groupes de gendarmes qui protestent, parfois avec véhémence, contre leurs conditions de travail. Ce mouvement est sans précédent dans une institution militaire soumise à un strict devoir de réserve et privée du droit de grève et, à la différence de la police, du droit syndical. Il exprime un réel malaise dans les rangs des 75 000 sous-officiers de la Gendarmerie nationale, qui représentent le quart des effectifs des engagés dans les Armées. Ainsi, dans une lettre ouverte au ministre de la Défense Jean-Pierre Chevènement, publiée par *Le Monde* du 10 août, des gendarmes de Bourgogne se plaignent-ils de devoir travailler « au bas mot soixante à soixante-dix heures par semaine », de vivre dans des logements « qui ne sont plus entretenus » et cela « pour la somme mensuelle d'environ 7 000 francs ». Et ils concluent : « La Gendarmerie est malade (...) cette maladie met en péril l'État, son autorité, sa crédibilité et la sécurité des citoyens. »

Au moment où le gouvernement Rocard engage, en commençant par les enseignants et les infirmières, une revalorisation des traitements des fonctionnaires, et alors que la police a bénéficié des effets du plan de modernisation lancé en 1985 par le ministre de l'Intérieur Pierre Joxe, les militaires se sentent délaissés. D'autant que la loi de programmation militaire 1990-1993 et le plan « Armée 2000 » qui se mettent en place concentrent les efforts sur les armements et le redéploiement des effectifs, sans porter véritablement l'accent sur la condition militaire.

La grogne qui sort du huis clos des brigades territoriales préoccupe le pouvoir. En témoigne une note alarmiste [1] que le chef d'état-major particulier du président de la République

1. Document d'archives.

adresse le 14 août par télécopie à François Mitterrand en vacances dans les Landes. « Il faut être conscient du risque très grave d'engrenage du mouvement revendicatif de la Gendarmerie sur l'ensemble du personnel militaire des Armées », écrit le vice-amiral Jacques Lanxade, qui suggère au président de demander à Jean-Pierre Chevènement de proposer rapidement « un véritable plan de rénovation de la fonction militaire ».

Ce dernier commence par lancer un avertissement aux gendarmes dans une lettre qu'il leur adresse le 17 août : « Je considère que la ligne jaune vient d'être franchie. A des revendications, dont certaines sont justifiées, la multiplication des lettres anonymes mêle désormais des attaques sans mesure et des prétentions exorbitantes. » Puis il dénonce « cette campagne maintenant largement orchestrée et exploitée de l'extérieur à des fins politiciennes ». Le 23 août, il reçoit 87 gendarmes tirés au sort parmi un millier de volontaires et leur promet de créer 4 000 postes en quatre ans et une amélioration de la condition militaire.

Le ministre de la Défense s'est bien gardé d'avancer le moindre chiffre car, pour l'heure, il n'a rien obtenu. La veille, Matignon, se rangeant à l'avis de Bercy, lui a en effet demandé de financer cet effort par redéploiement des crédits de son ministère. Déterminé à arracher de l'argent pour ses gendarmes, Chevènement affirme à Mitterrand qu'il a obtenu de Rocard un relèvement progressif de 50 % de l'indemnité de condition militaire. Le président fait vérifier auprès de Matignon et découvre la supercherie.

Le président juge ce procédé « de bonne guerre ». Ce n'est pas la première fois qu'un ministre en difficulté y recourt. Le chef de l'État estime en revanche que Chevènement a commis une erreur politique en s'en prenant vivement à la presse, le 29 août sur les ondes d'Europe 1. Il avait dénoncé ce jour-là les « manipulations » et les « trucages délibérés » des médias qui se sont prêtés, en faisant état d'appels anonymes à l'indiscipline, « à une campagne orchestrée par la droite et l'extrême droite ». Des voix s'étaient alors élevées dans l'opposition pour rejeter cette accusation, tandis que la presse, faisant corps, assurait n'avoir exercé que son métier.

Sur le fond, confie alors Mitterrand à des proches, Chevènement n'avait sans doute pas tort, « mais il ne faut jamais s'en prendre brutalement à la presse car elle a toujours le dernier mot ».

Au mois de septembre, les lettres anonymes se raréfient ; les gendarmes attendent des mesures concrètes. Chevènement se heurte toujours à ce que l'amiral Lanxade qualifie alors de « réticence du gouvernement à lui apporter l'aide nécessaire ». Le 16 septembre, dans un discours prononcé sur le champ de bataille de Valmy, ultime célébration du Bicentenaire de la Révolution, Mitterrand appelle le gouvernement à prendre en compte les revendications des Armées. Il faut, assure-t-il, que « l'adaptation de la condition militaire à son temps entre davantage et sans délai dans les préoccupations de chacun et par là dans les mœurs. Je le demande à tous et j'entends y veiller », affirme le chef de l'État.

Chevènement s'engouffre dans la brèche, fait travailler ses services et, deux mois plus tard, présente un plan de revalorisation de la condition militaire de 6 milliards de francs sur quatre ans. « Trop cher », s'écrient en chœur les financiers de l'Élysée, Matignon et Bercy, qui font valoir que, proportionnellement, les demandes de l'Armée sont deux fois plus élevées que ce qu'a obtenu l'Éducation nationale. Ils soulignent également qu'il serait maladroit d'annoncer un effort chiffré au moment où Michel Durafour renégocie la grille salariale de la Fonction publique.

Chevènement scinde alors son plan en deux parties. Les reclassements indiciaires relèveront de la négociation Durafour. Reste le relèvement des indemnités spécifiquement militaires pour lequel il réclame 3,6 milliards entre 1990 et 1993, dont 2,6 concentrés sur les deux premières années.

Passant outre les objections de Pierre Bérégovoy et de Michel Charasse, Michel Rocard fait savoir, le 28 novembre, qu'il pourrait accepter 2,5 milliards dont 1,5 sur les deux premières années. Le lendemain, au Conseil des ministres, Chevènement passe un mot au président lui demandant « de suggérer au Premier ministre de ne pas "mégoter" sur quelques centaines de millions de francs ». Il rappelle au président, chef des Armées, qu'un sergent sortant de l'école de sous-officiers de Saint-Maixent gagne 5 400 francs par mois avec un niveau bac, sans que sa femme, astreinte à le suivre au cours de ses mutations, puisse bien souvent apporter un deuxième salaire.

Appelé à trancher, Mitterrand se tourne vers ses conseillers, dont les avis reflètent ceux qui proviennent de la Défense et des Finances. L'amiral Lanxade suggère d'aller jusqu'à 3 milliards de francs. Isabelle Bouillot, conseiller économique à la présidence, donne raison à Rocard, soucieux de ne pas relancer la boule de neige des revendications catégorielles. Christian Sautter, secrétaire général adjoint de l'Élysée, lance une idée : pourquoi ne pas attendre l'issue des négociations de Vienne sur le désarmement conventionnel qui, en débouchant sur des réductions d'effectifs et de matériels, permettront un réel effort sur les soldes des militaires ?

Plusieurs conseils interministériels sont réunis pour tenter d'aboutir à un accord. Au début du mois de décembre, Chevènement réduit ses prétentions à 3,2 milliards, mais Rocard durcit sa position et assure ne pouvoir consentir plus de 2,2 milliards, alors qu'il avait fait circuler le chiffre de 2,5 milliards quelques jours avant. A l'Élysée, certains interprètent ce recul comme une manœuvre tactique obligeant le président à monter en première ligne en prenant lui-même la responsabilité et le risque de surenchérir. Chevènement et Rocard échangent des lettres dans lesquelles ils se bornent pour l'essentiel à répéter l'un ses exigences et l'autre ses possibilités. Le jeudi 7 décembre, de retour de Kiev où il a rencontré Mikhaïl Gorbatchev, François Mitterrand dit à Michel Rocard qu'il faut en finir avec ces marchandages et lui demande de porter à 2,5 milliards l'enveloppe définitive. Le Premier ministre obtempère, mais, soucieux de ne pas creuser davantage le déficit budgétaire, il souhaite que cette somme soit étalée à parts égales sur les quatre ans du Plan. Jean-Pierre Chevènement intervient de nouveau auprès de l'Élysée pour que le plus gros de l'effort soit concentré sur les deux premières années. Le chef de l'État ne veut pas entrer dans cette querelle subalterne et demande au Premier ministre de trancher, une façon de donner raison à Rocard.

• Impôts

Le 28 juin 1989, le Tout-État socialiste et technocratique se presse autour du président de la République pour l'inauguration du nouveau ministère de l'Économie et des Finances, entre la rue et le quai de Bercy, immense complexe, massif et fonctionnel, dessiné par Paul Chemetov, dans lequel ses détracteurs affectent de voir un gigantesque péage autoroutier.

La fédération des finances CGT boycotte l'événement. Depuis trois semaines en effet, les fonctionnaires des impôts ont progressivement cessé le travail, provoquant l'engorgement puis le blocage des rentrées d'argent.

Au cours de l'été, le conflit s'étend et s'enlise. A la rentrée, il gagne la province. Bien que n'étant pas les plus mal traités dans la Fonction publique, les agents des Finances veulent aussi profiter du mouvement de revalorisation salariale amorcé par le gouvernement Rocard. Ils sont également bien placés pour savoir que l'exceptionnelle conjoncture économique donne du grain à moudre aux pouvoirs publics. En bloquant l'approvisionnement des caisses de l'État, ces fonctionnaires disposent d'un puissant moyen de pression.

Pierre Bérégovoy et Michel Charasse se trouvent placés dans une situation cornélienne. Soit ils tiennent bon au nom de l'orthodoxie budgétaire qu'ils prônent pour le pays et dans ce cas l'État risque de ne plus pouvoir honorer ses engagements financiers ; soit ils se renient et cèdent aux grévistes avec le danger de donner libre cours aux dérapages catégoriels. Les deux grands argentiers sont également soumis aux tirs croisés du Parti socialiste, qui soutient les revendications des grévistes, et de l'hôtel Matignon d'où l'on observe avec une commisération feinte la manière dont Bercy va se tirer de ce cas concret de dialogue social.

Ils choisissent la voie des concessions.

Le 5 septembre, Bérégovoy propose aux syndicats une indemnité mensuelle de 200 francs par agent et envisage une prime au moment du départ en retraite. Avec l'aval de l'Élysée, Michel Rocard met le holà. Il suggère à ses deux ministres de traiter les revendications de leurs fonctionnaires dans le cadre de la négociation globale que Michel Durafour s'apprête à ouvrir dans la Fonction publique.

Bérégovoy et Charasse sont donc conduits à jouer la carte classique du pourrissement. Mais le conflit se durcit. Au mois d'octobre, les agents des Finances manifestent à quatre reprises dans les rues de Paris et se signalent bruyamment au cours des déplacements officiels du président et des membres du gouvernement. Fin octobre, alors qu'il sent les premiers signes d'un essoufflement du conflit, Bérégovoy fait quelques ouvertures qui s'ajoutent à la prime de 1 200 francs accordée à tous les fonctionnaires. Le 9 novembre, il parvient à éteindre l'incendie en payant la moitié des jours de grève.

« J'ai été indigné par ce paiement des jours de grève, se souvient Michel Rocard[1], c'était une faute. En trois ans à Matignon, je n'ai pas lâché le centième du dixième de ce qu'ont lâché ce jour-là Bérégovoy et Charasse à leurs fonctionnaires. »

Hervé Hannoun[2], alors directeur de cabinet de Bérégovoy, justifie cette concession par « la nécessité de sortir du conflit ». Il assure qu'au final, ce n'est que le tiers des jours de grève qui a été payé.

• Peugeot

La politique salariale de l'État employeur des années fastes de la période Rocard peut apparaître d'une grande générosité devant le contre-exemple, presque caricatural, offert au même moment par le conflit chez Peugeot.

Le 5 septembre 1989, à l'appel des syndicats, le tiers des ouvriers des usines automobiles de PSA à Mulhouse se met en grève. Les OS de Peugeot gagnent 5 000 francs par mois et exigent une augmentation de 1 500 francs. C'est le premier conflit au sein de la firme du lion depuis 1972. Le 8, la direction propose 75 francs alors que Renault vient d'accorder plus du double à ceux qui travaillent sur ses chaînes. Devant l'intransigeance du président du groupe Jacques Calvet, et en dépit des appels au dialogue social lancés par la

1. Entretien le 22 octobre 1992.
2. Entretien le 7 novembre 1992.

CGC et le gouvernement, le conflit se durcit avec occupation des ateliers.

Jean Kaspar, secrétaire général de la CFDT, dénonce le « patronat de droit divin » au lendemain de la manifestation des Peugeot devant le siège de la direction à Neuilly. Le 27 septembre, *Le Canard enchaîné* publie les dernières déclarations de revenus du président Calvet qui font apparaître une augmentation de près de moitié en deux ans à un niveau trente-cinq fois plus élevé que les plus bas salaires de sa firme. Ces révélations frappent l'opinion, même si le train de vie de M. Calvet se situe dans la moyenne des patrons de grandes entreprises.

Après un mois de conflit, le gouvernement nomme un « conciliateur » en la personne de Francis Blanchard, ancien directeur du Bureau international du travail. Il parvient à obtenir que les grévistes évacuent la forge des usines de Mulhouse en échange de l'ouverture de négociations salariales. Le 17 octobre, la direction fait une offre définitive de 400 francs par mois. Le travail reprend sur cette base dans la semaine qui suit. Avec une perte de production de 50 000 véhicules, la grève a coûté 3 milliards de francs à l'entreprise qui réalisera toutefois 10 milliards de profit en 1989.

Gestion monétaire et déception sociale

Au seuil de l'année 1990, les perspectives de croissance continuent d'être souriantes, même si les experts relèvent un fléchissement de rythme induit par la conjoncture aux États-Unis. Pour la France, qui vient de connaître ses deux plus belles années depuis le début de la crise avec un hausse du PIB en volume de 4,3 % en 1988 et de 3,9 % en 1989, l'OCDE et l'INSEE prévoient un taux de quelque 3 % pour 1990 en mettant l'accent sur la nécessité d'éviter tout dérapage inflationniste. Une mise en garde que prennent à leur compte Michel Rocard et Pierre Bérégovoy, qui se félicitent de la baisse du chômage de 2 % en 1989.

La bonne tenue du franc par rapport au deutsche Mark et la poursuite de l'assainissement de l'économie permettent au gouvernement de lever, dès le 1er janvier 1990, soit six mois avant la date butoir prévue par les Douze, les dernières restrictions à la liberté totale des changes. Privées désormais de moyen de contrôle sur leur devise, les autorités monétaires françaises ne pourront agir que sur les taux d'intérêt de la Banque de France en cas d'attaque contre le franc.

Pour l'heure, les marchés accordent leur confiance dans le franc et l'engagement répété de Pierre Bérégovoy au maintien de la parité avec le Mark crée un effet d'anticipation à la stabilité de la devise française.

Ainsi, au tout début de l'année, lorsque des tensions se manifestent au sein du système monétaire européen (SME) en raison des différences d'inflation et de politiques budgétaires entre les pays membres, seule la lire est frappée. Le 5 janvier 1990, le comité monétaire de la CEE décide une dévaluation de 4 % de la devise italienne. Et parmi les monnaies fortes, le franc reste arrimé au Mark.

Mais pour maintenir cette parité franc-Mark, Paris doit suivre le mouvement de hausses ininterrompues des taux d'intérêt engagé par la Bundesbank, traditionnellement obsédée par les risques inflationnistes. En effet, pour limiter la création monétaire, la Buba [1] restreint le crédit en augmentant ses taux directeurs. Le 6 octobre 1989, un mois avant la chute du mur de Berlin, le taux Lombard – le plus significatif pour les marchés et le système bancaire – est passé à 8 %.

Dans les milieux financiers d'outre-Rhin, la détermination à éviter tout dérapage de l'inflation est d'autant plus vive que la perspective de l'unité allemande commence à gagner les esprits. On se dit à Francfort que l'absorption économique de la RDA par la RFA va provoquer une surchauffe à l'Ouest qui obligera, pour éviter une flambée des prix, à resserrer la politique monétaire en recourant à l'arme des taux d'intérêt élevés.

Au sein du gouvernement français et dans les rangs socialistes, certains s'interrogent : en continuant de s'aligner sur les taux d'intérêt allemands pour maintenir la parité franc-Mark, ne risque-t-on pas de trop freiner l'économie ? Dans ces cercles restreints, on évoque l'idée d'un décrochement du franc par rapport au Mark, permettant d'éviter cette course aux taux d'intérêt. La formule envisagée serait une réévalua-

1. Abréviation de la *Bu*ndes*ba*nk.

tion du Mark par rapport à l'ensemble des monnaies européennes.

Ce scénario, dont la presse économique se fait l'écho, est tué dans l'œuf par Pierre Bérégovoy qui, au lendemain de la dévaluation de la lire, assure dans une déclaration au *Monde* qu'« il n'y a pas de débat au sein du gouvernement sur la parité du franc ». L'homme du franc fort ajoute que sa politique de relèvement des taux d'intérêt ne risque pas de casser l'investissement et la croissance économique.

Au-delà du refus politique et psychologique de la dévaluation du franc, les experts de Bercy mettent en avant un autre raisonnement : la France, principal partenaire commercial de l'Allemagne, bénéficiera elle aussi de la bouffée d'oxygène qu'apportera la réunification économique allemande sans avoir, à la différence du contribuable ouest-allemand, à en payer le prix. En termes monétaires, ils prédisent au contraire un renchérissement du franc par rapport au Mark.

Du point de vue allemand, une réévaluation du Mark par rapport aux monnaies fortes du panier européen présentait l'avantage de réduire le coût de ses importations et donc de réduire d'autant la poussée inflationniste sans recourir au resserrement du crédit par la hausse des taux d'intérêt. S'il s'inscrit dans la logique monétaire de la Bundesbank, ce raisonnement pouvait contrarier les objectifs politiques du chancelier Kohl : au moment où il sait qu'il inquiète ses partenaires européens avec la perspective de la Grande Allemagne, une nouvelle réévaluation du Mark pouvait être ressentie comme une manifestation d'arrogance, notamment à l'égard de la France qui fonde son engagement dans l'union monétaire européenne sur la parité franc-Mark.

Pourtant, selon certaines sources, l'Allemagne aurait proposé au début du processus de réunification de réévaluer sa monnaie et se serait heurtée au refus de la France.

C'est ce qu'affirme, sans plus de précisions, l'économiste français Jean-Paul Fitoussi, dans son ouvrage publié en 1995, *Le Débat interdit*[1] : « L'Allemagne, à cette époque, propose

1. Paris, Arléa, 1995, p. 78 *sq.*

une réévaluation du Mark au sein du SME. La France comme d'ailleurs les autres pays européens, notamment l'Italie, refusent pour ne point perdre en crédibilité. » Selon lui, « si on avait eu la sagesse d'accepter la proposition allemande, les taux d'intérêt en Europe auraient moins augmenté et peut-être aurait-on évité les crises successives qui allaient ébranler le SME » à l'automne 1992 et à l'été 1993. Fitoussi voit aussi dans ce choix français « une erreur dramatique » à l'origine de la forte progression du chômage dans les années qui ont suivi.

Nos interlocuteurs politiques allemands disent n'avoir aucun souvenir de cette proposition. Au nom de Pierre Bérégovoy, son directeur de cabinet de l'époque, Hervé Hannoun s'inscrit en faux contre l'affirmation de Jean-Paul Fitoussi [1] : « Jamais le gouvernement allemand n'a proposé de réévaluer le deutsche Mark et la France n'a donc pas eu à le refuser. Quand bien même cela aurait été demandé, Pierre Bérégovoy aurait, comme toujours, répondu : "Si le deutsche Mark réévalue, le Franc réévaluera d'autant." » Hervé Hannoun souligne qu'« un décrochement du franc par rapport au deutsche Mark n'aurait en rien soulagé les taux d'intérêt français, car une nouvelle dévaluation du franc après celles de 1981, 1982, 1983 et 1987 aurait accru la perte de crédibilité de notre devise sur les marchés en nous obligeant à relever les taux d'intérêt pour la défendre ».

« Sur cette question, conclut-il, Michel Rocard et le président Mitterrand ont toujours suivi les avis de Pierre Bérégovoy qui continuait une stratégie à long terme dont les résultats se font sentir jusqu'à aujourd'hui : notre économie est forte et nous dégageons un excédent commercial de 100 milliards de francs par an. »

De la même manière, Jacques Delors [2] assure que « la question de la réévaluation du deutsche Mark ne s'est jamais posée ».

Son directeur de cabinet d'alors, le Français Pascal Lamy [3], se souvient pourtant avoir « entendu dire à cette période que

1. Entretien le 13 février 1996.
2. Entretien le 20 décembre 1995.
3. Entretien le 27 octobre 1995.

Bonn avait envisagé de procéder en accord avec ses partenaires à une réévaluation ». S'il déclare « ignorer le fin mot de l'histoire », il indique que les experts de la Commission européenne avaient étudié cette hypothèse. Selon Pascal Lamy, il est possible que la question ait été évoquée au niveau de la Bundesbank et de la direction française du Trésor sans remonter jusqu'aux décideurs politiques.

Le député socialiste François Hollande [1], alors membre de la Commission des finances, se souvient pour sa part d'un « petit débat secret » à ce sujet au premier semestre 1990 entre Rocard, Bérégovoy et Jean-Claude Trichet, alors directeur du Trésor. Mais, ajoute Hollande, « ce fut un débat implicite, jamais posé formellement, comme celui du tournant de la rigueur de 1982-1983. Si on avait tout de suite opéré le décrochage franc-Mark, on aurait évité la tension sur nos taux d'intérêt avant l'arrivée de la récession. Mais il y avait le syndrome du franc fort. La gauche avait sauvé le franc à partir de 1983, elle n'allait pas le brader en 1990. La droite, elle, n'aurait pas eu ces états d'âme ».

« Moi, j'aurais fait tout de suite ce que proposait la Buba, à savoir une réévaluation du deutsche Mark par rapport aux autres monnaies européennes, dont le franc, en échange d'une baisse des taux d'intérêt allemands », assure à cet égard Raymond Barre [2]. Mais l'ancien Premier ministre avoue ne pas savoir si la banque centrale allemande a réellement suggéré à Helmut Kohl de « soumettre cette proposition à ses partenaires ».

Quoi qu'il en soit, Barre se souvient de l'état d'esprit de Pierre Bérégovoy qui ne voulait « à aucun prix dévaluer le franc ». Le député de Lyon y voit « la réaction d'un socialiste qui ne veut pas être accusé de recommencer à dévaluer le franc au moment où la gauche est reconnue pour sa capacité de gestionnaire. Bérégovoy se voyait déjà en butte à une campagne épouvantable s'il avait laissé le franc décrocher du Mark ».

Les auteurs n'ont trouvé aucune trace d'une telle proposition allemande à la veille de la réunification. Peut-être y

1. Entretien le 20 juin 1995.
2. Entretien le 13 décembre 1995.

a-t-il eu, dans l'esprit de ceux qui croient s'en souvenir, une confusion de dates, volontaire ou involontaire. Car il est vrai qu'à la fin de l'automne 1988 – soit un an avant la chute du mur de Berlin – l'Allemagne a bien proposé une réévaluation du Mark pour éviter de relever encore ses taux d'intérêt. Une proposition rejetée par l'ensemble de ses partenaires. Carlo Azeglio Ciampi, alors gouverneur de la Banque d'Italie, a raconté cet épisode lors d'une conférence tenue le 15 mai 1995 à la faculté d'économie de Rome [1].

Pour Helmut Kohl, la priorité en ce début 1990 était essentiellement politique. Il lui fallait avant tout obtenir que la CDU remporte les élections du printemps en RDA, condition déterminante de sa propre réélection en décembre. La recette du succès lui est vite apparue : réaliser à marche forcée l'union économique et monétaire avec la RDA pour freiner l'exode des allemands de l'Est vers l'Ouest. Son plan réussit au-delà de toute attente, qu'il s'agisse du scrutin législatif du 18 mars en RDA et, deux mois plus tard, de la chute de l'émigration est-allemande avec la décision politique majeure, contre l'avis de la Buba, d'échanger à hauteur de 6 000 Marks un Mark de l'Ouest contre un Mark de l'Est. Dans le même temps, le chancelier allemand [2] refuse l'offre transmise par Jacques Delors d'une aide communautaire à la reconstruction économique de l'ancienne RDA. Il ne veut pas trop « charger la barque » pour ses partenaires. C'est animé du même souci de surmonter les obstacles immédiats qu'il sous-évalue consciemment le coût de la réunification. Dans ce contexte, demander une réévaluation du Mark à ses partenaires soulignait l'importance des bouleversements économiques à venir, ce que le chancelier s'efforçait de dissimuler autant que possible à son opinion intérieure et aux autres peuples d'Europe.

La France ne se pose guère de questions. L'examen des notes économiques des conseillers à la présidence de la Répu-

1. Carlo Azeglio Ciampi : « Dall'esperienza dello SME al processo di Unione Monetaria Europea : vincoli e prospettive per la politica economica italiana. »

2. Voir XIIe partie : « Une Allemagne contre une Europe ».

blique au moment de l'union monétaire interallemande fait surtout apparaître que Paris en attend « une chance supplémentaire d'exporter pour les entreprises françaises ».

• Taxe d'habitation

Au printemps 1990, la gauche revenue au pouvoir depuis deux ans traverse un passage à vide. Même si les cotes de confiance de François Mitterrand et de Michel Rocard demeurent positives, les socialistes sortent affaiblis des déchirements du congrès de Rennes. Ils apparaissent pour la majorité des Français comme un parti de « notables en Renault-25 », en proie à de stériles affrontements de personnes, et leurs élus sont atteints par la suspicion engendrée par les affaires de financement politique.

Les principaux engagements sociaux du candidat Mitterrand – RMI, revalorisation salariale des enseignants et des fonctionnaires – ont commencé d'être mis en œuvre et sont déjà loin dans les esprits. Le discours incantatoire de Michel Rocard et de Pierre Bérégovoy sur les grands équilibres et la compétitivité économiques font apparaître les socialistes comme des hommes de pouvoir et de gestion qui semblent avoir renoncé à leur idéal de défense des catégories défavorisées ou des salariés.

La succession de rapports du CERC, du CREDOC ou de l'INSEE [1], faisant apparaître un creusement des inégalités entre les revenus du travail et ceux de l'épargne et du capital, alimente le reproche de « déficit social » adressé à la gauche.

Dès l'ouverture de la session parlementaire de printemps, on sent monter du groupe socialiste une volonté de contraindre le gouvernement à réagir par des mesures concrètes. Le feuilleton de la réforme avortée de la taxe d'habitation illustre les contradictions de la gauche au pouvoir.

Dans un souci de justice sociale, le député-maire de Rennes Edmond Hervé avait fait adopter lors de la session bud-

1. CERC : Centre d'étude des revenus et des coûts ; CREDOC (Centre de recherches pour l'étude et l'observation des conditions de vie) ; INSEE : Institut national de la statistique et des études économiques.

gétaire de l'hiver 1989 le principe d'une modification de la méthode de calcul de la taxe d'habitation qui prendrait en compte les revenus des locataires ou des propriétaires pour fixer la part départementale de cet impôt. Ainsi, un ménage au revenu élevé payerait-il davantage pour le même appartement qu'un ménage plus modeste. Pour un produit d'environ 10 milliards de francs, les deux tiers des contribuables verraient diminuer leur taxe d'habitation et un tiers subiraient une hausse de leur contribution.

Devant la complexité de cette réforme qui oblige les agents des impôts locaux à prendre en compte les déclarations de revenus pour calculer la taxe sur le logement, le ministère des Finances et du Budget obtient que cette réforme soit examinée au printemps 1990 après que ses services se sont livrés à des simulations. Michel Charasse ne surprend guère quand il annonce, au terme de ces calculs, que la réforme est inapplicable sur le plan pratique et politiquement néfaste dans la mesure où elle alourdit les prélèvements obligatoires.

En dépit de l'hostilité des Finances et des récriminations de l'opposition, en particulier au Sénat, l'amendement Hervé est adopté à la fin du mois de juin 1990, grâce à l'abstention communiste. Au départ, estimant que cette réforme n'aurait aucun effet sur les locataires des cités HLM des « banlieues rouges » des grandes villes, le groupe communiste envisageait de voter contre. Pour les convaincre de changer d'avis, le président du groupe socialiste Louis Mermaz[1] transmet directement à Georges Marchais les résultats de la simulation effectuée par le ministère du Budget. Convaincu du bien-fondé de la proposition socialiste, ce dernier demande au groupe communiste de s'abstenir.

La réforme doit entrer en application au 1er janvier 1992, après un nouveau vote parlementaire, le temps pour les services fiscaux de procéder à une mise à jour de l'évaluation des valeurs locatives des quelque 100 millions de parcelles qui constituent le cadastre national.

A l'été 1991, l'affrontement entre le groupe socialiste et le gouvernement reprend pour la troisième fois en trois ans à propos de cette réforme. Pierre Bérégovoy et Michel Cha-

1. Entretien le 14 février 1996.

rasse s'efforcent de convaincre les députés socialistes d'y renoncer, car ils redoutent qu'elle soit essentiellement perçue comme un impôt nouveau par les électeurs. L'opposition, emmenée par le RPR Philippe Auberger, mène également le combat en rappelant que le Premier ministre britannique Margaret Thatcher est tombée à l'automne 1990 pour s'être entêtée sur la « *poll tax* ». Le mot est lâché, mais l'argument est spécieux car la « *poll tax* » défendue par la Dame de Fer était fondée sur le principe inverse de celui des socialistes français. Le nouvel impôt local anglais était du même montant quel que soit le niveau de revenu de l'assujetti.

Édith Cresson engage la responsabilité de son gouvernement et la taxe d'habitation nouvelle formule est définitivement adoptée le 17 juin 1991 après rejet d'une motion de censure grâce aux communistes qui ne la votent pas.

Lancée sous Rocard, confirmée sous Cresson, la réforme de la taxe d'habitation est enterrée à l'été 1992 sous le gouvernement Bérégovoy. Soucieux d'éviter l'impopularité de ce qu'il appelle lui-même une « *poll tax* à la française », le Premier ministre obtient des députés socialistes qu'ils acceptent un amendement sénatorial supprimant la réforme de la taxe départementale sur le revenu. A moins d'un an des élections législatives, les socialistes sont sur la défensive. Une réforme fiscale modeste, qui devait symboliser leur souci de justice sociale, même si sa mise en œuvre était complexe, est abandonnée comme si le soutien électoral des classes moyennes était devenu la grande préoccupation de cette fin de législature.

Un ministre de haut rang confie alors à l'un des auteurs : « Les socialistes ne croient plus dans leurs idées, ils croient dans les idées des autres, ils craignent ce que va dire la presse et se soumettent à l'idéologie dominante. »

CHAPITRE 2

Le seuil d'intolérance

Conséquence de la persistance de la crise économique et sociale, la difficile question de l'immigration s'est imposée dans le débat politique national au cours du premier septennat de François Mitterrand.

Tirant notamment parti de l'imprudente régularisation des « sans-papiers » à l'été 1981, l'opposition de droite s'empare du thème de l'immigration et de l'insécurité contre le gouvernement d'union de la gauche. Elle est très rapidement prise de vitesse sur ce terrain passionnel par les surenchères simplistes du tribun d'extrême droite Jean-Marie Le Pen, qui fait fructifier l'inquiétude montante, au point de recueillir plus de 14 % des votes au premier tour de l'élection présidentielle de 1988.

Le candidat Mitterrand s'en tient à un discours humaniste. Hostile à la loi Pasqua de septembre 1986 rendant plus restrictive l'ordonnance de février 1945 sur les conditions d'entrée et de séjour des étrangers en France, il n'en propose pas l'abrogation immédiate. Dans sa *Lettre à tous les Français*, il réitère son opposition à une réforme du Code de la nationalité et plaide pour une attitude plus « humaine » et des procédures « moins humiliantes » à propos du droit d'asile et des expulsions d'immigrés clandestins.

S'il se déclare toujours favorable au droit de vote des étrangers dans les scrutins municipaux, il ne le propose plus, à la différence de 1981, estimant que l'opinion française n'y est pas prête. Le RPR l'accuse de faire ainsi le jeu du Front national en brandissant le « chiffon rouge » du droit de vote des immigrés, alors même que Mitterrand, au grand regret de certains socialistes, annonce qu'il ne proposera pas cette réforme.

Pendant six mois, le président et le gouvernement n'abordent pas publiquement la politique de l'immigration. Sans doute par souci de ne pas soulever de nouvelles polémiques, alors que Michel Rocard s'efforce d'établir une relation constructive avec l'opposition modérée dans la foulée du discours rassembleur de Mitterrand sur la « France unie ». De plus, l'ordre du jour politique et parlementaire est encombré avec la session budgétaire, la loi instaurant le revenu minimum et le règlement du dossier calédonien.

La loi Pasqua revisitée

Cet attentisme inquiète les associations antiracistes. Dès l'automne, elles font savoir au gouvernement qu'il est temps d'engager une politique d'intégration. Elles élèvent le ton à la fin de l'année, en particulier par la voix du président de SOS-Racisme, Harlem Désir, qui déclare publiquement que « l'intégration est en panne » et que la politique antiraciste pour laquelle son mouvement avait soutenu la candidature de François Mitterrand n'est toujours pas à l'ordre du jour.

Il est visiblement écouté puisque, à l'occasion de ses vœux présentés depuis Strasbourg, le 31 décembre 1988, le chef de l'État souligne que 1989 sera placée sous le signe des droits de l'homme avec la célébration du bicentenaire de la Révolution française, et demande au gouvernement de réviser la loi Pasqua, dont certaines dispositions lui paraissent « ni équitables ni justifiées ».

Comme il se doit, Charles Pasqua défend son texte et accuse Mitterrand d'agiter « l'épouvantail du racisme », tandis que son ancien adjoint au ministère de l'Intérieur, Robert Pandraud, met en garde le pouvoir contre un « laxisme » qui « favoriserait l'immigration clandestine ». Jean-Marie Le Pen jubile et dénonce les « lobbies cosmopolites » qui inspirent « la politique d'immigration de la gauche », tandis que Raymond Barre et les centristes se montrent conciliants.

Au départ, François Mitterrand désire « abroger » la loi Pasqua, fidèle à son adage selon lequel « quand une loi est mauvaise, on l'abroge ». Il demande donc des modifications de fond sur les trois volets du dossier que sont l'entrée, le séjour et les procédures d'éloignement des étrangers en situation irrégulière.

Le président souhaite ôter à la police des frontières le pouvoir d'interdire l'entrée d'un étranger muni d'un visa délivré par les consulats français. En ce qui concerne le renouvellement des cartes de séjour – d'un an pour le séjour temporaire et de dix ans pour les résidents –, il souhaite qu'en cas de refus du préfet, un recours soit possible devant une commission composée de magistrats. Quant aux reconductions à la frontière des immigrés clandestins, il demande que l'on en revienne à la situation antérieure à la loi Pasqua : c'est à la justice et non à l'administration qu'il incombe de trancher en cas de contestation de l'intéressé. Il veut enfin un retour au texte de 1981 établissant des catégories d'étrangers non expulsables : conjoints et enfants de ressortissants français.

L'élaboration de la loi traîne en longueur.

Après un travail préparatoire mené dans la plus grande discrétion au sein du Parti socialiste, le dossier est confié au ministre de l'Intérieur Pierre Joxe. Les réunions interministérielles se multiplient sans déboucher sur un texte précis. Aux associations qui s'émeuvent de cette lenteur, Joxe répond qu'elles n'ont pas à s'inquiéter de la loi Pasqua, en assurant qu'il veille personnellement à éviter tout dérapage en matière d'atteinte aux libertés. Mais, le 7 février 1989, Jean-Louis Bianco alerte le président : « Le gouvernement travaille trop lentement, je vous propose d'en parler au Premier ministre afin d'avancer à marche forcée pour présenter le projet en Conseil des ministres avant la fin du mois. » Mitterrand, conscient des enjeux politiques de cette question, décide de reporter cet examen au lendemain des élections municipales des 12 et 19 mars.

Le 1er mars, Pierre Joxe manifeste un certain manque d'empressement puisqu'il suggère de repousser ce débat au-delà des élections européennes du 18 juin. Il n'est pas suivi, et la concertation interministérielle se poursuit en s'éloignant de plus en plus des directives de l'Élysée. Le blocage provient essentiellement du ministère de l'Intérieur qui a des raisons de s'inquiéter. En effet, au moment où l'Europe communautaire s'engage dans le cadre du Grand Marché de 1993 dans une politique d'allégement des contrôles aux frontières, une restriction des pouvoirs de la police française risque de rendre moins efficace la lutte contre l'immigration clandestine. Au fond, certaines dispositions de la loi Pasqua conviennent parfaitement à son successeur.

Mitterrand incite Rocard à presser le pas et, le 21 mars 1989, le chef du gouvernement réunit sept ministres à Matignon pour préparer l'arbitrage ultime du chef de l'État. Cette procédure est inhabituelle. En règle générale, il revient au Premier ministre, après consultation avec le chef de l'État, de prononcer les arbitrages définitifs sur les textes de politique intérieure. Mais Mitterrand suit de très près ce dossier et demande expressément à Matignon de lui laisser le dernier mot.

La discussion est vive.

Pierre Joxe souhaite que la police puisse conserver la faculté de refuser l'entrée d'un étranger même s'il dispose d'un visa ou d'un certificat d'hébergement délivré par un consulat. Roland Dumas objecte : il y a risque d'arbitraire et ce serait donner à la police un pouvoir d'appréciation supérieur à celui d'un consul.

En cas de contestation sur le non-renouvellement d'un titre de séjour, le ministre de l'Intérieur estime que la future Commission de magistrats ne dispose que d'un pouvoir consultatif. Son collègue de la Justice Pierre Arpaillange pense qu'elle doit avoir le dernier mot.

Enfin, à propos des reconduites à la frontière d'étrangers en situation irrégulière, Joxe – épousant la position de Mitterrand, des organisations de défense des droits de l'homme ainsi que de SOS-Racisme – propose la possibilité d'un recours suspensif devant un tribunal de grande instance. Arpaillange fait valoir que la compétence judiciaire serait inconstitutionnelle pour apprécier la décision d'un préfet et assure que seul un tribunal administratif pourra être saisi.

Informées de l'état du dossier, les associations antiracistes protestent. Les modifications envisagées ne vont pas assez loin. « C'est du Canada Dry ! », raillent les militants de SOS-Racisme.

Le surlendemain, 23 mars, Rocard écrit à Mitterrand pour lui faire part de son point de vue. Sur l'entrée des étrangers, il donne raison à Dumas contre Joxe ; à propos des recours en cas de non-renouvellement des titres de séjour, il soutient le ministre de l'Intérieur contre celui de la Justice ; en ce qui concerne le contentieux des reconduites à la frontière, il s'aligne sur la position de Pierre Arpaillange selon laquelle seul le juge administratif est compétent. Le 25, Mitterrand tranche : il suit Rocard sur la prééminence du visa en matière d'entrée des étrangers. Mais il s'en sépare en exigeant que la Commission de magistrats créée pour étudier les recours en cas de refus de renouvellement des cartes de séjour ait le pouvoir de récuser la décision du préfet. Il diverge également avec son Premier ministre à propos du contentieux des reconduites à la frontière en indiquant sa préférence pour un recours devant les tribunaux judiciaires, à condition que cela soit conforme à la Constitution. En termes de rapidité, et donc de meilleure protection des étrangers, les juridictions de droit commun sont mieux armées que les tribunaux administratifs, encombrés, en sous-effectifs, et peu coutumiers des procédures accélérées comme le référé.

L'Élysée consulte discrètement le président du Conseil constitutionnel Robert Badinter et son secrétaire général Bruno Genevois qui font des réponses de Normands.

Pierre Joxe présente son projet le 29 mars devant le Conseil des ministres, sous forme de communication. Il revient sur l'arbitrage présidentiel à propos de deux points essentiels : en cas de refus de renouvellement de carte de séjour par le préfet, la Commission de magistrats n'aura qu'un pouvoir consultatif ; en outre, il maintient les dispositions de la loi Pasqua permettant à la police de refuser l'entrée d'un étranger même s'il dispose d'un visa en règle.

Joxe se met à la rédaction du projet de loi au début du mois d'avril, sous l'œil vigilant de SOS-Racisme et de François Mitterrand qui l'obligent à se soumettre à l'arbitrage présidentiel. Le ministère de l'Intérieur se fait tirer l'oreille et le chef de l'État doit prendre sa plume pour mettre les points sur les « i ».

Harlem Désir [1] conserve un souvenir précis de cet épisode : « Joxe et Rocard traînaient les pieds. Nous pensions qu'ils commettaient une erreur d'analyse politique en misant sur la croissance économique revenue et l'effacement médiatique de Le Pen, privé depuis les législatives de 1988 de représentation parlementaire, pour éviter de s'attaquer aux problèmes de l'intégration et de l'antiracisme qu'ils jugeaient explosifs. A nos yeux, cette attitude provoquait un décrochage entre la jeunesse et le gouvernement et nous sentions bien monter la déception et la frustration dans les quartiers défavorisés et parmi les adolescents issus de l'immigration. »

Pour se faire mieux entendre, les « potes » de SOS-Racisme envisagent de présenter une liste aux élections européennes du mois de juin. Simple manœuvre politique ou réelle envie d'affronter les électeurs ? En tout cas, la démarche vient aux oreilles des dirigeants socialistes et inquiète au plus haut point Laurent Fabius qui doit conduire la liste du PS.

François Mitterrand vole au secours de son protégé. Il reçoit à l'Élysée Harlem Désir et son complice Julien Dray pour les dissuader de présenter une liste. Il y va de l'avenir politique de Fabius qui, battu au moment de la succession de Jospin à la tête du PS, a besoin d'une légitimation que peut lui apporter le scrutin européen.

Puis, raconte Harlem Désir, « Mitterrand nous demande sur quels points portent nos critiques à l'égard du projet de loi Joxe. On commence à les énumérer. Mitterrand nous interrompt pour appeler Joxe au téléphone. Le ministre de l'Intérieur n'est pas immédiatement joignable. Alors Mitterrand sort son stylo et écrit devant nous une lettre à Joxe reprenant nos arguments ».

A la suite de cet entretien, poursuit Désir, « Fabius prend contact avec nous et me propose une place sur sa liste, en position éligible. Je refuse et nous désignons une militante du comité local de Montbéliard, Nora Mebrak-Zaïdi, qui sera élue au parlement de Strasbourg ».

1. Entretien le 26 février 1996.

C'est finalement le 17 mai que le Conseil des ministres délibère sur un projet de loi largement conforme aux souhaits de Mitterrand et de SOS-Racisme, qui ne constitue pas une abrogation de la loi Pasqua, mais, comme le dit plaisamment Pierre Joxe, « une abrogation de ce qu'il y a de Pasqua dans la loi ». Ce projet revient pour l'essentiel à renforcer les garanties de recours et de défense accordées aux étrangers.

Au Parlement, l'examen du projet de loi Joxe fournit à l'opposition l'occasion de mener bataille du 29 mai au 4 juillet. Les députés RPR Jacques Toubon et Pierre Mazeaud, anciens présidents de la Commission des lois, recourent à tous les moyens de l'obstruction parlementaire. Ils veulent contraindre le gouvernement à engager sa responsabilité sur le projet de loi, ce que le ministre de l'Intérieur refuse pour ne pas être accusé d'esquiver un débat essentiel en matière de libertés publiques. Il use des techniques parlementaires, comme le vote bloqué et la réserve, pour surmonter l'avalanche d'amendements du RPR. A plusieurs reprises, le ton monte entre le ministre et ses contradicteurs de l'opposition qui, le 4 juin, déposent une motion de censure. Celle-ci permet à Valéry Giscard d'Estaing, tête de la liste UDF-RPR aux européennes du 18 juin, de s'en prendre à François Mitterrand qui, selon lui, a obligé Joxe à gauchir son texte. Jacques Chirac n'est pas en reste. Le débat lui fournit l'occasion de revenir au premier rang en soulignant le bilan positif de la loi Pasqua.

Les communistes, comme chaque fois que l'opposition de droite et du centre s'unit contre le gouvernement, sauvent la tête de Michel Rocard en ne votant pas la censure. Le 20 juin, le Sénat rejette le texte après une passe d'armes entre Pierre Joxe et Charles Pasqua qui conclut ainsi son intervention : « En disant "non" à ce projet inspiré par M. François Mitterrand, le groupe RPR a conscience de s'opposer à un texte qui met en péril l'identité et l'équilibre de la nation. » Une rhétorique qui lui vaut d'être accusé par la gauche et certains centristes de marcher sur les brisées de Jean-Marie Le Pen.

L'Assemblée nationale, qui vient parallèlement de voter un texte renforçant les sanctions contre les employeurs et les passeurs d'immigrés clandestins, adopte le 4 juillet la loi

Joxe en dernière lecture, en dépit d'ultimes manœuvres dilatoires menées par l'inlassable Pierre Mazeaud.

Saisi par l'opposition et le Premier ministre, le Conseil constitutionnel décide le 28 juillet, contrairement au pronostic de Pierre Joxe, que seule la justice administrative a compétence en matière de recours contre un refus préfectoral de renouveler un titre de séjour.

La loi Joxe est promulguée le 2 août 1989 dans la torpeur de l'été.

Le foulard controversé

Deux mois plus tard, la question de l'intégration des immigrés surgit de nouveau dans le débat national avec l'affaire du « voile islamique » qui, pendant cinquante jours, soulève les passions.

Le 8 octobre 1989, trois élèves musulmanes évitent l'exclusion du collège Gabriel-Havez de Creil, au nord de Paris, en acceptant de ne plus porter pendant les cours leur *hidjab*, le foulard qui recouvre la chevelure des femmes musulmanes pratiquantes. Quelques jours plus tard, poussées par leurs familles, elles reviennent sur leur décision et, le 19, le principal Ernest Chenières leur refuse l'accès à la classe.

Les médias s'emparent de l'affaire qui, très vite, devient une controverse nationale. Chacun dit son mot sur sa conception de la laïcité, de l'intégration des immigrés et de la place de l'islam dans la société française. Un véritable psychodrame se déroule devant l'opinion dans un climat marqué par d'autres initiatives controversées : la décision des maires de Marseille et de Lyon, Robert Vigouroux et Michel Noir, de construire une grande mosquée dans leurs villes et celle de Pierre Bernard, maire de Montfermeil, près de Paris, de refuser l'inscription dans les écoles de sa commune de nouveaux enfants d'immigrés.

Le recteur de la mosquée de Paris, cheikh Tedjini Haddam, se déclare « indigné par la mesure discriminatoire » frappant les adolescentes de Creil. Les intégristes musulmans appellent à manifester. Dans la classe politique, le réflexe immédiat est de brandir l'étendard de la laïcité face à la menace de l'intégrisme musulman. C'est pain bénit pour le Front national, dont le délégué général Bruno Mégret dénonce « la poussée islamiste qui menace l'identité française ».

Devant l'embarras du gouvernement, lui-même divisé sur la conduite à tenir, l'opposition réclame un débat parlementaire sur l'immigration. François Mitterrand, Michel Rocard et Lionel Jospin redoutent avant tout que la controverse, partie de trois cas isolés à Creil, ne provoque une cascade d'incidents similaires dans les écoles françaises.

Ils savent aussi que, confrontés à la montée de l'intégrisme, les dirigeants et les opinions du Maghreb sont attentifs à la réaction française. Commandeur des croyants, le roi Hassan II du Maroc plaide pour la fermeté contre le prosélytisme des fondamentalistes. Mais aucun texte ne réglemente le port du voile dans les écoles du royaume chérifien où il est, au demeurant, peu porté. En Algérie, en revanche, le port du voile et des tenues musulmanes s'étend avec les succès du Front islamique du salut (FIS), signale l'ambassadeur de France à Alger[1]. Jean Audibert avertit Roland Dumas que beaucoup d'Algériens « guettent » la réaction française, « partagés entre un réflexe de solidarité instinctive dès lors que des musulmans sont mis en cause en France et leur rejet de l'expression intégriste de l'islam ». Selon le diplomate, nombre d'Algériens attendent du gouvernement français « une réaffirmation sereine de nos principes républicains » sur la séparation entre la religion et l'école publique.

Le mercredi 25 octobre, pris à partie lors de la séance des questions au gouvernement, le ministre de l'Éducation nationale rappelle les principes de la laïcité mais ajoute que « l'école ne peut exclure car elle est faite pour accueillir ». Plutôt que de renvoyer les fillettes portant le *hidjab*, il invite les chefs d'établissement à dialoguer et à convaincre les élèves et leurs parents.

Cette modération lui vaut d'être accusé de faiblesse par la droite, mais surtout d'être violemment critiqué au Parti socialiste, dont le bureau exécutif réclame « l'application des lois de la République laïque », autrement dit l'exclusion des col-

1. Selon un télégramme diplomatique daté du 22 octobre 1989.

légiennes de Creil. Le ministre des Relations avec le Parlement Jean Poperen, maire de Meyzieu, dans la banlieue lyonnaise, une commune à forte population immigrée, mène la contestation contre Lionel Jospin. Lors du Conseil des ministres du 25 octobre [1], il fait passer une note à François Mitterrand dans laquelle il se dit « triste et préoccupé » par les positions prises par Jospin qui, selon lui, vont à l'encontre d'une vraie politique d'intégration des musulmans en France.

Avec Jean-Pierre Chevènement, Georges Sarre et André Laignel, Poperen se fait le défenseur d'une conception intransigeante de la laïcité, celle héritée des luttes anticléricales de la IIIe République. Ils prônent l'assimilation des immigrés aux normes républicaines. Plusieurs « intellectuels de gauche », emmenés par Régis Debray, Élisabeth Badinter et l'universitaire Élisabeth de Fontenay, signent dans *Le Nouvel Observateur* un appel à Lionel Jospin pour qu'il fasse respecter ce point de vue.

D'autres, à gauche, ont une approche de la laïcité plus ouverte aux différences culturelles. C'est l'attitude de Lionel Jospin, de Pierre Joxe et des jeunes de SOS-Racisme, dont le chef de file Harlem Désir résume sa vision de l'intégration par la formule : « Qu'importe si les jeunes filles musulmanes entrent à l'école avec le voile, du moment qu'elles en sortent en blue-jean [2] ! »

Alors que le Premier ministre et le chef de l'État gardent le silence, soucieux de ne pas ajouter à la dramatisation, Danielle Mitterrand se déclare publiquement contre l'interdiction du port du voile islamique à l'école : « Chacun a le droit de trouver cette tradition rétrograde, mais laissons les intéressées évoluer sans les brusquer. » Sa prise de position tranche avec le sentiment de nombreuses femmes de gauche,

1. Document d'archives.

2. Sept ans plus tard, Harlem Désir (entretien le 26 février 1996) continue de penser qu'il avait raison sur le fond : « Le port du voile ne concernait qu'une infime minorité des quelque trois cent mille jeunes Maghrébines scolarisées en France et il ne fallait surtout pas les exclure car l'école, seule, pouvait les soustraire à ces pratiques. » Il concède en revanche que SOS-Racisme, soucieux d'éviter que la jeunesse musulmane soit perçue comme une menace, n'a pas été compris par l'opinion et en particulier par les enseignants.

notamment dans le mouvement féministe et à l'Éducation nationale, pour lesquelles le voile est non seulement une manifestation d'obscurantisme religieux mais aussi un moyen d'asservissement de la femme musulmane.

Le 25 octobre, un sondage indique que 53 % des Français considèrent le port du foulard comme une atteinte à la laïcité et 34 % sont d'un avis contraire. Sur la centaine de lettres adressées à l'Élysée à la fin du mois d'octobre, la grande majorité se prononce pour l'interdiction du voile à l'école.

La trêve des vacances de la Toussaint ne suffit pas à faire retomber les passions. Chacun reste sur ses positions alors que le phénomène s'étend à quatre collèges – à Poissy, Avignon, Montpellier et Marseille. La cacophonie ministérielle redouble. Jean-Pierre Chevènement s'enflamme : « Il ne peut y avoir ni soutane, ni kippa, ni tchador à l'école laïque », déclare le ministre de la Défense, alors que Michel Rocard apporte son soutien à Lionel Jospin.

Pour tenter de mettre fin aux polémiques, Lionel Jospin annonce, le 4 novembre, qu'il sollicite l'avis du Conseil d'État pour éclairer le gouvernement et les chefs d'établissement sur la meilleure façon de concilier le principe de laïcité et le respect des droits des enfants. Dans le monde enseignant, certains l'accusent de se défausser devant un problème qu'il lui revient de trancher. C'est également l'opinion de Jean-Pierre Chevènement [1], qui se souvient avoir eu « une prise de bec avec François Mitterrand », en marge d'une cérémonie militaire dans la chapelle des Invalides : « Je lui ai dit que c'était une erreur, car il fallait trancher rapidement afin de couper court à la vague médiatique qui s'enflait. » François Mitterrand [2] : « Chevènement était arc-bouté sur ses convictions. J'appréciais sa fidélité à des choix importants. Avec lui, la discussion n'était jamais médiocre. »

Le 8 novembre, la séance des questions à l'Assemblée nationale permet au gouvernement de montrer un front uni, lors des interventions coordonnées de Michel Rocard et de quatre ministres, pris à partie par la droite qui dénonce la démission du pouvoir. Encouragé par Mitterrand à prendre

1. Entretien le 27 juin 1995.
2. Entretien le 4 octobre 1994.

la défense de Jospin, le Premier ministre s'attache à expliquer qu'« il n'y a pas, d'un côté, ceux qui acceptent le port du foulard et, de l'autre, ceux qui le refusent, mais il y a du même côté tous ceux qui le refusent et qui se distinguent sur le choix des moyens » pour le faire disparaître de l'école. Lionel Jospin est interpellé à plusieurs reprises, en particulier par la RPR Michèle Barzach, qui lui demande « s'il va devenir le ministre du recul de la laïcité et de l'aide à l'intégrisme ». Un sondage publié par *Le Nouvel Observateur* indique que 66 % des Français désapprouvent la décision de Jospin de refuser d'exclure *a priori* les porteuses de voile.

Dans l'attente de l'oracle des sages du Palais-Royal, le débat perd de sa virulence. Le gouvernement est parvenu ainsi à gagner un peu de temps. Le 27 novembre, le Conseil d'État propose une formule de compromis : « Le port de signes religieux n'est pas par lui-même incompatible avec la laïcité de l'école publique », à la différence du « prosélytisme » ou des signes « ostentatoires ». Cet avis, qui avalise la position de Lionel Jospin, revient à renvoyer aux chefs d'établissement l'appréciation et la décision sur le terrain, même si des circulaires ministérielles peuvent les aider à préciser la marche à suivre.

François Mitterrand confie à ses proches qu'il a apprécié le réalisme de son ministre de l'Éducation nationale et souligne qu'il y a eu là beaucoup de bruit pour rien, puisque le problème ne dépasse pas à ce moment-là le cas de six jeunes filles dans trois établissements [1].

Un an après l'affaire de Creil, une note des Renseignements généraux [2] fait état d'environ quatre cents collégiennes portant le foulard islamique. Dans la quasi-totalité des cas,

1. Dans son livre *L'Invention du possible* (Paris, Flammarion, 1991, p. 238-295), Jospin s'explique longuement sur son attitude. Sa conclusion mérite d'être rapportée : « Si la laïcité était trop rigoriste dans ses interdits et dans ses préceptes, on sait très bien qu'on ne pourrait pas l'appliquer vraiment aux jeunes catholiques, aux jeunes juifs ou aux jeunes protestants, sans brimer la liberté religieuse et sans soulever des protestations dans l'opinion. Ce qui veut dire que ces interdits laïcs vaudraient à l'usage exclusif des arabo-musulmans et auraient donc un contenu discriminatoire, voire raciste. Ce qui serait la négation même de la laïcité. »

2. Document d'archives.

ceci ne pose pas de problème car il n'y a pas de médiatisation et les enseignants ferment les yeux.

Il faut attendre un arrêt du Conseil d'État, le 2 novembre 1992, pour établir clairement les limites des pouvoirs des chefs d'établissement dans le contentieux sur le foulard. La haute juridiction administrative annule le règlement intérieur du collège Jean-Jaurès de Montfermeil sur la base duquel le proviseur avait exclu en 1990 trois jeunes filles portant le foulard. Ce règlement interdisait strictement « le port de tout signe distinctif, vestimentaire ou autre, d'ordre religieux, politique ou philosophique ». Pour le Conseil d'État, il s'agissait là d'une interdiction « trop générale et absolue » portant atteinte « de manière excessive à la liberté de manifester une appartenance à une religion ».

Deux ans plus tard, soumis aux pressions d'Ernest Chenières, ancien principal de Creil, devenu député RPR de l'Oise et porte-étendard d'un mouvement pour l'interdiction totale du foulard dans les écoles, le ministre de l'Éducation nationale François Bayrou préconise à son tour une approche éducative plutôt que répressive, mais signe une circulaire plus contraignante, répondant ainsi au vœu des chefs d'établissement et des enseignants. Il est vrai que le climat a évolué depuis 1989. L'intégrisme a gagné du terrain au sein de la communauté musulmane de France. Certaines organisations islamistes radicales encouragent le port du foulard à l'école pour provoquer des exclusions, dans le dessein d'apparaître comme les vrais défenseurs de l'islam.

L'intégration réaffirmée

• Dérapages

La spectaculaire émotion soulevée par l'affaire du foulard islamique oblige le gouvernement à réagir rapidement sur le terrain de l'immigration, devenu, à en croire les sondages, la deuxième préoccupation des Français après le chômage.

Tandis que Lionel Jospin prépare ses instructions aux chefs d'établissement à la lumière de l'avis du Conseil d'État, l'Élysée, Matignon et le ministère de l'Intérieur, en liaison avec le Parti socialiste et SOS-Racisme, s'attellent à une relance de la politique d'intégration. Face aux attaques de la droite et aux surenchères de l'extrême droite, il s'agit pour la gauche de démontrer qu'elle s'attèle concrètement au problème de l'immigration clandestine et aux moyens d'assimiler les immigrés en situation régulière par des politiques économiques, sociales et culturelles.

Pour donner corps à cette politique et coordonner une action qui relève de nombreux départements ministériels (Intérieur, Éducation nationale, Logement, Affaires sociales, Justice...), l'idée de créer un ministère de l'Intégration est envisagée. On pense le confier à un beur. Mais, dans une note interne du 21 novembre 1989, le secrétaire général adjoint de l'Élysée Christian Sautter met en garde contre la création d'un ministère sans budget propre qui ne pourrait pas faire grand-chose s'il ne disposait pas en outre d'une administration.

Le 26 novembre, les résultats du premier tour de deux élections législatives partielles, marquées par une très forte abstention, provoquent un choc. A Dreux, Marie-France Stirbois, veuve du secrétaire général du Front national Jean-Pierre Stirbois, recueille 42,5 % des voix, soit le double du résultat de Jean-Marie Le Pen dans cette circonscription à la présidentielle de 1988. A Marseille, Marie-Claude Roussel talonne le candidat UDF avec 33 % des suffrages. Les deux candidates d'extrême droite ont, bien sûr, axé leurs campagnes sur l'immigration et l'insécurité. Au second tour, le 3 décembre, le PCF et le PS appellent à voter pour le candidat de droite contre le FN. Mme Stirbois l'emporte à Dreux. A Marseille, l'UDF Jean-François Mattéi devance de peu Mme Roussel.

Invité ce soir-là à « 7 sur 7 », Michel Rocard, soulignant que la France qui doit rester « une terre d'asile politique (...) ne peut pas héberger toute la misère du monde », annonce un renforcement de la lutte contre l'immigration clandestine et un effort accru pour l'intégration. Le mercredi suivant, 6 décembre, le Conseil des ministres approuve la mise en place d'un comité interministériel permanent, placé sous la direction de l'ancien responsable CFDT Hubert Prévot, chargé d'arrêter des mesures concrètes en matière d'intégration. Un comité de neuf sages, le « Haut Conseil à l'intégration », représentant l'ensemble des sensibilités politiques, est également créé pour superviser l'ensemble.

L'hypothèse d'un ministère de l'Intégration a été écartée par Michel Rocard, conscient qu'elle aboutirait à « dépouiller les ministres compétents », essentiellement Lionel Jospin, Pierre Joxe et Claude Évin, qui refusent de se voir dépossédés d'une part de leurs prérogatives. Elle se concrétisera au mois de mai 1991 dans le gouvernement d'Édith Cresson où l'ingénieur des mines Kofi Yamgnane, d'origine togolaise, sera nommé secrétaire d'État aux Affaires sociales et à l'Intégration.

Le 10 décembre, de retour du difficile Conseil européen de Strasbourg qu'il a présidé [1], François Mitterrand est longuement interrogé à la télévision sur les problèmes de l'immigration. Après les déchaînements autour de l'affaire du foulard, la cacophonie gouvernementale sur la laïcité, l'élection de Dreux et les mesures Rocard sur l'intégration, le chef de l'État cherche avant tout à dédramatiser.

Il insiste tout d'abord sur la dimension européenne du problème : « L'immigration se produit de la même manière dans beaucoup de pays d'Europe [2]. » Il souligne aussi que la proportion d'immigrés reconnus dans la population totale en France n'a pas augmenté depuis l'arrêt officiel de l'immigration en 1974 et répète que « les clandestins doivent être expulsés » dans le respect du droit tandis que « tous les autres doivent être protégés comme l'on protège tout travailleur ». Au-delà des chiffres, François Mitterrand constate que la présence des clandestins « est ressentie plus cruellement parce qu'ils apparaissent comme se moquant de nos lois, de nos raisons de sécurité et parce qu'ils créent un sentiment de trouble, d'incertitude et de manque de confiance dans les institutions publiques ».

L'un des journalistes lui demande alors s'il « accepte,

1. Voir XIIe partie : « Une Allemagne contre une Europe ».

2. Avec 4,2 millions d'immigrés, soit 8,3 % de la population, la France se situe, avec la Belgique et la RFA, au-dessus de la moyenne européenne de 7 %.

comme une grande majorité de Français[1], cette notion qu'il y a en fait un seuil de tolérance ».

Mitterrand répond : « Ne me demandez pas mon avis sur le caractère moral, bien que j'aie quelque opinion, mais le seuil de tolérance a été atteint dès les années 70. »

En reprenant à son compte la formule de « seuil de tolérance », le président de la République heurte nombre de ses amis socialistes, militants des droits de l'homme et de la cause des immigrés, pour lesquels l'utilisation de ce vocabulaire ne peut qu'apporter de l'eau au moulin de la droite et de l'extrême droite.

Harlem Désir[2] : « Nous sommes effarés. Je fais immédiatement des déclarations à la presse pour dénoncer cette erreur. J'explique que le seuil de tolérance, ça n'existe pas, et je dis que le président devrait revenir sur ses propos. Il nous reçoit dans les dix jours et reconnaît que la formule lui a échappé : "On m'a lancé cette expression et je n'ai pas su m'en dépatouiller." » Harlem Désir est convaincu de la sincérité du chef de l'État : « C'est le seul dérapage involontaire de cet homme qui n'a jamais surfé sur la vague xénophobe et a toujours tenu bon sur l'humanisme, même s'il y a eu des renoncements de sa part en matière de politique économique et sociale. »

Un mois plus tard, Mitterrand fait amende honorable, dans une interview au bulletin du Parti socialiste, *Vendredi* : « Quand on est mal compris, c'est qu'on s'est mal expliqué (…) Le seuil de tolérance est une notion trop vague pour n'être pas suspecte. » Il explique qu'il a voulu montrer que la proportion d'immigrés était constante depuis 1974, pour « relativiser les irritations d'une opinion exaspérée par des situations particulières et chauffée à blanc par des campagnes démagogiques ».

Il réitère ses explications devant les lycéens de la FIDL[3], le 27 janvier, à Orsay.

1. La moyenne des sondages effectués entre l'été 1989 et l'été 1990 fait apparaître que deux Français sur trois considèrent qu'il y a trop d'immigrés en France.

2. Entretien le 26 février 1996.

3. Fédération indépendante et démocratique lycéenne, proche du PS.

• Antiracisme

Dès le début de l'année 1990, le gouvernement Rocard se met au travail « sans tapage », selon la consigne du Premier ministre, d'abord pour tenter de mieux maîtriser les flux migratoires, puis pour faciliter l'intégration des immigrés en situation régulière. La tâche est immense et difficile. En 1989, bien qu'officiellement l'immigration soit stoppée depuis quinze ans, le solde migratoire a en effet atteint 100 000 personnes [1]. La principale réforme mise en œuvre est le renforcement des moyens de l'OFPRA (Office français de protection des réfugiés et apatrides) pour accélérer le traitement des demandes d'asile et mieux déceler les fraudes.

Le 10 mars, deux crimes visant des jeunes Maghrébins, à Roanne (Loire) et à Saint-Florentin (Yonne), donnent le sentiment que la France connaît une poussée de racisme et de xénophobie. Le 27 mars, un rapport officiel nuance cette impression. Le nombre d'actions violentes à caractère raciste ne varie guère d'une année à l'autre – autour de cinquante cas répertoriés – mais elles s'exercent à 80 % contre les Maghrébins et sont dues pour plus du quart à des « skinheads ». « Un racisme "mou" se banalise » à travers le pays, relève dans *Le Monde* Robert Solé, le spécialiste de ces dossiers.

Michel Rocard a pris conscience de la pente dangereuse sur laquelle risque de glisser le pays. Il décide de faire de la lutte antiraciste, et au-delà, de la politique d'immigration, une grande cause nationale sur laquelle il pense pouvoir réunir les principales familles politiques de droite ou de gauche, afin d'isoler le Front national. Cette volonté de rassembler les gens raisonnables, un peu à l'image du consensus sur les questions de Défense nationale, s'inscrit aussi dans sa stratégie présidentielle de séduction des responsables et des électeurs modérés.

1. Selon un document gouvernemental interne, ce solde se décompose ainsi : 35 000 entrées par regroupements familiaux, 15 000 étudiants, 12 000 travailleurs, 61 000 demandeurs d'asile et environ 25 000 clandestins auxquels il faut soustraire 50 000 sorties du territoire.

Le 28 mars, il invite donc à Matignon, pour le 3 avril, une vingtaine de personnalités de la majorité et de l'opposition pour leur soumettre un « plan national de lutte contre le racisme » qui revient essentiellement à faciliter les procédures contre les propos ou actions racistes ou antisémites. Cette initiative spectaculaire n'est pas dénuée d'arrière-pensées : elle intervient en effet trois jours avant une réunion des dirigeants RPR et UDF consacrée à l'immigration, dans le cadre des « états généraux » thématiques organisés depuis quelques mois par l'opposition.

Les assises de Villepinte sur l'immigration confirment l'existence de divergences de sensibilité et de stratégie, dans l'opposition parlementaire, face à un Front national dont les thèses ébranlent une partie des militants et de l'électorat conservateurs. Si un accord est fabriqué autour de la volonté d'aménager le Code de la nationalité et de réformer le droit d'asile, la discussion est vive sur les droits sociaux des immigrés. A la veille des « états généraux », Nicolas Sarkozy, secrétaire général adjoint du RPR, avait lancé un pavé dans la mare en préconisant de réserver certaines prestations sociales aux « nationaux ». Les centristes y voient un clin d'œil appuyé au Front national alors réuni en congrès à Nice où les orateurs dénoncent la collusion entre l'opposition et les socialistes accusés de laxisme en matière d'immigration. A Villepinte, Jacques Chirac soutient la démarche de son poulain Sarkozy, s'attirant la réplique du CDS Bernard Stasi : « Je refuse de rentrer dans l'engrenage de la préférence nationale. »

Après quelques tractations dans les coulisses, les partis de l'opposition acceptent de se rendre à l'invitation de Michel Rocard à Matignon en échange de sa promesse de tenir une autre table ronde, consacrée, celle-ci, à la politique de l'immigration. En l'absence de Jacques Chirac et de Valéry Giscard d'Estaing qui se font représenter par Charles Pasqua et Charles Millon, la réunion du 3 avril se déroule dans une atmosphère consensuelle, à l'exception d'un désaccord exprimé par la droite sur deux propositions de Rocard : la création d'un délit sanctionnant les « révisionnistes », qui nient la réalité de l'holocauste nazi, et l'extension de la notion d'incitation à la haine raciale.

Le gouvernement décide de passer outre et accepte, le

18 avril, d'inscrire à l'ordre du jour de l'Assemblée nationale une proposition de loi émanant du député communiste de la Seine-Saint-Denis, Jean-Claude Gayssot, visant à réprimer tout acte raciste, antisémite ou xénophobe. Dans un premier temps, l'opposition ne réagit pas. Jean-Marie Le Pen, en revanche, se sentant directement visé, donne de la voix. Il est vrai qu'une loi plus répressive lui ferait courir le risque de procès à répétition s'il persistait dans ses dérapages révisionnistes – le « détail » de septembre 1987 à propos de l'holocauste – ou ses « calembours » à connotation antisémite, comme le « Durafour-crématoire » de septembre 1988, qui lui vaut à l'initiative du ministre de la Justice Pierre Arpaillange d'être inculpé le 22 mars 1990 d'« outrage [1] ».

La proposition Gayssot est débattue le 2 mai, dans une atmosphère de violence verbale et d'invectives, sous le regard ravi de Le Pen, installé dans les tribunes du public. La droite dure accuse le gouvernement de cautionner un texte « liberticide » dans la mesure où il sanctionne davantage les journaux qui reproduisent des propos condamnables. Certains orateurs reprochent sans détour au pouvoir de ne chercher qu'à entraver Le Pen. Les centristes jugent ce texte inutile au regard de l'arsenal répressif existant. Assorti de plusieurs amendements qui en atténuent la rigueur, le texte est voté au petit matin par les socialistes et les communistes.

Si sa nécessité juridique n'est pas évidente, la loi Gayssot, par l'hostilité qu'elle a soulevée à droite, permet à la gauche de montrer à l'opinion qu'elle est seule à la pointe du combat contre l'extrême droite.

Mais, par contrecoup, le consensus souhaité par Rocard vole en éclats, au point que la table ronde sur l'immigration prévue pour le 16 mai semble définitivement compromise. L'UDF puis le RPR ont en effet durci le ton en exigeant comme préalable à leur venue à Matignon la renonciation par le PS à instaurer un jour le droit de vote des étrangers aux élections locales et l'inscription à l'ordre du jour d'une réforme du Code de la nationalité.

1. Pour ce « bon mot » insultant à l'égard de l'ancien ministre de la Fonction publique, Michel Durafour, Le Pen sera condamné en appel le 3 juin 1993 à 10 000 francs d'amende.

Tandis que l'opposition dépose le 4 mai une motion de censure sur l'application des lois d'amnistie sur le financement des activités politiques [1], Michel Rocard cherche à sauver sa table ronde sur l'immigration. Il demande aux socialistes de l'aider en abandonnant publiquement le droit de vote des étrangers aux scrutins municipaux, en échange d'une renonciation de la droite à la révision du Code de la nationalité.

Le Front national, pour sa part, cherche à tirer profit du mauvais climat politique en radicalisant son attitude. Après avoir déclaré, le 1er mai devant la statue de Jeanne d'Arc à Paris, qu'il pourrait comprendre qu'« un certain nombre de gens exaspérés puissent s'écarter de la légalité », Jean-Marie Le Pen fait conspuer par ses militants, le 8, à Orléans, Michel Rocard venu présider l'anniversaire de la libération de la ville par la Pucelle. Le 9 mai au soir, invité de « L'Heure de vérité », il « adopte un ton accommodant, mais n'abandonne rien du credo antiparlementariste, antisémite et antigaulliste de la frange qu'il incarne [2] ».

Le lendemain, 10 mai 1990, on apprend que le vieux cimetière juif de Carpentras a été profané au cours de la nuit précédente : trente-quatre sépultures saccagées, des stèles brisées, ainsi que la dépouille d'un homme récemment inhumé sortie de son cercueil et, comble de l'abjection, empalée sur un piquet de parasol. Aucune inscription antisémite ne vient signer ce crime.

L'émotion est immense, la réprobation unanime. Le choc est tel qu'il balaie les affrontements politiques des dernières semaines.

S'ils prennent garde de n'accuser personne, les commentateurs de tous bords soulignent, à l'instar d'André Fontaine dans *Le Monde*, « le danger de la banalisation du discours raciste ou révisionniste (...) dont les effets peuvent être tragiques ». Dans *Le Figaro*, qui parle d'« acte d'antisémitisme sans précédent », Georges Suffert revient sur la prestation

1. Voir *infra*.
2. Selon le résumé de *L'Année politique 1990*, Paris, Éditions du Moniteur, 1991, p. 238-249.

télévisée de Le Pen, au soir de la profanation, pour fustiger son antisémitisme.

La classe politique fait chorus en s'inclinant devant une communauté juive traumatisée et en appelant, tel François Mitterrand, les Français à « se ressaisir », ou Jacques Chirac, à « lutter contre les incitations à la haine raciale ».

Jean-Marie Le Pen condamne cette profanation et parle d'une « provocation ignoble », affirmant que « les professionnels de l'antiracisme et un certain nombre de leurs complices sont dans le coup ».

A la suite du ministre de l'Intérieur, chargé des cultes, Pierre Joxe – accouru à Carpentras quelques heures après la découverte de la profanation, alors qu'il était en déplacement à Nîmes –, les personnalités politiques et religieuses se succèdent à Carpentras pour dire leur indignation. Le samedi 12 mai, quatre « skinheads » sont placés en garde à vue alors que la police se montre prudente tout en indiquant qu'elle oriente ses recherches « de manière préférentielle du côté de l'extrême droite ». Les quatre garçons seront rapidement relâchés.

La polémique se mêle à l'émotion. Le Pen, affirmant être victime d'« un véritable procès de sorcière », fait porter sur Joxe une « écrasante responsabilité » et demande à la police de chercher plutôt du côté « des mouvements subversifs islamistes, des communistes et de leur courroie de transmission du MRAP[1] ». Le ministre de l'Intérieur voit en Le Pen « un raciste et un provocateur » qui « ferait mieux de garder le silence ».

Le lundi 14 mai, le Conseil des ministres, avancé en raison du voyage présidentiel en Polynésie, s'achève lorsque François Mitterrand demande à ses ministres de se rasseoir. Il avait oublié la déclaration qu'il souhaitait faire sur la profanation de Carpentras. Un communiqué est publié peu après. Mitterrand corrige à deux reprises le projet de texte : il ajoute la formule « le respect des vivants est lié au respect des morts ». Et il biffe un paragraphe dans lequel il devait « demander au gouvernement de prendre des initiatives »

1. Mouvement contre le racisme et pour l'amitié entre les peuples, proche de la gauche.

pour faire respecter les droits de l'homme. Il préfère une formule selon laquelle ces principes doivent être respectés « plus fermement que jamais au moment où se développent de nouvelles et dangereuses tentatives d'exclusion et de discrimination ».

L'après-midi, il se joint aux plus de 200 000 Parisiens qui manifestent à la Bastille avec l'ensemble des responsables politiques[1] et religieux français derrière une unique banderole proclamant « non au racisme ». Tandis que le Front national continue de se poser en victime d'une provocation, la classe politique donne une image réconciliée. Plusieurs responsables des partis de droite font savoir qu'ils renoncent à boycotter la table ronde sur l'immigration toujours prévue par le Premier ministre pour le surlendemain, 16 mai.

• Renoncements

Tandis que le choc de Carpentras traumatise le pays, Michel Rocard s'emploie à convaincre l'opposition de le rejoindre. Le samedi 12 mai, il soumet à François Mitterrand un projet de lettre[2] aux responsables des formations politiques dans laquelle il propose d'« élaborer une charte minimale » reposant sur un compromis : « Que chacun fasse aux autres la concession d'une pause sur un thème plus symbolique qu'indispensable qui provoque une immédiate réaction de rejet de la part de l'autre camp. Il s'agit dans la majorité du thème de la reconnaissance du droit de vote aux étrangers pour les élections locales et dans l'opposition de la revendication d'une réforme du Code de la nationalité. »

Selon Jean-Louis Bianco[3], « le président était furieux de ce recul idéologique ». Selon Mitterrand, « il n'est pas possible de mettre sur le même plan quelque chose à quoi nous croyons, même s'il est impossible de le mettre en chantier actuellement, et une réforme suggérée par Le Pen et adoptée tactiquement par Chirac. Le président a dit à ce sujet de

1. A l'exception remarquée de Valéry Giscard d'Estaing.
2. Document d'archives.
3. Document d'archives : récit du secrétaire général de l'Élysée à l'historienne Georgette Elgey.

Michel Rocard : “Il est obsédé par l'alliance avec les centristes” ».

Pourtant, le chef de l'État laisse son Premier ministre envoyer cette lettre après avoir obtenu, semble-t-il, que le « deal » proposé par Rocard n'engage pas les socialistes au-delà de la présente législature.

Quatre jours plus tard, alors qu'à la demande de l'opposition, la table ronde de Matignon est reportée au 29 mai, après un débat sur l'immigration à l'Assemblée nationale, le bureau exécutif du Parti socialiste emboîte le pas de Michel Rocard, justifiant son revirement par le « souci d'éviter de créer un abcès de fixation » sur le droit de vote des étrangers.

Cette concession suscite la colère d'une partie de l'aile gauche du PS, notamment du groupe emmené par Julien Dray, l'un des mentors de SOS-Racisme, et par Jean-Luc Mélenchon. Une de leurs proches, l'ancienne figure du mouvement étudiant de 1986, Isabelle Thomas, devenue chargée de mission à l'Élysée, écrit le lendemain une note rageuse au président : « Ce renoncement signifie, quelques jours après Carpentras, que plus l'ignominie du racisme est révélée et plus la résistance des socialistes s'effrite. » En barrant cette note de la formule « d'accord, FM », son destinataire indique qu'il partage cette analyse.

Le 22 mai, le débat parlementaire sur l'immigration organisé à la demande de l'opposition en préalable à la table ronde du 29, voit s'évanouir les illusions de Michel Rocard, s'il en avait encore. Après avoir assuré qu'il renonçait « en ce qui le concerne » au droit de vote des étrangers, le Premier ministre reçoit le coup de pied de l'âne donné par le député mauroyiste du Nord Jean Le Garrec, porte-parole du groupe socialiste, qui lui demande de contribuer à l'effort du PS pour convaincre l'opinion que ce droit serait un puissant facteur d'intégration. La droite s'engouffre dans la brèche en mettant en doute les intentions de Rocard.

C'est en fait la ligne défendue par Charles Pasqua qui l'a emporté au sein de l'opposition. A droite, deux écoles s'opposaient. Les « colombes », partisans de saisir la perche tendue par Michel Rocard pour faire de la politique de l'immigration un sujet non polémique afin d'instaurer une sorte de consensus à travers le pays qui marginaliserait le

Front national. A l'inverse, les « faucons » estiment que cette attitude « ouvrirait un boulevard à Le Pen » qui aurait beau jeu de dénoncer la collusion socialo-libérale.

C'est donc sans surprise que, le 29 mai, la table ronde s'achève sans résultat concret.

Pis, la majorité sénatoriale de droite adopte, dans la nuit du 20 au 21 juin, une proposition de loi défendue par Charles Pasqua, sur le Code de la nationalité, s'inspirant des conclusions du rapport de la commission présidée par Marceau Long, formée par Jacques Chirac au début de 1988. Le texte, qui restera sans lendemain car le gouvernement ne l'inscrit pas à l'ordre du jour de l'Assemblée nationale, instaure notamment une procédure de démarche volontaire pour les enfants nés en France de parents étrangers afin d'acquérir la nationalité française à leur majorité. Redevenu ministre de l'Intérieur en mars 1993, Charles Pasqua fera voter cette réforme au mois de mai de la même année.

L'enquête sur la profanation du cimetière de Carpentras donne lieu à des controverses. Après avoir orienté leurs investigations dans les milieux néo-nazis, les policiers du SRPJ de Montpellier et de l'antenne d'Avignon privilégient dès le mois de juin la piste locale de jeunes désœuvrés. L'opposition de droite réclame des explications au ministre de l'Intérieur Pierre Joxe, que Jean-Marie Le Pen accuse de brouiller les pistes. Il maintient sa thèse d'une machination visant à discréditer son parti. Six ans plus tard, le 31 juillet 1996, la police interpelle dans le Vaucluse trois skinheads, ou anciens skinheads, proches du Parti nationaliste français et européen (PNFE), groupuscule néo-nazi, après les aveux de deux d'entre eux. Connus des services de police, ils avaient déjà été interrogés au lendemain de la profanation puis relâchés faute de preuves.

Hôtel Matignon, dimanche 26 juin 1988. Michel Rocard, entouré de Jean-Paul Huchon et de Christian Blanc, s'adresse à l'indépendantiste kanak Jean-Marie Tjibaou et aux élus du RPCR Jacques Lafleur et Dick Ukeiwé qui viennent de conclure un accord sur l'avenir de la Nouvelle-Calédonie. C'est le succès inaugural de la « méthode Rocard ». (Photo AFP.)

Lundi 6 novembre 1989. La jeune Leïla arrive au collège Gabriel-Havez de Creil (Oise) escortée par le principal Ernest Chenières, hostile au port du foulard islamique dans son établissement. (Photo Leimdorfer, AFP.)

Arles, jeudi 27 octobre 1988. François Mitterrand salue les infirmières en grève : le premier conflit social du second septennat. (Photo Faget, AFP.)

Ci-dessous : Jeudi 31 mars 1988. Roger-Patrice Pelat accompagne François Mitterrand au domicile d'Edgar Faure, décédé la veille. Un an plus tard, leur amitié est mise à l'épreuve avec les délits d'initiés de l'affaire Pechiney. (Photo Perry, AFP.)

Mardi 17 octobre 1989. À l'Assemblée nationale, où ils présentent le projet de Budget pour 1990, Michel Rocard, Pierre Bérégovoy et Michel Charasse doivent affronter la surenchère des députés socialistes et l'absence de majorité absolue. (Photo AFP.)

Vendredi 14 juillet 1989. Devant la pyramide du Louvre, « photo de famille » des participants au sommet des pays industrialisés : Jacques Delors, Ciriaco de Mita, Helmut Kohl, George Bush, François Mitterrand, Margaret Thatcher, Brian Mulroney et Sosuke Uno. (Photo Faget, AFP.)

Prague, vendredi 9 décembre 1988. En visite officielle dans la Tchécoslovaquie communiste, François Mitterrand reçoit à l'ambassade de France les responsables de la dissidence autour du dramaturge Vaclav Havel, sorti de prison la veille. (Photo Janin, AFP.)

… Bratislava, vendredi 14 septembre 1990. Devenu président de la République tchécoslovaque, le héros de la « révolution de velours » donne une conférence de presse avec son invité français. (Photo Janin, AFP.)

Samedi 11 novembre 1989.
Devant la porte de Brandebourg, un Berlinois jongle avec un morceau du « Mur », tombé depuis deux jours. (Photo AFP.)

Lundi 20 novembre 1989.
Plus de cent mille Est-Allemands manifestent à Leipzig.
On voit apparaître des banderoles réclamant la réunification.
(Photo Hertzog, AFP.)

Bonn, mardi 28 novembre 1989.
Devant le Bundestag,
Helmut Kohl dévoile son « plan en dix points » qui ouvre la voie à l'unité des deux Allemagnes.
(Photo Gamma.)

Bonn, jeudi 2 novembre 1989. François Mitterrand et Helmut Kohl passent en revue un détachement de marins devant la chancellerie fédérale. Le lendemain, Mitterrand assure : « Je n'ai pas peur de l'unité allemande. » (Photo AFP.)

Kiev, mercredi 6 décembre 1989. Mikhaïl Gorbatchev à François Mitterrand : « Si la réunification a lieu, je serai renversé par un coup d'État militaire. » (Photo Janin, AFP.)

Ile de Saint-Martin aux Antilles, samedi 16 décembre 1989. François Mitterrand : « George Bush se fichait complètement de la réunification, du moment que l'Allemagne restait dans l'OTAN. » (Photo Janin, AFP.)

Potsdam, mardi 12 décembre 1989. Le secrétaire d'État américain James Baker est reçu par le Premier ministre est-allemand Hans Modrow. Baker : « Je savais que le président Mitterrand devait se rendre à Berlin-Est la semaine suivante et je voulais démontrer le *leadership* américain en y allant le premier. » (Photo AFP.)

Mardi 19 décembre 1989. Helmut Kohl accueilli par Hans Modrow à Dresde. « Quand j'ai vu la foule qui m'attendait, j'ai compris que l'unité allemande était faite. » (Photos Piel, Gamma.)

Berlin-Est, mercredi 20 décembre 1989. François Mitterrand et Manfred Gerlach, président par intérim du Conseil d'État de RDA, contemplent la petite Europe sur un globe terrestre. Le soir, lors du toast officiel, Mitterrand déclare : « République démocratique allemande et France, nous avons encore beaucoup à faire ensemble. » (Photo AFP.)

À Leipzig, le lendemain, en compagnie du chef d'orchestre Kurt Masur, figure de l'opposition démocratique, Mitterrand salue la foule qui l'acclame. Il déclare : « Si le peuple allemand se prononce pour l'unité, ce n'est pas la France qui s'y opposera. » (Photo Hertzog, AFP.)

Jeudi 9 mars 1990. Conférence de presse à l'Élysée à l'occasion de la visite des dirigeants polonais. Michel Rocard se demande combien de temps encore François Mitterrand va le garder à Matignon.
(Photo Ceyrac, AFP.)

Jeudi 10 mai 1990, dans les jardins de l'Élysée. Les collaborateurs du président et du Premier ministre avec les couples Mitterrand et Rocard. Un convive dira : « On avait l'impression d'assister à un déjeuner de deux familles de province qui se reçoivent par obligation. »
(Photo Simon, Gamma.)

Jeudi 11 janvier 1990, à l'hôtel Intercontinental, Charles Pasqua et Philippe Séguin s'attaquent à Jacques Chirac : « Le RPR est incapable de tracer une ambition collective. » (Photo Reglain, Gamma.)

Samedi 11 février 1990, aux assises RPR du Bourget. Le secrétaire général Alain Juppé assure au président Chirac que « le putsch a échoué ». (Photo Guillaud, AFP.)

Au congrès socialiste de Rennes, les 17 et 18 mars 1990.
Laurent Fabius, en conversation avec Jean-Paul Huchon, redoute de se retrouver isolé par la coalition Rocard-Jospin.
Lionel Jospin est écartelé. Il hésite à rompre avec Mitterrand en s'alliant à Rocard. (Photos AFP.)

Pierre Mauroy à la tribune, à la fin du « congrès de la rose brisée ». (Photo AFP.)

Dimanche 25 mars 1990, François Mitterrand commente le congrès de Rennes devant Anne Sinclair, dans la bibliothèque de l'Élysée : « Ces déchirements ne sont pas heureux. » (Photo AFP.)

Vendredi 3 juin 1988. Sur le perron de l'Élysée, le maréchal-président Mobutu Sese Seko du Zaïre prend congé de François Mitterrand. À l'arrière-plan, Jean-Christophe Mitterrand, conseiller pour les affaires africaines. (Photo Janin, AFP.)

Jeudi 9 mars 1989. Sur le site romain de Tipaza, en Algérie, François Mitterrand confirme son soutien au président Chadli Benjedid, six mois après les émeutes d'Alger. (Photo Faget, AFP.)

Yasser Arafat, président de l'OLP, reçu pour la première fois par François Mitterrand à l'Élysée, le mardi 2 mai 1989. (Photo AFP.)

Beyrouth, 2 décembre 1989. Assiégé par les forces prosyriennes dans le palais présidentiel de Baabda, le général chrétien Michel Aoun demande le soutien de la France. (Photo Daher, Gamma.)

Ci-dessus :
Après le Conseil restreint du jeudi 9 août 1990, au cours duquel François Mitterrand a déclaré : « Il faut lutter contre Saddam Hussein quelles qu'en soient les conséquences. Si nous ne le faisons pas, nous serons les faux frères de l'Occident. » (Photo Hertzog, AFP.)

Mercredi 27 février 1991. Une patrouille française dans Al-Salman (sud de l'Irak), occupée par des éléments de la division Daguet. (Photo Nelson, AFP.)

Le même jour, les GI en liesse après la reconquête de Koweït City. (Photo Nelson, AFP.)

Une grande surface incendiée, le dimanche 7 octobre 1990 à Vaulx-en-Velin, près de Lyon. La France aux prises avec le mal des banlieues. (Photo Malié, AFP.)

À l'Élysée, le lundi 12 novembre 1990. François Mitterrand reçoit une délégation des lycéens qui manifestent depuis trois semaines.
(Photo Hertzog, AFP.)

Mercredi 14 novembre 1990 à l'Assemblée nationale. Le ministre socialiste de la Justice, Henri Nallet, répond aux attaques de l'opposition sur le financement par Urba de la campagne présidentielle de François Mitterrand. (Photo Apestéguy, Gamma.)

Lundi 8 avril 1991. Réunion au Mans du « Forum pour la justice » autour de l'ex-inspecteur Antoine Gaudino et du juge Thierry Jean-Pierre. (Photo Durand, Gamma.)

21 mai 1991, au siège du Parti socialiste. Sourires crispés à l'occasion du dixième anniversaire de l'arrivée de François Mitterrand à l'Élysée. (Photo Lebrun, Gamma.)

CHAPITRE 3

L'argent, le Parti et la loi

Longtemps occulté par la conspiration du silence des grands partis, le débat sur le financement de la vie politique s'installe brusquement au printemps 1989 sur le devant de l'actualité pour ne plus la quitter.

Mis en difficulté par les révélations sur le fonctionnement du réseau Urba destiné à alimenter les caisses du Parti socialiste, le pouvoir multiplie les impairs : il entrave le cours de la justice et fait voter une amnistie équivoque qui se retourne contre lui. Dans le climat de suspicion ainsi créé à l'égard des socialistes et entretenu par une partie de la magistrature, de la presse et de l'opposition, le gouvernement ne se voit pas reconnaître par l'opinion le mérite d'avoir au même moment introduit une législation qui assainit les rapports entre l'argent et la politique.

« Ces affaires et en particulier la calamiteuse loi d'amnistie, que j'ai eu le tort d'accepter, nous ont causé un tort immense et ont largement contribué à notre échec électoral de 1993 », constate *a posteriori* François Mitterrand [1].

Michel Rocard [2] partage ce constat : « Tout ça nous a coûté cent cinquante sièges de députés et notre honneur. »

L'affolement

• Les trouvailles de Marseille

Le lundi 17 avril 1989, les inspecteurs de police Antoine Gaudino et Alain Mayot perquisitionnent dans les locaux de

1. Entretien le 29 mars 1994.
2. Entretien le 7 avril 1994.

la délégation régionale d'Urbatechnic à Marseille, dans le cadre de leur enquête sur les fausses factures de l'entreprise de travaux publics SORMAE[1]. Ils y découvrent des documents très complets sur le financement occulte du Parti socialiste. Ils placent en particulier sous scellé quatre cahiers à spirale retrouvés dans le bureau de Joseph Delcroix, détaché à Marseille après avoir été le directeur administratif du siège parisien d'Urba. Les « cahiers Delcroix », remis au juge Pierre Culié, qui instruit le dossier SORMAE, constituent une chronique minutieuse des activités d'intermédiaire d'Urbatechnic en matière de passations de marchés de travaux publics et de celles de son pendant, le Gracco, sur les contrats d'approvisionnement des municipalités socialistes.

Créé en 1972, un an après la fondation du PS à Épinay, Urba a pignon sur rue. Ce GIE – groupement d'intérêt économique – tient un stand dans tous les congrès du PS où il propose ses services aux collectivités locales socialistes. Ses prestations consistent à l'origine à fournir des études pour préparer les passations de marchés publics. Au fil des années, l'activité d'intermédiaire obligé l'emporte et Urba-Gracco touche un pourcentage – de 1 % à 5 % selon son ancien P-DG Gérard Monate – avec lequel il honore les factures des campagnes électorales socialistes, nationales ou locales. Ce système est centralisé pour éviter les contacts directs entre élus et entreprises afin de limiter la « perte en ligne » et les détournements à des fins d'usage ou d'enrichissement personnels. Périodiquement révélées par la presse, en particulier *Le Monde*, *Le Canard enchaîné* et *Le Quotidien de Paris*, ces pratiques ne soulèvent guère d'indignation. Tout le monde sait bien, à droite comme à gauche, que les cotisations des militants ne représentent qu'une fraction des ressources des partis, et qu'il faut bien pallier l'absence de financement public. Au regard des contributions en argent liquide – les fameuses valises de billets – qui ont toujours existé, ou des généreuses commissions provenant de gros contrats d'exportation, notamment de ventes d'armes, sans oublier la pratique ancienne des « cadeaux » venus de certaines capitales africaines, le « racket » d'Urba, s'il est illégal, apparaît comme

1. Voir XIe partie : « La quiétude ».

le moins immoral des moyens occultes de financement de la démocratie.

Mais les pièces saisies à Marseille sont suffisamment précises et fournies pour enclencher une action judiciaire. On y trouve des noms, des chiffres et des dates : de quoi alimenter aisément le dossier d'un juge d'instruction.

Pour poursuivre leurs investigations, les deux policiers marseillais ont besoin qu'une information judiciaire soit ouverte par le Parquet. La procédure pénale leur interdit en effet d'utiliser, pour progresser dans l'affaire Urba, les pouvoirs d'investigation que leur donnait l'enquête préliminaire sur les fausses factures de la SORMAE.

Le Parquet de Marseille interroge le ministère de la Justice, dont il dépend, et n'obtient pas de réponse immédiate.

L'inspecteur Gaudino en tire immédiatement la conclusion qu'il a été l'instrument involontaire d'« un coup politique [1] ». Le pouvoir aurait laissé se dérouler l'enquête sur les fausses factures de la SORMAE en raison de la « couleur politique » des élus mis en cause. Il s'agit notamment à ce stade de l'enquête des RPR Jean-Pierre Roux, ex-maire d'Avignon, Jules Susini, ex-adjoint au maire d'Aix-en-Provence, et Roland Nungesser, maire de Nogent-sur-Marne, de l'UDF Jean-Pierre de Peretti della Rocca, député des Bouches-du-Rhône, et des socialistes Jean-Victor Cordonnier, ex-adjoint au maire de Marseille, et Michel Pezet, député et candidat malheureux à la mairie du Vieux-Port.

Ce dernier affirme qu'il était le premier visé. On voulait l'atteindre dans sa campagne municipale contre le maire sortant Robert Vigouroux. Il soutient que le ministre de l'Intérieur Pierre Joxe n'est pas étranger à cette opération, ce que l'intéressé dément avec force.

Les auteurs ne se prononcent pas, faute de preuves. Mais on ne peut exclure, à la décharge de Pierre Joxe, que le pouvoir politique n'ait pas interféré dans l'enquête marseillaise sur la SORMAE. Ce n'est qu'après la perquisition d'Urba, et ses conséquences explosives pour le PS, qu'il a fait obstacle au cours de la justice.

1. In *L'Enquête impossible*, *op. cit.*, p. 174 et 238.

Au soir de la perquisition de Marseille, le 17 avril 1989, débute l'imbroglio politico-judiciaire de l'affaire Urba. Le premier acte de cette tragi-comédie à rebondissements se joue dans les quarante-huit heures qui suivent. En voici le déroulement, tel qu'il ressort de la confrontation de nombreux témoignages, principalement ceux de l'inspecteur Antoine Gaudino, du ministre de la Justice Pierre Arpaillange, du numéro deux du Parti socialiste Henri Emmanuelli et des documents d'archives :

Pour saisir légalement la masse de documents découverts au siège marseillais d'Urba, les policiers ont deux solutions : soit ils obtiennent l'accord du directeur local d'Urba, l'architecte Bruno Desjobert, soit ils passent outre grâce à l'ouverture d'une information judiciaire.

Depuis Paris, le P-DG d'Urba, l'ancien syndicaliste policier Gérard Monate, recommande la première solution, persuadé que le pouvoir politique bloquera ensuite l'ouverture d'une enquête nationale sur Urba. Mais Desjobert refuse et la machine s'enraye. Tandis qu'il est placé en garde à vue avec son collaborateur Joseph Delcroix, le Parquet de Marseille attend le feu vert de la chancellerie pour ouvrir une information judiciaire. Dans l'attente d'une réponse, la garde à vue de Desjobert est prolongée le 18 avril jusqu'au mercredi 19 avril dans l'après-midi.

• La solution Arpaillange

Ce jour-là, une réunion capitale se tient dans le bureau des ministres à l'Assemblée nationale, en marge de la séance hebdomadaire des questions au gouvernement. Y participent : Pierre Joxe, Pierre Arpaillange, Pierre Bérégovoy, Henri Emmanuelli, Louis Mermaz, et, pour Matignon et l'Élysée, Guy Carcassonne et Christian Sautter.

Soucieux de ménager l'institution judiciaire, dont il se veut le défenseur, Arpaillange demande aux socialistes d'accepter une nouvelle perquisition immédiate d'Urba-Marseille permettant de saisir les pièces découvertes l'avant-veille par le tandem Gaudino-Mayot. Devant les réticences de ses interlocuteurs, le ministre de la Justice indique que s'il n'est pas suivi, il demandera au Parquet marseillais d'ouvrir sur l'heure une information judiciaire. Face à l'inquiétude générale, Arpaillange cherche à rassurer. Il explique que, au cas où il ne puisse pas retenir les magistrats – depuis le retour de la gauche au pouvoir un an auparavant, les procureurs nommés par son prédécesseur Albin Chalandon sont pour la plupart demeurés à leurs postes –, il reste toujours la solution d'une loi d'amnistie qui, adoptée rapidement, pourrait éviter une vague d'inculpations parmi les élus socialistes et les responsables d'Urba.

Placés devant ce dilemme, le gouvernement et le PS optent pour la perquisition. Gérard Monate convainc Bruno Desjobert, à sa sortie de garde à vue, de donner l'autorisation. Mais ces tractations ont pris du temps et permis aux employés d'Urba-Marseille de mettre à l'abri nombre de dossiers.

Quand les policiers retournent en fin de soirée au siège d'Urba, ils constatent la disparition des pièces qu'ils avaient découvertes deux jours auparavant, mais ils parviennent sans mal à persuader leurs interlocuteurs d'aller les chercher pour les leur remettre. Cette attitude coopérative des employés d'Urba s'explique par les directives qu'ils viennent de recevoir de Gérard Monate. Le P-DG d'Urba s'est laissé convaincre par Pierre Mauroy et Henri Emmanuelli que l'amnistie envisagée par Arpaillange avec la bénédiction de l'Élysée effacerait tout.

Mais Gaudino et Mayot ont ouvert la boîte de Pandore. Ils décident d'alerter leur hiérarchie en rédigeant un « procès-verbal de constatations » qui résume le contenu des pièces saisies au siège marseillais d'Urba. Ils décrivent minutieusement le mécanisme des fausses factures qui rapportent environ 100 millions de francs par an, dont les deux tiers sont reversés au Parti et aux élus socialistes. Ils concluent à la nécessité d'ouvrir une information judiciaire afin de poursuivre l'enquête au siège parisien d'Urba, qui pourrait déboucher sur des inculpations de « faux et usage de faux, abus de biens sociaux et corruption ».

Ce procès-verbal, daté du 5 mai 1989, remis au patron du SRPJ de Marseille, est rapidement transmis à Paris où les sphères gouvernementales en prennent immédiatement connaissance. Le ministre de la Justice est rapidement saisi d'une demande d'ouverture d'une information judiciaire émanant du Parquet de Paris qui fait siennes les conclusions du rapport Gaudino-Mayot réclamant une enquête dans les bureaux parisiens d'Urba.

Conscient du risque de voir les socialistes encourir seuls l'opprobre du financement illégal des partis politiques, alors qu'il répète à ses proches que « la droite fait dix fois pire », François Mitterrand décide de contre-attaquer.

• La décision de Solutré

Le dimanche de Pentecôte, 14 mai, à l'occasion de son entretien rituel avec les journalistes au bas de la roche de Solutré, près de Mâcon, le chef de l'État se déclare « préoccupé par les fausses factures et la concussion, même sous les formes les plus ténues, qui montrent que le fonctionnement de la démocratie est abîmé » et annonce « une loi sévère qui aille loin, jusqu'aux communes, pour imposer des règles démocratiques compatibles avec la morale élémentaire, la morale financière ».

Il précise en avoir déjà saisi le Premier ministre et le ministre de l'Intérieur, et envisage qu'un projet de loi dans ce sens soit examiné à l'automne.

Michel Rocard [1] est convaincu de la nécessité de légiférer sur le financement des partis politiques et des campagnes électorales. Il considère que les deux lois organique et ordinaire du 11 mars 1988, mises en œuvre par le gouvernement Chirac à la demande de Mitterrand, au lendemain des controverses sur l'affaire Luchaire [2], « ne vont pas assez loin ». S'ils plafonnent les dépenses électorales pour la présidentielle et les législatives et instaurent un financement public des partis politiques représentés au Parlement, ces textes sont assortis de sanctions modestes et ne concernent ni les scrutins locaux, pourtant de plus en plus coûteux, ni les élections européennes.

« Nous préparons donc un texte draconien pour sortir d'un

1. Entretien le 7 avril 1994.
2. Voir X[e] partie : « La bataille ».

système dans lequel les partis étaient voués à la mendicité ou à la fraude, et donc à la concussion sur les marchés publics. » Il ajoute : « Je suis saisi au même moment par Pierre Mauroy, Pierre Joxe et Henri Emmanuelli, appuyés par l'Élysée, qui demandent d'assortir cette loi d'une amnistie des infractions commises au titre du financement des partis politiques. Ma première attitude est de bloquer les choses. »

Son conseiller parlementaire Guy Carcassonne [1] poursuit : « Devant les proportions épouvantables que risque de prendre l'affaire Urba, Rocard dit : "On ne peut s'en sortir qu'en assumant, en disant que ce que nous avons fait est contraire à la loi mais pas à la morale. Donc, tous les socialistes doivent demander collectivement leur inculpation." Nos camarades s'y refusent : "Michel, c'est impossible, tu imagines 100, 200 voire 5 000 élus socialistes inculpés !" Rocard insiste mais ne parvient pas à les convaincre. On en arrive à une situation dans laquelle les rocardiens sont soupçonnés de manquer de solidarité à l'égard du Parti et de ses élus. Mauroy et Emmanuelli étaient en première ligne et l'Élysée n'intervenait pas. »

Le 22 mai, au cours d'une réunion à l'hôtel Matignon, racontent plusieurs participants, les patrons du PS s'en prennent violemment à Pierre Arpaillange qui réitère son souhait d'ouvrir une information sur Urba, quitte à faire voter derrière une amnistie. Michel Rocard tape sur la table et déclare qu'il n'y aura jamais d'ouverture d'information sur l'affaire Urba.

A la fin du mois de mai, le principe d'une amnistie est donc admis par tous. La loi sur le financement des partis, que le gouvernement prépare à la hâte, justifiera l'effacement des infractions passées. La loi générale d'amnistie du 20 juillet 1988, consécutive à l'élection présidentielle, a déjà passé l'éponge sur les « délits en relation avec des élections de toute nature, notamment en relation avec le financement direct ou indirect de campagnes électorales ou de partis politiques avant le 11 mars 1988 », sauf corruption et fraude électorale. La nouvelle amnistie envisagée couvrira donc les

1. Entretien le 7 décembre 1992.

élections présidentielle et législatives de 1988 et les municipales de 1989, à propos desquelles les documents saisis à Urba-Marseille fourmillent de renseignements.

Puisque l'Élysée, Matignon et le PS sont d'accord pour « remettre les compteurs à zéro », pourquoi attendre ? demandent alors certains dirigeants socialistes, qui font valoir qu'il vaut mieux agir avant que le rapport Gaudino-Mayot ne soit révélé par la presse, comme ils ont de bonnes raisons de le redouter.

D'où la proposition de saisir l'opportunité de l'examen, le 5 juin 1989, du projet de loi d'amnistie en faveur des militants indépendantistes de la Guadeloupe et de la Martinique. Même s'il le démentira, l'idée émane d'Arpaillange, effrayé par les attaques du PS qui l'accuse de ne pas « tenir ses juges ». Elle est reprise par Pierre Mauroy et Louis Mermaz qui ne voient pas d'autre solution pour en finir. Mais Michel Rocard ne veut pas en entendre parler. Il considère qu'il faut d'abord voter sa loi sur le financement des partis. Ses « amis » centristes l'encouragent dans cette attitude. Au sein du PS, les couteaux sont tirés : les rocardiens font valoir à leurs camarades que leur courant ayant toujours été dans la minorité, ils n'ont guère bénéficié de la manne d'Urba. Pierre Mauroy finit par obtenir le soutien de François Mitterrand, mais plusieurs députés socialistes, et pas seulement des rocardiens, font échouer l'opération en organisant des fuites vers la presse. C'est ainsi que le 3 juin, *Libération* fait un gros titre sur « la ficelle socialiste pour amnistier les fausses factures ». Le chef de l'État met le holà quelques heures avant le débat parlementaire du lundi 5 juin.

Le lendemain, 6 juin, les rédactions et les ministères prennent connaissance du *Canard enchaîné* à la veille de sa parution. L'hebdomadaire satirique publie l'essentiel du procès-verbal Gaudino-Mayot du 5 mai 1989, sans citer ses auteurs. Tout le monde comprend alors l'empressement des socialistes à vouloir faire passer l'amnistie.

Le gouvernement décide de hâter le pas dans la rédaction de son projet de loi sur le financement des partis et des campagnes et envisage de le faire voter, non pas à l'automne comme l'avait demandé Mitterrand au départ, mais avant l'été. Le dispositif est rendu public à l'issue du Conseil des ministres du 20 juin. La loi de « limitation des dépenses et de clarification du financement des campagnes et des activités politiques » comportera un article d'amnistie portant sur « les infractions commises avant le 15 juin 1989 », reprenant la formulation de la loi d'amnistie de juillet 1988.

Mais à l'Élysée, comme à Matignon, on est conscient que ce texte incluant l'amnistie risque de soulever des controverses et qu'il faudra bien tenir compte du climat politique avant de décider s'il doit être débattu avant l'été ou à l'automne.

De fait, les circonstances ne se prêtent guère à la sérénité.

Le 16 juin, un non-lieu général dans l'affaire Luchaire de ventes d'armes illicites à l'Iran soulève la colère des magistrats de droite de l'USM (Union syndicale des magistrats). D'autant que Pierre Arpaillange renvoie la droite et la gauche dos à dos en déclarant que les ministres de la Défense André Giraud puis Jean-Pierre Chevènement ne se sont guère montrés coopératifs avec la Justice dans cette affaire [1].

Le 20 juin, un juge d'instruction nancéen, Gilbert Thiel, fait les gros titres en sortant du devoir de réserve pour fustiger l'amnistie, « une inavouable opération d'autoblanchiment de la classe politique ».

Le 21, au Palais-Bourbon, le RPR Jacques Toubon dénonce à son tour le « scandale » de l'amnistie, en prélude à une offensive politique de l'opposition sur ce terrain. Et le lendemain, les responsables d'Urba Gérard Monate, Joseph Delcroix et Bruno Desjobert sont à leur tour inculpés par le juge parisien Pierre Culié dans le cadre de l'enquête sur les fausses factures du Sud-Est.

Le coup est rude pour les socialistes qui ne peuvent rester indifférents à la mise en cause du patron d'Urba, le « gros » Monate, auquel ils doivent une bonne part du financement de leur action politique et dont ils sont unanimes à saluer la probité. Ainsi Michel Rocard [2] : « Pour nous, l'idée que Monate puisse être condamné était une injustice, une insulte à la démocratie. Il n'a jamais détourné un sou. Il vit dans un deux pièces, c'est la crème des honnêtes gens. Si sa moralité

1. Voir X^{e} partie : « La bataille ».
2. Entretien le 7 avril 1994.

n'avait pas été totale, je préfère ne pas imaginer ce qui aurait pu nous arriver. »

Désormais, trente-deux personnes sont inculpées dans l'affaire de la SORMAE : sept « politiques » de droite et cinq de gauche ainsi que douze responsables de la SAE (numéro un français du bâtiment et maison mère de la SORMAE) et huit entrepreneurs. Michel Pezet sera le dernier inculpé, le 18 août 1989. Au-delà de ce dossier, qui éclabousse autant la droite que la gauche, la presse commence à parler avec insistance des suites judiciaires attendues de la perquisition d'avril chez Urba-Marseille. D'autant que l'on apprend à la fin du mois de juin que l'inspecteur Gaudino vient d'être muté sans explication plausible.

Le 22 juin, les conseillers politiques de Mitterrand et de Rocard constatent qu'il sera difficile de faire voter la loi sur le financement des partis et l'amnistie, sauf à prendre le risque de voir le gouvernement renversé par une motion de censure résultant d'une conjonction des votes de la droite et des communistes. Guy Carcassonne a fait ses pointages : il pense pouvoir compter sur une vingtaine d'abstentions de députés RPR, UDF et UDC, ceux que l'on surnomme les « coucous », prêts à aider le gouvernement en cas de besoin. Mais l'opération est risquée. Le Premier ministre s'en ouvre le lendemain au chef de l'État, qui, tenté tout d'abord de passer en force, se ravise le lendemain : le pouvoir est pris dans la nasse, mieux vaut attendre l'automne.

La perspective d'une crise gouvernementale, ou à tout le moins d'un débat houleux répercuté par les médias, à quelques jours des célébrations du bicentenaire de la Révolution, a certainement compté dans la décision présidentielle de temporiser.

Après les festivités parisiennes de juillet, François Mitterrand se retire à Latche où, comme chaque été, défilent les amis et les compagnons politiques. A tous, en particulier à Mauroy, Emmanuelli, Mermaz et Bérégovoy, il tient le même discours : cette amnistie n'est envisageable que si les autres partis la votent aussi, ce qui paraît désormais exclu.

L'amendement

Aux premiers jours de la rentrée, le pouvoir décide de présenter sans tarder au Parlement la nouvelle législation sur la moralisation de la vie politique. Dès son examen par la Commission des lois, l'article portant amnistie est supprimé par l'opposition, les socialistes s'abstenant.

Michel Sapin, président rocardien de cette commission, fait valoir que l'amnistie est au fond inutile dans la mesure où la nouvelle loi sur le financement des partis devrait conduire les juges à se montrer cléments devant les inévitables infractions commises dans le passé, en l'absence d'un financement légal des partis. Pour convaincre, il fait la comparaison avec le principe du droit français selon lequel une loi pénale plus douce a un effet rétroactif. Les dirigeants socialistes sont pour le moins sceptiques face à une proposition qui repose sur le bon vouloir des juges. Et ils reviennent à la charge auprès de Matignon, persuadés que seule une amnistie leur permettra d'échapper à la justice.

« A la rentrée, raconte Michel Rocard [1], je comprends que les socialistes n'en démordront pas. Pour ne pas être accusé de manquer de loyauté à l'égard de mon parti, je décide d'être le bon soldat d'une mauvaise cause. Avec mes collaborateurs, nous recherchons le moyen d'emmener avec nous des députés d'autres groupes. L'idée nous vient d'une amnistie dont seraient exclus les parlementaires. Cela permettait d'amnistier les chefs d'entreprise et les salariés chargés de collecter les fonds, comme Monate et ses collaborateurs. Seraient également sortis du pardon les cas d'enrichissement personnel et de corruption. »

Guy Carcassonne teste cette formule auprès de ses interlocuteurs de droite et du centre, sans oublier de prendre langue avec les députés RPR et UDF concernés directement par la trésorerie de leurs formations. Il en conclut que l'article amnistiant qui écarte les parlementaires a de bonnes chances de passer. Puis il rend compte à Rocard, qui aussitôt appelle l'Élysée.

1. Entretien le 7 avril 1994.

Jean-Louis Bianco [1] raconte : « Michel Rocard m'appelle. Il me passe Carcassonne qui me dit : "On peut envisager une amnistie dont seraient exclus les parlementaires et les élus locaux. Cela montrerait que le Parlement ne veut pas s'autoblanchir et, en même temps, cela éviterait de faire payer des gens qui, finalement, sont victimes du système." En outre, "cela rendrait très difficiles les poursuites contre le siège d'Urbatechnic". » Carcassonne ne manque pas d'indiquer qu'il a obtenu sur cette proposition les indispensables assurances de quelques députés de droite.

Bianco en informe le président, qui déjeune chez Dominique, un restaurant russe de Montparnasse, avec son ami Charles Salzmann. Mitterrand donne aussitôt son accord.

Rocard reçoit alors à Matignon Arpaillange, Mauroy, Emmanuelli et Bianco pour mettre au point la suite des opérations. Cette réunion, le 26 septembre [2], s'ouvre dans un climat tendu. Le ministre de la Justice continue à dire qu'il ne peut plus rien arrêter. Ses propos provoquent l'exaspération du premier secrétaire : « C'est invraisemblable ! On n'a pas tenu sur l'amnistie, il faut tenir sur l'instruction. »

Arpaillange, au bord des larmes, se plaint : « J'ai toujours pensé que cela finirait ainsi et que les choses se retourneraient contre moi. Il y a des tas de gens qui veulent ma place. »

Seize mois après son arrivée place Vendôme, le ministre de la Justice fait pratiquement l'unanimité contre lui. Sa gestion judiciaire du dossier Urba lui vaut l'animosité des socialistes et de la plupart de ses collègues du gouvernement, à commencer par le Premier ministre.

Pierre Arpaillange avait été imposé par François Mitterrand à Michel Rocard qui souhaitait voir nommée Simone Rozès, elle aussi venue de la haute magistrature. Pour le chef de l'État, la désignation d'Arpaillange correspondait à une volonté de rupture avec l'image partisane laissée par son prédécesseur, le RPR Albin Chalandon. Une manière d'illus-

1. Document d'archives. Récit du secrétaire général de l'Élysée à l'historienne Georgette Elgey, daté du 28 septembre 1989.
2. Document d'archives.

trer le slogan barriste d'« État impartial », repris par Mitterrand dans son combat contre Chirac.

Fils d'instituteur, héritier d'une certaine tradition radicale du Sud-Ouest, Arpaillange a fait carrière dans la magistrature avant d'entrer dans les cabinets des ministres gaullistes de la Justice Jean Foyer et Louis Joxe. Il connaît son heure de gloire en tant que directeur des Affaires criminelles et des grâces de 1968 à 1973, époque à laquelle il rédige un rapport remarqué sur la politique judiciaire et pénale. François Mitterrand fait alors partie des lecteurs qui avaient apprécié l'indépendance d'esprit de ce haut magistrat. Directeur de cabinet du garde des Sceaux Jean Taittinger, pendant la dernière année de la présidence Pompidou, Arpaillange est considéré comme le véritable ministre. En 1981, alors conseiller à la Cour de cassation, il dirige la campagne présidentielle de la très conservatrice Marie-France Garaud, mais appelle à voter Mitterrand au second tour. Le nouveau président le nomme rapidement procureur général près la Cour d'appel de Paris, puis de la Cour de cassation. Il intervient publiquement sous la cohabitation pour dénoncer, en parlant de « juges réduits au rôle de bouffons de la République », les pressions politiques de la droite exercées sur la justice dans l'affaire Michel Droit, où l'académicien-journaliste est mis en cause à propos de son rôle au sein de la CNCL.

Peu après sa nomination, il se heurte à Michel Rocard et Jean-Pierre Chevènement à propos des suites judiciaires de la sanglante prise d'otages d'Ouvéa en Nouvelle-Calédonie. Arpaillange considère que les gendarmes ont eu un comportement condamnable en allant au-delà de la légitime défense après l'assaut. La hiérarchie militaire gronde et le ministre de la Défense, soutenu par le chef du gouvernement, doit protéger « ses hommes ».

Le 5 juillet 1988, Pierre Arpaillange commet une maladresse politique. A l'occasion du débat parlementaire sur la loi d'amnistie du lendemain de la présidentielle, il annonce la levée des mesures d'isolement des détenus impliqués dans des affaires de terrorisme, notamment les membres d'Action directe. Cette initiative, vigoureusement dénoncée par l'opposition qui crie au « laxisme » de la gauche, est aussitôt tuée dans l'œuf par l'hôtel Matignon, qui fait savoir le lendemain que les mesures d'isolement continueront de s'appliquer.

Matignon demande alors à l'Élysée la tête du ministre de la Justice. Jean-Paul Huchon [1] raconte : « On avait là une bonne raison de le virer, d'autant qu'il serait parti dans la même charrette que Léon Schwarzenberg [2], mais Mitterrand a refusé. A partir de là, Rocard ne voulait plus recevoir Arpaillange et moi j'avais les plus grandes difficultés à fonctionner avec lui, d'autant qu'il ne tenait pas son administration et que son cabinet était une pétaudière. »

Pierre Arpaillange [3] conserve lui aussi « un mauvais souvenir » de ses relations avec Rocard auquel il reproche « de ne rien comprendre et de ne pas s'intéresser à la Justice ».

Le député socialiste Jean-Pierre Michel [4], ancien magistrat et qui fut son collaborateur à la chancellerie au début des années 70, se souvient d'un directeur des affaires criminelles et des grâces « qui savait s'y prendre avec les gouvernements de droite pour imposer ses vues ». Sans Arpaillange, l'affaire de la Garantie foncière – scandale immobilier impliquant notamment le député UDR de Paris André Rives-Henry de Lavaysse – ne serait pas sortie sous la présidence Pompidou en 1971.

S'il rend hommage à la droiture d'Arpaillange, Jean-Pierre Michel fait partie des nombreux politiques qui s'étaient montrés d'emblée sceptiques sur son entrée au gouvernement, sa personnalité ne le prédisposant pas à recevoir les coups inévitables dans un poste aussi exposé. De fait, Pierre Arpaillange a donné l'image d'un ministre portant sa croix, dès qu'il devait affronter l'opposition à l'Assemblée nationale.

Revenons à la fameuse réunion du 26 septembre 1989. Les récriminations du garde des Sceaux provoquent un vif accro-

1. Entretien le 22 novembre 1993.

2. Le cancérologue Léon Schwarzenberg avait été contraint de démissionner le 7 juillet 1988 de son poste de ministre-délégué à la Santé, deux jours après avoir tenu devant la presse, sans en référer à son ministre de tutelle Claude Évin, des propos controversés, en particulier sur le dépistage systématique du SIDA et la distribution de drogue aux toxicomanes.

3. Entretien le 18 janvier 1996.

4. Entretien le 4 octobre 1995.

chage entre Mauroy et Emmanuelli d'un côté et Rocard de l'autre, jusqu'au moment où le Premier ministre donne la parole à Guy Carcassonne, qui présente sa solution d'amnistie excluant les parlementaires. Il met ainsi tout le monde d'accord.

Mais, précise ce dernier[1], « les conditions politiques n'étaient pas encore réunies pour faire passer cette amnistie limitative ». Ses derniers contacts avec certains députés d'opposition le laissent à penser qu'« ils ne sont pas trop désireux que ce débat délicat surgisse en première lecture à l'Assemblée nationale puis au Sénat. Chacun avait besoin de temps pour consulter son propre camp et convaincre de laisser passer cette mesure. C'est pourquoi nous avons décidé de laisser filer en première lecture et de rattraper en deuxième lecture au Palais-Bourbon sous la forme d'un amendement à la loi sur le financement des partis et des campagnes électorales ».

C'est ainsi que le vendredi 6 octobre 1989, au troisième jour de l'examen du projet de loi, les députés adoptent un amendement supprimant les dispositions amnistiantes, présenté concurremment par la droite et les communistes et soutenu par le rapporteur socialiste Robert Savy. Il est adopté en séance par 294 voix sur 295, avec l'abstention des socialistes.

Le 16 novembre, le Sénat adopte à son tour la loi avec quelques modifications secondaires et supprime lui aussi l'article 18 sur l'amnistie.

Le texte revient en seconde lecture devant les députés le mercredi 6 décembre 1989, au moment même où François Mitterrand rencontre Mikhaïl Gorbatchev à Kiev.

Cette fois, Guy Carcassonne semble sûr de son fait. Le débat parlementaire s'est déroulé dans de bonnes conditions ; il n'a pas été « pollué » par les polémiques sur l'amnistie. Celle-ci peut donc être réintroduite sereinement.

La Commission des lois est réunie quelques heures avant la séance pour examiner les derniers amendements. On en arrive rapidement à l'article 18. Compte tenu du caractère sensible du sujet, le président de la Commission Michel

1. Entretien le 26 février 1996.

Sapin s'écarte de la procédure classique. Il demande l'avis de ses collègues sur l'« hypothèse » d'une amnistie dont seraient exclus « les détenteurs d'un mandat parlementaire national, ainsi que les infractions constitutives de délit d'ingérence ou de corruption ou qui ont conduit à un enrichissement personnel de leur auteur[1] ».

Le tour de table est éclairant.

Le RPR Pierre Mazeaud s'élève contre la procédure suivie. Ce spécialiste du droit public fait valoir qu'une commission parlementaire n'a pas à donner son avis sur un texte virtuel qui n'est pas officiellement déposé. Il ne se prononce pas sur le fond et laisse à son collègue Jacques Toubon le soin d'annoncer l'opposition de son groupe à une disposition d'amnistie.

Au nom du groupe socialiste, Jean-Pierre Michel se prononce clairement pour cette rédaction, jugeant qu'« il est temps que le Parlement prenne ses responsabilités ».

Jean-Jacques Hyest, pour l'UDC, rappelle qu'il est contre une « auto-amnistie » mais dans la mesure où le texte envisagé « exclut les parlementaires, l'enrichissement personnel, l'ingérence et la corruption », il l'approuve.

Le président et ancien trésorier du Parti républicain, Gérard Longuet, s'exprime à son tour au nom de l'UDF. Il annonce que son groupe s'abstiendra sans interdire le vote favorable. Il fait valoir que le refus de prévoir toute amnistie serait peu réaliste car celle votée en juillet 1988 ne couvre pas les scrutins présidentiels, législatifs et municipaux de mai-juin 1988 et mars 1989 au cours desquels, assure-t-il, « 3,5 milliards de francs ont été dépensés à des fins de propagande électorale et de communication politique ».

Enfin, le communiste Gilbert Millet réitère l'hostilité totale de son parti et de son groupe à tout « blanchiment » de ce genre.

• Ultimes tractations

A l'issue de cette séance, il est acquis que l'amnistie écartant les parlementaires ne sera pas rejetée par les députés.

1. Selon le compte rendu officiel du *Bulletin des commissions*, n° 27, p. 3434.

Un amendement en ce sens sera donc déposé dans l'hémicycle, dont la rédaction fait l'objet d'ultimes tractations entre le gouvernement, le groupe socialiste et plusieurs parlementaires de l'UDC, parmi lesquels Jean-Jacques Hyest, Bernard Bosson, Pierre Méhaignerie et Raymond Barre.

Depuis quelques semaines, le cabinet de Michel Rocard était convenu avec les centristes que le texte serait présenté à la Chambre par un député de l'UDC, une manière de laisser la paternité de ce geste à un élu n'appartenant pas à la majorité.

Jean-Jacques Hyest [1] est désigné : « J'étais convaincu qu'il fallait faire une amnistie car tout le monde avait trafiqué. C'est donc moi qui ai rédigé la version finale de l'amendement dans l'intention de le présenter. Puis, dans l'après-midi du 6 décembre, il y a eu des discussions et les socialistes l'ont repris à leur compte. »

Hyest donne là une version pudique de cet épisode. En réalité, les centristes se sont dérobés au dernier moment, réalisant brusquement qu'ils rendraient là un signalé service aux socialistes auxquels il revenait d'être en première ligne.

La « corvée » échoit donc tout naturellement au député chevènementiste Jean-Pierre Michel qui, fort de son expérience de magistrat, s'est fait une spécialité des lois d'amnistie. La veille, mardi 5 décembre, il avait dû déployer des trésors de dialectique pour défendre devant le groupe socialiste le projet d'amnistie restrictive : « La discussion avait été très dure. Jean-Pierre Worms et Michel Suchod s'étaient vivement opposés à cette initiative. Michel Sapin, d'abord réticent, avait fini par accepter parce que Rocard était pour. Le vote des députés présents avait été serré, de l'ordre de 70 voix contre 55. Guy Carcassonne était intervenu pour assurer que François Mitterrand avait donné son accord. Et, le lendemain, comme personne n'a voulu signer l'amendement avec moi, et que les centristes s'étaient défilés, je me suis retrouvé seul à le défendre. Je n'avais pas d'état d'âme, car pour moi, il était évident que, dans le même esprit que l'amnistie de 1988, il fallait passer l'éponge sur la période postérieure, au moment où la France se dotait d'une législation encore plus rigoureuse sur le financement des partis. »

1. Entretien le 14 novembre 1995.

Et, au milieu de la nuit du 6 au 7 décembre, le président de séance Loïc Bouvard, donne la parole à Jean-Pierre Michel pour défendre l'amendement numéro 58. Le député de Saône-et-Loire explique qu'outre les « infractions très graves » comme l'enrichissement personnel, l'ingérence et la corruption, l'amnistie exclut « les parlementaires nationaux pour qu'on ne dise pas à l'extérieur que les députés allaient s'auto-amnistier ou se blanchir eux-mêmes ». Il s'agit d'« amnistier d'abord ceux qui ont financé des partis politiques ou des campagnes électorales, c'est-à-dire des entreprises qui ont versé des dons et qui, avant que la loi dont nous discutons n'entre en vigueur, tombaient sous le coup de la loi pénale », ensuite d'amnistier « ceux qui ont servi d'intermédiaires et éventuellement des élus qui ne seraient pas parlementaires ».

Après que le ministre de l'Intérieur Pierre Joxe a donné l'avis favorable du gouvernement, compte tenu de ces « restrictions » qui lui « paraissent heureuses », le RPR Pierre Mazeaud intervient contre l'amendement. Il le juge contraire à la Constitution car, en n'excluant que les parlementaires nationaux, il crée une « rupture d'égalité » dans le traitement juridique par rapport aux autres élus que sont les conseillers municipaux, généraux et régionaux ainsi que les parlementaires européens. Plus grave à ses yeux, l'amnistie n'exclut pas en pratique les parlementaires car si les bailleurs de fonds et leurs intermédiaires sont amnistiés, les juges ne poursuivront pas pour les mêmes infractions les élus. « On ne peut pas, les pénalistes le savent bien, faire deux poids deux mesures, considérer qu'il y a des bons qui peuvent être amnistiés et des mauvais qui ne le pourraient pas, tout en sachant qu'au bout du compte ils le seront quand même puisqu'il y aura arrêt des poursuites. »

Le député du Gard Gilbert Millet, au nom du groupe communiste, reprend cet argument : « Il est bien clair que l'amnistie pour les donateurs prépare le terrain à l'amnistie pour tout le monde. » Puis, se drapant dans le manteau d'une virginité, dont personne n'est dupe, il affirme que « tout le monde sur les autres bancs que les nôtres a été compromis à un moment ou à un autre ».

Le *Journal officiel*[1] signale alors : « Rires et exclamations sur les bancs des groupes Socialiste, du Rassemblement pour la République, Union pour la démocratie française et de l'Union du centre. »

Jean-Jacques Hyest, interrompu par Gilbert Millet, intervient avec force pour dénoncer « le Parti communiste » qui « est plus hypocrite que les autres ou, simplement, mieux organisé » alors qu'il « finance ses activités d'une manière complètement illégale, de la même manière que d'autres partis l'ont fait jusqu'à présent ».

L'UDF Jean-Pierre de Peretti della Rocca déclenche les rires en lançant : « C'est *L'Angélus* de Millet. » Il est vrai que l'ancien maire d'Aix-en-Provence est alors inculpé dans l'affaire des fausses factures de la SORMAE…

Gérard Longuet intervient le dernier. Il parle longtemps. Son exposé est très construit. Il explique que face au coût croissant des campagnes électorales « les responsables des partis politiques ont été amenés à utiliser des procédures illégales, d'où le bien-fondé d'une amnistie ». Mais, ajoute-t-il, l'UDF ne la votera pas en raison des objections constitutionnelles avancées par Pierre Mazeaud. Toutefois, pour « ne pas tuer l'esprit d'amnistie », le groupe pour l'essentiel s'abstiendra. Quant à lui, « refusant la formidable hypocrisie à ne pas reconnaître que nous avons été les uns et les autres obligés, dans le vide législatif, d'accepter des procédures qui ont sans doute donné lieu à des poursuites, mais qui demain n'auront plus cours », il indique qu'il votera l'amendement « à titre personnel[2] ».

Gérard Longuet[3] se souvient d'avoir plaidé auprès des députés de son parti pour soutenir l'amendement Michel. « Je leur ai dit : "Cette loi permet de régler définitivement les

1. Troisième séance du 6 décembre 1989, p. 6086.

2. Mis en cause à propos du financement de sa propriété de Saint-Tropez, Gérard Longuet, ministre de l'Industrie, des Postes et Télécommunications et du Commerce extérieur, président du Parti républicain, démissionne du gouvernement Balladur le 14 octobre 1994. Il est mis en examen trois mois plus tard pour recel d'abus de biens sociaux. La justice enquête également sur les conditions d'achat du siège du Parti républicain et sur des versements divers à cette formation provenant d'entreprises privées. (Voir XIXe partie : « La prudence ».)

3. Entretien le 21 décembre 1995.

problèmes. Nous ne devons pas laisser les socialistes faire le sale boulot et nous en laver les mains, car nous devons faire attention, tout cela peut un jour se retourner contre nous." Mais je n'ai pas pu les convaincre de voter l'amendement. Philippe de Villiers et François d'Aubert s'y montraient très hostiles, de même que Valéry Giscard d'Estaing, alors que nous savions tous la manière dont il finançait son secrétariat. Bref, je n'ai pas apprécié ce manque de solidarité. »

A la demande des groupes RPR et communiste, le président de séance réclame un scrutin public. La sonnerie retentit à travers le Palais-Bourbon. L'amendement est adopté par 283 voix contre 168 et 111 abstentions. Le PCF et le RPR ont voté massivement contre. Les deux tiers des députés UDF se sont abstenus, de même que les trois quarts des centristes. Les socialistes ont voté pour.

Parmi les votes pour, se trouvent un RPR, le député de Seine-Saint-Denis Éric Raoult, un UDF, Gérard Longuet, et quatre UDC, Bruno Durieux, Christine Boutin, Jean-Jacques Hyest et Raymond Barre. L'ancien Premier ministre[1] raconte : « J'avais eu trois ou quatre conversations avec Michel Rocard sur cet amendement et j'avais conditionné mon vote à l'exclusion de l'enrichissement personnel. Il fallait apurer le passé et éviter que les chefs d'entreprise qui avaient aidé les partis politiques soient traînés en justice. Du coup, certains députés de droite m'ont traité de compagnon de route des socialistes. »

Sur les 14 abstentions dans les rangs RPR, se trouvent nombre d'élus ayant exercé à des époques et à des degrés divers des responsabilités en matière de financement politique, comme Robert Pandraud, Henri Cuq, Michel Giraud, Robert Poujade, Robert Galley et Nicolas Sarkozy. Ce dernier[2] considérait qu'« il y avait énormément d'hypocrisie à ne pas vouloir reconnaître qu'en l'absence de financement public, cette situation de fraude était inéluctable. Tourner la page était une bonne solution ».

1. Entretien le 13 décembre 1995.
2. Entretien le 27 février 1996.

Dix jours plus tard, le Sénat, fidèle à son vote en première lecture, supprime l'amnistie. Elle est rétablie par les députés qui adoptent l'ensemble de la loi le 22 décembre par 277 voix socialistes et non-inscrits contre 27 communistes, les députés UDF, RPR et UDC ayant déserté l'hémicycle pour éviter que le gouvernement n'engage sa responsabilité sur les derniers textes en souffrance, au terme de cette session surchargée.

Le 11 janvier 1990, le Conseil constitutionnel valide l'essentiel de la loi en réintégrant toutefois dans l'amnistie les anciens parlementaires.

Elle est promulguée le 15 janvier.

Votée par les socialistes et bénéficiant de l'abstention de l'UDF, des centristes et d'un quart du groupe RPR, la loi du 15 janvier 1990 constitue un progrès incontestable : elle plafonne les dépenses et restreint considérablement certaines formes de propagande coûteuses, comme l'affichage ; elle fournit un financement public à toutes les formations, même celles qui n'ont pas de députés à l'Assemblée, à condition qu'elles se présentent dans au moins 75 circonscriptions. Elle institue des contrôles et aggrave les sanctions, allant jusqu'à l'invalidation, en cas de dépassement des dépenses. Le financement par les entreprises et les particuliers reste autorisé mais il est plafonné et contrôlé par une commission nationale indépendante.

« C'est l'honneur des socialistes d'avoir pris ainsi le taureau par les cornes ; cette loi est un honneur pour la démocratie ; elle permet d'être honnête dans la légalité et d'être élu de façon libre par rapport aux puissances financières. » Tel est le jugement du centriste d'opposition Bernard Bosson [1] qui regrette en même temps l'incompréhension de l'opinion par rapport à l'amnistie : « Les hommes politiques ne se sont pas auto-amnistiés, mais dans les mois qui ont suivi, à gauche comme à droite, on n'a pas su l'expliquer. Ce fut donc un rendez-vous manqué entre les Français et leur démocratie. »

1. Entretien le 21 novembre 1995.

L'accablement

Un mois après la promulgation de la loi, le procureur général près la Cour de cassation et la Haute Cour de justice, Pierre Bezio, achève la rédaction de ses réquisitions dans l'affaire du Carrefour du développement[1]. Il a bien évidemment attendu de connaître le sort législatif du projet d'amnistie pour transmettre ses réquisitions à la Commission d'instruction, composée de magistrats de la Cour de cassation, qui doit décider si elle renvoie ou non l'inculpé Christian Nucci devant la Haute Cour de justice de la République, formée paritairement de sénateurs et de députés.

Conformément aux indications qu'il a données au ministre de la Justice, le procureur Bezio conclut au non-lieu pour Nucci concernant les inculpations de faux en écritures publiques et privées. Il invoque la loi du 15 janvier 1990 portant amnistie à propos des deux autres inculpations visant l'ancien ministre socialiste de la Coopération : complicité de soustraction de fonds publics et complicité de recel de deniers publics. Il s'agit là des dépenses personnelles et électorales de Nucci sur des comptes provenant du Carrefour du développement et de son compte joint avec son chef de cabinet Yves Chalier.

Ces deux derniers chefs d'inculpation sont des « crimes » au regard du droit pénal. Ils sont couverts par l'amnistie de 1990 car elle efface les « infractions » liées directement ou indirectement aux activités politiques. Le terme d'infraction inclut les crimes, les délits et les contraventions.

Le procureur estime également que Nucci ne s'étant pas enrichi personnellement et n'étant pas parlementaire au moment des faits, n'entre pas dans les cas d'exclusion de l'amnistie prévus par le législateur.

Le 4 avril 1990, les cinq hauts magistrats composant la Commission d'instruction de la Haute Cour se réunissent au château de Versailles et suivent à la lettre les réquisitions du

1. Voir X^{e} partie : « La bataille ».

procureur Bezio : ils rendent un arrêt de non-lieu partiel et d'amnistie, imparable sur le plan de la logique juridique. Christian Nucci échappe donc à la justice.

Mais les cinq magistrats s'affranchissent aussitôt de leur obligation de réserve et publient un bref communiqué vengeur, qu'ils commentent ensuite devant les journalistes. Ils déplorent d'avoir dû amnistier les « crimes » que constituent les charges de complicité de soustraction de fonds publics.

Le président de la Commission, Paul Berthiau, se montre offensif : « C'est la première fois dans l'histoire de notre République, déclare-t-il à l'AFP, que l'on amnistie des faits criminels [1]. C'est navrant. Mais la loi (du 15 janvier 1990) en fait bénéficier les infractions, toutes les infractions. » Son collègue Jean-Georges Diemer explique pourquoi il est scandalisé : « On nous fera porter le chapeau sur la non-poursuite de M. Nucci devant la Haute Cour, alors qu'en fait les députés se sont autoblanchis avec cette loi d'amnistie qui a été rédigée sur mesure pour Nucci. »

Cette dernière affirmation a un impact considérable dans les médias et dans l'opinion. Elle jette le discrédit sur les socialistes.

Elle pose une question : l'amnistie a-t-elle été vraiment rédigée sur mesure pour sauver Christian Nucci ?

Quand ils ont décidé l'amnistie, François Mitterrand, Michel Rocard et les chefs du Parti socialiste n'ont pas eu pour seule préoccupation d'éviter la comparution de l'ancien ministre. Il s'agissait d'abord de faire table rase du passé à l'occasion de la nouvelle loi moralisant la vie politique, ensuite de ne pas abandonner les donateurs et les intermédiaires d'Urba qui ont financé leurs combats politiques, et, au passage, d'épargner à Christian Nucci l'humiliation de comparaître devant la Haute Cour qui ne s'était pas réunie depuis l'épuration, à la Libération.

Mitterrand, qui s'est toujours fait une règle de ne pas

1. Le président Berthiau profère là une contre-vérité. Pour ne prendre que les années récentes, les généraux de l'OAS ont été amnistiés en 1982 et les Kanaks meurtriers des quatre gendarmes de la grotte d'Ouvéa, en 1988.

abandonner ses amis politiques en difficulté, avait manifesté sa solidarité avec Nucci dès le début de l'affaire. Sous la cohabitation, il l'invitait à la réception du 14 juillet à l'Élysée et lui serrait ostensiblement la main. Pour lui, Nucci – qu'il prononce « Nuxi » – a « sans doute été léger, mais ne s'était pas enrichi par la politique, comme en témoigne sa petite maison dans sa commune de Beaurepaire dans l'Isère ».

Au moment où se préparait la loi d'amnistie, en juin 1989, l'Élysée [1] se préoccupait de faire prendre en compte le cas de Christian Nucci. La décision d'utiliser le terme d'amnistie des « infractions », plutôt que celui, traditionnel et plus restrictif, de « délits », permet d'absoudre les « crimes » imputés à l'ancien ministre que sont notamment la « soustraction et le recel de fonds publics ». Au même moment, la chancellerie fait savoir à l'Élysée que le procureur Bezio assure que si la loi est votée avec le terme « infractions », il prendrait des réquisitions de non-lieu. Mais il précise qu'il ne sera pas forcément suivi par les cinq magistrats de la Commission d'instruction qui est, selon lui, partagée entre deux magistrats favorables au non-lieu, deux partisans d'un renvoi de Nucci en Haute Cour et un hésitant.

Le 4 avril 1990, quelques heures après les déclarations fracassantes des magistrats de la Commission d'instruction, une note arrive sur le bureau du président de la République [2] : « Les déclarations de M. Paul Berthiau sont sans précédent : il faut savoir que l'engagement RPR de M. Berthiau est notoire et qu'il est furieux d'avoir été mis en minorité au sein de sa commission. »

Le pouvoir est outré par le comportement de ces magistrats. Mais il se montre incapable de réagir à temps.

François Mitterrand [3] : « A partir de ces déclarations inacceptables, les gens ont cru qu'il y avait eu auto-amnistie. C'était faux, mais c'était entré dans les têtes et aucune explication rationnelle ne pouvait contrer cette erreur. »

1. Selon les documents d'archives.
2. Document d'archives.
3. Entretien le 29 mars 1994.

Michel Rocard[1] : « C'était tout simplement une vindicte judiciaire. Nous avons été pris par la logique infernale des médias qui ont d'emblée répercuté les commentaires des juges, sans présenter les éléments contradictoires. Et ça a pris illico dans l'opinion. Ce jour-là, je ne l'ai pas su assez vite et je ne suis pas intervenu. Dès lors, c'était irrattrapable. »

Pierre Arpaillange[2] : « Ces juges sont les premiers responsables de cette lamentable affaire. Ce sont des culs-bénis. Trois d'entre eux étaient des gens de droite et ils n'ont pas agi accidentellement. »

Seul, le ministre de la Justice réagit à chaud. Mais avec une grande prudence. Il se contente de rappeler que « les magistrats ont pour mission d'appliquer la loi et non pas de commenter leurs propres décisions ».

Les associations de magistrats emboîtent le pas des cinq juges de la Commission d'instruction. Elles tirent à boulets rouges sur l'amnistie. Ainsi le Syndicat de la magistrature (gauche) fustige-t-il « l'inconscience ou le cynisme d'une classe politique qui ne considère pas les principes de justice comme faisant partie intégrante de la démocratie ». « La loi d'amnistie des turpitudes imputées à certains membres de la classe politique révèle maintenant toute l'étendue de ses effets pervers », renchérit l'Association professionnelle des magistrats (droite).

L'opposition est tout d'abord embarrassée. Il est vrai qu'une centaine de ses élus s'est abstenue le 6 décembre 1989 pour permettre aux socialistes de faire passer l'amnistie.

Le 8 avril, un sondage CSA du *Journal du dimanche* fait éclater le déphasage entre la classe politique et l'opinion. 76 % des personnes interrogées trouvent « choquante » l'amnistie de Christian Nucci et 67 % jugent les hommes politiques « plutôt pas honnêtes ». 80 % pensent qu'il y a autant de « malhonnêtes » à gauche qu'à droite.

Dès lors, l'opposition se sent plus à l'aise pour vitupérer le pouvoir socialiste. François Léotard se déclare, le soir même, « perplexe, car en droit pénal il y a eu un crime, et

1. Entretien le 7 avril 1994.
2. Entretien le 18 janvier 1996.

en colère, car ce crime-là est dépourvu de toute sanction ». Mais surtout, le lendemain, 9 avril, Jacques Chirac, sous le titre « Dévoiement », signe dans *Le Monde* un « point de vue » remarqué. Après avoir dénoncé les « amnisties à répétition » de la gauche, concernant les condamnés de droit commun, il pourfend « la honteuse » amnistie « des crimes de sang » survenus en Nouvelle-Calédonie, et se range au côté des cinq magistrats « respectés et indépendants » qui, devant « cette grave dérive, tirent à leur tour le signal d'alarme (...) soucieux uniquement de faire leur métier ».

Deux semaines plus tard, le 24 avril 1990, trois juges d'instruction du Mans décident de relâcher neuf petits délinquants maintenus en détention provisoire pendant la durée de l'enquête les concernant. Les trois magistrats fondent leur initiative sur « la récente évolution de la notion d'ordre public ». L'un d'eux, Thierry Jean-Pierre [1], explique que ses collègues et lui ont été choqués par l'amnistie dont a bénéficié Christian Nucci et ont décidé de réagir. Il fait remarquer que « si un détournement de fonds publics de 9 millions de francs [2] ne trouble pas l'ordre public, le vol de dix voitures le trouble-t-il ? Non, bien sûr ».

Jean-Pierre et ses collègues font école. Très vite, d'autres juges d'instruction, à Agen, Tarbes et Toulon, les imitent. Les 28 et 29 avril, des mouvements de protestation de détenus se produisent à Loos-lès-Lille et à Douai. La « révolte des petits juges » est limitée, mais elle fait beaucoup de bruit. On parle de « justice à deux vitesses », on paraphrase La Fontaine à propos des jugements différents selon qu'on est « puissant ou misérable ».

Le mercredi 2 mai 1990 à Vannes, pour la première fois, un tribunal se réfère à la loi d'amnistie en ne condamnant

1. Dans son livre *Bon appétit, messieurs !*, Paris, Fixot, 1991, p. 29.
2. Le juge Jean-Pierre fait allusion aux fonds publics détournés par Yves Chalier en falsifiant la signature de Nucci, et dont la commission d'instruction de la Haute Cour estimait qu'il y avait là suffisamment de charges pour juger l'ancien ministre pour complicité.

qu'à 30 francs d'amende un médecin coupable d'une fraude fiscale de 6 000 francs[1] !

Le même jour, la chambre d'accusation de la Cour d'appel de Paris rend son arrêt dans l'affaire des fausses factures du Sud-Est (l'affaire SORMAE-SAE) : aucun élu ne figure parmi les 9 des 36 inculpés renvoyés devant le Tribunal correctionnel.

Les six élus de droite – Roland Nungesser, Jean-Pierre de Peretti della Rocca, Jean-Louis Geiger, Jean-Pierre Roux, Jules Susini et Charles Scaglia – et les deux socialistes – Michel Pezet et Jean-Victor Cordonnier – inculpés dans cette affaire bénéficient soit d'un non-lieu soit de l'amnistie du 20 juillet 1988.

Les dix-neuf personnalités non élues, essentiellement des entrepreneurs, qui n'iront pas en correctionnelle, bénéficient soit d'un non-lieu, soit d'une amnistie, au titre des lois du 20 juillet 1988 ou du 15 janvier 1990.

Les neuf personnes envoyées en correctionnelle sont quatre dirigeants de la SAE, les trois responsables d'Urba-Gracco – Gérard Monate, Bruno Desjobert et Joseph Delcroix – et deux cadres d'un bureau d'études – Sud-Est Équipement – lié au Parti communiste. Ils ne profitent pas de l'amnistie de 1990 car ils tombent sous le coup de l'inculpation de trafic d'influence, crime expressément écarté du pardon par le législateur.

Il aurait suffi que les magistrats remplacent le chef d'inculpation de trafic d'influence par celui, voisin, d'abus de bien social, et les neuf inculpés bénéficiaient alors de l'amnistie.

1. La « révolte » des juges scandalise les responsables socialistes. Elle est diversement appréciée dans la magistrature. Pierre Drai, premier président de la Cour de cassation, intervient publiquement le 6 mai pour déclarer qu'« un juge ne doit pas descendre dans l'arène politique ». Trois ans plus tard, interrogé par les journalistes du *Monde* Laurent Greilsamer et Daniel Schneidermann dans leur livre-enquête, *Les juges parlent* (Paris, Fayard, 1992, p. 155), il estime que si les juges ont l'impression d'être soumis à des « lois scélérates », ils ne doivent pas les appliquer et les critiquer, mais refuser de s'y plier, quitte à démissionner.

Un mois après le tollé soulevé par le cas Nucci, cet arrêt est lui aussi immédiatement ressenti comme une preuve supplémentaire qu'en votant l'amnistie, les députés ont voulu « autoblanchir » les politiques.

La presse écrite et audiovisuelle simplifie la décision complexe des magistrats parisiens en titrant la plupart du temps sur le fait qu'aucun élu n'est renvoyé en correctionnelle alors que les intermédiaires d'Urba et les entrepreneurs, pour lesquels les socialistes avaient publiquement réclamé l'amnistie, se retrouveront au prétoire.

Là encore, le diable se cache dans les détails et il faut être bien au fait du droit pour comprendre que les élus n'ont pas bénéficié, en l'espèce, de l'amnistie de 1990.

Jean-Jacques Hyest[1] se souvient qu'en apprenant ce jour-là par la radio la décision des magistrats, il a bondi. « J'ai aussitôt interrogé Arpaillange pour savoir si les élus avaient été amnistiés à la suite de l'amendement Michel. Il m'a confirmé qu'il n'en était rien et j'ai aussitôt fait savoir au chroniqueur judiciaire de TF1, Jean-Pierre Berthet, que les élus bénéficiaient de l'amnistie de juillet 1988. Berthet l'a bien précisé le soir même, mais après, tous les journaux ont écrit à tort qu'il s'agissait de l'amnistie de 1990. »

Le 4 mai, dans un élan unitaire, les trois groupes d'opposition à l'Assemblée nationale – RPR, UDF et UDC – déposent une motion de censure contre le gouvernement. Ils l'accusent d'avoir trompé la représentation nationale au moment du vote de la loi d'amnistie en assurant qu'elle ne s'appliquerait pas aux élus. L'objectif de la manœuvre est évident : il s'agit de rejeter sur les seuls socialistes la responsabilité du discrédit de la classe politique, d'empêcher le Front national de récupérer la montée de l'antiparlementarisme dans l'opinion et de contraindre les communistes à aller plus loin dans leur logique puisqu'ils ont été les plus farouches adversaires de l'amnistie de 1990. Mais, après cinq jours de « suspense », le parti de Georges Marchais, qui a réuni à cet effet son Comité central, fait savoir qu'il ne renversera pas le gouvernement en mêlant ses voix à celles de la droite.

1. Entretien le 14 novembre 1995.

Même si le groupe communiste avait voté unanimement la censure avec tous les autres députés d'opposition, le gouvernement Rocard aurait été sauvé, grâce à une défection de la droite, celle du député RPR de Paris Pierre de Bénouville, l'indéfectible ami d'enfance de François Mitterrand, qui s'était fixé pour règle de ne jamais contribuer à renverser un gouvernement nommé par le chef de l'État.

Le débat de censure, le 9 mai 1990, se déroule dans une ambiance survoltée et donne lieu à des joutes oratoires entre Pierre Mauroy, Jacques Chirac, Michel Rocard, Charles Millon et le communiste Georges Hage, dans lesquelles chacun mélange à son gré sincérité et mauvaise foi.

Le feuilleton des affaires et les polémiques repartiront de plus belle à l'automne 1990 [1] et mettront les socialistes en difficulté jusqu'à la fin de la législature, avant de se retourner contre la droite, sous le gouvernement d'Édouard Balladur.

Cette longue chronique du financement illégal des partis, de la loi de « moralisation » de la vie politique, de l'amnistie et de l'attitude des juges, laisse un goût amer. Si les Français n'ont pas à rougir de leur classe politique, en dépit de quelques brebis galeuses et de démagogues irresponsables, ils peuvent déplorer que l'hypocrisie de l'ensemble des protagonistes ait largement contribué à occulter leur bonne foi.

Pour les auteurs, responsabilités et mérites peuvent se résumer ainsi :

François Mitterrand s'est surtout préoccupé de sauver la tête de Christian Nucci avant d'affirmer avoir fini par accepter avec réticence cette amnistie réclamée, selon lui, avec insistance par Rocard, Mauroy et Joxe. Mais le réseau de financement mis en place par Mitterrand au lendemain d'Épinay, certes illégal, était organisé de manière centralisée pour éviter les détournements d'argent à des fins personnelles.

Michel Rocard affirme n'avoir pu faire autrement que céder aux pressions des socialistes et inventer cette amnistie passoire excluant les parlementaires, l'enrichissement per-

1. Voir XVe partie : « Les dissentiments ».

sonnel et l'ingérence, qui donne ainsi aux juges tous les moyens de la manipuler. Mais il a le mérite d'avoir fait voter la première loi véritable de moralisation de la vie politique.

Pierre Joxe, répondant peut-être à un calcul politicien, n'a pas voulu empêcher la police d'ouvrir la boîte de Pandore à Marseille. Mais il s'est montré solidaire quand il a volé au secours de Nucci et défendu l'honneur de l'ancien ministre au moment où l'Assemblée levait son immunité parlementaire.

Pierre Arpaillange a lancé l'idée d'une amnistie avant de s'en défendre, et a laissé traîner la procédure Urba au point d'entraver le cours de la justice. Mais il s'est honoré du scrupule du haut magistrat qu'il fut, en ne verrouillant pas totalement les Parquets.

Les dirigeants et les élus socialistes, les premiers dans la classe politique à être pris la main dans le pot de confiture, ont refusé d'admettre publiquement l'évidence. Mais Mauroy et Emmanuelli, en réclamant une réelle amnistie, ont voulu sauver les camarades d'Urba et les donateurs privés, qui n'ont pas à payer des fautes commises pour financer la vie démocratique.

Les parlementaires d'opposition ont voté contre l'amendement Michel alors que leurs partis, du RPR à l'UDF en passant par le CDS, ont évidemment recouru à l'argent noir, souvent de façon moins rigoureuse qu'au PS. Les communistes qui vont jusqu'à dire qu'ils n'ont jamais eu recours à des officines et à des fausses factures, détiennent la palme de l'hypocrisie. Mais, dans les rangs des adversaires de l'amnistie, il faut relever la clairvoyance des Mazeaud et Millet qui ont dénoncé à l'avance l'illusoire exclusion des parlementaires du pardon de 1990.

Enfin, comment ne pas s'interroger sur le comportement de ceux qui, à droite et au centre, ont eu l'honnêteté et le courage d'aider les socialistes à faire passer l'amnistie, avant de les censurer cinq mois plus tard, quand les juges et l'opinion venaient de la récuser ?

Quant aux magistrats, ils ont trouvé les moyens du droit pour faire échapper Nucci et les élus du Midi aux rigueurs de la loi, alors qu'ils auraient pu les envoyer dans les prétoires. Et, en même temps, ils ont critiqué la loi qu'ils sont chargés d'appliquer. Il y a eu une grande part d'irresponsabilité chez ceux qui ont relâché les petits délinquants en dénonçant une prétendue justice de classe. Mais on peut comprendre la fronde d'un corps qui se sent floué par une classe politique qui manipule la loi et délaisse une institution judiciaire, parent pauvre du Budget.

Enfin, au nom de la vérité et de la liberté d'expression, la presse a joué avec le feu en violant sans le moindre scrupule le secret de l'instruction et en désignant des élus à la vindicte populaire, faisant ainsi allègrement fi de la garantie que devrait offrir à chacun la présomption d'innocence. Mais en même temps, elle a rempli son rôle indispensable de contre-pouvoir sans lequel la moralisation de la vie publique serait encore dans les limbes.

CHAPITRE 4

Les querelles d'ambitions

Les Français assistent au cours du premier trimestre de 1990 à une succession de crises et de batailles au sein des partis de gouvernement.

A droite, Jacques Chirac est bousculé à la tête du RPR par une offensive conjointe de Charles Pasqua et Philippe Séguin ; à gauche, le Parti socialiste se déchire entre Laurent Fabius et Lionel Jospin, qui se disputent l'héritage de François Mitterrand.

Tout concourt à l'irruption de ces affrontements dans lesquels les rivalités personnelles prennent le pas sur les divergences de fond.

Le calendrier politique, tout d'abord, puisque le pays se trouve à mi-chemin de deux importantes séquences électorales : les quatre scrutins nationaux de 1988-1989 (présidentielle, législatives, municipales et européennes) sont passés et ceux de 1992-1993 (cantonales, régionales et législatives) sont encore loin, pour ne rien dire de l'horizon 1995. L'heure n'est plus et n'est pas encore à la discipline requise par les combats électoraux.

La situation des grands chefs, ensuite : l'acharnement mis par Valéry Giscard d'Estaing à se maintenir à la tête de la famille libérale fait grincer des dents, comme l'a montré la fronde des rénovateurs du printemps 1989 ; la persistance de l'image de perdant dont souffre Jacques Chirac, dans les sondages et auprès de ses compagnons ; l'anticipation de l'après-Mitterrand qui déchaîne au sein des courants du Parti socialiste la concurrence entre ceux qui pensent déjà à la présidentielle de 1995.

Le recul des idéologies enfin, provoqué par l'échec relatif des solutions « socialistes » de 1981 et « libérales » de 1986, plébiscité par le succès de la « France unie » en 1988 et incarné par la politique consensuelle du gouvernement Rocard autour d'un réformisme prudent qui s'inscrit dans l'Europe libérale. Bref, un climat de conformisme un peu pépère et émollient qui contribue à réduire le débat politique dominant à de sempiternelles querelles d'ambitions.

Le putsch des compagnons frustrés

Le mardi 9 janvier 1990 à midi, une bombe politique éclate dans la torpeur des lendemains de fêtes et des cérémonies convenues des vœux.

Le président du groupe RPR au Sénat, Charles Pasqua, et le député-maire RPR d'Épinal, Philippe Séguin, tous deux anciens ministres de Jacques Chirac, créent la surprise en publiant une déclaration iconoclaste. Ils appellent leurs compagnons du mouvement gaulliste à les rejoindre pour « un nouveau rassemblement » afin de « réagir » car, à leurs yeux, le RPR, qui « n'a pas retrouvé confiance en lui-même (...), apparaît incapable de tracer une ambition collective à proposer aux Français ».

L'affaire est grave et sans précédent au sein du mouvement gaulliste. Cette mise en cause de l'autorité du président-fondateur du RPR Jacques Chirac et de son secrétaire général Alain Juppé intervient à un mois des assises nationales du mouvement, qui doivent définir son orientation politique. Pour la première fois, pourront s'y exprimer des « courants », une innovation décidée dans le dessein d'apaiser la contestation des rénovateurs du printemps 1989[1].

Pourquoi Pasqua, ce fidèle parmi les fidèles, cet ami des bons et des mauvais jours, est-il allé jusqu'à défier Chirac ? Et pourquoi Séguin, ce gaulliste atypique, qui cultive une image d'homme ouvert au dialogue avec le camp d'en face, s'allie-t-il avec ce « terrible M. Pasqua », dont rien ne laisse à penser qu'il puisse partager les penchants sécuritaires, 'es accents populistes et le goût pour les manœuvres d'appareil ?

1. Voir XIe partie : « La quiétude ».

Depuis l'été 1988, Charles Pasqua nourrit un certain dépit à l'égard de Jacques Chirac. Il accepte mal que le maire de Paris continue d'être entiché d'Édouard Balladur, au point de l'avoir supplanté dans le rôle du plus proche confident. Il estime que Chirac commet une erreur en privilégiant la ligne libérale incarnée par Balladur et Juppé qui, selon lui, fait perdre son identité au mouvement gaulliste. A soixante-deux ans, ce baron du chiraquisme semble soudain pressé. Il vient de faire réélire l'inamovible Alain Poher à la présidence du Sénat en espérant lui succéder dans trois ans, en 1992. Selon un membre de son proche entourage, il vient de surmonter un grave ennui de santé. Il est allé discrètement se faire soigner outre-Atlantique. Il en revient avec un désir accru d'imprimer sa marque sans attendre une éventuelle rechute.

Le regard qu'il porte sur la scène politique le pousse à agir : un RPR qui ronronne, des militants qui s'ennuient, une lente dérive vers la fusion avec l'UDF, un Jacques Chirac dont il se demande s'il parviendra un jour à emporter l'adhésion des Français. Il est temps pour lui de tirer parti de la popularité qu'il a acquise auprès de la base militante du « Rassemblement ». Il sait aussi qu'il peut compter sur le soutien financier des relations qu'il a tissées dans son fief électoral des Hauts-de-Seine.

Philippe Séguin, lui aussi, tourne en rond depuis l'été 1988. Sa soif d'exister[1] ne s'apaise pas dans les fonctions municipales de la préfecture des Vosges et celles, ingrates, de député de base. Coup sur coup, Chirac lui a préféré Alain Juppé pour gérer la rue de Lille et Bernard Pons pour tenir le groupe RPR au Palais-Bourbon.

Aussi, quand, à partir de l'automne 1989, il évoque régulièrement l'avenir avec Charles Pasqua, l'accord se fait naturellement pour tenter ensemble, au nom d'un gaullisme régénéré, de forcer le destin.

Quand Jacques Chirac, dans son bureau de l'Hôtel de Ville, prend connaissance de la déclaration de Pasqua et de Séguin,

1. Pour reprendre la formule de son biographe Bruno Seznec in *Séguin*, Paris, Grasset, 1994.

il est le premier surpris. Le matin même, au siège du RPR, le député des Vosges n'avait rien laissé transparaître, au cours d'une réunion de préparation des assises du 11 février.

Au dire de leurs entourages, c'est Alain Juppé, persuadé à juste titre que l'offensive Pasqua-Séguin est d'abord dirigée contre lui, qui convainc Jacques Chirac de réagir vite et fort. Le secrétaire général du RPR aurait même mis sa démission dans la balance. Dans l'après-midi du 9 janvier, le président du RPR publie à son tour une déclaration. Il réaffirme son soutien à Alain Juppé qui « trace la voie du renouveau, dans la fidélité à notre idéal gaulliste ». Et il annonce qu'il remet son poste en jeu à l'occasion des prochaines assises.

Alain Juppé agit comme s'il avait affaire à un putsch : il mobilise les fédérations départementales, monte une tournée éclair pour lui et pour Chirac afin de contrecarrer celle qu'entreprennent les deux conjurés. Il demande aux responsables locaux de ne rien faire qui puisse faciliter leur opération.

Mais Jacques Chirac se refuse à monter aux extrêmes. En quatorze ans de présidence du RPR, il a appris à ménager les différentes sensibilités qui constituent sa formation dont il s'attache à préserver l'unité. Il sait que Pasqua jouit d'une forte influence dans le Parti. Aussi empêche-t-il Juppé de mettre à exécution sa menace d'exclure ceux qui emboîteraient le pas des rebelles. Mais il décoche aussi ses flèches contre le sénateur des Hauts-de-Seine en choisissant le registre sentimental : « Charles Pasqua était mon ami », lâche-t-il à la télévision. L'imparfait vaut désaveu. Pasqua rétorque le lendemain à la radio : « Nous ne sommes pas des employés. Nul n'est propriétaire du mouvement gaulliste. » Et il continue d'arpenter les fédérations RPR avec son complice.

A l'approche des assises qui doivent se tenir le dimanche 11 février au parc des expositions du Bourget, l'espoir change de camp. Les sondages publics ou confidentiels auprès des militants et des élus font apparaître une montée du réflexe légitimiste. Si Pasqua et Séguin sont bien reçus par leurs compagnons, l'immense majorité du mouvement souhaite voir Chirac en rester le président. Ce dernier fait habilement monter les enchères. Il annonce tout d'abord qu'il compte sur le soutien de la majorité des votants, puis qu'il démissionnera s'il ne recueille pas les deux tiers des voix. Dans le même temps, il reprend à son compte la phraséologie gaulliste utilisée par ses challengers qui, de leur côté, épargnent le maire de Paris pour concentrer leurs critiques sur les mauvais génies – Balladur et Juppé – qui « giscardisent » le RPR.

La démarche bonapartiste de Pasqua et Séguin est, dès lors, condamnée. Et le 11 février ne sera pas leur 18 Brumaire.

Devant quelque 20 000 militants, Philippe Séguin prononce un discours éblouissant. Conspué au début par la claque organisée par Juppé, il termine sous les ovations quand il lance à Chirac : « Jacques, pourquoi nous laisser accuser d'ourdir un complot alors que pour nous tu es le champion de notre idéal ? » Par contraste, la prestation de Charles Pasqua tombe à plat. Il s'interdit de jouer les tribuns et lit un discours de faible facture, comme s'il regrettait soudain d'avoir mis en danger l'unité du Rassemblement. En réalité, il sait que les jeux sont faits et, pour préserver l'avenir, il ne veut pas priver Chirac de sa victoire. D'où sa conclusion : « Jacques Chirac sera réélu triomphalement » et « nous resterons ensemble quoi qu'il arrive ».

Les assises du Bourget s'achèvent sur une pantalonnade : les deux camps contestent l'honnêteté du dépouillement informatisé du scrutin, qui donne 68,6 % à la motion Chirac-Juppé et 31,3 % à celle de Pasqua et Séguin, alors que ce score correspond à la virgule près à leurs souhaits.

Chirac est réélu à l'unanimité, Juppé reste secrétaire général, Balladur, qui s'est montré très discret tout au long de ce psychodrame, demeure le conseiller favori, et les « minoritaires » rentrent dans le bureau politique, de même que la mouvance Michel Noir-Alain Carignon qui s'est ralliée au tandem Chirac-Juppé.

C'est la fin du monolithisme, du parti des « godillots ». Jacques Chirac annonce qu'il tiendra le cap « d'une main ferme ». Selon la plupart de ses proches, « l'épreuve l'a réveillé ». Dans les semaines qui suivent, il reprend sa place au premier rang dans les batailles politiques contre le gouvernement Rocard, notamment au moment des débats et des polémiques sur l'amnistie ou l'immigration.

Mais dans l'immédiat, le maire de Paris doit déjouer une autre tentative de déstabilisation. Elle émane cette fois des « néo-rénovateurs » de la droite, un attelage hétéroclite aux idées généreuses, emmené par les maires de Lyon et de Fréjus, le RPR Michel Noir et le PR François Léotard. Le 5 mars, les deux hommes lancent leur initiative en appelant à la constitution d'une « Force unie » de l'opposition, ouverte à tous les partis et aux citoyens, pour dépasser les vieux clivages et proposer une alternative à un socialisme « condamné à l'immobilité ».

Cette initiative, soutenue par nombre d'élus de moins de cinquante ans, rassemble essentiellement les amis de François Léotard et pèche par l'absence des centristes. Elle vise essentiellement à débarrasser l'opposition du double *leadership* de Chirac et de Giscard d'Estaing.

Ces deux derniers comprennent immédiatement le danger. Après avoir gagné Pierre Méhaignerie à leur cause et fait pression sur leurs élus pour qu'ils ne s'aventurent pas dans « l'entreprise irréaliste » des néo-rénovateurs, ils annoncent le 26 juin la mise en place d'une confédération, baptisée « Union pour la France » (UPF). Pour tenter de convaincre l'opinion que la guerre des chefs est terminée, ils adoptent le même jour une « charte pour des primaires à la française » qui désigneront un candidat commun du RPR et de l'UDF dès le premier tour de la prochaine élection présidentielle.

L'UPF permet à Chirac d'étouffer dans l'œuf les velléités rénovatrices des jeunes du RPR. Elle a, à ses yeux, pour inconvénient de remettre en selle Valéry Giscard d'Estaing. Mais il n'en a cure, convaincu qu'à l'approche de l'échéance présidentielle, il saura devancer son rival dans le cœur des Français.

Édouard Balladur [1], alors proche de Jacques Chirac, ne cache pas le peu d'intérêt que revêtait cette instance : « L'UPF c'était du flan, ça ne servait à rien, ça rendait un son un peu contraint et peu convaincant. »

1. Entretien le 19 janvier 1996.

Le congrès de la rose brisée

Le dimanche 18 mars 1990, Pierre Mauroy pose, seul à la tribune du congrès socialiste de Rennes, l'air défait, les yeux embués, comme sortant d'un cauchemar, brandissant quelques roses, dont l'une, à la tige cassée, symbolise le désastre du Parti au pouvoir.

Pendant quatre jours et trois nuits, les ténors du PS, ministres ou chefs de courants, se sont affrontés sans parvenir à s'entendre, devant leurs militants enflammés puis écœurés, offrant à la télévision le spectacle d'une folie collective, perçu comme une stérile querelle d'ambitions.

Pour les socialistes, ce congrès de la rose brisée reste un traumatisme. Il marque le début de la rupture entre l'opinion et le premier parti de France, qui débouchera sur sa débâcle électorale de 1993. Personne n'en sort grandi ou indemne et chacun en rejette la faute sur les autres.

Pourtant, si son déroulement fut catastrophique, l'enjeu de Rennes n'était *a priori* ni dérisoire ni déshonorant. Il s'agissait, au-delà de la prise de contrôle du Parti socialiste, d'une compétition inévitable dans la perspective de l'après-Mitterrand.

• Les manœuvres des dauphins

La guerre de succession a commencé au soir de la réélection de Mitterrand, le 8 mai 1988. Dès cet instant, chacun sait qu'au mieux – ou au pire ! – dans sept ans, les socialistes devront se ranger derrière un nouveau chef de file. Dans le dispositif qu'il échafaude à l'aube de son second septennat, le président réserve un poste stratégique à Laurent Fabius, dont il ne cache pas qu'il voit en lui « le meilleur » pour l'échéance de 1995, même s'il sait d'expérience qu'en politique « rien n'est joué à l'avance ».

Mais l'ancien Premier ministre ne parvient pas à se faire élire à la tête du Parti socialiste, la route lui étant barrée par une coalition formée autour de Lionel Jospin et de Pierre

Mauroy, renforcée par des vieux compagnons de François Mitterrand, qui, pour la première fois, contestent son choix [1].

Fabius ne renonce pas. Mettant à profit le prestige et les moyens que lui donne la présidence de l'Assemblée nationale, il continue le travail systématique d'implantation de son courant, engagé dès son départ de l'hôtel Matignon, en mars 1986. A l'hôtel de Lassay, il reçoit par fournées entières les élus et les responsables locaux du PS, ce qui lui vaut le reproche de pratiquer un « socialisme hôtelier ».

Au printemps 1989, dans la perspective d'un congrès prévu à Rennes pour le printemps suivant, persuadé qu'il dispose d'appuis importants dans les fédérations, il décide de s'engager dans la compétition pour la direction du PS. Il s'en ouvre à Mitterrand, qui l'encourage, convaincu que Fabius a ses chances. Même si cette démarche échoue ou provoque des affrontements avec Jospin et Mauroy, les deux autres poids lourds du « courant mitterrandiste », qui forme la majorité du Parti, ce n'est pas grave, pense Mitterrand. Les socialistes finissent toujours par se mettre d'accord ; entre eux, le débat est sain et les Français apprécient ce mode de fonctionnement. C'est en tout cas ce qu'il répond à ses amis politiques qui, au cours de l'été 1989, s'inquiètent de voir la préparation de Rennes tourner à l'affrontement fratricide entre les « mitterrandistes ».

A la rentrée, une formule d'apaisement est trouvée : Fabius propose que les composantes du courant majoritaire refassent leur unité à la veille du congrès, une fois que les militants auront voté pour les différentes motions, dont celles de Fabius et de Jospin-Mauroy. Jospin finit par accepter ce « pacte d'unité mitterrandiste », assuré qu'il devancera largement Fabius dans les fédérations et qu'ainsi Mauroy sera reconduit au poste de premier secrétaire.

La rivalité entre Fabius et Jospin était apparue publiquement à l'été 1985, quand le Premier ministre et le premier secrétaire se disputaient le premier rôle dans la conduite de la campagne des législatives de mars 1986 [2]. Depuis, elle n'a

1. Voir XIe partie : « La quiétude ».
2. Voir VIIe partie : « L'attente ».

fait qu'empirer. Jospin reproche à Fabius de vouloir dissoudre le PS dans une sorte de parti démocrate « attrape tout », présidentialisé et tournant le dos aux valeurs et au mode de fonctionnement collégial des socialistes. Il entre aussi dans son attitude une part de dépit : Mitterrand lui préfère Fabius pour le présent et pour l'avenir.

Tout en demeurant d'une loyauté irréprochable à l'égard de Mitterrand, Jospin mise désormais sur Michel Rocard pour la présidentielle de 1995. Lui-même rêve de succéder à Rocard à Matignon lorsque Mitterrand nommera le deuxième Premier ministre de son septennat pour conduire la campagne des législatives de 1993. Il sait qu'en rejetant Fabius dans la minorité du PS, au moyen d'une alliance avec Rocard, il prend le risque de fâcher Mitterrand et donc de voir s'envoler ses chances pour Matignon.

Laurent Fabius veut prendre la tête du PS dans l'espoir de s'imposer, le moment venu, comme son candidat pour 1995. Il a beau jeu, pour rallier les militants et surtout les élus, de dénoncer l'immobilisme de Pierre Mauroy, rue de Solférino. Il peut aussi se prévaloir du soutien du président, même si ce dernier prend soin, dans son comportement public, de mesurer scrupuleusement les égards qu'il accorde à l'un ou à l'autre de ses dauphins présomptifs.

Pierre Mauroy partage les préventions politiques de Jospin à l'égard de Fabius. Il répugne à l'idée de lui remettre les clés de la vieille maison de Jaurès, Blum et Mitterrand. De plus, il cherche, comme toujours, à concilier sa fidélité à Mitterrand et son amitié pour Rocard. Et il se dit que la meilleure façon d'aider Rocard à être le candidat des socialistes à l'Élysée consiste à se maintenir dans son rôle de rassembleur, à prêcher une synthèse de façade entre Jospin, Fabius et Rocard, ce qui lui permettrait de prolonger son bail rue de Solférino. Même si une certaine lassitude le conduit à envisager à terme un repli sous son beffroi de Lille.

La situation de Michel Rocard n'est guère plus aisée. A soixante ans, il sait que la présidentielle de 1995 est vraisemblablement sa dernière chance. Il veut durer le plus longtemps possible à Matignon pour prouver ses capacités d'homme d'État. Mais il veut aussi écarter son seul rival déclaré, Laurent Fabius, en lui barrant la route du PS. Ce faisant, il risque gros car Mitterrand l'a mis en garde en le nommant Premier ministre : « Ne vous occupez pas des affaires du Parti, sinon je serais obligé de vous demander de partir. » D'où le souci de Rocard de ne pas s'allier trop ouvertement avec Jospin, tout en le poussant à résister à Fabius.

C'est avec ces pensées et arrière-pensées que ces héritiers sillonnent les fédérations socialistes. Fabius, démentant sa réputation de dirigeant éloigné de la base, mène une excellente campagne auprès des cadres locaux et des militants, qui souvent le découvrent.

Le vote des congrès fédéraux, à dix jours du rendez-vous de Rennes, confirme cette percée : avec environ 29 % des mandats, Fabius devance d'une courte tête la motion Jospin-Mauroy. Rocard perd un peu de terrain avec 24 %. Les motions de Jean-Pierre Chevènement et de Jean Poperen, victimes du « vote utile », font à peu près jeu égal avec 7,5 %. Les sensibilités « gauchistes » représentées par Julien Dray et Marie-Noëlle Lienemann obtiennent des scores insignifiants (1,2 % et 0,6 %).

Bref, le PS est coupé en trois morceaux de poids presque égal.

Pour constituer une majorité, il faut donc que deux d'entre eux s'unissent contre le troisième, les petites motions ne pouvant jouer que les utilités.

Le désastre de Rennes tient donc dans cette impossible équation :

Jospin refuse d'emblée toute réconciliation avec Fabius.

Rocard repousse l'offre d'alliance que lui fait Fabius.

Mais Rocard et Jospin n'osent pas s'allier contre Fabius, c'est-à-dire contre Mitterrand, d'autant que Mauroy n'est pas prêt à les suivre.

Et finalement, le *statu quo* s'impose : Mauroy reste à son poste et les fabiusiens obtiennent au sein de la direction la part qui correspond à leur poids dans le Parti.

• Fabius en tête

Au lendemain des élections européennes du 18 juin 1989, où il a obtenu un score honorable, Laurent Fabius réunit ses lieutenants. Le premier d'entre eux, Claude Bartolone [1], raconte : « A moins d'un an du prochain congrès, Laurent s'interroge. Il nous demande s'il faut déposer une motion pour que les fabiusiens se comptent. On l'y encourage en faisant valoir que même si cela provoquera un “bins”, il faut en finir avec cette réputation qu'on nous fait d'être la gauche américaine coupée de la base militante. D'autant que des hommes de terrain comme Marcel Debarge et André Billardon y sont favorables, de même que les grands ministres Bérégovoy, Lang ou Quilès. »

Laurent Fabius [2] poursuit : « Je sentais la nécessité de rénover le PS, je voulais en être l'artisan. J'ai alors expliqué ma démarche à François Mitterrand qui m'a dit : “Très bien.” Il m'a encouragé même s'il pensait que j'aurai du mal à devancer Jospin ou Rocard. »

François Mitterrand [3] confirme : « En 1988, je souhaitais que Laurent Fabius fût élu premier secrétaire. Je n'avais pas changé d'avis et quand il est venu m'en parler un an plus tard, je ne l'ai pas découragé. Mais je ne soupçonnais pas alors la tournure violente qu'allaient prendre les choses. Je pensais que les socialistes, après s'être comptés et confrontés, parviendraient comme toujours à une position amiable. J'ai été un peu naïf. »

Le 17 juillet 1989, en vacances à Latche, il répète aux auteurs : « Vous savez, il n'y a rien de nouveau sous le soleil. Vous devriez vous souvenir des affrontements du congrès de Metz, il y a dix ans. Tout cela appartient à la culture socialiste. Ça se termine chaque fois par une synthèse. »

A l'automne, Henri Emmanuelli [4], alors numéro deux du PS, profite d'une promenade sous les pins, dans les Landes,

1. Entretien le 6 octobre 1995.
2. Entretien le 3 mai 1994.
3. Entretien le 29 mars 1994.
4. Entretien le 19 septembre 1995.

pour faire part au « patron » de son inquiétude de « mitterrandiste » : « On va voter les uns contre les autres et c'est très grave. “Mais non, me répond-il, c'est normal qu'il y ait des débats.” Il ne voyait pas la gravité de la cassure. »

Pour Lionel Jospin [1], « François Mitterrand a commis une formidable faute politique en encourageant Fabius. Je lui avais dit que, sous la Vᵉ République, un président avait besoin d'un parti en bon état. Je lui avais demandé de convaincre Fabius de renoncer car cela allait casser le courant majoritaire et déséquilibrer le système. J'ai été sidéré qu'un homme aussi expérimenté politiquement que Mitterrand cède à Fabius, obéissant ainsi à une formidable subjectivité en sous-estimant ainsi complètement les conséquences d'une telle attitude ».

Le vendredi 1er décembre 1989, au cours d'une réunion du courant mitterrandiste précédant un comité directeur du PS [2], Laurent Fabius confirme qu'il déposera une motion car « le Parti a besoin d'être dynamisé », quitte, au terme du débat, à s'unir de nouveau. Il est aussitôt mis en accusation. Lionel Jospin assure que le Parti « est menacé d'un déclin formidable s'il entre dans un processus mortel de fractionnement. En nous divisant, ajoute-t-il, nous allons tourner la page du mitterrandisme et faire apparaître la force du courant rocardien ». Pierre Mauroy prend une grosse voix. Il s'adresse aux fabiusiens en les montrant du doigt : « Si vous voulez une bataille rangée, vous l'aurez. »

Et le 14 janvier 1990, au cours du dernier comité directeur avant le congrès de Rennes, fixé du 15 au 18 mars, les jeux sont faits. Sept motions seront soumises au vote des militants, dont deux émanant du courant majoritaire, celles de Fabius et de Jospin-Mauroy. Henri Emmanuelli a tenté en vain de l'éviter en proposant un rééquilibrage des postes de responsabilité entre les deux composantes. Laurent Fabius s'est heurté au refus de Lionel Jospin de fusionner leurs motions à la veille du congrès, une fois connu le poids respectif de chacun, au terme du vote des fédérations.

1. Entretien le 24 mai 1993.
2. Document d'archives.

Dans un éditorial titré « La fin des mitterrandistes », Patrick Jarreau écrit dans *Le Monde* du 16 janvier : « Qu'il vienne trop tôt ou trop tard, qu'il débatte d'idées ou d'hommes, le congrès de Rennes, tel que l'a voulu M. Fabius, sera celui d'un nouvel âge du socialisme français. » Dans les colonnes voisines, Jean-Marie Colombani observe : « Le PS ouvre prématurément la succession de François Mitterrand, alors qu'il devrait plus que jamais se poser la question de savoir s'il accepte les évolutions idéologiques qu'entraîne, depuis près de dix ans, l'exercice du pouvoir. »

Plusieurs signes sont interprétés comme un soutien renouvelé de François Mitterrand à l'égard de son protégé : Pierre Joxe, dans une interview, critique ouvertement l'action de Mauroy à la direction du PS et souhaite que Fabius le remplace. Deux autres proches du chef de l'État, Roland Dumas et Édith Cresson, refusent de signer la motion Jospin-Mauroy. Certes, ces deux ministres n'ont jamais caché leur peu d'enthousiasme pour Fabius, mais leur « neutralité » ne trompe personne.

Les susceptibilités sont tellement à vif que le moindre geste présidentiel est perçu, et amplifié par la presse, comme une intervention dans la querelle intestine du PS. Ainsi d'une apparition au côté de Jospin lors d'un congrès de lycéens, puis d'une rencontre fortuite avec Fabius à l'occasion d'une remise de décorations en Auvergne, à la fin du mois de janvier. Ce qui oblige le chef de l'État à faire une mise au point publique, le lendemain, en sortant d'un restaurant du Pré-Saint-Gervais : « J'ai mes amis politiques et personnels dans tous les courants du PS, je les vois tous. »

Les querelles de famille socialistes passent au second plan de l'actualité au cours du mois de février, dominé par la crise que traverse le RPR [1]. Les chefs de courants socialistes multiplient les déplacements en province et les réunions à huis clos de militants. *L'Année politique 1990* [2] relève que cette campagne interne « se déroule dans une atmosphère tendue : contentieux divers, accusations de débauchage, de manipu-

1. Voir *supra*.
2. *Op. cit.*, p. 34.

lation de cartes ternissent l'image d'un parti habitué au débat d'idées et qui s'honore d'une tradition démocratique ».

Le 4 mars 1990, le résultat des votes des fédérations place Fabius légèrement en tête devant Jospin-Mauroy. Pierre Mauroy [1] raconte : « Malheureusement pour nous, l'aiguille s'arrête à 29 % pour Fabius et autant pour nous. Ça fait décupler la rage d'aller plus loin, de se combattre à Rennes devant les militants. Les jospinistes en veulent tellement aux fabiusiens qu'ils sont prêts à s'allier avec n'importe qui, avec les rocardiens et les chevènementistes, contre Fabius. » De fait, Lionel Jospin déclare ce soir-là qu'il « ne faut pas commencer à discuter avec ceux qui ont voulu déstabiliser la direction de leur propre parti. Il n'y a plus de courant mitterrandiste. Il n'y a plus un seul courant mitterrandiste ».

Le 7 mars, Jean-Louis Bianco déclare à l'historienne de l'Élysée Georgette Elgey [2] que le président « est convaincu que Fabius ne sera pas premier secrétaire, en raison de la coalition négative qui se formera contre lui, et que tout cela est très mauvais pour le Parti socialiste » qui « va perdre les élections de 1993 ».

Le secrétaire général de l'Élysée ajoute un commentaire personnel : « en fait », le président « s'est engagé pour Fabius, pas assez pour l'imposer mais suffisamment pour provoquer le mécontentement des autres et pour aboutir à ce que l'échec de Fabius apparaisse comme le sien. Donc son autorité est mise en cause en cette occasion et son œuvre, le Parti socialiste, est déstabilisée ».

Mitterrand aurait-il dû s'engager davantage pour imposer Fabius ?

C'est l'opinion de Michel Charasse [3] qui avait préconisé la manière forte : « Bérégovoy un peu et moi à plusieurs reprises avions suggéré au président de convoquer un samedi matin à l'Élysée tous les ministres et dirigeants mitterrandistes pour leur dire : “Rangez-vous derrière Fabius et mettez-

1. Entretien le 22 mars 1995.
2. Document d'archives.
3. Entretien le 21 septembre 1995.

vous d'accord." S'ils renâclent, haussez le ton et menacez-les de changer tout le gouvernement. S'ils persistent, passez à l'acte. »

Cette méthode expéditive ne correspond pas à la façon de faire de Mitterrand. Quand bien même il aurait voulu l'appliquer, il n'avait pas l'autorité pour le faire.

Devait-il à l'inverse empêcher Laurent Fabius de se lancer ?

C'eût été renier ses sentiments et laisser le champ libre à Michel Rocard dans la perspective de 1995. Il lui paraissait utile que Fabius se tanne le cuir au contact des militants.

Son erreur, comme il le dit lui-même, est avant tout d'avoir sous-estimé la violence des affrontements et donc de ne pas avoir vu leurs conséquences néfastes pour l'image du PS et pour lui.

La semaine qui précède le congrès voit se multiplier les conciliabules, les tentatives d'alliances en tout genre et les hypothétiques solutions de rechange pour la direction du PS.

Soutenu par Pierre Bérégovoy, Fabius propose en vain une alliance à Rocard fondée sur un partage des rôles : « A toi, Michel, la candidature à la présidentielle, à moi la rénovation du Parti. »

Jospin affirme souhaiter une « synthèse générale », mais explore les possibilités d'une alliance avec Rocard et Chevènement pour écarter Fabius.

Jean-Pierre Chevènement voit dans la cassure du courant majoritaire un moyen de peser davantage dans l'appareil et les orientations politiques du Parti. Avec Fabius, la tentative de rapprochement tourne court. Leurs conceptions sont trop éloignées. Du côté de Jospin, les contacts sont plus prometteurs.

Mitterrand s'emploie activement à ce que Fabius ne se retrouve isolé. Il reçoit les uns et téléphone aux autres. Il recherche la possibilité d'un accord de dernière minute autour d'une solution de compromis bâtie sur la nomination d'un « troisième homme » à la tête du Parti. Il pense avant tout à Louis Mermaz, déjà pressenti en 1988 pour départager Fabius et Mauroy.

D'autres se mettent en avant comme le ministre des Relations avec le Parlement, Jean Poperen [1], qui fut numéro deux du PS sous Jospin. Six ans plus tard, il reconnaît qu'il a « fait semblant de peser », conscient qu'avec le score décevant de 7 %, alors qu'il en espérait 12 %, son courant avait été victime de la polarisation Jospin-Fabius. Chacun y va de sa suggestion. On parle des ministres Pierre Joxe, Édith Cresson, Michel Delebarre…

A la veille du congrès, Mitterrand prend acte de la vanité de ses efforts et il se rabat sur Mauroy. Faute de mieux, le maire de Lille est peut-être le seul en mesure d'éviter la cassure définitive du courant mitterrandiste en empêchant l'alliance Jospin-Rocard, que le président redoute par-dessus tout.

• Le désastre de Rennes

Le jeudi 15 mars 1990, le congrès s'ouvre dans l'incertitude, au palais des Expositions de Rennes.

Fabius redoute de se retrouver isolé par la coalition, désormais baptisée « TSF » (Tous sauf Fabius), que les lieutenants de Jospin, Rocard et Chevènement fomentent en coulisses avec des airs de conspirateurs.

Jospin est écartelé. Former un équipage avec Rocard et Chevènement, soit l'aile droite et l'aile gauche du Parti, le conforterait dans la « position centrale » dont il a toujours fait la base de son autorité. Mais son hésitation à rompre ainsi avec Mitterrand est sans cesse entretenue par les avertissements de Mauroy [2] : « Je lui disais : "Lionel, si tu pousses Fabius dans la minorité, tu provoqueras une crise entre le Parti et l'Élysée qui débouchera sur une crise politique grave." »

Rocard arrive à Rennes le vendredi, au sortir d'un entretien à l'Élysée au cours duquel Mitterrand lui a demandé de ne pas intervenir dans la querelle Jospin-Fabius. Jean-Paul Huchon [3], son directeur de cabinet, présente ainsi la position acrobatique des rocardiens : « Il fallait tout à la fois enfoncer

1. Entretien le 17 janvier 1996.
2. Entretien le 22 mars 1995.
3. In *Jours tranquilles à Matignon*, *op. cit.*, p. 212.

le coin au sein de la Mitterrandie, sans perdre le contact avec aucun des camps, tout en penchant du côté de Jospin. De telle sorte qu'*in fine* soit levée l'hypothèque Fabius dont nous pensions alors – peut-être à tort – qu'elle était mortelle pour Rocard et ses chances futures d'être candidat à l'Élysée. »

Le Premier ministre prononce donc à la tribune un discours de Premier ministre, en se donnant des airs d'arbitre et de rassembleur. Puis il prend soin de se tenir à l'écart des tractations, en particulier des réunions nocturnes à la mairie de la « Commission des résolutions » qui, traditionnellement, rassemble les chefs de courants pour rechercher un accord majoritaire autour d'un texte de synthèse. « Je voulais surtout ne pas écorner mon image de Premier ministre, donc de chef de la majorité, en me retrouvant devant les objectifs et les caméras montrant les dirigeants socialistes en train de s'étriper », fait-il valoir six ans plus tard [1].

Mais s'il s'enferme dans sa suite de l'hôtel Altéa, il n'est pas coupé du congrès. Pierre Mauroy lui parle : « Fais attention, Michel, si tu passes une alliance avec Jospin, tu ne resteras pas Premier ministre." Il hésitait à franchir le Rubicon. » Pierre Bérégovoy plaide dans le même sens et menace de provoquer une démission collective des ministres fabiusiens. Rocard confirme et il ajoute : « Je trouvais qu'il était trop tôt pour sauter. J'avais encore beaucoup de projets à mettre en œuvre à Matignon. Et puis Jospin n'était de toute façon pas prêt à sauter le pas. Il me regardait encore comme une étrangeté. »

C'est ainsi que, le vendredi soir, les rocardiens tirent prétexte des orientations trop éloignées de celles du gouvernement contenues dans l'accord Jospin-Chevènement, pour refuser de s'associer à ce front anti-Fabius.

Du coup, les tractations changent de nature. Fabius, qui ne sera pas rejeté dans la minorité, renonce à briguer la place de premier secrétaire. Mais il exige que les siens soient bien servis dans la nouvelle direction du Parti. Il veut les postes de numéro deux, de trésorier et la présidence de l'influente Fédération nationale des élus socialistes et républicains. Les amis de Jospin renâclent. La discussion s'enlise dans la nuit

1. Entretien le 22 mars 1996.

du samedi au dimanche. Le ton monte et la fatigue met les nerfs à vif. Les rocardiens jettent de l'huile sur le feu en poussant Jospin à se montrer intraitable. L'éventualité d'une alliance Jospin-Rocard plane de nouveau dans les salles enfumées de l'hôtel de ville de la métropole bretonne devant lequel sont alignées les dizaines de « Renault-25 » de la nomenklatura socialiste.

Bref, le congrès tourne en rond. Les discussions tous azimuts ne débouchent sur rien. Toutes les éventualités sont passées en revue lors de réunions de courants ou d'apartés interminables [1].

Pierre Mauroy décrit cette incroyable confusion : « A la mairie de Rennes, c'était fou. La Commission des résolutions était incapable de se mettre d'accord. Jospin parlait mais on ne le sentait pas déterminé. Il était parfois comme absent [2]. A un moment pourtant, l'alliance paraissait faite entre Rocard et Jospin. Je rappelle que tout cela finira par une crise de régime. Puis un accord se dessine avec Fabius. A l'aube, mes amis n'en veulent plus. Ils le regrettent déjà. Ils étaient repris par le mal de se jeter les uns contre les autres, l'invective ou l'insulte à la bouche. Le jour se levait, après une nuit de lune rousse. Les conspirateurs étaient épuisés, ils avaient froid, ils relevaient le col de leurs vestes. Et moi, à bout de force, je tambourinais en vain pour que cesse cette folie et je menaçais de tout laisser tomber et de rentrer à Lille. »

Dimanche matin, alors que les militants trépignent dans la salle et que les radios, confrontées à des informations contradictoires, titrent sur la confusion générale, une ultime réunion de conciliation est organisée à l'abri des tentures dressées derrière la tribune. Jospin vient de réunir les responsables de son courant. Ils sont très remontés contre les concessions de postes accordés aux amis de Fabius. La fatigue paralyse les esprits. Les invectives reprennent avec en bruit de fond le

1. Pour un récit détaillé et fiable de cette « nuit des longs couteaux », et, au-delà du « théâtre » de Rennes, voir Éric Dupin, *L'Après-Mitterrand*, Paris, Calmann-Lévy, 1991, p. 44-50.

2. Selon son conseiller et ami Claude Allègre (entretien le 6 juillet 1995), « Jospin a eu une crise d'hyperthyroïdie au cours de cette nuit ; il était donc épuisé ».

tohu-bohu des militants exaspérés. Plus rien n'est possible dans un tel maelström. Mauroy réunit les chefs de file et leur suggère d'en rester là pour le moment. Il les invite à reprendre la discussion le surlendemain à Paris. Tous acceptent et le congrès se termine sous les lazzis, devant des dirigeants hébétés. Un naufrage en direct à la télévision.

Tous regrettent *a posteriori* d'avoir offert un spectacle aussi affligeant.

« Les Français découvriront avec stupeur la première guerre politique à mort suivie par les caméras et les journalistes, vivront heure par heure la décomposition de ce parti qui, par ailleurs, régit l'État et représente la France à l'étranger », relève Jean-Paul Huchon. Pour Laurent Fabius, « les hésitations » de Rennes furent « peu glorieuses ». Mais « elles n'auraient pas été à ce point désastreuses si l'ensemble n'avait pas été hypermédiatisé ».

N'est-ce pas là pleurer sur le lait que l'on a contribué à renverser ?

Les Chevènement, Fabius, Jospin, Mauroy, Poperen, Rocard et leurs porteurs de dagues ne doivent s'en prendre qu'à eux-mêmes. Ils sont allés trop loin dans leurs jeux personnels et claniques. Et ils le paieront cher.

« A leur retour à Paris, se souvient Mauroy, tous découvrent l'effet terrible dans la presse et les images horribles à la télévision. Ils se font secouer par leurs militants. »

Le lundi et le mardi, Mitterrand s'entretient successivement avec Mermaz, Dumas, Fabius, Mauroy et plusieurs élus socialistes, dont le couple François Hollande et Ségolène Royal, conviés de longue date à déjeuner. A tous il répète qu'il faut absolument s'entendre sans marginaliser Fabius et les ministres qui se réclament de son courant. Selon plusieurs de ses interlocuteurs et certains de ses conseillers, le chef de l'État tient alors des propos très critiques à l'égard de Michel Rocard et ne ménage pas Jospin. Tout cela revient, comme il se doit, aux oreilles des intéressés.

Un projet de synthèse circule, assorti d'une nouvelle répartition des postes de secrétaires nationaux. Mauroy reste en place, un fabiusien, en l'occurrence Marcel Debarge, le seconde. Il y aura quatre postes pour les fabiusiens, autant pour les amis de Jospin et trois pour ceux de Rocard.

Mais les rocardiens estiment que ce compromis revient en fait à placer la direction du Parti sous l'emprise de Laurent Fabius. Ils cherchent à monnayer leur soutien à cette synthèse générale contre le remplacement de Mauroy par un jospiniste de choc, le député des Landes Henri Emmanuelli, alors numéro deux du Parti.

Ce dernier [1] raconte : « Rocard était prêt, pour m'imposer, à se faire jeter du gouvernement. Il m'a personnellement confirmé qu'il voulait que je devienne premier secrétaire. Le mardi soir, lors d'une interruption de la réunion des courants, rue de Solférino, je fais le point avec Lionel Jospin. Nous arpentons la cour pavée. Lionel me dit : "On ne peut pas le faire car ça va mal finir. On risque la rupture avec Mitterrand et l'éclatement du Parti." »

Claude Allègre [2] résume cet épisode avec son style fleuri : « Le mardi à Paris, Rocard avait bouffé du cheval et voulait conclure un accord formel avec Jospin, passant sur le ventre de Fabius au prix d'une épreuve de force. Mais Mauroy a dit que ça revenait à provoquer une crise de régime et Jospin a mis les pouces. »

Au petit matin du mercredi 21 mars, donc, Emmanuelli renonce. Mauroy est reconduit et l'accord général est conclu. Il est ratifié, le mercredi soir, à l'unanimité par le comité directeur.

Le dimanche suivant, invité de la journaliste Anne Sinclair sur TF1, le président de la République commente longuement le congrès de Rennes : « Ces déchirements ne sont pas heureux, on ne peut que les regretter (...) mais c'est le combat de la politique au sein de la démocratie. » Il réaffirme sa conviction sur les capacités de Laurent Fabius tout en prononçant le compliment d'usage pour Michel Rocard qui « sera en situation d'être le candidat de tous pour la confrontation présidentielle » à la condition, qui n'est pas mince,

1. Entretien le 19 septembre 1995.
2. Entretien le 6 juillet 1995.

qu'il « réussisse assez à conduire la majorité à la victoire électorale en 1993 ».

Inscrite dans la réélection de 1988, la perte d'influence de François Mitterrand sur le Parti socialiste s'est accentuée à Rennes. Le président n'a pu imposer son candidat mais a été en mesure d'empêcher l'alliance Jospin-Rocard. L'épisode laissera des traces et des rancunes.

Pierre Mauroy ne pourra redresser un Parti durablement fractionné et qui subira la désaffection de l'opinion ; l'incompréhension éloignera de plus en plus Jospin de Mitterrand ; et Rocard ne trouvera plus aucune grâce aux yeux du président.

CHAPITRE 5

La défiance au sommet

A partir du printemps 1990, le président de la République envisage de changer le Premier ministre et se demande quand et selon quel scénario il mettra fin à son bail.

François Mitterrand considère que la méthode de gouvernement, les orientations et la stratégie présidentielle de Michel Rocard, même si elles recueillent l'approbation des Français, ne préparent pas au mieux les socialistes à mobiliser leur électorat pour l'échéance des législatives de 1993.

Mais une séparation à froid lui semble prématurée. L'opinion ne la comprendrait pas, la pratique de la Ve République voulant que l'on remplace un Premier ministre usé, ou bien en désaccord de fond avec le président, ou encore au lendemain d'un événement politique majeur.

Le chef de l'État veut être maître du calendrier. Il ne souhaite pas que le Premier ministre prenne l'initiative de claquer la porte, comme le fit Jacques Chirac en août 1976, deux ans et trois mois après avoir été nommé par Valéry Giscard d'Estaing auquel il reprochait de ne pas lui donner les moyens de gouverner. Sur ce plan, Mitterrand n'a pas de raisons d'être inquiet : il veille à laisser la bride sur le cou de Rocard, qui ne se plaint pas d'être entravé et, de toute façon, manifeste l'intention de durer.

Si l'on en croit nombre de ses confidents – conseillers, ministres, responsables socialistes ou élus –, Mitterrand laissait entrevoir un changement de Premier ministre à la fin de l'année 1990 ou au début de 1991, une fois voté son troisième Budget, soit à mi-chemin de la législature. A moins qu'un accident parlementaire, assez peu probable, ne vienne précipiter les échéances.

François Mitterrand se donne ainsi le temps de préparer le terrain.

Au lendemain du congrès de Rennes, qui a cristallisé les dissentiments entre les deux chefs de l'Exécutif, il s'engage donc dans une manœuvre politique délicate qui consiste à prendre ses distances avec Michel Rocard avec suffisamment de doigté pour ne pas se désavouer lui-même.

Face à un Premier ministre, qui ne manque pas non plus d'habileté et d'arguments, le président, avec une patience de greffier, va réunir les pièces du dossier d'accusation. L'invasion du Koweït et la guerre du Golfe [1] retarderont l'énoncé du verdict.

Agaceries

Le mardi 23 avril 1990, François Mitterrand convoque Michel Rocard à l'Élysée. Le président n'est pas d'accord avec le projet de discours que doit prononcer le Premier ministre, le lendemain devant l'Assemblée nationale, à l'ouverture du débat sur la réforme constitutionnelle. L'objet initial de cette initiative, annoncée par Mitterrand le 14 juillet 1989, est de permettre aux citoyens de saisir directement le Conseil constitutionnel de toute loi qui leur paraîtrait contraire aux droits fondamentaux inscrits dans la Constitution. Dans un souci d'obtenir l'accord de l'opposition, en particulier au Sénat, où la droite et le centre sont majoritaires, les textes constitutionnels devant être adoptés dans les mêmes termes par les deux Assemblées, Rocard avait repris à son compte plusieurs propositions du camp adverse. Il avait en particulier ressuscité le « serpent de mer » de la réduction à cinq ans du mandat présidentiel. Après tout, le candidat Mitterrand n'avait-il pas écrit dans sa *Lettre à tous les Français* que, sans en prendre lui-même l'initiative, il souscrirait au quinquennat « si une large majorité parlementaire et le gouvernement s'accord[ai]ent sur une mesure de ce type » ?

Avant de recevoir le Premier ministre et son conseiller Guy Carcassonne, professeur de droit public, Mitterrand confie à

1. Voir XIVe partie : « Guerres et paix ».

Jean-Louis Bianco[1] : « Rocard s'avance sur le mandat à cinq ans, c'est un peu cousu de fil blanc. » Puis, crayon en main, Mitterrand et Rocard relisent le projet de discours. « Votre texte est très bon sur la forme, observe le président, mais sur le fond, le mandat à cinq ans, on va dire que Rocard est trop pressé. »

Bianco se souvient alors d'une scène digne du « Bébête Show[2] » : « Mais pas du tout, ô tournevis suprême, je raye tout de suite. »

Mitterrand fait valoir à Rocard qu'« introduire le quinquennat maintenant serait une folie et déchaînerait une vague d'ambitions. Il n'y a pas de rétroactivité des lois, mais moralement, je serais obligé de me l'appliquer à moi-même ». Il demande également à son Premier ministre de renoncer à proposer que toute demande de révision constitutionnelle donnant lieu à un référendum soit précédée d'une consultation des partis.

Le lendemain, 24 avril, devant les présidents des groupes parlementaires socialistes, Louis Mermaz[3] et Claude Estier, Mitterrand se plaint du comportement de Rocard dans cette affaire constitutionnelle et, plus largement, déplore les insuffisances de sa politique sociale. Le président assure qu'il réclame « en vain » à son Premier ministre d'appeler le patronat à ouvrir des négociations sur les bas salaires.

Une note du secrétariat général de la présidence, datée du 4 mai[4], exprime bien l'état d'esprit qui règne alors à l'Élysée : elle relève que « depuis 1988 les ouvriers et les employés sont délaissés » et que « les plus riches ont été épargnés » grâce à « l'allégement de la fiscalité sur les actions et les obligations ». Si les premiers ont bénéficié d'« une réhabilitation ambitieuse des HLM et des augmentations des prestations sociales, le pouvoir d'achat des smicards a été mangé par les hausses répétées de cotisations sociales ».

1. Document d'archives.

2. Petit spectacle satirique de marionnettes, diffusé à l'époque chaque soir sur TF1, tournant en dérision le comportement du personnel politique, dans lequel Rocard, transformé en corbeau, se prosterne sans arrêt devant Mitterrand, devenu une grenouille.

3. Entretien le 14 février 1996.

4. Document d'archives.

Se référant au courrier adressé au président, elle indique que « les jeunes ménages, locataires de la région parisienne, avec un ou deux enfants, ont le sentiment le plus net d'une dégradation relative et même absolue de leur pouvoir d'achat et de leurs conditions de vie. Il n'est pas surprenant que des jeunes abandonnent la gauche et que leurs parents, souvent accablés par un prêt coûteux d'accession à la propriété, et inquiets pour leurs retraites, soient séduits par les simplifications de Le Pen ».

Son auteur met en cause « la politique au fil de l'eau » du gouvernement « tétanisé par les sondages et soucieux de l'opinion d'une informe classe moyenne et, par-dessus tout, désireux de ne fâcher personne ». Il reproche à Rocard de « repousser à plus tard toute réforme en se bornant à répartir les acquêts de la croissance – 30 milliards sur un Budget de 1 200 milliards ». Il invite le chef de l'État à se faire le « moteur » de la relance sociale et va jusqu'à suggérer un « remaniement gouvernemental permettant de brusquer les administrations et les corporatismes ».

Et le 10 mai, François Mitterrand, prenant au mot Michel Rocard, qui avait parlé à Rennes d'une « nouvelle étape sociale », reçoit le président du CNPF François Périgot auquel il demande d'ouvrir au niveau des branches des négociations sur les bas et moyens salaires.

Le même jour, entouré de son épouse et de ses cinq plus proches collaborateurs, il convie à déjeuner le couple Rocard et cinq conseillers de Matignon.

Ce repas-anniversaire de la nomination de Rocard, qui coïncide avec celui de la première élection de Mitterrand en 1981, avait été inauguré un an plus tôt. Le 9 mai 1989, en quittant Matignon où s'étaient tenues ces agapes, le président avait confié à Hubert Védrine, en parlant des rocardiens qu'ils découvraient alors : « Ces gens-là sont incultes [1]. »

L'un des convives, du camp élyséen, conserve l'impression

1. François Mitterrand a démenti à plusieurs reprises aux auteurs avoir utilisé le qualificatif de « barbares » à propos des conseillers de Michel Rocard. C'est néanmoins cette formule, largement reproduite, qui est restée dans la mémoire collective du petit monde politico-médiatique parisien.

d'avoir assisté ce jeudi 10 mai 1990 « à un déjeuner de deux familles de province qui se reçoivent par obligation et qui échangent des propos aimables ». Un autre, côté Matignon, se souvient surtout de l'« angoisse » de son patron à l'idée que Michèle Rocard, qui n'a jamais caché son antipathie à l'égard de François Mitterrand, ne « commette un impair ».

L'apéritif est servi dans le parc où Upsilon, le bouvier bernois de Danielle Mitterrand, se mêle aux invités. Le président raconte que le chien lui avait été offert par le président suisse Pierre Aubert lors de sa visite d'État dans la confédération, au mois d'avril 1983. C'est le médecin personnel du président, le docteur Claude Gubler, lui-même citoyen helvétique, qui, quelques semaines plus tard, fit l'aller-retour en voiture pour aller chercher le chiot. La presse eut vent de cet épisode et l'on accusa les Mitterrand d'avoir transgressé le contrôle des changes en achetant à l'étranger un bien d'une valeur supérieure aux 3 000 francs autorisés, au lendemain du tournant de la rigueur de mars 1983. Mitterrand obtint d'Aubert qu'il vienne à la télévision suisse pour confirmer qu'il s'agissait d'un cadeau officiel…

A table, on parle de la motion de censure sur l'amnistie qui vient d'être repoussée grâce à l'abstention communiste. Mitterrand juge que « Pierre Mauroy a été très bon et l'opposition médiocre », en particulier le président du groupe UDF Charles Millon qu'il a trouvé « très terne ». Rocard approuve. Mitterrand assure qu'il ne s'était « pas rendu compte » du tollé qu'allait soulever l'amnistie jusqu'au non-lieu prononcé pour Christian Nucci. Il évoque les « quelques millions de centimes » que son ancien ministre aurait « détournés » et s'écrie : « Qu'est-ce que ça représente par rapport aux sommes en jeu dans l'affaire Chaumet [1] ou dans celle de la Garantie foncière, sous la droite ? » Il en profite pour égratigner le ministre de la Justice Pierre Arpaillange en observant qu'entre 1986 et 1988 « les scandales étaient contrôlés par M. Paul-Henri Sadon, directeur de cabinet d'Albin Chalandon à la Justice, qui tenait bien ses magistrats ».

Michel Rocard essaie d'expliquer pourquoi il attache une telle importance à son chantier de réorganisation de la région

1. Voir X[e] partie : « La bataille ».

Ile-de-France. Mitterrand l'interrompt : « Moi, comme provincial, j'ai toujours écouté avec une oreille sceptique ce qui concerne l'Ile-de-France. »

On en vient à un thème bien bourgeois et bien parisien : le prix des appartements dans la capitale. Michèle Rocard raconte qu'elle n'a jamais réussi à convaincre son mari d'acheter à Paris. Mitterrand en profite pour placer son récit de l'acquisition de la rue de Bièvre. « En 1971, notre loyer rue Guynemer (qui longe les jardins du Luxembourg) avait encore augmenté. Ma femme et moi nous sommes dit : "Qu'est-ce qu'on deviendra à soixante ans quand il faudra quitter l'endroit où nous habitons depuis trente ans ? Il vaut mieux prendre les devants." » Et Danielle : « J'ai passé deux ans à chercher et je revenais toujours vers ces immeubles délabrés de la rue de Bièvre. » Le président : « Avec tous les travaux, ça nous est revenu à 5 000 francs le mètre carré. Et aujourd'hui, on vend en face de chez nous à 60 000 francs le mètre carré. Je suis responsable de l'accroissement des inégalités sans avoir rien fait. Je me suis enrichi en dormant. »

Le Premier ministre défend son projet de table ronde sur l'immigration : « Même si la moitié de l'opposition ne venait pas, je devrais la tenir à cause de l'UDC. » Le président se déclare frappé qu'à Jarnac, sa ville natale, où il n'y a pas d'immigration maghrébine, la population s'inquiète des étrangers et le Front national gagne des voix.

Deux jours plus tard [1], Mitterrand prend très mal la décision de Rocard de sacrifier le projet de droit de vote des étrangers aux élections municipales sur l'autel du consensus avec la droite.

Tracasseries

Les familiers du président conservent le souvenir d'un homme alors irrité par toutes les initiatives de son Premier ministre. Jack Lang [2], un habitué des dîners du dimanche soir

1. Voir *supra*.
2. Entretien le 9 novembre 1993.

rue de Bièvre, évoque cette période : « Mitterrand voulait se séparer de Rocard car il lui reprochait de ne pas agir assez. Mais son côté homme d'État, un peu conservateur, le retenait. Quand je lui disais : "Ça n'avance pas, ça ne bouge pas", il me répondait selon les jours : "On n'y peut rien, c'est Rocard", ou bien : "On en fait assez comme ça." » Le ministre de la Culture acquiert cependant la « conviction » que Mitterrand avait dès cette époque décidé de « chasser Rocard à la fin de l'année ».

Laurent Fabius conserve un souvenir précis du dîner du dimanche 20 mai 1990. Il en a consigné l'essentiel le soir même en rentrant chez lui. Il fait le portrait [1] d'un président qui « laisse percer une sorte de mécontentement ». Il en veut à Rocard et aux socialistes d'avoir abandonné le droit de vote des étrangers ; il a le sentiment que le Premier ministre a voulu le pousser dehors en proposant de remettre à l'ordre du jour la réduction du mandat présidentiel à cinq ans. Et il dit à Fabius : « Pendant un an et demi, le gouvernement a bien fonctionné. Depuis quelques mois, je m'interroge vraiment. J'ai cru que Rocard changerait. Je me suis trompé. Je suis obligé de me poser la question de son départ. »

Selon un autre témoin, Danielle Mitterrand s'était montrée très virulente à l'endroit de Michel Rocard, allant même jusqu'à dire que, si elle était député, elle censurerait le gouvernement. Son mari avait balayé ce propos d'un « ce n'est pas le moment ». Les politiques attablés ce soir-là rue de Bièvre jugeaient comme lui cette idée saugrenue.

Michel Rocard [2] ne conserve pas le souvenir d'une dégradation de ses relations avec le président au mois de mai 1990, « si ce n'est que Mitterrand me faisait sans arrêt du suif sur le social ».

Depuis le congrès de Rennes, Mitterrand et Rocard baissent dans l'opinion. Selon un sondage Ipsos-*Le Point*, du 26 mai 1990, longuement analysé dans une note au président, la chute de ce dernier est due en premier lieu à « l'insuffi-

1. Dans son livre, *Les Blessures de la vérité*, *op. cit.*, p. 169-170.
2. Entretien le 22 mars 1996.

sance des orientations sociales du gouvernement ». Les Français reprochent au chef de l'État d'avoir négligé les dossiers économiques et sociaux au profit de la politique étrangère. Ils estiment que Mitterrand « a mal fait son travail » en ce qui concerne la prise en compte de leurs préoccupations quotidiennes.

Sur le plan politique, ils continuent de plébisciter le couple Mitterrand-Rocard : 71 % des Français – et 56 % des électeurs socialistes – souhaitent le maintien du Premier ministre. Pourtant, Rocard se voit avant tout reprocher, selon la SOFRES-*Le Figaro*, de « ne pas chercher à réduire les inégalités ».

L'analyse du conseiller à l'Élysée conclut que « les Français souhaitent deux choses qui ne leur paraissent pas incompatibles : une politique sociale plus accentuée vers la réduction des inégalités et un gouvernement politiquement plus ouvert vers le centre ».

Le président est également alerté par une étude de la SOFRES qui révèle que la baisse de popularité du gouvernement – environ quinze points entre le printemps 1989 et le printemps 1990 – est essentiellement due au recul chez les employés, les ouvriers et les bas revenus. En revanche, les cadres adhèrent davantage à la politique suivie. Les grandes centrales syndicales ont bien perçu cette attente des ménages modestes et, depuis plusieurs mois, insistent sur la nécessité d'un rattrapage, alors que le pays continue de profiter d'une forte croissance économique.

Cependant, le « pacte de croissance », annoncé à la rentrée de 1989 par Michel Rocard, est mis en œuvre. Le pouvoir d'achat augmente, le chômage continue de reculer, l'inflation d'être maîtrisée et le franc demeure solide. Bref, au printemps 1990, l'économie va bien et les fruits de la croissance sont répartis conformément aux engagements. Mais, face à des entreprises qui renouent avec le profit, une Bourse prospère et un « boom » des placements financiers, favorisé par l'alignement de la France sur la législation fiscale libérale de l'épargne résultant de l'intégration européenne, l'électorat populaire a le sentiment d'être délaissé par la gauche au pouvoir.

Le mardi 29 mai 1990, François Mitterrand fait sienne cette attente populaire. A Auxerre, où le reçoit le maire et ministre du Travail Jean-Pierre Soisson, il plaide pour une vigoureuse relance sociale. « Les socialistes ont démontré que la justice sociale rendait possible la réussite économique (...) il faut continuer à démontrer que la réussite économique doit permettre d'accroître la justice sociale. » Il demande avec insistance l'ouverture de négociations contractuelles sur la revalorisation des bas salaires, faute de quoi l'État prendra ses responsabilités. Il se lance dans un vibrant plaidoyer contre les inégalités de toute nature, dénonçant au passage l'injustice résultant de l'excès des profits spéculatifs permettant aux privilégiés du capital de « s'enrichir en dormant [1] ».

Au grand dam de Pierre Bérégovoy, ce discours provoque un mouvement de défiance des marchés qui se traduit, en un mois, par un recul de la Bourse de Paris de plus de trois points. A l'époque, se souvient Jean-Louis Bianco [2], « la presse se polarisait sur la relation Mitterrand-Rocard sans se rendre compte que les rapports entre l'Élysée et Bercy n'étaient pas idylliques. Bérégovoy n'était pas bien en cour. Mitterrand trouvait qu'il exagérait la rigueur monétaire et budgétaire et que Rocard accentuait cela de manière caricaturale ».

Mais c'est surtout Michel Rocard [3] qui se sent mis en cause : « Il faut savoir aiguillonner avec pertinence. Là, ce n'était pas le cas et je ne pouvais pas laisser passer. »

Le déroulement de son entretien avec Mitterrand, le lendemain mercredi 30 mai, avant le Conseil des ministres [4], prouve à quel point il a mal pris les déclarations d'Auxerre.

Il s'agit, ce matin-là, de décider comment le gouvernement doit s'y prendre pour faire adopter le lendemain à l'Assemblée la réforme de la taxe d'habitation à laquelle tient le groupe socialiste contre Rocard et Bérégovoy.

1. Le discours d'Auxerre apparaît rétrospectivement comme le pendant de celui de Figeac, où, le 27 septembre 1982 (voir IVe partie : « La rigueur »), François Mitterrand s'était efforcé de convaincre l'opinion que la réussite sociale passait par celle de l'économie.
2. Entretien le 16 février 1996.
3. Entretien le 22 octobre 1992.
4. Document d'archives : récit de Jean-Louis Bianco.

A peine le sujet abordé, le Premier ministre s'en prend vivement aux députés socialistes, visant à travers eux le président de la République : « Je suis las d'être l'unique refuge devant la démagogie du groupe, d'être une sorte de pare-chocs, et je suis las d'être accusé par le groupe de ne pas vouloir combattre les inégalités. Je suis décidé à ne pas accepter les critiques du groupe sur mon socialisme. »

Mitterrand ne bronche pas.

Puis Rocard annonce qu'il soutiendra « malgré tout » la réforme de la taxe d'habitation. L'adoption de ce texte n'est pas acquise en raison de l'hostilité de la droite et des communistes. Mais le Premier ministre refuse de demander l'application de l'article 49-3 qui obligerait les communistes à renverser le gouvernement pour empêcher cette réforme fiscale d'importance secondaire. « C'est à vous de prendre » la décision de recours au 49-3, dit-il au président, ajoutant : « Un Premier ministre est fait pour s'user. Si je dois partir là-dessus, je partirai. »

Autrement dit, Rocard, excédé par Mitterrand, lui demande habilement de se découvrir en lui laissant porter par avance la responsabilité d'une censure parlementaire sur ce texte.

Tout aussi habilement, Mitterrand désamorce le piège : « Je ne vous pousse pas du tout » à utiliser le 49-3 « dès lors qu'il y a un risque gouvernemental évident. Il en irait peut-être autrement si nous étions sur une question de principe à laquelle vous seriez attaché. Après tout, il est des cas où il faut prendre le risque d'être battu pour ses convictions ».

On en restera là. Le chef de l'État ne veut pas être accusé, si le gouvernement était censuré dans cette affaire, d'avoir poussé dehors son Premier ministre sur un conflit que l'opinion ne comprendrait pas.

Mais, par le truchement des entourages, naturellement portés à forcer le trait pour défendre leurs patrons, la presse a compris que la défiance au sommet avait atteint un pic. Et le dimanche 3 juin, à l'occasion de la sortie de Solutré, les journalistes politiques titillent le président sur Rocard. Il assure que son discours d'Auxerre ne visait pas la politique gouvernementale mais le patronat. Une fois prise cette précaution d'usage, il cache moins que jamais son agacement à l'égard du chef du gouvernement. « C'est moi qui l'ai appelé parce qu'il semblait convenir à la situation. » Il n'est pas nécessaire d'être un « mitterrandologue » pour traduire qu'à présent, Rocard ne « semble » pas convenir à la situation. D'autant que Mitterrand ajoute : « C'est moi qui le garde (...) parfois on se lasse. »

Le même jour, Michel Rocard s'épanche auprès de ses amis politiques réunis près de Fontainebleau chez Tony Dreyfus, l'un de ses hommes de confiance [1] : « Depuis quelques semaines, Mitterrand n'arrête pas de m'emmerder. Il me téléphone presque tous les jours. Il veut du social, encore du social, toujours du social ! Comme si la lutte contre les inégalités, et d'abord, contre la première d'entre elles, la pire, le chômage, n'était pas ma priorité. Je me suis fixé un objectif sur cinq ans. Je ne compromettrai pas deux ans d'efforts qui commencent à porter leurs fruits en cédant, d'un coup, aux revendications. »

Fourberies

Le Conseil des ministres du 6 juin donne l'impression que l'on rejoue à l'Élysée une scène de la cohabitation. Le porte-parole de la présidence rend en effet publics les propos du chef de l'État en Conseil concernant le projet de Budget pour 1991. Cette pratique, courante sous le gouvernement Chirac, avait disparu après mai 1988, sauf sur les questions de politique étrangère. Les observateurs, attentifs à tout signe de dissension entre l'Élysée et Matignon, y voient ce jour-là un nouveau pas dans la prise de distance du président à l'égard du Premier ministre.

En réalité, François Mitterrand tenait à faire savoir qu'il approuvait les orientations de la loi de finances et avait demandé à son porte-parole Hubert Védrine de dire qu'elles allaient dans le bon sens car « les inégalités ne doivent pas être réduites seulement à travers les salaires, mais aussi par l'effort d'éducation, la formation professionnelle, le logement social, la réduction du chômage, qui constituent les grandes priorités du prochain Budget ».

1. Selon le récit de Robert Schneider, in *La Haine tranquille*, *op. cit.*, p. 236.

Il s'agissait pour Mitterrand de soutenir Rocard après l'avoir publiquement critiqué au cours de la semaine précédente. Ce jour-là, le président a décrété un cessez-le-feu.

Les semaines qui suivent confirment l'accalmie. Mais, à l'instar des couples qui se rabibochent après une scène de ménage, les gestes mutuels d'affection laissent sceptiques les familiers. Pour Mitterrand, l'heure du divorce n'est pas venue ; pour Rocard, il s'agit toujours et encore de durer.

Ainsi, le 17 juin, Michel Rocard expose-t-il longuement devant un colloque socialiste le contenu de sa « nouvelle étape sociale », qui reprend à la lettre les objurgations présidentielles. Le Premier ministre s'élève contre l'argent spéculatif. Il annonce qu'une « contribution sociale généralisée » frappant tous les revenus, dont ceux du capital, sera instituée pour financer la protection sociale. Il confirme son soutien à la future taxe d'habitation. Il annonce un coup de pouce supplémentaire pour le SMIC et, comme l'avait fait Mitterrand trois semaines plus tôt à Auxerre, invite fermement le patronat à progresser dans la négociation contractuelle sur les bas salaires.

Le même jour, François Mitterrand accorde une interview au *Monde*. Il se garde du moindre compliment à l'égard du Premier ministre, se contentant de lâcher : « Je souhaite qu'il réussisse. » Jean-Louis Bianco, qui a participé à la relecture de cet entretien, se souvient qu'« au départ, le président ne voulait même pas écrire qu'il souhaitait sa réussite ».

A l'heure des départs en vacances, ils font assaut d'amabilités.

Rocard, le 28 juin à la télévision : « François Mitterrand, c'est un homme qui a de l'épaisseur et, à travailler avec lui, on s'enrichit. On apprend tous les jours. J'apprends tous les jours. C'est un privilège aussi. Alors, je vais vous dire, j'en redemande ! »

Mitterrand, le 14 juillet, à la télévision : « Le gouvernement est en place. Il travaille bien. Je veille à faciliter sa tâche et à assurer sa durée. »

A cette époque-là, se produit un épisode troublant.

Le docteur Claude Gubler, qui révélera au lendemain de

la mort du président que celui-ci était soigné pour un cancer de la prostate depuis la fin de l'année 1981, apporte un témoignage inédit. Dans son livre *Le Grand Secret*[1], le médecin personnel du président relate qu'à la mi-juin, François Mitterrand lui avait suggéré de « dévoiler une partie de la vérité » sur son cancer à l'occasion de la publication semestrielle de son bulletin de santé, qui intervient habituellement aux mois de janvier et de juin. « Quelques jours plus tard », poursuit Gubler, Mitterrand lui dit : « Il se peut qu'au mois d'août je décide de partir. Dans cette hypothèse, il faut que vous prépariez le terrain à propos de ma santé. Si je me retire, nous dirons tout, mais seulement à ce moment-là. »

Le médecin est très ennuyé, car, écrit-il, « à ce moment-là le président se portait bien et rien dans son état ne justifiait qu'il démissionne ». Il rédige toutefois un projet de communiqué laissant entendre que le président est très fatigué et qu'il devra subir des examens. Le mot explosif de cancer n'est pas prononcé.

Gubler raconte qu'il remet le projet de communiqué au porte-parole Hubert Védrine qui se précipite chez le secrétaire général Jean-Louis Bianco, lequel consulte Michel Charasse, alors ministre du Budget. Ils sont affolés. Selon Gubler, Charasse « semble le plus au courant de la situation » et indique qu'il va « essayer de rattraper le coup ». Finalement, Gubler réécrit un communiqué presque anodin en laissant seulement figurer un passage concernant « la vitesse de sédimentation accélérée et une hypoglycémie ». Le bulletin est publié le 28 juillet et « passe presque inaperçu ».

Présentés par le docteur Gubler comme les protagonistes de cet événement, Jean-Louis Bianco[2] et Hubert Védrine[3] déclarent n'avoir en rien été mêlés à cet épisode. « Je n'ai découvert cela qu'avec la sortie du livre de Gubler au lendemain de la mort du président », déclare Bianco. « Je n'ai

1. Cosigné avec l'ancien journaliste de *Paris-Match* Michel Gonod (Paris, Plon, 1996, p. 110-114). Sur la maladie de François Mitterrand et ses conséquences institutionnelles, voir XVIIIe partie : « La sanction », et XXe partie : « La lutte finale ».

2. Entretien le 16 février 1996.

3. Entretien le 20 février 1996.

pas le moindre souvenir que Mitterrand ait envisagé de démissionner. Apparemment, il allait bien à ce moment-là », ajoute Védrine.

Michel Charasse[1], en revanche, livre son témoignage, qui diffère partiellement de celui de Claude Gubler : « Vers la fin du mois de juillet 1990[2], alors que je travaillais dans mon bureau à Bercy, le président m'appelle au téléphone : "Venez me voir." Quand j'arrive dans son bureau, il me dit : "Asseyez-vous, j'ai des choses importantes à vous dire. Je suis à la tête d'une collection d'emmerdements personnels. Je ne sais pas comment m'en sortir. J'en ai marre." Il était las, grognon ; bref, il n'avait pas le moral. Nous étions en pleine vague de chaleur. L'Élysée était désert.

« Il me raconte ses problèmes et je lui dis que s'il le souhaite je peux les régler en huit jours. Il me donne son accord et je prends congé.

« Dans l'antichambre, je croise Gubler avec un papier à la main. Il me le montre, l'air accablé. C'est un bulletin médical disant que le président est très fatigué et qu'il va devoir subir des examens supplémentaires. Je demande à Gubler si cela correspond à la réalité. Il me répond : "Non, absolument pas. Il fait une dépression nerveuse. Il veut s'en aller et préparer l'opinion à son départ." »

Charasse dit à Gubler de ne pas publier ce bulletin de santé. « Trop tard, lui répond le médecin, je viens de le remettre à Jean-Louis Chambon, au service de presse. »

Charasse se précipite chez Chambon[3], conseiller en communication à la présidence : « Charasse était tout aussi ennuyé que moi. On décide de ne pas rendre public ce communiqué et Charasse retourne voir le président. »

Charasse est de nouveau introduit dans le bureau de Mitterrand et lui montre le projet de communiqué de Gubler.

« Vous êtes au courant de ça ?

– Naturellement, répond Mitterrand, fou de rage. Qui vous en a parlé ?

1. Entretien le 5 mars 1996.

2. Un entretien avec Michel Charasse figure à l'agenda du président le vendredi 27 juillet à 15 h 30.

3. Entretien le 26 mars 1996.

SERIE 1 IMAGE N° 16

LA GIRAFE

Photo IMAGES et TEXTES - Lagraulet

Pour améliorer vos connaissances, le CHOCOLAT POULAIN a fait appel aux plus grands spécialistes de notre temps pour présenter ses nouvelles collections :

Série 1 - Connaissance des Mammifères
Série 2 - Connaissance des Oiseaux
Série 3 - Connaissance du Chemin de Fer
Série 4 - Connaissance des Minéraux
Série 5 - Connaissance de l'Automobile
Série 6 - Connaissance du Cycle et de la Moto

Les images se collent sur des dossiers que le CHOCOLAT POULAIN tient à la disposition des collectionneurs.
Pour recevoir ces dossiers, lisez attentivement les indications mentionnées sur les emballages des produits POULAIN.

ECHANGES : Les conditions sont indiquées sur feuille spéciale encartée dans les dossiers.

– C'est Gubler à l'instant.
– Il n'aurait jamais dû. Qui commande ici ?
– Personne à l'Élysée ne voudra publier une telle bombe. Vous serez obligé de le dicter vous-même à l'AFP. Personne ne voudra dicter ça.
– C'est pourtant un ordre.
– Vous m'avez donné huit jours, président, pour régler vos affaires. Je vous en demande quatre, mais ne sortez pas ça.
– Bon, quatre jours, mais pas un de plus. Renvoyez-moi Gubler. »

Charasse conclut son récit : « Mitterrand et Gubler ont dû s'engueuler. Finalement, on a sorti le bulletin de santé habituel, le samedi 28 juillet. Quant à moi, j'ai réglé en trois jours les problèmes personnels du président qui lui semblaient insurmontables car il avait un coup de blues. La semaine suivante, c'était la guerre du Golfe et on n'en a plus jamais reparlé. »

Dans la mesure où ses « problèmes personnels » ont pu conduire le président de la République à dire qu'il envisageait de démissionner, les auteurs ont cherché à savoir pourquoi. Ils ont interrogé plusieurs intimes du chef de l'État. De l'avis général, il semblerait que François Mitterrand était fort contrarié par des soucis liés à sa double vie familiale. Il élève, en dehors du mariage, une fille alors âgée de seize ans, Mazarine, née d'une liaison durable avec Anne Pingeot. Au moment de l'épisode relaté par Charasse, Danielle Mitterrand avait brusquement quitté la maison de vacances landaise de Latche pour s'isoler pendant quelques jours dans les Pyrénées. François Mitterrand, très inquiet de ce comportement, avait pu localiser son épouse par l'intermédiaire de ses officiers de sécurité.

Les auteurs se refusent à aller plus avant dans cet épisode qui relève de la vie privée, qu'ils se sont donné pour règle de ne pas commenter au-delà de ses éventuels effets sur la vie publique de François Mitterrand.

QUATORZIÈME PARTIE

Guerres et paix

L'invasion de l'émirat pétrolier du Koweït, le 2 août 1990, par l'armée de Saddam Hussein, l'impitoyable maître de l'Irak, conduit la France à s'engager dans la guerre, au côté de la coalition internationale formée autour des forces américaines. Le souci du rôle mondial de la France et du maintien de sa présence dans cette région stratégique et troublée fut pour François Mitterrand l'argument décisif. Il s'agit, au-delà des principes du droit international, de défendre des positions économiques – pétrole, ventes d'armes – et de se faire entendre dans la recherche d'une solution au Proche-Orient.

S'il ne nourrit guère d'illusions sur les chances de la paix, le président français continue, après sa réélection, à plaider pour le droit des Palestiniens à bâtir un État à côté d'un Israël reconnu par ses voisins arabes et assuré de sa sécurité. Il encourage l'OLP à accepter l'existence de l'État hébreu, en consacrant le statut d'interlocuteur de son président Yasser Arafat par une invitation officielle à Paris au mois de mai 1989.

Au Liban, où la France a renoncé à tout engagement direct après la tragédie du Drakkar[1], avant d'être paralysée par le drame des otages[2], Mitterrand se résout à la paix syrienne en poussant les communautés chrétiennes à jouer la carte de la réconciliation. En dernier hommage au mythe du lien historique de la France avec le Liban, il sauve la vie du général chrétien rebelle Michel Aoun, en le tirant des griffes syro-libanaises par une délicate opération d'exfiltration vers la France.

1. Voir VIe partie : « La disgrâce ».
2. Voir VIIIe partie : « La revanche ».

Face au Maghreb, avec lequel il s'était attaché à dépassionner les relations au cours de son premier septennat – en particulier avec Alger –, le président français se trouve de nouveau dans une situation incommode. Devant la crise politique et sociale qui explose en Algérie dès 1988, avant de dégénérer en guerre civile, la France se montre impuissante : soupçonnée à chaque instant d'arrière-pensées néocolonialistes, elle masque son soutien, essentiellement financier, au régime en place derrière un discours de neutralité apparente. Paris doit aussi gérer au plus près les susceptibilités du roi du Maroc, quand, à l'automne 1990, la publication en France d'un livre-réquisitoire contre les atteintes aux droits de l'homme dans son pays peut faire craindre une rupture des relations franco-marocaines.

Avec l'Afrique, le discours change mais les pratiques n'évoluent guère. L'effondrement du communisme fait disparaître la rivalité Est-Ouest sur le continent noir et conduit la France à lier l'aide au développement au progrès de la démocratie. L'inflexion donnée en ce sens par François Mitterrand lors du sommet franco-africain de La Baule, au mois de juin 1990, a peu d'effets immédiats : les processus de démocratisation des pays d'Afrique francophone sont lents, quand ils ne sont pas purement formels ou inexistants. Paris ne rompt pas avec les dictateurs africains mais les incite à composer avec leurs peuples. La manne financière française continue d'éviter que les innombrables régimes corrompus, du golfe de Guinée aux confins sahariens, ne s'effondrent, accroissant encore la misère endémique des populations. En dépit de ses insuffisances, de ses contradictions et du poids des habitudes coloniales, la politique africaine menée par François Mitterrand au cours de son second septennat contribue toutefois à mettre en branle la longue marche vers la démocratie.

CHAPITRE 1

Afrique : les tracas de la démocratie

A-coups sur le continent noir

Le premier rendez-vous franco-africain du second septennat a lieu à Casablanca, les 15 et 16 décembre 1988. Cette quinzième conférence des chefs d'État de France et d'Afrique se déroule dans une ambiance morose. Devant ses vingt-deux partenaires, François Mitterrand dresse un constat pessimiste : « La marginalisation de votre continent est actuellement en cours. » La part de l'Afrique dans le commerce mondial continue en effet de diminuer et n'atteint plus que 5 %. Le président français fait sienne l'inquiétude des pays africains dont les « dettes s'accroissent d'elles-mêmes plus vite qu'ils ne les remboursent ». Pourtant, six mois plus tôt, à l'occasion du sommet des pays industrialisés de Toronto, Mitterrand avait annulé le tiers de la dette des pays les plus pauvres, suivi par plusieurs membres du club des pays les plus riches. Mais la générosité du geste n'est pas à la hauteur du malaise africain. Avant de quitter Casablanca le président gabonais Omar Bongo résume le sentiment général : « Qu'est-ce qu'on vient foutre ici ? On parle, on parle, et puis on s'en va. »

Paris a compris le message et, profitant des marges de manœuvre financières dégagées par la croissance économique française, Mitterrand annonce six mois plus tard à Dakar, au cours du sommet de la Francophonie, l'annulation de la dette publique des trente-cinq pays africains les plus pauvres, soit un cadeau de 16 milliards de francs. Trois pays – le Gabon, le Cameroun et le Congo – moins déshérités exigent un traitement identique. Ils recevront ensemble une aide supplémentaire d'un milliard de francs. La Côte-d'Ivoire ne bouge pas. Elle vient de toucher 400 millions pour compenser la chute des cours mondiaux du cacao, par l'intermédiaire de la société française Sucres et Denrées au terme d'un montage financier douteux mettant en cause, sans preuves, la probité du président Félix Houphouët-Boigny et le rôle qu'aurait joué Jean-Christophe Mitterrand, le fils du chef de l'État, alors conseiller à la présidence, chargé des questions africaines.

Le 16 août 1989, en Conseil des ministres [1], Michel Rocard exprime son inquiétude : « L'écart avec les pays développés s'accroît : l'Afrique est le tonneau des Danaïdes (...) On ne s'en sort plus et je dois dire que le commandement politique tel qu'il s'exerce dans ces pays n'est pas compatible avec le développement. » François Mitterrand lui donne raison sur l'analyse mais fait valoir à quel point la politique africaine de la France est, à ses yeux, une entreprise malaisée : « La difficulté, c'est que la politique extérieure qui est la nôtre ne peut pas se substituer sans risque à la politique intérieure de ces pays. La ligne générale est bien conforme à ce que vous dites, mais l'action quotidienne est infiniment plus délicate. »

• Un vent nouveau

L'année 1990 s'ouvre en Afrique sur une immense note d'espoir : le 2 février, le président du régime d'apartheid sud-africain Frederik De Klerk annonce la libération prochaine de Nelson Mandela, le chef de file de l'ANC [2], détenu depuis vingt-sept ans. L'ANC est légalisé, la censure est abolie, une large amnistie est votée.

Tout autant que l'effet des sanctions économiques internationales contre Pretoria, l'effondrement du communisme en Europe de l'Est a conduit la première puissance africaine à prendre le chemin de la démocratie.

S'ils se félicitent bruyamment de la libération du plus

1. Document d'archives : récit de Jean-Louis Bianco à Georgette Elgey.
2. African National Congress : organisation noire sud-africaine qui regroupe les formations en lutte contre la ségrégation raciale et prône des réformes d'inspiration progressiste.

célèbre prisonnier politique du monde, les chefs d'État africains comprennent que le souffle de la démocratisation risque de gagner leurs pays.

La contagion s'étend à plusieurs nations francophones.

Au Bénin, la France est déjà intervenue sous la forme d'un chantage financier pour obtenir du général Mathieu Kérékou qu'il abandonne la référence au marxisme et ouvre une conférence nationale des forces politiques devant déboucher sur des élections libres. Au mois de mars 1990, il proclame le multipartisme et confie le gouvernement au démocrate Nicéphore Soglo. Un an plus tard, Soglo l'emporte à l'élection présidentielle contre l'ex-dictateur [1]. L'ancien Dahomey est en passe de rejoindre le Sénégal dans le club restreint des fragiles démocraties francophones africaines.

Les événements qui secouent le Gabon, au début de l'année 1990, illustrent la persistance de la politique française traditionnelle face à un régime en proie à la contestation populaire. Depuis plus de vingt ans, le président Omar Bongo règne sans partage sur ce petit pays équatorial de 1,2 million d'habitants, aux ressources pétrolières et minières importantes. Les intérêts économiques français y sont considérables, comme en atteste la présence de 18 000 ressortissants et de 600 militaires. Deuxième pays de la zone franc en terme de revenu par habitant, le pays du docteur Schweitzer est aussi le deuxième pour la corruption (devant son voisin le Congo et derrière le Zaïre), et le troisième bénéficiaire de l'aide française par habitant.

Au mois de janvier 1990, Libreville est agitée par des manifestations étudiantes et des grèves, suivies d'émeutes réprimées par la police. Une note de la cellule africaine de l'Élysée [2] indique que « ce genre d'explosion est typique de la situation des capitales africaines où une population flottante, nombreuse et incontrôlable peut soudain, à la faveur d'événements extérieurs, être prise dans de véritables accès de fièvre. Il est aussi significatif du "syndrome Ceausescu" que la diffusion des reportages télévisés sur les évé-

1. Au terme de son quinquennat, en mars 1996, Soglo sera battu par Kérékou lors de l'élection présidentielle.

2. Document d'archives.

nements de décembre en Roumanie commence à répandre en Afrique ».

Jean-Christophe Mitterrand est dépêché au début du mois de février à Libreville d'où il rapporte [1] les récriminations de Bongo qui en veut tout particulièrement à la France de laisser l'opposant Pierre Mamboundou, assigné à résidence à Paris, mener campagne contre son régime. Bongo accuse cet ancien haut fonctionnaire international d'avoir ourdi un complot pour le faire assassiner en 1989, ce que la France ne conteste pas. Le conseiller de l'Élysée indique également que Bongo ne s'est pas privé de faire jouer la corde politique en déclarant à son interlocuteur que certains milieux français développent auprès de lui le thème : « Les socialistes ne vous ont jamais aimé » et « ils estiment que vous n'êtes plus l'homme de la situation ». Mitterrand fils juge « absolument nécessaire de faire quelque chose rapidement si nous ne désirons pas déstabiliser nos relations avec ce pays du fait d'une action à partir de Paris ». Le président écrit sur la note : « Il faut expulser ce Mamboundou qui n'est d'ailleurs pas en situation régulière. » L'intéressé sera envoyé un mois plus tard au Sénégal.

De nouvelles grèves éclatent au mois de mars 1990, suivies d'affrontements et de pillages. Bongo décrète le couvre-feu et ouvre une conférence nationale devant préparer l'instauration du multipartisme. Au mois de mai, l'émeute prend un tour insurrectionnel après la découverte du cadavre d'un leader de l'opposition, dont on ignore alors que sa mort est naturelle. Le consul de France et sept expatriés d'Elf-Gabon sont séquestrés à Port-Gentil et Paris craint pour leurs vies. La France envoie 200 parachutistes pour protéger ses ressortissants et en évacuer 2 000. La production d'Elf-Gabon est interrompue. Bongo menace de se tourner vers des compagnies étrangères si elle ne reprend pas. Le corps expéditionnaire français se retire de Port-Gentil où la garde présidentielle rétablit l'ordre. Bongo est sauvé et les affaires reprennent.

La Côte-d'Ivoire d'Houphouët-Boigny, qui traverse une réelle crise économique avec la chute des cours du cacao,

1. Document d'archives.

connaît elle aussi des émeutes assorties d'une revendication démocratique. « Le Vieux », qui n'a pu obtenir le déploiement des troupes françaises au moment d'une mutinerie de ses propres soldats qui ne sont pas payés, doit adoucir un plan d'austérité annoncé au début de l'année, et, le 3 mai 1990, il promet le multipartisme. Il avait pourtant reçu trois mois plus tôt le soutien remarqué du président du RPR Jacques Chirac, venu déclarer à Abidjan que le multipartisme constituait à ses yeux « une sorte de luxe que les pays en voie de développement n'ont pas les moyens de s'offrir ».

Ce « luxe », même le dictateur zaïrois feint d'y soumettre son vaste pays. Au pouvoir depuis vingt-cinq ans, le maréchal Mobutu Sese Seko[1] a lui aussi compris que l'Histoire allait le rattraper, ou, pour reprendre la formule du ministre français de la Coopération Jacques Pelletier, que « le vent de l'Est secoue les cocotiers ».

Une dépêche de l'ambassadeur de France à Kinshasa[2], Henri Réthoré, datée du 3 avril 1990, restitue bien l'état d'esprit du maréchal. Conscient de « la désorganisation complète du pays et de l'état d'arriération politique et sociale dans lequel vit la population » et « instruit par les événements d'Europe centrale, comme par ceux qui secouent l'Afrique, le "guide" a peur de perdre son pouvoir et cherche à gagner du temps ».

Mobutu, soucieux d'obtenir rapidement de la Banque mondiale un réaménagement de la dette extérieure du Zaïre qui approche 10 milliards de dollars[3], est porté à tenir compte des « pressions amicales » des États-Unis et de la Belgique, les deux autres puissances tutélaires du Zaïre avec la France. James Baker et son homologue belge Mark Eyskens viennent de lui dire clairement qu'une bonne volonté occidentale sur

1. Le maréchal porte un patronyme évocateur « Mobutu Sese Seko Kuku Nbgendu Wa Za Banga », qui signifie en langue kikongo : « Le coq qui chante victoire, le guerrier qui va de conquête en conquête sans que l'on puisse l'arrêter. »

2. Document d'archives.

3. Alors que, selon les évaluations du gouvernement français, sa fortune personnelle atteint 7 milliards de dollars, dont plus de la moitié placés en Suisse.

le plan financier passe par un geste concret de sa part en faveur des réformes.

L'ambassadeur Réthoré dévoile avec trois semaines d'avance les intentions du maréchal : il annoncera à la nation la suppression du parti-État, ouvrira progressivement le pays au multipartisme, organisera rapidement des élections législatives et la rédaction d'une nouvelle Constitution séparant réellement les pouvoirs. Et le diplomate conclut : « Le Zaïre est à un tournant : s'il décide de le prendre sérieusement, il faudra l'y aider. »

Le 24 avril, Mobutu annonce exactement ce qu'avait « câblé » l'ambassadeur. Mais, très vite, ses promesses de démocratisation se révèlent illusoires. Le dictateur entend bien conserver son pouvoir. « Il est incapable de se comporter autrement qu'en despote », constate un diplomate sur place. De fait, les 11 et 12 mai 1990, il envoie la garde présidentielle réprimer des manifestations à l'université de Lubumbashi, dans le sud du pays : plusieurs dizaines d'étudiants sont tués.

Le Zaïre vient d'entrer dans une période de tension. On comprend à Paris que le passage de la dictature à un régime un peu plus démocratique ne se fera pas sans violences. Et dès lors se pose la question de la coopération militaire avec Kinshasa, qui repose sur « un accord de coopération militaire et technique » signé en 1974. Concrètement, c'est un colonel français qui commande la 31e brigade parachutiste zaïroise, la seule, avec la garde présidentielle, à être réellement opérationnelle et qui risque à tout moment d'être utilisée pour des actions de maintien de l'ordre. Commandée par un officier français, elle est donc totalement identifiée à la France.

François Mitterrand ordonne, en dépit des pressions de Mobutu, de retirer ce colonel et d'ôter tout commandement direct des cadres militaires français à la tête des bataillons de cette brigade.

Dans le même souci de ne pas voir la France impliquée dans des opérations de répression en Afrique, le chef de l'État décide de rapatrier l'officier français, commandant en second de la gendarmerie centrafricaine.

A l'inverse, il maintient en poste deux officiers de la DGSE, qui exercent aussi des missions sensibles : le colonel

Jean-Claude Mantion, « conseiller de sécurité » du président centrafricain André Kolingba, et le lieutenant-colonel Léonard, qui supervise la Force comorienne de sécurité depuis l'assassinat du président Ahmed Abdallah, le 15 décembre 1989, lors du coup d'État mené par les mercenaires de Bob Denard.

• L'invite de La Baule

Si l'on en croit son secrétaire général Jean-Louis Bianco [1], ce n'est pas de gaieté de cœur que François Mitterrand s'est décidé à tancer les chefs d'État africains sur la démocratie.

Bianco se souvient : « Je n'étais pas le seul à m'interroger sur la politique africaine. Je comprenais sa logique quant à l'influence de la France sur le continent noir, l'importance des rapports d'État à État et de président à président, et j'étais de ceux qui pensaient que si l'on forçait les choses en matière de démocratie, on allait à l'échec. En outre, sans se laisser piéger par le "droit de l'hommisme", on intervenait beaucoup sur des cas individuels. Mais au total, notre politique était clientéliste, immobiliste et sans vision du développement économique. »

Bianco ajoute : « Jean Audibert – alors chef de la cellule africaine de l'Élysée – et moi-même étions certains de l'honnêteté de Jean-Christophe Mitterrand. Les accusations portées contre lui dans l'affaire Sucres et Denrées étaient totalement "bidons". Mais nous le trouvions parfois imprudent quand il présentait des copains à des chefs d'État africains qui pouvaient en déduire qu'il fallait privilégier ces copains dans les passations de marchés. »

Il se souvient également d'un épisode révélateur des pratiques à bannir : « A l'occasion d'une visite de Mobutu à Paris, Mitterrand me demande d'aborder avec le maréchal la question des retards de paiement du Zaïre à la France. Après l'entretien des deux présidents, Christian Nucci – alors ministre de la Coopération – et moi raccompagnons Mobutu et évoquons cette question. Le maréchal sort alors son carnet de chèques de l'Union des banques suisses et nous demande :

1. Entretien le 16 février 1996.

“A quel ordre ?” Nous avons alors dû lui rappeler qu’il y avait des règles de comptabilité publique et qu’il devait s’y plier. »

Bianco poursuit : « Depuis 1988, nous réfléchissions à ces questions et Erik Arnoult [1] avait été chargé auprès de Roland Dumas de travailler sur les relations Nord-Sud, le développement et l’Afrique. » Le 19 avril 1990, Arnoult adresse à Bianco un mémorandum intitulé « Afrique 1990 [2] » en vue du sommet franco-africain qui doit se tenir deux mois plus tard à La Baule.

Arnoult propose une démarche radicale : « Si nous continuons sans rien changer, nous risquons de rompre durablement avec l’Afrique de demain, celle des générations montantes (…) Il n’y a pas que l’Est qu’il faut aider dans son invention de la liberté (…) Nous ne pouvons plus longtemps continuer à lutter ouvertement contre les oppositions aux régimes en place et à expulser les opposants dès leurs premières déclarations. »

Il suggère de dénoncer la corruption à partir de cas précis et d’interpeller les chefs d’État africains sur l’utilisation de leur fortune personnelle. La France doit leur demander sans détour : « Qu’avez-vous investi, vous, monsieur le Président, dans votre propre pays ? »

Et de conclure qu’« un discours de Pnom Penh [3] est nécessaire aujourd’hui sur l’Afrique. On attend du président qu’il soit le Gorbatchev de ce continent ». Arnoult recommande enfin que le président parle sur l’Afrique avant La Baule pour « prendre date ».

Selon Bianco, Mitterrand n’est « pas content » de ce projet dans lequel il voit une remise en cause de son action sur le continent noir depuis neuf ans. D’après Jean-Christophe Mitterrand [4] : « Mon père ne voulait pas apparaître comme le

1. Ancien membre du cabinet de Jean-Pierre Cot à la Coopération puis conseiller culturel à l’Élysée, Erik Arnoult est aussi connu comme romancier sous le nom d’Erik Orsenna.

2. Document d’archives.

3. Référence au discours retentissant prononcé par le général de Gaulle, le 1er septembre 1966, au stade de Pnom Penh, dans lequel il condamne l’intervention militaire américaine au Vietnam et réclame pour les peuples d’Indochine « le droit de disposer d’eux-mêmes ».

4. Entretien le 22 mars 1996.

patron blanc qui dicte des ordres aux anciennes colonies, il ne voulait pas être celui qui imposait une attitude. » Le président accepte cependant qu'Arnoult approfondisse certaines de ses propositions en vue de La Baule.

A l'approche du sommet, il réunit, le 5 juin, un Conseil restreint [1]. Roland Dumas et Pierre Bérégovoy n'expriment aucune critique sur la politique suivie, tandis que Jean-Pierre Chevènement donne la charge, approuvé par Pierre Joxe et suivi par Lionel Jospin.

Chevènement : « Trente ans après les indépendances, il y a un nouveau tournant à prendre. Nous sommes tellement imbriqués dans les affaires africaines que tout le monde attend de nous que nous donnions au moins des conseils (même) s'il s'agit d'États indépendants (…) Et puis il y a cette basilique qu'on a laissé construire. »

Mitterrand : « Laissé ? »

Pelletier : « La France n'a pas donné un sou [2]. »

Chevènement : « Mais il y a des choses qu'on ne peut pas laisser faire (…) Et puis il y a des soldats français qui peuvent se trouver sous les uniformes étrangers. »

Mitterrand : « Personne ne m'en a jamais parlé. Citez-moi des cas concrets. »

Chevènement : « Aux Comores, nous encadrons la garde présidentielle et la 31e brigade parachutiste au Zaïre. »

Mitterrand : « Alors, retirons-les. »

Chevènement : « Ce serait le désordre total. »

Mitterrand : « Vous vous mordez la queue. »

La réunion se poursuit dans un climat tendu. Le président s'y montre de plus en plus agacé : « Tout cela se ramène à une seule question : faut-il ou non rester en Afrique ? Partir est une politique tout à fait concevable, mais ce n'est pas la

1. Document d'archives : récit de Jean-Louis Bianco à Georgette Elgey.

2. La polémique porte sur la basilique de Yamoussoukro, réplique en béton de Saint-Pierre de Rome, que vient de faire édifier, notamment par l'entreprise Dumez, le président ivoirien, dans son village natal du pays baoulé, transformé en capitale fantôme. Félix Houphouët-Boigny est un fervent catholique, dans un pays de 14 millions d'habitants qui compte 12 % de catholiques, 23 % de musulmans et 65 % d'animistes. L'édifice a coûté entre 1 et 2 milliards de francs, que Houphouët-Boigny affirme avoir financés sur ses propres deniers avant d'en faire don au Vatican, ce que le pape finit par accepter, contre l'avis de l'épiscopat ivoirien.

mienne. Si nous partions, je vais vous dire ce qui se passerait : il y a des pays complètement dépourvus de ressources comme le Burkina Faso[1] qui n'intéresseraient personne et seraient encore plus dans la misère. Il y a des pays qui ont des potentiels, comme le Gabon, où les États-Unis seraient ravis de nous remplacer. »

Après d'autres échanges plutôt vifs, Mitterrand conclut : « Il y a un malentendu très profond entre nous. Je suis surpris et peiné de ce que j'entends. La campagne de presse a des adeptes jusque dans les rangs du gouvernement. »

Bianco se souvient qu'au sortir de cette réunion, « les ministres étaient catastrophés. Certains pensaient qu'ils allaient être virés ».

Au bout d'un moment, le secrétaire général de l'Élysée retourne dans le bureau présidentiel. « Nous avons une très longue discussion orageuse. Je lui dis qu'il faut changer la politique africaine. Je me fais engueuler : "Vous aussi… c'est idiot…" En onze ans à ses côtés, ce fut notre plus dur affrontement[2]. »

Le soir même, Bianco résume pour le président les axes d'une « nouvelle politique africaine[3] ».

Il faudra « mener une campagne permanente pour expliquer que depuis 1981 l'aide de la France va à des projets concrets de développement ou à l'équilibre de la balance des paiements et pas à des investissements disproportionnés ni à des dépenses somptuaires (…) Il faudra également mettre plus l'accent – sans illusion sur ce qui peut en pratique être fait de plus que ce que l'on fait aujourd'hui – sur les droits de l'homme, la démocratie, le pluralisme, la lutte contre la corruption ».

Six jours plus tard, le président français s'envole pour une tournée dans quatre pays de l'océan Indien. Des Seychelles à l'île Maurice et des Comores à Madagascar, il insiste dans ses discours sur « le lien entre démocratie et développe-

1. L'ancienne Haute-Volta, capitale Ouagadougou ; PNB par habitant en 1990 : 1 000 francs.

2. Ce fut sans doute l'une des rares fois où Jean-Louis Bianco s'est heurté de front à François Mitterrand, avec lequel il n'était pas souvent en désaccord, ou en tout cas ne le laissait pas paraître.

3. Document d'archives.

ment ». A la veille de La Baule, il déclare au journal *Le Monde* : « (En Afrique), nous nous attachons à presser le mouvement tout en nous interdisant les immixtions dans leurs affaires intérieures (...) C'est aux Africains de savoir qui doit les diriger et comment. En revanche, nous ne cachons pas notre attente pour que s'affirment de véritables démocraties, avec multipartisme, élections libres, respect des droits de l'homme et nous encourageons les évolutions qui y conduisent. »

Le mercredi 20 juin 1990, devant les trente-trois délégations africaines réunies au palais des Congrès Atlantia, à La Baule, le président français délivre son message [1].

Après avoir souligné que la France a mis elle-même deux siècles pour s'installer dans la démocratie, il assure qu'elle ne fera pas la leçon à ses « amis » africains. Mais il ajoute : « Enfin on respire, enfin on espère », le souffle de la liberté venu de l'Est « fera le tour de la planète » et le continent noir n'y échappera pas. C'est pourquoi « la France liera tout son effort de contribution aux efforts qui seront accomplis pour aller vers plus de liberté ». Il insiste : « Il est évident que l'aide normale de la France sera plus tiède envers les régimes qui se comporteraient de façon autoritaire sans accepter d'évolution vers la démocratie, et enthousiaste vers ceux qui franchiront le pas avec courage. »

Au cours de ses nombreux entretiens bilatéraux, en marge des séances, Mitterrand incite ses pairs à organiser des élections. Nombre de dirigeants africains n'apprécient pas ce discours. Ils font valoir qu'en excitant ainsi les opposants, la France prend la responsabilité de voir fuir les trop rares investisseurs. L'envoyé spécial du *Monde*, Jacques de Barrin, se demande même si « lier trop étroitement et trop immédia-

1. Comme à son habitude pour ses discours fondateurs, Mitterrand a travaillé son texte jusqu'au dernier moment. Quelques instants avant de prendre la parole, il s'est rendu compte que son aide de camp ne lui avait pas remis la version définitive. Panique dans la délégation française. *In extremis*, l'Élysée a pu la lui transmettre par télécopie... Mitterrand, selon son fils qui a lu l'ultime projet de discours, improvisera la partie de son propos dans laquelle il souligne que chaque pays africain doit évoluer « à son rythme » sur le chemin de la démocratie.

tement l'idée de démocratie à celle d'élections libres et de multipartisme n'est pas faire un peu fausse route dans le contexte proprement africain ».

Dans leur déclaration finale, les chefs d'État africains reprennent néanmoins le message mitterrandien : « Pas de développement sans démocratie, pas de démocratie sans développement. » Rentrés chez eux, ils s'emploieront pour la plupart à organiser leur maintien au pouvoir à travers un processus démocratique qu'ils souhaitent le plus artificiel possible.

Sur le plan économique, Mitterrand annonce à La Baule un nouveau geste financier : la France transforme en dons ses prêts aux pays les plus pauvres et limitera à 5 % au lieu de 10 % les taux d'intérêt des prêts pour les pays à revenus intermédiaires (Cameroun, Congo, Côte-d'Ivoire et Gabon), soit un coût budgétaire annuel pour la France de l'ordre de 1,5 milliard [1].

Il assure également aux dirigeants africains qu'il est « hostile » à la dévaluation du franc CFA, que les institutions financières internationales (FMI et Banque mondiale) commencent alors à recommander.

Le message de La Baule conduit les autorités françaises à examiner de près les perspectives de changement dans les pays d'Afrique francophone. Dès le mois de juin, une étude de la DGSE [2] souligne que, face à « des pouvoirs sévèrement affaiblis », les « oppositions légitimes » sont « toujours éclatées, souvent inconsistantes et fortement marquées de réflexes ethniques ». Les agents de la France en Afrique estiment qu'« en l'absence de réelles procédures de dialogue politique, des élites intellectuelles volontiers frondeuses et des populations urbaines déshéritées sont prêtes pour de vraies révoltes et disponibles pour toutes manipulations ». Ainsi, font-ils valoir, « le risque de déstabilisation grandit-il » et « la France y sera nécessairement impliquée ».

1. A titre de comparaison (!), le sommet de La Baule a coûté 32 millions de francs. Le Conseil européen de Strasbourg, six mois plus tôt, était revenu à 52 millions.

2. Document d'archives.

Devant un tel tableau, observe Hubert Védrine [1], « le souci constant de François Mitterrand est justement de ne pas entrer dans cet engrenage terrible qui consisterait à intervenir diplomatiquement ou militairement pour maintenir ou écarter de bons ou mauvais dirigeants. Il ne veut pas qu'au nom de notre vision de la démocratie on fasse du néocolonialisme ou de la néo-intervention. C'est pourquoi les accords de défense ne doivent jouer qu'en cas d'agression extérieure ou de menace pour les expatriés européens. Quant à la démocratie, on sait bien que l'on ne peut pas faire du jour au lendemain que les pays d'Afrique deviennent des petits Danemark pleins de gens sympathiques ».

Pour Bruno Delaye [2], ambassadeur au Togo avant de diriger la cellule africaine de l'Élysée en 1992, « La Baule a changé profondément les choses. Mais ce n'était qu'un bonus à la démocratie sans malus, sauf s'il y avait répression dans le sang. Dans les années qui suivront, l'Afrique, cahin-caha, se mettra à voter presque tous les dimanches. Mais ce ne sont que des balbutiements : le bébé démocratie marche encore à quatre pattes et quand il se lève, il se casse la figure. Ce n'est pas la déesse sortie tout armée de la cuisse de Jupiter ».

• Défendre le « pré carré »

A l'aune des guerres civiles qui ravagent l'Afrique (Angola, Liberia, Éthiopie, Soudan, Somalie), faisant des dizaines de milliers de morts, les évolutions et les convulsions des pays francophones, dans les deux années qui suivent le discours de La Baule, semblent moins dramatiques [3] : conflit extérieur (Rwanda), coups d'État (Tchad, Mali), émeutes et répression (Zaïre, Togo), maintien du parti unique (Burkina Faso), simulacres d'élections (Gabon, Cameroun, Côte-

1. Entretien le 27 février 1993.

2. Entretien le 30 janvier 1995.

3. Pour un tableau de la politique africaine de la France et de l'évolution politique contemporaine de l'Afrique, voir le livre de Claude Wauthier : *Quatre Présidents et l'Afrique*, Paris, Seuil, 1995. On peut également lire d'Albert Bourgi et Christian Casteran, *Le Printemps de l'Afrique*, Paris, Hachette, 1991.

d'Ivoire, Centrafrique) et parfois timides avancées vers le pluralisme (Congo, Madagascar).

Au mois d'octobre 1990, le Rwanda est attaqué depuis l'Ouganda par les rebelles tutsis du Front patriotique rwandais (FPR)[1]. A Kigali, le président Juvénal Habyarimana demande à la Belgique et à la France une aide militaire terrestre et aérienne. En l'absence d'accord de défense franco-rwandais, la réponse de Paris est négative. Toutefois, deux compagnies de parachutistes sont dépêchées à Kigali, soit 300 hommes, officiellement pour assurer la sécurité des 650 résidents français. Mais leur venue est avant tout dissuasive, d'autant que la DGSE signale la présence aux côtés des rebelles tutsis de membres des services spéciaux libyens et que l'ambassade de France à Kigali rapporte que des avions libyens « appuieraient » le FPR. Paris livre aussi des armes et des munitions, notamment des obus de mortier et des roquettes pour les cinq hélicoptères Gazelle de l'armée rwandaise. Bruxelles envoie également 500 hommes. Le 17 octobre, au Conseil des ministres, François Mitterrand déclare : « Il faut sauvegarder nos compatriotes » et « ne pas se mêler des combats ethniques ». Tandis que des exactions de l'armée gouvernementale contre la population tutsie sont dénoncées par les organisations humanitaires, le président Habyarimana est reçu le 18 octobre à Paris où il promet d'ouvrir des négociations régionales prévoyant notamment la réinstallation des réfugiés tutsis.

A la suite d'une mission de bons offices dans tous les pays de la région, conduite par le ministre français de la Coopération Jacques Pelletier, le conflit s'apaise au cours de l'hiver et Paris réduit de moitié sa présence militaire. Plusieurs cessez-le-feu sont violés. Le 4 avril 1991, Habyarimana, qui a reçu plusieurs lettres de Mitterrand conditionnant le maintien de la présence et de la coopération militaire françaises à une politique de démocratisation du régime hutu, se dit prêt

1. 400 000 Tutsis, ethnie minoritaire de pasteurs et de guerriers sur laquelle s'appuya longtemps la colonisation belge, sont réfugiés dans les pays voisins depuis la prise du pouvoir, après l'indépendance en 1962, de la majorité hutue, sédentaire. Le Rwanda, où règne le général Juvénal Habyarimana qui a pris le pouvoir en 1973, est peuplé à 85 % de Hutus, à 14 % de Tutsis et à 1 % de Twas.

à engager le dialogue politique dans son pays en promettant des élections législatives et présidentielle avant la fin de l'année. Jacques Pelletier fait part à François Mitterrand de ses doutes sur la réalité de l'engagement du président rwandais qu'il juge entouré d'éléments « durs » du clan hutu [1].

Dans le même temps, la France encourage en sous-main le renversement au Tchad du président Hissène Habré par un autre chef de guerre Idriss Déby qui s'empare de N'Djamena le 2 décembre 1990. Même s'il a bénéficié du soutien logistique de la Libye, Déby convient tout autant qu'Habré au gouvernement français. Il a promis de ne pas mettre en cause le dispositif militaire Épervier maintenu dans le nord du pays en cas d'offensive libyenne. C'est un ancien de l'école de guerre de Paris et, aux yeux des militaires français, qui lui adjoignent un officier de la DGSE, il n'a pas de sang français sur les mains, à la différence d'Habré qui avait fait tuer le commandant Galopin [2] en 1975.

Intervention militaire au Rwanda, bienveillance au Tchad, et non-ingérence au Mali où le réveil démocratique commence par une répression meurtrière. Là encore, ce sont les étudiants liés aux organisations d'opposition qui donnent les premiers coups de boutoir au cours de manifestations à Bamako en mars 1991. Le général Moussa Traore, au pouvoir depuis vingt-trois ans, fait donner l'armée. Le 22 mars, plusieurs centaines de jeunes sont abattus dans la capitale. Quatre jours plus tard, un groupe d'officiers renverse le dictateur et installe un Premier ministre technicien. Des élections et une conférence nationale sont annoncées. Paris met en œuvre les principes de La Baule et augmente son aide de près de 100 millions de francs.

Au Zaïre, où l'anarchie et l'insécurité s'aggravent, tandis que Mobutu fait traîner autant qu'il le peut le dialogue poli-

1. Sur l'évolution de la situation au Rwanda jusqu'au génocide de l'été 1994, et la mise en cause de la politique africaine de François Mitterrand au moment du sommet franco-africain de Biarritz, en novembre 1994, voir XXe partie : « La lutte finale ».

2. Voir IIIe partie : « La France dans le monde ».

tique avec l'opposition, la France est contrainte, après la Belgique, d'abandonner sa coopération, une fois assurée que les concurrents américains s'engagent dans la même voie.

Reçu à l'Élysée le 14 janvier 1991, Mobutu promet que le mouvement vers la démocratisation sera « irréversible ». Informé par son ambassadeur à Kinshasa, François Mitterrand n'accorde guère de crédit aux bonnes paroles du maréchal. Il obtient que ce dernier renonce à être l'hôte du prochain sommet de la Francophonie à la fin de l'année. Paris accepte qu'il se déroule en France plutôt que dans une autre capitale africaine, afin de ne pas infliger un désaveu trop humiliant au maréchal.

Après le retour triomphal à Kinshasa d'Étienne Tshisekedi, ancien Premier ministre, l'opposition se durcit et exige le départ du dictateur qui doit renoncer à ses projets de gouvernement d'union nationale et finit par annoncer, le 7 août 1991, la tenue d'une conférence nationale.

Six semaines plus tard, la décomposition du pays est telle que même les troupes d'élite se révoltent. Au matin du 23 septembre, les parachutistes de la fameuse 31ᵉ brigade, qui ne reçoivent plus leur solde, se mutinent et se livrent à des exactions dans la capitale. En début d'après-midi, l'ambassadeur de France demande des renforts militaires pour préparer une évacuation des Français. François Mitterrand donne immédiatement son accord. Dès le lendemain, 600 militaires français – Légion étrangère et infanterie de marine, venus de Centrafrique, du Tchad et du Congo –, ainsi que 500 parachutistes belges, prennent le contrôle de plusieurs points stratégiques de la ville. Le 25, les premiers Français sont évacués vers Brazzaville, sur la rive droite du fleuve Zaïre.

Le 27 septembre, le ministre de la Défense fait le point au président[1] : « L'intervention très rapide de nos forces au Zaïre a permis d'éviter que les désordres ne dégénèrent en drame pour les ressortissants étrangers. Les opérations menées à Kinshasa, à Kolwezi et à Kisangani ont ramené un certain calme et permis l'évacuation de plus de 3 000 expatriés, dont un millier de Français. L'action des forces belges sur Lubumbashi, Kananga et Kolwezi a largement concouru

1. Document d'archives.

à ce résultat. » Cependant, ajoute Pierre Joxe, « ce calme reste très précaire. Le Zaïre est totalement désorganisé et la famine menace. Tout porte à croire que, sauf solution politique difficile à mettre en œuvre, le chaos va s'installer dans ce pays. C'est pourquoi je pense qu'il faut dès maintenant nous préparer à très court terme à évacuer la totalité de nos ressortissants et, dans l'immédiat, à assurer l'évacuation de toutes les familles. Et dès que nos compatriotes seront en sécurité, il faudra envisager de retirer nos troupes ». A la suite de cette lettre, les Français sont invités à quitter le Zaïre et les militaires se retirent progressivement.

L'examen des archives fait aussi apparaître qu'à plusieurs reprises Mitterrand est intervenu auprès de la cellule africaine de l'Élysée pour exiger que cessent tous contacts ou toutes médiations avec Mobutu et l'opposition visant à promouvoir une solution politique. « Il est clair que notre action n'a pour objet que la sauvegarde de vies humaines. Le dire, et rester hors de toute démarche politique, sinon pour inviter à la démocratisation », écrit-il le 27 septembre 1991 à Thierry de Beaucé, conseiller pour l'Afrique et la francophonie. Le 11 octobre, au moment du retrait des coopérants militaires, le président écrit à son chef d'état-major particulier, le général Christian Quesnot : « Pas d'ingérence politique, mais par cette sanction simple, incitation au développement du processus démocratique. »

De nouvelles émeutes éclatent le 23 octobre à Lubumbashi tandis que le processus politique s'enlise. Le Quai d'Orsay demande aux six cents derniers Français de quitter le pays et, le 25 octobre, Paris et Bruxelles annoncent l'interruption de leur coopération avec le Zaïre.

Au palais de Chaillot, où se réunit du 19 au 21 novembre 1991 le quatrième sommet de la Francophonie, François Mitterrand continue de plaider pour la démocratie en Afrique, mais son discours d'ouverture est jugé « en retrait » par rapport à celui de La Baule. « Je n'entends pas observer les pays africains avec une règle à la main pour leur taper sur les doigts », déclare le président français qui répète qu'il souhaite laisser « chacun aller à son rythme pourvu que la direction soit prise ». Sur le plan de l'aide, aucune initiative unilatérale n'est annoncée, le ralentissement économique et le financement des promesses de Toronto en 1988, Dakar en 1989 et La Baule en 1990 ayant considérablement réduit la marge de manœuvre de Paris.

La prudence du chef de l'État est dictée par les situations différentes des pays d'Afrique francophone. En Côte-d'Ivoire et au Gabon, les deux pays les plus riches de l'ex-AOF, les présidents Houphouët-Boigny et Bongo ont traversé avec succès leurs premières élections « libres », profitant des divisions de leurs oppositions et de leur contrôle total de l'appareil d'État qui permet des manipulations rappelant l'usage que Napoléon III faisait du suffrage universel.

Au Togo, c'est l'impasse. Plutôt que d'emprunter la voie du Bénin où le président a organisé sa propre succession par les urnes, le dictateur Gnassingbé Eyadema s'inspire de l'« exemple » zaïrois. Il sabote systématiquement le processus démocratique qu'impose une opposition puissante. Au Burkina Faso, le président Blaise Compaoré, seul candidat, se fait « réélire » en décembre 1991 dans le cadre du parti unique, avec une abstention de 75 %. Au Congo, en revanche, la démocratie chemine avec une première élection présidentielle pluraliste en août 1992 qui voit la victoire du généticien Pascal Lissouba, tandis que les scrutins sont truqués au Cameroun et en République centrafricaine où se maintiennent les présidents Paul Biya et André Kolingba. Des présidentielles pluralistes, plus ou moins respectueuses des droits de l'opposition, se dérouleront en 1992 en Mauritanie et au Mali et en 1993 à Madagascar, au Niger et au Burundi.

Si la démocratie avance à pas comptés en Afrique francophone, l'aide financière de la France n'est, sauf cas extrêmes, toujours pas liée à l'avancée des libertés. Deux ans après La Baule, on constate en effet que la Caisse centrale de coopération qui dispense l'aide ne fait pas de politique et que les dons continuent d'être faits au coup par coup : Paris assure une fin de mois par-ci, la paie des fonctionnaires par-là, sans véritable programmation. Quatre des dix pays les plus aidés (Congo, Djibouti, Gabon et Seychelles) figurent parmi les dix plus riches d'Afrique. Et sur les six pays les plus corrompus, cinq comptent parmi les plus aidés.

L'Algérie à la dérive

« Que va-t-il se passer en Algérie ? Je n'en sais rien. Mais en tout cas, il y a une hypothèse à laquelle il est interdit de penser : l'établissement de la démocratie. »

Ainsi s'exprime François Mitterrand, le 12 octobre 1988 devant le Conseil des ministres, huit jours après le début des émeutes d'Alger réprimées par l'armée qui a ouvert le feu sur les foules, faisant plusieurs centaines de morts.

« Je m'indigne autant que quiconque, mais il faut aller plus loin », déclare le président français dans le huis clos hebdomadaire du salon Murat, en préambule d'une longue analyse [1] de la situation algérienne. « Ce pays est mal géré, cela crève les yeux. Boumediene a pratiquement annihilé l'agriculture au profit de l'industrie lourde. Chadli a naturellement les plus grandes peines à changer cela. Avec le poids de la jeunesse [2], les rivalités ethniques, ce pays n'est pas facile à gouverner. »

Mitterrand s'exprime alors que le ministre des Affaires étrangères Roland Dumas vient de lui soumettre un projet de communiqué qui doit être publié rapidement, à la suite de l'intervention radiotélévisée du président Chadli Bendjedid qui vient de s'engager à conduire des « réformes politiques », autrement dit à réduire la toute-puissance du FLN, le parti unique au pouvoir depuis l'indépendance, en 1962. Mitterrand lit devant ses ministres le projet de communiqué qu'il commente ironiquement : « On déplore les affrontements : très bien… On veut que le dialogue reprenne : parfait… On n'est pas indifférent : tant mieux… Après avoir dit ces belles choses, vous n'avez rien dit, donc pas de communiqué.

« Les devoirs de l'État ne permettent pas de prononcer un mot de travers : il faut savoir supporter la critique, au besoin en se taisant. Que voudrait-on que nous fassions ? Va-t-on convoquer l'ambassadeur (d'Algérie) et lui dire que quand

1. Document d'archives : récit de Jean-Louis Bianco à Georgette Elgey.

2. 60 % des 28 millions d'Algériens ont moins de vingt ans, et, selon les statistiques officieuses françaises, la moitié des jeunes, surtout dans les grandes villes, est sans emploi.

la France était là, le maintien de l'ordre se passait mieux ? », demande-t-il. « Bien sûr, il n'est pas supportable qu'on tire dans la foule. Pas plus que de s'attaquer aux mechtas avec des lance-flammes (...) Il n'est pas supportable qu'un pouvoir frappe ainsi son peuple, mais nul ne sait si Chadli partait quel pouvoir lui succéderait. C'est comme en Iran, le régime du Chah n'était pas supportable. La révolution (islamique) ne l'était pas plus, même si ses objectifs sont plus sympathiques. »

Et il conclut : « Il faut faire attention au Maghreb : Kadhafi est toujours là, le Front Polisario n'accepte pas l'accord entre le Maroc et l'Algérie [1], l'intégrisme est présent partout. » Puis il se tourne vers Dumas et lui demande de répondre fermement aux députés qui, comme l'UDF Jean-François Deniau, l'interpelleront sur le « silence de la France », lors de la séance des questions, l'après-midi même au Palais-Bourbon.

Le ministre des Affaires étrangères suit à la lettre les directives présidentielles. A la Chambre, il se garde bien de condamner la répression militaire, soulignant qu'« il est trop tôt pour porter aujourd'hui un jugement définitif sur ces événements ». Il souhaite « l'arrêt des troubles et des violences » et indique que la France « doit aider au succès des réformes qui doivent être entreprises sans nouveau retard ».

La circonspection des autorités françaises, qui choque nombre de consciences, se comprend mieux à la lumière des rapports confidentiels de ses « services » [2]. En effet, tant le SGDN [3] que la DGSE révèlent que les émeutes populaires et leur brutale répression sont en grande partie le résultat d'une « manipulation » des « instances conservatrices » du FLN, qui, à quelques semaines de leur congrès, se sentent menacées par les projets de réforme du président Chadli. Ce dernier avait accru leur inquiétude, en dénonçant publiquement, le 19 septembre, la concussion et la prévarication de l'admi-

1. A la suite de la réconciliation entre l'Algérie et le Maroc, consacrée par le rétablissement de leurs relations diplomatiques, le 16 mai 1988, Rabat et le Front Polisario ont avalisé le 30 août un plan de règlement de l'ONU prévoyant un référendum dans l'ancien Sahara espagnol. Mais les combattants sahraouis renâclent devant cette reculade qui leur est imposée par Alger.

2. Documents d'archives.

3. Secrétariat général de la défense nationale.

nistration et avait appelé à desserrer le carcan de l'État en recherchant « la compétence, la performance et la rentabilité ».

Selon les officiers du renseignement français, les événements ont été « encouragés, voire générés » par les adversaires politiques de Chadli au sein du parti unique. Ils assurent que « des véhicules de police banalisés transportaient les jeunes manifestants à travers Alger pour y répandre les troubles », que la police avait « disparu » aux premiers jours des émeutes et que « de nombreux provocateurs ont délibérément ouvert le feu sur la foule pour susciter la réaction des émeutiers et celle des forces de l'ordre » confiées au général-major Belhouchet « connu pour sa brutalité ». Ils relèvent également « l'apparente passivité des forces de l'ordre devant les éléments intégristes, et signalent qu'« un imam a pu se hisser, avec leur assentiment, sur le toit d'un véhicule militaire pour haranguer les manifestants ».

Les analystes français estiment que, face à cette situation de crise, Paris « a intérêt à préserver » et « à apporter une aide » au président Chadli « qui apparaît comme un élément pondérateur ». Bref, il faut soutenir la réforme contre les conservateurs du FLN et les premières manifestations de l'intégrisme, autrement dit « aider Chadli à ne pas désespérer Bellecourt [1] ». Le correspondant du *Monde* à Alger, Frédéric Fritscher, souligne lui aussi que Chadli veut écarter « ceux qui ont trop longtemps traîné les pieds ou se sont carrément opposés aux changements, une perspective inacceptable pour ces apparatchiks qui vivent du socialisme depuis un quart de siècle ».

Les luttes politiques internes au FLN expliquent également le durcissement antifrançais manifesté depuis le printemps. Alger avait, d'une part, mis peu d'enthousiasme à régler avec Paris le contentieux des enfants de couples franco-algériens séparés et, d'autre part, exigé et obtenu de récupérer les locaux des établissements scolaires français, en particulier le lycée Descartes à Alger. C'était en fait le résultat des pressions des caciques du FLN qui cherchaient à affaiblir Chadli en l'accusant de francophilie.

1. Bellecourt : quartier populaire d'Alger.

Quelques jours avant le référendum du 3 novembre 1988 renforçant les pouvoirs du Premier ministre et de l'Assemblée, premier volet des réformes engagées par la présidence algérienne, le roi du Maroc incite la France à soutenir Chadli. Hassan II déclare au patron de la DGSE, le général François Mermet[1] : « Dites à vos supérieurs qu'il faut aider Chadli car son échec serait très grave pour l'Algérie et le Maghreb. »

Hubert Védrine[2] confie alors aux auteurs : « A Paris, Rabat et Tunis, nous faisons la même analyse : si Chadli est sorti, il sera remplacé par un représentant de la tendance antifrançaise, et le régime, déjà très militaire, le deviendra complètement. Chadli n'est pas génial, mais c'est un homme de bonne volonté. »

Mais un soutien trop voyant de la France risque de mettre encore plus en difficulté le chef de l'État algérien, qualifié par la presse arabe, aux mains des conservateurs, de « suppôt du parti français ». C'est pourquoi, d'un commun accord, Mitterrand reporte *sine die* une visite prévue à Alger à la mi-novembre 1988, deux semaines avant la réunion du congrès du FLN.

C'est donc essentiellement sur le plan financier que la France peut manifester son soutien « au peuple algérien ». Outre un crédit de 7 milliards de francs, paraphé le 8 janvier 1989 à Alger par le directeur du Trésor Jean-Claude Trichet, la France fait un geste significatif en acceptant, quatre jours plus tard, d'acheter le gaz algérien à un prix plus élevé que celui du marché, soit un surcoût annuel de 1 milliard de francs pour le Budget français. Ce geste est équivalent à celui consenti pendant la période 1981-1985[3].

Le 23 février 1989, les Algériens approuvent par référendum avec près de 75 % de « oui » la nouvelle Constitution qui ne se réfère plus au socialisme et ouvre la voie au multipartisme. Chadli, réélu pour cinq ans en décembre 1988, est ainsi légitimé dans sa politique de réformes. François Mitterrand juge donc possible de se rendre à Alger, les 9 et

1. Document d'archives.
2. Entretien le 20 novembre 1988.
3. Voir IIIe partie : « La France dans le monde ».

10 mars, où il salue l'évolution démocratique « extrêmement intéressante » de l'Algérie, où, dit-il, « les choses se déroulent bien ». Cette rencontre vise essentiellement à manifester la confiance de la France envers Chadli Bendjedid, qui se prête volontiers à la mise en scène conçue par les conseillers en communication à l'Élysée : promenade à deux dans les ruines romaines de Tipaza, déjeuner sous la tente, longues poignées de main devant les caméras.

• Le vide du pouvoir

Pourtant, la réalité algérienne est bien loin de ces images idylliques. Jour après jour, l'ambassadeur de France à Alger, Jean Audibert, exprime son inquiétude. A la fin de l'été 1989 [1], il écrit qu'un an après les émeutes d'octobre, « l'Algérie se retrouve sur le fil du rasoir ». Il constate que le double défi lancé par le président Chadli avec la mise en place du multipartisme et la libéralisation progressive de l'économie se heurte toujours aux « manœuvres d'obstruction des féodaux du FLN ». La population est en proie à « un mécontentement profond et permanent » avec « un pouvoir d'achat qui baisse, des difficultés d'approvisionnement, des trafics sur la monnaie, un chômage persistant et une dégradation des services publics de l'Éducation et de la Santé ».

Le diplomate observe qu'« une société civile condamnée au silence pendant vingt-sept ans ne se mue pas en une démocratie policée par le seul effet de l'annonce d'une réforme constitutionnelle. Face à ces multiples explosions de rancœurs accumulées, l'appareil d'État est inhibé. Les préfets jouent les pompiers à la mesure de leurs talents personnels, les forces policières hésitent à intervenir, les autorités politiques locales, souvent totalement déconsidérées, se terrent. Il y a donc partout comme une vacance du pouvoir ».

Et il constate que ce vide est partiellement comblé par le mouvement religieux « surtout actif à travers de nombreuses associations de village ou de quartier, pourvues en général de moyens financiers importants. C'est cette action positive – garderies, clubs sportifs, vie quotidienne – bien accueillie

1. Document d'archives.

par la population la plus déshéritée, autant que la désillusion des déçus du nationalisme et du socialisme d'État, qui font la réussite du mouvement islamique algérien ».

La mise en place du multipartisme permet au Front islamique du salut (FIS) d'être légalisé à l'automne, six mois après sa création par le cheikh Abbassi Madani, professeur de sociologie à Alger, et Ali Belhadj, imam de la mosquée Al-Sunna, dans le quartier populaire de Bab-el-Oued. Le FIS veut « instaurer une société islamique authentique ».

L'Algérie découvre alors la liberté d'expression. Plus de vingt partis politiques sont créés, la presse, la radio, la télévision et le peuple débattent à n'en plus finir de l'avenir du pays. Un vent d'optimisme souffle sur les élites. Chadli et son entourage sont confortés dans leur stratégie.

A Paris, on a également le sentiment que l'Algérie est sur la bonne voie. Les 6 et 8 mars 1990, Edgard Pisani et Hubert Védrine [1] rapportent au président les mêmes impressions de leurs voyages en Algérie. « La pratique démocratique s'installe » et « le mouvement islamiste est plutôt en recul », note l'ancien ministre du général de Gaulle qui a encore à l'oreille les propos que lui a tenus Chadli Bendjedid : « Les intégristes ne se développent jamais mieux que dans la clandestinité. La répression policière en fait des martyrs. Nous avons pris le risque calculé de légaliser leur parti. Obligés de s'exprimer à visage découvert et de répondre à des questions précises, ils montrent qu'ils n'ont aucune réponse à apporter aux problèmes concrets des Algériens et plus encore des Algériennes. » Pisani ajoute : « Chadli est optimiste, on a tendance à lui donner raison. »

Le conseiller diplomatique à l'Élysée observe pour sa part que « les responsables algériens espèrent qu'ils réussiront ainsi à contenir la montée des intégristes aux élections municipales de juin ».

Ces voyageurs ont bien vu s'épanouir le débat politique ; ils ont entendu et cru le discours officiel. Mais ont-ils senti l'état d'esprit du pays réel ? Ont-ils suffisamment pris en compte l'aggravation de la situation économique et sociale ? Depuis 1986, le pouvoir d'achat des Algériens baisse chaque

1. Documents d'archives.

année de 5 % et le chômage touche le quart de la population, tandis que l'investissement régresse.

A un mois des élections, les partis laïcs s'inquiètent de la montée du FIS. Ils organisent séparément à Alger de grandes manifestations contre les islamistes. Le FLN demeure la principale force politique du pays, loin devant les formations kabyles que sont le Rassemblement pour la culture et la démocratie (RCD) de Saïd Sadi et le Front des forces socialistes (FFS) d'Hocine Aït-Ahmed. Le Mouvement pour la démocratie en Algérie (MDA) de l'ancien président Ahmed Ben Bella prône quant à lui un islam modéré.

Le 31 mai, à douze jours du scrutin communal et provincial, le Premier ministre algérien Mouloud Hamrouche est reçu à Paris. Il indique à ses interlocuteurs français que le FIS ne devrait pas dépasser 30 % des suffrages. Il s'inquiète du « parti pris alarmiste » des médias français qui mettent l'accent sur l'agitation des groupes islamistes et soulignent que les élections du 12 juin se résumeront, en raison du boycottage et de la faiblesse des petits partis, à un face à face entre le FLN et le FIS.

Le 5 juin 1990, cent mille Algérois se rendent au stade de football pour entendre le président du FIS Abbassi Madani leur prédire un score dépassant 75 % des voix, exiger des élections législatives et mettre en garde le pouvoir contre un coup d'État militaire privant les islamistes de leur victoire.

Le 12 juin, le FIS recueille 54,25 % des suffrages et le FLN 28 %. 40 % des Algériens n'ont pas participé au premier scrutin démocratique de leur histoire. C'est un désaveu cinglant du parti au pouvoir, un échec de la stratégie de Chadli. Les islamistes contrôlent désormais la moitié des municipalités du pays dont les principales villes, Alger, Oran, Constantine et Annaba. Madani exige la dissolution de l'Assemblée nationale contrôlée par le FLN. Paris réagit avec une extrême prudence, se contentant de saluer le déroulement démocratique des élections et de prendre acte du résultat.

Les Renseignements généraux font état d'une inquiétude parmi les huit cent mille Algériens vivant en France, certains hésitant à retourner au pays pour leurs vacances. De même, on constate une brusque accélération de l'émigration vers la France des élites algériennes.

La France ne modifie pas sa politique algérienne. Le 24 juillet, elle manifeste son soutien au régime chancelant de Chadli en reconduisant les facilités financières accordées en 1989. Cinq jours plus tard, le président algérien annonce des élections législatives pour 1991.

L'épreuve de force est engagée entre les islamistes et le pouvoir. Paris suit de près l'aggravation de la situation mais se garde d'intervenir.

Dans les communes qu'ils contrôlent, les islamistes peinent à améliorer la situation de leurs administrés. Ils se radicalisent, commettent des excès au nom de la loi islamique comme la chasse aux femmes divorcées. Chadli fixe au 27 juin 1991 les élections législatives, misant sur la lassitude de l'opinion à l'égard du FIS et sur une loi électorale conçue pour favoriser le FLN.

Inquiets d'une désaffection populaire et pressés d'en découdre avec le pouvoir, les dirigeants du FIS s'engagent dans l'agitation et multiplient à l'approche du scrutin les manifestations dans les grandes villes, exigeant l'abrogation de la loi électorale et une élection présidentielle anticipée. Chadli est contraint par les militaires d'adopter une position dure : au début du mois de juin, alors que les affrontements entre les militants du FIS et la police prennent un tour sanglant, il décrète l'état de siège pour quatre mois, obtient la démission du Premier ministre Mouloud Hamrouche, dont la politique de libéralisation et de conciliation heurte le FLN. Son successeur, Sid Ahmed Ghozali, annonce le report des élections à la fin de l'année. Le 21 juin, Ali Belhadj appelle le peuple à la résistance. Il est arrêté quelques jours plus tard avec Madani pour « conspiration armée contre la sécurité de l'État ».

Tandis que les luttes intestines paralysent le pouvoir, le FIS décapité se réorganise et parvient à monter une puissante manifestation à Alger, à l'occasion de l'anniversaire du soulèvement du 1er novembre 1954. Le 26 décembre, il rafle au premier tour des législatives près de la moitié des sièges, profitant du scrutin majoritaire à deux tours censé favoriser le FLN qui ne recueille que 15 sièges sur les 430 de l'Assemblée nationale, derrière le FFS d'Aït-Ahmed.

Les Kabyles du RCD demandent l'interruption du processus électoral, offrant là le prétexte attendu par les « durs » de l'armée pour empêcher le FIS d'accéder au pouvoir. Alger vit alors des journées d'incertitude. Ce sont les officiers supérieurs, conduits par le général Khaled Nezzar et soutenus par le Premier ministre Ghozali, qui tranchent en déposant le président Chadli le 11 janvier 1992 et en annulant les élections législatives. Le 16, ils installent Mohammed Boudiaf, vétéran de la guerre d'indépendance, en exil au Maroc, à la tête d'un Haut Comité d'État, qui remplace le président de la République jusqu'à une hypothétique élection présidentielle [1].

Le 4 mars 1992, le FIS est dissous.

L'Algérie va s'enfoncer dans la guerre civile [2].

Le Maroc ombrageux

Le roi Hassan II du Maroc avait très mal pris les « leçons de démocratie » données par François Mitterrand lors du sommet franco-africain de La Baule. Il avait marqué sa mauvaise humeur en multipliant les retards aux séances de travail. Son entourage ne cachait pas qu'il voyait dans le multipartisme un risque d'affaiblissement des régimes sur le continent africain. Bref, la France avait une nouvelle fois manifesté à ses yeux une inacceptable « ingérence » dans les affaires de ses partenaires.

A la même époque, la préparation des manifestations culturelles du « temps du Maroc », prévues à Paris pour l'automne 1990, rencontre des difficultés. François Mitterrand fait savoir au comité de parrainage présidé par l'ancien ministre Michel Jobert, natif de Meknès, qu'il souhaite en ce qui le concerne « en faire le minimum ». Il sait, comme l'indique son conseiller diplomatique Loïc Hennekinne dans une note préparatoire qu'« à mesure que l'on se rapprochera

1. Pour un récit détaillé de ce « coup d'État à froid », voir l'article de José Garçon dans *Libération* du 27 janvier 1992 : « Comment l'armée a monté son coup ».

2. Voir XIXe partie : « La prudence ».

de l'inauguration, des critiques se feront entendre, en raison de l'attitude très fermée du roi sur la question des droits de l'homme ». De fait, un rapport d'Amnesty International, publié en février 1990, se montre très sévère pour le Maroc en parlant de « recours systématique à la torture » contre les opposants.

Des contacts discrets sont organisés à Paris entre des collaborateurs de François Mitterrand et des proches conseillers du roi pour tenter de les sensibiliser à ce problème. Hubert Védrine indique au président qu'il a fait valoir devant l'ancien Premier ministre Karim Lamrani et le ministre du cabinet royal Ahmed Snoussi que « plus le Maroc voudrait se tourner vers l'Europe, se moderniser, plus il encourrait de reproches sur le plan des droits de l'homme s'il ne se décidait pas à mettre un terme réel à toute une série de pratiques arbitraires. Je leur ai dit que c'était dans leur intérêt bien compris d'essayer de régler ce type de problèmes avant que d'inévitables campagnes de presse ne se développent ». Mais on ne se fait guère d'illusions à Paris sur l'influence que ces éminents conseillers peuvent exercer en la matière sur leur souverain.

La publication, au mois de septembre 1990 à Paris, d'un réquisitoire contre la répression politique au Maroc met le feu aux poudres. Dans son livre *Notre ami le Roi*, l'écrivain Gilles Perrault dénonce, témoignages à l'appui, la cruauté du roi et de sa police. Il parle des tortures infligées contre l'opposant d'extrême gauche Abraham Serfaty, de la détention de la veuve et des six enfants du général Mohammed Oufkir, décédé « dans des conditions mal connues » à la suite d'un complot contre le roi. Sa description du sort des « morts-vivants » enfermés dans le bagne secret de Tazmamart, dans le Moyen Atlas, soulève l'indignation en France.

Le 13 septembre, Edgard Pisani, conseiller à l'Élysée et président de l'Institut du monde arabe, associé au projet du « temps du Maroc », reçoit Lamrani et Snoussi porteurs d'un message de Rabat. Le roi souhaite reporter ces manifestations. Selon Pisani [1], Hassan II « semble redouter tout autant la campagne qui s'amorce, et dont le livre de Gilles Perrault donne le ton, que la situation générale du monde arabe, dont

1. Document d'archives.

ses émissaires m'ont dit qu'il était à 80 % favorable aux positions de Saddam Hussein », qui s'est emparé du Koweït six semaines auparavant.

Paris prend acte de ce forfait qui, au fond, arrange tout le monde.

L'entrée au gouvernement le 2 octobre, comme ministre-délégué à la Justice de Georges Kiejman, avocat de la famille Oufkir depuis trois ans et, surtout, l'annonce d'une prochaine visite de Danielle Mitterrand dans les camps de réfugiés sahraouis en Algérie, sont interprétées à Rabat comme participant d'une « campagne encouragée ou autorisée au sommet de l'État à Paris ».

« Le roi se dit insulté et trahi dans son attachement prouvé à la France, plus encore par les médias publics que par le livre de Gilles Perrault lui-même », expliquent à Hubert Védrine plusieurs émissaires du souverain chérifien, qui « n'excluent pas qu'il rompe avec la France ».

Hassan II fait également jouer ses réseaux d'influence français pour tenter d'amener Paris à étouffer les critiques [1]. L'Élysée et le Quai d'Orsay font valoir qu'il n'y a pas de campagne orchestrée par le pouvoir et que les médias français, même publics, agissent librement, de même que les éditeurs. Ils soulignent que, depuis 1981, le président français s'est attaché à respecter la souveraineté marocaine, escomptant que cette prudence serait suivie des réformes nécessaires au Maroc, dans le domaine des droits de l'homme. Cette attente de la France n'a pas été jusqu'ici récompensée.

Paris juge cependant qu'il est temps d'en finir avec cette brouille qui risque de lui aliéner un pays pro-occidental, rempart contre l'intégrisme et dont la France est le principal partenaire économique. François Mitterrand convainc son épouse de renoncer à son voyage au Sahara. Il envoie Roland Dumas le 9 novembre à Rabat « pour tenter de désamorcer la crise ». A son retour, le ministre des Affaires étrangères indique au président de la République que son entretien avec le roi « a permis de modifier le climat qui s'était instauré

1. Des personnalités comme Maurice Druon ou le doyen Georges Vedel, liés à la famille royale, défendent l'amitié franco-marocaine. Michel Jobert s'est désolidarisé de cette campagne.

dans nos relations avec le Maroc ». Il en veut pour preuve l'arrivée prochaine à Paris du nouvel ambassadeur du Maroc, que le roi faisait traîner depuis la rentrée, et la reprise des émissions sur le territoire marocain des programmes de la chaîne francophone TV5, qui avaient été coupés pour empêcher la rediffusion de l'émission littéraire « Caractères » de Bernard Rapp, dont Gilles Perrault était l'un des invités.

La sanglante répression d'émeutes populaires à Fès, qui, le 14 décembre, fait une quarantaine de morts, est vivement condamnée par la France. Par la voix du secrétaire d'État Thierry de Beaucé elle appelle le gouvernement marocain à respecter les droits de l'homme. Rabat réagit en dénonçant cette nouvelle « ingérence » de la France.

Six mois plus tard, François Mitterrand décide de tuer dans l'œuf une nouvelle crise franco-marocaine qui se profile avec l'annonce de la parution prochaine d'un nouvel ouvrage critiquant le roi et sa colossale fortune personnelle. Son auteur, l'opposant marocain Abdelmoumen Diouri, est expulsé le 20 juin vers le Gabon suivant la procédure d'« urgence absolue ». Cette mesure soulève la légitime indignation des défenseurs des droits de l'homme. Le chef de l'État assume en affirmant que Diouri avait multiplié les infractions au devoir de réserve et en reconnaissant que « la France ne peut pas entrer en difficultés graves avec tous les pays qui comptent des réfugiés politiques sur notre sol ». Trois semaines plus tard, Diouri revient en France, après l'annulation par le Tribunal administratif de Paris de l'arrêté d'expulsion dont l'urgence absolue n'était pas fondée. Il ne publiera *A qui appartient le Maroc ?*[1] qu'en mars 1992, ne soulevant guère de polémiques. Entre-temps, Hassan II aura « usé de sa clémence » en faisant libérer Abraham Serfaty et une quarantaine de prisonniers politiques, puis les trois frères Bourequat de nationalité franco-marocaine, et en ordonnant de raser le bagne de Tazmamart.

Dans l'intérêt de la France, François Mitterrand s'efforcera toujours, à l'égard du Maroc, d'apaiser les tensions, mais sous sa présidence, la relation entre Paris et Rabat ne sera jamais vraiment chaleureuse.

1. Paris, Harmattan, 1992.

CHAPITRE 2

Proche-Orient : l'entêtement résigné

Liban : l'enterrement d'un mythe

Au Liban, « nous sommes au bord du renouvellement d'un drame plus grave peut-être encore que celui que nous avons connu ». A l'automne 1988, alors que, défiant la Syrie, les chrétiens se sont dotés à Beyrouth-Est d'un « gouvernement militaire transitoire » sous l'autorité du général Michel Aoun, au lendemain du report *sine die* de l'élection présidentielle, François Mitterrand se trouve de nouveau confronté à l'imbroglio libanais.

Quatre ans plus tôt, à la suite du retrait militaire américain de Beyrouth, Mitterrand a lui aussi renoncé à l'intervention directe au Liban où la mainmise syrienne se renforce après dix ans d'une terrible guerre civile [1]. Alors qu'il redoute un retour aux affrontements dans le pays du cèdre, il sait qu'une partie de l'opinion, emmenée par les dirigeants politiques se réclamant de la responsabilité « historique » de la France au Liban, comme François Léotard, Philippe de Villiers, Dominique Baudis et Jean-François Deniau, attend de lui qu'il vole au secours de la communauté chrétienne et francophone. Mais il sait aussi que la France seule ne peut déloger les Syriens à moins de s'engager dans une guerre impensable. D'autant que les grandes puissances, à commencer par les États-Unis, ont tiré un trait sur le Liban. Pour Washington, l'interlocuteur obligé est la Syrie du dictateur Hafez el-Assad, partie prenante d'un règlement du conflit israélo-arabe. Moscou conserve ses liens privilégiés avec Damas, Israël s'accommode de la domination syrienne au Nord-

1. Voir VIe partie : « La disgrâce ».

Liban tandis que Tel-Aviv contrôle sa « zone de sécurité » au Liban-Sud. L'Europe est indifférente, à commencer par la Grande-Bretagne qui depuis bien longtemps a perdu pied dans la région. Bref, personne, y compris l'Église de Rome, n'est prêt à agir au-delà de la compassion, pour aider le million de chrétiens de ce pays dévasté.

Mitterrand recourt donc, dans ce jeu inégal, à la seule carte qu'il a en main : l'inlassable activité diplomatique. D'abord pour convaincre les chrétiens du Liban de renoncer à la guerre et de composer dans les moins mauvaises conditions avec l'autorité syrienne. Puis pour sauver la vie de leur dernier des Mohicans, l'irréductible général Aoun.

• La « paix » syrienne

Le 14 mars 1989, Michel Aoun, qui vient de tenir en échec les forces libanaises chrétiennes de son rival Samir Geagea, appelle à « la guerre de libération » contre la Syrie. Beyrouth vit de nouveau sous la loi des armes. Une grande partie de la classe politique française est en émoi. Paris multiplie les démarches diplomatiques auprès des Syriens, de la Ligue arabe, des grandes puissances puis de l'ONU pour plaider en faveur de l'ouverture du dialogue. Dépêché officiellement à Beyrouth, le député UDF Jean-François Deniau proclame la solidarité de la France à l'égard du camp chrétien, un propos qui contrevient au discours officiel de la France s'interdisant de choisir entre les différentes communautés du Liban. C'est dans cet esprit qu'est organisée une mission humanitaire par le secrétaire d'État Bernard Kouchner, qui a le plus grand mal à recueillir des blessés des deux camps sur la navire-hôpital *La Rance*, tandis qu'après force palabres un pétrolier français peut ravitailler la centrale électrique de Zouk, arrêtée par un blocus syrien.

Le 12 avril, devant le Conseil des ministres, Mitterrand s'exprime pendant plus d'une demi-heure sur le Liban [1] : « Je lis qu'il faut sauver l'honneur de la France. Mais qu'est-ce que cela veut dire sinon une expédition militaire ? Quand j'ai reçu les parlementaires (le 6 avril) de toutes les formations

1. Document d'archives : récit de Jean-Louis Bianco à Georgette Elgey.

politiques, ils ont naturellement exposé de bons sentiments. » Les UDF « Pascal Clément et Philippe de Villiers ont commencé à parler de l'honneur et de l'Histoire. Je leur ai répondu : "Me demandez-vous une expédition militaire ?" Ils ont bredouillé et n'ont pas osé répondre "oui" ».

Après avoir fait valoir que dans la région « aucun leader musulman ne veut aller contre Assad », Mitterrand, agacé par la presse et les reproches d'une partie de la droite, s'emporte : « En réalité, chez ceux qui nous critiquent, il y a le rêve d'une intervention coloniale. On a vu ce que cela donnait avec les États-Unis au Vietnam, au Liban. Même pour la petite île de la Grenade, il leur a fallu neuf jours pour en venir à bout. On a vu également ce que cela donnait pour l'URSS en Afghanistan. C'est une mode d'un autre siècle et la France, assurément, ne s'engagera pas dans cette voie (...) Nous ne pouvons pas nous substituer au monde entier. »

A l'issue du Conseil, une déclaration du président est rendue publique. Elle résume la politique de la France au Liban pour les années à venir : « La France est, et se veut l'amie des Libanais de toutes confessions, de toutes les communautés (...) Dans cet esprit, la France appuie les démarches de la Ligue arabe (...) Elle approuvera, et le cas échéant, contribuera, à toute mesure qui permettra d'apaiser les souffrances et de restaurer le dialogue au sein d'une population depuis trop longtemps livrée à la violence. »

Dans l'immédiat, cette déclaration facilite la mission humanitaire française, qui se heurtait à l'hostilité des autorités libanaises pro-syriennes. Celles-ci dénonçaient la « croisade » française destinée uniquement à venir en aide aux chrétiens, un soupçon alimenté par la déclaration maladroite de Jean-François Deniau. Au total, 12 blessés chrétiens et 77 musulmans sont secourus.

Les deux « gouvernements » de Beyrouth, le prosyrien de Selim Hoss et le chrétien de Michel Aoun, remercient François Mitterrand. Dans son télégramme, daté du 21 avril[1], le général fait vibrer la corde sentimentale. Il rappelle au président que « les rues et avenues de Beyrouth continuent à

1. Document d'archives.

s'appeler Foch, Clemenceau, Pasteur, Charles-de-Gaulle… et que notre capitale demeure le dernier rempart de la francophonie en cette région du monde ».

Mitterrand s'efforce parallèlement de réveiller l'opinion internationale et d'attirer l'attention des grandes puissances, de l'ONU et du monde arabe afin d'empêcher la Syrie d'anéantir la résistance chrétienne dans l'indifférence générale. Les 17 et 18 avril 1989, il téléphone à Thatcher, Bush, Moubarak, Chadli, Gorbatchev, Gonzalez et Kohl, tandis que Roland Dumas voit Javier Perez de Cuellar, le secrétaire général de l'ONU, et Chedli Klibi, le secrétaire général de la Ligue arabe. Celle-ci, réunie en sommet des chefs d'État au Caire, charge le 26 mai l'Algérie, l'Arabie Saoudite et le Maroc d'obtenir un cessez-le-feu à Beyrouth et une solution politique. Le Quai d'Orsay salue la création de ce « comité tripartite » et demande qu'il aboutisse au « retrait de toutes les forces non libanaises », à l'« élection du président libanais » et à la « réconciliation nationale ». Les Douze adoptent la même position.

La réponse de la Syrie ne se fait guère attendre. Elle resserre le blocus militaire autour de Beyrouth-Est. « Tous les indices font craindre une action armée des Syriens sur le réduit chrétien dans les tout prochains jours », signale l'amiral Lanxade dans une note au président, le 31 mai. Elle n'a lieu que deux mois plus tard, après qu'Aoun a reçu des armes de l'Irak. Le 30 juillet, Roland Dumas fait à François Mitterrand le point de la situation au Liban [1] : « A nouveau, les tirs d'artillerie à Beyrouth et aux alentours font des morts par dizaines chaque jour dans les deux camps, paralysant toute activité, incitant les Libanais à partir, les musulmans loin de Beyrouth, les chrétiens, faute d'autre issue, loin du Liban. »

« Les canons syriens ne peuvent ni écraser la résistance du réduit chrétien ni même imposer un blocus véritable des côtes. Le général Aoun, qui dispose d'une armée motivée et bien armée, riposte, en faisant souffrir une armée syrienne éprouvée, mais ne peut la faire reculer ni la menacer vraiment. »

1. Document d'archives.

« Tout compromis politique est exclu entre Aoun et la Syrie. Aoun ne veut rien moins que chasser l'armée syrienne de son pays. Assad exige la disparition d'Aoun et se comporte en pratique comme s'il en faisait une condition préalable de tout accord. Toutes les manœuvres syriennes et américaines pour affaiblir politiquement Aoun dans son propre camp ont échoué [1]. »

Dumas annonce à Mitterrand l'échec de la mission du « comité tripartite » arabe, qui sera officiel le lendemain, en raison de l'intransigeance syrienne. Pour tenter de sortir de l'impasse, Mitterrand recourt une nouvelle fois à la diplomatie tous azimuts. Il envoie à la mi-août des émissaires dans les capitales de la mission tripartite arabe pour la convaincre de ne pas renoncer. Le secrétaire général du Quai d'Orsay François Scheer va à Damas et le ministre de la Francophonie Alain Decaux est envoyé auprès de Jean-Paul II à Castelgandolfo où il obtient que le pape lance un appel au cessez-le-feu [2].

Le 16 août, en Conseil restreint, Mitterrand décide en outre une opération de gesticulation militaire en Méditerranée orientale. Des hélicoptères iront à Chypre pour une éventuelle évacuation de l'ambassade de France et des Français du Liban [3] ; le porte-avions *Foch* et deux péniches de débarquement croiseront au large des côtes libanaises en cas d'évacuations massives à partir des plages. Cette opération revêt surtout un caractère dissuasif au moment où les informations des services français au Liban laissent craindre une offensive généralisée de l'armée syrienne contre le palais présidentiel de Baabda, à Beyrouth-Est, où se terrent Aoun et ses officiers.

Ce mouvement aéronaval ne doit être rendu public avec une présentation très prudente qu'une fois dûment informés Damas, Washington, Moscou et les Douze. Le président en charge Jean-Louis Bianco et Roland Dumas, qui sont pris de

1. Il ne faut pas oublier que Washington, comme le fit Paris entre 1985 et 1988, compte alors sur Damas pour obtenir la libération de ses otages détenus au Liban par des chiites pro-iraniens.

2. Pour un récit vivant de cette mission, suivie d'une autre à Beyrouth, voir Alain Decaux, *Le Tapis rouge*, Paris, Perrin, 1992, chap. XII.

3. Il reste sept mille Français au Liban, dont la plupart ont la double nationalité.

vitesse par une gaffe involontaire de Michel Rocard. En effet, quelques heures plus tard, dans l'avion qui l'emmène en Australie, le Premier ministre, persuadé que Paris aura annoncé la nouvelle quand son DC-8 se posera à Canberra, confie aux journalistes que le *Foch* va appareiller pour le Liban. Mais à l'escale technique sur l'aéroport sri lankais de Colombo, plusieurs envoyés spéciaux se précipitent sur des téléphones et appellent leurs rédactions.

Quand ils voient tomber la dépêche de l'AFP, le 17 août, Dumas et Bianco sont obligés de publier en toute hâte un communiqué expliquant que l'envoi des navires français n'a pour seul objet qu'une éventuelle assistance. Plus grave, Michel Rocard, interrogé à Canberra sur l'hypothèse d'une intervention militaire française contre les Syriens pour sauver les chrétiens, répond qu'il faudra bien « imposer le silence localisé et temporaire des canons, le temps des opérations humanitaires ». Mitterrand prend très mal cette déclaration qu'il juge imprudente dans le jeu subtil qu'il joue avec Damas.

Le 21 août, cinq autres navires sont envoyés pour rejoindre le *Foch*, un renforcement qui reçoit l'approbation de l'opposition, notamment de Jacques Chirac et de François Léotard, qui se rend à Beyrouth pour « saluer la résistance du général Aoun ». Ce dernier demande que les bâtiments français brisent le blocus naval syrien. Damas, par le truchement de la presse, et ses alliés libanais, sunnites, chiites et druzes menacent la France de représailles. Mitterrand leur répond le 23 août dans un communiqué publié après le Conseil des ministres : « Quand la France annonce une mission de sauvegarde, et seulement de sauvegarde [1], les uns ne veulent pas entendre le sens des mots et feignent de confondre sauvegarde et action militaire. Et les autres s'imaginent, bien à tort, que la marine française est ou sera à leur disposition. La France agit et agira d'abord pour protéger ses ressortis-

1. Dans le langage diplomatique, le choix des mots est essentiel. François Mitterrand a préféré parler de « mission de sauvegarde » plutôt que de « mission humanitaire », car il sait que celle menée au printemps par Bernard Kouchner a été critiquée par la population libanaise qui reproche au secrétaire d'État d'avoir négocié avec les chefs des milices le transfert, pour faire nombre, de blessés déjà soignés sur place et parfois contre l'avis des médecins locaux.

sants et avec le souci d'aider toutes les communautés libanaises. »

A ses ministres [1], il déclare : « Vous imaginez plusieurs milliers de personnes sur les plages du Liban et que personne ne bouge ! Ce serait insupportable pour la France. » Après le Conseil, il confie à quelques-uns d'entre eux : « L'épreuve militaire, si elle est intellectuellement désirable, est politiquement impossible. On n'imagine pas la France seule s'enfonçant dans le Proche-Orient avec l'hostilité générale des musulmans du Liban et bientôt celle de tous les autres. »

Depuis l'appel à la « guerre de libération » lancé par Aoun, le 14 mars 1989, les affrontements à Beyrouth ont fait près de mille morts, cinq mille blessés et causé 1 milliard de dollars de dégâts. La lecture des télégrammes diplomatiques de cette fin d'été fait apparaître une volonté de la communauté internationale d'en finir avec ce carnage sans issue [2]. A vouloir tenir tête aux Syriens, la France risque à la fois de le prolonger, et, au bout du compte, de se retrouver isolée sur la scène internationale. Pour Mitterrand, le compromis s'impose.

En échange d'un engagement tacite de Damas à ne pas écraser le réduit chrétien, il va accepter le maintien des troupes syriennes au Liban. Ce dernier point est la clé d'un règlement diplomatique acceptable pour tous, à l'exception de l'irréductible général Aoun.

La négociation se noue en deux temps et deux lieux.

Le dimanche 27 août, à Paris, Roland Dumas fait une déclaration à l'AFP dans laquelle « la France demande à tous d'abaisser leurs prétentions ». Il estime « possible » une « solution politique » une fois levé le blocus syrien, sur la base de réformes institutionnelles prenant en compte la situation démographique et sociale, autrement dit accordant

1. Document d'archives.

2. Une synthèse diplomatique à l'attention du président de la République faisait état, le 21 août, de l'option « des États-Unis de se désintéresser du sort du Liban où ils ne veulent s'engager ni de près ni de loin », tandis que « les pays arabes du comité tripartite montrent des signes d'un glissement vers les positions syriennes ».

davantage de pouvoirs aux musulmans. « Quant au retrait syrien, il pourrait s'exécuter en plusieurs phases », à commencer par Beyrouth après un cessez-le-feu.

Le lendemain, dans le port syrien de Lattaquié, le président Hafez el-Assad reçoit le secrétaire général du Quai d'Orsay, François Scheer. La mission de ce diplomate chevronné est de recueillir la réaction du dictateur au signal lancé par Paris. Ce n'est qu'après deux heures de palabres qu'Assad indique au détour d'un interminable développement destiné à démontrer que « la Syrie et le Liban constituent un seul peuple dans deux États indépendants [1] » : « On m'a lu au téléphone la déclaration que M. Dumas a faite à l'AFP. L'esprit de cette déclaration est une bonne chose. » Et d'ajouter en riant : « Votre ministre se pose une question sur les intentions syriennes quant à l'indépendance et à la souveraineté du Liban : vous pouvez le rassurer. »

La « souplesse » française, dont se félicitent le surlendemain à Beyrouth les interlocuteurs musulmans de François Scheer qui poursuit sa tournée malgré les bombardements, rejoint celle des négociateurs algériens, marocains et saoudiens du comité tripartite qui n'exigent pas le « retrait » des troupes syriennes du Liban, mais parlent de leur « redéploiement » dans la plaine orientale de la Bekaa, ce que Damas refuse obstinément.

Le 5 septembre, contre l'avis du Quai d'Orsay, François Mitterrand décide de retirer le porte-avions *Foch* de la zone libanaise pour qu'il relâche à Alexandrie. Le 11, François Scheer fait savoir que le diplomate algérien Lakhdar Ibrahimi, cheville ouvrière du comité arabe tripartite, considère qu'un retrait syrien de Beyrouth n'est pas opportun. Et le 16 septembre, Mitterrand fait rentrer le *Foch* à Toulon, au moment où le comité tripartite rend public depuis Taëf en Arabie Saoudite son plan de règlement du conflit libanais qui a reçu l'accord de Damas.

Ce plan prévoit bien sûr un cessez-le-feu immédiat et une levée du blocus. Il appelle à une réunion du Parlement libanais le 30 septembre pour approuver une formule d'entente nationale entre les communautés libanaises. Et surtout, il ne

1. Document d'archives.

parle pas de retrait des troupes syriennes, mais de leur redéploiement. Les troupes de Damas, entrées au Liban en 1976 après le déclenchement de la guerre civile, y demeureraient pendant deux ans, suite à la mise en place des nouvelles institutions libanaises, avant de se replier sur la moitié orientale du pays pour une période indéfinie.

Hafez el-Assad est donc parvenu à ses fins. Le correspondant du *Monde* à Beyrouth Lucien George écrit : « Le comité arabe s'aligne sur les thèses syriennes. » Damas n'obtient toutefois aucune certitude d'un retrait des troupes israéliennes du Liban-Sud, dans la mesure où Washington se refuse à l'exiger de Tel-Aviv.

Le 22 septembre, le général Aoun, après avoir consulté largement au sein du camp chrétien, accepte le plan de paix de la Ligue arabe. Mitterrand s'en réjouit trois jours plus tard devant l'émir du Koweït cheikh Jaber Al-Sabah qu'il reçoit à l'Élysée [1] : « L'acceptation d'Aoun est un fait très important (...) Ce plan existe. Il n'est pas celui que j'aurais préféré ; nous avons fait toutes les pressions possibles, y compris un envoi de navires, quand on pouvait craindre une entrée en force (des Syriens) sur Beyrouth-Est (...) On ne réglera pas l'affaire sans réformes institutionnelles, la communauté chrétienne doit s'en convaincre. »

Le Quai d'Orsay approuve les orientations de Taëf, suivi par l'ensemble de la classe politique française, à de rares exceptions près, dont celle de François Léotard, qui publiera dans *Le Monde* un article intitulé : « Qu'as-tu fait de ton frère ? » Sept ans plus tard [2], celui qui fut coopérant à Beyrouth où il se faisait appeler Fouad, reconnaît qu'il menait là « un combat sans lendemain, car l'opinion et l'Église françaises, en raison de l'indifférence de Mgr Lustiger aux communautés chrétiennes orientales, ne le suivaient pas ». Et il évoque un dîner avec Henry Kissinger, qui lui dit : « Le Liban n'existe pas. C'est une invention française. Il y a seulement la Syrie et Israël [3]. »

1. Document d'archives.
2. Entretien le 9 janvier 1996.
3. C'est, à n'en pas douter, une conviction que partage son successeur au Département d'État James Baker, dont les Mémoires de 700 pages

Mais, coup de théâtre, Aoun revient le 27 septembre sur ses positions. Il affirme avoir été « forcé » d'accepter le plan de paix sous la pression de la communauté internationale. Et il appelle les chrétiens à boycotter le processus de paix. Il n'est pas écouté. Seuls deux députés chrétiens sur trente refusent de se rendre le 30 septembre à Taëf avec leurs collègues musulmans pour élaborer la future charte nationale libanaise. Celle-ci est adoptée presque unanimement le 2 octobre 1989 par les députés libanais, dont l'élection remonte à 1972. Aoun réitère son refus d'un document qui ne mentionne même pas l'occupation syrienne.

• Guerre des nerfs avec Damas

Abandonné de tous, Michel Aoun se tourne vers Mitterrand pour lui faire part de son désarroi. Sa lettre de général vaincu, datée du 30 octobre 1989 [1], ne manque pas de panache : « Le Liban est plus qu'un pays, c'est une idée (...) c'est un héritage multiconfessionnel que l'on veut faire disparaître. Une défaite, ici, maintenant, ne sera pas sans conséquence chez vous demain. J'ai lu la semaine dernière que trois tchadors bouleversaient la France [2]. Une des grandes affaires de notre siècle finissant sera, à n'en pas douter, la confrontation entre l'Islam et la Chrétienté.

« J'ai aujourd'hui un véritable problème de conscience (...) ai-je le droit d'accepter un accord qui consacre le rôle de la Syrie et place pratiquement tous les gouvernements libanais sous son influence (...) On me demande des gestes de compréhension, ils ne peuvent être dans ce contexte que des gestes d'abandon. »

François Mitterrand attend deux semaines pour lui répondre [3]. L'élection par les députés libanais du président chrétien maronite René Moawad, le 5 novembre, renforce sa main.

(The Politics of Diplomacy, op. cit.) ne font qu'une seule allusion au Liban pour plaisanter sur son inféodation diplomatique totale à la Syrie.

1. Document d'archives.

2. Allusion aux débats sur le voile islamique. Voir XIIIe partie : « L'effritement ».

3. Document d'archives : lettre envoyée le 16 novembre 1989.

Après avoir salué « le profond attachement patriotique à l'indépendance du Liban » et « le courage » de son correspondant, il l'exhorte à la patience : « La restauration de l'État libanais ne peut être que graduelle. Le succès n'est possible que si chacun donne l'exemple de la modération. »

Même s'il juge qu'« il eût certes été souhaitable que le document de Taëf indique de manière nette les étapes de la fin des présences militaires étrangères (syrienne à Beyrouth et israélienne dans le Sud) et précise sans ambiguïté l'échéance finale », Mitterrand fait valoir que les membres permanents du Conseil de sécurité de l'ONU l'ont approuvé, de même que « les parlementaires libanais de toutes tendances et de toutes confessions » qui, en élisant un nouveau président, « ont estimé que cette voie, bien qu'incertaine, était préférable à la certitude du chaos et de la destruction ».

Et il demande à Michel Aoun de « ne pas opposer d'obstacle à la tentative ainsi amorcée de réconciliation des Libanais ».

Cette réconciliation manque de capoter une semaine plus tard, avec l'assassinat du président René Moawad, victime d'un attentat à la bombe, qui coûte la vie à 23 autres personnes, lors d'un trajet en voiture blindée dans le secteur musulman de Beyrouth. L'émotion est considérable. La France adjure les députés chrétiens de participer au plus vite à l'élection d'un successeur, ce qu'ils font le surlendemain, 24 novembre, en désignant un autre élu maronite, Elias Hraoui.

Après avoir soupçonné le général Aoun d'être l'instigateur de cet attentat, les services français privilégient l'hypothèse d'une action du Hezbollah pro-iranien qui chercherait à détruire l'œuvre de réconciliation au Liban sous l'égide syrienne, perçue comme un obstacle à la volonté de Téhéran d'instaurer une République islamique au pays du cèdre. La thèse d'une opération commanditée par la Syrie gagne quelques jours plus tard en crédibilité. Damas aurait décidé de supprimer Moawad parce qu'il refusait de laisser les troupes syriennes en finir avec le général Aoun, préférant rechercher un accord politique avec son ancien ami. Un diplomate français de haut rang rapporte en effet les propos que lui a tenus, quelques jours après l'attentat, le ministre syrien des Affaires étrangères Farouk Mohammed Al-Chareh, qu'il interprète presque comme un aveu : « On ne peut plus attendre pour Aoun. Vous voyez ce qui est arrivé à Moawad pour avoir trop attendu. »

Son successeur Elias Hraoui se montre, lui, plus docile. Le 26 novembre 1989, il crée la panique dans la population chrétienne de Beyrouth-Est en parlant d'une prochaine « attaque éclair » contre le palais présidentiel de Baabda d'où il veut chasser Aoun afin de s'y installer pour établir son « autorité » sur le pays. En clair, une attaque syrienne se prépare.

Tandis qu'une trentaine de députés UDF, emmenés par Léotard, Longuet et Deniau, se précipitent à Beyrouth pour apporter leur soutien à Aoun, Mitterrand déploie une intense activité diplomatique pour dissuader Assad de passer à l'action et inciter Aoun à déposer les armes. François Scheer reprend sa navette entre Beyrouth et Damas. François Mitterrand appelle George Bush le 30 novembre pour lui demander d'intervenir dans le même sens. Le président américain rend compte le lendemain de ses démarches, dans une lettre à l'Élysée [1]. Il a demandé à Assad et Hraoui d'« éviter de recourir à la violence pour vaincre l'opposition du général Aoun ». Il rappelle que Washington souhaite en contrepartie que le général chrétien se retire.

La France organise également une médiation secrète entre le président Hraoui et le général Aoun en recevant à Paris, les 7 et 8 décembre, leurs deux émissaires. Ils retournent à Beyrouth porteurs d'un « schéma de règlement » dans lequel Aoun, en échange de sa reconnaissance de l'autorité de Hraoui et des accords de Taëf, pourrait être représenté au gouvernement et être autorisé à mener une activité politique. Le général chrétien rejette ce compromis.

François Mitterrand a fait ce qu'il a pu. Au prince Saoud, ministre saoudien des Affaires étrangères, qui lui demande, le 11 décembre à Paris [2] d'« user de son influence pour convaincre ceux qui sont aux côtés d'Aoun », le président répond : « Vous accordez à la France une autorité qu'elle

1. Document d'archives.
2. Document d'archives.

risque de ne pas avoir. » Et il s'en remet « à la patience » pour « régler peut-être le problème ».

Au lendemain des terribles affrontements entre les factions chrétiennes qui se disputent sans merci le contrôle de Beyrouth-Est, Mitterrand constate avec amertume, le 13 février 1990, lors d'un entretien avec le président du Conseil italien Giulio Andreotti [1] que Samir Geagea et Michel Aoun « reprennent leurs discussions. Ils vont se réconcilier sur quatre cents cadavres [2]. Ce sont des fous ». Il fait un constat d'impuissance : « Le Liban ne guérira pas tant que les Libanais ne le voudront pas. »

Les mois passent, l'intransigeance d'Aoun irrite désormais tous les partisans d'une solution négociée, et l'armée d'Hafez el-Assad, l'arme au pied, fait preuve de la patience dont François Mitterrand a lui même décidé de s'armer.

La guerre du Golfe débloque la situation libanaise à l'avantage de la Syrie. En choisissant, à la demande pressante des États-Unis, d'entrer dans la coalition internationale contre l'armée irakienne au Koweït, Assad obtient le champ libre pour en finir avec le général Aoun.

L'assaut de l'armée syrienne et des forces gouvernementales libanaises du président Hraoui contre le palais de Baabda est donné le samedi 13 octobre 1990, suivi de massacres des partisans du général Aoun, qui a trouvé refuge, avec ses proches, à l'ambassade de France [3].

La France lui octroie immédiatement l'asile politique et envoie un avion Mystère 50 du GLAM à Chypre pour venir le chercher. L'évacuation du général Aoun vers la France ne peut évidemment pas se faire sans l'accord de Damas. Au moment même où Aoun pénètre dans l'ambassade de France

1. Document d'archives.

2. Selon les sources médicales à Beyrouth, les combats entre les 15 000 soldats d'Aoun et les 10 000 miliciens de Geagea ont fait 764 morts et 2 500 blessés dans la première quinzaine de février 1990.

3. Les services de renseignement français indiqueront quelques jours plus tard que Washington avait été préalablement informé par Damas du détail du plan d'assaut contre le réduit chrétien de Beyrouth-Est ; qu'Israël aurait donné son feu vert à Damas par l'intermédiaire du président égyptien Hosni Moubarak, et que l'État hébreu, pour cette opération, aurait livré gratuitement des armes aux forces régulières libanaises.

à Beyrouth, Roland Dumas téléphone à son homologue syrien qui se montre évasif. Dans l'après-midi, l'ambassadeur de France à Damas interroge à nouveau le ministre syrien des Affaires étrangères Farouk Al-Chareh sur le sort d'Aoun. Sa réponse, telle qu'elle figure dans le télégramme que l'ambassadeur rédige aussitôt pour Paris, montre que la Syrie n'est pas prête à faire dans l'immédiat ce cadeau à la France. « Elle fera tout son possible pour garantir un sauf-conduit au général Aoun », mais « il devrait normalement être traduit en justice car c'est un hors-la-loi ». Même son de cloche à Beyrouth où le Conseil des ministres demande qu'Aoun soit jugé pour détournement de fonds. Selon le gouvernement libanais, Aoun et deux de ses généraux auraient détourné 75 millions de dollars de fonds publics afin de constituer un trésor de guerre. Les services de renseignement français l'évaluent à 35 millions de dollars.

Le lundi 15 octobre 1990, François Mitterrand consacre à cette affaire une large part de sa conférence de presse sur la crise du Golfe. « La France a accordé le droit d'asile au général Aoun. C'est désormais pour elle une question d'honneur. Elle préservera le général Aoun en veillant à ce qu'il puisse rester à l'ambassade de France, terre française, jusqu'au jour, le plus proche possible je l'espère, où il pourra venir en France, comme il le souhaite. » Il indique clairement qu'il n'est pas question pour autant de laisser s'installer en France un gouvernement en exil dirigé par Aoun.

Le surlendemain, au Conseil des ministres, il répète : « Nous ne rendrons pas Aoun. » En regagnant son bureau, il prend connaissance d'un télégramme de son ambassadeur à Beyrouth, l'infatigable René Ala, qui lui confirme qu'une ultime épreuve de force est engagée entre Paris et Damas à propos du général. Si le président Hraoui ne met pas d'obstacle au départ des familles d'Aoun et de ses deux « ministres [1] », il doit en référer au président Assad pour le sort du général. Trois heures plus tard, l'ambassade de France à

1. Douze personnes, dont l'épouse et les trois filles du général Aoun, sont évacuées vers la France dans la nuit du 19 au 20 octobre. Au dernier moment, les services syriens empêchent plusieurs officiers d'Aoun d'embarquer pour la France.

Damas rend compte d'un entretien du président de la Commission des Affaires étrangères de l'Assemblée nationale Michel Vauzelle avec Al-Chareh, qui assure avec un total cynisme qu'il est d'accord pour laisser partir Aoun, mais que la décision « relève de la compétence du gouvernement libanais » au sein duquel « de nombreuses voix s'élèvent pour exiger que le général soit traduit en justice ».

La situation est bloquée. Beyrouth demande à la France de ne pas insister, car la décision relève de Damas et il faut donc se montrer « patients ».

La « guerre des nerfs » commence bientôt, avec une première opération d'intoxication syrienne. Le 23 octobre, l'ambassade de France à Beyrouth informe Paris qu'elle s'attend à une attaque organisée par les forces spéciales syriennes pour éliminer physiquement le général et les huit membres de son entourage militaire. Le patron de la DGSE, Claude Silberzahn, réunit ses « spécialistes » et tire deux conclusions [1] : « Les Syriens ont tous les moyens de conduire cette opération et d'habiller cet attentat pour ne pas être mis en cause. » Mais Damas a peut-être aussi voulu « faire croire à une attaque imminente pour que les Français évacuent clandestinement Aoun qui, dès sa sortie de l'ambassade, deviendrait une cible plus facile à atteindre ». Il est donc décidé qu'Aoun reste à l'ambassade « qui est encore l'endroit où sa sécurité reste le mieux assurée ».

Le même jour, François Mitterrand sollicite l'appui des États-Unis pour réfréner Damas. « La Syrie faisant partie de la coalition actuelle, je sais bien qu'on ne se retournera pas contre elle », déclare-t-il au secrétaire américain à la Défense Dick Cheney, venu faire le point sur les préparatifs militaires en Arabie Saoudite face à l'Irak. « Il faut que la Syrie laisse un peu d'oxygène au Liban. Il faut que vous nous aidiez. Il faut que la Syrie se tienne tranquille », ajoute le président français [2]. Il assure que pour lui « le Liban compte beaucoup plus que le Koweït, qui ne représente rien pour les Français alors que ce qui se passe à Beyrouth nous prend à la gorge. S'il y a trois autres assassinats du type de ceux qui viennent

1. Document d'archives.
2. Document d'archives.

de se produire[1], je ne réponds plus de l'opinion française, même s'agissant du maintien de nos troupes en Arabie Saoudite. Je ne sais pas si la Syrie est responsable de ces assassinats, personne ne s'y retrouve, mais sa responsabilité est engagée ».

Mitterrand n'a apparemment pas convaincu son interlocuteur puisqu'il revient à la charge, trois semaines plus tard, au cours d'un dîner à l'Élysée avec le président George Bush : « Nous avons offert l'asile au général Aoun, ce qui nous pose beaucoup de problèmes. Nous risquons un assaut contre notre ambassade. On nous demande d'assister le Koweït et on ne fait rien pour le Liban. L'opinion française n'y comprend rien. Il faut obtenir de Hraoui et d'Assad l'autorisation pour Aoun de partir. On ne peut pas l'abandonner, même si je l'estime très coupable. C'est une question d'honneur. »

« Vous ne pouvez pas le remettre aux autorités libanaises ? », interroge l'Américain. « Impossible, je ne le ferai jamais », répond le Français.

« Ce ne sont pas les Syriens qui l'empêchent de partir », croit bon d'ajouter Bush. « Si, réplique Mitterrand. S'ils veulent le lâcher, il partira. »

Quatre jours plus tard, le 22 novembre 1990, George Bush transmet à Hafez el-Assad, qu'il rencontre à Genève, les préoccupations françaises. De retour à Washington, il câble à Mitterrand : « J'ai soulevé le problème avec le président Assad au cours d'un tête-à-tête, de manière qu'il lui soit plus facile d'agir, s'il en décidait ainsi. Je lui ai dit que nous pensions qu'Aoun devrait être autorisé à partir afin que ce chapitre de l'histoire du Liban puisse être clos. Assad m'a dit que ce serait difficile, mais qu'il essaierait. »

François Mitterrand écrit également aux rois Fahd d'Arabie Saoudite et Hassan II du Maroc, ainsi qu'au président algérien Chadli pour qu'ils insistent eux aussi auprès d'Assad à propos de la libération du général Aoun. Alors que tous les esprits sont préoccupés par la crise du Golfe, il ne reçoit que des réponses aimables.

1. Le président fait allusion à l'assassinat, l'avant-veille dans leur appartement de Beyrouth, du leader chrétien Dany Chamoun, de sa femme et de ses deux fils.

Au lendemain de la victoire sur Saddam Hussein au Koweït, Mitterrand et Bush se retrouvent à la Martinique. Le président américain reconnaît que ses démarches auprès d'Assad ont été vaines. Il ne propose pas de nouvelle initiative en faveur d'Aoun. Il est vrai que Washington a toujours besoin de Damas, cette fois pour relancer le processus de paix israélo-arabe.

Le 22 mai 1991, la signature d'un traité de fraternité entre Damas et Beyrouth consacre la domination syrienne sur le Liban. L'opposition française donne de la voix. Jean-François Deniau y voit un Anschluss. Les présidents des groupes parlementaires RPR, UDF et UDC écrivent à Mitterrand pour lui demander d'exiger de l'ONU le départ des troupes étrangères du Liban et la tenue d'élections libres. Pour apaiser ces « bons sentiments », Mitterrand charge Dumas de prononcer les mêmes vœux pieux que l'opposition, au prix d'une inévitable levée de boucliers à Beyrouth.

• Aoun pour l'honneur

Le général Michel Aoun se trouve depuis plus de sept mois l'otage des Syriens à Beyrouth, quand, enfin, une lueur d'espoir apparaît. De retour de la capitale libanaise, Edgard Pisani indique le 29 mai 1991 [1] à François Mitterrand que le président Elias Hraoui lui a assuré qu'il venait d'« obtenir la neutralité d'Hafez el-Assad » à propos du problème Aoun. Selon Pisani, le président libanais dit vouloir « en discuter avec Paris et le résoudre vite pour pouvoir visiter officiellement la France » au début de l'automne.

Pisani conclut : « L'affaire Michel Aoun est soluble dans des délais fort brefs et dans le respect des principes posés par vous-même. Je suis à votre disposition pour vous dire comment les choses pourraient se faire. »

Même s'il connaît les emballements de son éminent collaborateur, s'il se souvient de ses « missions secrètes automandatées » pendant la guerre du Golfe [2] et s'il a appris à se méfier des « promesses » levantines, François Mitterrand voit

1. Document d'archives.
2. Voir *infra*.

là se confirmer des signaux qu'il avait notamment perçus en février à l'occasion de la venue à Paris du ministre libanais des Affaires étrangères Farès Bouez et en mars, après une mission faite à Damas sous couvert de la Croix-Rouge par sa collaboratrice Georgina Dufoix. Mais il ne répond pas à l'offre de service de Pisani. Il applique ce que certains exégètes de sa méthode appellent la « tactique du feu orange » : Pisani n'est chargé d'aucune mission. S'il réussit, tant mieux. S'il échoue, je ne lui avais rien demandé.

Au fil des mois, la perspective d'un exil d'Aoun en France, à condition qu'il n'y exerce pas d'activité politique, n'est plus menaçante pour les autorités libanaises. Privées par Damas d'une véritable souveraineté, elles se consacrent à la reconstruction de leur pays dévasté et recherchent pour cela des compétences et des financements occidentaux. Alors que les relations franco-libanaises sont pratiquement gelées à cause du contentieux Aoun, Paris souhaite tourner la page pour prendre sa place sur le marché libanais qui renaît.

Le 21 juin 1991, Pisani informe la cellule diplomatique de l'Élysée qu'un accord secret entre le général Aoun et le gouvernement libanais est imminent. « Aoun accepterait que l'argent contesté soit consigné, dans l'attente de la décision sans appel d'un arbitre. Un accord serait alors signé qui permettrait à Aoun de quitter le Liban. »

Mitterrand indique à ses collaborateurs qu'il « n'était pas informé » de ce que rapporte Pisani. Il demande à Dumas de donner son avis sur la conduite à tenir. Le ministre des Affaires étrangères donne suite et la négociation se noue discrètement. Au début du mois de juillet, le gouvernement français en charge un bon connaisseur de la région, ancien du service action du SDECE [1] sous Alexandre de Marenches, avant de rejoindre la DST pour y mener la lutte antiterroriste, le général Philippe Rondot. Celui-ci est alors conseiller pour le renseignement du ministre de la Défense Pierre Joxe, et chargé de la coordination des services et de la création d'une direction du renseignement militaire.

1. Service de documentation extérieur et de contre-espionnage. Ancien nom de la DGSE (Direction générale de la sécurité extérieure).

Il se rend à Beyrouth au début du mois de juillet où il se fait confirmer par les autorités libanaises les informations de Pisani et s'assure, pour ce qu'elles valent, des bonnes dispositions syriennes. Le contentieux financier suit son cours à la satisfaction du gouvernement libanais.

Reste à organiser l'évacuation du général Aoun.

L'opération revient de droit à la DGSE. Mais son directeur y répugne car il craint un coup fourré des Syriens. Joxe en charge alors Rondot. Après une mission de reconnaissance sur place, ce dernier constitue une équipe hétéroclite de gendarmes, de commandos de marine et de policiers du RAID[1].

Au matin du mercredi 28 août 1991, un Falcon 900 du GLAM se pose sur l'aéroport de Beyrouth. A son bord, le général Christian Quesnot, chef de l'état-major du président de la République, le général Philippe Rondot, Bernard Kessedjian, directeur du cabinet du ministre des Affaires étrangères, et Patrick Leclercq, directeur du département Afrique du Nord-Moyen-Orient. Tandis que Rondot, débarqué discrètement du Falcon, prépare l'opération d'exfiltration, en liaison avec les services libanais, les trois autres émissaires mettent au point avec le président Elias Hraoui les « conditions politiques » de celle-ci. En début de soirée, le président libanais, après s'être inquiété du scénario, signe devant l'équipe française réunie, le décret « d'amnistie et d'éloignement » du général Michel Aoun.

Entre-temps, Kessedjian et Quesnot ont négocié avec Aoun, qui signe un document précisant les conditions de son exil politique en France. Il apprend seulement alors que sa sortie est imminente, après trois cent vingt jours d'asile à l'ambassade de France.

Le 29 août, à 4 h 15 du matin, Rondot et ses hommes le conduisent sous forte escorte vers la plage de Dbayeh où quatre Zodiac des commandos de marine sont arrivés. Des leurres ont été prévus pour semer le doute chez d'éventuels poursuivants : l'avion du GLAM, réacteurs en marche, à l'aéroport ; trois convois de véhicules sortant de l'ambassade pour se disperser vers le centre-ville, un fantomatique héli-

1. RAID : Unité de recherche, d'assistance, d'intervention et de dissuasion.

coptère dans le ciel. Quesnot confiera plus tard à Mitterrand qu'une charge de 150 kilos d'explosifs télécommandée avait été déposée par des mains ennemies sous un pont conduisant à l'aéroport.

Aoun enfile une combinaison imperméable et embarque avec Rondot sur l'un des Zodiac pour une heure de navigation sur une mer houleuse jusqu'à un aviso croisant hors des eaux territoriales libanaises qui les convoie vers la côte chypriote, à quelques encablures de l'aéroport de Larnaca.

Le Falcon blanc emportant le général vers son exil se pose au petit matin du vendredi 30 août sur la base d'Hyères où, ultime contretemps de l'opération « Hortensia », rien n'est prévu pour l'accueillir. Quesnot se démène au téléphone. Très vite, Aoun retrouvera les siens dans une villa louée sur la corniche de Marseille placée sous haute surveillance.

Le 22 octobre, le président Elias Hraoui est reçu à l'Élysée avec les honneurs dus à son rang. Il se plaint auprès de ses hôtes qu'Aoun ait pu, à plusieurs reprises, violer l'obligation de réserve à laquelle il s'était engagé en publiant des communiqués hostiles aux autorités de Damas et de Beyrouth. Le gouvernement français oblige aussitôt l'exilé libanais à fournir chaque jour la liste de ses visiteurs du lendemain pour contrôler d'éventuels rendez-vous avec des journalistes. Il sera plus tard logé en Seine-et-Marne et ne fera plus guère parler de lui. Quand se tient, le 11 juin 1994 à Paris, un congrès de l'opposition libanaise en exil, il n'a pas le droit de s'y rendre.

Même si François Mitterrand[1] tient pour « mythique » l'idée d'une mission historique de la France au Liban, il s'est fait un devoir de démontrer qu'elle ne restait pas totalement indifférente au sort du peuple libanais. Interrogé sur son acharnement à sauver le général Aoun, il retourne la question : « Si je ne m'en étais pas occupé, qui l'aurait fait ? »

1. Entretien le 8 décembre 1994.

La « carte » Arafat : ouvrir la voie et rester dans le jeu

A l'été 1988, les perspectives de paix au Proche-Orient semblent plus éloignées que jamais.

Depuis six mois, les Palestiniens de Gaza et de Cisjordanie mènent une action de résistance populaire contre l'armée d'occupation israélienne. C'est l'Intifada[1], qui prend la forme de jets de pierres contre les patrouilles de Tsahal, suivie de répression sanglante – deux cents morts, selon les Palestiniens –, de fermetures des établissements scolaires, d'arrestations, de grèves et d'incendies « criminels » sur le territoire même d'Israël. Ce soulèvement n'a pas été orchestré par l'OLP de Yasser Arafat, dont l'état-major s'est replié à Tunis depuis son départ mouvementé du Liban, avec l'aide de la France en 1983[2]. Ces troubles divisent la coalition gouvernementale israélienne entre le Likoud du Premier ministre Itzhak Shamir, prônant la fermeté, et les travaillistes du ministre des Affaires étrangères Shimon Peres, l'adjurant de renoncer à l'objectif de l'instauration du « Grand Israël », qui revient à une annexion progressive des territoires occupés par la voie d'une politique active d'implantations de colonies juives.

Sur le plan diplomatique, les efforts de paix, principalement menés par les États-Unis, sont au point mort. Au mois de mars 1988, Itzhak Shamir a rejeté le « plan Shultz » dans lequel le secrétaire d'État américain proposait d'organiser à la fois une conférence internationale sous l'égide des cinq membres permanents du Conseil de sécurité et des conversations directes entre Israël, ses voisins arabes et des Palestiniens intégrés dans une délégation jordano-palestinienne, avec pour postulat l'acceptation des résolutions 242 et 338 de l'ONU[3] et comme objectif la tenue de pourparlers sur le

1. Le soulèvement, en arabe.

2. Voir IIIe partie : « La France dans le monde ».

3. Adoptée le 22 novembre 1967 par le Conseil de sécurité de l'ONU, cinq mois après la « guerre des Six Jours » entre Israël et les pays arabes,

statut final des territoires occupés. Un mois plus tard, Mikhaïl Gorbatchev recevait Yasser Arafat au Kremlin pour lui demander, sans obtenir satisfaction, de reconnaître Israël.

Au début du mois de juin, une quatrième tournée de George Shultz au Proche-Orient ne permettait pas de rapprocher les positions, même si les pays arabes, réunis à Alger, quelques jours plus tard, prenaient soin de ne pas rejeter l'initiative américaine pour ne pas enterrer le seul espoir de paix, aussi faible fût-il.

La France et ses partenaires européens adoptent la même attitude. Après avoir préconisé sans succès des conversations directes entre Israël et les Palestiniens, François Mitterrand s'était « rallié » à la formule de conférence internationale. « Mais tant que les Palestiniens et les Israéliens ne se parleront pas, nous perdrons notre temps », indique-t-il [1] à propos de sa position au moment de sa réélection.

Le 26 juillet 1988 [2], le président français apprend que Yasser Arafat a accepté de se rendre à Strasbourg, dans le courant du mois de septembre, pour des entretiens informels, à l'invitation du groupe socialiste au Parlement européen. Le chef de l'OLP fait savoir à l'Élysée, par l'intermédiaire de son représentant à Paris, Ibrahim Souss, qu'il serait ravi de rencontrer à cette occasion le président Mitterrand ou à défaut son ministre des Affaires étrangères. Le même jour, le président du CRIF [3], Théo Klein, fait part à la présidence de la République de l'émotion de la communauté juive de France à l'idée de voir Arafat reçu en France et suggère que ce projet n'aboutisse pas. François Mitterrand donne l'instruction écrite suivante : « La visite à Strasbourg de Yasser Arafat n'a pas à être découragée. Un ministre (français) pourrait se trouver là pour d'autres raisons, par exemple une visite au Parlement européen. Roland Dumas ou un autre… »

---

la résolution 242 affirme le droit de « chaque État de la région de vivre en sécurité » et exige le « retrait des forces armées israéliennes des territoires occupés » (Cisjordanie et Gaza). La résolution 338, votée le 22 octobre 1973 pour mettre fin à la « guerre du Kippour », demande l'application de la résolution 242.

1. Entretien le 23 juin 1990.

2. Document d'archives.

3. Conseil représentatif des institutions juives de France.

Et, le 13 septembre 1988, alors que le CRIF se déclare « profondément insulté » à l'idée d'une telle rencontre, intervenant qui plus est le jour du Nouvel An juif, et que l'ambassadeur d'Israël à Paris, Ovadia Soffer, demande qu'il n'y ait pas d'« implication française » dans la visite du leader palestinien à Strasbourg, le Quai d'Orsay annonce que Roland Dumas aura le lendemain un entretien avec Yasser Arafat dans l'enceinte internationale du Parlement européen et donc pas sur le territoire français. Cet artifice, dont nul n'est dupe, suscite de nombreuses critiques dans l'opposition.

A Strasbourg, Yasser Arafat ne modifie guère sa position : il soumet l'acceptation des résolutions de l'ONU à la participation pleine et entière de l'OLP à des pourparlers de paix, ce que ni Israël ni les États-Unis ne sont prêts à accepter. A l'issue d'un entretien de quarante minutes avec Arafat, Dumas se réfugie derrière la lecture d'un communiqué qui se contente de rappeler les positions traditionnelles de la France sur le double droit à l'existence de l'État d'Israël et d'une patrie pour les Palestiniens. A deux mois de la tenue d'un Conseil national palestinien, dont Arafat espère obtenir un geste en direction de Tel-Aviv, Roland Dumas déclare « souhaitable tout mouvement qui peut conduire le peuple palestinien à reconnaître Israël ».

Devant le Conseil des ministres, François Mitterrand juge « artificielle » l'émotion provoquée dans les médias français et rappelle que la première rencontre de Yasser Arafat avec un ministre français des Affaires étrangères remonte à 1974, sous Giscard d'Estaing, alors que Jean Sauvagnargues était au Quai d'Orsay. Aux critiques des organisations juives et du gouvernement Shamir, il réplique que « la France n'est pas à la merci d'un froncement de sourcils » et « doit préserver sa capacité de dialogue ».

Un mois plus tard, recevant à l'Élysée le président israélien Haïm Herzog, Mitterrand appelle de nouveau les Palestiniens à reconnaître l'existence de l'État hébreu.

Le mois de novembre 1988 s'ouvre dans l'incertitude sur l'évolution du dossier proche-oriental avec les élections législatives israéliennes qui ne dégagent pas de majorité et voient la poussée des petits partis religieux. De plus, l'élection de George Bush, le 8 novembre, après le double mandat de Ronald Reagan, marque un moment de transition et d'attente dans la diplomatie américaine.

Tous les regards sont donc tournés vers Alger où se réunit, le 12 novembre, le Conseil national palestinien, qui regroupe les délégués des différentes formations de l'OLP, des « durs » du FPLP de Georges Habache, aux « modérés » du Fatah de Yasser Arafat et Farouk Kaddoumi. Dans la nuit du 14 au 15, au terme de débats animés, une déclaration fondamentale est adoptée : l'OLP approuve les résolutions 242 et 338 de l'ONU, ce qui revient à une reconnaissance implicite de l'État d'Israël. Cette concession majeure à Tel-Aviv est assortie d'un geste symbolique : la proclamation unilatérale d'un État indépendant en Palestine, qui déclenche la liesse dans les territoires occupés.

Tandis qu'Israël, par la voix d'Itzhak Shamir, avait pris les devants en dénonçant la « manœuvre tactique » et le « double langage » de l'OLP, Washington réagit de façon plus mesurée en qualifiant la déclaration d'Alger d'encourageante, bien qu'insuffisante. Pour la France, Roland Dumas déclare le 16 novembre que « la reconnaissance par la France d'un État palestinien ne soulève aucune difficulté de principe », même s'il est « contraire à sa jurisprudence de reconnaître un État qui ne dispose pas d'un territoire défini ». Mitterrand avait expliqué auparavant en Conseil des ministres que « la reconnaissance des droits des Palestiniens n'est pas synonyme de la reconnaissance d'un État. Un État suppose un territoire. D'ailleurs, le général de Gaulle, lorsqu'il était en Angleterre (...) n'a été reconnu par les Occidentaux que comme chef de l'administration ».

• Les ouvertures d'Alger

Pour Yasser Arafat, la proclamation d'Alger vise essentiellement à obtenir la concession majeure qu'il attend du camp occidental : être reconnu comme interlocuteur par les États-Unis. Il devra au préalable essuyer une rebuffade de Washington. En effet, le 26 novembre, le secrétaire d'État sortant George Shultz donne un coup d'arrêt à l'offensive diplomatique de l'OLP en refusant d'accorder un visa d'entrée à Arafat, l'empêchant ainsi de venir à New York s'adresser à l'Assemblée générale de l'ONU, comme il l'avait pourtant fait quatorze ans plus tôt sous la présidence républicaine de Gerald Ford. La presse libérale américaine critique violemment l'attitude de la Maison-Blanche, et l'entourage du président élu George Bush fait connaître officieusement son désaccord. La France demande en vain à l'administration Reagan de reconsidérer sa position.

L'Assemblée générale décide alors de se transporter à Genève pour recevoir le chef de l'OLP. Et le 13 décembre, Arafat, depuis la tribune de l'ONU, appelle les Israéliens à entamer des pourparlers de paix avec l'OLP et « condamne » fermement le terrorisme. Le Département d'État juge le propos « intéressant », même s'il reste « ambigu sur les problèmes clés qui doivent être évoqués clairement pour permettre aux États-Unis d'entamer un dialogue substantiel avec l'OLP ».

L'image de chef terroriste de Yasser Arafat est encore très ancrée dans l'opinion américaine. C'est ce que lui disent notamment les membres d'une délégation de personnalités juives américaines qu'il a rencontrées le 6 décembre à Stockholm où il a été reçu en chef d'État. Parallèlement, des tractations américano-palestiniennes secrètes, menées avec l'aide de la diplomatie suédoise et de l'ancien chancelier socialiste autrichien Bruno Kreisky – partisan déclaré du dialogue avec l'OLP –, poussent Arafat à faire des gestes d'ouverture.

Et le 14 décembre, le chef palestinien prononce les paroles attendues par Washington. Avant de quitter Genève, il déclare à la presse que l'OLP « renonce » au terrorisme, alors que la veille il l'avait seulement « condamné ». George Shultz annonce aussitôt que les États-Unis « sont prêts à un dialogue substantiel avec des représentants de l'OLP ». Ce dialogue s'amorce le surlendemain à Carthage entre l'ambassadeur des États-Unis en Tunisie Robert Pelletreau et des responsables de la centrale palestinienne. Pour ménager la fureur de Shamir, les États-Unis écartent ostensiblement Arafat de ces conversations.

François Mitterrand se félicite de cette évolution. A Casablanca, où il participe au XVe sommet franco-africain, il déclare que le dialogue USA-OLP lui « paraît être un très bon élément, étant entendu que seule la conférence internationale (...) sera en mesure de régler les problèmes posés ». Interrogé sur l'éventualité d'une visite d'Arafat en France, il semble la juger possible et se donne « toute latitude dans le cours de 1989 ».

Ces réponses traduisent la crainte de la France de perdre son rôle original dans le processus de paix au Proche-Orient. L'éventualité d'un dialogue israélo-palestinien mené sous les auspices américains fait reculer la perspective d'une conférence internationale, seul moyen pour Paris d'être partie prenante à la négociation. D'autant que la France, en liaison avec la diplomatie soviétique, a plaidé depuis de longs mois pour la réunion d'une telle conférence. Paris a également tout à perdre à s'aligner sur une position commune des Douze dans la mesure où celle-ci est jugée pusillanime, en raison de la volonté de Margaret Thatcher de se contenter de suivre le rythme imprimé par la Maison-Blanche.

La France n'a, en réalité, qu'une seule carte à jouer : aider Yasser Arafat à acquérir le statut d'interlocuteur obligé dans la recherche de la paix. Pour cela, le meilleur moyen d'y contribuer consiste à organiser une rencontre officielle Mitterrand-Arafat.

Dans l'immédiat, un geste symbolique est accompli. Mitterrand annonce le 5 janvier 1989 que le bureau de l'OLP à Paris est élevé au rang de « délégation générale de Palestine en France », une appellation qui, à l'instar de la délégation du Québec, ne confère cependant pas à ses représentants le statut de membres du corps diplomatique. Sans aller jusqu'à la décision autrichienne d'ouvrir une ambassade de Palestine à Vienne, la France se place là en précurseur au sein de la Communauté européenne.

A la mi-janvier, François Mitterrand constate que tout concourt à mettre la France à l'écart. Le dialogue USA-OLP se poursuit, l'idée d'organiser des élections dans les territoires occupés pour désigner des Palestiniens « autorisés » à parler avec Israël se fait jour à Tel-Aviv, et Moscou ne presse plus guère pour la conférence internationale. Il décide de reprendre l'initiative en faisant étudier la possibilité de rencontrer Arafat en Égypte, pour promouvoir la paix dans le cadre d'un sommet quadripartite avec Hosni Moubarak et le roi Hussein de Jordanie. Au préalable, il demande à Roland Dumas de se rendre à Jérusalem pour transmettre à Shamir une invitation à Paris et l'informer du projet de rencontre à quatre. A son retour, le ministre des Affaires étrangères [1] rapporte la réaction mesurée du chef du Likoud : « Cela ne me rend pas heureux, mais je peux comprendre et je n'ai rien à dire. Mais cela m'ennuierait qu'une telle rencontre se produise avant mon voyage à Paris. »

Le 22 février 1989, François Mitterrand et Itzhak Shamir ont une longue conversation suivie d'un déjeuner de travail à l'Élysée. Le diplomate Jean Musitelli [2], qui assiste à l'entretien, le qualifie de « très dur ». Le « ton était très franc, parfois brutal ».

D'emblée, Shamir dit non à toutes les questions que lui pose Mitterrand : non à des élections en vue d'une administration palestinienne dans les territoires ; non à la négociation avec l'OLP ; non à la reconnaissance d'un État palestinien. « S'il y avait un tel État, il nous faudrait tirer des centaines de kilomètres de barbelés électrifiés. Ce serait un nouveau Liban. Nous ne sommes pas par principe opposés à une négociation avec des terroristes, mais ils demandent un État palestinien. Nous, nous voulons la paix. »

Le président français essaie de convaincre son hôte que le seul interlocuteur réel d'Israël est l'OLP. « En Algérie, nous avons connu ce problème. Il nous est arrivé de chercher à fabriquer des partenaires, mais ces personnalités n'étaient pas écoutées par leur peuple. Vous dites vouloir la paix, mais si vous ne savez pas avec qui en parler, ça ne sert pas à grand-chose. Si vous niez toute représentativité des Palestiniens à l'OLP, vous n'aurez plus personne devant vous. Vous serez toujours en guerre et vous aurez l'isolement diplomatique en plus. L'OLP a changé, ce ne sont pas seulement des proclamations hypocrites », ajoute Mitterrand.

A propos de la sécurité d'Israël, le président français rappelle qu'elle ne peut être assurée que par un retrait total des territoires occupés depuis la guerre de 1967. Mais il « ne

1. Document d'archives.
2. Entretien le 19 janvier 1995.

pense pas qu'elle soit garantie par un système électronique à ses frontières ».

Mitterrand indique à son hôte que s'il n'a encore rien décidé sur la date et le lieu d'une rencontre avec Yasser Arafat, il lui « tiendra le langage de quelqu'un qui n'entend pas abandonner la sécurité maximale d'Israël ».

L'entretien se termine sèchement. « Vous ne proposez rien. Vous êtes en train de nier aux Palestiniens le droit à une patrie, droit pour lequel vous vous êtes battu », assène Mitterrand.

Lors du déjeuner, Shamir répète qu'il « ne voit aucun changement » dans l'attitude de l'OLP. « Dans un siècle, prédit-il, il y aura toujours des Israéliens et le bloc arabe se sera effrité ; le temps joue pour Israël. » Mitterrand le contredit : « En dépit de votre politique de retour et d'implantations, la dynamique de la démographie ne joue pas en votre faveur. » Quant à la supériorité militaire israélienne, Mitterrand a des doutes : « Les choses ont évolué depuis 1967 et 1973. Aujourd'hui, il y a des missiles, et ce ne sera pas facile pour vous. »

Pour la presse, le porte-parole français indique qu'au cours de leurs entretiens, le président a invité M. Shamir à « tenir compte de la réalité telle qu'elle existe aujourd'hui ». La délégation israélienne fait savoir que le Premier ministre « a demandé à M. Mitterrand de s'abstenir de toute légitimation de l'OLP », ce que l'Élysée dément.

En regagnant son bureau, Mitterrand confie qu'il a eu le sentiment d'avoir eu devant lui un « bloc de granit » [1].

La rigidité du Premier ministre israélien lève chez Mitterrand les dernières hésitations à rencontrer le chef de l'OLP. Le président de la République envisage toujours une rencontre au Caire avec Hosni Moubarak et le roi Hussein. L'idée d'un tête-à-tête, à l'occasion du déplacement du président à Alger au début du mois de mars, est également étudiée. Mais Yasser Arafat place la barre plus haut. Une rencontre en terrain neutre lui semble insuffisante. Par l'intermédiaire de son représentant en France Ibrahim Souss, il exprime son souhait d'être reçu à Paris.

1. Deux mois plus tard, George Bush, confronté au même Shamir, décidera de le surnommer « Mr No » (M. Non).

Il avance pour cela plusieurs arguments [1] : face à ses troupes, qui le suivent avec réticence, il a une obligation de résultat depuis ses prises de position à Alger et à Genève. Or, les conversations de Tunis entre les États-Unis et l'OLP ne progressent guère alors que l'impatience monte dans les territoires occupés où Israël ne relâche pas sa répression. Enfin, pour le chef historique de la cause palestinienne, « une visite à Paris serait une étape décisive sur la route de Washington ».

Le 25 mars 1989, Mitterrand accède au souhait d'Arafat. Ce dernier a été reçu officiellement en Suède, au Vatican et en Espagne. Le moment est venu de lui offrir l'hospitalité de la France. Sur une note du porte-parole Hubert Védrine, qui s'inquiète de la montée des spéculations dans la presse, le président écrit : « Je verrai Arafat à mon heure, qui n'est pas arrêtée. En France. » Ce qu'annonce trois jours plus tard la présidence de la République.

Ibrahim Souss se rend sur-le-champ à l'Élysée pour faire part de « l'extrême satisfaction » d'Arafat. Il escompte bien que la rencontre avec Mitterrand ait lieu à Paris, suggère qu'elle se tienne au second semestre pour coïncider avec la présidence française de la CEE et propose qu'elle se déroule selon un programme analogue à celui de la visite du chef de l'OLP à Madrid, au mois de janvier, c'est-à-dire avec une succession de rencontres et d'entretiens assurés d'une grande couverture par la presse.

Jean Musitelli [2], qui suit le dossier à l'Élysée, met immédiatement en garde le président sur la nécessité de « dissiper un malentendu » entre les conceptions de l'OLP et de la France. Les Palestiniens attendent de la venue d'Arafat « le maximum d'écho médiatique avec le minimum de contenu politique ». Pour « désarmer les critiques, il faut que la visite ne soit pas un coup de pouce gratuit à la légitimation internationale de Yasser Arafat, mais une contribution réelle à l'instauration du dialogue entre Palestiniens et Israéliens ».

1. Documents d'archives.
2. Entretien le 19 janvier 1995 et note de Jean Musitelli au président datée du 3 avril 1989.

En d'autres termes, Arafat « doit accomplir à Paris un pas nouveau ». Musitelli estime qu'Arafat pourrait faire une « déclaration » sur l'un des thèmes suivants : « la conférence internationale, les élections libres dans les territoires, la reconnaissance du droit légitime du peuple juif à avoir son État en Israël ou encore la flexibilité sur la notion de droit au retour pour les Palestiniens ».

Quant à la date de la visite, le diplomate penche pour un rendez-vous rapide. Il fait valoir qu'attendre au-delà de l'été 1989 cumulerait trois inconvénients :

« Nous devrons faire face pour six mois encore aux rumeurs et spéculations diverses, au mécontentement du gouvernement israélien et à la sensibilité de la communauté juive française, sans en retirer aucun bénéfice.

« Nous risquons de perdre notre faible avance alors que les Américains s'engagent sérieusement et de façon intelligemment pragmatique (à la Kissinger) dans le dialogue avec l'OLP, que Mme Thatcher se place pour ne pas être en reste, que MM. Moubarak, Shamir et le roi Hussein de Jordanie seront à Washington dans la première quinzaine d'avril.

« Nous risquons de diluer ce qu'a de fort notre position dans ce qui pourrait être confusément perçu comme une initiative européenne sous présidence française. »

Sur cette note déterminante, le président écrit un gros « oui ».

De fait, l'activité diplomatique connaît une phase d'accélération, liée à l'entrée en action de la nouvelle administration américaine, menée par le tandem Bush-Baker. Le 4 avril 1989, Moubarak est à Washington pour demander qu'Israël négocie avec l'OLP et non pas avec des Palestiniens désignés dans les territoires. Le lendemain, c'est Shamir qui lui succède dans le Bureau ovale où il dévoile son « plan en quatre points » prévoyant au contraire la tenue d'élections en Cisjordanie et à Gaza, uniquement pour désigner une « délégation palestinienne représentative » destinée à négocier avec Israël. Les Américains [1] sont sceptiques sur les chances de

1. Selon l'analyse de James Baker dans ses Mémoires (*The Politics of Diplomacy*, *op. cit.*, chap. VIII).

succès du « plan Shamir ». Pour eux, comme pour les Français, rien ne se fera tant qu'Israël refusera de parler à l'OLP. Mais pour maintenir en vie le processus de paix, ils décident de le soutenir avec l'idée de rechercher un compromis entre Arafat et Shamir sur le degré d'implication de l'OLP dans les élections proposées par Israël.

Avant de quitter les États-Unis, Shamir écrit à Mitterrand [1] pour lui expliquer qu'une visite d'Arafat en France contrecarrerait son plan : « J'espère, qu'à l'instar des États-Unis, la France nous apportera son concours en s'opposant à toute action ou entreprise qui puisse entraver la mise en œuvre de ce scénario, en particulier favoriser l'OLP aux dépens du processus engagé. »

Mitterrand se contente d'accuser réception. Il répète à ses collaborateurs que « la France ne prend pas ses ordres en Israël. Même si je suis un ami d'Israël, je n'ai pas adhéré à l'extrême droite du Likoud ».

En réalité, Mitterrand a déjà fixé aux 9 et 10 mai la visite d'Arafat à Paris. L'annonce officielle de ces dates est prévue pour le 28 avril. Mais le 18, le chef de l'État décide de brusquer les choses en avançant d'une semaine la venue d'Arafat, pour prendre de vitesse le mouvement de protestation qui s'organise au sein de la communauté juive de France. « Je sens monter un climat d'intolérance et je ne veux pas qu'elle se manifeste au moment de l'anniversaire de ma réélection », explique Mitterrand à Musitelli.

En effet, le 18 avril, dans un appel diffusé par la presse, les principales institutions juives de France se déclarent « indignées » par la visite d'Arafat auquel elles reprochent de n'avoir jamais « condamné » les attentats terroristes en France « trop souvent préparés dans des camps palestiniens sous la responsabilité directe de l'OLP ». Elles souhaitent que « la France ne perde pas son âme dans des initiatives médiatiques peut-être sans lendemain ». De plus, l'Élysée avait appris la veille, par l'intermédiaire d'un contact socialiste au sein du CRIF, que la mobilisation dans la communauté juive était beaucoup plus forte que prévu, qu'un grand meeting était programmé à la veille de l'arrivée d'Arafat à

1. Document d'archives, lettre du 12 avril 1989.

Paris et que le président du CRIF, Théo Klein, avait le plus grand mal à modérer ses troupes.

Après d'innombrables échanges de messages entre Paris et Tunis, l'Élysée et l'OLP s'accordent sur les dates des 2 et 3 mai. Malheureusement, personne ne s'est aperçu à temps à Paris que le 2 mai était le jour de commémoration de l'Holocauste. Une maladresse qui ne peut qu'aviver les critiques de la communauté juive, même si le chef de l'OLP n'est évidemment pour rien dans le génocide nazi. Selon Musitelli, « Mitterrand s'en prend à son conseiller spécial Jacques Attali qui, étant lui-même juif, devrait tout savoir sur ces choses-là ». Dans son ouvrage *Verbatim III*[1], Attali ne se souvient pour sa part que d'un président « furieux » contre « le Quai d'Orsay, qui n'avait rien d'autre à faire que de vérifier si la date posait problème ».

Le 24 avril 1989, l'Élysée annonce que Yasser Arafat, président de l'OLP, sera reçu le 2 mai à 11 heures par le président de la République. Itzhak Shamir qualifie cette visite d'« extrêmement grave » et « en totale contradiction avec une attitude amicale » de la France à l'égard d'Israël.

La préparation protocolaire de la venue d'Arafat à Paris oblige les diplomates à innover. En effet, le chef de l'OLP est reçu officiellement, mais n'étant ni chef d'État ni chef de gouvernement, chaque détail prend une signification politique. C'est pourquoi Mitterrand annote scrupuleusement le programme de déroulement de la visite.

Il rejette les souhaits de Yasser Arafat de déposer une gerbe au mont Valérien et d'être accueilli à Orly par Roland Dumas. On enverra à la place son secrétaire d'État Thierry de Beaucé. La cérémonie d'accueil sera réduite au minimum : pas de drapeaux, pas d'hymnes nationaux, aucun détachement militaire. Mitterrand accepte seulement que l'on déroule un tapis rouge devant le salon d'honneur. Une escorte réduite aux impératifs de sécurité accompagnera le véhicule blindé d'Arafat jusqu'à l'Élysée. Ce n'est qu'à la veille de son

1. *Op. cit.*

arrivée, pressé par Ibrahim Souss, que Mitterrand acceptera que la Peugeot-604 mise à la disposition d'Arafat arbore le fanion palestinien. Ce symbole de souveraineté sera également hissé sur le toit de l'hôtel Crillon où résidera la délégation palestinienne, dont l'hébergement est pris en charge par la France.

Pour l'accueil à l'Élysée, on écarte le secrétaire général de la présidence de la République qui n'accomplit ce geste que pour les chefs de gouvernement. On retient le chef du protocole qui conduira Arafat jusqu'au vestibule du premier étage où l'attendra Mitterrand, à l'abri des cameramen et des photographes. Au dernier moment, alors que la voiture d'Arafat vient de franchir le portail de l'Élysée, Mitterrand décide que le chef de l'OLP doit être accueilli au bas du perron par l'un de ses collaborateurs et il demande à Jean Musitelli de descendre.

Parallèlement à la préparation protocolaire, une négociation se déroule jusqu'au dernier moment sur le contenu politique que Paris attend de cet événement. Le dimanche 30 avril, Souss indique à Musitelli que Yasser Arafat entend « poursuivre en France la ligne de progression engagée à Alger ». Le 1er mai, le conseiller diplomatique à l'Élysée fait le tour des concessions possibles du chef de l'OLP. Elles sont minces. Il pourrait « aller plus loin dans la symbolique en affirmant clairement la légitimité de la présence du peuple juif, constitué en État, sur la terre de Palestine ». A propos de la condamnation du terrorisme, Paris juge qu'il est allé aussi loin qu'il lui était possible.

Reste, dans le domaine des principes, « la répudiation de la charte de l'OLP » adoptée en 1964, dont le principe essentiel est la négation du droit à l'existence d'Israël. Or, à Alger puis à Genève, Arafat a reconnu le « droit de toutes les parties au conflit du Proche-Orient d'exister dans la paix et la sécurité (...) y compris l'État de Palestine, Israël et les pays voisins, conformément aux résolutions 242 et 338 » de l'ONU.

Dans sa note, Jean Musitelli observe que « M. Arafat admet lui-même que les principes les plus contestables de la charte sont caducs du fait du programme politique adopté à

Alger » par le Conseil national palestinien. Musitelli se réfère là aux dernières interviews du chef de l'OLP, dont celle accordée quelques jours auparavant au *Figaro*, dans laquelle il assure que le programme politique d'Alger a pris le pas sur la charte.

Mais Musitelli estime que « l'abolition de la charte viendra sans doute comme une concession à un stade ultérieur » et qu'il ne faut donc « pas s'attendre » à Paris, « à un mouvement sur ce point, compte tenu des résistances au sein de l'OLP ».

• « C'est caduc »

Le mardi 2 mai 1989, Yasser Arafat, après avoir serré son hôte dans ses bras, s'installe dans un fauteuil du bureau présidentiel. Son entretien avec François Mitterrand dure une heure et demie, dont les dernières minutes dans un strict tête-à-tête, souhaité par le chef de l'État dans l'hypothèse où le dirigeant palestinien aurait voulu faire passer, sans témoins, un message à Itzhak Shamir. Le numéro deux de l'OLP, Farouk Kaddoumi, et Ibrahim Souss entourent Arafat. Mitterrand a demandé à Dumas et à Attali d'assister à la conversation.

Les deux hommes, qui ne s'étaient pas vus depuis leur première rencontre de janvier 1974 au Caire, exposent tout d'abord leurs positions et leurs attentes [1].

Mitterrand : « Deux peuples pour une terre, c'est une situation particulièrement complexe. Nous avons été parmi les premiers à reconnaître l'État d'Israël. Le fait que nous l'ayons reconnu ne signifie pas que nous approuvons nécessairement sa politique (...) Nous n'accepterons pas que les Palestiniens reçoivent tous les coups. »

Après avoir rendu hommage au « courage » d'Arafat pour ses prises de position d'Alger, Mitterrand lui tend la perche : « Vous avez fait les neuf dixièmes du chemin. Faites le reste. Votre charte est une charte de combat. Et votre combat n'est pas terminé. Mais pourquoi ne pas dire que la charte sera caduque dans l'hypothèse de la paix ? »

1. Les auteurs se réfèrent au compte rendu remis aux archives, établi par Jean Musitelli qui a « débriefé » les deux preneurs de notes, Attali et Souss.

Arafat ne répond pas sur la charte. Il rappelle qu'il a accepté l'existence d'Israël et que l'État palestinien ne représente que 23 % de la Palestine. Quant aux négociations, « on ne fera la paix qu'avec nos ennemis. Je suis prêt à parler avec Shamir, avec Sharon qui a déclaré dix fois qu'il voulait me faire la peau (…) Les Israéliens devront faire la paix avec moi, pas avec Baker ».

Mitterrand acquiesce et revient à la charge : « Il importe maintenant de mettre les points sur les "i". Qu'Israël s'exprime clairement et vous aussi (…) De nombreuses dispositions de la charte sont contredites par votre programme d'Alger. Dites-le clairement. »

Puis le président en vient au « plan Shamir » pour encourager Arafat à l'accepter, même s'il est imparfait. Le chef de l'OLP s'y refuse totalement, bien que Mitterrand insiste pour qu'il accepte sous une forme ou sous une autre d'« ouvrir » une négociation. Arafat laisse entendre qu'il n'écarte rien. Il confie que le travailliste Itzhak Rabin vient de lui écrire pour se « démarquer » de Shamir. Et il a ce mot : « J'ai deux Khomeiny contre moi : le vrai et Shamir. »

Avant le tête-à-tête, Mitterrand demande à son hôte de l'« aider à faire comprendre à l'opinion publique française l'utilité de sa visite ».

Quelques minutes après le départ d'Arafat, l'Élysée déclare qu'au cours de l'entretien le président a demandé au chef de l'OLP de « mettre les choses au net » à propos de la contradiction entre la charte de 1964 et le programme politique de l'OLP approuvé en novembre 1988 à Alger.

A 17 heures, après avoir reçu nombre de personnalités françaises dans sa suite de l'hôtel Crillon, Yasser Arafat se rend au Quai d'Orsay pour un entretien d'une heure avec Roland Dumas [1]. La conversation n'apporte rien de nouveau si ce n'est qu'Arafat ne semble guère croire aux chances de voir s'ouvrir bientôt la conférence internationale à laquelle tient tant la France. A la fin de l'entretien, Dumas interroge de nouveau Arafat sur la charte de l'OLP. Celui-ci rappelle l'évolution de la position palestinienne. Selon le compte rendu établi au style indirect par le Quai d'Orsay, « le ministre

1. Document d'archives.

d'État a observé qu'en somme la charte palestinienne était "caduque" et a proposé que Yasser Arafat utilise ce terme en conférence de presse. Celui-ci a réagi positivement ».

A 20 heures, Arafat est invité en direct à la télévision. Roland Dumas[1] raconte : « Avec Souss, nous nous étions mis d'accord pour qu'Arafat prononce le mot "caduc" au premier soir de sa visite. Et dans la voiture, qui le conduisait vers les studios, Souss ne cessait de lui répéter "caduc, caduc", pour lui enfoncer le mot dans la tête. »

Arafat s'exécute. Interrogé sur les articles de la charte de l'OLP appelant à la destruction d'Israël, il répond en français : « C'est caduc[2]. »

L'Élysée est satisfait. Bianco écrit le lendemain matin au président : « Arafat n'avait jamais dit avant que la charte était caduque. C'est le maximum de ce qu'il pouvait faire sur ce point. Seul le Conseil national palestinien peut changer la charte. »

45 % des Français approuvent la visite[3] contre 32 %, parmi lesquels Jacques Chirac qui, se trouvant aux États-Unis, n'a pas accueilli Arafat à l'Hôtel de Ville. Le 1er mai, il avait déclaré à l'université de Harvard que « la clé du mouvement pour la paix au Moyen-Orient ne passe pas par l'OLP, mais par Itzhak Shamir ». Son prédécesseur à Matignon, Laurent Fabius, devenu président de l'Assemblée nationale, ne rencontre pas non plus Arafat. Il se trouve en voyage en Espagne le mardi et « n'a pas le temps » le lendemain, mais fait savoir qu'il « approuve totalement la visite d'Arafat à Paris ». La presse ironise sur l'attitude de Fabius, en rappelant son « trouble » de décembre 1985, lors de la venue controversée à Paris du dictateur polonais Wojciech Jaruzelski[4]. Valéry Giscard d'Estaing, président de la Commission des Affaires étrangères de l'Assemblée nationale,

1. Entretien le 7 novembre 1995.

2. Ce n'est que sept ans plus tard que le Conseil national palestinien, réuni le 24 avril 1996 à Gaza, décide par un vote massif de supprimer de sa charte tous les articles refusant le droit d'Israël à l'existence. Le lendemain, la convention du parti travailliste israélien du Premier ministre Shimon Peres accepte le principe d'un État indépendant palestinien.

3. Selon un sondage SOFRES du 4 mai.

4. Voir VIIe partie : « L'attente ».

prend prétexte du caractère « officiel » de cette visite, alors que les trois membres permanents occidentaux du Conseil de sécurité n'ont pas reconnu l'État palestinien, pour ne pas rencontrer Arafat.

Washington juge « bienvenue » la concession d'Arafat.

A Jérusalem, le gouvernement ne cache pas son embarras. On reconnaît qu'Arafat a marqué un point en prenant ainsi ses distances avec cette charte que les Israéliens qualifient de « texte maudit » et brandissent pour justifier leur refus de tout contact avec l'OLP.

Le 8 mai, le ministre israélien des Affaires étrangères Moshe Arens déclare à la Knesset : « Les hommes ne changent guère. Des gens intelligents ont pu courir pour rencontrer Adolf Hitler (…) C'est à cela que j'ai pensé en lisant dans un journal français comment on a couru à la table d'Arafat à Paris. » Roland Dumas, attendu en Israël, suggère le lendemain de ne pas réagir à ces propos qu'il juge « choquants ». François Mitterrand est d'accord. Il donne pour instruction : « Se taire… et se souvenir. »

Le 11 mai, une délégation du CRIF, conduite par Théo Klein, est reçue à sa demande à l'Élysée. Les échanges sont particulièrement vifs [1].

Théo Klein : « Il y a eu une tension très forte dans notre communauté à la suite des événements récents. M. Shamir propose avec son plan quelque chose qui devrait conduire à une ébauche de représentation démocratique. Nous pensons qu'il est préférable d'éviter les choses qui retardent une évolution nécessaire (…) Nous avons été déçus. Les électeurs juifs ont été humiliés par la venue à Paris de Yasser Arafat l'année du Bicentenaire. »

Mitterrand : « Eh bien, les juifs voteront comme ils voudront. J'ai bien vu qu'il y avait une réaction défavorable à moi et à la politique que je mène. Laissez-moi vous dire que cela n'a aucune importance. La France, c'est autre chose, cela comprend beaucoup d'autres partis que la communauté juive. Je ne vous ai pas persécutés. En quoi avez-vous été humiliés ? Je fais ce que je crois devoir faire. »

Plusieurs membres de la délégation demandent à Mitter-

1. Document d'archives : compte rendu d'Hubert Védrine.

rand de ne rien faire qui puisse gêner les chances du « plan Shamir ». Il leur répond : « J'ai recommandé à Arafat de ne pas refuser par principe les élections, alors même que je n'y crois pas beaucoup (...) Israël a toujours refusé de faire le moindre geste et n'en fera pas d'ici longtemps. »

Le président fait valoir qu'il est « l'un des derniers à avoir vu » Arafat, « après tous les dirigeants du tiers-monde, les communistes, les Espagnols, les Italiens et même le pape ».

Un délégué objecte : « Mais le Vatican n'a même pas reconnu Israël ! Quant à l'Espagne, elle a expulsé ses juifs en 1492. »

Mitterrand l'interrompt : « Ainsi que ses Maures. »

Son interlocuteur reprend : « En tout cas, nous savons quand un homme est antisémite. Nous savons que vous ne l'êtes pas et que Yasser Arafat l'est. On ne peut oublier la grande rafle du 26 août 1942 dans la zone libre et la façon dont les fonctionnaires français s'y sont prêtés. »

Mitterrand : « Je me rappelle, j'étais alors réfugié à Saint-Tropez[1]. » Puis il revient au sujet du jour pour souligner qu'Israël ne devra pas revenir aux frontières d'avant 1967. « C'est pourquoi je n'emploie jamais l'expression "territoires occupés" car dans la terminologie de l'ONU, cela signifie le retour au *statu quo ante*. » Et pour prouver qu'il ne cède pas sur les principes, il répond à une déléguée que la France votera contre l'entrée de l'OLP à l'OMS[2] ou à l'UNESCO parce que « nous ne reconnaissons pas l'État de Palestine[3] ».

Au moment de prendre congé, Mitterrand déclare : « C'est le temps qui nous éclairera les uns comme les autres. On verra bien alors si je me suis trompé. »

1. En réalité, François Mitterrand était alors à Vichy, où il travaillait au Commissariat au reclassement des prisonniers, « tout en menant une intense activité semi-clandestine », selon Pierre Péan (*Une jeunesse française*, Paris, Fayard, 1994, p. 197). Il n'avait passé que quelques jours de repos dans une maison d'amis à Saint-Tropez, pendant les fêtes de fin d'année de 1941, peu après son évasion d'Allemagne.

2. Organisation mondiale de la Santé.

3. Le Quai d'Orsay avait pourtant suggéré que la France s'abstienne, à l'instar de l'Espagne et de l'Italie.

Conjurer le terrorisme

Tout au long du second septennat de François Mitterrand, le terrorisme intégriste n'a pas frappé le territoire français. En effet, la dernière vague remonte aux attentats d'origine iranienne qui ont ensanglanté Paris à l'automne 1986 [1]. Les attentats, cette fois d'origine algérienne, reprendront à l'été 1995 avec la bombe meurtrière du métro Saint-Michel.

De même, entre la libération des otages français du Liban [2] à la veille de l'élection présidentielle de mai 1988, et les rapts de Français en Algérie, à partir de 1993, la France est épargnée.

Cette accalmie des actions terroristes antifrançaises connaît deux exceptions : la dernière affaire d'otages proche-orientale, celle des passagers franco-belges du voilier *Silco*, enlevés en novembre 1987, qui trouve un dénouement heureux trois ans plus tard. Et, beaucoup plus grave, le terrible attentat, qui fait 171 morts, le 19 septembre 1989, avec l'explosion au-dessus du Niger d'un DC-10 de la compagnie française UTA [3].

L'évolution de la situation aux Proche et Moyen-Orient et l'action diplomatique de la France se conjuguent pour expliquer qu'elle ne soit plus, pendant quelques années, la cible des poseurs de bombes ou des preneurs d'otages.

Le terrorisme palestinien commence à décroître. La reconnaissance croissante de l'OLP lui enlève progressivement ses raisons d'être. La principale menace d'origine palestinienne persiste avec le groupe d'Abou Nidal, dissident de l'OLP : le Fatah-Conseil révolutionnaire, proche de la Syrie, de la Libye et de l'Iran.

Les services français entretiennent des contacts secrets avec cette organisation. Par l'intermédiaire d'un émissaire de la DST, Paris fait savoir à Abou Nidal que toute forme de

1. Voir VIIIe partie : « La revanche ».
2. Voir X^{e} partie : « La bataille ».
3. Voir *infra*.

combat en France contre des intérêts nationaux, juifs ou israéliens, de même que tout règlement de comptes entre factions palestiniennes sur le sol français, donnerait lieu à de sévères représailles. La France, grâce à des défecteurs palestiniens ou à des militants de l'OLP, dispose de renseignements lui permettant de frapper durement les commandos d'Abou Nidal, qui s'entraînent notamment dans la plaine libanaise de la Bekaa. Le message implicite est : faites ce que vous voulez en Israël ou dans les territoires occupés, mais laissez la France à l'écart de vos agissements. Ce message est parfaitement compris par Abou Nidal, sans contrepartie.

De plus, la France est moins impliquée dans la région, puisqu'elle s'est repliée du Liban et, à l'exception du dossier Aoun, contrarie moins les Syriens. Avec l'Iran, le contentieux est apaisé, à la suite de la libération des otages de Beyrouth, en mai 1988. Le dialogue reprend entre Paris et Téhéran.

• La grâce d'Anis Naccache

Le processus de normalisation franco-iranien est cependant entravé par le boulet de l'affaire Naccache. Chef du commando pro-iranien qui a tenté d'assassiner, le 18 juillet 1980, l'ancien Premier ministre iranien Chapour Bakhtiar, en exil à Paris, Anis Naccache purge, avec ses quatre complices, une peine de détention à perpétuité dans les geôles françaises.

Au mois de janvier 1986, le commando Naccache avait failli être libéré par une grâce présidentielle en échange de la libération des quatre otages français retenus au Liban, Jean-Paul Kauffmann, Michel Seurat, Marcel Carton et Marcel Fontaine [1]. L'« échange » avait capoté au dernier moment car l'un d'entre eux manquait à l'appel : le chercheur Michel Seurat, mort en détention, un décès que ses ravisseurs ont tenu secret pendant plusieurs semaines.

Au lendemain de la libération des otages et de la réélection de Mitterrand, en mai 1988, les autorités iraniennes font savoir à la France qu'elles exigent toujours la libération du commando Naccache et affirment, sans apporter de preuves,

1. Voir VIIIe partie : « La revanche ».

que le gouvernement Chirac s'y est engagé en promettant une grâce présidentielle rapide. Jacques Chirac et son ministre de l'Intérieur Charles Pasqua assurent, au moment de la passation de pouvoirs avec Michel Rocard et Pierre Joxe, qu'ils n'ont pris aucun engagement de cette nature. Leur seule promesse fut de renouer les relations diplomatiques, rompues par Paris à l'été 1987 à la suite de l'affaire Gordji [1].

Or, l'un des hommes clés de la libération des otages français, Jean-Charles Marchiani, se rend discrètement à l'Élysée, le 30 mai 1988, pour offrir ses services à la présidence de la République. Ce fidèle de Charles Pasqua est longuement interrogé par le directeur de cabinet de l'Élysée Gilles Ménage et le colonel Jean Esquivié, bras droit de son collègue Christian Prouteau à la « cellule antiterroriste » de la présidence.

Marchiani assure qu'il y a bel et bien eu un engagement à l'égard de Téhéran en ce qui concerne la grâce de Naccache et de ses tueurs. Il déclare avoir indiqué à ses interlocuteurs iraniens alors qu'il négociait, à quelques jours de la présidentielle française, la libération de Kauffmann et de ses compagnons d'infortune : « Quel que soit le président de la République en fonction le 14 juillet 1988, si à cette date les otages français étaient revenus en France et après avoir fait vérifier par ses services spéciaux l'arrêt effectif de toute action terroriste ou de tout préparatif de la part des Iraniens contre les intérêts français, ce serait un élément favorable pour examiner, au moment privilégié où s'exerce la grâce présidentielle, le cas de Naccache et de son équipe [2]. »

Les conversations franco-iraniennes, qui se déroulent au même moment à Genève en vue du rétablissement des rela-

1. Voir X^e partie : « La bataille ».

2. Document d'archives : source protégée. Marchiani révèle également que la libération des otages français a été rendue possible : par l'expulsion du « diplomate » iranien Wahid Gordji, dont les services français avaient la preuve de son implication dans les attentats de septembre 1986 ; par la livraison de missiles antichars Milan à la résistance afghane, ces armes devant ensuite être récupérées par l'armée iranienne, ce qui ne s'est pas fait ; par la livraison à l'Iran, en guerre depuis huit ans avec l'Irak, de pièces détachées d'hélicoptères et de lampes radars pour le guidage des missiles antiaériens ; enfin, par la promesse d'une levée de l'embargo sur les achats de pétrole iranien.

tions diplomatiques, confirment la nature de cet engagement. Il n'a pas été formellement promis de libérer le commando Naccache lors de la grâce présidentielle du 14 juillet 1988, mais Paris entend étudier sérieusement cette perspective.

Un scénario est donc soumis dès le 8 juin 1988 à l'approbation de François Mitterrand. Afin de conserver barre sur les Iraniens pour qu'ils ne reprennent ni les attentats ni les prises d'otages antifrançais, les membres du commando seraient libérés au compte-gouttes, en commençant par Mohammed Jenab, le seul des cinq à ne pas avoir été condamné à perpétuité, mais à vingt ans. Naccache serait, dans ce plan, expulsé le dernier. Mais une telle décision reste difficile à assumer devant l'opinion publique. En effet, lors de l'attentat manqué contre Bakhtiar, un policier et une voisine ont été tués et un autre policier, grièvement blessé, est infirme.

Le président de la République se déclare « très réservé » et ne donne pas suite. Le 18 juin 1988, deux jours après le rétablissement des relations diplomatiques franco-iraniennes, Roland Dumas interroge le président sur ses intentions à propos du dossier Naccache. Mitterrand lui répond [1] qu'il ne signera pas de décret de grâce ce 14 juillet 1988. Il indique à son ministre que Jacques Chirac ne lui a jamais parlé de cette affaire, que lui-même n'a fait aucune proposition dans ce sens et qu'il ne fera rien tant que Téhéran n'apportera pas de « preuve écrite » d'un engagement liant la France.

Six mois s'écoulent sans que le dossier n'évolue. Le 16 janvier 1989, Naccache, qui entame sa dixième année de réclusion, recourt à la menace. Dans une lettre au président de la République, il annonce que si l'engagement français n'était pas tenu, il pourrait y avoir « une nouvelle épreuve incontrôlable et douloureuse ». Le 2 février, à quelques jours d'une visite de Roland Dumas à Téhéran, Naccache fait de nouveau parler de lui en faisant diffuser un message au gouvernement iranien pour qu'il rappelle à la France ses engagements le concernant. A Téhéran, le ministre des Affaires étrangères Ali Velayati se prête volontiers devant Dumas à la requête du prisonnier. Le Premier ministre Hossain Moussavi assure

1. Document d'archives.

lui aussi à Dumas que Chirac, alors Premier ministre, lui avait téléphoné pour confirmer que les promesses seraient tenues.

A Paris, Jacques Chirac se refuse à tout commentaire. Il laisse à ses anciens ministres de l'Intérieur et de la Sécurité Charles Pasqua et Robert Pandraud le soin de démentir les affirmations iraniennes.

Mais le 13 juin, le maire de Paris déclare devant des étudiants de l'ESSEC : « Si j'avais une suggestion à faire (...) on serait peut-être bien inspiré de réfléchir à l'opportunité qu'il pourrait y avoir à libérer ces gens-là. » A un mois d'une éventuelle grâce présidentielle du 14 juillet, ces propos jettent le trouble. A l'Élysée, on les prend au sérieux mais on s'interroge sur leur motivation : Chirac a-t-il voulu confirmer implicitement qu'il a bien pris des engagements à l'égard de Naccache ? Ou a-t-il eu vent de nouvelles menaces terroristes iraniennes contre la France ?

Le 14 juillet 1989, lors de son rendez-vous télévisé traditionnel, François Mitterrand est immanquablement interrogé sur l'éventualité d'un élargissement du commando Naccache : « Je n'ai jamais dit : "jamais". Je veux rester juge et seul juge. Ce droit de grâce, il est le mien, il engage ma personne et je n'obéirai à aucune pression. »

Une deuxième occasion de pardon est perdue pour Naccache. Le 8 septembre, il commence une grève de la faim pour obtenir d'être regroupé avec ses complices, puis pour être gracié. Peu après, son nouvel avocat, Me Jacques Vergès, propose une indemnisation des victimes de l'attentat contre Bakhtiar.

Naccache poursuit sa grève de la faim. Il est transféré à l'infirmerie de la prison de Fresnes. Le 5 janvier 1990, Roland Dumas adresse une « note confidentielle à l'attention de Monsieur le Président de la République seul [1] ». Il s'inquiète de la santé du détenu : « Si ses jours ne semblent pas actuellement en danger, le risque subsiste d'un accident. »

Il indique que « les Iraniens multiplient les appels – modérés publiquement, plus pressants dans les discussions bilaté-

1. Document d'archives.

rales – pour une mesure en faveur de Naccache ». Il se déclare « convaincu » que Chirac a bel et bien pris l'engagement de faire libérer Naccache, mais pense que le gouvernement ne parviendra jamais à en établir la preuve. Quant aux Iraniens, ils ne pourront pas la fournir non plus car la promesse d'une grâce présidentielle a sans doute été évoquée dans la perspective d'une victoire de Chirac à la présidentielle.

C'est pourquoi Dumas propose que le président gracie cette année-là Naccache et ses complices. Il « suggère » la démarche suivante : le président prononcerait une remise de peine qui ramènerait la condamnation de la perpétuité à vingt ans de prison. Ainsi, à l'été 1990, aurait-il purgé la moitié de sa peine, soit dix ans, et pourrait-il légalement bénéficier d'une libération conditionnelle. « Cela supposerait naturellement que Naccache réponde à la mesure de grâce par un arrêt de sa grève de la faim et que ses avocats s'abstiennent de toute manifestation. » Dumas précise enfin qu'il a touché un mot de ce scénario à son collègue de l'Intérieur. Pierre Joxe lui a assuré qu'il n'y aurait pas de réaction dans la police.

A la lumière de cette note, les propos tenus quelques heures plus tard par le président, à l'occasion des vœux de la presse à l'Élysée, lèvent un coin du voile. François Mitterrand déclare en effet que Naccache « peut toujours espérer être libéré le jour venu (…) mais ne peut l'espérer par une grève de la faim ».

Le 25 janvier 1990, Naccache recommence à s'alimenter. Il est transféré à Saint-Maur où il retrouve ses quatre complices.

Un mois plus tard, une note de la DST à l'Élysée révèle que le scénario envisagé par Dumas est en train de s'accomplir : « Naccache, satisfait de ce qu'il a obtenu, paraît surtout soulagé d'avoir cessé la grève de la faim avant que l'irrémédiable n'advienne. Il est maintenant soucieux de se faire oublier, afin de préserver toutes ses chances, tant en ce qui concerne la levée de son isolement que l'éventualité d'une grâce présidentielle. Sa mère a d'ailleurs regagné le Moyen-Orient, alors qu'elle avait toujours dit qu'elle ne quitterait jamais la France sans être accompagnée de son fils. »

A la veille du 14 juillet 1990, le principe de la libération est confirmé. Les plus hautes autorités de l'État en modifient cependant au dernier moment les modalités juridiques. La formule de remise partielle de peine est abandonnée car le ministre de la Justice Pierre Arpaillange, qui vient d'être mis dans la confidence, déclare qu'elle ne relève pas de lui, mais du juge de l'application des peines qui, à son avis, ne l'accordera pas.

On en revient donc à la grâce présidentielle pure et simple qui a le double avantage de ne relever que du chef de l'État et de permettre d'agir dans la plus grande discrétion. En effet, dès la signature du décret de grâce, on peut procéder presque simultanément à la levée d'écrou des cinq « bakhtiaricides », leur notifier un arrêté ministériel d'expulsion et les mettre dans un avion.

Il est aussitôt décidé que, dans le « secret le plus absolu », les autorités françaises prendront contact avec les Iraniens pour s'assurer qu'ils accueilleront les cinq expulsés et que ces derniers accepteront d'être dirigés vers l'Iran.

L'opération est prévue pour le samedi 21 juillet 1990 afin d'embarquer Naccache, El Satari, El Kaara, Jenab et Tabrizi, dans le vol Iran Air pour Téhéran de 10 h 30.

Mais un dernier obstacle oblige à la reporter d'une semaine. En effet, la mauvaise volonté iranienne et l'insolvabilité des cinq prisonniers ont empêché l'indemnisation des victimes françaises et de leurs familles, à laquelle ils avaient été condamnés en mars 1982. Il est donc décidé, par un artifice juridique, que l'État se substituera provisoirement à eux par le truchement du fonds de garantie, institué au lendemain des attentats de l'automne 1986 pour les victimes du terrorisme.

Le décret de grâce est daté du 27 juillet. Les cinq hommes sont aussitôt expulsés vers Téhéran. Ils auront effectué dix ans de prison en France. Un communiqué officiel annonce la mesure de grâce et l'expulsion. Au cœur de l'été, celles-ci ne suscitent guère de remous politiques.

Cinq jours plus tard, l'attention se porte vers le Moyen-Orient où les troupes irakiennes viennent d'envahir le Koweït[1].

1. Interrogé à Téhéran, le 18 février 1992, par Europe 1, Naccache confirme qu'il était au courant « presque quatre ou cinq mois avant la

• Derniers otages, nouvelles menaces

Le mardi 10 avril 1990, la Française Jacqueline Valente, son compagnon belge Fernand Hootekins et leur fillette de deux ans, née en captivité, sont libérés à proximité de l'ambassade de France à Beyrouth. Ils avaient été enlevés le 8 novembre 1987 lors d'une croisière à la voile en Méditerranée, par le groupe Abou Nidal. Les deux filles de Jacqueline Valente, le frère d'Hootekins, sa femme et leurs deux enfants, qui naviguaient tous ensemble à bord du *Silco*, sont également pris en otages. Ces derniers seront libérés à leur tour le 12 janvier 1991 au Caire.

Si l'on en croit les archives françaises, l'artisan et le négociateur principal de ces libérations successives est l'officier du contre-espionnage français Philippe Rondot.

Trois semaines après l'arraisonnement du *Silco* au large de Gaza, Rondot est approché par le groupe d'Abou Nidal « pour étudier la libération » des deux filles de Mme Valente, Marie-Laure et Virginie. Rondot, qui participe également, du côté syrien, à la négociation autour des otages Kauffmann, Seurat, Carton et Fontaine, se rend clandestinement dans la Bekaa au Liban où il rencontre à deux reprises le chef terroriste Abou Nidal. Au printemps 1988, les services libyens font savoir à Rondot que le colonel Kadhafi est prêt à faciliter la libération des deux fillettes. Fin octobre, Abou Nidal indique qu'il les remettra aux Libyens à Noël. Il n'exige rien. Il veut s'en débarrasser. Il détient encore les six autres passagers du *Silco*.

Fin novembre, Jean-Charles Marchiani, qui essaie désespérément de se rendre utile au gouvernement socialiste, s'insère dans la négociation. Il est soutenu par son ancien patron Charles Pasqua qui le recommande auprès de François Mitterrand. Le président ne donne pas suite. Ses conseillers l'ont prévenu contre Marchiani : il est « incontrôlable, et cherche surtout pour des raisons commerciales à cultiver sa relation avec le colonel Bechari, chef des services libyens ».

---

libération, que cela aboutirait autour du mois de juillet 1990 ». Le 6 août 1991, Chapour Bakhtiar est assassiné à son domicile de Suresnes par un commando iranien (voir XIXe partie : « La prudence »).

Pourtant, quand Rondot, accompagné de son épouse qui s'occupera des fillettes, débarque le 28 décembre 1988 sur l'aéroport de Tripoli, il trouve Marchiani qui vient de se poser dans son jet avec le père des deux gamines, l'ex-mari de Jacqueline Valente. L'explication est orageuse. Marchiani rebrousse chemin. Les Rondot recueillent Marie-Laure et Virginie.

Pour Rondot, qui gagnera bientôt ses étoiles de général, le plus gros reste à faire.

Son enquête redémarre grâce à une photo de Jacqueline Valente dans son lieu de détention, qu'il a obtenue des ravisseurs pour avoir la certitude que les otages du *Silco* étaient encore en vie. Sur le cliché, des meubles et des tentures laissent à penser à ce spécialiste du monde arabe qu'il s'agit de mobilier libyen.

Les conversations avec l'organisation – quelque peu affaiblie par les coups portés par Abou Iyad (qui sera assassiné plus tard par les gens d'Abou Nidal) – et avec les services libyens sont longues et difficiles. Début avril 1990, Abou Nidal annonce à Rondot qu'il libérera à Beyrouth Jacqueline Valente, son compagnon belge et leur petite fille, Sophie, née en détention.

Roland Dumas remercie publiquement le colonel Kadhafi.

Neuf mois plus tard, Rondot, que le gouvernement belge a sollicité avec l'accord de Paris, obtient la liberté pour les quatre derniers passagers du *Silco*, le couple Hootekins et leurs deux enfants.

L'apparente bonne volonté libyenne est-elle liée à son éventuelle implication dans l'attentat du 19 septembre 1989 contre le DC-10 d'UTA qui a fait 171 morts ?

Ce dossier n'est pas refermé. Selon les différentes sources spécialisées interrogées par les auteurs, il semble toutefois difficile d'écarter une implication libyenne. L'examen des débris de l'appareil dispersés dans le désert nigérien désigne Tripoli. Le renseignement aussi. La responsabilité pourrait revenir à l'État libyen qui aurait voulu éliminer l'un des principaux opposants de Kadhafi, Mougharief, réfugié au Tchad, qui devait embarquer dans cet avion à l'escale de

N'Djamena pour rejoindre Paris. On n'écarte cependant pas une initiative prise en dehors du colonel Kadhafi. Elle émanerait de l'un ou de plusieurs des comités révolutionnaires inféodés au commandant Jalloud, le numéro deux du régime, qui voulaient punir la France après la destruction d'un Mirage libyen au-dessus du Tchad. Les noms des suspects, dont la France demande en vain l'extradition, révèlent qu'ils appartiendraient à cette mouvance.

CHAPITRE 3

Les principes (guerre du Golfe I)

« Monsieur Mitterrand, le Koweït est une partie de l'Irak reliée à notre province de Bassora et à son gouverneur qui était le grand-père de la famille de l'émir du Koweït Al-Sabah jusqu'à la Première Guerre mondiale durant laquelle, pour des raisons obscures, les Anglais ont séparé le Koweït de Bassora et y ont nommé un gouverneur de la famille Al-Sabah. L'Irak n'accepte pas une telle chose… »

Ainsi le dictateur irakien Saddam Hussein justifie-t-il, le 26 août 1990, dans une lettre au président français [1], l'annexion du Koweït, réalisée presque sans coup férir, dans la nuit du 1er au 2 août par sa puissante armée.

Le coup de force irakien

Près de trente ans après l'indépendance de ce petit émirat pétrolier, dont il conteste les frontières, le maître de Bagdad, prenant largement de court la communauté internationale, est passé à l'action, selon un plan prémédité, pour des raisons économiques et stratégiques.

Deux ans après le cessez-le-feu mettant fin aux huit années de carnage de la guerre avec son voisin iranien, l'Irak est toujours en faillite. Il a accumulé une dette de 70 milliards de dollars, soit 15 % de son PNB, dont 30 milliards à l'égard de ses anciens alliés du Golfe qui l'ont ainsi aidé à contenir la menace perso-chiite de Téhéran. Il faut aussi reconstruire une industrie et des infrastructures gravement endommagées par la guerre et maintenir le niveau de vie des 18 millions

1. Document d'archives.

d'Irakiens, soit un besoin d'investissement de 60 milliards de dollars. Sans cet argent, la survie du régime risque d'être menacée.

Mais, non contents de se refuser au moindre geste, ses créanciers arabes s'opposent, par une politique de surproduction, à une augmentation des cours du pétrole, pourtant réclamée depuis des mois par l'Irak, qui tire 15 milliards de dollars chaque année de son or noir et pour lequel chaque hausse de 1 dollar par baril rapporte 1 milliard de dollars annuel supplémentaire. Ce n'est que le 27 juillet 1990 que l'OPEP porte de 16 à 21 dollars le prix de référence du baril. Une concession jugée insuffisante par Saddam Hussein qui réclame 25 dollars.

Devant une telle situation, le petit Koweït représente une proie alléchante : avec son pétrole et ses énormes avoirs à l'étranger, l'émirat encaisse 16 milliards de dollars par an. En en faisant sa dix-neuvième province, comme se plaît à le seriner la propagande irakienne, Bagdad doublerait ses réserves de pétrole et serait en mesure de contester à l'Arabie Saoudite son *leadership* sur la politique pétrolière mondiale. Enfin, il disposerait aussi d'un débouché portuaire sur le Golfe arabo-persique, satisfaisant ainsi une revendication vieille d'un demi-siècle.

La tentation de commettre un « hold-up » sur les banques et les derricks koweïtiens est d'autant plus forte que ce pays de 2 millions d'habitants, dont plus de la moitié sont d'origine étrangère, est politiquement fragile. Aux yeux des masses arabes, dont Saddam Hussein veut se faire le héraut, l'immense richesse de la famille régnante et la pseudo-démocratie mise en place constituent des thèmes faciles à exploiter.

Bien qu'aguerrie, mais aussi essoufflée par les combats contre l'Iran, l'armée irakienne est, de loin, la plus puissante de la région, avec un million de soldats, six cent mille miliciens et une « garde présidentielle » efficace et disciplinée. Depuis l'armistice avec Téhéran, le programme de réarmement, y compris chimique et nucléaire, prend le pas sur la reconstruction civile du pays.

S'il examine les rapports de force avec ses « frères » divisés de la Ligue arabe, Saddam Hussein n'a pas grand-chose à redouter. L'Arabie Saoudite n'a jamais fait la guerre. Elle doit aussi compter, sur son flanc méridional, avec la menace permanente des forces du Yémen du Nord « progressiste » et bien armé. La Libye s'entend avec l'Irak pour une hausse des prix du pétrole et lui manifeste sa solidarité d'État laïc. L'Égypte joue depuis plus de dix ans la carte occidentale. Et la Syrie se préoccupe surtout de s'inféoder le Liban.

Avec l'Iran, Saddam Hussein, si l'on en croit les rapports des services français et britanniques, a passé une entente qui doit déboucher à court terme sur une normalisation. Face au risque d'une réaction israélienne, il a prévenu, le 2 avril, dans un discours retentissant prononcé devant ses officiers supérieurs, qu'en cas d'attaque de l'État juif, « nous allumerons un incendie qui fera brûler la moitié d'Israël ». Le nouveau Saladin peut également escompter qu'un conflit armé avec Tel-Aviv lui apporterait le soutien d'une bonne partie de la « Nation arabe ».

Aux yeux du dictateur de Bagdad, la puissance tutélaire de l'Union soviétique, qui l'arme et le soutient depuis le début de la guerre froide, a perdu de sa force. Elle n'est plus en mesure de lui dicter sa conduite. Mikhaïl Gorbatchev ne vient-il pas, le 18 juillet, de céder sur un point stratégique essentiel en acceptant que la future Allemagne réunifiée appartienne entièrement à l'Alliance atlantique ?

Les puissances industrielles de l'Occident, qui ont soutenu le régime de Bagdad dans sa guerre contre l'intégrisme au pouvoir à Téhéran, se préoccupent surtout de se placer sur le marché irakien. C'est d'abord le cas des États-Unis qui sont devenus son premier fournisseur de riz et lui livrent des cargaisons de blé, sans oublier que le tiers de leurs importations de brut provient des gisements irakiens.

L'Irak dispose d'un puissant lobby au Capitole qui fait apparaître comme bien faibles ses liens avec les milieux politiques et industriels français, britanniques ou allemands.

C'est pourquoi, au début de l'été 1990, Saddam Hussein se sent autorisé à hausser le ton à l'égard du Koweït. Le 17 juillet, il accuse l'émirat d'agression pour avoir dépassé ses quotas de production de brut et pompé du pétrole à partir de nappes situées entre les deux pays. Le surlendemain,

Washington réagit par une directive à toutes ses ambassades dans la région rappelant que si les États-Unis « ne prennent pas position sur le fond du différend koweïto-irakien, ils défendront leurs intérêts vitaux, à commencer par la libre circulation du pétrole ». Le 21, les satellites espions américains observent d'importants mouvements de troupes et de matériels irakiens en direction de la frontière de l'émirat. Les analystes de la CIA et leurs collègues du Mossad israélien estiment qu'il s'agit d'un « bluff » de Saddam destiné à obtenir des concessions économiques et financières de l'émir Jaber Al-Sabah. Les États-Unis décident toutefois de participer à des manœuvres navales avec les Émirats arabes unis.

La France, qui ne dispose ni de satellites d'observation ni d'agents à Bagdad, est informée par les Britanniques qui signalent, le 24 juillet, « un trafic militaire important et continu en Irak d'environ trois mille véhicules, en majorité des camions transportant des troupes et des équipements, mais également des chars, des véhicules porte-chars et des véhicules de franchissement sur la route Bagdad-Koweït City ». Le chef d'état-major de l'Élysée, l'amiral Jacques Lanxade, estime lui aussi qu'il s'agit du « processus d'intimidation engagé contre le Koweït [1] ».

Le 25 juillet, l'ambassadeur des États-Unis à Bagdad, Mme April Glaspie, a un entretien de deux heures avec Saddam Hussein qui réitère ses revendications sur le Koweït mais l'assure que les intentions de l'Irak sont pacifiques. Dans son rapport au Département d'État [2], elle recommande de « mettre en sourdine nos critiques publiques à l'égard de l'Irak et de voir comment se développent les négociations » engagées avec le Koweït par l'entremise de l'Arabie Saoudite, de l'Égypte et de la Jordanie.

1. Document d'archives. Pour la partie française de leur récit de la crise et de la guerre du Golfe, les auteurs ont consulté des centaines de notes et relevés de réunions, entretiens et conversations téléphoniques. Les propos rapportés entre guillemets, quand ils ne sont pas publics ou tirés d'interviews signalées avec des acteurs ou des témoins directs, proviennent tous de ces archives.

2. Selon les Mémoires très complètes de James Baker sur la guerre du Golfe (*The Politics of Diplomacy*, *op. cit.*, p. 272).

Le 28, George Bush écrit à Saddam Hussein pour se féliciter de l'ouverture de ces négociations. Hosni Moubarak, de retour de Bagdad, assure que Saddam « n'a pas l'intention » d'attaquer le Koweït. « Il ne se passera rien », renchérit le roi Hussein au téléphone avec Bush.

Baker reconnaîtra, en 1995, que la diplomatie américaine, accaparée par la réunification allemande, n'a pas porté une attention suffisante à la menace irakienne en 1990 et qu'à la veille de l'invasion, elle pensait que la crise allait être évitée grâce à la médiation arabe. Mme Glaspie se montrera plus précise en révélant que Washington ne s'attendait pas à ce que l'Irak envahisse « tout » le Koweït. Autrement dit, les États-Unis n'auraient pas bougé si Saddam s'était contenté d'occuper le nord de l'émirat et les îles de Warba et de Boubiane, facilitant son accès à la mer.

La réaction internationale

Au soir de l'invasion, le 2 août 1990, qui a provoqué la fuite de l'émir en Arabie Saoudite, la réprobation internationale est quasi unanime. A l'exception du Yémen, les membres du Conseil de sécurité, y compris Cuba, adoptent la résolution 660 – la première des douze résolutions portant sur ce conflit – qui « exige que l'Irak retire immédiatement et inconditionnellement toutes ses forces » du Koweït.

Le lendemain 3 août, James Baker et Édouard Chevardnadze publient une déclaration commune dans le même sens et annoncent un embargo sur les livraisons d'armes à l'Irak. Le communiqué de Moscou est historique : pour la première fois depuis la fin de la Seconde Guerre mondiale, le Kremlin appuie une initiative américaine contre un pays appartenant à la zone d'influence soviétique. Le 4, la Ligue arabe, après une séance houleuse, condamne l'invasion. Le 6 août, alors que Saddam Hussein arrête des ressortissants étrangers à Koweït City pour s'en servir comme otages, le Conseil de sécurité, emboîtant le pas des pays occidentaux qui ont déjà gelé les avoirs irakiens et koweïtiens, décide le boycottage économique et financier de l'Irak.

La plupart des dirigeants de la planète sont en vacances quand ils apprennent l'invasion du Koweït. François Mitterrand se repose à Latche d'où, pendant deux jours, il donne ses instructions. Le 3 au soir, il s'entretient avec Bush qui se dit « très pessimiste ». Le lendemain, depuis l'Élysée, il appelle successivement Margaret Thatcher[1], qui se trouve à Aspen (Colorado) avec Bush pour un colloque international, Hosni Moubarak en villégiature dans la région du Caire, Helmut Kohl dans son chalet autrichien et Mikhaïl Gorbatchev dans sa datcha de Crimée.

En fin d'après-midi, il tient sa première réunion en l'absence de Michel Rocard qui fait de la voile dans l'Adriatique et du ministre de la Défense Jean-Pierre Chevènement qui séjourne en Toscane. « Dans ce type de conflit, il n'est pas mauvais d'en appeler à l'intuition. La mienne, c'est que l'on n'en est qu'au début et que la crise devrait s'aggraver (…) Il n'est pas impossible que nous entrions dans un cycle de guerre (…) Il faut être fermes : pas seulement boycott, mais blocus (…) Nous devons défendre le droit et la solidarité internationale. »

Quelques heures plus tard, à Camp David où il a convoqué les responsables du Conseil national de sécurité, George Bush tient une réunion capitale. Il décide en priorité de parer à toute offensive irakienne en Arabie Saoudite. Le secrétaire à la Défense Richard Cheney est envoyé à Riyad pour organiser le déploiement des troupes américaines réclamées par le roi Fahd, inquiet pour son trône. Ce sera l'opération « Bouclier du Désert » (Desert Shield).

Au-delà de cette urgence, Bush décide que les États-Unis mettront en œuvre tous les moyens – diplomatiques, économiques et, si nécessaire, militaires – pour obtenir le retrait

1. Dans ses Mémoires (*The Downing Street Years*, *op. cit.*, p. 819), « Maggie » témoigne : « Comme ce fut le cas au moment de la guerre des Malouines (voir IIIe partie : « La France dans le monde »), il a adopté une position ferme : en dépit d'un discours malvenu à l'ONU en septembre où il a essayé de lier la solution du conflit du Golfe à celle du Proche-Orient, le président Mitterrand et la France ont montré tout au long de la crise que les Français étaient, à part nous, les seuls Européens à avoir les tripes pour se battre. »

inconditionnel des troupes irakiennes du Koweït. L'idée d'un compromis sur l'avenir du Koweït est donc écartée d'emblée et toute proposition en ce sens, d'où qu'elle vienne, sera rejetée.

Pour atteindre ce but, Washington veut avant tout éviter que le conflit ne tourne à un affrontement américano-irakien. C'est pourquoi, contrairement au conseil que lui prodigue Margaret Thatcher, Bush écarte la possibilité d'agir unilatéralement contre Bagdad, bien que l'article 51 de la charte des Nations unies – permettant en fait à tout État membre de voler au secours d'un autre État membre agressé par un pays tiers – l'y autorise.

Le président américain choisit au contraire d'isoler diplomatiquement Saddam Hussein en construisant une coalition internationale aussi large que possible. Celle-ci, sous le couvert des décisions de l'ONU, devra mettre en œuvre tous les moyens non militaires pour faire plier l'Irak. D'où les premières résolutions du Conseil de sécurité de l'ONU mettant en place un embargo, puis un blocus commercial de l'Irak. Si cette méthode échoue, les États-Unis auront ainsi pu démontrer, à la face du monde, mais aussi à leur opinion intérieure et à un Congrès réticents, que seule la solution militaire permettra de chasser Saddam Hussein du Koweït.

Jim Baker est donc chargé d'œuvrer à la mise en place de cette coalition. Les Britanniques sont les premiers à répondre présents. Le *forcing* américain permet d'obtenir rapidement deux soutiens importants : la Turquie, membre de l'OTAN, qui ferme l'oléoduc par lequel transite une large part des exportations de brut irakien. Et aussi l'Égypte, premier pays arabe non pétrolier à faire savoir qu'elle enverra des troupes. Il est vrai que Washington, en contrepartie, fait don à l'Égypte de sa dette de 7,5 milliards de dollars ! Quant à l'URSS, Washington n'en attend pas davantage qu'un soutien diplomatique et une application de l'embargo. Ce qui est déjà beaucoup.

• « La France sera dans le coup »

Le 9 août, en Conseil restreint, Roland Dumas rapporte au président, au Premier ministre et à ses sept collègues que

Paris « n'a pas reçu de demande » d'envoi de troupes du « roi Fahd, car, selon Baker, il n'était pas sûr de la réponse » française. Dumas pose alors la question cruciale : en dehors de l'embargo et des résolutions de l'ONU, doit-on « répondre à une demande de l'Arabie Saoudite » qui se sent menacée ?

Avant de décider, François Mitterrand laisse s'exprimer ses ministres.

Ce tour de table est passionnant. Il fait apparaître, au-delà des différences d'analyses et de sensibilités, toute la difficulté pour la France, compte tenu de son histoire, de ses intérêts et de sa relation avec le monde arabe, de prendre une position tranchée en se plaçant, sans réserve, dans la roue des Américains.

Tous se montrent pour le moins réservés à l'idée d'envoyer des soldats en Arabie pour rejoindre les Américains et les Britanniques. Seule une participation française à un contingent de casques bleus de l'ONU paraît envisageable à certains.

Pierre Joxe fait valoir que « dans le monde arabe, le coup (de Saddam Hussein) n'est pas impopulaire ». Et « si l'on s'engageait dans le sillage des États-Unis, l'effet politique serait difficile à redresser (...) Il faut éviter que la France n'intervienne militairement ». Lionel Jospin est plus nuancé : « On ne doit pas intervenir avec les Américains dans une force multinationale. On le pourrait sous l'égide des Nations unies. » Pierre Bérégovoy acquiesce dans l'hypothèse d'une agression irakienne contre Riyad.

François Mitterrand l'interrompt. Il ne croit pas à une action militaire de l'ONU et juge que ses ministres font fausse route : « En rester à cette position, c'est s'enfermer dans le non-être, regarder les trains passer. »

Ces quelques paroles suffisent à Jean-Pierre Chevènement pour comprendre que le président s'oriente vers les positions américaines. Il n'est pas d'accord : « Ce qui est en cause, c'est notre politique arabe. Le jeu où se sont engagés les Américains est dangereux. Si Saddam Hussein gagne, c'est évident. S'il perd, qui s'opposera à l'intégrisme anti-occidental de l'Iran ? Il faut essayer de privilégier les moyens économiques, l'embargo et le dialogue avec les Arabes. » Il est hostile à une participation française à la force multinationale que mettent en place les États-Unis en Arabie Saoudite et suggère de se contenter de livrer des armes aux Émirats et de renforcer quelque peu la présence navale française.

Michel Rocard veut « gagner du temps » en commençant par aider les Émirats. Mais si Riyad demande l'aide de la France, « il y a une obligation de solidarité ». Quant au conflit Irak-Koweït, il estime que « laisser se déclencher une guerre entre pays riches, sous autorité américaine, devant des Arabes un peu neutres, avec l'indifférence des autres pays du tiers-monde, serait très grave ».

François Mitterrand balaie d'un mot tout ce qu'il vient d'entendre. Ce sont des « échappatoires ». Pour lui, l'Irak n'adoptera pas « une position pacifique », les Nations unies « ne feront pas beaucoup plus » que les résolutions adoptées et, « on le sait bien, les Arabes ne régleront pas le problème ». Pour lui, la question posée est : « Laisse-t-on les Américains agir seuls avec les Britanniques ? Répondre "non" aux Saoudiens, cela veut dire que l'on ne vient pas au secours d'un pays menacé et c'est dire "non" aux Américains et aux Anglais (...) On dira alors que la France n'est pas dans le coup. »

Puis le président explique pourquoi la France répondra « oui ». Et il ne sortira plus de ce raisonnement : « On est contents d'avoir les Américains dans certaines circonstances. Nous sommes leurs alliés. Nous ne le sommes pas quand ils soutiennent inconditionnellement Israël, bombardent la Libye, mais, dans le cas présent, il faut de la clarté dans la solidarité. S'il faut choisir, j'estime qu'il faut lutter contre Saddam Hussein, *quelles qu'en soient les conséquences*[1]. Si nous ne le faisons pas, nous serons les faux frères de l'Occident. »

Une heure plus tard, Mitterrand se rend dans le jardin d'hiver de l'Élysée pour tenir la première de ses quinze conférences de presse consacrées à la crise du Golfe. Il lit un texte qu'il vient de rédiger seul dans son bureau. Il annonce un renforcement immédiat des moyens navals et aériens dans la zone.

1. Souligné par les auteurs.

Le porte-avions *Clemenceau*, avec deux navires d'escorte, a reçu l'ordre d'appareiller à petite vapeur pour le Golfe, emportant, non pas des avions, mais une quarantaine d'hélicoptères de combat et 800 hommes de la Force d'action rapide. Quatre bâtiments français sont déjà sur place. Les 3 500 soldats basés à Djibouti sont placés en état d'alerte.

Ce choix revêt une signification diplomatique majeure. La France montre qu'elle ne s'interdit pas de déployer ses troupes à terre. Mitterrand, qui a encore à l'oreille les réticences de ses principaux ministres, ne veut pas brusquer les choses. Il attend aussi de voir comment vont réagir les pays arabes modérés qui se rencontrent au Caire. Il se contente donc de ce premier signal vers une participation à la coalition militaire américaine. George Bush ne s'y trompe pas. Quelques heures plus tard, il se félicite de « la décision de la France ».

Le soir même, l'ONU condamne l'« annexion » du Koweït annoncée la veille par Bagdad. Au Caire, seulement trois pays arabes – l'Égypte, suivie sans enthousiasme par le Maroc et la Syrie – décident l'envoi de troupes en Arabie Saoudite.

L'opinion arabe préoccupe le président français. De tous les pays musulmans, les ambassades de France rapportent que les populations ont souvent accueilli avec enthousiasme le coup de force irakien. La réaction américaine n'a pas bonne presse. Mitterrand décide alors l'envoi d'émissaires, autant pour sonder les capitales du Sud que pour expliquer la position française. Les États-Unis agissent de la même manière. Pour la France, ils seront douze « apôtres » : à Pierre Mauroy la tournée au Maghreb ; au sénateur centriste Jean Lecanuet, président de la Commission des Affaires étrangères et de la Défense, l'Inde et la Turquie ; Claude Cheysson verra son ami Yasser Arafat à Tunis. La principale mission revient à Jean-Louis Bianco qui s'envole le 13 août pour Djedda et Le Caire.

Au roi Fahd, qui le reçoit dans son île privée de Djedda, au bord de la mer Rouge, le secrétaire général de l'Élysée déclare que les forces françaises déployées dans le Golfe « seront mises à sa disposition ». Le souverain souhaite une présence française « même symbolique ». Il laisse à son fils, le prince Saoud, le soin de préciser qu'il s'agirait de troupes à terre.

Au Caire, Bianco entend un discours enflammé d'Hosni Moubarak. Comme le roi Fahd, le raïs ne cache pas qu'il souhaite l'effondrement du régime irakien. Il ne parle pas de guerre de libération du Koweït, mais préconise une application très ferme de l'embargo, au besoin par le recours à la force.

Les autres pétromonarchies et le Pakistan, où l'armée vient de chasser le Premier ministre Benazir Bhutto, jugée trop en retrait par rapport à Washington, se rangent aussi dans le clan des faucons.

La plupart des autres nations musulmanes souhaitent une approche plus diplomatique. C'est naturellement le cas de la fragile Jordanie, directement menacée par son voisin irakien et qui bénéficie du transit de son commerce. Il en va de même pour l'OLP, qui dépend largement du soutien logistique irakien et dont Bagdad contrôle les factions les plus radicales.

Au cours de la deuxième quinzaine d'août, les États-Unis accélèrent leur déploiement en Arabie Saoudite. Au début du mois de septembre, ils ont envoyé plus de cent mille hommes et considèrent que la menace d'une intervention irakienne contre Riyad est écartée. Alors que Saddam Hussein dresse l'opinion mondiale contre lui en décidant de retenir en otages quelque dix mille ressortissants occidentaux, transformés en « boucliers humains », Washington obtient de l'ONU un durcissement des sanctions contre l'Irak. Le 25 août, le Conseil de sécurité transforme l'embargo en blocus en autorisant l'usage de la force contre les navires qui y contreviendraient.

François Mitterrand s'inscrit totalement dans cette logique. Il a déclaré, le 21 août en Conseil restreint : « La seule chose qui nous intéresse, c'est que les décisions de l'ONU pour l'application de l'embargo puissent autant que possible précéder l'action (…) Si les navires résistent (…) les coups de semonce dépendent de l'autorité militaire, les tirs au but de celle du chef de l'État. » Il conclut par un pronostic identique à celui de George Bush, qu'il vient d'avoir au téléphone :

« Nous sommes dans une crise qui doit normalement s'achever par une guerre. »

Et, devant la presse, il annonce ce jour-là : « Nous sommes pour l'instant, et à la suite de la responsabilité prise par le président irakien, dans une logique de guerre. »

La formule fait florès.

Elle vise à tuer dans l'œuf l'argumentation de ceux qui, à l'instar de Jean-Pierre Chevènement, veulent prendre leurs distances à l'égard des États-Unis, qu'ils soupçonnent de ne pas miser sur le blocus mais de vouloir en découdre militairement avec Saddam Hussein.

En effet, quelques heures avant ce Conseil restreint, « un haut responsable gouvernemental français » – qui n'est autre que le ministre de la Défense – s'est déclaré devant un journaliste de l'AFP « très préoccupé par la possibilité d'une attaque contre l'Irak qui pourrait intervenir dans les tout prochains jours ». Estimant qu'il faut laisser à l'embargo le temps nécessaire pour produire ses effets, et tenter une négociation avec l'Irak, il s'est dit « très angoissé par la perspective d'un conflit qui pourrait faire des milliers, peut-être des dizaines de milliers de victimes ».

Chevènement exprime là publiquement, sous le couvert d'un anonymat vite démasqué, à la fois sa position sur le fond, mais aussi l'inquiétude des militaires français devant le risque d'un conflit armé. Il a décidé de s'exprimer car l'attaché militaire français à Washington vient d'informer Paris de l'intention américaine de procéder dans les quarante-huit heures à une frappe sélective contre les forces irakiennes. On apprendra plus tard qu'il s'agissait d'une rumeur propagée par les États-Unis pour inquiéter Bagdad.

Lors du Conseil restreint, Chevènement réitère les propos qu'il a tenus devant l'AFP. Pour lui, « l'efficacité de l'embargo est certaine » et « les États-Unis n'ont laissé aucune possibilité à la négociation ». François Mitterrand, exaspéré, lui a posé la question de confiance : « Si nous sommes en désaccord, il faut en tirer les conséquences. »

Après le Conseil, Mitterrand et Rocard ont eu l'un après l'autre un tête-à-tête avec Chevènement pour lui demander s'il était d'accord avec le gouvernement. Le ministre de la Défense a répondu qu'il « n'était pas démissionnaire ». Chevènement[1] se souvient : « Mitterrand m'a demandé si j'étais prêt à démissionner. J'ai répondu "non". Il m'a proposé de passer au ministère de l'Équipement. J'ai refusé. »

Le lendemain, en Conseil des ministres, Rocard demande à Chevènement de démentir la dépêche de l'AFP. Celui-ci refuse. Mitterrand[2] : « A ce moment-là, il ne m'a pas compliqué la tâche. Il ne m'a pas caché ses réticences mais il s'est montré loyal. J'étais donc content de le garder. »

« Dès le début de la crise, ajoute Mitterrand, j'ai parlé de logique de guerre car j'avais le sentiment que Saddam Hussein, un homme fort et dur, s'engageait dans un processus de conquête du Moyen-Orient. J'avais à l'esprit le schéma hitlérien. Je voyais Saddam vaincre l'Arabie Saoudite, ne faire qu'une bouchée de la Jordanie et devenir le maître de tous les puits de pétrole. »

Bref, le président français semble convaincu que la guerre est inévitable. Il le dit le 22 août en Conseil des ministres : « Les chances d'éviter un conflit sont faibles. » Il le répète le 27 août au prince Saoud : « Nous approuvons toutes les tentatives pacifiques, mais nous n'y croyons guère. »

L'affaire des otages puis l'attaque irakienne contre l'ambassade de France à Koweït City lui fournissent un argument décisif pour impliquer militairement la France au côté des États-Unis.

Saddam Hussein se livre en effet à un odieux chantage. Il fait placer plusieurs centaines d'otages français, anglais, italiens et américains sur des sites stratégiques irakiens et annonce qu'ils seront libérés contre une levée de l'embargo et le retrait des forces américaines du Golfe. Les gouvernements s'y refusent, même si certains, peu dignement, laissent des personnalités de haut rang aller à Bagdad négocier la liberté de leurs ressortissants.

Cette prise d'otages « est inacceptable pour l'Amérique, hantée par le souvenir de l'Iran. C'est une grande faute de l'Irak », estime Mitterrand, le 22 août. « Le thème des féodaux moyen-orientaux qui sucent le sang des peuples ou celui

1. Entretien le 27 juin 1995.
2. Entretien le 4 octobre 1994.

de la lutte contre Israël étaient bien compris dans les milieux arabes. Mais Saddam Hussein gâche ses positions par cet acte de barbarie. C'est aussi une grande faute à l'égard de la France. »

Le 24 août, Saddam durcit le ton. A la suite de l'annexion du Koweït, il exige la fermeture des ambassades dans ce pays. Les alliés refusent. Les ambassades sont encerclées par les troupes irakiennes.

La démarche française : troupes à terre et main tendue

Le vendredi 14 septembre à l'aube, les soldats irakiens investissent cinq ambassades occidentales, dont la résidence de France où ils ont détruit le matériel de transmission et arrêté quatre diplomates, dont l'attaché militaire, le colonel Édouard Crespin. Le chargé d'affaires français Jean-Pierre Galtier, lui-même retranché dans la chancellerie voisine, câble la nouvelle à Paris. Son télégramme est aussitôt repoussé vers Prague, puis Bratislava où François Mitterrand est en visite officielle. Le président appelle aussitôt à l'Élysée son chef d'état-major l'amiral Lanxade [1] et lui dit : « Saddam a franchi le pas. C'est une provocation, on ne peut plus reculer. » Lanxade raconte : « Le soir, je l'attends à son arrivée à Villacoublay et, dans la voiture qui nous conduit à l'Élysée, je le trouve plus offensif que jamais. Il a visiblement décidé d'engager la France dans la guerre. »

Mitterrand est frappé par le fait que Saddam n'a pas fait attaquer les ambassades américaine et britannique dont les pays ont pourtant envoyé des troupes en Arabie Saoudite. Pour lui, le dictateur irakien mise sur la faiblesse de Paris. C'est une erreur. Avant de quitter la capitale slovaque, Mitterrand dénonce devant la presse cette « violation flagrante » de la convention de Vienne sur les privilèges diplomatiques et annonce la tenue d'un Conseil restreint, le lendemain matin, à Paris.

Une nouvelle fois, Mitterrand reçoit des avis divergents.

1. Entretien le 7 février 1995.

D'un côté, Jean-Pierre Chevènement, alors en mission en Arabie Saoudite et avec lequel le président s'entretient longuement au téléphone le samedi 15 septembre au petit matin, met en garde contre les risques de voir la France pénétrer « dans un engrenage qui la conduirait à entrer dans une guerre qu'elle n'aurait pas décidée ». De l'autre, l'amiral Lanxade qui revient d'une mission à Washington où il a rencontré les généraux Brent Scowcroft, président du Conseil national de sécurité, et Colin Powell, chef d'état-major interarmes. Il en a tiré la conclusion que les États-Unis se donnent « deux à trois mois pour envisager d'autres options militaires si l'embargo n'a pas eu l'effet escompté ». Selon l'amiral, la Maison-Blanche et le Pentagone, à la différence du Département d'État, ne réclament pas un accroissement de la présence militaire française en Arabie Saoudite. Mais pour le jour où Washington décidera que « l'embargo n'a pas eu les effets escomptés, il nous faut examiner d'ores et déjà les modes d'action qui s'offrent à notre choix si nous ne voulons pas écarter *a priori* toute participation à une action qui viserait à la reprise du Koweït par la force ». Et il en propose trois, aux conséquences politiques et militaires croissantes. Soit un simple renforcement de la présence navale avec l'envoi du second porte-avions, le *Foch*, emportant des avions de combat ; soit un geste supplémentaire par le positionnement au Qatar ou en Arabie Saoudite d'une quinzaine d'avions de l'armée de l'air. Enfin, hypothèse maximale, proposée également par le chef d'état-major des Armées, le général Maurice Schmitt, l'installation en Arabie Saoudite d'« un groupe tactique relativement conséquent » : 3 700 hommes, 270 blindés, 48 hélicoptères. Lanxade souligne qu'une telle orientation obligera le président de la République à « afficher à partir d'un certain moment qu'il prend la décision de changer de politique et d'accepter de participer à une opération de reconquête du Koweït ».

C'est ce que François Mitterrand décide le 15 septembre 1990, au lendemain de l'attaque de l'ambassade de France au Koweït.

Cette attaque a-t-elle été le prétexte du déploiement français ? Lanxade ne va pas jusque-là. Il admet toutefois qu'il s'agit d'un « concours fortuit ».

En Conseil restreint, Mitterrand précise, tenant compte des arguments de Chevènement, qu'« en cas d'attaque américaine, la France ne doit pas être liée à l'avance par les décisions d'aujourd'hui ». Et il ajoute : « Je n'exclus pas une participation à une action pour libérer le Koweït et qui viserait des objectifs militaires en Irak. Mais j'exclus toute participation au bombardement des villes en Irak. »

Le lendemain, dimanche 16 septembre, Mitterrand appelle Bush et Gorbatchev qui lui apportent le premier son soutien, et le second sa compréhension.

Le prépositionnement des troupes françaises près du port de Yanbu, au nord de Djedda, est décidé le 18 septembre, à Munich, en marge d'un sommet franco-allemand, au cours d'une réunion Mitterrand-Chevènement-Schmitt-Lanxade et Bianco. Ce choix, pris après concertation avec Washington, signifie que la France prend ses premiers quartiers à bonne distance du déploiement américain, pour marquer son autonomie de décision. Le 20 septembre, Chevènement confirme : « Le commandement de l'opération "Daguet" est et restera français, ce qui n'exclut pas une coordination opérationnelle avec les autorités saoudiennes et les forces arabes, américaines et britanniques. »

Ce que Mitterrand a aussi retenu des missions de Lanxade à Washington, c'est que, Saddam ne donnant aucun signe de souplesse, la crise va se prolonger au moins deux ou trois mois, le temps de laisser jouer l'embargo et, surtout, de renforcer le dispositif militaire de la coalition. Il partage l'analyse de Bush selon laquelle, en raison de la versatilité des opinions publiques occidentales et de la fragilité du soutien des pays arabes modérés, les alliés ne peuvent se contenter de jouer les va-t-en-guerre sans explorer les possibilités d'une solution diplomatique, même s'ils n'y croient guère.

Sur le plan intérieur, l'annonce de l'opération Daguet a été bien accueillie, mais des opinions discordantes s'expriment, notamment à l'intérieur du Parti socialiste, pour critiquer l'« alignement » de la France sur les positions américaines. François Mitterrand a pris son parti : si la guerre a lieu, la France en sera. Mais elle doit montrer clairement, en particulier au monde arabe, qu'elle aura tout fait pour rechercher une solution pacifique. C'est la raison principale pour laquelle il prend la décision de déplaire aux Américains et aux pétromonarchies du Golfe en tendant, spectaculairement, une perche à Saddam Hussein.

Il choisit pour cela de s'adresser, le 24 septembre 1990, à l'Assemblée générale de l'ONU, en session à New York. Le président français invite son auditoire à « examiner dans quel contexte la diplomatie pourrait encore l'emporter sur l'embrasement. D'abord en parlant clair : je dis qu'il n'y aura pas de compromis tant que l'Irak ne se ralliera pas aux vues du Conseil de sécurité. Oui, qu'il se retire du Koweït ! La souveraineté de ce pays, pas plus qu'une autre, n'est pas négociable ». Après ce rappel de principe, Mitterrand crée la surprise en ajoutant : « Que l'Irak, en revanche, affirme son intention de retirer ses troupes, qu'il libère les otages, et tout devient possible. »

Au regard de la première résolution de l'ONU (660) qui demande « le retrait immédiat et inconditionnel de toutes les forces irakiennes » du Koweït, Mitterrand prend consciemment ses distances [1]. En effet, il ne dit pas : « Rien ne sera possible tant que l'Irak ne se sera pas retiré sans condition du Koweït. »

Puis il suggère un scénario de sortie de crise, à partir de l'« intention » affirmée par Bagdad, qui constitue à ses yeux une première étape. « Dans une deuxième étape, la communauté internationale (...) serait à même de garantir la mise en œuvre du retrait militaire, la restauration de la souveraineté du Koweït et l'expression démocratique des choix du peuple koweïti. » Cette exigence démocratique constitue une nouveauté. Jusqu'à présent l'ONU (résolution 661) demandait le rétablissement de l'autorité légitime du Koweït, autrement dit le cheikh Jaber Al-Sabah. Mitterrand, qui n'a jamais caché en privé son peu d'attachement pour les régimes autocratiques des Émirats, adresse là un signe aux opinions

1. Loïc Hennekinne (entretien le 6 mai 1996), qui a participé à l'élaboration de ce discours, se souvient que le président avait donné pour instruction d'« aller loin dans la main tendue » à Saddam Hussein. Dans l'avion, « le président a retravaillé la version finale du discours pour présenter l'offre de paix française de façon encore plus nette ».

arabes, sensibles à la propagande irakienne contre le féodalisme des monarchies pétrolières.

Une « troisième étape » pourrait ensuite s'ouvrir : « Le moment de substituer aux affrontements qui meurtrissent le Proche-Orient, une dynamique de bon voisinage, dans la sécurité et la paix pour chacun. » Même s'il prend soin de ne pas introduire dans cette phrase le projet de « conférence internationale », son scénario fait le lien entre l'affaire du Koweït et le conflit israélo-palestinien. Pour Washington, c'est là, comme l'écrit James Baker, « faire le jeu de Saddam » qui va répétant que le problème du Koweït ne peut être résolu que dans le cadre d'une solution régionale globale qui réglerait aussi le problème de la Palestine.

Bagdad salue le « ton non agressif » de Mitterrand, l'OLP est ravie, le gouvernement israélien bougonne et la presse anglo-saxonne fustige le double langage du président français.

Les commentateurs hexagonaux s'interrogent eux aussi : Mitterrand « ne se satisferait-il pas, outre la libération de tous les otages, de la simple promesse de Saddam Hussein d'évacuer le Koweït pour que s'ouvre une vaste négociation, dont l'Irak sortirait bénéficiaire » en obtenant un accès à la mer ? se demande *Le Monde* du lendemain.

Washington qualifie de « nuances » ses divergences avec Paris. Cette réaction mesurée s'explique aisément. D'abord, parce qu'à l'échelle des difficultés rencontrées par la diplomatie américaine pour consolider la coalition anti-Saddam, le discours du 24 septembre n'est qu'un épisode secondaire ; ensuite, parce que, aux yeux des États-Unis, la France a déjà accompli les gestes essentiels que sont le vote des résolutions de l'ONU et la décision de déployer des troupes en Arabie Saoudite ; enfin, parce que Mitterrand a pris soin de dire à Bush qu'il ne se faisait pas d'illusions sur Saddam Hussein et qu'il n'y avait donc rien à craindre d'une éventuelle défection française. A preuve, le 25 septembre, Paris vote avec empressement la résolution 670 étendant l'embargo contre l'Irak au trafic aérien.

Le 26 septembre, au Conseil des ministres, Mitterrand ne cache pas son scepticisme quant à une réaction positive de Bagdad à son discours de New York : « Il y a une chance de succès mais elle est très faible. » Il précise que même si « Saddam dit “oui, je suis prêt à me retirer du Koweït” », les forces de la coalition « devraient rester quelque temps pour maintenir la pression ». Il concède que « la position de la France comporte une différence avec les États-Unis », mais que Paris n'est « pas condamné à toujours copier les Américains ».

Au fil des jours, la presse américaine se montre plus critique à l'égard de Paris. L'Élysée y voit la main de la Maison-Blanche. Aussi, Mitterrand écrit-il le 2 octobre à Bush pour mettre les choses au point : « La position de la France est dépourvue d'ambiguïté : aucune détente, aucun compromis ne seront envisageables avec Saddam Hussein sans la libération des otages et sans le retrait des forces irakiennes du Koweït. »

Lanxade traduit : « Les États-Unis avaient une approche monolithique. Ils avaient l'impression que Mitterrand venait proposer un compromis, or, pour eux, il n'y avait pas de compromis possible. L'administration Bush avait une approche morale – l'Irak a commis une faute et doit la reconnaître – alors que Mitterrand disait autrement – il y a une crise, il faut la résoudre. Bref, avant de faire la guerre, il fallait que l'on puisse dire que l'on avait donné toutes ses chances à la paix. »

CHAPITRE 4

Les tractations (guerre du Golfe II)

Le 5 octobre 1990, George Bush répond à François Mitterrand. Il a « beaucoup apprécié » sa lettre du 2 octobre et lu « avec beaucoup d'intérêt » son discours de l'ONU. Mais il déplore que la réaction intéressée de Saddam Hussein ait « créé une certaine confusion, amplifiée par certaines interprétations journalistiques faciles ». Or « la forte solidarité entre la France et les États-Unis est essentielle pour convaincre Saddam de se ranger à la volonté de la communauté internationale ». Il s'ensuit qu'« il ne doit y avoir aucune apparence de distance entre la France et les États-Unis, surtout en ce qui concerne la nécessité d'un retrait immédiat et inconditionnel des Irakiens du Koweït ». Bush parle ensuite de « divergences » américano-françaises à propos du retour du cheikh Jaber après la libération du Koweït. Il estime que « la démocratie ne peut pas être imposée » de l'extérieur à ce pays.

Mitterrand n'est pas bouleversé par ce rappel à l'ordre. D'autres suivront. Il n'estime pas devoir se justifier d'avoir lancé cette perche au dictateur irakien.

Secourir Bush et impressionner Saddam

Mais l'essentiel de la lettre de Bush n'est pas là. Il tient dans la dernière phrase : « Nous ne pourrons peut-être pas, raisonnablement, attendre trop longtemps que l'embargo économique produise ses effets. » En clair, l'Amérique se prépare à mener bataille, ou tout au moins à accentuer la menace militaire contre Saddam Hussein[1].

1. Dans ses Mémoires (*The Politics of Diplomacy*, *op. cit.*), James Baker confirme cette analyse. Il raconte qu'au début du mois d'octobre, l'admi-

Mitterrand a fondamentalement la même approche que Bush. Il l'avait exprimée avant même de lire sa lettre. En effet, le 3 octobre à Abou Dhabi, première étape d'une tournée éclair dans le Golfe, il déclarait au cheikh Zayed des Émirats arabes unis : « Rien n'apparaît qui pourrait laisser penser que l'on peut sauver la paix. Nous allons assister dans les semaines qui viennent à un renforcement des dispositifs militaires. Cela ne pourra pas durer très longtemps comme cela. » Quant à l'embargo, il ne lui donne que jusqu'à « la fin de l'année » pour « réussir ». Autrement dit, à l'instar des émirs arabes, qu'il traite en privé de « jusqu'au-boutistes », il dit ne pas croire à la « logique de paix ». Même tonalité, le lendemain à Djeddah où le roi Fahd déclare d'emblée que « si Saddam ne veut pas évacuer le Koweït, la solution c'est la force ». « Nous voudrions que l'embargo réussisse » et « nous n'avons pas d'intention belliqueuse », répond Mitterrand, « mais la situation laisse peu de chances à une solution pacifique ». Le matin même, hors de la présence des journalistes, le président français avait tenu le même langage devant les forces de l'opération Daguet à Yanbu : « Nous faisons tout pour que l'embargo marche. Si l'Irak n'est pas contraint de baisser les bras, la seule issue sera la guerre. »

Depuis Bagdad, où il se débat avec l'énorme problème des quelque trois cents otages français, le chargé d'affaires André Janier préconise un langage sans concessions à l'égard des autorités irakiennes. Le 5 octobre, il fait part de son « impression que Bagdad est prêt à négocier, mais qu'il répugne à faire le premier pas ». Et il conclut : « Tout étant basé, ici, sur les questions de rapports de force, un relâchement de la détermination et de la fermeté affichées jusqu'à présent par la communauté internationale quasi unanime serait interprété par les Irakiens comme un signe de faiblesse et les encouragerait, à coup sûr, à persévérer dans leurs tergiversations. »

Le 17 octobre, de retour d'une nouvelle mission à Washington, l'amiral Lanxade informe le président que les

---

nistration américaine était convaincue que « le temps jouait en faveur de Saddam » et que ceux qui, majoritaires au Congrès, plaidaient pour s'en tenir à l'embargo, « sous-estimaient la difficulté de maintenir la coalition sur une longue période ».

États-Unis « n'entreprendraient rien avant la fin du mois de novembre ». Mais leur refus de toute solution de compromis apparaît clairement. Ils redoutent en effet « un retrait partiel de Saddam Hussein, l'Irak conservant l'île stratégique de Boubiane et le champ pétrolier de Roumallah ». Dans ce cas, précise Lanxade, les Américains « espèrent que les puissances arabes modérées refuseront cette solution et ne laisseront pas les seuls Occidentaux poursuivre l'application complète des résolutions ». Mitterrand traduit pour le Conseil des ministres : « Le parti de la guerre continue à peser lourd aux États-Unis. »

Le 23 octobre, le secrétaire américain à la Défense Richard Cheney fait escale à Paris. Il confirme à Mitterrand l'inquiétude américaine devant une prolongation du *statu quo* : « Nous n'avons pas fixé d'échéance aux sanctions et nous risquons de ne pas pouvoir maintenir la coalition. » Dick Cheney laisse entendre que les États-Unis envisagent de faire voter par l'ONU une nouvelle résolution prévoyant l'usage de la force contre les troupes irakiennes. Mais il ne dit rien des débats qui agitent alors l'administration américaine sur les moyens à mettre en œuvre pour lancer une offensive victorieuse au Koweït où Saddam Hussein a massé quelque quatre cent trente mille hommes. L'idée de tout miser sur le blocus, même s'il commence à produire ses effets, est écartée par Bush, en dépit d'une ultime plaidoirie en ce sens du général Colin Powell.

Au moment où Cheney s'arrête à Paris, le chef d'état-major américain, le général Powell, se trouve à Riyad où, en militaire discipliné, il examine un nouveau plan de bataille avec le général Norman Schwarzkopf, qui commande le corps expéditionnaire américain. Ce dernier, après s'être vu refuser un premier plan plus modeste, place la barre très haut [1] : il a besoin de quatre cent mille hommes, soit le double du déploiement actuel. George Bush donne son accord le 31 octobre, qu'il garde secret jusqu'au 8 novembre, soit deux jours après les élections intermédiaires au Congrès. A leur

1. Pour un récit détaillé et parfois controversé de la mise en place de l'opération « Desert Storm » (Tempête du Désert), voir le récit de Bob Woodward, *The Commanders*, New York, Pocket Books, 1991.

allié français, les États-Unis ne révèlent qu'une partie de la vérité. L'attaché militaire américain à Paris indique seulement, le 31 octobre, à l'amiral Lanxade que Washington estime ne pas disposer à l'heure actuelle des forces terrestres nécessaires à une action offensive. Mais l'amiral en sait déjà assez. Il indique aussitôt au président de la République que si Washington annonce dans les prochains jours des renforts d'au moins cent mille hommes, ce serait « le signe que l'option militaire est clairement à l'ordre du jour ».

Au cours du mois d'octobre 1990, on vient de le voir, François Mitterrand suit donc pas à pas l'évolution des esprits à la Maison-Blanche en faveur d'une intervention militaire. Elle lui semble pratiquement inéluctable. Mais cela ne l'empêche pas, même s'il est sceptique, de mener ou de laisser mener en son nom des démarches diplomatiques traditionnelles ou secrètes en vue d'obtenir un « signe » de Bagdad.

La question des otages étrangers en Irak complique les données du problème.

Yasser Arafat offre sans tarder ses bons offices à la France. D'abord, parce qu'il estime avoir une dette envers François Mitterrand qui, à deux reprises, lui a sauvé la vie au Liban. Ensuite, parce que le président français, qui l'a reçu officiellement au mois de mai 1989, vient encore de plaider devant l'ONU en faveur de la recherche d'un règlement du conflit israélo-palestinien à la faveur d'une solution de la crise du Koweït. Enfin, parce qu'un succès de ses démarches d'intermédiaire entre la coalition et Bagdad le remettrait en selle alors que ses prises de position en faveur de l'Irak l'ont gravement discrédité aux yeux d'Israël, de l'Égypte et des États-Unis.

Le 14 octobre, Roland Dumas rencontre à Tunis le chef de l'OLP. Ce dernier revient tout juste de Bagdad où, assure-t-il, à propos du discours de Mitterrand à l'ONU, Saddam Hussein a « apprécié les prises de position françaises ». Dumas fait valoir qu'il faudrait qu'il y ait « des gestes » de l'Irak mais que jusqu'ici, « on n'a rien vu venir ». Il rappelle que la France réclame comme l'ONU l'évacuation du Koweït et la libération des otages. Arafat se montre « désireux de coopérer ».

Le lendemain, Bagdad fait passer un message à Paris par l'intermédiaire des représentants de quatre grosses entreprises françaises présentes en Irak : Aérospatiale, Dassault, Matra et Thomson. Le ministre irakien de l'Industrie, le général Rachid Amer, les a convoqués pour leur demander de continuer de faire des affaires avec son pays. Et il a ajouté : « L'Irak est très content de la position de la France. Si une personnalité française venait en Irak, tous les otages français seraient libérés. » Un message analogue est transmis par des militaires irakiens au bureau de l'Aérospatiale à Bagdad : « Si le général Jacques Mitterrand venait à Bagdad pour discuter, comme le fait l'ancien Premier ministre britannique Edward Heath, l'Irak libérerait tous les otages français. »

Le président de la République ne donne pas suite. Ni son frère ni un autre émissaire expressément mandaté par la France ne fait à ce moment-là le voyage de Bagdad. Loïc Hennekinne[1], alors conseiller diplomatique à l'Élysée, se souvient que l'idée d'envoyer un Français à Bagdad pour « expliquer directement » à Saddam Hussein le contenu de l'ouverture du 24 septembre était constamment évoquée en réunions de cabinet, mais que le président n'en parlait pas. « Pourtant, ajoute Hennekinne – qui fut proche du CERES de Jean-Pierre Chevènement –, il n'aurait pas été inutile à ce stade de procéder à cette piqûre de rappel. Dans cette affaire, la France n'a pas voulu assurer son service après-vente. »

De même, François Mitterrand désavoue-t-il deux « émissaires » qui s'étaient automandatés en son nom : Jean-Charles Marchiani, le fidèle de Charles Pasqua, qui avait contacté l'OLP pour rencontrer Saddam Hussein. Et l'homme d'affaires d'origine syrienne Omrane Adham, qui a fait à la mi-octobre un déplacement dans la capitale irakienne. Ce personnage avait effectué des missions à Damas pour le compte de l'Élysée, au mois de décembre 1987, dans l'affaire des otages français du Liban.

1. Entretien le 6 mai 1996.

Le 21 octobre, Claude Cheysson rend compte à Mitterrand d'une mission à Tunis menée dans le cadre d'une délégation du Parlement européen où il siège depuis son départ du Quai d'Orsay en 1984. Par l'intermédiaire d'Arafat, il a vu secrètement, « dans une maison minable de la banlieue de Tunis », le ministre irakien des Affaires étrangères Tarek Aziz. Ce dernier demande si « un contact politique entre la France et l'Irak serait possible ». Cheysson répond qu'à son avis rien n'est possible tant que l'Irak n'aura pas affirmé son intention de se retirer du Koweït et n'aura pas libéré les otages. A la fin de l'entretien, Arafat les rejoint et glisse à l'oreille de Cheysson qu'il s'occupe de la question des otages.

Le 22, Cheysson informe l'Élysée qu'il vient de recevoir un message d'Arafat selon lequel « suite à son intervention, les otages français allaient être libérés par Saddam Hussein ». Presque au même moment, Edgard Pisani fait passer un message identique à la présidence. Il a fait lui aussi le voyage de Tunis où il a rencontré le chef de l'OLP deux jours après Cheysson.

Et le lendemain, Bagdad annonce que le Parlement irakien a « approuvé » la décision de Saddam Hussein de libérer les 330 otages français. Le 30, un grand nombre d'entre eux arrive à Paris. Mitterrand a demandé que le comité d'accueil soit modeste. En effet, la presse française et étrangère s'interroge sur les raisons de ce « traitement de faveur ». Qui les a fait sortir et à quel prix ? Michel Rocard assure qu'il s'est agi d'« une décision unilatérale de l'Irak et que la France n'a pas cherché à négocier ». En réalité, ces libérations sont l'œuvre d'Arafat qui a su exploiter la réaction favorable de Bagdad au discours de Mitterrand à l'ONU.

Au cours de l'automne, la plupart des pays ayant des otages en Irak enverront, chacun pour leur compte, des personnalités politiques ramener une partie de leurs ressortissants de Bagdad : l'Américain Jessie Jackson, l'Anglais Edward Heath, l'Autrichien Kurt Waldheim, le Japonais Yasuhiro Nakasone et l'Allemand Willy Brandt. Jean-Marie Le Pen, qui, dès l'invasion du Koweït, avait pris parti pour l'Irak, finira par obtenir un visa pour Bagdad, d'où, après un entretien rituel avec Saddam Hussein, il repartira vers la France avec 55 otages de 9 pays européens. Les autorités françaises lui refuseront l'atterrissage symbolique à Strasbourg et le Boeing d'Iraqi Airways se posera le 22 novembre à Mulhouse.

• Primakov, Pisani, Palestiniens

Parallèlement, la France s'intéresse aux tentatives de médiation soviétiques entre Bagdad et la communauté internationale. Dès l'invasion du Koweït, Moscou s'était rangé au côté des Occidentaux en votant les premières résolutions de l'ONU. Mais le Kremlin avait aussitôt fait savoir à la Maison-Blanche qu'il était exclu d'associer l'Armée rouge à une action militaire contre son ancien protégé. Avec Paris, les positions diplomatiques sont plus proches : Mitterrand et Gorbatchev estiment, à l'inverse de Bush et de Thatcher, que la reconnaissance d'un lien entre la crise du Golfe et le conflit israélo-palestinien peut fournir à Saddam Hussein l'« alibi » qui lui permettra de se retirer du Koweït sans « perdre la face » aux yeux des opinions arabes. Ils recherchent donc la formule offrant une porte de sortie à Saddam Hussein sans renoncer à l'objectif d'un rétablissement de la souveraineté du Koweït. Mais les démarches soviétiques tourneront court, la France refusant de se laisser entraîner dans des concessions qui l'éloignent trop des exigences de la coalition occidentale.

En témoigne, le 17 octobre, la conversation de François Mitterrand avec Evgueni Primakov, le représentant de Gorbatchev dans l'affaire irakienne. Le diplomate soviétique revient de Bagdad où il a longuement parlé avec Saddam Hussein et Tarek Aziz qu'il connaît tous les deux depuis vingt ans.

A chacune de ses suggestions, Mitterrand répond que c'est illusoire car les Américains n'en voudront pas.

Saddam pourrait bouger si ses adversaires acceptaient d'établir un lien « élastique » entre le retrait du Koweït et une solution du problème palestinien, avance Primakov. « Imaginer que les Américains remettent en cause le problème palestinien pour obtenir le retrait du Koweït est une illusion », répond Mitterrand.

La conversation tourne en rond. A la fin, Mitterrand avance une suggestion tactique : puisqu'« une action déterminante de la France et de l'URSS avant le conflit s'avère très difficile », elle sera possible « au moment du conflit ». Le président français ne veut pas décourager Primakov, qui représente la tendance « pro-arabe » au Kremlin, à l'inverse de Chevardnadze, beaucoup plus attentif au maintien de bonnes relations avec Washington.

C'est donc avec Mikhaïl Gorbatchev qu'il explore le plus à fond les possibilités d'une solution négociée, au cours d'un long entretien au château de Rambouillet, le 29 octobre 1990. Les deux chefs d'État ont reçu quatre jours auparavant une lettre de Yasser Arafat suggérant une énième médiation arabe pour écarter l'option militaire.

D'un commun accord, rien ne filtrera de leur conversation qui, si elle aboutissait à un processus de sortie de crise, briserait net la cohésion manifestée jusqu'ici à l'ONU par les cinq membres permanents du Conseil de sécurité.

D'entrée de jeu, Gorbatchev lit à Mitterrand un télégramme que vient de lui faire parvenir Primakov qui sort d'un nouveau tête-à-tête à Bagdad avec Saddam Hussein : le président irakien a « une lueur d'espoir de voir la cohésion des autres pays se fissurer ». Selon l'envoyé soviétique, Saddam « se dit favorable à une solution pacifique » à condition de « ne pas être soumis à une humiliation publique » à la suite du retrait militaire du Koweït. Gorbatchev commente : Saddam « tente de gagner du temps pour briser la cohésion des Cinq ».

Le président soviétique poursuit la lecture du message de Primakov. Saddam Hussein a rédigé un projet de déclaration qu'il souhaite voir présentée par Paris et Moscou : les présidents des deux pays demandent à leur homologue irakien de libérer tous les otages étrangers, appellent à une solution politique de la crise et des « autres problèmes de la région ». Enfin, ils « excluent une solution militaire et le recours aux armes ».

« Il en demande beaucoup », réagit Mitterrand, qui juge ce dernier point inacceptable. Seule, assure-t-il, « la menace du recours à la force peut amener à une solution ».

Gorbatchev insiste. Il reconnaît qu'il ne faut surtout pas donner à Bagdad un « prétexte pour faire apparaître une divergence » entre les cinq membres permanents du Conseil de sécurité, mais il souhaite « exclure la solution militaire ».

Mitterrand refuse : « Si Saddam Hussein ne bouge pas ou bien si Bush et Mme Thatcher ne veulent rien entendre, il y aura une guerre avant la fin de l'année. »

Le président français développe alors, plus longuement que jamais, le seul scénario qui lui paraît envisageable. Il s'inscrit dans la logique de son discours du 24 septembre à l'ONU : admettre un lien « à long terme » entre la crise koweïtienne et le conflit israélo-arabe peut fournir à Saddam « un alibi pour céder ». Ensuite, « il faut introduire une notion de temps, que les choses ne soient pas simultanées : retrait (irakien) d'abord, plus tard restauration de la souveraineté, et dans l'intervalle un pouvoir nouveau (au Koweït) engageant la négociation et trouvant des concessions, des satisfactions d'amour-propre » pour Saddam Hussein, portant sur les revendications irakiennes dans le domaine du pétrole et de rectifications mineures de frontières.

Pour Mitterrand, en effet, le dictateur irakien « n'acceptera pas de remettre le Koweït dans les mains américaines ou de l'émir Jaber. Ce serait pour lui une perte de face mortelle ». Il faut donc imaginer cette phase de pouvoir intermédiaire en se tournant vers une « solution arabe ».

Cette initiative est-elle jouable ? Mitterrand émet un pronostic réservé : « Ni les Américains ni les Anglais ne sont sans doute prêts à accepter cette phase transitoire, mais ils ont besoin de nous au Conseil de sécurité. C'est là qu'il peut y avoir un jeu. »

Gorbatchev veut y croire. Il propose que sur la base des résultats de la mission Primakov, Mitterrand et lui fassent des propositions par écrit aux trois autres membres permanents du Conseil de sécurité recommandant d'étudier cette formule transitoire arabe.

Mitterrand veut surtout que les Arabes sachent qu'il ne se résigne pas à la guerre. Il est convaincu que les « faucons » du monde arabe – Arabie Saoudite, Émirats et Égypte – ne se désolidariseront pas de leur protecteur militaire et financier américain. Il laisse donc sans illusion les « colombes » – Jordanie, Maghreb, OLP – se dépenser en faveur de la paix. Ainsi, quand le roi Hussein de Jordanie, qu'il reçoit à Paris le 5 novembre, lui demande d'agir, Mitterrand expose-t-il de nouveau le scénario dont il a parlé une semaine auparavant à Gorbatchev. Mais il souligne que si Saddam Hussein n'évacue pas rapidement le Koweït, « on n'échappera pas à la guerre ». Et il dit ne « pouvoir se permettre un contact particulier avec l'Irak ».

C'est pourtant ce que lui demandent plusieurs personnalités socialistes, à commencer par son ministre de la Défense Jean-Pierre Chevènement qui s'insurge à l'idée de la guerre. Ainsi, dans une lettre datée du 8 novembre, il demande : « Ne pourriez-vous pas dépêcher » à Saddam Hussein « un émissaire discret qu'il connaisse » ?

François Mitterrand[1] fait une exception. Il laisse « Edgard Pisani prendre ses initiatives ». Ce grand connaisseur du monde arabe redoute lui aussi les conséquences pour la France d'une déflagration au Koweït. Président de l'Institut du monde arabe, il voyage beaucoup aux Proche et Moyen-Orient et y noue des contacts utiles. Par l'entremise de l'ancien président algérien Ahmed Ben Bella, il entrera au début du mois de décembre en relation avec Barzan Takriti, demi-frère de Saddam Hussein et diplomate en poste à Genève. Avant même ces rencontres secrètes, Pisani est à l'affût de toute information sur les contacts interarabes. Ainsi, le 12 novembre, est-il en mesure de faire part au président de « conversations » secrètes entre l'Arabie Saoudite et l'Irak. Elles tourneraient autour de « l'esquisse de solution » suivante : libération de tous les otages, retrait du Koweït – hormis un couloir de quinze kilomètres pour élargir le débouché maritime de l'Irak –, négociation sur le partage des gisements pétroliers frontaliers et sur la dette irakienne envers le Koweït. Retour de l'émir, assorti d'une promesse de dialogue avec l'opposition, et mise en place d'une force de maintien de la paix, qui serait composée de soldats français sous mandat de l'ONU. Puis, adoption d'un calendrier en vue de négociations sur les autres conflits régionaux, en particulier celui de la Palestine.

Ce scénario ne se distingue guère, en dehors du rôle précis dévolu à la France, du plan de paix en cinq points dévoilé la

1. Entretien le 4 octobre 1994.

veille par Yasser Arafat. Il suffirait donc d'accueillir favorablement les propositions du chef de l'OLP pour que Riyad et Bagdad approfondissent leurs contacts.

Mais le plan d'Arafat présente une faiblesse qui le condamne aux yeux de l'Occident. Il repose en effet sur un engagement de non-agression contre l'Irak à prendre dès sa première étape, avant même le retrait irakien du Koweït. Et cela, alors que la France s'apprête à suivre les États-Unis sur la voie d'une nouvelle résolution de l'ONU faisant monter la pression contre Saddam Hussein en autorisant l'usage de la force contre lui.

C'est pourquoi, le 13 novembre, Mitterrand écrit à Arafat pour rejeter son plan. Il juge « irréaliste d'attendre, dès ce stade, des pays directement impliqués par leur présence militaire dans la région, notamment des États-Unis, un engagement de non-agression contre l'Irak » tant que le retrait des troupes irakiennes ne pourrait être « considéré comme irréversible ». Le président français juge en outre « ni réaliste ni souhaitable » de conditionner le retrait du Koweït à l'établissement d'un « lien rigide » avec le règlement des autres conflits régionaux.

En effet, ce plan arabe n'a de chances, même faible, de réussir que si les États-Unis acceptent d'interrompre, même provisoirement, leur déploiement militaire, le temps de laisser Saddam Hussein entamer son retrait du Koweït. Or Washington a engagé une course contre la montre depuis l'annonce par Bush, le 8 novembre, du doublement de ses forces en Arabie Saoudite. L'amiral Lanxade l'explique fort clairement au président dans une note du 9 novembre 1990 : les Américains auront achevé leur déploiement à la mi-janvier 1991. Une action militaire ne pourrait intervenir beaucoup plus tard pour trois raisons : il faudrait alors envisager une relève des troupes américaines alors que le quart de leurs forces terrestres et aériennes, la moitié des « marines » et près de la moitié de la force aéronavale seraient déployés autour du Koweït ; le 17 mars 1991, début du Ramadan, constitue pour les combats une date butoir pour les forces arabo-islamiques de la coalition ; enfin, au-delà du mois de février, le retour des grosses chaleurs dans le Golfe serait très éprouvant pour des soldats occidentaux.

• Le *forcing* américain

François Mitterrand se refuse donc à prendre le risque de contrecarrer de front la politique américaine, d'autant qu'il a les plus grands doutes sur la volonté de Saddam Hussein de respecter de son côté les conditions du plan arabe. Au fond, pour le président français, l'Irakien est avant tout « un maître de la manœuvre » et cherche sans doute à « gagner du temps » pour écarter la menace qui pèse sur lui.

A Moscou, Mikhaïl Gorbatchev est lui aussi en passe de se ranger à la logique américaine. Le 8 novembre, il n'a pas beaucoup insisté auprès du secrétaire d'État américain Jim Baker sur les chances d'une solution arabe et s'est montré plutôt ouvert à l'adoption d'une résolution de l'ONU envisageant le recours à la force au Koweït. Son ministre des Affaires étrangères Édouard Chevardnadze a eu droit, pour la première fois dans l'histoire des relations américano-soviétiques à un *briefing* détaillé sur le dispositif militaire américain. Et, si l'on en croit Baker, il a été impressionné. Lors de sa conférence de presse conjointe avec le secrétaire d'État, il a déclaré qu'un recours à la force « ne pourrait probablement pas être exclu ».

Avant de s'envoler pour Londres puis Paris, sixième et septième des douze escales de son périple mondial destiné à obtenir que la coalition s'engage à voter à l'ONU pour le recours à la force, Baker câble à son président : « Nous sommes sur la bonne voie. Gorbatchev finira par nous rejoindre au nom de son désir de maintenir des bonnes relations avec nous. »

Puis, peu avant le décollage, Baker, selon la tradition américaine, a une conversation libre avec les journalistes qui l'accompagnent. Ces derniers peuvent utiliser ses propos, à condition de les attribuer seulement à « un haut responsable du Département d'État ». Sous le titre, « les États-Unis doutent de l'engagement de la France à se battre contre l'Irak », l'envoyé spécial de l'AFP Patrick Rahir écrit que ce haut responsable « n'a aucun doute » sur l'engagement des forces de la coalition « à l'exception peut-être des Syriens et des Français ».

Cette dépêche fait bondir l'Élysée. Hubert Védrine appelle aussitôt l'ambassade de France à Moscou où on lui dit que ce mystérieux « haut responsable » n'est autre que Jim Baker. Il en fait aussitôt part au président qui doit recevoir le secrétaire d'État américain le lendemain. Sur cette note, Jean-Louis Bianco, horrifié, ajoute à la main : « Monsieur le Président : M. Baker a des doutes sur la France ! »

A la lumière de cette anecdote, le récit que donne James Baker de son entretien du 10 novembre avec le président français ne manque pas de saveur : « Mitterrand était un maître dans l'art de placer ses interlocuteurs sur la défensive. Aussi a-t-il commencé notre conversation en se plaignant d'avoir lu que des responsables américains anonymes avaient exprimé des doutes sur la détermination de la France… »

Plus sérieusement, le diplomate américain reconnaît qu'aussitôt, Mitterrand a clairement pris position en faveur d'une action puissante contre Saddam Hussein qu'il a qualifié de « brute ».

Au cours de cet entretien, Mitterrand approuve le projet de résolution de l'ONU autorisant l'emploi de la force et réaffirme la solidarité de la France au côté de son allié américain. Il exprime cependant le peu d'estime dans lequel il tient les régimes monarchiques du Golfe : « Comment vais-je expliquer aux paysans français que j'ai mis en péril la vie de leurs enfants pour rétablir un milliardaire ? Comment être sûr que le recours à la force ne va pas seulement servir à protéger des coffres-forts en Suisse ? »

Le 18 novembre, à la veille du sommet de la CSCE à Paris, qui consacre la fin de la guerre froide, il reçoit George Bush à dîner. Le président américain assure que les États-Unis « ne brûlent pas d'envie d'aller attaquer l'Irak », mais pense que la résolution de l'ONU sur le recours à la force « est la meilleure occasion d'obtenir un demi-tour complet de Saddam Hussein ». Mitterrand n'en croit pas un mot : « Ces dictateurs n'ont pas la souplesse des chefs d'État démocratiques. » Le surlendemain, devant Margaret Thatcher, Mitterrand précise les conditions de l'engagement de la France dans la guerre : « Je veux distinguer l'autorisation d'utiliser la force donnée par les Nations unies et la décision de l'utiliser. Il ne doit pas y avoir automatisme. Je veux être consulté. J'ai besoin de l'accord du Parlement si l'on se lance dans une guerre. »

Ils échangent leurs pronostics sur la durée de la guerre. Mitterrand « n'arrive pas à croire les spécialistes – en l'occurrence une partie de l'état-major français – qui disent qu'il faudra des mois pour en venir à bout ». Pour « Maggie », la guerre pourrait durer « trois mois ». C'est le délai que font circuler les États-Unis auprès de leurs alliés alors qu'ils ont prévu de gagner la guerre en trois semaines.

Ce sera leur dernier entretien officiel. L'avant-veille, Mitterrand avait confié à Bush que « Maggie » ne lui semblait pas « menacée dans son poste » par la contestation lancée contre elle au sein du Parti conservateur britannique. Le 22 novembre, elle démissionnait après onze ans au 10 Downing Street. Ce soir-là, Mitterrand déclare aux auteurs : « Elle a sans doute choisi de démissionner sans se battre pour écarter son rival au profit d'un fidèle. » De fait, cinq jours plus tard, c'est son chancelier de l'Échiquier, John Major, qui l'emporte sur son tombeur, l'ancien ministre de la Défense, le fringant Michael Heseltine, surnommé « Tarzan » par la presse britannique.

Les États-Unis tiennent absolument à faire adopter cette résolution avant le 30 novembre car, à cette date, ils devront céder au Yémen, le plus fort allié de l'Irak, la présidence tournante du Conseil de sécurité. Aussi, tous les ministres des Affaires étrangères de la coalition sont-ils invités à New York le 28 novembre pour la rédaction finale de ce texte. Pour obtenir le consentement des plus hésitants, le projet américain n'utilise pas la formule « recours à la force ». On lui préfère une périphrase : le Conseil de sécurité autorise les États membres à « user de tous les moyens nécessaires » pour obtenir le retrait inconditionnel irakien du Koweït. Washington a prévu d'assortir cette résolution d'un ultimatum fixé au 1er janvier 1991. Mais les Soviétiques souhaitaient donner davantage de temps à Saddam Hussein et préféraient la date du 31 janvier. On se range au compromis avancé par la France : ce sera pour minuit, heure de New York, le 15 janvier 1991.

La résolution 678 est adoptée à l'aube du 29 novembre par 12 voix sur 15. Cuba et le Yémen ont voté contre. La Chine s'est abstenue, n'exerçant pas son droit de veto. Pékin, au dire des diplomates occidentaux, veut encore se faire pardonner le massacre des étudiants contestataires de la place Tian'anmen, plus d'un an auparavant.

A la veille de ce vote décisif, François Mitterrand avait laissé apparaître ses sentiments profonds lors d'un long exposé réservé au Conseil des ministres. Tout autant que George Bush aux États-Unis, le chef de l'État doit faire face à une opinion devenue majoritairement hostile à l'entrée en guerre [1].

Comme le président américain, il doit également tenir compte des réticences de la classe politique, jusqu'à l'intérieur de son camp, même si elles ne s'expriment pas au Palais-Bourbon avec la même virulence qu'au Capitole.

Il se dit convaincu que l'on va vers la guerre : « On ne peut malheureusement pas espérer parvenir à la paix simplement par les vertus, ignorées à Bagdad, du Saint-Esprit. Il faut se préparer à des échéances difficiles (...) Il n'y a aucune illusion à se faire là-dessus. »

Puis il répond à Jean-Pierre Chevènement qui venait une nouvelle fois de s'élever contre l'engagement de la France derrière les États-Unis, estimant qu'elle ne pourrait plus « échapper à l'engrenage » d'une guerre qui irait au-delà de la libération du Koweït.

« Les intentions sont-elles pures ? Et là, je réponds à Monsieur le ministre de la Défense, non. Elles sont mélangées, mais nous, nous n'avons pas envoyé quatre cent mille hommes. Notre posture continue à être défensive. » Et il admet que « la plupart des États arabes de la région, Israël et la Grande-Bretagne, du moins Mme Thatcher », ont pour objectif, « au-delà des résolutions de l'ONU », la « destruction de Saddam Hussein, de l'Irak, de sa capacité nucléaire et chi-

1. Un sondage SOFRES réalisé les 21 et 22 novembre traduit le retournement de l'opinion. 57 % des Français ne veulent pas que la France participe à un conflit militaire avec l'Irak, contre 36 % qui l'approuveraient. Trois mois plus tôt (SOFRES du 28 août), 53 % souhaitaient que la France participe à la guerre, contre 41 %.

mique ». Mitterrand, qui a pris soin d'exclure les États-Unis de cette liste des « jusqu'au-boutistes », ajoute que ce raisonnement n'est pas « complètement fou ». Mais il n'en fait pas un motif pour se désolidariser de ses partenaires de la coalition : « Chaque chose en son temps, on ne peut pas tout traiter à la fois. »

Bref, conclut-il sur ce point : « Il y a un moment où il faut dire "oui" ou "non". On ne peut pas rester dans la grisaille sauf à renoncer au rôle de notre pays reconnu à la naissance de l'ONU (...) Je prends mes responsabilités devant l'opinion », même si « cela sera jugé négativement par une large fraction ».

Une formule encore : « La France ne peut pas se trouver dans le camp de ceux qu'elle dénonce en se séparant de ceux qu'elle approuve. » Puis cette annonce : « La mission de nos troupes changera peut-être et deviendra offensive (...) Il faudra que le gouvernement prenne sa responsabilité et aussi les ministres qui le composent. »

Réunir les Français et préparer l'opinion

Au moment où il engage son pays dans la guerre, le chef de l'État est plus soucieux que jamais de ne pas se couper des Français et de leurs représentants.

Dès le début de la crise, tirant la leçon de ses récents déboires dans l'affaire de la réunification allemande, il avait bâti une stratégie de communication fondée sur une présence médiatique forte et un souci d'explication et de pédagogie constant. D'où les conférences de presse régulières – il y en aura huit jusqu'à la fin de la guerre – et les causeries télévisées – quatre pendant les hostilités – au cours desquelles il incarne le père de la Nation et le chef des Armées, dans la plus pure tradition de la Ve République. Comme le fit de Gaulle dans les heures chaudes de la guerre d'Algérie, son successeur tient à s'adresser directement aux Français.

Il ne néglige pas pour autant la représentation nationale. Dès la mi-août il a demandé à des personnalités de l'opposition, Jean Lecanuet, Jean François-Poncet et Jean de Lipkowski, de figurer parmi ses émissaires dans le tiers-monde.

Le 27 août, recourant à une procédure solennelle, il adresse un message au Parlement, qu'il vient de convoquer pour une session extraordinaire. « J'affirme dans cette épreuve la cohésion profonde de la France en réponse au chantage », fait-il dire par le truchement des présidents des deux Assemblées. Dans les jours qui suivent, il reçoit les principaux dirigeants politiques dont les formations sont représentées au Parlement.

Ceux-ci répondent largement à l'attente du président. Ils soutiennent la politique choisie ou, s'ils la critiquent, notamment dans les rangs communistes, ils s'interdisent à ce stade de le faire trop ouvertement. Il est vrai qu'aux premiers jours de la crise, les grandes formations politiques, qui toutes ont soutenu dans le passé des gouvernements ayant mené une politique de bonnes relations avec Bagdad, se trouvent gênées aux entournures. C'est en particulier le cas du RPR dont le président Jacques Chirac avait noué des relations d'estime réciproque avec le vice-président Saddam Hussein, à l'époque de son premier bail à Matignon, entre 1974 et 1976. C'est aussi le cas du PS, dont Jean-Pierre Chevènement était loin d'être le seul à vanter les avantages d'une coopération politique, économique et militaire avec un Irak présentant l'avantage d'avoir accompli sa révolution laïque, d'être une puissance régionale et de connaître un développement économique impressionnant, comparé à celui de ses voisins arabes.

De plus, dès le début de la guerre Iran-Irak, la classe politique française presque unanime avait fait sienne l'idée que Bagdad devait être épaulé pour faire obstacle au déferlement de l'intégrisme chiite dans la région.

Aussi, dans la prudence des premières réactions et des condamnations initiales de Bagdad, Jean-Marie Le Pen fait-il exception. Dès le 10 août, au lendemain de la première conférence de presse élyséenne, il prend le contre-pied de l'*establishment*. « Qu'allons-nous faire dans ce boutre sinon défendre les intérêts des "majors" pétroliers américains ! », lance le président du Front national à la surprise de tous, y compris dans ses propres rangs. Mélange d'anti-américanisme, de cartiérisme – « une affaire arabe au premier chef » –, de populisme – ne pas défendre les gros contre les petits –, l'attitude du leader de l'extrême droite semble répondre avant tout au souci de se démarquer, de faire entendre sa voix. Le 29 août, mécontent de ne pas avoir été invité à l'Élysée, il écrit à François Mitterrand : « Vous avez décidé d'aligner la France sur la position américaine » alors qu'« à mes yeux, il n'y a pas lieu d'engager militairement la France dans un conflit international lorsque le sol de la Patrie et les intérêts vitaux de notre pays ne sont pas en cause ». Dans l'hypothèse d'une guerre de « type Nord-Sud », il demande au chef de l'État de « revoir à la hausse le budget de la Défense nationale et à la baisse le nombre des immigrés du tiers-monde sur notre territoire ». Il juge également « prudent de renforcer la surveillance dans les ghettos immigrés à forte présence arabo-musulmane ».

Dans un autre registre, le directeur du *Figaro Magazine*, hebdomadaire souvent proche des idées de la droite réactionnaire, exploite la même veine. Le 26 août, Louis Pauwels écrit : « La droite et la gauche, chez nous, n'ont cessé d'enrichir l'amitié franco-irakienne. Et nous voilà en avant-guerre contre un satrape, un furieux, un Hitler. Comme c'est bizarre ! » Sa position sera combattue dans les mêmes colonnes par les deux autres éditorialistes du *Fig Mag*, Jean d'Ormesson et Alain Griotteray.

D'autres voix discordantes se font entendre dans les premières semaines. Celles de l'écologiste Antoine Waechter, animé d'un souci pacifiste, ou de Michel Jobert, gardien du dogme de « la politique arabe de la France ». Ils sont rejoints sur le même thème par les anciens ministres André Giraud et Albin Chalandon, proches des milieux militaires et pétroliers. Ces critiques ne pèsent guère au regard des déclarations des ténors de l'opposition, comme le soutien aux « décisions prises » exprimé en commun, le 15 septembre, par Jacques Chirac et Valéry Giscard d'Estaing, après l'annonce de l'opération Daguet en Arabie Saoudite.

Ce consensus commence à s'effriter au mois d'octobre, alors que le conflit s'enlise et que l'opinion, inquiète, est en passe de se retourner contre la « logique de guerre ». Au nom du Parti communiste, Georges Marchais, qui, au mois d'août, avait condamné l'invasion du Koweït, considère que les

États-Unis « sautent sur l'occasion pour mettre la main sur le Proche-Orient ». *L'Humanité* s'engage résolument « contre la guerre » et fait un large écho aux signataires de l'« Appel des 75 », qui, avec les dirigeants du PCF, réunit des personnalités diverses comme l'avocate Gisèle Halimi, le professeur de médecine Paul Milliez, le comédien Marcel Maréchal, ou trois des quatre anciens ministres communistes, Charles Fiterman, Jack Ralite et Anicet Le Pors.

Les socialistes se tiennent à l'écart de cette contestation. Chez eux, le souci de discipline l'emporte : il ne faut pas mettre en difficulté le président et le gouvernement. Pourtant, on s'interroge beaucoup sur le bien-fondé des choix de l'Élysée. Jean Auroux [1], élu à la présidence du groupe socialiste au début du mois d'octobre pour succéder à Louis Mermaz nommé au gouvernement, fut un témoin privilégié de ces dissensions : « Il y a un vieux fond pacifiste chez les socialistes. C'était donc très difficile au sein du groupe. Il y avait ceux qui, même en dehors de son courant, étaient sensibles au raisonnement de Chevènement ; ceux qui considéraient que l'on diabolisait Saddam Hussein, qui portait le flambeau de la laïcité dans une région menacée par l'intégrisme islamiste. D'autres encore ne voulaient pas que la France serve de faire-valoir à l'alibi pétrolier américain. Nous avons connu beaucoup de réunions très tendues. Nombre de députés socialistes suivaient le président à contrecœur. »

Et « pour les convaincre, ajoute Auroux, nous multipliions les réunions entre nos députés et des représentants de l'Élysée, Matignon, le Quai d'Orsay et la Défense ».

Ce type de contacts n'était pas réservé aux élus socialistes. Dès le début du mois de septembre, le Premier ministre avait invité des représentants qualifiés de tous les groupes parlementaires à des réunions à Matignon pour les tenir informés des derniers développements de la crise. Guy Carcassonne [2] est chargé de les organiser : « Lors de la première réunion, Michel Rocard a testé ses interlocuteurs. Il leur a livré une information confidentielle quarante-huit heures avant qu'elle

1. Entretien le 13 mars 1996.
2. Entretien le 7 décembre 1992.

ne soit publique. Il n'y a pas eu la moindre fuite. Quand il les a revus, la semaine suivante, il le leur a dit et dès lors s'est instauré un climat de confiance. »

Rocard présidera vingt-sept rencontres de ce type, à la grande satisfaction des parlementaires de gauche et de droite. Carcassonne conserve un souvenir amusé de l'une de ces séances : « Ce jour-là, Alain Juppé, secrétaire général du RPR, en veine de confidences, nous dit que ces réunions le “dépriment”. » Certes, « elles sont passionnantes » explique celui qui, trois ans plus tard, deviendra ministre des Affaires étrangères, « mais il n'y a que Rocard pour faire cela comme ça : si c'était Chirac, nous aurions droit à des mouvements de menton, si c'était Barre, le ton serait docte et professoral, si c'était Giscard, il nous écraserait de son mépris ».

Un jour, Claude Estier [1], président du groupe socialiste au Sénat, est reçu par Mitterrand au sortir de l'une de ces réunions. Il lui dit que Michel Rocard mène bien son affaire. Le président ironise : « Ah bon ! Il fait de la stratégie maintenant ! »

Les choses sérieuses se traitent à l'Élysée. Tous les matins, les collaborateurs du président, du Premier ministre et des ministres des Affaires étrangères, de la Défense et de l'Intérieur se réunissent à 9 heures autour de Jean-Louis Bianco. Ils mettent en œuvre les décisions prises la veille au soir lors du Conseil restreint, presque quotidien, autour de Mitterrand et préparent celui du jour, fixé habituellement à 18 heures. Outre la coordination de l'action diplomatique et militaire, ils organisent la communication gouvernementale. Les ministres sont soumis à la règle du silence. Et seuls peuvent y déroger ceux qui ont obtenu le feu vert de l'Élysée et de Matignon. Selon plusieurs participants, les ministres jouaient le jeu, même si Jack Lang, se prévalant de l'autorisation expresse du président, tentait de transgresser la censure et si Lionel Jospin souffrait de devoir respecter cette discipline.

Hubert Védrine pour l'Élysée et Guy Carcassonne pour Matignon ont également la mission délicate de surveiller les

1. Entretien le 4 février 1993.

médias. Dans une situation de crise internationale puis de préparatifs de guerre, on ne peut pas tout dire, ni surtout tout montrer.

Dans les premiers jours d'août, les fréquentes apparitions de l'ambassadeur d'Irak à Paris Abdul Razzak Al-Hachimi sur les plateaux de TF1 et de la Cinq conduisent l'hôtel Matignon à une première intervention auprès de ces chaînes appartenant à des groupes industriels en relation d'affaires avec l'Irak. Le ton monte à la fin du mois à la suite d'une interview de Saddam Hussein réalisée à Bagdad par le présentateur-vedette de la première chaîne Patrick Poivre d'Arvor. Michel Rocard publie un communiqué appelant les journalistes à se montrer responsables et il convoque les chefs de la rédaction de TF1 pour les enjoindre de faire la différence entre l'information et la propagande. Poivre d'Arvor avait ramené de Bagdad un bébé dont la mère avait pu regagner la France. Il en avait parlé à ses confrères qui, dans leurs papiers, avaient salué son courage. Mais à Paris, le pouvoir est scandalisé par la complicité entre TF1 et Bagdad : on sait, par les écoutes téléphoniques de l'ambassadeur d'Irak, que ce dernier « a suggéré à Poivre d'Arvor de ramener un bébé en cachette [1] ».

Soutenir la coalition et risquer les malentendus

Avec la résolution 678, le compte à rebours a commencé. Si, dans quarante-cinq jours, le président irakien n'a pas engagé sérieusement le retrait de ses quelque cinq cent mille hommes du Koweït, il peut s'attendre au déclenchement de l'opération « Desert Storm » (Tempête du désert) : une guerre éclair, prévue en deux phases par le Pentagone. Trois semaines de bombardements massifs, suivies, si nécessaire, d'un engagement des troupes au sol jusqu'au cœur du territoire irakien.

Au cours du mois de décembre, Saddam Hussein souffle le chaud et le froid. Il rejette l'ultimatum de l'ONU puis il annonce la libération avant Noël des quelque trois mille étran-

1. Document d'archives.

gers toujours retenus en Irak. Il renforce son dispositif défensif au Koweït et laisse entendre, par le truchement des nombreux émissaires officieux qui se succèdent à Bagdad, qu'il est ouvert à un retrait négocié.

Dans les capitales occidentales et chez les émirs engagés dans la coalition, on estime qu'il cherche surtout à gagner du temps. Chez tous ceux qui ne veulent pas entendre parler de la guerre, on veut croire en revanche que Bagdad est encore ouvert à un compromis.

La France a choisi son camp : celui de la fermeté qui peut aller jusqu'à l'engagement de ses forces. Mais, en même temps, François Mitterrand veut donner une chance à la paix et donc au dialogue avec Bagdad. S'il n'y croit guère, une telle attitude l'aide à neutraliser l'hostilité à la guerre qui se manifeste en France, dans les pays arabes et, plus généralement à travers le tiers-monde.

Cette politique d'équilibriste prête au malentendu. Ses adversaires y voient un « double jeu » tout à fait français et typiquement mitterrandien. En réalité, le président français n'a pas « deux fers au feu ». Il n'en a qu'un : au nom du droit international, tel qu'il résulte des votes de l'ONU, la France participera modestement à l'action de guerre si Saddam Hussein ne renonce pas à sa proie.

Au cours des deux premières semaines de décembre, François Mitterrand donne pourtant du fil à retordre au grand allié américain. Il refuse sur deux questions majeures – les contacts avec l'Irak et le dossier israélo-palestinien – de se plier aux exigences de Washington, en dépit des demandes pressantes de George Bush.

Le déroulement de ces deux crises mérite d'être révélé en détail. Elles auront des conséquences durables sur les prolongements diplomatiques de l'après-guerre aux Proche et Moyen-Orient.

Le mardi 29 novembre 1990, au soir de l'adoption de la résolution 678 à New York, les cinq ministres des Affaires étrangères des pays membres permanents du Conseil de sécurité se retrouvent à dîner dans la suite de Jim Baker à l'hôtel Waldorf Astoria. Dans une ambiance détendue, on évoque l'action diplomatique à mener d'ici la date fatidique du 15 janvier 1991.

Tous sont d'accord pour rester en étroit contact. Roland Dumas et Édouard Chevardnadze avancent l'idée d'une réunion au sommet des Cinq un mois avant l'expiration de l'ultimatum pour réaffirmer à la face du monde la cohésion des grandes puissances.

Le Soviétique et le Français suggèrent en outre des démarches parallèles et concertées auprès de Saddam Hussein pour l'avertir personnellement et sans la moindre ambiguïté que, faute d'un retrait du Koweït, il sera défait militairement par la coalition. Le Chinois Qian Qichen les approuve.

Jim Baker et Douglas Hurd ne sont pas enthousiastes mais ne s'opposent pas à cette idée.

D'où un grave malentendu :

Dans ses Mémoires, Baker affirme que « notre dîner s'est achevé sans parvenir à une conclusion, comme c'est souvent le cas dans ce genre de rencontre, sans plan d'action réel mais sur le projet de se revoir dans les jours à venir. Quant à moi, je pensais qu'une rencontre des cinq membres permanents avec les Irakiens était une idée louable mais erronée, une recette pour perdre le contrôle des démarches diplomatiques à venir ».

Roland Dumas retient du dîner de New York des conclusions inverses. De retour à Paris, il écrit le 1er décembre à François Mitterrand : « La discussion a été dense et fort intéressante. *Nous sommes tombés d'accord sur trois points*[1] : donner toutes ses chances à la paix en intervenant auprès de Saddam Hussein ; principe de démarches bilatérales parallèles auprès de Bagdad, ces démarches n'intervenant pas nécessairement au même moment ; nouvelle réunion au niveau des Cinq en Europe (à Bruxelles ou à Paris), à la mi-décembre, et éventuellement sommet des cinq chefs d'État et de gouvernement qui pourrait se tenir ultérieurement en fonction de l'évolution de la situation. »

La veille, George Bush avait pris tout le monde de court en annonçant à la presse qu'il invitait Tarek Aziz à Washington avant le 10 décembre et enverrait Baker voir Saddam

1. Souligné par les auteurs.

Hussein à Bagdad entre le 15 décembre et le 15 janvier pour leur dire que, faute d'un retrait inconditionnel du Koweït, la seule solution acceptable serait la guerre.

En se montrant prêt à effectuer ce « pas supplémentaire pour la paix » (« *to go the extra mile for peace* »), Bush avait en fait trois objectifs. Convaincre le monde, en particulier les Soviétiques et les autres pays réservés devant l'usage de la force, que les États-Unis ont tout fait pour l'éviter. Désarmer les critiques du Congrès et des commentateurs américains. Et prendre de vitesse les autres membres de la coalition en rendant superflues leurs éventuelles démarches envers Saddam Hussein.

Au lendemain de cette annonce spectaculaire, Bush téléphone à ses alliés. A François Mitterrand il explique : « Si je vois Aziz, il faut qu'il comprenne que rien n'est possible, y compris la paix, tant qu'il n'aura pas quitté le Koweït. » Quant à Saddam Hussein, « il apprendra de la bouche de Baker qu'il n'y a aucune marge de compromis ».

Deux jours plus tard, alors que la presse internationale se demande si Bush n'est pas en train de flancher, hanté par le « spectre d'un nouveau Vietnam », il s'explique de nouveau, dans une lettre, adressée à son « cher François » : « Laissez-moi vous redire que ces rencontres ne seront ni des négociations ni des concessions ni des tentatives pour sauver la face ou résoudre la crise en la liant à d'autres questions. »

François Mitterrand [1] se souvient : « Au fond, George Bush me disait : "Laissez-moi faire avec Saddam Hussein, mais je ne ferai rien." »

Le 7 décembre, nouvelle lettre de George Bush : « Cher François (...) nous pensons que des discussions officielles parallèles entre d'autres membres de la coalition et l'Irak seraient peu judicieuses et que la création de canaux parallèles offrirait seulement à Saddam Hussein l'occasion de tenter d'affaiblir la coalition (...) J'espère que vous découragerez de semblables initiatives. »

François Mitterrand lui répond aussitôt : « Cher George (...) s'agissant d'un contact direct entre la France et l'Irak, je n'ai pas encore décidé, s'il y a lieu, à quel niveau et à quel

1. Entretien le 3 octobre 1994.

moment il serait pris. » Il rappelle que lors du dîner de New York, « il fut convenu » en présence de James Baker que les Cinq effectuent « des démarches bilatérales, parallèles et coordonnées ».

La correspondance Bush-Mitterrand des 7 et 8 décembre 1990 traite aussi des questions militaires. « Vous avez déjà apporté à l'opération Desert Storm une contribution équivalente à presque une division. J'aimerais que vous considériez une augmentation significative et rapide de vos forces terrestres. » Mitterrand répond : « J'ai décidé aujourd'hui que la présence militaire française dans le Golfe va se trouver, à très brève échéance, substantiellement renforcée. »

L'engagement militaire de la France dans le Golfe se déroule en quatre étapes.

La première décision remonte au 9 août avec l'envoi du *Clemenceau* vers la mer Rouge. C'est essentiellement un geste diplomatique. Un mois plus tard, le 14 septembre, saisissant l'occasion du coup de force irakien contre l'ambassade de France à Koweït City, Mitterrand saute le pas et ordonne le déploiement des premiers éléments de la Force d'action rapide (FAR) en Arabie Saoudite. Parallèlement, la présence navale française est renforcée pour participer, dans le cadre de l'UEO (Union de l'Europe occidentale), à la mise en œuvre du blocus de l'Irak.

Avec l'adoption de la résolution 678 du 29 novembre 1990 autorisant l'usage de la force contre l'Irak, Paris modifie la nature de son engagement militaire : d'une présence « strictement défensive » en Arabie Saoudite, on passe à une posture offensive dans le cadre de l'opération « Tempête du désert ». François Mitterrand souscrit à l'analyse politique de son chef d'état-major Jacques Lanxade qui lui a fait valoir, dans une note du 24 novembre, suivie de plusieurs réunions restreintes, que si « le maintien à l'écart de nos forces aurait l'avantage de limiter les pertes de nos troupes, il réduirait beaucoup la possibilité pour la France de participer à la gestion de l'après-crise. Il pourrait être en outre, dans l'hypothèse d'une probable victoire militaire sur l'Irak et après que celle-ci soit intervenue, mal ressenti par l'opinion ». Le passage à l'option offensive ne se traduit toutefois pas par une augmentation significative du volume des forces françaises dans le Golfe, qui demeure autour de six mille hommes.

Quatrième et dernière étape, décidée le 8 décembre 1990 : un accroissement des effectifs combattants, réclamée par les États-Unis. Trois options sont étudiées par l'état-major français : le *statu quo*, le passage de six mille à dix mille hommes avec un renforcement des moyens, et le schéma maximal qui consisterait à aligner seize mille hommes, permettant une intervention plus autonome par rapport au plan de manœuvre américain.

Les militaires préconisent de s'en tenir au renforcement limité à dix mille hommes. Ils redoutent les pertes en cas de guerre et rencontrent des difficultés logistiques pour aligner aussi vite un tel dispositif de militaires de carrière et d'engagés, et l'acheminer aussi loin de la métropole.

Mitterrand, de toute façon, n'envisageait pas d'aller au-delà. Pour lui, la libération du Koweït est, certes, un devoir international, mais le sort de cet émirat n'est pas au cœur des intérêts vitaux ou historiques de la France. Comme il se plaît à le répéter à tous ses interlocuteurs, le Liban lui importe bien plus.

Lanxade [1] raconte : « Nous avons dû bagarrer pour arracher au président cette augmentation à dix mille hommes. Il considérait que le rôle de la France n'exigeait pas un effort militaire trop important. L'accord s'est finalement fait sur cette option moyenne, d'autant que les États-Unis n'en demandaient pas plus, à condition que nos forces soient placées sous leur commandement. »

L'autre crise franco-américaine du mois de décembre 1990 porte sur la question palestinienne. Alors que le monde entier a les yeux fixés sur le Golfe, elle passe relativement inaperçue. Pourtant, elle explique pour une bonne part les raisons de la mise à l'écart de la France par les Américains et les Israéliens, au lendemain de la guerre du Golfe, quand sera convoquée une conférence de paix au Proche-Orient [2].

1. Entretien le 7 février 1995.
2. Voir XVIIe partie : « L'Europe en souffrances ».

A l'approche du troisième anniversaire du déclenchement de l'Intifada dans les territoires occupés, les pays non alignés saisissent le Conseil de sécurité d'un projet de résolution condamnant la politique de répression israélienne et appelant à l'ouverture d'une conférence internationale de paix au Proche-Orient.

La diplomatie américaine s'y oppose totalement. Au moment où Washington s'emploie à convaincre Israël de se tenir à l'écart de la crise du Golfe et de ne pas réagir aux provocations irakiennes, une telle résolution serait très mal perçue dans l'État hébreu. De plus, elle donnerait raison à Saddam Hussein qui ne cesse de réaffirmer le lien entre le conflit du Koweït et celui du Proche-Orient.

Avec l'accord de la France et de l'URSS, les États-Unis obtiennent aisément que l'examen de ce texte soit repoussé au lendemain du vote de la résolution 678 du 29 novembre. Deux résolutions concomitantes sur la crise koweïtienne et le conflit israélo-palestinien auraient affaibli le signal de fermeté adressé à Bagdad. Le projet des non-alignés n'est donc soumis que le 7 décembre 1990 au Conseil de sécurité. Il convient parfaitement à la France. Mais, à la demande insistante de Washington, l'ambassadeur soviétique à New York demande un nouveau report afin d'éviter un veto des Américains. Ces derniers n'acceptent l'idée de mentionner la conférence internationale que dans une déclaration annexe – et donc sans valeur juridique – à la résolution des non-alignés.

A deux reprises, la délégation américaine obtient, par des motions de procédure, l'ajournement du vote du Conseil de sécurité. En désaccord avec cette méthode, la France se contente de s'abstenir. Il n'est pas question de voter ouvertement contre Washington au moment où la solidité de la coalition contre l'Irak est aussi nécessaire.

Pourtant, le 12 décembre, George Bush demande à François Mitterrand de reconsidérer sa position. « J'ai été déçu que la France se soit abstenue avec la Chine sur deux motions récentes de procédure visant à ajourner un vote sur un texte pernicieux inspiré par l'OLP qui faisait référence à une conférence internationale (…) Je comprends bien, François, que les perspectives françaises et américaines sur la question palestinienne diffèrent quelque peu. Il nous faut cependant coopérer sur ce sujet afin d'éviter tout semblant de fissure dans notre front commun. »

Le lendemain, à New York, le vote est encore repoussé par les Américains qui demandent que Jérusalem ne soit pas mentionné parmi les territoires occupés. La délégation française insiste pour que la conférence internationale figure dans la résolution proprement dite et pas dans son annexe.

Le 15 décembre, devant la persistance du blocage, Mitterrand répond à Bush. « Vous craignez les risques d'amalgame entre la crise du Golfe et l'affaire palestinienne et vous redoutez que l'Irak n'en profite pour se prévaloir aux yeux du monde arabe d'avoir réussi à lier entre eux le conflit du Golfe et le conflit israélo-arabe. J'ai, croyez-le bien, le même souci que vous ; mais je pense que l'immobilisme du Conseil de sécurité sur l'affaire palestinienne produit très exactement l'effet inverse (...) Sur le fond des choses, nous avons en effet une divergence de vues. La réunion d'une conférence internationale est, à nos yeux, la seule perspective qui permettra de débloquer une situation figée en raison de l'intransigeance d'Israël (...) Je comprends votre difficulté et les conséquences dommageables qui résulteraient de l'obligation où vous seriez d'émettre un veto. Je souhaiterais vous éviter cette difficulté supplémentaire. Mais comprenez aussi le problème de conscience qui m'est posé et mon refus de m'associer à ce que je crois être une erreur historique. »

Pendant cinq jours, le bras de fer se poursuit à New York. Mitterrand l'évoque le 19 décembre en Conseil restreint en parlant de « bagarre épouvantable ». Finalement, un compromis est trouvé. Le 20 décembre, Washington ne met pas de veto à cette résolution 681 adoptée à l'unanimité qui ne mentionne qu'en annexe la conférence internationale. La France a renoncé à faire figurer cette conférence dans le corps de la résolution.

CHAPITRE 5

Les combats (guerre du Golfe III)

« Nous saisirons tous les fils de la négociation »

Le mercredi 19 décembre 1990, à moins d'un mois de l'expiration de l'ultimatum de l'ONU contre l'Irak, François Mitterrand explique à ses principaux ministres pourquoi la France se doit de participer à la guerre de libération du Koweït : « Si nous sommes absents du conflit, nous serons absents du règlement et l'opinion nous en voudra. De plus, nous ne justifierions pas notre position de membre permanent du Conseil de sécurité (...) L'Allemagne est encore un nain politique. La preuve en sera faite. Les Allemands ne seront pas là. Les Britanniques, eux, sont trop soumis aux Américains. Nous devons être sûrs de nous, logiques, mais tout faire pour que la France joue un rôle de négociateur, d'apaisement, en évitant de se faire envoyer paître par Saddam Hussein. Comment ? C'est une question de doigté, de maîtrise [1]. »

Le président français se demande toujours si Saddam Hussein ne va pas céder *in extremis*, comme le dit notamment « l'expert » Henry Kissinger.

Dans ce cas, la France, pense-t-il, peut jouer son rôle et apparaître en sauveur de la paix. Un rôle que s'interdisent les États-Unis en raison de leur position de leader militaire de la coalition et qui semble devoir échapper à l'Union soviétique aux prises avec de nouvelles difficultés politiques dans les pays Baltes, illustrées par la démission d'Édouard Chevardnadze, le 20 décembre, qui affaiblit encore plus Mikhaïl Gorbatchev.

1. Dans *Libération*, Serge July résumera ainsi la démarche de Mitterrand : « Servir la paix et profiter de la guerre. »

En même temps qu'il prépare la guerre, Mitterrand décide, à la fin du mois de décembre, d'agir diplomatiquement par trois canaux distincts : secrètement, par l'intermédiaire de conversations entre Edgard Pisani et Barzan Takriti, le demi-frère de Saddam Hussein ; officieusement, en décidant d'envoyer le député Michel Vauzelle à Bagdad ; officiellement, enfin, en recherchant un soutien international pour lancer, *via* l'ONU, un dernier appel à la raison, à la veille de l'expiration de l'ultimatum.

Tandis que l'attention se polarise sur les préparatifs militaires en Arabie Saoudite, abondamment filmés par les télévisions, et sur la « querelle des dates » entre Washington et Bagdad pour les entretiens croisés Bush-Aziz et Saddam-Baker, Mitterrand tisse sa toile.

Le 26 décembre, il reçoit Edgard Pisani de retour de Rolle, près de Genève, où il a secrètement rencontré Barzan Takriti auquel il a remis son scénario de sortie de crise : Saddam Hussein doit annoncer le retrait militaire du Koweït selon un calendrier liant son départ à celui des troupes américaines [1]. Un accord de principe doit être pris pour la tenue d'une conférence internationale sur le Proche-Orient et sur le règlement des litiges frontaliers, pétroliers et financiers entre l'Irak et le Koweït. Après avoir été approuvé par Arafat et Ben Bella, ce plan prévoit une allocution de Mitterrand demandant qu'il soit étudié par le Conseil de sécurité.

Pisani indique que Takriti a promis de transmettre sans attendre ces propositions à son demi-frère. Puis il propose de se rendre lui-même à Bagdad pour prendre connaissance de la réponse de Saddam Hussein. Mitterrand estime que le moment n'est pas venu.

Il décide en effet le lendemain de sortir de la clandestinité en envoyant à Bagdad le président socialiste de la Commission des Affaires étrangères de l'Assemblée nationale. Michel Vauzelle, qui brûle d'envie depuis des mois de jouer un rôle en allant à Bagdad, est contacté le 31 décembre par Roland Dumas qui lui donne les instructions du président. Le 2 janvier 1991, l'ancien porte-parole de l'Élysée de 1981

1. Voir le récit de la mission Pisani dans *L'Express* du 11-17 avril 1991.

à 1986 s'envole pour Bagdad, *via* Amman, après avoir lui-même fait publier une déclaration dans laquelle il explique qu'il n'est chargé d'aucune mission officielle, mais qu'il espère « jouer un rôle exploratoire fort utile ». Le 3, il voit Tarek Aziz qui lui sert un « discours langue de bois[1] ». Le 5, il a plus de quatre heures d'entretien avec Saddam Hussein. Le président irakien a « refusé de me répondre clairement sur l'évacuation du Koweït. Affichant une grande tranquillité, il s'est dit prêt à la guerre, dans une logique de martyr, mais assuré d'en sortir grandi pour avoir défendu la cause arabe ».

De retour à Paris le lendemain soir, 6 janvier, Vauzelle rend compte à Mitterrand : « Saddam me paraît déterminé à faire la guerre et il est prêt à accepter le sacrifice de son peuple. » Il raconte : « Le président, qui m'avait envoyé à Bagdad pour savoir s'il y avait encore un coup diplomatique à tenter, m'a dit ce soir-là : "On savait qu'on allait faire la guerre, maintenant on sait pourquoi." »

Aussi quand Mitterrand reçoit le lendemain James Baker en route pour Genève où il doit rencontrer Tarek Aziz, un rendez-vous décidé après maintes tergiversations, son pronostic est sans surprise : « Il est évident que demain à Genève il y aura rupture. » Mais le président français s'empresse d'ajouter : « Nous saisirons tous les fils en vous informant bien sûr. Mais il n'y a aucune marge, sauf revirement de Saddam Hussein. »

Encore une fois, donc, Mitterrand n'écarte pas, comme il le dit depuis deux mois, l'hypothèse d'un geste de dernière minute du dictateur irakien. Selon son proche entourage, le président français essaie de se former une opinion sur la psychologie du raïs, en consultant des spécialistes et en lisant tous les ouvrages sérieux qui lui sont consacrés[2].

1. Entretien avec Michel Vauzelle, le 3 février 1994.

2. Le 9 janvier, il déclare à la table du Conseil des ministres : « Je dois vous dire que je suis très peu optimiste, à moins que le processus mental de Saddam Hussein ne soit celui qu'on peut espérer encore : un virage soudain et brutal, comme celui qu'il a opéré avec l'Iran (au mois d'août 1988) ou à propos des otages (le 6 décembre 1990). En tout cas, il ne le fera que grâce à une position dure de notre côté. »

• Nouvelle friction avec Washington

L'entretien Mitterrand-Baker du 8 janvier 1991 donne lieu à une nouvelle friction franco-américaine à propos de l'engagement du dispositif Daguet dans l'opération « Tempête du désert ».

Au début, la conversation est aisée. Le secrétaire d'État lit au président la lettre de George Bush à Saddam Hussein qu'il remettra le lendemain à Tarek Aziz. Elle contient une menace explicite de « destruction de l'Irak ». Mitterrand juge cette formulation trop dure car elle sous-entend que les forces de la coalition s'en prendront aux populations civiles. Afin d'éviter de donner ainsi une arme de propagande aux Irakiens, il suggère de s'en tenir à une menace de détruire l'appareil militaire. « Excellente suggestion », répond Baker qui promet d'en faire part à son président. De fait, le lendemain, la lettre sera modifiée en ce sens.

Puis l'entretien s'envenime quand Jim Baker déclare que « les militaires américains ne savent pas ce qu'il en est de la position française » en cas d'ouverture des hostilités. Se déclarant « surpris » qu'il puisse y avoir de tels doutes, et « choqué » des dernières déclarations en ce sens du secrétaire américain à la Défense Dick Cheney, Mitterrand rappelle que la mission des dix mille hommes français est d'« intervenir après le début des opérations terrestres ». Il explique que jusqu'au 15 janvier, la France, pour « tenir compte de son opinion publique et de sa tradition séculaire avec le monde arabe, ne peut renoncer à aucune possibilité ». Mais « après le 15 janvier, la guerre est légitime et son déclenchement dépendra uniquement de considérations militaires et non plus politiques ».

Baker insiste : « Est-ce que les troupes françaises seront prêtes à agir sous les ordres de Schwarzkopf ? »

Mitterrand : « Uniquement lorsque la campagne aérienne sera terminée (…) Il y a déjà dix jours que j'ai dit que j'étais d'accord. Les militaires américains sont-ils sourds ? »

Baker : « Le malentendu vient peut-être du fait qu'il n'y a pas eu officiellement d'accord disant que les Français obéiraient à des ordres américains. »

D'où vient ce nouveau malentendu ?

Le mardi 1er janvier, François Mitterrand reçoit par l'intermédiaire de Jean-Pierre Chevènement une longue note « secret défense » du chef d'état-major des Armées, le général Maurice Schmitt, détaillant la manœuvre d'ensemble américaine, telle que le général Norman Schwarzkopf l'a présentée au commandant de la division Daguet en Arabie Saoudite, le général Michel Roquejoffre. Les militaires américains ont proposé à leurs collègues français deux options pour leur participation, sous leur commandement, aux opérations terrestres, dites M1 et M2.

Chevènement adjoint à cette note une analyse personnelle dans laquelle il écrit ne pouvoir « en conscience donner son approbation à la manœuvre américaine dans laquelle la nôtre s'insère ».

Après trois jours de tractations entre l'Élysée, la Défense et l'état-major, l'amiral Lanxade conclut, à l'opposé de Chevènement : « Le plan d'engagement américain est logique », écrit-il le 4 janvier à Mitterrand.

Et le 5 janvier, le président de la République, chef des Armées, donne par écrit ses instructions au ministre de la Défense : « Vous conduirez avec nos alliés les travaux de planification nécessaires à un engagement de nos forces visant à libérer le territoire du Koweït. »

Dès lors, se pose la question de savoir si, entre le 5 et le 9 janvier – date où Baker fait part à Mitterrand des doutes américains –, Chevènement a répercuté les consignes présidentielles à ses militaires.

Tous les responsables français interrogés assurent qu'en dépit de ses objections de fond, le ministre de la Défense a été loyal jusqu'au bout. Toutefois, certains n'excluent pas qu'il ait pu faire montre d'une certaine inertie. Ainsi l'amiral Lanxade[1], qui n'a aucun doute sur le bien-fondé de la croisade alliée contre l'Irak, observe-t-il que « Jean-Pierre Chevènement a essayé chaque fois de faire en sorte que l'application des décisions soit restrictif ». Selon lui, « avec Chevènement, tout le message était déformé. Il essayait de freiner le système. Du coup, le chef d'état-major des Armées,

1. Entretien le 7 février 1995.

le général Schmitt, était coincé. Il se retrouvait dans une situation très difficile entre les Américains et Chevènement et n'avait pas de contact direct avec le président ». Roland Dumas[1] ajoute : « Au moment de cette visite de Baker à Paris, les Américains étaient inquiets. Mitterrand avait beau répéter à Bush : "Sur le plan militaire, vous pouvez compter sur nous", ça flottait entre les ministres de la Défense et les états-majors français et américain. Mitterrand s'est fâché lorsque Baker a mis en doute la parole de la France, mais le président croyait que ses consignes avaient été immédiatement transmises. »

L'engagement de Mitterrand a donc rassuré Baker. En quittant l'Élysée, il envoie à Bush le message suivant : « Les Français seront avec nous au moment décisif. »

• Ultimes initiatives

En attendant ce « moment décisif », François Mitterrand poursuit donc ses initiatives de paix.

Le 9 janvier, quelques heures après la fin des huit heures d'entretiens infructueux entre Baker et Aziz auxquels il a assisté, à l'hôtel Intercontinental de Genève, Barzan Takriti retrouve Edgard Pisani à Rolle pour une nouvelle entrevue secrète[2].

L'émissaire français est porteur d'une nouvelle offre de compromis fondée sur l'amorce d'un retrait irakien du Koweït avant le 15 janvier, annoncé par Bagdad en réponse à un appel de plusieurs pays (France, URSS, Allemagne, Algérie, non-alignés...). Suivrait alors une garantie de non-agression de la coalition, des négociations sous l'égide du Maghreb concernant les contentieux irako-koweïtiens et une saisine du Conseil de sécurité pour promouvoir la tenue en

1. Entretien le 21 novembre 1995.

2. Quelques jours auparavant, toujours dans le plus grand secret, l'officier de la DST Philippe Rondot avait été envoyé auprès de Barzan Takriti pour le mettre en garde contre les conséquences catastrophiques pour l'Irak d'une offensive militaire de la coalition. Rondot rapportera que son interlocuteur en a été « ébranlé » mais que « Saddam a dû prendre cet avertissement pour du bluff ».

1991 d'une conférence internationale sur le conflit israélo-arabe.

Ce scénario, peaufiné par Roland Dumas, a été remis à Mitterrand le 7 janvier. Aussitôt, Jean-Louis Bianco a été envoyé secrètement à Alger pour s'assurer du soutien de Chadli, et Dumas à Rabat pour celui d'Hassan II. Pisani en est, pour sa part, le messager auprès du demi-frère de Saddam qui, une nouvelle fois, le transmet à Bagdad. La réponse irakienne arrive par trois canaux différents :

Le 10 janvier, Jacques Chirac fait savoir à l'Élysée qu'il a reçu le matin même l'ambassadeur d'Irak à Paris Abdul Razzak Al-Hachimi, à sa demande. Le diplomate a prié le président du RPR de communiquer au chef de l'État les deux informations suivantes : James Baker, à Genève, n'a rien voulu négocier sur aucun point avec Tarek Aziz. Désormais, « seule une initiative française pourrait avoir un effet et cette initiative devrait être l'envoi à Bagdad de Roland Dumas, qui serait immédiatement reçu par Saddam Hussein ».

Le 11, Ahmed Ben Bella insiste au téléphone auprès de Pisani pour qu'il se rende à Bagdad avec Roland Dumas.

Et le 12, l'ambassadeur d'Irak est reçu par Dumas auquel il renouvelle la pressante invitation de Saddam Hussein.

Le 13 au soir, Mitterrand convoque Dumas et Pisani rue de Bièvre. Leur départ pour Bagdad le lendemain est envisagé. On s'assure même que le Concorde peut atterrir sur l'aéroport de Bagdad [1]. Mais le président ne veut rien décider avant d'avoir revu Javier Perez de Cuellar, attendu à Paris dans les toutes prochaines heures, de retour de Bagdad où il a parlé à Saddam Hussein. Avant de partir pour l'Irak, le secrétaire général de l'ONU s'était arrêté, le 11 janvier, à Paris pour un entretien avec François Mitterrand. Les deux hommes ont la même analyse critique du bellicisme américain et les mêmes interrogations sur la psychologie de Saddam Hussein. C'est pourquoi Mitterrand attache de l'importance aux impressions que lui rapportera Perez de Cuellar.

En attendant le résultat de la mission Perez, le conseiller diplomatique à l'Élysée, Loïc Hennekinne, a résumé pour le

1. Selon le récit très vivant de Josette Alia et Christine Clerc, *La Guerre de Mitterrand*, Paris, Olivier Orban, 1991, p. 219-220.

président toutes les options ouvertes à la France en cas d'échec du secrétaire général de l'ONU. Il les présente « par ordre d'effet croissant sur les Irakiens » :

– Une démarche de la Communauté européenne paraît « illusoire », tant les Douze se sont jusqu'ici montrés absents dans ce conflit.

– Un appel solennel du Conseil de sécurité « serait purement incantatoire », Washington, Londres et Moscou se refusant certainement à faire voter une nouvelle résolution.

– L'appel conjoint de plusieurs pays, envisagé par le scénario de Roland Dumas, semble « plus sérieux » même s'il « ne faut pas en surestimer l'effet sur Bagdad ».

– Une visite à Bagdad de Roland Dumas ou, mieux de Dumas et de son homologue algérien Sid Ahmed Ghozali, le 14 janvier, semble le meilleur moyen d'apprécier si Saddam Hussein est prêt à faire mouvement. Même en cas d'échec, cette mission française ou franco-algérienne « serait appréciée » par l'opinion française et arabe. Si, en revanche, les Irakiens « font une ouverture », on pourrait envisager, le 15 janvier, une rencontre Mitterrand-Saddam en terrain neutre – Alger, Genève ou Amman – en présence du président Chadli, à titre de « témoin ».

Le lundi 14 janvier à 8 h 30, Javier Perez de Cuellar rend compte à François Mitterrand de ses entretiens de la veille avec Tarek Aziz et Saddam Hussein : « J'aurais tant voulu vous dire quelque chose de positif, mais malheureusement (...) il n'y a rien (...) je reviens les mains vides. » Sur une carte, Saddam « a tracé des lignes qui signifient qu'il voulait garder 40 % du Koweït (champs pétroliers, les îles) ». En outre, « je ne l'ai pas trouvé très intéressé par le problème palestinien » et « par la conférence internationale ». Perez de Cuellar conclut son exposé introductif : « La sérénité de cet homme est incroyable, cela tient de l'inconscience, ce n'est plus du courage. » Mitterrand acquiesce.

Roland Dumas suggère d'« avancer un plan ». Mitterrand l'interrompt : « Lequel ? » Et il fait lui-même la réponse : « Il n'y a pas le temps, on est à la veille de l'échéance. » Perez de Cuellar rejette la suggestion de Dumas en faveur d'ultimes propositions au Conseil de sécurité : « Vous connaissez bien les Nations unies, le temps que cela prendrait. » Mitterrand ne voit qu'une solution pour éviter la guerre : que Saddam propose l'évacuation du Koweït en quinze jours. Perez de Cuellar n'y croit pas. Pour lui, toutes les manœuvres diplomatiques de dernière heure sont « inutiles ». Mitterrand ne partage pas tout à fait cette opinion. Il annonce à son visiteur : « Nous allons voir ce qu'il reste comme possibilité au Conseil de sécurité. »

A 13 heures, recevant le Premier ministre britannique John Major à déjeuner, il précise : « On étudie la mise au point d'une intervention au Conseil de sécurité pour voir ce que l'on peut proposer sur la base de l'évacuation » irakienne du Koweït, « mais cela me paraît très fragile. On s'habitue à l'idée de la guerre, il devient difficile d'arrêter la machine ».

Le président français a donc renoncé à envoyer son ministre des Affaires étrangères à Bagdad. Il ne donne pas non plus suite à une démarche de Jean-Pierre Chevènement qui lui écrit, ce lundi 14 janvier : « L'idée est peut-être absurde, mais s'il fallait envoyer quelqu'un à Bagdad dans les prochains jours pour essayer de convaincre encore Saddam Hussein, je suis volontaire. Bien entendu, vous pourriez en profiter pour me mettre "en réserve". »

François Mitterrand a opté pour une ultime démarche dans le cadre de l'ONU, à laquelle il pense depuis la veille. Elle nécessite un intense travail diplomatique mené « contre la montre » puisque l'ultimatum est tout proche.

Roland Dumas est chargé de préparer un projet français de « déclaration », que le Conseil de sécurité pourrait rendre publique dans la nuit du 14 au 15 janvier, invitant « les dirigeants irakiens à annoncer sans autre délai l'intention de l'Irak de se retirer du Koweït, selon un calendrier programmé et de commencer dès maintenant un retrait rapide et massif ».

Pendant ce temps, Jean-Louis Bianco s'est envolé pour l'Arabie Saoudite afin de s'assurer de l'indispensable *nihil obstat* du roi Fahd et du cheikh Jaber du Koweït.

A 14 heures, Dumas transmet à Mitterrand le projet français de déclaration. Le ministre des Affaires étrangères vient d'obtenir l'accord de Genscher à Bonn, mais l'Américain Baker et le Britannique Hurd sont plus que réservés par cette démarche de la « vingt-cinquième heure ». Mitterrand ne renonce pas pour autant. Il retravaille le texte en le durcissant à l'égard de l'Irak. Il s'assure que sa formulation prend en compte sur des points essentiels les derniers propos publics du président américain : retrait irakien de manière « rapide et massive », mise en place au Koweït d'une « force de maintien de la paix » arabe, convocation d'une conférence internationale sur le Proche-Orient « au moment approprié ».

Un contact téléphonique Mitterrand-Bush est prévu vers 16 heures (9 heures du matin à Washington). En témoignent une note préparatoire de la cellule diplomatique et une note du directeur de cabinet de Roland Dumas. Les deux présidents se sont-ils parlé ? On l'ignore. Les archives de la présidence de la République n'en font pas état, pas plus que l'agenda de François Mitterrand. Rien non plus dans la presse et les ouvrages américains consacrés à cette période.

Pourtant, lorsqu'il reçoit l'ambassadeur irakien Al-Hachimi, à 19 heures, François Mitterrand se prévaut de « la garantie donnée par M. Bush » que l'Irak ne sera pas attaqué s'il se retire militairement du Koweït. Mais il ne dit pas que Bush a donné son accord à l'ensemble du projet français de déclaration du Conseil de sécurité.

Au cours de cet entretien, le président réitère le scénario de paix français, expose le contenu de son projet de déclaration à l'ONU et assure que « si le président Saddam Hussein veut lancer un signe favorable (…) nous passerons notre journée de demain à prendre d'autres initiatives ». Le diplomate irakien ne prend aucun engagement. Il insiste pour une venue rapide de Roland Dumas à Bagdad et estime que la déclaration de l'ONU constitue une « précondition » inutile. Il accuse Bush de proposer « la capitulation ou la guerre ». Mitterrand le reprend : « Je dirais plutôt l'évacuation ou la guerre. »

Après le départ de l'ambassadeur d'Irak, Mitterrand prend connaissance des résultats de la visite de Bianco en Arabie Saoudite. A Riyad, le roi Fahd a approuvé l'initiative française « de dernière minute », fondée sur un « commencement de retrait » irakien, mais a jugé qu'elle « avait peu de chances de réussir ». Même message de l'émir du Koweït, que le secrétaire général de l'Élysée a rencontré dans son palais d'exil de Taëf. Bianco a le sentiment que ce dernier « ne souhaite pas vraiment » que la France prenne cette initiative.

A minuit (heure de Paris, 18 heures à New York), l'initiative française est présentée aux quatre autres membres permanents du Conseil de sécurité. Les États-Unis et la Grande-Bretagne la rejettent. La Chine se montre prudente et l'URSS apporte un soutien sceptique[1]. Le soutien des Douze – à l'exception des Pays-Bas –, des pays arabes et des non-alignés est dès lors insuffisant.

Le mardi 15 janvier, la Grande-Bretagne présente une contre-proposition calquée sur l'ultimatum du 29 novembre. Paris et Londres se consultent et décident de retirer leurs deux textes. On se contentera d'un ultime appel à la paix lancé en fin de journée par Perez de Cuellar, six heures avant l'expiration de l'ultimatum de l'ONU.

« Les armes vont parler »

L'activisme diplomatique de Mitterrand est critiqué en France par une partie de l'opposition qui y voit un manque de solidarité avec les alliés. Le ton est également très dur en Israël et en Grande-Bretagne[2]. Mais le président, par ses démarches de la dernière heure, a pu ainsi tenter de démontrer à une opinion française aux deux tiers hostile à la guerre[3], qu'il s'est employé jusqu'au bout à tenter de l'éviter.

A l'approche de l'ultimatum, les pacifistes en France, comme dans les autres pays démocratiques, se sont mobilisés. En Europe, les Espagnols détiennent la palme du pacifisme,

1. Selon le compte rendu établi le lendemain au Quai d'Orsay par le diplomate français Régis Koetschet.

2. Le 17 janvier 1991, François Mitterrand écrit à John Major : « J'ai été surpris par vos réactions et celles des membres de votre gouvernement ainsi que par la campagne médiatique hostile à la France à propos du dernier plan de paix français conçu pour éviter la guerre tout en sommant l'Irak d'évacuer le Koweït (...) Je dois vous dire que j'ai vivement ressenti ces critiques injustifiées. » John Major avait publiquement reproché à François Mitterrand de ne pas l'avoir informé précisément, le 14 janvier à l'Élysée, de son projet de déclaration au Conseil de sécurité. Le président français lui fait valoir qu'à ce moment-là, le texte n'était pas prêt. Voir *supra*.

3. Selon un sondage CSA des 7 et 8 janvier 1991, 79 % des personnes interrogées pensent qu'« aucune cause, même juste, ne vaut la guerre ». 69 % considèrent qu'« il n'est pas question pour un Français de mourir pour Koweït City ».

devant les Belges et les Italiens. Aux États-Unis, « l'Amérique profonde refuse de faire la guerre », comme l'écrit, le 12 janvier, le correspondant de *Libération* à Washington François Sergent. Les morts du Vietnam ne sont pas oubliés. George Bush, même s'il peut constitutionnellement s'en passer, sollicite cependant l'accord du Congrès. Il lui faut déployer tous ses arguments, modérer son discours agressif à l'égard de Saddam et promettre de s'en tenir à la libération du Koweït pour l'emporter de justesse, le 12 janvier au Sénat par 52 voix contre 47. A la Chambre des représentants, le vote est moins serré : 250 voix pour l'usage de la force contre 183.

• La France rassemblée

François Mitterrand, lui non plus, n'a pas juridiquement besoin d'obtenir du Parlement l'approbation d'une « déclaration de guerre ». Mais il souhaite également un soutien de la représentation nationale avant d'envoyer des jeunes Français risquer leur vie au combat. Il retient la formule d'une déclaration du gouvernement devant l'Assemblée nationale, suivie d'un vote de confiance, aux termes de l'article 49-1 de la Constitution.

Il convoque à cet effet le Parlement au matin du mercredi 16 janvier. Le commandement américain a laissé entendre aux vingt-huit autres nations de la coalition que les hostilités ne seraient pas déclenchées ce jour-là [1].

Tandis que des centaines de pacifistes, à l'appel du PCF, de la CGT et de la LCR, manifestent dans Paris, le président de l'Assemblée nationale Laurent Fabius ouvre la séance par la lecture d'un message du chef de l'État : « Le recours à la force armée pour contraindre l'Irak à évacuer le Koweït est désormais légitime (…) Je ne doute pas que le Parlement de

1. Selon Jim Baker, c'est le roi Fahd qui avait suggéré de laisser passer quelque vingt-quatre heures après l'expiration de l'ultimatum avant de passer à l'action, afin de « jouer avec les nerfs » des troupes irakiennes, en état d'alerte. Selon Bob Woodward (in *The Commanders*, *op. cit.*, p. 340), c'est le général Schwarzkopf qui a choisi cette date : la nuit du 15 au 16 janvier 1991 était sans lune, « un facteur crucial pour les bombardiers F-117-A » furtifs, chargés des premiers raids sur l'Irak.

la République saura exprimer l'unité profonde de la nation dans cette épreuve. »

Le Premier ministre Michel Rocard, selon lequel « le combat de la France (…) est un combat pour le droit », reçoit le soutien de tous les orateurs inscrits à l'exception du communiste André Lajoinie et de Marie-France Stirbois, député non inscrit, élue du Front national. Le président du RPR Jacques Chirac approuve la déclaration du gouvernement mais sans donner son « blanc-seing pour l'ensemble de l'action de la France dans cette crise ».

Le résultat du scrutin est proclamé en début d'après-midi : 523 voix pour, 43 contre [1].

C'est au sein du Parti socialiste que les débats ont été les plus durs. A la veille du scrutin, en dépit des rappels à l'ordre du premier secrétaire Pierre Mauroy et du président du groupe Jean Auroux, les trois responsables de la tendance « gauche socialiste », Julien Dray, Marie-Noëlle Lienemann et le sénateur Jean-Luc Mélenchon, se sont prononcés contre la guerre. Julien Dray [2] raconte : « Nous avions écrit tous les trois à Mitterrand pour lui dire que nous voterions contre. Il nous a répondu dans l'heure : “C'est votre droit.” Puis il a demandé à Mauroy de ne pas nous exclure du Parti. » Une élue poperéniste et trois proches de Jean-Pierre Chevènement votent également contre la guerre. Ils n'ont pas reçu de consigne de vote du ministre de la Défense.

A 20 heures, sur toutes les chaînes et les radios, le président de la République s'adresse aux Français : « Sauf événement imprévu, donc improbable, les armes vont parler. »

A 21 heures, il reçoit un appel de George Bush, qui fait la tournée de ses principaux alliés : « Les opérations militaires commenceront à 3 heures du matin, heure de Bagdad, c'est-à-dire dans quatre heures (…) J'espère que la guerre sera rapide et que Saddam sera chassé du pouvoir. » Mitterrand lui

1. A l'hostilité des 26 communistes, se sont ajoutés 7 socialistes sur 275, 4 RPR sur 126 (Jean-Louis Debré, Jean de Gaulle, Georges Gorse et Éric Raoult), 1 UDF sur 91 (Alain Mayoud), 3 UDC sur 39 (Christine Boutin, Georges Chavanes et René Couanau), 2 non-inscrits sur 17 (Mme Stirbois et Aloyse Warhouver).

2. Entretien le 3 novembre 1994.

répond : « La psychologie de la décision de Saddam Hussein est strictement incompréhensible. Je ne vois pas comment un homme peut ainsi exposer son peuple à tant de malheurs. » Puis il assure à son allié : « Nous sommes à vos côtés. »

• Les forces en présence

Sur le terrain, deux puissantes cohortes se font face.

Bagdad aligne 550 000 hommes, une aviation et une artillerie d'origine principalement soviétique [1]. On redoute aussi qu'elle recoure à ses missiles SCUD, ses gaz chimiques, voire ses armes biologiques, contre la coalition, Israël ou l'Arabie Saoudite. C'est, de l'avis de nombreux experts occidentaux, la quatrième armée du monde, aguerrie par huit années de conflit avec l'Iran. Les responsables politiques, à l'instar de Mitterrand, s'interrogent toutefois sur le moral des troupes de Saddam Hussein.

La coalition placée sous le commandement américain est supérieure en nombre et en matériels. Elle dispose grâce aux États-Unis d'une écrasante supériorité technologique. Aux 450 000 GI s'ajoute une force hétéroclite de 265 000 soldats de 28 pays. Les forces saoudiennes, tout d'abord : 60 000 hommes, dont l'aptitude au combat est jugée discutable, et 260 avions de combat. Les 45 000 Égyptiens paraissent constituer une force crédible, à la différence des 31 000 Syriens dont la volonté d'en découdre sous bannière américaine est largement mise en doute. Pour les Européens, le Royaume-Uni aligne 27 000 hommes et 60 avions de combat ; la France 11 200 hommes et 52 avions.

L'opération « Tempête du désert », conçue par le général Norman Schwarzkopf, prévoit [2] une première phase aérienne

1. Depuis l'arrivée de Saddam Hussein au pouvoir, en 1979, 22 pays ont vendu du matériel militaire à l'Irak. La France arrive en deuxième place, loin derrière l'URSS : chars soviétiques 5 000 (France : 0), blindés 3 700 (France : 580), pièces d'artillerie 3 800 (155), missiles sol-sol 800 SCUD (0), sol-air 7 300 (3 000), avions de combat 721 (108). A partir de 1985, les USA ont supplanté la France comme deuxième fournisseur d'armes à l'Irak. Source : ministère français de la Défense.

2. Selon un document confidentiel du ministère français de la Défense.

d'environ deux semaines de bombardements visant à détruire le dispositif de détection et le réseau de transmissions de l'état-major irakien, à anéantir les sites de missiles, à rendre inutilisables les terrains d'aviation et à affaiblir les forces au sol. Le rapport de force aérien est de 4 contre 1 à l'avantage de la coalition. La participation française y serait autonome, marginale, et réduite aux opérations de jour en raison de l'utilisation des chasseurs Jaguar ne disposant pas d'un système de navigation nocturne. Les Mirage F1 et 2000 n'auront qu'un rôle de soutien et d'appoint.

Suivraient les opérations terrestres, prévues pour durer trois semaines.

La deuxième phase vise à encercler le Koweït par l'ouest afin de couper les forces d'occupation de leurs bases en Irak. L'effort principal revient au VIIe corps américain qui doit contrôler Bassora, la capitale du sud-irakien. Au même moment, le XVIIIe corps américain, au sein duquel interviendrait la division Daguet, se dirigerait plus au nord, jusqu'au fleuve Euphrate après avoir pris la ville d'Al-Salman en plein désert.

L'objectif de la troisième phase, associant l'ensemble des forces alliées, est la destruction de la garde présidentielle irakienne.

Le but de la guerre est, aux termes des résolutions de l'ONU, la libération du Koweït. Les membres de la coalition sont également d'accord pour que l'offensive permette la destruction d'une bonne partie de l'appareil militaire irakien. Mais dans les milieux militaires américains et dans les Émirats, nombreux sont ceux qui souhaitent ouvertement « en finir avec Saddam Hussein ».

Selon les simulations des experts américains, la bataille devrait entraîner la perte de 100 à 200 appareils alliés. Les actions terrestres coûteraient environ 15 000 tués et blessés dans les rangs américains et britanniques. Les pertes militaires irakiennes sont estimées à 40 000 hommes. Quant aux pertes civiles irakiennes, on s'attend à « plusieurs dizaines de milliers de morts ».

Pour la France, « les taux de pertes prévus » sont d'environ 100 morts et 300 blessés par jour pour l'assaut de Daguet sur la ville d'Al-Salman.

Mais les stratèges américains n'écartent pas un « effondrement » du moral des combattants irakiens, après quinze jours de bombardements aériens intensifs, qui faciliterait grandement les opérations et réduirait les pertes.

• La « phase aérienne »

Il est près de 3 heures du matin à Bagdad, le jeudi 17 janvier 1991, lorsque les premières vagues de F-117A « furtifs » et de F-15 américains déversent leurs dizaines de tonnes de bombes sur les objectifs stratégiques de la capitale irakienne, notamment l'aéroport Saddam Hussein et le palais présidentiel. Depuis l'hôtel Rachid où ils sont parqués, les journalistes internationaux, CNN en tête, décrivent ce déluge de fer et de feu, auquel répond massivement la DCA irakienne. Ce sont les premières des quelque cent mille sorties aériennes de la coalition auxquelles participent, sous commandement américain, les Tornado britanniques et les chasseurs saoudiens. Au même moment, les missiles de croisière Tomahawk frappent les centres de commandement de l'armée irakienne en Irak et au Koweït.

L'absence de pertes alliées et la faiblesse de la réaction ennemie, les images chocs de cette guerre électronique diffusées par toutes les télévisions du globe soulèvent une vague d'euphorie dans les pays de la coalition. Les premiers communiqués militaires américains sont triomphalistes : tous les objectifs sont atteints, les cibles détruites, les « frappes chirurgicales » font merveille. Tous les chefs d'État et de gouvernement alliés se téléphonent et se congratulent : « Jusqu'ici tout va bien. » Au chancelier Kohl qui, comme presque chaque jour au cours de la guerre, viendra aux nouvelles, Mitterrand déclare : « Nous nous méfions quand même de l'euphorie. Les résultats sont remarquables, mais il est difficile d'apprécier les dégâts. »

Les Jaguar français effectuent leur premier raid au petit matin. 12 appareils bombardent la base aérienne et les rampes de missiles d'Al-Jaber, dans le sud du Koweït. Quatre avions sont touchés. Tous regagnent leur base d'Al-Acha. L'état-major envisage d'interrompre les bombardements aériens français afin de conserver ses avions intacts pour leur mission d'appui des forces terrestres au moment de la deuxième phase. Mitterrand refuse. Le 18 janvier, il ordonne de poursuivre « notre action aérienne » au Koweït.

Au bout d'une semaine, les pertes alliées s'élèvent à 21 avions, soit cinq fois moins que les prévisions les plus pessimistes. Les États-Unis ont effectué près de 10 000 sorties, les Saoudiens 800, les Britanniques 600 et les Français 145. Dans ses communiqués, l'état-major irakien minimise considérablement ses pertes.

Le 18 janvier à l'aube, huit missiles balistiques irakiens SCUD frappent Tel-Aviv et Haïfa, faisant une dizaine de blessés. On a craint une attaque chimique et la population de l'État hébreu a enfilé ses masques à gaz. Heureusement, il n'en est rien. Compte tenu de la distance à parcourir, les charges conventionnelles sont peu puissantes et les missiles imprécis. Pourtant, l'émotion est considérable et Washington doit peser de tout son poids pour convaincre le gouvernement Shamir de ne pas riposter militairement. L'entrée en action de Tsahal entraînerait inévitablement un éclatement de la coalition. Six batteries de missiles antimissiles Patriot américains sont rapidement livrées au gouvernement israélien.

La provocation irakienne préoccupe les responsables. A 10 heures du matin, Gorbatchev dit à Mitterrand : « Le danger est maintenant celui de l'extension du conflit (...) qui pourrait avoir des conséquences incalculables. » Deux heures plus tard, Major appelle l'Élysée : « Cela peut être un tournant grave et dangereux. » Nous essayons de « convaincre Israël de ne pas réagir ». Une demi-heure après, Mitterrand dit à Kohl : « Les États-Unis sont en train d'essayer de faire pression sur Israël pour qu'il ne bouge pas. »

Le Quai d'Orsay « condamne avec la plus grande fermeté » cette agression.

Sur Europe 1, le président de la Commission de la Défense et des Affaires étrangères de la Knesset, Eliahou Ben Elissar, affirme que « la France est largement responsable de la capacité actuelle de l'Irak à pouvoir tirer des missiles balistiques sur Israël ». Selon cette thèse, la France aurait fourni des équipements technologiques permettant à l'Irak de moderniser les SCUD soviétiques et d'en accroître le rayon d'action.

Mitterrand appelle aussitôt le président israélien Haïm Herzog, alors hospitalisé à la suite d'un coup de fatigue : « Il est vraiment insupportable que des personnalités israéliennes de toutes sortes se livrent à de telles critiques envers la France. Ce que dit M. Ben Elissar est faux (...) Nous luttons côte à côte et il serait peut-être bon de ne pas se tromper d'adversaire. »

Le samedi 19 janvier, trois nouveaux SCUD irakiens font dix blessés à Tel-Aviv. Le lundi 21, Ben Elissar réitère ses accusations dans *Le Figaro*. Paris se demande si cet ancien responsable du Mossad ne va pas fournir des « preuves » de ce qu'il avance. Mitterrand interroge son directeur de cabinet Gilles Ménage, en liaison constante avec les services de renseignement français. Sa réponse met l'Élysée en émoi : « Il n'est pas impossible d'affirmer que certains des instruments ou une partie de la technologie livrés par la France ou d'autres pays à l'Irak pendant sa guerre contre l'Iran n'ont pas pu être détournés de leur utilisation normale et servir à améliorer la portée des fusées SCUD. » Le même jour, Charles Salzmann, l'un des confidents du président, avertit : « S'il s'avère qu'une entreprise française, *a fortiori* une entreprise publique, a, par ses livraisons, permis aux Irakiens de bidouiller leurs SCUD, le scandale serait encore bien pire que Greenpeace. » Mitterrand demande une enquête urgente. Elle échoit au secrétaire général de la Défense nationale, Guy Fougier.

Le mardi 22 janvier au soir, un SCUD détruit un immeuble de Tel-Aviv, faisant trois morts et une centaine de blessés.

Le lendemain, Fougier remet son rapport qui disculpe largement Paris. « La France n'a livré à l'Irak aucun matériel susceptible de l'aider à la construction de missiles balistiques, qu'il s'agisse de perfectionnement des SCUD ou de la conception des futurs missiles CONDOR. » En revanche, il a pu y avoir « transfert de technologie » par le truchement de l'Argentine, du Brésil ou de l'Égypte. Mais Fougier estime que l'« on peut raisonnablement affirmer que la France n'a contribué ni directement ni significativement par l'intermédiaire de pays tiers au programme SCUD et qu'elle a arrêté en 1987 toute participation indirecte au programme

CONDOR qui ne donne pas lieu à emploi dans le conflit actuel ».

Le soir même, lors d'une réception à l'Élysée, Mitterrand peut assurer à l'ambassadeur d'Israël Ovadia Soffer que la France n'a rien à se reprocher.

Cet épisode ne provoque guère de remous en France où l'opinion soutient massivement l'action du président de la République.

Le 20 janvier, Bush interroge Mitterrand :

« Où en est votre opinion publique ? Est-ce qu'elle tient le coup ?

– Elle résiste bien, répond le Français. J'ai sous les yeux un sondage qui approuve mon action à 75 %. Et la vôtre ?

– A 74 %.

– Pardonnez-moi de ce point d'écart !

– Vous le méritez sûrement[1]. »

Le surlendemain, Mitterrand, au téléphone avec Kohl, se déclare « étonné de voir comment l'opinion française suit, et fort bien ».

Majoritairement hostiles à l'entrée en guerre de la France jusqu'à la veille de l'ultimatum du 15 janvier, les Français, à l'exception des communistes, ont en effet « basculé » dès les premiers bombardements alliés. Ils donnent désormais massivement quitus à Mitterrand pour ses ultimes efforts de paix. Ils approuvent aussi l'attitude américaine, ont confiance dans la coalition et portent un jugement sévère sur Saddam Hussein, que les médias ont contribué à diaboliser tandis qu'il exerçait son chantage sur les otages étrangers puis dirigeait ses SCUD sur les Israéliens. Il est vrai que les milliers de morts civils irakiens sont occultés, tant par la propagande irakienne et occidentale que par les télévisions occidentales.

1. Document d'archives : les interprètes restituent parfaitement les dialogues.

• Le « problème » Chevènement

Pour Mitterrand, le souci immédiat est d'ordre politique : le « problème » Chevènement ne peut plus être éludé.

Le 17 janvier, dans les heures qui suivent le premier raid aérien, le ministre de la Défense Jean-Pierre Chevènement tient sa première conférence de presse de guerre.

Un journaliste lui demande : « Les Jaguar sont intervenus sur le territoire du Koweït. Est-ce à dire que la France avait mis comme limite à son engagement de ne pas intervenir sur le territoire irakien ? »

« C'est exact », répond Chevènement, qui affirme que cette position a été inscrite dans un protocole passé dans la nuit avec le commandement américain. Puis il s'envole pour une nouvelle inspection des troupes en Arabie Saoudite.

Cette déclaration fait bondir les conseillers du président. Elle contrevient aux instructions que Mitterrand a données à son ministre de la Défense, le 5 janvier : « Dans la première phase (aérienne), il n'y a pas lieu d'exclure le traitement d'objectifs militaires situés en territoire irakien. »

Le soir même, au sortir de la réunion d'information hebdomadaire de Matignon, le député UDF Jean-François Deniau exprime le sentiment général : « La position du ministre de la Défense (…) est militairement absurde et politiquement dangereuse. »

Le lendemain matin, Mitterrand envoie le chef d'état-major des Armées à la radio pour « rectifier le tir ». Le général Schmitt, s'en tenant à la lettre des instructions présidentielles du 5 janvier, déclare que des bombardements français en Irak ne sont « pas exclus ».

Mais cette mise au point ne clôt pas l'incident. Le samedi 19 janvier, Valéry Giscard d'Estaing critique l'attitude « ambiguë » du gouvernement. Deniau revient à la charge. Il estime que la France risque de passer pour un « allié à temps partiel ». Mitterrand demande à Chevènement, tout juste rentré à Paris, de revenir sur ses déclarations. Ce qu'il fait, le dimanche 20, non sans réticences. Le président lui-même déclare le soir à la télévision que des opérations contre l'Irak « font partie » de la mission de la France.

Le 21, c'est au tour des chefs du RPR, Jacques Chirac et Alain Juppé, de s'attaquer à Chevènement, appelant en termes à peine voilés à sa démission.

François Mitterrand répugne à se séparer de Jean-Pierre Chevènement. Même en désaccord de plus en plus marqué avec la ligne suivie dans le conflit du Golfe, le ministre de la Défense s'est jusqu'ici montré loyal dans l'application des ordres, mais son « grand écart » devient périlleux.

Au mois d'août [1], il s'était élevé en Conseil restreint contre la « logique de guerre » et l'alignement sur le bellicisme de George Bush, au détriment des intérêts arabes de la France. Mitterrand et Rocard lui avaient proposé de quitter l'hôtel de Brienne. Il avait refusé.

Le 15 septembre, il s'était montré hostile au déploiement de troupes à terre puis n'avait eu de cesse, en privé, de dire qu'une guerre serait une catastrophe et ferait plus de cent mille morts en Irak.

Fin novembre, au moment de l'adoption de la résolution 678 autorisant l'usage de la force, il a plaidé en vain pour le maintien du dispositif Daguet en posture défensive, estimant qu'il fallait laisser le temps à l'embargo de produire ses effets. Le 7 décembre, il a offert par écrit sa démission au président.

Mais ce dernier, explique Jean-Louis Bianco [2], juge alors que « les inconvénients à laisser partir Chevènement sont plus grands que ceux encourus s'il reste ». L'amiral Lanxade [3] avance une explication politique. Au mois de décembre, l'opinion est majoritairement hostile à la guerre. Les socialistes ont du mal à s'y résigner. « Le président veut conserver Chevènement pour l'empêcher de dénoncer publiquement sa politique et pour écarter le risque d'une cassure au PS. A l'approche de l'ultimatum, il a tout intérêt à maintenir Chevènement à son poste jusqu'au moment où l'Assemblée votera pour l'entrée en guerre. » De plus, la présence

1. Voir *supra*.
2. Entretien le 15 février 1993.
3. Entretien le 7 février 1995.

de Chevènement dans le gouvernement peut donner à l'extérieur l'impression que les tenants d'une politique pro-arabe ont encore droit de cité.

C'est pourquoi, à deux reprises avant le début de l'offensive militaire, Mitterrand ignore les nouvelles offres de démission de son ministre. Le 1er janvier 1991, lorsque dans sa lettre d'analyse critique de la participation française à la manœuvre « Tempête du désert », Chevènement écrit : « Le devoir de la France est de se jeter en travers d'un processus que je juge catastrophique », et conclut : « Je suis naturellement à votre disposition pour toutes les conséquences que vous jugerez utile d'en tirer. » Le 14 janvier, quand il demande à Mitterrand de l'envoyer à Bagdad et suggère au président qu'il en profite pour le mettre « en réserve ».

Le 22 janvier, au septième jour de l'offensive aérienne, le commandement américain demande aux Français de « traiter un objectif en Irak » lors des raids du 24 janvier. Informé de cette requête vers 20 heures, Mitterrand donne son accord à l'amiral Lanxade. Deux heures plus tard, ce dernier le rappelle : Chevènement lui a fait part de ses fortes réticences. Lanxade indique au président qu'il va immédiatement s'employer à convaincre le ministre de la Défense. Vers 23 heures, l'amiral rappelle le chef de l'État : Chevènement se résigne et donne les ordres attendus. Mitterrand confie à Lanxade « son irritation devant l'opposition systématique du ministre » et ajoute : « La situation ne pourra pas rester longtemps en l'état [1]. »

Mitterrand précipite le dénouement en envoyant son chef d'état-major à la télévision expliquer aux Français le déroulement des opérations militaires. Jacques Lanxade chez Anne Sinclair ! C'est un désaveu cinglant pour le ministre de la Défense. Dès qu'il l'apprend, Chevènement appelle Mitterrand pour protester avec véhémence. Dans sa conception de la République, les officiers généraux doivent exécuter les

1. Le 24 janvier au matin, 8 Jaguar et 4 Mirage 2000 bombardent une division de la garde présidentielle en Irak, très près de la frontière nord du Koweït.

ordres des politiques auxquels il revient de s'adresser au peuple.

Sur le plateau de « 7 sur 7 », le dimanche 27 janvier, l'amiral exprime avec talent la position présidentielle. Le lendemain, en fin d'après-midi, au sortir de la réunion quotidienne autour du président, Mitterrand et Chevènement ont un long tête-à-tête. Le divorce est consommé.

Vingt minutes plus tard, Pierre Joxe, dans son bureau de la place Beauvau, reçoit un appel de l'Élysée : le président veut le voir sur-le-champ. Il succédera le lendemain à Chevènement au ministère de la Défense [1].

Le 19 janvier à midi, l'Élysée rend publique la lettre de démission du maire de Belfort : « Une certaine idée de la République m'amène à vous demander de bien vouloir me décharger des fonctions que vous m'avez fait l'honneur de me confier. Aux raisons de fond que je vous ai exposées début décembre, il me semble que les événements donnent aujourd'hui toute leur force. J'ajoute que la logique de la guerre risque de nous éloigner chaque jour des objectifs fixés par les Nations unies. »

Le 1er février, dans une lettre aux Belfortins, Chevènement s'explique : « J'ai dû résoudre un conflit de devoirs avant que la nécessité absolue d'un acte clair et porteur d'avenir m'apparaisse (...) Ma décision de principe a été prise dès le début du mois de décembre [2] après le vote de la résolution 678. Je suis resté au gouvernement tant que j'ai pu espérer encore infléchir le cours des choses et j'y serais resté sans doute encore si j'avais eu le sentiment de pouvoir peser si peu que ce soit. »

1. Pierre Joxe (entretien le 8 novembre 1995) relate ainsi les circonstances de sa nomination : « A l'été 1990, Mitterrand me demande de me préparer à aller au ministère de la Justice en remplacement de Pierre Arpaillange qu'il veut faire sortir du gouvernement dès que la présidence de la Cour des comptes sera vacante, à l'automne. Le 2 octobre, c'est Henri Nallet qui est nommé place Vendôme. Peu après, Mitterrand me demande si je ne suis pas trop déçu de ne pas avoir eu la Justice. Je comprends alors qu'il y a un loup : Chevènement branlait dans le manche et Mitterrand pensait à moi au cas où il faudrait qu'il s'en sépare. »

2. Pourtant, plusieurs de ses amis politiques assurent que jusqu'au 23 janvier, Chevènement leur manifestait son intention de rester à son poste.

C'est la seconde fois que Chevènement quitte le gouvernement [1] : désavoué par le président sur sa conception de l'autorité du gouvernement à l'égard des entreprises publiques, le ministre de l'Industrie lui avait adressé sa démission au début du mois de février 1983. Elle était restée secrète jusqu'au remaniement ministériel du lendemain des élections municipales de mars et du tournant économique de la rigueur.

C'est la seconde fois que François Mitterrand se sépare d'un ministre de la Défense : le 20 septembre 1985, Charles Hernu, sacrifié lors du dénouement de l'affaire Greenpeace [2], est remplacé par le fabiusien Paul Quilès.

C'est la seconde fois, dans l'histoire de la République, qu'un ministre de la Défense (ou de la Guerre) démissionne en période de guerre : le 16 mars 1916, le général Joseph Gallieni, en désaccord avec le général Joseph Joffre, claque la porte du gouvernement d'Aristide Briand.

Quatre ans plus tard, Jean-Pierre Chevènement [3] observe : « Sans doute Mitterrand a-t-il voulu me garder jusqu'au vote du Parlement pour des raisons de politique intérieure et de rapports de force au Parti socialiste. Mais il y a aussi eu des moments où j'ai eu l'impression qu'il était sensible à mon argumentation. »

François Mitterrand [4] ajoute : « Nous avions un débat de qualité. Nos désaccords n'étaient pas médiocres. Mais j'aurais dû sans doute réfléchir davantage au fait que la corde se tendrait et que je n'éviterais pas la crise avec lui. Mais la guerre, c'est la guerre. »

« L'Histoire nous commande la guerre »

Au cours de la deuxième semaine de guerre, le climat change. Les experts américains révisent à la baisse l'effet destructeur des bombardements et évoquent une prolongation

1. Voir IVe partie : « La rigueur ».
2. Voir VIIe partie : « L'attente ».
3. Entretien le 27 juin 1995.
4. Entretien le 4 octobre 1994.

de la phase aérienne avant l'entrée en action, désormais jugée inévitable, des forces terrestres.

L'attitude de Saddam Hussein déconcerte les coalisés. Il évite le combat frontal, lance des opérations de diversion et met à l'abri en Iran une partie de sa force aérienne.

Les envois de SCUD sur Israël et l'Arabie Saoudite se poursuivent sans toutefois provoquer des pertes importantes. Le 25 janvier, les Irakiens provoquent un début de marée noire dans le Golfe en ouvrant les vannes du terminal pétrolier koweïtien d'Al-Ahmadi. L'aviation américaine bombarde l'oléoduc quatre jours plus tard pour ralentir le débit de brut afin d'éviter une catastrophe écologique. Le 29 janvier, l'armée irakienne lance une attaque contre la ville-frontière saoudienne de Khafji, afin de contraindre ses adversaires à anticiper leur offensive terrestre. L'armée saoudienne, épaulée par des Qataris, repousse l'attaque trois jours plus tard.

Au même moment, on apprend qu'une centaine d'avions de transport et de combat irakiens ont trouvé refuge sur des bases iraniennes. L'hypothèse de désertions massives de pilotes est rapidement écartée. Le 29 janvier, Kohl indique à Mitterrand : « J'ai parlé hier avec George (Bush) : au début, ils ont cru à des désertions, mais ils pensent maintenant qu'il s'agit d'un plan prémédité. » Mitterrand s'interroge : « Tout le problème est de savoir ce que les pilotes feront ensuite. Reprendront-ils l'air ? Si l'Iran reste neutre, ce sont des avions perdus. » L'amiral Lanxade fournit, le surlendemain, l'analyse de la CIA : « Téhéran veut ainsi montrer son soutien à l'Irak tout en préservant sa neutralité. » Le 3 février, le général Scowcroft indique à Lanxade que la Maison-Blanche « a reçu des assurances de Téhéran à propos des avions irakiens. Nous pensons qu'ils ne seront pas réutilisés contre nous ». Message analogue du secrétaire général du Quai d'Orsay, François Scheer, qui se trouve le même jour à Téhéran : « Les Iraniens sont sincères lorsqu'ils proclament leur neutralité. »

• La menace chimique

La principale crainte des coalisés, à la fin du mois de janvier, est que l'Irak recoure à une attaque chimique. Le 27 janvier, la menace est brandie par le quotidien irakien *Al-Joumhouria* : « Se trompe celui qui croit que la force de l'Irak repose seulement sur les armes connues qu'il a fabriquées et développées, ou encore sur la supériorité numérique des forces terrestres. » Les alliés sont convaincus que le raïs irakien n'hésitera pas à utiliser les gaz, comme il l'a déjà fait au moins à deux reprises pendant la guerre avec l'Iran et au mois de mars 1988, contre le village kurde d'Halbaja, faisant cinq mille morts en cinq minutes.

« Si Saddam Hussein lance une attaque chimique contre Israël, il mettra sa personne et son pays en très grand danger », avertit Itzhak Shamir, le 28 janvier, après avoir entendu le raïs déclarer sur CNN que ses SCUD ont une capacité nucléaire ou chimique.

Le lendemain, Mitterrand indique à Kohl qu'il ne serait « pas étonné qu'il y ait une attaque chimique d'une importance très grave dans deux ou trois jours ». Le 31 janvier, les États-Unis font savoir à leurs alliés présents sur le théâtre des opérations qu'ils « s'attendent dans deux ou trois jours à une importante action irakienne dans le sud du Koweït qui pourrait mettre en œuvre l'utilisation d'armes chimiques contre des troupes saoudiennes et marocaines appuyées par des "marines" ». En conséquence, le général Schwarzkopf a fait faire mouvement aux unités menacées.

Selon les services de renseignement occidentaux, l'Irak, grâce à des années de coopération avec la plupart des grands pays occidentaux, est en mesure de produire chaque mois près de cent tonnes de gaz de combat (ypérite, tabun, sarin et VX) dans ses cinq centres de recherches et de fabrication répartis sur son territoire. Quoi qu'en dise Saddam Hussein, les experts écartent la menace de « SCUD chimiques », donc ne redoutent pas ce type de menace contre Israël. En revanche, ils craignent pour les troupes alliées au sol, car l'Irak dispose de moyens d'artillerie et surtout aériens pour l'épandage de gaz ou le largage de puissantes bombes chimiques [1].

Le 3 février, Brent Scowcroft envoie un nouveau message aux alliés : « Même si les centres de production de gaz chimiques ont été détruits, les stocks irakiens sont considérables et la menace de l'usage des armes chimiques est maintenant très aiguë. C'est pourquoi l'offensive aérienne doit être poursuivie et intensifiée. »

Cette argumentation concerne directement le Royaume-Uni et la France. Depuis trois jours en effet, Londres et Paris sont saisis d'une demande d'autorisation de survol de leur territoire pour huit super-bombardiers B-52 de l'US-Air Force ainsi que de facilités aéroportuaires pour leurs avions ravitailleurs en vol.

Le 1er février, la Grande-Bretagne accède aux demandes américaines sous cinq conditions acceptées par Washington : les B-52 – qui pourront atterrir au Royaume-Uni – ne transporteront pas d'armes nucléaires ; ils ne frapperont que des objectifs approuvés en commun et dans le cadre des résolutions de l'ONU ; les Américains prendront des dispositions pour limiter les pertes civiles et épargneront les principaux sites religieux irakiens.

Les autorités françaises pèsent le pour et le contre. Elles savent qu'en accordant ces facilités aux États-Unis, elles prennent le risque de voir grandir l'hostilité du Maghreb, où les manifestations pro-irakiennes et même antifrançaises

1. En revanche, les services occidentaux ne sont pas en mesure de confirmer la capacité de production par l'Irak d'armes bactériologiques, même s'ils signalent des recherches en ce sens dans le centre de Salman Pak sur l'anthrax et la toxine botulinique. Le pronostic est que Saddam Hussein n'y recourrait pas car « l'agresseur sait qu'il pourrait être très facilement la victime d'un effet boomerang en raison des capacités de survie des bactéries concernées. La menace nucléaire irakienne est également exclue. Selon les Américains et l'Agence internationale de Vienne pour l'énergie atomique, Bagdad est « dans l'incapacité de produire une arme nucléaire opérationnelle avant 1995 ». Après la destruction par l'aviation israélienne, en 1981, du site du réacteur Osirak à la centrale de Tammouz, construite par la France, Bagdad a repris son programme et dispose de sept sites de recherche et d'enrichissement d'uranium, dont le Pentagone assure qu'ils ont tous été détruits au cours des bombardements aériens.

prennent de l'ampleur à Rabat et à Alger. Il y va donc pour partie de la sécurité des Français vivant en Afrique du Nord et, comme toujours dans ces cas-là, la menace terroriste n'est pas loin. Au mois d'avril 1986 [1], François Mitterrand et Jacques Chirac avaient répondu négativement à la demande américaine de laisser ses bombardiers F-111 survoler la France pour aller bombarder la Libye.

Mais, cette fois, un refus irait au-delà du simple manque de solidarité atlantique. La France pourrait en effet se voir reprocher de ne pas apporter tout son concours à une mission visant en définitive à réduire les risques pour ses propres troupes lorsqu'elles seront engagées à terre.

Le président souscrit à cette dernière analyse et donne son accord sur la base des « conditions britanniques » moins une : la France ne demande pas de pouvoir de codécision sur les objectifs visés. Ce serait, explique-t-il quelques jours plus tard au Conseil des ministres, une « exigence dangereuse » qui impliquerait directement Paris dans ces redoutables bombardements, très coûteux en vies humaines, comme ce fut le cas à la fin de la guerre du Vietnam.

Cette décision a soulevé des critiques opposées. A droite, on a reproché à Mitterrand de mettre en avant des réserves « hypocrites » ; à gauche, certains ont dénoncé ce nouvel alignement sur les Américains.

Le chef de l'État rejette ces arguments, qu'il juge fondés sur « l'ignorance » des faits. Mais, piqué au vif et alors qu'il vient de confirmer à George Bush son plein accord pour le lancement de l'offensive terrestre quand Washington en décidera, il justifie ses choix. « Comment pourrions-nous être absents dans un conflit qui touche à la fois la conscience et l'équilibre mondial ? Nous serions dans la situation de l'Allemagne moins le Mark (...) Si nous n'avions pas participé militairement, je suis certain qu'il y aurait eu en France le sentiment d'une grande absence, et alors là on aurait pu parler de déclin. »

Et le lendemain matin, 7 février, le nouveau ministre de la Défense Pierre Joxe annonce à la radio que les soldats français seront « en première ligne » en cas d'offensive ter-

1. Voir IXe partie : « Le libéralisme ».

restre. Le 10, il annonce à la télévision qu'il se rendra le 12 à Washington pour rencontrer son homologue Dick Cheney, au moment où se prépare la mise en œuvre de la bataille au sol. Le même jour débutent les missions des B-52 qui doivent parachever l'objectif de destruction de 50 % des forces irakiennes fixé par le général Schwarzkopf avant de lancer ses troupes à l'assaut.

Le 13 février, plus de 300 civils selon les Irakiens – moins de 100 selon les services de renseignement occidentaux – sont tués dans un abri de Bagdad atteint par un missile américain. Washington affirme qu'il s'agissait d'un poste de commandement militaire. Ce bombardement soulève une grande émotion, car, pour la première fois, les Irakiens laissent passer des images du bâtiment détruit. Selon les services français, ce raid visait Saddam Hussein. L'un de leurs meilleurs spécialistes raconte : « Tout au long de la guerre, les Américains, par leurs moyens d'écoute, ont cherché à repérer Saddam. Ils l'ont localisé dans ce bâtiment, construit par une entreprise française, qui lui servait de refuge et d'abri souterrain pour des civils. Ils ont tiré un missile, mais Saddam n'était pas là. Ce sont les malheureux civils irakiens qui ont payé. Il conclut : « Ça a été la seule tentative sérieuse contre le président irakien. Les Américains auraient pourtant bien aimé s'en débarrasser. Ils ont également tenté de le faire assassiner par le truchement d'opposants irakiens qu'ils ont grassement payés. Mais c'étaient des zozos incapables de percer le système de protection de Saddam. Pour réussir, il aurait fallu recruter son plus fidèle garde du corps. » Selon Pierre Joxe [1] : « On a essayé à trois reprises et on a bien failli chaque fois zigouiller Saddam Hussein. »

Le 15 février, la Maison-Blanche informe ses principaux alliés que l'offensive terrestre est prévue entre le 20 et le 25 février. Le général Scowcroft assure à l'amiral Lanxade que Washington « a la ferme intention de limiter son action terrestre au sud de l'Euphrate et d'éviter d'entrer dans Bassora, que Saddam cesse ou non les hostilités ».

1. Entretien le 8 novembre 1995.

Cette mise au point rassure Paris et plusieurs capitales européennes, dont Bonn, qui s'inquiétaient de voir les Américains désireux de pousser leur avantage jusqu'à Bagdad. « Si on pousse la guerre trop loin vers le nord de l'Irak, on l'étend à toute la région et elle ira en Iran, en Syrie, en Jordanie, et imaginez la situation d'Israël », avait observé Kohl, quelques jours auparavant, lors de l'une de ses conversations avec Mitterrand. Le président français partageait cette crainte : « Ce serait une guerre d'une autre nature. »

• Le dernier « bluff » de Saddam

Le même jour, Bagdad se déclare prêt à se retirer du Koweït dans le cadre d'un règlement négocié, qui ne correspond pas à l'ensemble des résolutions de l'ONU adoptées depuis le début de la crise. Cette offre irakienne résulte pour une bonne part des dernières démarches soviétiques. Le 12 février, en effet, le diplomate Evgueni Primakov est retourné à Bagdad où il a parlé avec Saddam Hussein. Le même jour, Roland Dumas se trouve à Moscou où Mikhaïl Gorbatchev lui explique le sens de la mission Primakov : Saddam veut éviter l'offensive terrestre et donne de « faibles » signaux en faveur d'un retrait négocié. Dumas se montre sceptique.

Le rejet occidental de l'offre irakienne du 15 février est sans appel. Même s'il ne peut pas ne pas y voir une parenté avec son discours de l'ONU du 24 septembre 1990, François Mitterrand se refuse à entrer dans le jeu de Saddam. Pour lui, il est trop tard. La coalition est désormais entrée en guerre et, faute d'un retrait quasi immédiat du Koweït sans autres conditions diplomatiques, la France ne tendra pas la main au dictateur irakien. D'où le communiqué de la présidence de la République : « Au point où nous en sommes, la proposition irakienne (...) ne peut être retenue. »

Quelques heures plus tard, George Bush rejette publiquement l'offre de Saddam qu'il qualifie de « farce cruelle ». Pourtant, Gorbatchev vient de faire savoir aux Occidentaux qu'il attend Tarek Aziz à Moscou pour préciser les modalités de l'offre de retrait irakien.

Le lendemain, 16 février, Mitterrand appelle Bush pour un

échange de vues sur ce dernier épisode. Ils sont entièrement d'accord : Gorbatchev, en difficulté sur le plan intérieur face aux forces conservatrices, veut apparaître comme médiateur à la faveur d'un fait nouveau, mais il n'a pas les moyens de se dissocier de la coalition.

Le 18, Gorbatchev, au terme de ses conversations avec Tarek Aziz, communique aux Occidentaux le plan de paix en quatre points qu'il a demandé au diplomate irakien de transmettre à Saddam Hussein.

Ce plan va très loin : l'Irak annonce le retrait de ses troupes du Koweït dans un délai concret le plus court possible et le met en œuvre au lendemain d'un cessez-le-feu. Le retrait n'est assorti que d'une condition immédiate : la garantie que les troupes coalisées ne tireront pas dans le dos des Irakiens. Le « lien » avec les autres conflits régionaux est plus flou que jamais : il ne repose que sur un engagement soviétique, au lendemain du retrait total, à les faire examiner par l'ONU.

A Washington, l'ambassadeur soviétique Sergueï Tchetverikov présente ce plan en fin d'après-midi à Jim Baker. Il fait valoir que les Irakiens ont promis de l'examiner sérieusement. Baker répond que les États-Unis attendront de connaître la réponse de Bagdad avant de se prononcer.

Au même moment, il est minuit passé à Paris, l'ambassadeur Youri Doubinine remet le plan de Gorbatchev à Mitterrand et Dumas. Le président se montre plus que sceptique : « Si Saddam Hussein répond "oui", c'est un peu tard. Les moteurs tournent (...) Votre démarche arrive au moment où les dés roulent au-dessus de la table et sont près de tomber. » Dumas ajoute : « Trop peu, trop tard. »

Le lendemain, mardi 19 février, Washington durcit sa position. Sans attendre la réponse irakienne, George Bush rejette publiquement le plan Gorbatchev qu'il juge « insuffisant ». Il l'écrit au président soviétique en soulignant que le retrait irakien doit intervenir *avant* le cessez-le-feu et ajoute qu'un échange de prisonniers doit intervenir dans les vingt-quatre heures qui suivent.

Aussitôt après avoir pris connaissance de la lettre de Bush, Gorbatchev appelle Mitterrand. Il espère que le président français se montrera moins fermé à son offre de paix. Peine perdue, Mitterrand réitère son opposition : « Saddam Hussein essaie de gagner du temps. C'est trop tard, je n'y crois plus. »

Mais l'offre soviétique, rendue publique, soulève un réel espoir de paix à travers le monde, notamment en Italie et en Allemagne. Elle met en difficulté les États-Unis et leurs alliés britanniques et français. Comment refuser aujourd'hui ce qui était acceptable à la veille de la guerre ? Si Saddam Hussein accepte sans attendre l'offre soviétique, il sera difficile de lancer l'offensive terrestre alors que les états-majors piaffent d'impatience. Pour écarter ce danger, Bush pose une nouvelle condition. Le 19 février, il écrit de nouveau à Gorbatchev que les États-Unis subordonnent leur accord à celui de l'Irak si « le retrait total du Koweït est effectué en quatre jours ».

Le président américain consulte aussitôt ses alliés. John Major est entièrement d'accord. François Mitterrand estime que ce délai de quatre jours est trop court. Il propose « huit ou neuf jours ».

Tous trois conviennent en revanche que, faute d'une réponse positive de Saddam Hussein dès le lendemain, mercredi 20 février, le compte à rebours de l'offensive terrestre commencera.

Au matin du 20 février, Mitterrand écrit à Gorbatchev que si Saddam Hussein n'approuve pas le jour même le plan soviétique, sans y mettre de condition supplémentaire, il sera repoussé par la France.

Dans l'après-midi, lors d'un Conseil restreint, Mitterrand interroge ses principaux ministres : « Que fait-on si Saddam Hussein donne une réponse positive et qu'elle est rejetée par les États-Unis et la Grande-Bretagne ? » Dumas, Joxe et Rocard éludent cette question cruciale. Seul Lionel Jospin répond sans ambiguïté : « Il faudra poursuivre notre participation militaire et présenter les choses en mettant en lumière le fait que les Irakiens ont trop tardé à répondre. » Il est alors soutenu par Pierre Bérégovoy. C'est la réponse qu'attendait le président. Elle justifie sa fermeté à l'égard des démarches de Moscou.

Le raïs ne répond pas à Gorbatchev ce 20 février. Pas plus que le 21 où, apparaissant à la télévision irakienne, il appelle son peuple à livrer « la mère des batailles » qui sera « notre victoire ou notre martyre ». Et il envoie Tarek Aziz à Moscou porter enfin sa réponse au plan Gorbatchev. Elle est positive. Bagdad accepte de se retirer « immédiatement et sans condition du Koweït », dès le lendemain d'un cessez-le-feu, en demandant toutefois trois semaines pour achever ce retrait. Gorbatchev, qui tient peut-être enfin son grand succès diplomatique, appelle aussitôt la Maison-Blanche. Il tombe sur un Baker fermé comme une huître :

« Je pense que le président Bush jugera ces termes inacceptables.

– Mais les Irakiens ne peuvent se retirer en une semaine, plaide Gorbatchev.

– Ils ont bien envahi le Koweït en deux jours », répond Baker.

George Bush appelle de nouveau ses alliés. Il veut déclencher l'offensive terrestre et rejettera donc la nouvelle mouture du plan Gorbatchev. Londres et Paris sont solidaires.

Pour donner le change, le président américain lance le 22 au matin un « dernier ultimatum » à l'Irak. Son porte-parole Marlin Fitzwater annonce que s'il veut éviter l'offensive terrestre, Saddam doit s'engager publiquement à accepter toutes les résolutions de l'ONU et entreprendre dès le 23 février à midi, heure de New York, un retrait total et sans condition qui doit être effectué en une semaine.

Peu après, Mitterrand explique en Conseil restreint que les termes de l'ultimatum américain ont été rédigés pendant la nuit en étroite concertation entre la Maison-Blanche et l'Élysée. Désormais, ajoute-t-il, « Saddam Hussein est seul devant lui-même, Gorbatchev n'y peut plus rien. Ce sont les commandements de l'Histoire que de faire la guerre. J'ai l'esprit en paix. J'engage ma responsabilité sans remords de conscience, même si je ne le fais pas avec plaisir, loin de là ».

De retour dans son bureau, il reçoit un appel du Kremlin. Gorbatchev plaide avec insistance pour un assouplissement de l'ultimatum à l'Irak. Il insiste pour qu'on laisse non pas une, mais trois semaines à Saddam pour se retirer du Koweït. Mitterrand ne veut rien entendre : « Vingt et un jours, c'est la fin mars, les grandes chaleurs, les tempêtes. Et en cas de mauvaise foi de Saddam Hussein, nous serions démunis de nos moyens de riposte et nos soldats supporteraient mal de prolonger autant leur séjour. » Gorbatchev tente une ultime démarche « pour empêcher la guerre ». A deux reprises, il invite Mitterrand à s'associer à une action franco-soviétique auprès de l'ONU. Chaque fois, Mitterrand décline : « Nous avons mis un point final à la diplomatie (…) Je suis engagé avec mes alliés. Je ne peux pas m'isoler et accepter une mission particulière. »

Gorbatchev : « Mais la paix va à vau-l'eau ! »

Mitterrand : « Non pas à vau-l'eau, mais à la volonté de Saddam Hussein. S'il décide de la paix, on en sera contents. »

A 18 heures, heure de Paris (midi à New York), l'ultimatum expire, sans réponse de Bagdad. A Camp David, où il joue au volley-ball avec Baker, Bush reçoit un appel de Gorbatchev : « Donnez-moi encore quelques jours pour négocier, afin d'éviter le carnage. » Le président américain refuse. Radio Bagdad annonce le rejet de l'ultimatum. Peu après, nouvel appel de Moscou à Camp David. C'est le nouveau ministre des Affaires étrangères Alexandre Bessmertnykh qui plaide une dernière fois auprès de Baker. Ce dernier réplique : « Les Irakiens veulent encore marchander. Il faudrait qu'ils comprennent que le bazar est fermé. »

• La guerre des cent heures

Dans la soirée, Bush annonce à la télévision le début de l'offensive terrestre : « La libération du Koweït est à présent entrée dans sa phase finale. »

Cent heures plus tard, il annonce la suspension des actions offensives : « Le Koweït est libéré. L'armée irakienne est défaite. Nos objectifs militaires sont atteints. » George Bush vient de recevoir de l'ambassadeur d'Irak à l'ONU une lettre de Tarek Aziz annonçant que Bagdad se conforme à toutes les résolutions du Conseil de sécurité. Saddam Hussein sauve ainsi son poste.

La victoire éclair de la coalition s'explique essentiellement par la dérobade irakienne. Les divisions américaines, britanniques, française, saoudiennes et koweïtienne pénètrent sans difficulté en Irak et au Koweït. Puis elles se ruent vers Bassora à la poursuite de la garde présidentielle irakienne, faisant des dizaines de milliers de prisonniers sur leur passage.

A la trentième heure (soit le 25 février à 13 heures) Mitterrand indique à Kohl que « tout se passe bien, peut-être trop bien. L'avance des troupes alliées conduit à ralentir notre progression vers Koweït City de façon à ne pas dégarnir nos troupes. L'absence de résistance irakienne est étonnante ».

Le 26 au matin, Saddam Hussein annonce le retrait immédiat de ses troupes du Koweït. Bush traite ce discours de « scandale » alors que son armée est en pleine « déroute ». Bagdad est toujours bombardée.

A la quatre-vingtième heure (soit le mercredi 27 au matin), le commandement allié annonce la débandade de la garde irakienne. Koweït City est sur le point d'être libérée et le général Schwarzkopf indique qu'il pense « terminer les opérations le 28 février au soir ». Il n'envisage pas de contrôler Bassora, bien que, selon une note de Pierre Joxe à Mitterrand, certains officiers sur le terrain et au Pentagone le poussent à monter jusqu'à Bagdad.

En fin de journée, depuis son quartier général de Riyad, le général américain se proclame victorieux : l'armée de Saddam a perdu les deux tiers de ses armes, 29 divisions sur 42 sont hors combat. Il révèle que le commandement irakien a été victime de deux ruses de guerre : une fausse menace de débarquement par l'est et un mouvement surprise des alliés d'est en ouest, prenant à revers les forces irakiennes. Il affirme qu'il aurait pu sans difficulté continuer jusqu'à Bagdad, mais que cela ne faisait pas partie des buts de guerre de la coalition.

Enfin, il rend hommage au « superbe boulot » des troupes françaises, qui « ont atteint tous leurs objectifs ». La division Daguet était chargée de prendre la ville d'Al-Salman dans le sud-ouest de l'Irak[1]. Elle atteint son but en deux jours, au prix de combats limités. La victoire est si rapide que pendant quelques heures, le 27 février, l'état-major à Paris se demande si les commandos de la division Daguet, dont des

1. Six jours avant le début de l'offensive terrestre, une patrouille de reconnaissance française avait pénétré en profondeur dans le territoire irakien faisant plusieurs prisonniers et rapportant des armes.

éléments ont atteint l'Euphrate, ne vont pas aller au-delà de leur mission et poursuivre leur progression vers le nord. Pierre Joxe le dément. Pourtant, le 27, à 11 heures, il écrit au président, pendant le Conseil des ministres : « La division Daguet (…) *ne semble plus* devoir bouger vu la rapidité d'évolution de la situation. »

La veille, au nord d'Al-Salman, 2 militaires du 1er régiment de parachutistes d'infanterie de marine trouvent la mort et 25 sont blessés, dont 4 gravement, par l'explosion de bombes à fragmentation larguées les jours précédents par les hélicoptères américains.

Le même jour, 9 soldats britanniques tombent par erreur sous le feu de la chasse américaine.

Dans le camp coalisé, les premiers bilans font état de 58 morts américains, 93 morts parmi les contingents arabes, 14 dans les rangs britanniques et 2 morts français. Le *Washington Post* révèle qu'en quatre jours de guerre, l'armée irakienne a eu près de cent mille tués ou blessés. Un silence gêné entoure le bilan des pertes civiles irakiennes.

Au Koweït, l'émir Jaber est de retour. Dans sa fuite, l'armée irakienne a mis le feu à tous les puits de pétrole.

A l'automne 1994, Saddam Hussein justifie ainsi devant Jean-Pierre Chevènement[1] son attitude : « Nous avons toujours eu l'impression que, quoi que nous fassions, les États-Unis étaient décidés à frapper et à détruire l'Irak. C'est la raison pour laquelle nous avons préféré attendre l'attaque au Koweït, car si nous nous étions retirés et si nous avions été frappés, tout en restant prisonniers de l'embargo, comme c'est aujourd'hui le cas plus de quatre ans après, nous aurions démoralisé les "patriotes sincères". Alors qu'en acceptant d'être frappés au Koweït, nous n'avons eu contre nous que les saboteurs et les traîtres. » Chevènement prend soin de livrer ses réponses « pour ce qu'elles valent ».

Quelques heures avant la fin des hostilités, François Mitterrand s'en prend une nouvelle fois, devant le Conseil des ministres, aux commentaires hostiles à l'alignement de la

1. Dans son livre, *Le Vert et le Noir*, Paris, Grasset, 1995, p. 100.

France sur les États-Unis : « On critique notre manque d'indépendance, mais il ne peut pas y avoir d'indépendance dans une action militaire sur laquelle nous avons donné notre parole. Dans la paix, ajoute-t-il, on verra bien que la France est ce qu'elle est et n'a pas renoncé à ses vues. »

Selon son conseiller Hubert Védrine [1], « Mitterrand avait le sentiment que la guerre allait redistribuer les cartes et que la France pourrait être présente au moment du règlement au Proche-Orient. Mais elle a été récusée par l'autoritarisme de Baker et l'opposition bornée de Shamir [2] ».

1. Entretien le 21 novembre 1992.

2. Sur les conséquences régionales de la guerre du Golfe, notamment le problème kurde, et le processus de paix au Proche-Orient en 1991, voir XVIIe partie : « L'Europe en souffrances ».

QUINZIÈME PARTIE

Les dissentiments

La France sort soulagée de la guerre du Golfe. La victoire a été très rapide, seuls deux soldats français ont trouvé la mort. Contrairement aux prévisions les plus alarmistes, les communautés immigrées sont restées calmes et les masses arabes ne se sont pas soulevées, même si le ressentiment couve.

L'union nationale autour du président de la République et du gouvernement offre un deuxième « état de grâce » à François Mitterrand. Comme pour George Bush aux États-Unis ou John Major en Grande-Bretagne, l'opinion lui sait gré d'avoir su traverser cette épreuve.

Mais les difficultés intérieures, occultées le temps d'une guerre éclair exhibée en direct à la télévision avec le regard des vainqueurs, reprennent vite le dessus. L'économie française, comme celle de ses partenaires occidentaux, subit un retournement conjoncturel, qui fait repartir le chômage et creuse de nouveau les déficits publics. L'attente sociale demeure, comme en témoignent les violences dans les banlieues, la colère lycéenne ou le regain de tension en Corse.

Sur le plan politique, la trêve a été de courte durée. Le gouvernement Rocard, critiqué sur sa gauche, doit aussi faire face à un raidissement de l'opposition parlementaire. Il survit à une série de motions de censure, notamment celle, très serrée, sur la CSG, ce nouvel impôt social controversé, et aux assauts d'une partie de la droite sur les affaires liées au financement du PS.

S'il écarte l'idée de profiter de l'embellie passagère de la victoire pour dissoudre l'Assemblée nationale dans l'espoir de prolonger le bail des socialistes, François Mitterrand met bientôt fin à celui de Michel Rocard, qui avait bénéficié d'un sursis avec la crise du Koweït.

CHAPITRE 1

L'automne des déconvenues

Une rentrée insaisissable

• Un Budget incertain

La préparation du Budget 1991 provoque les habituelles querelles d'arbitrage entre Bercy et les ministres « dépensiers ». Sur la base d'une hypothèse de croissance encore soutenue (autour de 3 % en 1990-1991, contre 4,3 % en 1988 et 3,9 % en 1989), Michel Rocard et Pierre Bérégovoy se proposent de réduire le déficit budgétaire à 80 milliards de francs et de poursuivre l'effort en faveur de l'enseignement, de la recherche et de la culture (+ 8 % hors grands travaux et + 18 % en intégrant la poursuite du chantier du Louvre et le début de celui de la « Très Grande Bibliothèque »). Les énormes crédits militaires restent stables. Ceux, minimes, des Affaires étrangères progressent de près de 9 % pour financer le développement de la présence diplomatique et culturelle à l'Est où la démocratie s'installe. Pour permettre l'ouverture de centres culturels à Moscou, Dresde, Leipzig, Bratislava et Budapest, Michel Rocard propose 500 millions de francs. Roland Dumas en réclamait le triple. Aussi, à l'annonce de cet arbitrage, menace-t-il, dans une lettre à Mitterrand, de préparer un « plan de suppression de consulats et d'ambassades » afin de ne pas être « contraint de renoncer » aux engagements pris par le président de la République « au moment où tous les Français attendent, face à l'Allemagne unie, que la France conserve sa place et son rang dans le monde ». Même s'il force le trait, le ministre des Affaires étrangères n'a pas tort de dire qu'il n'a pas été bien traité par le Premier ministre. Aussi, Mitterrand demande-t-il à

Rocard de rajouter quelque 300 millions à l'enveloppe du Quai d'Orsay.

Le groupe socialiste se montre moins virulent que lors de la préparation des deux précédentes lois de finances. Son président Louis Mermaz insiste cependant pour un effort supplémentaire concernant le logement social et l'aide aux chômeurs en fin de droits.

A la fin du mois de juin, les exigences des ministres et des parlementaires aboutissent toutefois à une augmentation de près de 50 milliards du déficit prévu. Fin juillet, Michel Rocard s'y oppose et demande à chaque ministre de réduire ses « services votés » de 0,4 % afin de limiter l'impasse budgétaire aux 80 milliards initiaux. Cette décision est vivement contestée.

La crise du Golfe remet en question les prévisions économiques sur lesquelles est fondé le Budget. Les conjoncturistes sont dans le bleu complet. Certains craignent une grave récession, la flambée du prix du pétrole (le prix du baril double en moins de deux mois) et l'incertitude des marchés sur l'évolution du conflit, précipitant la fin du cycle expansionniste dont la France bénéficie depuis 1985. D'autres misent en revanche sur un coup de fouet de l'activité grâce à la demande allemande liée à l'absorption de la RDA.

Pierre Bérégovoy joue l'optimisme prudent en tablant sur un « léger ralentissement de la croissance prévisible » qu'il compte compenser par un coup de pouce à l'investissement des entreprises au moyen d'allégements fiscaux et par une petite dizaine de milliards d'économies sur un Budget de 1 300 milliards. Les ministres de la Culture et de l'Éducation nationale considèrent que leurs départements doivent échapper à cette « austérité ». Jack Lang, en habitué de la bataille budgétaire, s'agite auprès de Bercy, de Matignon et surtout de l'Élysée où il sait que le président veille. Lionel Jospin écrit au Premier ministre : les 800 millions qu'on lui ampute sur 250 milliards l'obligeront à supprimer certaines allocations, à réduire les créations de postes et à sabrer dans les heures supplémentaires sur lesquelles comptent nombre d'enseignants. Plusieurs responsables socialistes et syndicaux reprochent publiquement au gouvernement de renoncer à ses objectifs sociaux sous prétexte de la nécessité d'un tour de vis budgétaire. C'est notamment la tonalité des interventions de Lionel Jospin et de Jack Lang devant les « universités d'été » des jeunes socialistes réunies les 1er et 2 septembre à La Garde Freinet, dans le Var.

Le ministre des Finances est excédé. Il se dit persuadé que Jospin et Lang sont « téléguidés » par Mitterrand. A Jean-Louis Bianco et Christian Sautter, qui ont le sentiment de revivre les psychodrames du tournant économique de mars 1983[1], il déclare qu'il envisage de démissionner.

Au Conseil des ministres du lundi 3 septembre 1990, Michel Rocard et François Mitterrand lui prodiguent leur soutien. Face aux menaces de guerre au Koweït, les deux chefs de l'Exécutif remisent leurs désaccords politiques. Le Premier ministre juge « démesurées » les critiques venues de son camp et souligne que les économies envisagées ne sont pas « énormes ». Pour lui, « l'austérité est un mot qui n'a pas sa place (...) Il est démesuré que l'on crie avant d'avoir mal ». Le président clôt le débat. Il souhaite que l'on « épargne la Culture » dans la nouvelle répartition des crédits qu'il juge nécessaire, compte tenu de la situation. Il demande à ses ministres de ne pas porter leurs débats sur la place publique et les rappelle à « la discipline nécessaire ».

Le projet de Budget, annoncé le 12 septembre, s'inscrit dans la lignée des précédents : priorités maintenues, mesures sociales prudentes, baisse des déficits et stabilité des prélèvements obligatoires. Pour soutenir la croissance par l'investissement, et tenter ainsi de préserver l'emploi, le taux de l'impôt sur les bénéfices réinvestis par les sociétés baisse pour la deuxième année consécutive. Il passe de 37 % à 34 %. « Trop de dépenses publiques », tonne Jacques Chirac. « On cède trop aux patrons », tempête le PS. Bref, c'est un Budget raisonnable. La dégradation de l'environnement international le rendra rapidement caduc.

Au mois de septembre, le chômage repart à la hausse après trois ans de baisse qui ont ramené le nombre des chômeurs de 2,6 millions (mars 1987) à 2,2 millions et le taux de chômage de 10,7 % à 8,9 % de la population active.

A l'inverse de 1989, où une croissance plus forte que prévu

1. Voir IVe partie : « La rigueur ».

avait apporté près de 20 milliards de recettes supplémentaires, on assiste au phénomène contraire en 1990. Le ralentissement de la croissance économique, le financement de la guerre du Golfe, le poids des engagements budgétaires en faveur du service public (Éducation nationale et fonctionnaires) entraînent pour la première fois depuis 1988 un creusement du déficit budgétaire par rapport aux prévisions de la loi de finances. C'est la fin des années fastes du second septennat. Il ne sera plus possible de distribuer tout en réduisant les déficits.

• Un discours incompris

A peine ont-ils dû mettre en sourdine leurs critiques contre ce projet de Budget trop rigoureux à leurs yeux, les dirigeants socialistes trouvent une nouvelle occasion de se plaindre de Michel Rocard.

Le 20 septembre en effet, le Premier ministre aggrave son cas en tenant des propos iconoclastes à Joué-les-Tours, au cours d'une réunion du bureau exécutif du PS à laquelle sont conviés les ministres socialistes pour préparer le nouveau projet de leur parti, conformément aux intentions annoncées après Rennes.

A mi-chemin de la législature, les socialistes sont à la recherche d'un second souffle. Les quelques engagements de la *Lettre à tous les Français* ont été mis en œuvre, les bouleversements à l'Est ont sonné le glas de l'utopie communiste, le libéralisme triomphe jusque dans la construction européenne. L'*aggiornamento* doctrinal est donc indispensable. Le premier secrétaire Pierre Mauroy pose ainsi le problème : les socialistes doivent accepter les changements du monde, assumer leur culture de gouvernement et centrer leur action sur les nouveaux défis que sont le retour de la pauvreté, l'inégalité entre revenus du capital et revenus du travail, le mal-vivre des banlieues.

Michel Rocard prononce un discours de philosophie politique, à la hauteur de ces enjeux, mais sa vision du socialisme rénové contient des propositions qui choquent son auditoire : « Nos gouvernements doivent, dans le monde d'aujourd'hui, rechercher avant tout l'appui de *l'opinion* », déclare le Premier ministre à propos de la façon de résoudre les problèmes de cette fin de siècle. Après avoir souligné le primat de la « volonté collective » sur l'« individualisme » libéral, et plaidé pour le rôle moteur de l'État, il précise qu'à ses yeux, « le Parti, le Parlement et le gouvernement, dans une démocratie moderne comme la nôtre, ne sont ni légitimes ni fondés à vouloir autre chose que ce que veulent les Français » car « le peuple (...) sait parfaitement nous faire saisir la différence entre ce qu'il veut, ce qu'il tolère, ce qu'il refuse ou, éventuellement, ce qui lui est indifférent ».

Pour nombre de responsables socialistes, Rocard met en cause la conception historique, partagée par les communistes et les sociaux-démocrates, selon laquelle le Parti et le pouvoir montrent la voie, guident le peuple et doivent parfois lui résister. L'assimilation faite par Rocard entre les concepts de peuple et d'opinion déchaîne les critiques. Quoi ? L'action politique se réduirait à faire ce que disent les sondages ! Au moment où les thèmes capitalistes et sécuritaires continuent de progresser dans l'opinion, un gouvernement de gauche, pour gagner les élections, devrait s'y soumettre !

Devant la presse, Mauroy exprime son désaccord : « Beaucoup de socialistes ont été choqués par la brutalité des formules » de Rocard sur le rôle de l'opinion. « Je ne peux les approuver en l'état. » En privé, les critiques sont encore plus virulentes. Au point que les rocardiens sont obligés de prodiguer de bonnes paroles pour calmer les esprits.

Jean-Paul Huchon[1] vient à la défense de son patron : « On nous a accusés d'être les esclaves des sondages (...) En fait, Michel Rocard voulait affirmer que l'on ne gouverne pas durablement contre l'opinion. » Il souligne qu'à Matignon, « aucun autre homme politique français n'a poussé comme Rocard, et à ce point, l'étude systématique et chronologique de l'opinion ».

François Mitterrand[2] dit ne pas avoir été surpris par le discours de Rocard. « Depuis qu'il est entré au PS, et encore davantage après le congrès de Metz, Michel Rocard a toujours recherché le soutien de l'opinion en dehors du Parti. »

1. In *Jours tranquilles à Matignon*, *op. cit.*, p. 162-163.
2. Entretien le 29 mars 1994.

Rocard[1] ne retire rien de son propos de l'automne 1990 : « Je persiste à penser qu'on ne peut réformer durablement dans ce pays sans s'assurer du soutien profond de notre peuple. »

Éternel débat. Édouard Balladur, à Matignon, ne dira pas autre chose face à la protestation de la rue. Les manifestants de l'hiver 1995 ne diront pas autre chose quand ils s'opposeront aux réformes d'Alain Juppé.

• Un remaniement de mauvais augure

La rentrée parlementaire de 1990 est l'occasion d'un revers politique pour Michel Rocard, d'importance secondaire mais très symbolique. A la suite d'un remaniement gouvernemental effectué le 2 octobre, le groupe socialiste à l'Assemblée nationale doit élire un nouveau président après le départ de Louis Mermaz, devenu ministre de l'Agriculture.

Comme si le congrès de Rennes n'avait pas eu lieu, Henri Emmanuelli, désigné par les jospinistes, affronte Jean Auroux, qui a l'appui des fabiusiens. Placés en position d'arbitres, les rocardiens soutiennent le premier. A la veille du vote, Michel Rocard s'exprime publiquement en faveur d'Emmanuelli, soulignant qu'il s'inscrit ainsi dans la logique de restructuration de l'après-Rennes. Selon Jean-Louis Andreani[2], « c'est l'aveu qu'il ne fallait pas faire, l'aveu de l'"axe" interdit Jospin-Rocard (...) Les fabiusiens menacent alors de quitter la direction du PS si Henri Emmanuelli est élu ». Finalement, Auroux l'emporte à la majorité relative grâce au maintien du candidat chevènementiste, Michel Coffineau. Le ministre de la Défense, qui prend alors ses distances avec la politique de Mitterrand dans le Golfe, lui rend ainsi un signalé service. Le président n'avait certes pas de préférence personnelle entre Emmanuelli et Auroux, deux hommes de sa mouvance et qu'il apprécie, mais politiquement, il n'était pas question pour lui de voir se concrétiser dans ce scrutin la majorité Jospin-Rocard dont il ne veut à aucun prix.

1. Entretien le 22 mars 1996.
2. In *Le Mystère Rocard*, *op. cit.*, p. 185.

Plus grave pour l'image de Michel Rocard est la sortie d'Édith Cresson. Le soir même de son départ du ministère des Affaires européennes, cette femme énergique explique à l'AFP qu'elle voulait partir depuis l'été dernier parce qu'elle avait l'impression de « parler dans le vide » lorsqu'elle déplorait que le gouvernement Rocard n'ait « rien fait en matière de politique industrielle » ni « mené aucune action pour mobiliser le pays ». Le lendemain, elle déclare à *L'Événement du jeudi* : « Je ne peux plus participer à un gouvernement où je constate une telle absence de volonté. »

A vrai dire, Édith Cresson se languissait depuis la fin de la présidence française de la Communauté, au mois de décembre 1989. Selon son conseiller et confident Abel Farnoux [1], « Édith avait dit à Mitterrand qu'elle voulait partir dès le mois de janvier 1990. Ils étaient convenus d'une sortie en douceur au cours de l'été. Puis la guerre du Golfe a entravé ce scénario. Le remaniement de la rentrée d'octobre fut le prétexte, mais Mitterrand a décidé alors d'en faire un événement politique en autorisant Édith à s'exprimer ».

Édith Cresson [2] en voulait beaucoup à Rocard qu'elle jugeait, à l'instar de Fabius, « obnubilé » par ses perspectives présidentielles : « Il ne réagissait qu'aux desiderata de l'opinion, jusqu'à théoriser tout ça dans son discours de Joué-les-Tours. Or, j'ai toujours pensé que le politique doit guider l'opinion et non pas la suivre, ce qui conduit à la logique des pleins pouvoirs à Pétain. J'ai donc quitté le gouvernement pour le monde de l'industrie où je voulais agir. A ce moment-là, Mitterrand m'a dit qu'il pourrait m'offrir un jour quelque chose qui m'intéresserait davantage. »

Elle est remplacée par Élisabeth Guigou [3], qui, depuis 1982, suit à l'Élysée puis au SGCI (Secrétariat général du comité interministériel pour les questions de coopération économique européenne) les questions communautaires. « Au début du mois de septembre, se souvient-elle, le président m'avait demandé de me tenir prête à un changement d'affec-

1. Entretien le 7 mars 1995.
2. Entretien le 18 novembre 1993.
3. Entretien le 14 décembre 1993.

tation, sans me préciser à quel poste il envisageait de me nommer. »

Ce remaniement apporte toutefois deux satisfactions au Premier ministre.

D'abord, le départ de Louis Mermaz de la présidence du groupe socialiste, dont Matignon considérait que loin d'y exercer une autorité réelle, ce conventionnel mitterrandien jetait de l'huile sur le feu en pratiquant une surenchère de gauche trop systématique. Mermaz[1] reconnaît qu'à l'automne 1990 « ses tensions avec Michel Rocard étaient devenues assez vives ».

Et surtout celui de Pierre Arpaillange du ministère de la Justice. Ses relations avec Matignon étaient devenues exécrables. On le trouvait « retors et compliqué » et surtout incapable de trancher. Sa gestion des affaires de financement du PS était jugée « perverse » et « catastrophique ». Jean-Paul Huchon[2] le recevait chaque semaine car Rocard ne voulait plus le voir. « On a voulu le sortir au plus vite et on a sauté sur l'occasion du départ en retraite du président de la Cour des comptes André Chandernagor. » Arpaillange[3] se défend : « Rocard ne connaissait rien à la Justice. Ça ne l'intéressait pas. Il avait l'impression que je complotais dans son dos avec l'Élysée. »

François Mitterrand laisse lui aussi partir Arpaillange sans regret. S'il lui manifeste publiquement tous les égards, il considère lui aussi que ce haut magistrat n'était pas taillé pour affronter l'opposition à l'Assemblée nationale et, comme l'ont montré les péripéties du lendemain de l'amnistie, ne tenait pas assez fermement ses Parquets.

Au moment de son départ, Arpaillange suscite l'exaspération du président de la République. D'une part, il recommande à Rocard de donner des instructions pour l'ouverture d'une information dans l'affaire Urba, qui risque de revenir sur le devant de l'actualité avec la publication prochaine du livre-événement de l'inspecteur Gaudino, dont le gouverne-

1. Entretien le 14 février 1996.
2. Entretien le 22 novembre 1993.
3. Entretien le 18 janvier 1996.

ment est informé par sa police[1]. D'autre part, sans prévenir l'Élysée, il prescrit, le 21 septembre, l'ouverture d'une information judiciaire contre René Bousquet. Cet épisode nécessite un retour en arrière : Aux mois de septembre et de décembre 1989, plusieurs plaintes pour crime contre l'humanité avaient été déposées par les avocats Serge Klarsfeld et Charles Libman, et l'Association des fils et filles des déportés juifs de France, contre l'ancien secrétaire général de la police de Vichy. Depuis des années, Me Klarsfeld enquêtait sur la responsabilité de Bousquet dans les rafles du Vel d'Hiv à Paris et dans celles de la zone Sud, notamment à Marseille. Bousquet ayant déjà été jugé par la Haute Cour de justice de la République en 1949, il revient au procureur de Paris de saisir la chambre criminelle de la Cour de cassation pour qu'elle se prononce sur la possibilité de poursuites. Sur la note du 22 février 1990 qui l'informe de cette situation, François Mitterrand écrit : « Les événements d'il y aura bientôt un demi-siècle, aussi tragiques qu'ils aient été, ne doivent pas être remués aujourd'hui et le plan judiciaire n'est pas adéquat. Je demande une extrême réserve. »

Dans un premier temps, Arpaillange obtempère et ne saisit pas le Parquet. Puis, le 21 septembre 1990, il lui prescrit d'ouvrir une information contre Bousquet, et s'empresse, une fois chose faite, de faire parvenir ses « excuses » au président de la République pour avoir négligé de lui en parler. Jean-Louis Bianco indique le 26 septembre à Georgette Elgey que « le président est furieux contre le garde des Sceaux qui a relancé contre sa volonté l'affaire Bousquet » et lui a confié : « J'avais déjà dit à Robert Badinter que je n'étais pas favorable à de nouvelles inculpations de ce genre. Bousquet a été acquitté en 1947 *(sic)* au moment de la répression la plus dure. Si l'on soulève le cas de Bousquet, c'est toute la Fonction publique qui va être mise en cause. En outre, Bousquet est un homme de quatre-vingt-deux ans qui est à moitié mourant (...) Barbie, j'ai accepté, mais cela suffit[2]. »

1. Voir *infra*.

2. Sur les controverses autour de Vichy, Pétain, Bousquet, etc., voir XXe partie : « La lutte finale ».

Pour remplacer Arpaillange, Mitterrand avait pensé à Pierre Joxe, Rocard à Michel Delebarre. Ils s'accordent sur le nom d'Henri Nallet[1] : « Rocard et Huchon m'en parlent. J'hésite. Mitterrand me demande d'y réfléchir. J'étais turlupiné car la presse avait commencé à faire le rapprochement entre Urba et le financement de la campagne présidentielle de 1988 dont j'étais le trésorier. Mitterrand insiste en m'assurant que cet aspect de la question ne lui était pas venu à l'idée. Il m'assure que l'on ne peut rien me reprocher, ce dont je suis convaincu, car Urba a financé le PS et pas la campagne de Mitterrand, dont je suis juridiquement responsable à partir de son entrée en lice, le 22 mars 1988. J'accepte. M'a-t-il nommé en sachant que ça allait exploser mais que j'étais solide ? S'il a fait ce calcul, cela ne me choque pas. »

La tragi-comédie des « affaires »

Le « calcul » du président est le bon. En effet, en dépit de la crise du Golfe, les controverses reprennent de plus belle à la rentrée 1990 à propos des affaires de financement politique.

Le 16 septembre, Jacques Médecin, sous le coup de plusieurs inculpations de délit d'ingérence, démissionne de la mairie de Nice et de la présidence du Conseil général des Alpes-Maritimes. Pour échapper à la justice, cet élu de droite trouve refuge en Argentine puis en Uruguay. Premier personnage de la Côte d'Azur, ancien ministre du Tourisme, lié d'amitié avec de nombreux responsables de la droite, Médecin dénonce un « complot » du pouvoir socialiste contre lui.

Un mois plus tard, le 17 octobre, c'est au tour des socialistes d'endurer l'opprobre d'abriter une brebis galeuse. L'éphémère secrétaire d'État et député de la Charente Jean-Michel Boucheron est mis en congé du Parti socialiste à la suite d'un rapport accablant de la Chambre régionale des comptes sur sa gestion de la mairie d'Angoulême de 1983 à 1989. Il cherchera lui aussi à se soustraire à la justice en

1. Entretien le 23 novembre 1994.

s'exilant à Buenos Aires en février 1992, après avoir été accusé de corruption.

Dans ce climat malsain, paraît *L'Enquête impossible*, le livre-réquisitoire de l'inspecteur Antoine Gaudino sur l'affaire Urba. Outre un récit détaillé des éléments déjà relatés par *Le Canard enchaîné* et *Le Monde*, le policier accuse Henri Nallet de mensonge à propos des comptes de la campagne de Mitterrand.

Nallet[1] raconte : « Au cours du Conseil des ministres du 10 octobre 1990, Pierre Joxe me fait passer une photocopie du livre que va sortir Gaudino. Il m'assure qu'il n'y a rien de nouveau dedans, "c'est du réchauffé". Je le lis dans la voiture en regagnant ma mairie de Tonnerre. Gaudino affirme qu'Urba m'a donné 24 millions de francs, alors que je n'en ai déclaré que 100 000. La ficelle est grosse. Je ne pense pas que ça ira bien loin. Dans les semaines qui suivent, je subis là-dessus à l'Assemblée la furie de certains députés de droite. »

Chaque mercredi, à l'occasion de la séance des questions au gouvernement, une poignée de députés, emmenés par l'UDF Philippe de Villiers, harcèlent le garde des Sceaux en le sommant de s'expliquer sur les accusations contenues dans le livre de l'inspecteur Gaudino.

Philippe de Villiers[2] se souvient : « Le 17 octobre 1990, après deux jours de réflexion et une rencontre avec Gaudino, je me lève de mon banc à l'Assemblée pendant les questions d'actualité. J'avais prévenu le président du groupe UDF Charles Millon que j'allais monter au créneau. Il me répond : "Tu es fou ; il n'en est pas question." Je ne l'écoute pas et j'interpelle Nallet sur le livre de Gaudino. Il était terrifié. Millon et Longuet n'en revenaient pas. Dans les travées du RPR ils chuchotaient : "Il est fou." Le mercredi suivant, je veux recommencer et j'ai droit aux mises en garde de Millon : "Ne joue pas les chevaliers blancs, on a tous fait la même chose et toute la classe politique sera éclaboussée." Je menace mes amis de dire à la presse que la droite est financée par Pont-à-Mousson.

1. Entretien le 23 novembre 1994.
2. Entretien le 21 février 1996.

« Avec les RPR Nicole Catala et Louis de Broissia et l'UDF François d'Aubert, nous formons un corps expéditionnaire, une “Maison des dernières cartouches” et je mets en place autour de moi une équipe de magistrats et de juristes pour développer cette campagne sur le thème “les socialistes sont corrompus” pour laquelle je me sentais porté par l'opinion. »

Henri Nallet : « Ça a été terrible. De Villiers, d'Aubert, Catala étaient très durs et se livraient à une véritable mise à mort. A travers moi, c'est Mitterrand qu'ils visaient. Les socialistes se cachaient. Il a fallu que Mitterrand appelle Auroux pour qu'ils réagissent. De Villiers avait ouvert sa boutique avec le juge Alain Marsaud qui, avec d'autres magistrats comme le juge Gilles Boulouque, avait accès au dossier Urba et préparait pour lui les questions d'actualité. » De Villiers précise : « C'est vrai, Marsaud était avec nous au début. Mais dès qu'on a envisagé de parler du financement du RPR, il m'a demandé de n'en rien faire et a pris ses distances. Je réunissais ces juges dans mon bureau de l'Assemblée. Ils avaient tous une arme sur eux, même Boulouque. »

Dans son livre *Tempête sur la justice*[1], Henri Nallet note qu'outre de Villiers, d'Aubert et de Broissia, d'autres giscardiens ou anciens giscardiens menaient l'assaut contre lui, en particulier Gilles de Robien, Philippe Mestre et François Bayrou. L'un d'eux dira alors à Jean Auroux dans les couloirs de l'Assemblée : « Tu l'as compris, nous la tenons notre revanche des diamants… »

A la fin de la session, Nallet n'en peut plus : « Même si Mitterrand maintenait une présence affectueuse, m'appelant tous les samedis à Tonnerre, pas seulement pour éviter que je craque. Rocard ne disait rien. A droite, certains compatissaient : je recevais des petits mots gentils de Longuet et de Méhaignerie. Pierre Mazeaud et Raymond Barre se montraient amicaux. » Au mois de décembre, ajoute-t-il, « lors d'un Conseil des ministres, je passe un mot à Bérégovoy pour lui dire que je vais démissionner. Il me répond aussitôt de n'en rien faire. En sortant du salon Murat, il me prend à

1. Paris, Plon, 1992, p. 99.

part et s'inquiète de mon moral : "Tu ne penses pas à faire une bêtise au moins ? – Quelle bêtise ? – Tu sais très bien ce que je veux dire" ».

Gérard Longuet[1] restitue bien l'état d'esprit de l'opposition face à la croisade de De Villiers : « L'immense majorité des députés de droite était goguenarde en se disant que c'était bien fait pour les socialistes qui avaient prêché la morale et s'étaient fait piquer la main dans le pot de confiture. Une petite minorité feignait d'être indignée. Enfin, quelques-uns, dont moi, étaient préoccupés et se disaient : on a ouvert la boîte de Pandore et on ne sait pas très bien sur quoi tout cela finira par déboucher. »

Au fil des semaines, les interpellations des députés de droite se font plus précises. Ainsi, le 31 octobre, François d'Aubert demande-t-il au garde des Sceaux : « Qu'attendez-vous pour demander au procureur d'ouvrir une information sur Urba ? » Henri Nallet élude la question et accuse ses contradicteurs de se livrer à une « opération politique » et de répandre la « calomnie ».

Son prédécesseur, Pierre Arpaillange, n'a jamais répondu au Parquet d'Aix-Marseille, qui, depuis le rapport Gaudino-Mayot du mois de mai 1989, attend des instructions de la chancellerie.

Compte tenu de la dimension nationale des activités d'Urba dénoncées par les policiers de Marseille, l'ouverture d'une information judiciaire conduirait à désigner un juge d'instruction parisien. L'examen des différentes notes sur ce sujet adressées au président de la République font apparaître que l'on craint qu'une telle procédure conduise à des perquisitions dans tous les bureaux d'Urba, y compris à son siège parisien. « La procédure pourrait alors prendre des proportions imprévisibles et amener l'inculpation de nombreux responsables politiques et de nombreux entrepreneurs de travaux publics. » Le pouvoir demande donc à Nallet de tenir bon, sur la ligne de son prédécesseur, à savoir ne donner aucune instruction au procureur, en escomptant que ce der-

1. Entretien le 21 décembre 1995.

nier s'en tienne à la tradition selon laquelle le silence de la chancellerie sur des affaires délicates vaut consigne d'enterrement.

Au début de l'année 1991, la pression politique et médiatique est devenue telle que le ministre de la Justice [1] change d'avis : « Je suis allé voir Mitterrand pour lui dire que j'étais décidé à assumer personnellement les risques de l'ouverture d'une information judiciaire, car ce n'était plus tenable. Il m'a renvoyé vers le Premier ministre et le premier secrétaire du PS. Michel Rocard s'est montré hésitant. Pierre Mauroy, résolument hostile, levait les bras au ciel : "Si l'on fait ça, Henri, tout le bureau exécutif va être inculpé !" » Nallet propose alors de réunir tous les chefs de courants du PS pour examiner avec eux la réalité des risques encourus par un procès Urba. « Nous nous réunissons discrètement dans le salon de musique de l'hôtel Matignon et je leur distribue des photocopies classées par courants des cahiers Delcroix aux mains de la Justice. Je voulais leur montrer qu'il n'y avait là rien de terrible, que tout était évanescent. Ils lisent. Et, unanimes, ils me disent que ce n'est pas possible. Alors Rocard me dit : "Ta proposition n'est pas praticable." Je lui réponds : "Si vous me donnez l'ordre de classer, je le ferai. C'est dans mon pouvoir, ça ne bouleverse pas ma conscience de donner l'ordre à un procureur de classer une enquête préliminaire mais je veux le faire de manière transparente." »

Le Premier ministre donne son accord et Henri Nallet écrit au procureur de Marseille : « Je vous donne l'ordre de classer. »

Quatre ans plus tard, il regrette cette décision : « Nous aurions dû faire passer la justice et réagir politiquement avec beaucoup plus d'agressivité. Avec l'irruption des affaires de la droite, on aurait vite vu que le système Urba n'était pas grand-chose par rapport aux financements de ceux qui nous dénonçaient. Mais à l'époque, nous nous y étions mal pris dès le début et ça a conduit à un désastre politique. »

1. Entretien le 12 juillet 1995.

La guerre du Golfe fait oublier un moment ces controverses juridico-politiques. Et, dès le printemps 1991, les « affaires » reprennent.

Le 18 mars, le ministre de l'Intérieur Philippe Marchand révoque l'inspecteur Antoine Gaudino pour faute professionnelle grave. Il a manqué à son devoir de réserve en écrivant un livre à partir de pièces de police judiciaire dans une affaire en cours.

Cette décision met fin à une bataille de procédure qui avait tourné à la confusion pour le pouvoir. Suspendu par le SRPJ de Marseille au lendemain de la publication de *L'Enquête impossible*, le 12 octobre 1990, il avait été réintégré dans l'administration policière et muté, le 22 février 1991 par arrêté ministériel. Le 5 mars, le Tribunal de grande instance de Marseille avait annulé cet arrêté pour détournement de pouvoir. Dans son livre, Gaudino avait pris les devants. Conscient que sa publication se traduirait par une sanction disciplinaire à son égard, il avertit : « En restant silencieux, je me serais senti complice d'un système inacceptable. La non-obligation de réserve s'est imposée à moi. »

La révocation de Gaudino est vivement critiquée dans la presse. *Libération* compare cette mesure à l'expulsion de Daniel Cohn-Bendit après Mai 68 ; Thierry Pfister, éditeur et mentor de Gaudino, n'hésite pas, dans les colonnes du *Monde*, à faire la comparaison avec « la terrifiante mécanique de l'affaire Dreyfus ». Quant au *Figaro*, par la plume de Georges Suffert, il estime qu'il y a « deux poids et deux mesures » par rapport à l'amnistie.

Ces critiques ne sont rien au regard de celles qui suivront, trois semaines plus tard, le dessaisissement du juge d'instruction du Mans Thierry Jean-Pierre, à la suite de sa perquisition spectaculaire au siège parisien d'Urba.

Instigateur de la « révolte des juges » au mois de mai 1990 à la suite du non-lieu controversé accordé à Christian Nucci, le juge Jean-Pierre s'est donné pour mission de pourfendre la « corruption socialiste ».

Au début du mois de janvier 1991, alors qu'il instruit une

affaire d'accident de chantier survenu au mois de juin précédent au Mans, l'audition d'un témoin lui fournit le moyen de rouvrir le dossier Urba. Ce témoin, militant socialiste de longue date, lui fait des révélations sur le mode de financement de la fédération socialiste de la Sarthe. Jean-Pierre obtient aussitôt du substitut du procureur du Mans, un collègue du Syndicat de la magistrature, d'ouvrir une information pour extorsion de fonds.

Soucieux de ne pas éveiller les soupçons de la chancellerie, il instruit son dossier dans la plus grande discrétion et se procure plusieurs centaines de pièces de l'affaire Urba-Marseille, dont une partie des cahiers Delcroix, auprès du journaliste Jean Montaldo, spécialisé, selon lui, dans « la corruption, si possible de gauche [1] ». Et le dimanche 7 avril 1991, après avoir prévenu sa hiérarchie au dernier moment, il perquisitionne, non sans encombre et sous l'œil des journalistes alertés, dans les locaux d'Urba, rue de Rochechouart à Paris, où il place sous scellés de nombreuses pièces avant que la chancellerie, réagissant avec une rare célérité, lui signifie son dessaisissement pour « graves manquements » et « irrégularités » au regard de la procédure pénale.

Le soir même, radios et télévisions titrent sur cette palinodie rocambolesque. Le lendemain, les éditorialistes tirent à boulets rouges sur le pouvoir qui verrouille la justice, et l'opposition s'en donne à cœur joie.

Henri Nallet envoie ce matin-là un pli urgent à François Mitterrand [2] : « Le juge Jean-Pierre, membre d'un petit groupe "Forum pour la justice", proche de De Villiers et de Gaudino, s'est autosaisi d'une information contre Urbatechnic et à ce titre a perquisitionné hier dans les locaux du bureau d'études. La chancellerie a, pour une fois, réagi assez vite : nous avons fait dessaisir le juge dans la matinée d'hier et lui avons signifié hier soir que sa perquisition était illégale. »

Après ces explications, le ministre de la Justice, sûr de son bon droit, propose au président une « contre-attaque » mettant à profit « la première erreur qu'ont commise MM. de Vil-

1. *In* Thierry Jean-Pierre, *Bon appétit, messieurs !*, *op. cit.*, p. 104.
2. Document d'archives.

liers, Gaudino et Pfister ». Il souhaite que le Premier ministre et les dirigeants socialistes martèlent les arguments suivants :

– A des fins partisanes, quelques hommes politiques peu nombreux manipulent depuis des mois quelques magistrats, quelques fonctionnaires de police et des impôts, pour les encourager à se situer au-dessus des lois et à jouer les justiciers.

– Ils ont poussé un juge d'instruction à commettre quelques infractions à la procédure pénale qui, si elles n'avaient pas été sanctionnées, mettraient en danger tous les citoyens.

– Il s'agit d'une entreprise de déstabilisation des institutions de la République.

Les députés socialistes sont tout à fait d'accord pour passer à l'offensive. Le député de Belfort Raymond Forni est très applaudi quand il déclare le lendemain 9 avril dans le huis clos du groupe socialiste [1] que « les arguments juridiques ne sont plus de mise et qu'il faut contre-attaquer ». Son collègue Gérard Gouzes souligne que le premier visé dans ces affaires est le président de la République et qu'« il y a chez certains journalistes un syndrome Watergate ».

Il revient à Jean-Pierre Michel, l'auteur de l'amendement sur l'amnistie, de tirer la leçon politique des difficultés dans lesquelles se débattent les socialistes. Pour lui, « le pouvoir a, d'une manière générale, le choix entre deux attitudes : soit instaurer le blocus total et avoir des magistrats fermement tenus, selon la méthode pratiquée par la droite, soit la transparence totale ». Il regrette que « depuis 1981, ce ne soit ni l'un ni l'autre et que les socialistes prennent ainsi tous les coups ».

Sur un dernier appel à la solidarité lancé par Henri Emmanuelli, ils retournent dans l'hémicycle où le ministre-délégué à la Justice, Georges Kiejman, défend un texte de procédure civile. L'opposition survoltée perturbe le déroulement des débats. Philippe de Villiers qui, la veille, a téléphoné au juge Jean-Pierre pour le féliciter, fustige la chancellerie. Jacques Toubon estime que le ministre de la Justice a « entravé l'action d'un magistrat pour empêcher que la vérité ne se

1. Document d'archives.

fasse sur les agissements du parti au pouvoir ». Et même Pierre Méhaignerie y va de sa critique, confirmant par cette attitude que l'ère des bons sentiments à l'égard du gouvernement Rocard était révolue. Devant ces mises en cause, Kiejman accuse le juge Jean-Pierre de s'être livré à un « cambriolage judiciaire » en perquisitionnant chez Urba.

Depuis Dijon, où il est en déplacement officiel, Henri Nallet parle d'« une équipée qui ressemble à un western ». Le lendemain, lors de la séance des questions à l'Assemblée, le RPR Jean-Louis Debré l'accuse d'avoir « bafoué l'indépendance des juges ». Le garde des Sceaux répond longuement en énumérant « les irrégularités de procédure » commises par le juge Jean-Pierre. Il soulève l'indignation de l'opposition quand il affirme n'être pour rien dans son dessaisissement : « C'est le magistrat du siège, c'est-à-dire un magistrat indépendant, qui a mis fin à l'équipée sauvage d'un juge qui se croyait au-dessus des lois ! »

L'opposition dépose une motion de censure, nouvelle occasion de s'en prendre au pouvoir pour sa gestion des « affaires ». Grâce à l'abstention du groupe communiste qui, selon son porte-parole Georges Hage, refuse de « délivrer un brevet d'honorabilité » à la droite, elle ne recueille que 261 voix au lieu des 289 nécessaires pour renverser le gouvernement. La fièvre retombe.

Une semaine plus tard, la chambre d'accusation de la Cour d'appel d'Angers inflige un sérieux camouflet au ministre de la Justice en jugeant légale l'ouverture d'une information judiciaire sur l'affaire Urba par le juge Jean-Pierre à partir du dossier qu'il instruisait sur l'accident du travail du Mans.

Le mercredi suivant devant le Conseil des ministres [1], François Mitterrand apporte son « entière confiance » au garde des Sceaux qui, ce jour-là, présente un projet de réforme du statut de la magistrature annoncé en catastrophe au moment de la censure du 11 avril.

Puis il se livre à une charge passionnée contre l'indépendance des Parquets. « Ce qui vous est demandé, c'est de livrer la Justice à une corporation. Eh bien, que ce soit clair une

1. Document d'archives.

fois pour toutes : ma réponse est non. Il n'y aurait plus d'État. »

Puis il s'explique : « On réclame la rupture du lien entre le Parquet et le ministère de la Justice. En fait, il y a très peu de cas où le ministère intervient. Mais s'il y avait rupture de ce lien, de qui dépendrait le Parquet ? Si on voulait décentraliser, le Parquet dépendrait d'un homme désigné par ses pairs dans chaque circonscription juridique, qui serait le maître de toutes les poursuites, chacun déciderait à sa guise, selon ses fantaisies, ses goûts, ses préférences, son syndicat. Il n'y aurait plus de justice commune à tous les citoyens.

« Et si on ne décentralisait pas, alors ce serait une sorte de procureur général, naturellement inamovible, un super-ministre en réalité. En quoi serait-ce un progrès ? Quelles garanties de plus y aurait-il ?

« La justice est indépendante. N'ayons pas de complexe. Il n'y a à ma connaissance jamais eu d'intervention du pouvoir exécutif entre 1981 et 1986, ni depuis 1988 auprès des juges d'instruction. Cela n'a pas été la règle entre 1986 et 1988 (...) Connaissez-vous une seule affaire impliquant la droite qui ait vraiment vu le jour sur le plan juridique pendant cette période ? »

Il conclut : « L'opposition a trouvé comme cheval de bataille l'indépendance de la justice. C'est une des scènes de théâtre les plus comiques depuis la guerre, même si c'est parfois sinistre. » Et il appelle la majorité à se montrer « résolue, présente, active et d'une fermeté inébranlable ».

En remontant dans son bureau, il s'applique à lui-même ce mot d'ordre en approuvant une proposition d'Henri Nallet de former un pourvoi en cassation contre l'arrêt de la Cour d'appel d'Angers qui a donné raison au juge Jean-Pierre.

Un peu plus tard, il encourage les présidents des groupes socialistes Jean Auroux et Claude Estier à demander la création d'une commission d'enquête parlementaire sur le financement de l'ensemble des partis politiques.

Le 27 juin 1991, la Cour de cassation rejette le pourvoi de la chancellerie. Désavoué par deux fois Henri Nallet présente ce camouflet comme une « démonstration remarquable de l'indépendance de la Justice ». Thierry Jean-Pierre a le triomphe modeste : « Cela n'a fait que retarder l'instruction de trois mois. »

Quant à la commission d'enquête parlementaire, elle fait long feu. Lors de sa troisième audience publique, le 24 septembre 1991, son président, l'UDF Jean-François Deniau, démissionne, accusant la gauche de manœuvres politiciennes.

L'un de ses rapporteurs, le socialiste Jean-Pierre Michel [1], lève le voile : « Depuis des mois nous n'arrivions à rien. La droite, la presse et l'édition nous traînaient dans la boue à propos des affaires. Un matin de septembre, lors d'un petit déjeuner chez Pierre Mauroy, en présence d'Henri Nallet et des membres socialistes de la commission d'enquête, j'explose : "On n'a aucune munition contre la droite !" Une semaine plus tard, Nallet nous apporte une liste d'affaires avec des noms. Lors de la réunion suivante de la commission d'enquête, nous devions nous mettre d'accord avec les groupes de droite sur la liste des prochaines auditions. Je sors alors la liste de Nallet et demande que l'on fasse venir notamment les personnes qui ont financé la campagne de Giscard d'Estaing en 1981. Deniau blêmit, se met à hurler. Il lève la séance et il démissionne. Il ne voulait pas que l'on mette en cause des personnalités de droite dans le rapport parlementaire, mais seulement des élus de gauche. Hostile à toute investigation sur les affaires en cours ou étouffées, il voulait que l'on s'en tienne à des propositions pour l'avenir. »

C'est le RPR Pierre Mazeaud qui lui succédera à la présidence de la commission et un rapport de qualité, mais sans lendemain, sera publié quelques mois plus tard.

La vexation lycéenne

Six semaines après une rentrée des classes paisible, le gouvernement se trouve aux prises avec une flambée de manifestations lycéennes, parties de la banlieue parisienne, et dans lesquelles s'exprime un mélange de frustrations sociales, d'inquiétudes devant l'avenir et de revendications matérielles concrètes.

1. Entretien le 4 octobre 1995.

L'effort financier considérable consenti depuis deux ans à la priorité faite à l'Éducation nationale a surtout bénéficié à la revalorisation salariale et au recrutement des enseignants. Face à l'explosion des effectifs dans le secondaire, les quelque 7 milliards de crédits supplémentaires affectés à la construction et à la rénovation des établissements sont loin d'avoir rattrapé les retards, d'autant que les régions – propriétaires des lycées et collèges depuis les lois de décentralisation de 1982 – ont inégalement participé à l'effort de l'État. Dans les banlieues, où des violences sporadiques, comme à Vaulx-en-Velin [1], attestent d'un malaise croissant de la jeunesse, la grogne atteint les collèges et les lycées.

Le spectre des manifestations de l'automne 1986 [2] contre le projet de loi Devaquet sur l'Université, qui avaient coûté la vie au jeune beur Malik Oussekine, hante les dirigeants socialistes. Ils se souviennent que cette rupture entre la jeunesse et le pouvoir avait coûté cher au Premier ministre Jacques Chirac lors de l'élection présidentielle.

Le climat de l'automne 1990 est également très volatil. L'opinion est hostile à l'idée d'un engagement de la France dans un conflit contre l'Irak ; elle commence à déchanter du gouvernement Rocard auquel, selon les sondages, on reproche d'abord de ne pas avoir su résoudre le problème du chômage, qui vient de repartir à la hausse en septembre. L'échec des politiques d'immigration et de l'école viennent ensuite à égalité dans le jugement des Français.

Depuis le début du mois d'octobre, un bouillonnement est perceptible dans plusieurs « bahuts » de Seine-Saint-Denis, du Val-de-Marne et du Val-d'Oise. Les revendications des lycéens sont floues : ils réclament davantage de « profs », plus de « pions » pour lutter contre l'insécurité, une plus grande liberté d'expression. Le mouvement prend de l'ampleur. Les 22, 24 et 26 octobre, plusieurs milliers d'adolescents défilent dans les rues de Paris.

Devant cette protestation spontanée, rapidement reprise en main par les deux principaux mouvements politiques actifs

1. Voir *infra*.
2. Voir IXe partie : « Le libéralisme ».

dans les lycées, la Jeunesse communiste (JC) et la Fédération indépendante et démocratique lycéenne (FIDL, proche du Parti socialiste), le gouvernement affiche une volonté d'apaisement et de dialogue. Présence et répression policières aussi réduites que possible ; invitation d'une délégation par Lionel Jospin, dès la première manifestation parisienne. Celle-ci tourne court, car le ministre de l'Éducation nationale n'a rien à offrir de plus que les engagements budgétaires passés et prévus. Le 24, les délégués lycéens sont reçus par les groupes parlementaires. Le gouvernement débloque 500 postes supplémentaires de surveillants, une goutte d'eau par rapport aux besoins. Le 26, les organisateurs du mouvement sont reçus brièvement à l'hôtel Matignon par Michel Rocard et Lionel Jospin. Le Premier ministre double le nombre de postes créés, une concession immédiatement jugée ridicule par le porte-parole de la JC, le « Black » Amadou Demé, et celui de la FIDL, le « beur » Nasser Ramdane, qui appellent à de nouvelles manifestations à Paris et en province, après les vacances de la Toussaint.

L'attitude de fermeté de ces jeunes leaders renforce à Matignon le sentiment que la FIDL, s'appuyant sur la JC, conduit une tentative de déstabilisation du gouvernement. On laisse entendre dans l'entourage de Michel Rocard que la FIDL est manipulée par le député socialiste Julien Dray, son complice le sénateur Jean-Luc Mélenchon et leurs amis, anciens trotskistes, de la « nouvelle école socialiste ». Le Premier ministre fait savoir à la direction du Parti socialiste qu'il compte poser la question de l'attitude de Dray dans cette affaire.

Julien Dray [1] non seulement reconnaît, mais revendique cette attitude : « Dès que le mouvement a démarré, on poussait, on poussait. Nos copains de la FIDL nous disaient qu'il fallait y aller, faute de quoi ils perdraient toute autorité sur les lycéens. Nous, à la gauche socialiste, dans notre logique d'affrontement avec Rocard depuis 1988, on voyait là un moyen de le dézinguer par la rue. »

Nasser Ramdane [2] confirme qu'il avait « des discussions

1. Entretien le 3 novembre 1994.

2. Entretien le 25 septembre 1995 avec Gérard Leclerc et Florence Muracciole pour leur biographie *Lionel Jospin, l'héritier rebelle*, *op. cit.*

avec Dray » dont « l'expérience et les conseils étaient utiles », notamment sur la façon de « mener la négociation avec le pouvoir ». Mais il assure que la FIDL n'était pas « manipulée » par Dray et ses amis.

Jean-Paul Huchon [1] est catégorique. Il se dit certain que Dray et Mélenchon « animaient des groupuscules extrémistes divers qui agitaient le pays et mettaient en cause l'autorité du gouvernement ». Il ajoute qu'ils « bénéficiaient de l'appui ou, du moins, de la neutralité bienveillante de l'Élysée ». Pour l'ancien directeur de cabinet de Michel Rocard, il s'agit là d'un comportement « inadmissible » et « choquant ».

A vrai dire, l'influence revendiquée par Julien Dray et dénoncée par Jean-Paul Huchon est exagérée. Il y a de la paranoïa des deux côtés. « Juju » et ses « potes », aussi manœuvriers soient-ils, ne sont que du poil à gratter dans l'*establishment* socialiste, un rôle que François Mitterrand se plaisait à encourager chez eux. Ils dérangent et parfois gênent le gouvernement, mais ce n'est pas à eux que le président a confié les responsabilités du pays.

Au retour des vacances de la Toussaint, rien n'est réglé. Le dimanche 4 novembre 1990, François Mitterrand intervient publiquement dans le débat en manifestant, dans un message au congrès des jeunes socialistes, sa sympathie pour les préoccupations des lycéens : « Une société qui n'écouterait pas sa jeunesse et qui ne lui ferait pas sa place préparerait mal son avenir », déclare-t-il notamment. Un propos banal, qui, dans le contexte du mouvement en cours, fait grincer des dents rue de Grenelle et à Matignon.

Le lundi 5 novembre, de nouvelles manifestations, suivies de violences et de déprédations, se déroulent à Paris et en province alors que Lionel Jospin défend son budget devant l'Assemblée nationale. Cet examen, initialement prévu le 12 novembre, avait été avancé par Matignon avec l'idée naïve que les lycéens, démobilisés par les congés scolaires, n'auraient pas eu le temps de se mobiliser pour former leurs cortèges.

En fin de journée, une nouvelle audience de la coordination

1. In *Jours tranquilles à Matignon*, *op. cit.*, p. 58.

lycéenne au ministère de l'Éducation nationale tourne court. Lionel Jospin, jugé « froid et raide » par les leaders lycéens, parle de postes de surveillants supplémentaires, de présence policière accrue devant les lycées et collèges, et rappelle l'importance des efforts financiers déjà consentis.

On est donc loin de la plate-forme élaborée par la FIDL qui demande à être reçue par le chef de l'État et réclame un « plan d'urgence » pour la rentrée suivante prévoyant le remplacement de tous les locaux préfabriqués, la mise en place de bibliothèques et de salles de permanence dans tous les lycées où il n'y en a pas et la création de « commissions de transparence » départementales dans lesquelles les élèves donneraient leur avis sur l'utilisation des crédits publics.

Le lendemain, lundi 6 novembre, François Mitterrand prend personnellement les choses en main.

Une note d'Isabelle Thomas[1] précipite sa décision. L'ancienne animatrice des grèves de l'automne 1986, appelée à l'Élysée en 1988, est alarmiste : « Ce mouvement, qui a trouvé sa source dans les ghettos des banlieues, s'étend aujourd'hui à toute la France et correspond à une lame de fond qui dépasse les problèmes scolaires. » Après avoir analysé en détail les revendications des lycéens, elle souligne que le mouvement risque de ne pas s'arrêter à la manifestation nationale de grande ampleur prévue pour le lundi suivant, 12 novembre, à Paris. Et de suggérer au chef de l'État de monter en première ligne en recevant ce jour-là les coordinations lycéennes « pour amorcer la discussion et donner les grandes lignes de ce que le gouvernement est prêt à accorder ». Isabelle Thomas ajoute : « Je crois que vous êtes le mieux placé pour le faire, d'autant que Lionel Jospin est extrêmement maladroit en se crispant sur son bilan. »

Pas un mot sur Rocard. Voilà le gouvernement court-circuité dans ce scénario de sortie de crise et le ministre de l'Éducation nationale réduit à un rôle d'exécutant.

Mitterrand demande immédiatement à Jean-Louis Bianco de lui présenter des propositions répondant aux revendications des lycéens et d'envisager une réception de leurs porte-

1. Document d'archives.

parole à l'Élysée le 12 novembre. Le secrétaire général de l'Élysée se met au travail avec son adjoint Christian Sautter, Isabelle Thomas et le conseiller pour l'éducation, le fabiusien Christian Nique, qui ne manque pas une occasion de dénigrer l'action de Lionel Jospin. Le 9 novembre, leur « plan d'urgence » est prêt. Il épouse les revendications de la FIDL et prévoit un « financement exceptionnel de l'État de plusieurs milliards de francs ».

Le Premier ministre, qui s'apprête à partir pour le Japon où il doit assister au couronnement du nouvel empereur Akihito, est informé de ce plan par l'Élysée. Il se déclare disposé à y consacrer 2 milliards qui, tant pis pour les grands équilibres, viendront alourdir d'autant le déficit budgétaire.

Puis Isabelle Thomas appelle Nasser Ramdane : les coordinations pourraient être reçues le 12 au soir par le président : « Il a compris vos revendications mais tout cela doit rester confidentiel. » Le 12 au matin, elle confirme le rendez-vous.

La veille, 11 novembre, dans la voiture qui descend l'avenue des Champs-Élysées pour le dépôt de gerbe devant la statue de Clemenceau, Mitterrand annonce à Jospin, qui assure l'intérim du Premier ministre pendant son voyage au Japon, qu'il va recevoir les lycéens. Lionel Jospin [1] n'est pas enthousiaste : « Ma première réaction a été négative. Je lui fais valoir que, dans un fonctionnement normal des institutions, il ne revient pas au chef de l'État de se substituer à son gouvernement pour traiter ce genre de questions. Puis, au fil de la conversation, je conçois qu'il y a, du point de vue de François Mitterrand, une certaine logique à entrer en scène. Les lycéens avaient été reçus par moi, rue de Grenelle, puis par Rocard, rue de Varenne. Il leur fallait aller au "top" pour qu'ils puissent dire à leurs troupes : "C'est fini, il faut accepter la discussion." Au fond, je me suis dit que, dans sa symbolique, le président ne pouvait pas ne pas recevoir sa "génération Mitterrand". »

La manifestation du 12 novembre rassemble quelque trois cent mille jeunes de la Bastille aux Invalides. Elle est marquée par des scènes de pillage à Montparnasse où un millier de « casseurs » détruisent les vitrines des galeries marchan-

1. Entretien le 24 mai 1993.

des sans que la police intervienne. Pierre Joxe n'a qu'une angoisse : ne pas faire couler le sang des jeunes. L'opposition lui reprochera la passivité des forces de l'ordre qui n'ont pas empêché ces coûteuses déprédations.

Après avoir été reçus sans raison apparente à Matignon par Lionel Jospin, les douze délégués des coordinations sont conduits en fin d'après-midi à l'Élysée où François Mitterrand les reçoit dans le jardin d'hiver en compagnie de Jean-Louis Bianco, Christian Sautter, Christian Nique et Isabelle Thomas.

Le président propose un tour de table [1]. Les lycéens lui expliquent qu'ils ne sont pas satisfaits des réponses du gouvernement. Il les invite à négocier quand ils voudront et le temps qu'il faudra avec le gouvernement sur la base de leurs revendications, dont « neuf sur dix sont réalisables ». Puis des lycéens communistes interpellent le président sur les dépenses militaires et sur la guerre du Golfe faites au détriment de l'Éducation.

« Je ne suis pas là pour entendre vos leçons, vous faites là les commissions d'un parti politique. Parlez-moi de vos lycées, sinon j'interromps immédiatement cette conversation inutile. »

A ce moment-là, se souvient Christian Nique, « nous avons tous tremblé. Si les jeunes communistes, vexés, décidaient de se lever, tout était par terre, surtout qu'il y avait encore trois cent mille manifestants aux Invalides ».

Nasser Ramdane ramène le débat sur la crise lycéenne et chacun décrit les problèmes de son établissement. Mitterrand promet que le gouvernement « peut fournir un certain nombre de milliards » en plus de l'effort qui revient aux régions. Les délégués insistent pour avoir la garantie que le gouvernement débloquera ces fonds. Le président leur demande d'ouvrir la discussion avec Lionel Jospin.

Le tour de table s'achève.

« Il n'y a encore rien dans le plan d'urgence, lance encore un jeune communiste. En sortant, on va aller dire aux lycéens qu'on n'a rien obtenu.

– Si vous êtes honnête, le reprend Mitterrand, vous direz

1. Document d'archives : notes prises par l'un des conseillers présents.

qu'il y aura des crédits d'urgence supplémentaires et que la discussion peut s'engager avec le gouvernement. »

Sur le perron, le jeune Ramdane, assailli par les journalistes, crie victoire : « Le président nous a écoutés. Il a compris nos revendications et a parlé de plusieurs milliards de francs de crédits. C'est maintenant au gouvernement Rocard de prendre ses responsabilités. »

Cette formulation blessante pour le Premier ministre et pour le ministre de l'Éducation nationale conduit la presse à faire état d'une nouvelle « manœuvre » présidentielle contre son Premier ministre. Mitterrand attaque Rocard et humilie Jospin par l'intermédiaire des lycéens, estiment les éditorialistes nationaux et ceux de la presse régionale [1].

Mais le but est atteint : les manifestations cessent rapidement en dépit de tentatives de la coordination communiste pour poursuivre le mouvement.

Le surlendemain, un comité interministériel, réuni autour de Michel Rocard, chiffre à 4,5 milliards l'enveloppe du plan d'urgence, soit 2 milliards d'impasse budgétaire sur le Budget 1990, 500 millions sur celui de 1991 et 2 milliards de prêts bonifiés de la Caisse des dépôts aux collectivités locales. Matignon souligne dans ses commentaires « off » aux journalistes que si le déficit budgétaire en pâtit, le président en est le premier responsable.

Puis, pendant deux jours, non sans difficulté, Jospin négocie avec les deux coordinations et un accord est réalisé le 16 novembre au soir qui donne satisfaction à la plupart des revendications lycéennes. Une inspectrice générale de l'Éducation nationale, Cécile Wiener, est chargée de suivre la mise en œuvre du plan d'urgence en liaison avec les régions. Un mois plus tard, un rapport au chef de l'État indique : « Le gouvernement a travaillé vite et bien. Les lycéens verront arriver les maçons dans les semaines qui viennent. » Deux

1. Sylvie Pierre-Brossolette écrira dans *L'Express* du 29 novembre que « les jospinistes sont ulcérés par la conduite de Mitterrand à l'égard de leur champion : "Recevoir les lycéens en l'absence du ministre de l'Éducation nationale, Premier ministre par intérim de surcroît, avouez que ce n'est pas une amabilité." D'où un florilège de gracieusetés dirigées, le plus souvent anonymement, contre un chef de l'État jugé "incontrôlable" et suspecté d'être atteint de "bourguibisme" ».

ans plus tard, *Le Monde*[1] rend hommage au travail du ministère et de Mme Wiener : « La quasi-totalité des dispositions du plan est entrée dans les faits », un accomplissement « suffisamment rare pour mériter d'être salué ».

Sur le plan politique, en revanche, l'intervention personnelle de François Mitterrand est interprétée comme une nouvelle pierre dans le jardin de Michel Rocard.

En témoigne l'acide échange de notes du 13 novembre entre l'Élysée et Matignon. Jamais, à la connaissance des auteurs, la tension n'était allée aussi loin.

Premier acte, Bianco informe par écrit Mitterrand : « Michel Charasse a reçu une incroyable communication téléphonique de M. Huchon : "Le Premier ministre considère que la réception des lycéens par le président est un coup de poignard dans le dos. D'ailleurs, l'Élysée n'arrête pas de communiquer contre Matignon." »

Mitterrand ordonne à Bianco de répondre : « Vous devez par écrit faire connaître votre surprise et votre indignation à Huchon car vous pouvez témoigner que "communiquer contre Matignon" n'est qu'une inversion de la situation réelle. »

Deuxième acte, Bianco écrit à Huchon : « J'ai appris avec surprise et indignation les propos que tu aurais tenus à Michel Charasse. Tu connais parfaitement les conditions dans lesquelles, le Premier ministre représentant la France aux cérémonies d'investiture de l'empereur du Japon, cette décision de recevoir les lycéens a été prise : demande insistante des coordinations, concertation permanente avec Lionel Jospin, Premier ministre par intérim, ainsi qu'entre les collaborateurs du ministre d'État (Jospin), du Premier ministre et du président de la République. »

Troisième acte, Huchon répond à Bianco : « Ayant appelé Michel Charasse avant de te répondre, j'ai pu vérifier qu'il n'avait pas avec moi la même interprétation de notre échange que celle que tu évoques dans ta courte lettre (…) Je dois te dire que les déclarations détestables de MM. Ramdane et consorts ne m'avaient pas mis ce matin en condition d'être aussi aimable que je sais l'être… »

1. Daté du 3 décembre 1992.

CHAPITRE 2

L'hiver des batailles

Quelque vexatoire qu'elle ait pu être pour Michel Rocard, l'intervention de François Mitterrand met fin à la crise lycéenne et dégage le terrain politique pour le Premier ministre au moment où il joue sa tête devant l'Assemblée nationale dans le débat sur l'adoption d'un nouvel impôt social, aussi novateur que controversé : la CSG.

Le va-tout de la CSG

Le chef du gouvernement a mis deux ans à surmonter l'hostilité du ministre des Finances et les réserves du président de la République à l'égard de cette « contribution sociale généralisée » qui vise à financer les dépenses sociales de façon plus efficace et plus juste. A la différence des cotisations sociales sur les salaires, la CSG est un impôt prélevé à la source qui frappe l'ensemble des revenus imposables, en s'étendant aux pensions de retraite et aux produits du capital.

Plus efficace, puisque un point de CSG rapporterait 33 milliards de francs, contre 25 milliards pour une hausse équivalente des cotisations sociales ; plus juste puisque, à la différence des cotisations sociales plafonnées, elle frapperait davantage les hauts et moyens revenus que les salaires modestes. Les smicards y gagneraient même un peu.

Mais la CSG, conçue depuis dix ans par les technocrates, présente trois inconvénients majeurs : psychologiquement, c'est un nouvel impôt difficile à faire accepter par l'opinion ; politiquement, elle frappe les retraités qui constituent un électorat important ; financièrement, elle risque de devenir une facilité dispensant les pouvoirs publics de prendre les mesures impopulaires de maîtrise des déficits sociaux.

Envisagée dès le plan de rigueur du mois de mars 1983 par Jacques Delors et Pascal Lamy quand ils étaient rue de Rivoli [1], la CSG avait été écartée au profit d'un prélèvement provisoire de 1 % sur l'ensemble des revenus imposables. De nouveau proposée à l'automne 1988 par le ministre de la Santé Claude Évin, on lui avait préféré un relèvement de 1 point des cotisations vieillesse, expédient traditionnel pratiqué par tous les gouvernements depuis le début de la crise et le creusement des déficits sociaux liés à l'allongement de la durée de vie, à la hausse du chômage, aux progrès techniques de la médecine et à la tendance à la surconsommation médicale, plus forte en France que dans les pays comparables.

Michel Rocard revient à la charge à l'occasion de la préparation du Budget 1990. Au cours de l'été 1989, ses services font valoir que les hausses répétées des cotisations sociales pénalisent davantage les bas salaires : 18,5 % du SMIC brut contre 13,6 % pour un revenu brut mensuel de 30 000 francs et 12,7 % pour un revenu de 45 000 francs.

Le 25 juillet, Claude Évin annonce que le déficit des comptes sociaux devrait atteindre 19 milliards en 1990 et propose d'adopter la CSG dès l'automne, assortie, au lendemain du congrès socialiste du printemps 1990, d'un « programme cohérent d'économies sur les retraites ».

Il se heurte à Pierre Bérégovoy : « Il serait malsain d'instituer la CSG, c'est-à-dire de demander plus aux Français, avant d'avoir réfléchi aux mesures structurelles touchant à l'évolution des dépenses sociales. » Pour éponger le déficit prévisible de 1990, il préconise de reconduire les prélèvements exceptionnels de 0,4 % sur les revenus et de 1 % sur les cotisations vieillesse et les revenus du capital, qui rapporteront 8,5 milliards ; les 10,5 milliards restants étant réalisés par diverses économies de gestion.

Michel Rocard essaie de contourner l'hostilité du puissant

1. Voir IVe partie : « La rigueur ».

ministre des Finances qui, sur ces affaires, a l'oreille du président. Il demande à Évin de proposer à l'automne un programme de maîtrise des dépenses de santé et d'assurance vieillesse, préalable à un examen de la CSG.

A l'automne 1989, Rocard demande de nouveau le dépôt d'un projet de loi sur la CSG, cette fois pour le printemps 1990. Bérégovoy conditionne son accord à une réforme générale de l'impôt sur le revenu, dont il sait bien qu'elle n'est pas réalisable dans un délai si bref.

Au début du mois de mars 1990, après des mois de tension avec les médecins hospitaliers et libéraux, une « convention médicale » est signée entre les caisses et le principal syndicat de médecins. C'est un début d'engagement en faveur d'une plus grande maîtrise des dépenses.

Les turbulences du congrès de Rennes paralysent alors le débat sur la CSG. Une fois les humeurs apaisées, Michel Rocard, qui assure avoir renoncé *in extremis* à une alliance avec Jospin pour pouvoir prolonger son bail à Matignon afin de mener à bien les réformes auxquelles il tient le plus, à commencer par la CSG, fait le siège du président de la République.

De son côté, Bercy a cédé un peu de terrain. Bérégovoy est désormais prêt à examiner cette réforme, à condition qu'elle n'accroisse pas le montant des prélèvements obligatoires. Autrement dit, chaque franc de CSG perçu doit être compensé par une réduction équivalente des cotisations sociales traditionnelles.

Et le 10 juin, le Premier ministre écrit au président afin de lui demander son feu vert [1] pour « une réforme qui contribuera à la réduction des inégalités », même si elle « rencontrera par son ambition même des obstacles politiques sérieux ». Dans cette lettre, Rocard annonce à Mitterrand qu'il vient d'obtenir le soutien de la CFDT, qui contrebalancera l'hostilité farouche de FO pour laquelle toute fiscalisation du budget social est une atteinte aux principes fondamentaux de la Sécurité sociale et un affaiblissement des bastions dont dispose la centrale de Marc Blondel à la tête des principales caisses.

1. Document d'archives.

Mitterrand n'est pas convaincu. Il laisse Rocard se dépatouiller avec Bérégovoy. L'un de ses conseillers à Bercy, André Gauron [1], assure que la CSG a constitué, en trois ans, la principale pomme de discorde entre Rocard et Bérégovoy. Ce dernier était « à fond hostile à la CSG, non seulement parce qu'elle apparaissait comme un nouvel impôt mais aussi parce qu'elle frappait les retraités, ce qui lui semblait politiquement suicidaire ». Il accusait également Évin de « laisser filer les dépenses maladie avec l'idée que la CSG serait la manne permettant de ne pas tenir les comptes de la Sécu ».

Jean-Paul Huchon [2] se souvient de l'« obstination » dont a dû faire preuve Rocard pour tenter de lever les « fortes réticences » de Bérégovoy.

Claude Évin multiplie les rapports et les notes explicatives. Rocard et lui s'emploient activement au cours de l'été 1990 à convaincre les conseillers à l'Élysée. En témoigne l'évolution des appréciations de Jean-Louis Bianco au déluge de notes qui inondent son bureau. « Je suis perplexe, écrit-il à Mitterrand le 18 juin, car cette réforme sera avant tout perçue comme un nouvel impôt. » Trois semaines plus tard, il prend connaissance des projections chiffrées : une CSG de 1 point donnerait 32 francs de plus au smicard, 67 francs au salarié gagnant 11 000 francs et prendrait 190 francs par mois à partir de 30 000 francs. Il conclut : « Monsieur le Président, cette réforme peut être une réforme de justice sociale, en introduisant à terme une dynamique de justice dans les prélèvements sociaux. »

Et, au mois de septembre, François Mitterrand accède enfin aux demandes pressantes de son Premier ministre. Il ne veut pas être accusé de l'empêcher de gouverner et ne trouve pas la réforme sans intérêt. Pour Rocard, c'est une victoire importante. Il est alors marginalisé politiquement par la prééminence présidentielle dans le conflit du Golfe. Il s'agit pour lui, avec la CSG, de montrer que la méthode Rocard continue de produire ses effets. Bref, que le Premier ministre existe.

Mais Bérégovoy décide de mener un combat d'arrière-

1. Entretien le 3 octobre 1995.
2. Entretien le 24 janvier 1994.

garde. A la rentrée, *Le Canard enchaîné* titre sur « l'impôt nouveau que Rocard prépare en secret ». Cette « fuite » tue dans l'œuf la campagne d'explication que prépare Matignon.

Pour circonvenir Bérégovoy, Rocard recherche l'appui des autres « grands » ministres. En dehors d'Évin et des ministres d'ouverture Jean-Pierre Soisson et Michel Durafour, il ne recueille qu'un soutien tiède des « éléphants » socialistes. Lionel Jospin se déclare hésitant, Michel Delebarre et Jean Poperen s'inquiètent de l'hostilité de Force ouvrière. Finalement, ses meilleurs soutiens proviennent des technocrates de l'Élysée.

Le 21 septembre, à la télévision, Mitterrand se déclare « très favorable » à la CSG et, le 3 octobre 1990, le projet de loi est approuvé par le Conseil des ministres. Le président en profite pour lancer un avertissement à son Premier ministre : « Puisque vous ne craignez pas l'impopularité sur la CSG – cela est bien car le rôle d'un gouvernement est de savoir braver l'impopularité –, il vous faut aller jusqu'au bout. Si vous vous donnez quelques mois ou plutôt quelques années pour assainir la situation de la Sécurité sociale, où règne la gabegie, ce sera une grande chose. »

Le texte est soumis aux députés le 15 novembre 1990, sous forme d'une lettre rectificative au Budget 1991. En dehors de la majorité du PS, de la CFDT et de la FEN, tous les partis et syndicats y sont hostiles.

La droite n'est pas disposée à faire de cadeau au gouvernement socialiste, malmené depuis la rentrée parlementaire sur le terrain des « affaires », et alors que l'usure de Rocard commence à apparaître. Édouard Balladur[1] avoue franchement : « C'était une bonne loi, qui ouvrait une voie nouvelle. Mais nous avons voté contre car nous étions dans l'opposition. »

Michel Rocard constate, attristé, que les centristes l'abandonnent alors que sur le fond ils ne sont pas opposés au principe de la CSG. Jean-Jacques Hyest[2] : « Au fond, nous étions pour, mais nous mettions en avant la nécessité de

1. Entretien le 19 janvier 1996.
2. Entretien le 14 novembre 1995.

mettre en œuvre parallèlement des mesures d'économie. » Raymond Barre[1] renchérit : « Michel Rocard m'avait longuement expliqué ses objectifs. Je lui ai dit que je voterai la loi à condition qu'il mette en œuvre une politique de réduction des dépenses de santé et de retraites. Il ne m'a pas écouté et j'ai donc dû me prononcer contre la CSG, car elle devenait ainsi une formidable pompe à finances pour les gouvernements à venir. »

Guy Carcassonne[2] estime que la défection de Barre « a beaucoup pesé sur l'attitude des députés centristes. Quand il disait qu'un texte était bon, ça les secouait ; quand il disait le contraire, cela ne nous facilitait pas la vie ».

Et, pour la première fois, les communistes font défaut. Georges Marchais en a formellement averti Pierre Mauroy dès le 26 octobre, dans une lettre très dure[3] : « Nous sommes fermement opposés à ce projet qui entraînerait une aggravation de l'injustice sociale (...) en frappant près de deux retraités sur trois et près d'un chômeur sur dix, et remettrait en cause notre système de protection sociale (...) en remplaçant les cotisations patronales par un impôt payé essentiellement par les salariés, les chômeurs et les retraités. »

« Même la droite n'avait jamais osé aller aussi loin », assure sans vergogne le secrétaire général du PCF, qui annonce que si la droite, comme elle l'envisage, dépose une motion de censure, « la direction de notre parti recommanderait au groupe communiste de voter la censure ».

En dépit de la défection conjuguée des communistes et des centristes, Michel Rocard engage la responsabilité de son gouvernement sur la CSG. L'opposition dépose immédiatement une motion de censure. Carcassonne se souvient : « A la veille du débat, après avoir refait mes comptes, j'ai dit à Michel : "Quoi qu'il arrive, il leur manquera 3 ou 4 voix pour te renverser." » Le conseiller parlementaire du Premier ministre s'en était assuré auprès de Gérard Vignoble (apparenté UDC-Nord), Jean-Paul Virapoullé (UDC-Réunion) et

1. Entretien le 13 décembre 1995.
2. Entretien le 6 octobre 1992.
3. Document d'archives.

Émile Koehl (UDF-Bas-Rhin). Il avait même obtenu que ce dernier annonce par l'AFP son intention de ne pas censurer le gouvernement, déjouant ainsi les manœuvres du président du groupe UDF Charles Millon qui, selon Carcassonne, avait établi de fausses procurations.

Et le 19 novembre, la dixième motion de censure depuis juin 1988 recueille 284 voix au lieu des 289 fatales. En réalité, les députés de base ne tenaient pas à voir tomber le gouvernement et donc à retourner à mi-parcours de la législature devant leurs électeurs.

Plusieurs journalistes parlementaires se souviennent d'ailleurs d'une scène révélatrice. Au restaurant du huitième étage de l'Assemblée, où il était attablé avec quelques collègues avant le scrutin, Virapoullé était sans cesse dérangé par des députés de son camp qui lui glissaient : « Tiens bon, Jean-Paul, on compte sur toi pour éviter la dissolution. »

L'insoluble dossier corse

Deux jours après avoir échappé à la censure sur la CSG, le gouvernement Rocard est mis en difficulté à l'Assemblée nationale sur son projet de nouveau statut pour la Corse.

Le 21 novembre en effet, les députés renâclent sur l'article premier qui consacre la notion de « peuple corse, composante du peuple français ». A travers cette controverse sémantique sur laquelle se focalise le débat, s'expriment les contradictions présentes au sein même du pouvoir sur la politique à mener en Corse.

Depuis leur retour aux affaires, les socialistes sont partagés sur les réponses à donner aux problèmes de l'île où la violence autonomiste a repris au lendemain de l'adoption du statut particulier de 1982 [1] qui accordait de larges prérogatives aux assemblées régionale et départementales qui n'ont pas su en tirer pleinement parti en dépit de la manne financière de l'État. D'un côté, Michel Rocard plaide pour une approche essentiellement économique, estimant que c'est par le développement que l'on marginalisera la violence. De l'autre, le

1. Voir IIe partie : « Le socialisme ».

ministre de l'Intérieur Pierre Joxe « incarne une ligne exactement contraire, celle qui veut traiter les difficultés de l'île, en tenant compte de son irréductible spécificité [1] ».

Dès sa réélection, François Mitterrand donne son feu vert à Pierre Joxe pour mener à bien cette approche politique. On rejoue le scénario de 1981, à l'époque de Gaston Defferre. Le 31 mai 1988, l'ex-FLNC décrète une trêve de quatre mois, qui sera renouvelée à l'automne, sans limite de durée. Les prisons se vident au fil des libérations anticipées et la violence régresse. On est loin de l'été 1987, quand Charles Pasqua, alors ministre de l'Intérieur, avait préconisé sans succès l'instauration de l'état d'urgence.

Le 27 juillet, de retour de l'île, Pierre Joxe brosse pourtant devant le Conseil des ministres un tableau pessimiste. Il fait état du « profond délabrement des mentalités et des structures » de la Corse où « le droit n'est plus respecté dans aucun domaine », tandis que « la corruption s'étend », entraînant l'île vers « une dérive mafieuse, caractérisée par des contacts étroits et connus de tous entre le milieu politique et celui de la délinquance ».

Michel Rocard ne commente pas ce propos et souligne qu'il ne faut surtout pas « décevoir les espoirs concernant le développement économique de l'île ». En bon élève rocardien, le ministre-délégué à l'Aménagement du territoire Jacques Chérèque en profite pour proposer un contrat de plan entre l'État et la région Corse.

François Mitterrand rejette cette vision économiste du problème corse, qui ignore sa spécificité : « Il ne s'agit pas de rechercher je ne sais quelle égalité entre la Corse et, disons, le Poitou-Charentes. La situation de la Corse est plus proche de celles d'îles plus lointaines. Le statut de 1982 est trop timoré et il faut sortir des très mauvaises habitudes corses. »

Jusqu'au printemps 1989, la Corse se fait oublier. Joxe poursuit ses contacts avec les milieux nationalistes qui respectent leur trêve et Rocard crée un comité interministériel permanent sur la Corse. Brusquement, le 15 mars, la Corse est paralysée : les fonctionnaires réclament une « prime

1. Selon l'analyse de Jean-Louis Andréani, in *Le Mystère Rocard*, *op. cit.*, p. 452 *sq*.

d'insularité » justifiée à leurs yeux par les prix plus élevés dans l'île que sur le continent. Joxe recommande de l'accorder. Matignon et Bercy refusent. Ce serait un précédent qui pourrait donner des idées aux fonctionnaires de la région parisienne où le coût de la vie est bien supérieur à celui de la Corse. Le ministre du Budget Michel Charasse, dont la mère est corse, fait valoir au président que « les Corses se volent entre eux et les volés demandent à être indemnisés alors qu'on connaît parfaitement les voleurs » que sont « les intermédiaires, les grossistes et les détaillants » qui « détournent les avantages financiers et fiscaux que leur a concédés l'État ».

Six mois après les grandes grèves de la rentrée 1988 sur le continent, la Corse s'installe à son tour dans la crise. Un vent mauvais souffle sur l'île natale de Bonaparte. Le secteur privé rejoint le mouvement. Les manifestations prennent une tournure violente, les formations politiques locales sont désemparées, les nationalistes durcissent le ton. Michel Rocard tient bon. Il accorde une « indemnité de transport » et cherche à gagner du temps en nommant un conciliateur, l'inspecteur général des finances, Michel Prada, chargé d'organiser des tables rondes.

Au fil des jours, le Premier ministre multiplie les propos peu conciliants. Il assure que « la Corse a atteint le plafond de solidarité qu'elle peut attendre du continent », puis confie à des journalistes que la crise se dénouera « à l'usure ». De fait, la tactique du pourrissement a réussi. Le travail reprend au début du mois de mai, dans une atmosphère lourde de rancœurs réciproques. A la rentrée, le rapport Prada conclut, conformément à la ligne de conduite rocardienne, que l'on peut remédier à tous les maux de la Corse « par les moyens les plus ordinaires ». Il recommande une normalisation de la situation fiscale privilégiée de la Corse, héritée du Premier Empire, où, par exemple, les successions sont exonérées d'impôt.

Entre-temps, le ministre de l'Intérieur a adressé de nouveaux signaux aux milieux nationalistes en obtenant pour les détenus corses des « mesures d'apaisement » réclamées par bon nombre d'élus de l'île. Le 10 juillet 1989 est en effet promulguée la loi d'amnistie pour les indépendantistes antillais qui comporte un article relatif à la Corse. Elle entraîne l'élargissement de quatre prévenus et la libération de trois détenus condamnés. Soixante-quatorze prévenus libres sont également amnistiés. Un mois plus tard, le ministre de la Justice remet en liberté conditionnelle les trois derniers séparatistes encore détenus, condamnés à huit ans de prison en 1985, un an après leur arrestation pour l'assassinat des deux auteurs présumés de la disparition du militant du FLNC Guy Orsoni, alors emprisonné à Ajaccio.

Comme en avait mis en garde le directeur de cabinet de l'Élysée Gilles Ménage, alerté notamment par l'ancien député socialiste corse Nicolas Alfonsi, ces dernières libérations donnant toute satisfaction à l'ex-FLNC, « la voie est désormais éventuellement libre à la reprise d'attentats en Corse visant surtout la spéculation et les opérations immobilières ». De fait, le 7 novembre, deux résidences de vacances, édifiées sans permis de construire avec des capitaux étrangers, sont soufflées par des explosions près de Porto-Vecchio, revendiquées par l'ex-FLNC.

Joxe et Mitterrand décident alors d'accélérer l'étude d'un nouveau statut pour la Corse. Le président a été impressionné par la longue lettre que lui a envoyée le 14 octobre le prêtre corse Jean-Pierre Bonnafoux, retiré au couvent Saint-François de Vico. Il se félicite du dialogue engagé par Joxe avec les nationalistes et assure que les Corses ont été vexés par le « mépris » affiché par Michel Rocard à leur égard, alors qu'il s'est penché « avec attention » sur le dossier néo-calédonien. Il estime que la classe politique corse est en ébullition et attend désormais du président qu'il propose une « loi-cadre qui intègre développement économique et identité culturelle ».

Mitterrand se plonge dans l'étude comparée des statuts des îles méditerranéennes et demande à Joxe de s'inspirer de ceux de la Sardaigne et de la Sicile, qui jouissent d'une large autonomie. Le ministre de l'Intérieur propose de mettre fin à l'empilement des assemblées en Corse – 353 conseils municipaux, 2 conseils généraux et une assemblée régionale pour 250 000 habitants – qui éparpillent à l'extrême les responsabilités et favorisent les comportements claniques et le clientélisme. Il préconise la suppression des deux conseils généraux et la création d'une assemblée unique de la Corse qui ne serait plus une région comme les autres mais une collectivité *sui generis*. De plus, il souhaite que la loi reprenne à son compte une motion de l'assemblée de Corse de 1988 définissant « le peuple corse ». Une revendication partagée par « A Cuncolta Naziunalista », la face visible de l'ex-FLNC, qui, dans une lettre ouverte à Mitterrand, écrit, le 1er février 1990 : « Le véritable changement passe par la reconnaissance du peuple corse et de ses droits. »

Le ministre de l'Intérieur, qui prépare son nouveau statut en liaison étroite avec les élus corses, est obligé de tempérer son ardeur réformatrice devant les critiques émises par les conseillers à Matignon et à l'Élysée. Ainsi Jean Kahn met-il en garde le président contre un trop grand désengagement de l'État en Corse, qui risque de créer dans l'île de Beauté une situation comparable à la Polynésie où « la gabegie et la prévarication sont généralisées (...) Les Corses ayant dans ce domaine des dispositions naturelles sans doute plus fortes que celles des Polynésiens, on peut s'attendre au pire ». A la rentrée de septembre 1990, Michel Charasse, partisan de la manière forte, va même jusqu'à remettre en cause l'ensemble du projet Joxe.

Le projet est donc ramené à une réforme plus modeste. Les assemblées départementales et régionale corses sont maintenues et l'île devient une collectivité territoriale spécifique dotée d'une plus grande autonomie que les régions continentales. En dépit de l'avis négatif du Conseil d'État, la référence au « peuple corse, composante du peuple français » est maintenue dans l'article premier du statut.

Cette référence provoque une farouche bataille parlementaire menée par l'opposition de droite et les amis de Jean-Pierre Chevènement qui menacent de ne pas voter cet article lors de l'examen du texte en première lecture le 21 novembre. L'un d'eux, Roland Carraz, dépose un amendement supprimant cette formulation qui remet en cause la cohésion de la République. Après de pénibles tractations en coulisses entre le gouvernement, le groupe et les chevénementistes, la discipline majoritaire l'emporte et l'amendement est repoussé en séance.

L'ensemble du texte est finalement adopté le 23 novembre 1990 à une majorité de 10 voix, grâce à de nombreuses abstentions et au soutien de 5 UDF, parmi lesquels le rapporteur du texte, José Rossi, président du conseil général de la Corse-du-Sud.

Mais une nouvelle flambée de violence dans l'île interrompt la discussion parlementaire qui doit se poursuivre au Sénat où la droite, majoritaire, est décidée à enterrer le texte. Les 27, 28 et 29 novembre, l'ex-FLNC mitraille les palais de justice d'Ajaccio et de Bastia et commet un attentat à l'explosif devant celui d'Aix-en-Provence qui provoque d'importants dégâts matériels.

Cette recrudescence de la violence est en fait provoquée par l'exacerbation des rivalités et des surenchères entre les différentes tendances du camp nationaliste, divisé depuis la scission de la Cuncolta, survenue à l'automne 1989 à l'initiative du leader historique Pierre Poggioli, qui forme l'Accolta Naziunali Corsa.

Le 19 décembre, le président de la chambre d'agriculture, Lucien Tirroloni, est assassiné à Ajaccio. Joxe réunit le même jour le Comité interministériel de la lutte antiterroriste. Les hauts responsables de la police et de la gendarmerie se déclarent très inquiets devant la dégradation de l'ordre public dans l'île.

Le 31 décembre, le maire de Soveria, Paul Mariani, tombe sous les balles des terroristes. Le 2 janvier 1991, Joxe déclare devant le Conseil de sécurité intérieure réuni autour de Rocard qu'on en est revenu à la situation de 1987 où le nombre d'attentats avait culminé à plus de quatre cents. On décide de remplacer le préfet de police de Corse et de dépêcher un procureur « musclé » pour secouer un Parquet qui se terre. Bref, confronté à la violence qu'il avait cru pouvoir endiguer par le dialogue, le pouvoir socialiste se range à la méthode classique : il faut rétablir l'autorité de l'État.

Les commandos séparatistes répondent aux mouvements de menton de Paris par une gigantesque « nuit bleue » au cours de laquelle plusieurs centres de vacances sont dévastés.

Le lendemain matin, 3 janvier, François Mitterrand convoque à son tour un Conseil restreint sur la Corse.

Que faire ?

Michel Charasse tient pour des solutions expéditives. Il les présente au président dans une longue lettre confidentielle [1]. Son constat est accablant : « La politique de dialogue conduite par Pierre Joxe semble avoir servi de prétexte pour que l'État "rentre dans sa coquille". Il est aujourd'hui notoire que les forces de l'ordre sont déconsidérées, la justice inefficace et effrayée, les services locaux de l'État quasiment muselés, tandis que les lois de la République sont partout ou presque bafouées en toute impunité (…) Il en est résulté une dérive de la Corse vers la grande criminalité et le banditisme. L'île semble prête aujourd'hui à tomber entre les mains d'une sorte de mafia » et les habitants « ont repris leurs habitudes ancestrales consistant, dans les affaires privées, à régler eux-mêmes leurs comptes en faisant "parler la poudre" ».

Pour « rétablir l'ordre et la sécurité publics », le ministre du Budget propose en matière de justice de nommer un procureur général « choisi pour son autorité et sa fermeté » et de transférer à Paris certaines affaires de terrorisme et de grand banditisme.

En ce qui concerne la police, qu'il juge « timorée », il recommande la « dissolution de tous les corps locaux » par des mutations d'office rapides sur le continent, y compris les commissaires.

Et, reprenant la suggestion de Charles Pasqua en 1987, Michel Charasse propose de proclamer l'état d'urgence, ce qui donnerait aux préfets des pouvoirs accrus pour réprimer la détention d'armes en perquisitionnant de jour comme de nuit.

Suit un catalogue détaillé de mesures de remise en ordre administrative, notamment en matière de permis de construire, de marchés publics et d'aide sociale. Charasse dénonce l'attribution du RMI – appelé en Corse la « Rente mafieuse insulaire » – « à des gens fortunés ayant pignon sur rue ». Aucune mutation de fonctionnaires faisant l'objet de mena-

1. Document d'archives.

ces ne sera accordée et ceux-ci seront protégés par la police ou la gendarmerie.

Il conclut : « Il est indispensable de frapper un grand coup et de manifester une détermination sans faille de l'État. »

François Mitterrand juge ce programme irréaliste. La Corse de 1991 n'est ni l'Algérie de 1959 ni même la Nouvelle-Calédonie de 1984. Il ouvre le Conseil restreint en déclarant qu'il s'agit de prendre des mesures nécessaires au maintien de l'ordre tout en préservant les chances de l'avenir.

Pierre Joxe défend son projet de statut, dont l'opposition réclame le retrait définitif. Il souligne que les « agissements » des séparatistes ont justement pour but de pousser le gouvernement à abandonner son projet. Jean-Pierre Chevènement déplore que la police ait pour ordre d'« adopter le profil le plus bas possible ». Il profite de l'occasion pour réitérer son opposition à la référence au « peuple corse » dans l'article premier du projet de loi.

Michel Rocard déplore que la Corse « coûte très cher à la nation » et « craint qu'il ne soit pas possible, en l'état, de faire voter le projet de loi par le Parlement ».

Cette position exaspère François Mitterrand qui prend aussitôt la parole pour affirmer que le gouvernement doit à la fois se montrer « sévère » en matière d'ordre et « ouvert » en maintenant son projet de statut, lors d'une session parlementaire extraordinaire au mois de janvier, même si « la bataille s'annonce difficile ».

Le lendemain, le chef de l'État nomme un nouveau procureur général à Bastia. Il choisit Jean-Louis Nadal, un ancien collaborateur de Robert Badinter, de préférence à Jean-Louis Bruguière, que lui recommandait Georges Kiejman.

En raison de l'imminence de la guerre du Golfe, l'hypothèse d'une session extraordinaire du Parlement sur la Corse est écartée. Le statut Joxe, désormais défendu par son successeur Philippe Marchand, n'est examiné qu'au début du mois d'avril 1991 par le Sénat qui supprime la référence au « peuple corse » et démantèle le projet du gouvernement. Il est rétabli et voté le 4 avril par les députés, grâce à l'abstention des communistes et des huit élus proches de l'ancien ministre de la Défense Jean-Pierre Chevènement.

Le 9 mai 1991, le Conseil constitutionnel avalise le projet mais décide que la notion de « peuple corse, composante du peuple français » crée une distinction inacceptable entre citoyens français. Les notables corses ne s'en formalisent guère, à la différence des nationalistes de l'ex-FLNC qui, trois semaines plus tard, manifestent leur déception par un coup d'éclat : le premier attentat à la voiture piégée, dans le parking souterrain du Conseil général et de la préfecture de Bastia, qui provoque de très importants dégâts matériels.

La Ville en déshérence

Les 4 et 5 décembre 1990, François Mitterrand et Michel Rocard se relaient à la tribune des assises de « Banlieue 1989 » réunies à Bron, près de Lyon, pour relancer une politique de la Ville qui s'était engluée dans le labyrinthe interministériel après l'élan donné dès le discours d'investiture du Premier ministre, au mois de juin 1988, dit des « cages d'escaliers [1] ».

Une fois n'est pas coutume en cette fin d'année 1990, le président et le Premier ministre font la même analyse du mal des banlieues et de la nécessité impérieuse de réagir devant un problème dont ils perçoivent l'importance croissante dans le débat public.

Depuis deux mois, le pouvoir vit dans l'angoisse d'un embrasement des banlieues en difficulté. Les rapports des préfets, les cris d'alarme des maires et les avertissements politiques des « potes » de « SOS-Racisme » confirment cette inquiétude. Tout incident peut dégénérer, comme ce fut le cas dans la nuit du 6 au 7 octobre à Vaulx-en-Velin près de Lyon, où la mort controversée d'un jeune motard, après une course-poursuite avec la police, a provoqué des scènes d'émeutes au cours desquelles des voitures ont été incendiées, des magasins pillés, entraînant de durs affrontements

1. Voir XIe partie : « La quiétude ».

entre jeunes et policiers. Les médias s'emparent de l'affaire [1], chacun y va de son diagnostic sur cette « intifada des banlieues ». Quelles que soient les arrière-pensées des réactions politiques, la réalité s'impose à tous : l'embellie économique, la stabilisation du chômage, l'instauration du RMI et la relance du logement social n'ont pas enrayé les tensions dans les quartiers en difficulté où la paupérisation s'accentue en dépit des efforts souvent héroïques des élus de tous bords. Le chômage des jeunes et de longue durée persiste ; la concentration de populations immigrées dans certaines cités avive les antagonismes raciaux ; la police en arrive à baisser les bras devant la délinquance et l'insécurité, laissant le champ libre aux « dealers » et « racketteurs » en tout genre. Jean-Marie Le Pen est entendu quand il dénonce le phénomène du « bandisme ».

L'État réagit rapidement par l'annonce, le 14 octobre, d'un projet de loi « antighetto » de maîtrise foncière permettant aux communes de mieux répartir les programmes de logements sociaux dans le tissu urbain. Puis survient la grogne lycéenne [2] partie elle aussi des banlieues difficiles.

L'Élysée et Matignon décident de procéder à un réexamen de leur politique urbaine. Le diagnostic est vite dressé. La Délégation interministérielle à la Ville, créée en juillet 1988 et confiée à l'urbaniste Yves Dauge, n'a pas les moyens de faire face. Il faut voir plus grand, concentrer les différents budgets des ministères et le pouvoir de décision. Dix contrats de ville et quatre cents conventions de réhabilitation de quartiers sont signés, mais l'intendance est lente à suivre.

Faut-il dès lors créer un ministère de la Ville, comme le réclame notamment l'architecte Roland Castro, l'animateur de « Banlieue 1989 », association créée avec l'appui du président au début du premier septennat ? Mitterrand y répugne, conscient du risque de chevauchement des compétences avec l'ensemble des autres ministères concernés (Intérieur, Logement, Équipement, Finances, Santé, Éducation nationale,

1. Jean-Louis Andréani, in *Le Mystère Rocard*, *op. cit.*, p. 634, a relevé 34 reportages télévisés et 60 articles de fond dans la presse écrite dans la semaine qui a suivi l'explosion de Vaulx-en-Velin.

2. Voir *supra*.

Justice, Aménagement du territoire...). Il ne veut pas non plus tomber dans le travers qu'il a si souvent dénoncé chez son prédécesseur Valéry Giscard d'Estaing qui créait « un ministère ou un Monsieur Miracle » chaque fois qu'un problème se posait. Il se souvient aussi des lazzis qui avaient accueilli la création en 1981 d'un « ministère du Temps libre ». Quant à Michel Rocard, il tenait lui aussi pour la formule du haut fonctionnaire d'autorité, directement rattaché à Matignon, dans la tradition, devenue mythique, de Paul Delouvrier et Philippe Lamour, les « bâtisseurs » de l'Ile-de-France et de la côte languedocienne.

Mais, devant l'ampleur du problème des banlieues et sa sensibilité médiatique, Mitterrand et Rocard optent pour ce que le cabinet du Premier ministre appelle « la visibilité politique ». Le 19 décembre 1990, au lendemain d'un débat de bonne tenue à l'Assemblée nationale sur la politique de la ville, Michel Delebarre abandonne à son ministre-délégué Louis Besson la responsabilité du Logement et devient le premier « ministre de la Ville » de l'histoire de France, avec le rang prestigieux de « ministre d'État » auquel il tenait à la fois pour des raisons de prestige et d'efficacité politique par rapport à ses collègues.

Sa première tâche, conformément aux orientations données à Bron par Mitterrand et Rocard, est de centraliser les subventions jusqu'ici disséminées sur dix-sept budgets différents et d'en confier la gestion aux préfets dans le cadre des quatre cents quartiers prioritaires.

Il doit aussi préparer une loi d'orientation sur la ville – rapidement baptisée LOV – censée prendre à bras-le-corps l'ensemble des défis à relever. Une partie du travail a déjà été faite en 1989 avec la loi Besson qui, revenant sur la déréglementation des loyers voulue par la loi Méhaignerie de 1986, confère un plus grand pouvoir de contrôle des communes sur l'évolution des loyers. Mais ce texte censé réduire la ségrégation par l'argent est peu opérant. D'où l'idée d'aller plus loin en obligeant les communes les plus riches à venir en aide financièrement à leurs voisines plus pauvres. Pour cela, Delebarre propose une réforme de la DGF (Dotation globale de fonctionnement), l'aide de l'État aux communes, en créant une Dotation de solidarité urbaine (DSU). Une partie de la DGF sera prélevée sur 55 communes « riches » afin d'être répartie entre 428 villes défavorisées. Cette péréquation porte sur des sommes relativement modestes, de l'ordre de 500 millions de francs pour l'Ile-de-France.

Ce sera l'un des derniers textes adoptés par le gouvernement Rocard au mois d'avril 1991. Face à l'hostilité des élus chiraquiens de Paris et des communes aisées de la petite couronne, le Premier ministre réalise l'une de ses ultimes « majorités d'idées » avec l'abstention bienveillante de l'UDF, de l'UDC et des communistes. Ces débats byzantins sur le mode de calcul de l'effort de solidarité entre les communes sont intervenus alors que, cette fois, les banlieues et les villes d'Ile-de-France – Sartrouville, Argenteuil, Mantes-la-Jolie – s'embrasaient, rappelant qu'une étincelle pouvait remettre en question des années d'efforts de la part des acteurs locaux de l'intégration et du développement urbain.

Un effort auquel s'est attelé Michel Rocard dès l'été 1989, en annonçant en Conseil des ministres l'ouverture du « chantier » de l'Ile-de-France. L'ampleur du défi et le souci de rechercher l'accord des élus majoritairement de droite ne lui permettront pas d'aboutir avant son départ de l'hôtel Matignon. En dehors de mesures d'urgence bienvenues en matière de lutte contre la spéculation foncière par le truchement des ventes de terrains de l'État au profit de programmes de logements et d'équipements sociaux, il ne peut faire adopter le nouveau « Schéma directeur d'aménagement urbain » (SDAU) rééquilibrant l'implantation des entreprises et des équipements au profit de l'Est. A la veille des élections législatives de mars 1993, le conseil régional d'Ile-de-France, le conseil de Paris et ceux des cinq départements de la région – où la droite est majoritaire, à l'exception de la Seine-Saint-Denis communiste – rejettent le SDAU, pourtant largement amendé depuis le départ de Rocard. Le gouvernement Balladur enterre le grand « chantier » rocardien en l'intégrant dans le « débat national » sur l'aménagement du territoire, lancé par le nouveau ministre de l'Intérieur Charles Pasqua [1].

1. Voir XIXe partie : « La prudence ».

CHAPITRE 3

Le printemps des querelles

« S'il n'y avait pas eu la guerre du Golfe, il est plus que probable que Mitterrand ne m'aurait pas prolongé bien au-delà de 1990. Depuis des mois, je sentais bien que je n'avais plus aucune chance de devenir l'élu de son cœur, mais je tirais de nos conversations bihebdomadaires le sentiment qu'il n'allait pas me virer avant l'été. » Ainsi Michel Rocard [1] restitue-t-il le scénario de la rupture qu'il pressent.

« Après la crise du Koweït, les difficultés économiques s'accumulaient. Il fallait prendre des mesures impopulaires pour réduire les déficits publics et Rocard traînait les pieds. J'avais le sentiment qu'il était paralysé par une obsession de ne pas déplaire afin, croyait-il, de garder toutes ses chances pour la présidentielle, pourtant bien lointaine. J'insistais pour qu'il agisse car je pensais, moi, à l'échéance des élections législatives. Et, finalement j'ai dû me séparer de lui. » La version de François Mitterrand [2] traduit le décalage et l'incompréhension croissante entre les deux chefs de l'Exécutif au cours du printemps 1991.

Controverses autour des déficits

Le 7 février 1991, alors que tous les esprits sont occupés par la guerre du Golfe où se poursuivent les bombardements aériens de la coalition américaine, le ministère des Finances tire la sonnette d'alarme. Pierre Bérégovoy et Michel Charasse demandent à Michel Rocard d'adopter un programme

1. Entretien le 22 mars 1996.
2. Entretien le 25 septembre 1995.

d'économies de 20 milliards de francs, sur un Budget de 1 300 milliards. Trois mois à peine après son adoption par le Parlement, les deux ministres de Bercy constatent que le Budget 1991 est dépassé. Non seulement le ralentissement de la croissance, plus accentué que prévu, réduit de près de 20 milliards les recettes fiscales espérées, mais les dépenses courantes sont plus élevées : la hausse des taux d'intérêt accroît le poids de la dette, le coût du RMI explose avec la persistance du chômage de longue durée et l'échec du volet réinsertion, sans oublier le plan d'urgence pour les lycées et les dépenses exceptionnelles liées à la guerre du Golfe. Le total de ces dépassements atteint une trentaine de milliards. Enfin, relèvent Bérégovoy et Charasse, « cette situation budgétaire, la plus tendue depuis 1983, se conjugue avec une perspective de fort déficit de la Sécurité sociale – environ 17 milliards sur 750 milliards – que le Budget de l'État ne pourra pas combler, à moins de se résigner à creuser le déficit budgétaire et à alourdir les prélèvements obligatoires ».

Après quelques vives discussions et d'âpres marchandages [1], Michel Rocard annonce, le 11 février, 12 milliards d'économies budgétaires pour 1991 sous forme de réduction autoritaire de 5 % à 10 % des enveloppes de chaque ministère, à l'exception de la Défense. 8 milliards d'économies supplémentaires sont prévus mais pas rendus publics et 10 milliards seront économisés en gelant, en fin d'exercice, les crédits non utilisés.

Mais un vif désaccord surgit aussitôt entre Matignon et Bercy. Le Premier ministre souhaite faire adopter ce plan d'économies par le Parlement sous forme de collectif budgétaire, une procédure exceptionnelle en cours d'année, qui correspond généralement à un changement d'orientation de

1. Un exemple : Bérégovoy propose de réduire de 600 millions les crédits du Quai d'Orsay, dont la moitié pour la dotation de Radio France Internationale, choyée par Michel Rocard qui a dû batailler pour faire nommer à sa tête son ami André Larquié. Roland Dumas proteste contre ces amputations et s'en ouvre, comme d'habitude, au président. Michel Rocard tranche : le Quai se verra amputé de 400 millions de crédits dont 150 prélevés sur RFI. De son côté, François Mitterrand obtient que l'on ne touche pas à l'enveloppe prévue pour la Très Grande Bibliothèque de Tolbiac, ce qui permet à Jack Lang de sauver son budget de la Culture…

politique économique, comme ce fut le cas dans les années récentes lors du premier tournant de la rigueur en 1982 ou de la victoire législative de la droite en 1986. Les ministres des Finances et du Budget sont farouchement opposés à cette procédure. Non seulement elle n'est pas nécessaire – un simple arrêté suffit –, mais surtout, ils soupçonnent Rocard de vouloir profiter du collectif pour lever de nouveaux impôts. N'a-t-il pas évoqué une hausse de la CSG pour combler le trou de la Sécurité sociale et demandé à Bérégovoy d'étudier un relèvement de la TIPP (la taxe intérieure sur les produits pétroliers), l'impôt le plus injuste et le plus rentable de l'arsenal fiscal français ?

Or, pour Bérégovoy et Charasse, tout alourdissement de la pression fiscale est à bannir, compte tenu du taux déjà écrasant des prélèvements obligatoires. De plus, le franc perd du terrain au sein du SME et toute aggravation du déficit public de la France obligerait, pour défendre la devise nationale, à pousser encore les taux d'intérêt, donc à peser sur le crédit et la croissance.

François Mitterrand tranche en faveur de Bercy. Il redoute qu'un collectif budgétaire en cours d'année relance les surenchères des socialistes. Mais surtout il craint que son Premier ministre ne présente politiquement ce collectif de rigueur financière comme une conséquence de la guerre du Golfe, relevant donc de la responsabilité directe du chef de l'État.

Ce débat interne au pouvoir se solde donc par un désaveu pour Rocard.

Un mois plus tard, nouvelle alerte de Bercy. La situation économique s'aggrave et le risque de dérapage budgétaire est non plus de 30, mais de 50 milliards de francs et pourrait gonfler au fil des semaines. L'explication : la croissance continue de fléchir. Le Budget 1991 fondé sur une prévision annuelle de 2,7 % devient totalement irréaliste au moment où l'INSEE, plus pessimiste que les services de la direction de la Prévision des Finances table sur seulement 1,5 %.

En trois mois, le chômage a progressé de 3 %, réduisant presque à néant tous les progrès péniblement acquis depuis 1988. L'attentisme des chefs d'entreprise, lié au climat d'incertitude né de la guerre du Golfe, laisse présager non seulement un ralentissement de l'embauche, mais d'importantes vagues de licenciements.

Le coût de l'opération Daguet n'est pratiquement pour rien dans cette dégradation des finances publiques. Évaluée à 6,5 milliards de francs, l'expédition militaire française dans le Golfe est largement remboursée par une contribution du Koweït de 1 milliard de dollars et un chèque allemand de 300 millions de deutsche Mark. En revanche, la France est assurée de perdre une bonne part de la créance de 25 milliards de francs qu'elle détient sur l'Irak, dont les deux tiers, ayant été garantis par la COFACE (Compagnie française d'assurances pour le commerce extérieur), relèvent du Budget de l'État.

A Matignon, la tentation est forte de recourir à l'impôt et au déficit budgétaire pour surmonter cette mauvaise passe. Cela éviterait de remettre en cause les lourds engagements pluriannuels pris à l'égard des fonctionnaires, des enseignants et dans le cadre des contrats de plans passés avec les régions et plusieurs grandes entreprises publiques. Michel Rocard se montre ainsi fidèle aux principes de Keynes selon lesquels l'État doit recourir à l'impasse budgétaire et à la pression fiscale pour maintenir l'activité en période de ralentissement économique.

Il se heurte à Bérégovoy qui a une tout autre conception de la défense des intérêts du plus grand nombre. Pour lui, l'impôt tue l'activité économique, donc pénalise l'emploi. Quant au déficit budgétaire, il crée un cercle vicieux en renchérissant la dette publique, donc en affaiblissant le franc avec le risque d'une dévaluation qui pénaliserait le pouvoir d'achat des plus modestes. C'est pourquoi Bérégovoy écrit, le 17 avril, à Michel Rocard : « Il me paraît plus que jamais indispensable d'éviter tout alourdissement inutile de la pression fiscale et de privilégier, pour faire face à la dégradation de la situation économique, les économies de dépenses plutôt que la recherche de recettes nouvelles. »

De même, Bercy, soutenu par l'Élysée, exige en même temps du Premier ministre qu'il s'attaque sans tarder au déficit de la Sécurité sociale. Le 11 avril, Bérégovoy adresse une lettre manuscrite à Michel Rocard dans laquelle il lui rappelle que la « Sécu » est en cessation de paiements et que c'est l'État, par le truchement de la Caisse des dépôts, qui assure les fins de mois. Le déficit prévisionnel atteint 17 milliards de francs. Matignon s'abrite derrière les négociations laborieusement menées par le ministre des Affaires sociales Claude Évin avec les professions de santé pour refuser toute mesure d'urgence, estimant qu'une maîtrise concertée des dépenses est plus efficace à long terme. Bérégovoy se montre pressant : « Tu sais par expérience ce qu'il en coûte lorsqu'on laisse filer les déficits. C'est pourquoi je te conjure de prendre d'urgence les décisions qui s'imposent : ou bien des économies drastiques, ou bien une augmentation des recettes, et peut-être les deux s'il le faut. »

En période normale, ce genre de débats sur les finances publiques est le pain quotidien des gouvernements. Ils se résolvent le plus souvent par des compromis. Mais le contexte du printemps 1991 est particulier. Chacun pressent que les jours de Michel Rocard à Matignon sont comptés. D'où les arbitrages de François Mitterrand en faveur de Pierre Bérégovoy qui n'a pas besoin de beaucoup se forcer pour en imposer à un Premier ministre vulnérable auquel il rêve de succéder. Quant à Rocard, voyant son bail venir à échéance, il ne veut pas – qui l'en blâmerait ? – ternir sa bonne image en endossant des mesures impopulaires qui dégageraient l'horizon pour son successeur.

Comment repartir ?

« Tout le monde s'attendait au départ de Michel Rocard après la guerre du Golfe, raconte Anne Lauvergeon [1]. Le président organisait de nombreux déjeuners et dîners pour interroger les uns et les autres, mais sans se dévoiler. Pierre Bérégovoy poussait Mitterrand à dissoudre. Il suggérait au président d'appeler les électeurs à lui donner une nouvelle majorité autour d'un gouvernement d'union, conforme à

1. Entretien le 27 janvier 1994.

l'état d'esprit qui avait prévalu pendant les opérations militaires au Koweït et en Irak. »

André Gauron[1] précise le scénario préconisé alors par son patron : « Bérégovoy expliquait au président qu'il était impossible de modifier les grandes orientations politiques du septennat, mais qu'il fallait néanmoins songer à changer de Premier ministre. D'où la solution d'une dissolution permettant de gagner les élections et de nommer tout naturellement un nouveau gouvernement. » Gauron précise que Bérégovoy se voyait bien, dans ce schéma, aller à Matignon.

Jack Lang[2] fait aussi partie des avocats de législatives anticipées. « Je disais à Mitterrand : "Dissolvez immédiatement, ainsi le problème Rocard ne se posera-t-il plus et l'on passera à une nouvelle phase, à un nouveau départ, en vous évitant de surcroît le risque d'une nouvelle cohabitation en 1993." » Lang assure que « Mitterrand a été séduit, même s'il trouvait ce changement de pied plutôt risqué ».

Roland Dumas, Michel Charasse et Laurent Fabius[3] sont du même avis. Ce dernier restitue ainsi la réponse que leur faisait Mitterrand : « Je comprends vos raisons, l'opinion m'a suivi sur le Golfe, mais elle ne me suit pas aussi largement sur les affaires intérieures. » En fait, précise Fabius, Mitterrand se disait : « Un tiens vaut mieux que deux tu l'auras. » Lang ajoute : « Mitterrand nous disait ne pas vouloir donner l'impression de profiter de sa popularité après la victoire au Koweït ; de plus, il répugnait comme toujours à bousculer les échéances électorales. »

François Mitterrand[4] explique qu'il n'a pas suivi ceux, nombreux, qui le « pressaient de dissoudre, car cela n'eût pas été loyal vis-à-vis des députés qui avaient été presque unanimes à voter l'entrée en guerre. Certes, le moment était politiquement propice, mais ce n'était pas correct et je n'étais pas du tout sûr que les socialistes gagneraient les élections ».

Le président étudie la carte électorale et les sondages. Ceux-ci ne donnent au mieux que 30 % des voix au PS,

1. Entretien le 3 octobre 1995.
2. Entretien le 9 novembre 1993.
3. Entretien le 22 mars 1994.
4. Entretien le 29 mars 1994.

contre 34,75 % au premier tour de juin 1988. Il juge également que les candidats socialistes n'auront guère d'arguments à opposer à leurs adversaires qui seraient fondés à dénoncer la manœuvre consistant à tirer un profit électoral d'un succès de nos armes sur le plan extérieur.

« Je ne voulais pas dissoudre, mais nommer un nouveau gouvernement qui accepte toutes les impopularités afin d'être en mesure de présenter une situation économique et sociale assainie à l'échéance normale de la législature. La difficulté n'était pas pour moi de me séparer de Michel Rocard, mais de lui trouver un remplaçant », explique Mitterrand. « Pour lui succéder, il y avait plusieurs noms : Bérégovoy, Delors et Cresson. J'avais écarté l'hypothèse de Roland Dumas car je voulais le garder aux Affaires étrangères. »

Selon Hubert Védrine [1], Mitterrand avait fait « tester par une enquête d'opinion les qualités et les défauts de ces trois personnalités plus Michel Charasse et un troisième gouvernement Rocard. L'étude, confiée à ses conseillers en communication Gérard Colé et Jacques Pilhan, donne Delors largement en tête. Bérégovoy jouit d'une bonne image mais n'apparaît pas comme assez innovant par rapport à l'équipe sortante. L'appréciation des Français à l'égard de Charasse est contrastée. Quant à Cresson, elle arrive en dernière position ». Lionel Jospin, qui en rêve secrètement, et Jean-Louis Bianco, qui se prend à y croire, n'ont pas eu droit à cette « présélection ». Pas plus que Pierre Joxe, qui faisait discrètement campagne parmi les éléphants.

Jacques Delors [2] n'a pas eu le sentiment d'avoir « été dans la course en 1991 » au moment où il était « totalement accaparé » par la préparation du Conseil européen de Maastricht [3] de la fin de l'année. Pierre Bérégovoy, selon ses conseillers André Gauron et Olivier Rousselle [4], avait compris que, faute de dissolution, il incarnait trop la continuité pour succéder à

1. Entretien le 16 janvier 1993.
2. Entretien le 18 mars 1996.
3. Voir XVIIe partie : « L'Europe en souffrances ».
4. Entretien le 28 novembre 1995.

Rocard. « Mais il n'arrivait pas à croire que Mitterrand, qui avait placé Édith Cresson en réserve après sa démission du mois d'octobre 1990, irait jusqu'au bout de ce projet qu'il jugeait irréaliste et cédant à la mode populiste. »

Édith Cresson [1] ne découvre que progressivement que Mitterrand pense à elle pour Matignon. « Au début de l'année 1991, il a commencé à me parler et je pensais qu'il voulait me proposer un poste dans un nouveau gouvernement. J'ai compris peu à peu qu'il voulait que je sois Premier ministre. Je n'étais pas emballée et je lui ai suggéré d'appeler plutôt Bérégovoy, en faisant valoir qu'il était fabiusien, qu'il saurait se couler dans le moule et qu'il avait l'avantage d'être bien avec la presse. Mitterrand n'en voulait pas. Il le trouvait trop vieux et me répétait : "Prendre Béré, c'est continuer Rocard." »

Abel Farnoux [2], devenu son plus proche conseiller depuis bientôt trois ans, est dans la confidence. Selon lui, Édith Cresson et François Mitterrand ont commencé à se voir régulièrement à l'Élysée à partir du mois de janvier 1991, à la suite d'un déjeuner auquel le président l'avait conviée pour parler de la négociation Europe-Japon sur les automobiles. Après le Golfe, il lui a parlé d'un retour au gouvernement et elle a dit qu'elle se verrait bien à la tête d'un grand ministère de l'Économie, de l'Industrie et du Commerce extérieur, à l'image du MITI japonais, dans un cabinet Bérégovoy. C'est alors que Mitterrand lui a dit qu'il hésitait entre elle et Béré pour Matignon. « Au début, Édith insistait pour que le président désigne Bérégovoy et lui donne ce MITI à la française, avec la haute main sur l'Industrie, un secteur qui la passionnait, d'autant qu'elle s'y consacrait de nouveau depuis six mois au sein du secteur international du groupe Schneider. » Selon Élisabeth Schemla [3], c'est le 8 mars que Cresson donne son accord à Mitterrand pour succéder à Rocard. Ils auront sept conversations discrètes, souvent le samedi matin à l'Élysée, entre cette date et la nomination d'Édith Cresson à Matignon.

1. Entretien le 18 novembre 1993.
2. Entretien le 7 mars 1995.
3. In *Édith Cresson, La Femme piégée*, Paris, Flammarion, 1993, p. 85 *sq.*

« Elle avait été excellente comme ministre, se rappelle Mitterrand[1]. Nous avons beaucoup discuté des questions industrielles, de la formation et du problème des déficits publics auxquels Rocard ne voulait pas s'attaquer. »

Pourquoi Cresson ?

A en croire ceux qui le connaissent bien, les Bianco, Charasse, Estier, Fabius, Mauroy, Mermaz ou Védrine, François Mitterrand trouvait en elle tout ce qui manquait à Michel Rocard : une grande capacité à bousculer, à faire bouger les choses, à sortir de la gestion routinière qui, à ses yeux, ne doit pas accaparer les ministres. Pour Mitterrand, la gestion, ça ne compte pas, c'est de la technocratie. Faire de la politique, c'est passer en force, imposer ses vues à la bureaucratie. La France doit être périodiquement menée à coups de ruptures, de grands gestes politiques ou de cassures fécondes. Le progrès politique et social se conquiert en donnant des coups de pied dans la fourmilière. Michel Rocard misait au contraire sur la concertation et la maturation, sur la durée et le non-visible pour faire avancer ses chantiers. Du coup, après avoir rongé son frein pendant près de trois ans avec Rocard, après avoir épuisé les charmes de l'ouverture, Mitterrand prêtait une oreille attentive aux discours volontaristes de ceux qui, comme Cresson, lui disaient que Rocard ne faisait rien et que le moment était venu de faire preuve d'énergie, d'audace et de combativité. Cela correspondait à l'air du temps, à ce moment où la vogue était au discours populiste et anti-élitaire, pas seulement dans les rangs socialistes. Bref, Mitterrand avait fini par faire sienne l'idée que, pour reprendre les choses en main, il fallait surfer sur cette vague et adopter un discours fracassant.

L'essoufflement de la gauche, les désenchantements de la « France unie » et le ralentissement économique poussaient à ce comportement. Au fond, si Michel Rocard a incarné l'apaisement, le « ronron » de l'après-1988, Édith Cresson se trouvait en situation pour donner le second souffle de cette législature, à la différence de Bérégovoy, dont Mitterrand disait alors qu'il était « prisonnier des technocrates des Finances et que s'il le nommait, il lui ferait du Rocard ».

1. Entretien le 24 mars 1994.

Hubert Védrine a cette formule : « Édith Cresson, c'est une réaction fiévreuse à une situation fiévreuse. »

« A partir du moment où nous nous étions mis d'accord, raconte Édith Cresson, Mitterrand n'y tenait plus. Il a voulu précipiter les choses alors que je lui avais dit que je préférais attendre l'été et la fin de la session parlementaire pour prendre mes nouvelles fonctions. »

Dans le camp rocardien, les avis sont partagés sur la conduite à tenir face à la montée en puissance d'Édith Cresson, dont tous ou presque sont convaincus à partir du mois de mars que Mitterrand la destine à remplacer Rocard.

Jean-Paul Huchon [1] raconte : « Bérégovoy avait informé Rocard que Mitterrand ne voulait pas dissoudre et qu'il s'orientait vers un changement de gouvernement. J'avais quant à moi dit à Rocard qu'une dissolution lui permettrait de sortir par le haut car les socialistes avaient de bonnes chances de gagner les élections. Nous voyions alors Cresson comme un missile Exocet pointé contre nous par l'Élysée. Rocard ne la tenait pas en haute estime. Il l'avait même rayée d'une liste de candidats potentiels à la présidence du groupe informatique Bull, la jugeant incompétente. »

Huchon ajoute [2] que l'entourage était très divisé : « Certains, comme Jean-Claude Petitdemange, souhaitent un départ immédiat, considérant que le pays devient ingouvernable et qu'il faut prendre du champ. D'autres s'accrochent follement à l'idée que le Premier ministre ira jusqu'aux législatives de 1993, qu'il peut les gagner, après cinq ans d'occupation du pouvoir : c'est la thèse de la “succession douce et naturelle”, chère à Guy Carcassonne, à Yves Colmou et à Tony Dreyfus. »

Michel Sapin [3], alors président de la Commission des lois de l'Assemblée nationale, se souvient des débats autour de Rocard à Matignon, après le Conseil des ministres. « A la fin de la crise du Golfe, Rocard nous disait qu'il s'attendait à tout moment à être remercié. Puis il ajoutait chaque fois :

1. Entretien le 22 novembre 1993.
2. Dans son livre *Jours tranquilles à Matignon*, *op. cit.*, p. 12-13.
3. Entretien le 4 mai 1994.

"Mitterrand et Béré me tannent sur les déficits publics, mais est-ce à moi de prendre ces décisions impopulaires alors que je ne suis même pas sûr de durer ?" En fait, certains d'entre nous avaient le sentiment que Rocard arrivait au bout du rythme biologique de longévité d'un Premier ministre sous la Ve République. »

Pourtant, Michel Rocard feint de vouloir prolonger son mandat. Le 6 mars, il accorde au *Monde* une longue interview dans laquelle il présente son programme pour les prochains mois et, face au « nouvel élan » dont parle l'entourage de Mitterrand, il réaffirme son « devoir de grisaille ». Dans son livre *Le Mystère Rocard*[1], Jean-Louis Andréani écrit fort justement : « Dès lors, une sorte de course contre la montre, doublée d'un jeu de dupes, s'engage. D'un côté, les nuages s'accumulent. De l'autre, plus Rocard voit le ciel s'assombrir, plus il disserte sur la durée en politique et s'affirme prêt à gouverner sur le long terme. Et plus cette manière de disposer à sa place du calendrier agace le président. »

Le dernier mois

Le 17 avril 1991, un petit « couac » gouvernemental est interprété comme un signe de l'affaiblissement politique du Premier ministre.

Michel Rocard décide en effet au dernier moment de retirer de l'ordre du jour du Conseil des ministres un projet de loi réformant le mode de scrutin régional. Poussé par Pierre Mauroy, contre le vœu de François Mitterrand et de Laurent Fabius, Michel Rocard souhaitait à l'origine faire élire les conseillers régionaux non plus dans le cadre départemental mais dans une seule circonscription régionale et en deux tours au lieu d'un seul. Cette réforme, renforçant la stature des présidents de région, donnait une prime à la liste arrivée en tête. Elle facilitait l'émergence de majorités et permettait à la gauche de se maintenir dans ses bastions. Mitterrand, départementaliste de toujours, s'y oppose, car, pour reprendre une formule de Jean Poperen, « il ne voulait pas de baron de

1. *Op. cit.*, p. 322.

Normandie, de duc d'Aquitaine ou de marquis des Flandres », fussent-ils de son apanage. Fabius ajoute : « Cela allait bien au-delà de la décentralisation ; on en arrivait presque au démembrement de la nation. » Rocard révise donc sa copie et propose d'en rester au cadre départemental en apportant un correctif majoritaire. Las, cette mouture ne trouve pas de majorité au Parlement. Et comme Mitterrand et Rocard considèrent qu'on n'impose pas aux parlementaires un changement de mode de scrutin, même local, le texte est remisé.

Déjà, les ministres se laissent aller dans leurs déjeuners en ville à envisager ouvertement « l'après-Rocard ». Un exemple, Michel Delebarre, ministre d'État chargé de la Ville, lâche, le 19 avril, à un groupe de journalistes : « Ce gouvernement ne fait plus bouger les choses pour ne pas déplaire. Il ne faut pas seulement remplacer le Premier ministre, il faut changer la plupart d'entre eux. Rocard ne fait plus rien. Il devrait taper sur la table et secouer la léthargie de Bercy, ça plairait à Mitterrand. Le PS est lui aussi frappé d'immobilisme et ses dirigeants sont paralysés par leurs ambitions présidentielles. Mitterrand se tire bien du cap difficile des dix ans de pouvoir, car il a réussi à remettre les compteurs à zéro avec la guerre du Golfe. Mais l'usure est là pour tout le monde, à commencer par les grands ministres. Si on veut être prêts pour 1993, il faut dès maintenant se remuer et Rocard ne peut être l'homme de cette situation. »

Michel Rocard et son entourage n'ignorent rien de cette rumeur qui enfle. Ils décident que le Premier ministre doit continuer à donner l'image de la sérénité, d'un chef de gouvernement loyal et tout dévoué à sa tâche. Mais cette posture, qui s'adresse à l'opinion, n'empêche pas Rocard de pousser Mitterrand à lui dévoiler ses intentions. C'est pourquoi, au cours de leur entretien matinal du mercredi 24 avril, le Premier ministre demande au président de pouvoir remanier son gouvernement afin de lui donner un nouveau souffle, à l'approche de son troisième anniversaire.

François Mitterrand [1] n'a aucune intention d'accéder à cette requête qui aurait pour résultat politique de conforter

1. Entretien le 29 mars 1994.

Michel Rocard, alors qu'il ne pense qu'à s'en séparer. « Lorsqu'il m'a proposé ce remaniement, je lui ai répondu que plutôt que de changer l'équipe en place de façon imparfaite, je changerai tout, y compris la tête. »

Michel Rocard [1] se souvient d'avoir entendu Mitterrand lui dire : « Non, ce gouvernement n'a pas démérité. Et, dans ces conditions, ou je ne change rien ou je change tout. »

A son retour à Matignon, Rocard dit à Carcassonne [2] : « Mitterrand me refuse le remaniement. Je pense que je ne vais pas passer l'été. Je finis la session parlementaire et le nouveau gouvernement est formé de telle façon que Mitterrand puisse le commenter le 14 juillet. Mais, ajoute Rocard, ce n'est pas si facile de me remplacer. »

« Dès lors, précise Carcassonne, par un mélange de calcul et de résignation, on décide de ne rien faire pour empêcher ce dénouement, même si Rocard donne le change en affichant une volonté imperturbable de continuer son travail aussi longtemps que possible. »

L'examen des sondages incite Mitterrand à précipiter le dénouement. L'indice mensuel d'« approbation de l'action gouvernementale », établi par l'institut BVA pour le SID [3], devient négatif pour la première fois depuis 1988 et chute de dix-sept points en avril par rapport à mars. Dans le même temps, la cote du président, encore très élevée à la suite de la victoire alliée sur Saddam Hussein, perd dix points en avril (65 % à 55 %), tandis que Rocard n'en cède que deux (51 % à 49 %). Enfin, en tendance lourde, la SOFRES indique que la popularité de Rocard est en train de fléchir irrémédiablement, à mesure que monte l'inquiétude des Français avec la reprise du chômage et le ralentissement de la croissance.

Hubert Védrine se souvient qu'à partir de la fin du mois d'avril, « les spéculations se sont mises à flamber » à l'Élysée et ailleurs sur le nom du successeur, « dans une ambiance de chuchotements et d'incrédulité. On savait que le président avait refusé à Rocard un remaniement et qu'il voyait de plus

1. Entretien le 22 mars 1996.
2. Entretien le 6 octobre 1992.
3. Service d'information et de diffusion du gouvernement.

en plus souvent Édith Cresson. On se disait : “Il ne va quand même pas la prendre”, et on était d’autant plus perplexes que Mitterrand restait très secret sur ses intentions ».

Le samedi 4 mai, François Mitterrand convie successivement à Latche trois de ses proches auxquels il a demandé depuis quelques semaines de réfléchir à une « relance politique ». Il voit bien sûr Édith Cresson, mais aussi Louis Mermaz et Jack Lang, qui se souvient que « Mitterrand cherchait une issue pour l’après-Rocard. Il réfléchissait au contenu de ce qu’il appelait “un nouveau départ” ».

Le mardi 7 mai, l’entretien préalable au Conseil des ministres ne dénoue pas le malaise qui a saisi l’Exécutif. Selon Rocard, Mitterrand lui répète qu’il n’envisage pas de remaniement mais « réfléchit à un changement de Premier ministre ». Selon Mitterrand, Rocard « a une nouvelle fois refusé de répondre à mes objurgations à propos de la remise en ordre des finances de la Sécurité sociale. Depuis deux mois, je lui demandais d’agir pour ne pas avoir à rétablir les comptes dans la dernière année précédant les législatives. Il fallait faire 17 milliards d’économies. Il m’a présenté un plan de 8 milliards en me disant que le reste pouvait attendre. En fait, le déficit était de 33 milliards et le plan d’économies qu’il me proposait ne portait que sur 4 milliards ».

Rocard explique que sa méthode, plus lente mais plus durable, consiste à réguler les dépenses par des accords avec les professions de santé, qui sont sur le point d’aboutir après des mois d’efforts menés par Claude Évin. Au cours du Conseil des ministres, il fait un mot à Évin, lui demandant d’insister pour obtenir un entretien avec le président.

Le ministre des Affaires sociales et de la Santé est reçu le jour même par François Mitterrand. Évin [1] raconte : « Je lui résume mes négociations avec les biologistes et lui annonce que je m’apprête à toiser les radiologues. Mitterrand émet des doutes sur les résultats de ces accords. Je lui remets un dossier complet. Il le pose sur son bureau et me dit : “Vous qui êtes du pays nantais, parlez-moi de la situation politique en Bretagne.” »

1. Entretien le 26 mai 1994.

Le désaccord Mitterrand-Rocard sur le renflouement de la Sécurité sociale n'est qu'un prétexte pour cristalliser leur divorce. Le président et le Premier ministre se placent en effet dans une logique différente.

Pour Mitterrand, il faut que Rocard endosse, avant de céder la place, le désagrément d'une hausse des cotisations sociales, qui doit intervenir le plus vite possible en 1991 afin d'être oubliée par les électeurs au moment des législatives du printemps 1993.

Michel Rocard n'est pas un Pierre Mauroy. Il n'a aucune raison de se sacrifier pour le président en acceptant l'impopularité avant de quitter le pouvoir. De plus, sa méthode est plus graduelle. Il a mis en place la CSG, engagé la réflexion sur l'indispensable réforme des régimes de retraites, consignée dans son *Livre blanc* publié le 24 avril, et joue, avec Évin, la carte de la maîtrise des dépenses de santé, négociée – parfois autoritairement – avec les professions médicales et paramédicales.

Le vendredi 10 mai, Mitterrand demande une nouvelle fois à Rocard de « refaire sa copie » sur la Sécurité sociale. Le Premier ministre décide de réunir dès la semaine suivante un comité interministériel sur les déficits sociaux. Selon Guy Carcassonne, dont le témoignage n'est confirmé ni par Mitterrand ni par Rocard, le président a évoqué un changement de Premier ministre « au cours du week-end de la Pentecôte ».

Le soir, le couple Rocard se trouve pour la première fois au nombre des invités du dîner anniversaire de l'élection de François Mitterrand, le 10 mai 1981. « Le président s'est montré charmant et très convivial à notre égard, se souvient Rocard. Il circulait entre les petites tables disposées dans la salle des fêtes de l'Élysée. Je me souvenais de ce que m'avait dit Jacques Chirac, le jour de la passation de pouvoir à Matignon en mai 1988 : "Méfie-toi de Mitterrand. Quand il te sourit, il a le poignard dans la main." »

Claude Estier[1] se trouve à la table du Premier ministre. Il raconte : « Mitterrand est venu s'asseoir près de Rocard.

1. Entretien le 4 février 1993.

C'était très détendu. Ils plaisantaient et parlaient de choses et d'autres. Personne ne pouvait imaginer à les voir que le dénouement était si proche. »

Le lendemain matin, samedi 11 mai, un article dans *Le Point* alerte les rédactions. On connaît dans le « microcosme » les excellentes relations entre cet hebdomadaire et le cabinet de Matignon. Le chef du service politique Denis Jeambar écrit en effet qu'un départ rapide de Rocard est probable.

Au lendemain du week-end, la classe politique et la presse ne parlent que de cela. Dans les cabinets ministériels, chacun se prépare à faire ses cartons. Les principaux ministres et chefs de courants multiplient les conciliabules. Nombre d'entre eux redoutent l'hypothèse Cresson.

Autour de Michel Rocard, c'est toujours le même débat, cette fois avivé par l'urgence. Doit-il se montrer « bon soldat » jusqu'au bout pour faire porter sur François Mitterrand la responsabilité de la rupture, ou doit-il devancer l'inéluctable en montrant ainsi qu'il a pris lui-même la décision de s'en aller ?

Michel Rocard sollicite tous les avis, même s'il est personnellement enclin à ne pas prendre l'initiative. Claude Allègre [1], le plus proche conseiller de Lionel Jospin, propose à Rocard d'être le premier chef de gouvernement depuis 1958 à appliquer la Constitution à la lettre : « Si Mitterrand te demande de partir, tu n'as qu'à rester. » Aux termes de l'article 8 de la Constitution, le président de la République ne dispose pas en effet du pouvoir de révoquer le Premier ministre qu'il a nommé [2]. Seule l'Assemblée nationale, par le biais de la motion de censure, peut contraindre le chef du gouvernement à partir. Mais depuis 1958, les dix prédécesseurs de Michel Rocard ont tous respecté l'esprit présidentiel de la Constitution en présentant leur démission, soit au lendemain d'une défaite électorale ou de l'élection d'un nouveau président (Maurice Couve de Murville en 1969, Pierre Messmer

1. Entretien le 3 mai 1996.

2. Article 8, premier alinéa : « Le Président de la République nomme le Premier ministre. Il met fin à ses fonctions sur présentation par celui-ci de la démission du gouvernement. »

en 1974, Raymond Barre en 1981, Laurent Fabius en 1986, Jacques Chirac en 1988), soit à la demande du chef de l'État (Michel Debré en 1962, Georges Pompidou en 1968, Jacques Chaban-Delmas en 1972, Pierre Mauroy en 1984). Seul Jacques Chirac, en 1976, a démissionné spontanément.

Le mardi 14 mai, la rumeur d'un départ imminent de Michel Rocard est avivée par une remarque du publicitaire Jacques Séguéla qui, de bon matin sur Europe 1, déclare à Jean-Pierre Elkabbach que « son temps à Matignon est compté » et qu'« il (Rocard) partira au plus tard le 15 juin ». Et l'inventeur des slogans de 1981 et 1988, « La force tranquille » et « Génération Mitterrand », de ne pas exclure qu'une femme lui succède à l'hôtel Matignon.

Les observateurs, convaincus que Séguéla entretient toujours des liens intimes avec François Mitterrand et à tout le moins avec ses conseillers en communication, concluent qu'il peut s'agir là d'un signal de l'Élysée. Dans son livre *La Parole de Dieu*[1], le publicitaire assure, et on veut bien le croire, qu'il n'est en rien « dépêché par le président » et qu'il n'a fait que « livrer l'un des scénarios possibles ».

Après la démission de Michel Rocard, la petite phrase de Séguéla apparaîtra comme l'élément « accélérateur » du dénouement annoncé.

Mais la décision présidentielle de précipiter le départ du Premier ministre a reposé sur une préoccupation supplémentaire. En effet, François Mitterrand a pu craindre que Michel Rocard ne prenne les devants en démissionnant brutalement.

Ce mardi 14 mai, en milieu de matinée, le président reçoit une note[2] de l'un des conseillers de presse à l'Élysée, qui lui met la puce à l'oreille : « Les rumeurs touchant à un prochain changement de gouvernement sont dans toutes les salles de rédaction, et, pour une fois, la source de ces bruits n'est pas d'origine journalistique, écrit Jean-Louis Chambon. C'est de Matignon qu'est partie l'information vendredi dernier. Depuis, les collaborateurs du Premier ministre orchestrent une véritable campagne de presse sur le thème : c'est

1. Paris, Albin Michel, 1995, p. 306-307.
2. Document d'archives.

Édith Cresson qui va remplacer Rocard. Ce matin, l'activisme de certains proches du Premier ministre, relayés par des membres du cabinet de Lionel Jospin, se développe. Je pense que Matignon tente d'anticiper sur l'événement sans respecter votre chronologie pour essayer de faire passer dans l'opinion l'idée que c'est Rocard qui a décidé de s'en aller. Cela pourrait ressembler à une version plus douce de la "démission" de Chirac pendant l'été 1976. »

Jean-Louis Chambon[1] précise qu'il avait eu vent, par des indiscrétions, du contenu des réunions politiques des derniers jours à Matignon, au cours desquelles cette éventualité avait été examinée. Il précise que Mitterrand l'a appelé à trois reprises dans la journée pour évaluer les risques d'une telle hypothèse. François Mitterrand[2] : « C'est vrai, il y avait un risque qu'il donne sa démission le premier. J'avais ça à l'esprit car je l'avais mis au pied du mur sur la remise en ordre des comptes sociaux et, comme il ne voulait rien faire, il aurait pu préférer partir avant, sous je ne sais quel prétexte. »

Michel Rocard[3] assure qu'il n'a pas « sérieusement envisagé » ce scénario. « J'ai sûrement fait le mauvais choix, en termes de politique politicienne, mais ce ne sont pas là mes critères. C'est la phrase de Séguéla chez Elkabbach qui a précipité mon départ. »

Tandis que Mitterrand s'interroge sur les intentions immédiates de Rocard, le Premier ministre préside à Matignon un comité interministériel sur la maîtrise des dépenses de santé. S'il repousse au 22 mai, après expertise comptable, les arbitrages définitifs, ses orientations sont douloureuses : augmentation du forfait hospitalier et instauration d'une franchise sur les médicaments. On parle aussi d'une modulation des remboursements des dépenses médicales en fonction des revenus.

Anne Lauvergeon[4] représente l'Élysée à cette réunion : « La tension était terrible, c'était une atmosphère un peu folle

1. Entretien le 13 mars 1995.
2. Entretien le 25 septembre 1995.
3. Entretien le 22 mars 1996.
4. Entretien le 27 janvier 1994.

dans laquelle Claude Évin, sous le regard ébahi de son ministre-délégué à la Santé Bruno Durieux, parlait de réduire de 40 % en six mois les revenus des radiologues. Mais rien n'était proposé en matière de recettes, alors que le président, Bérégovoy et Charasse exigeaient des relèvements des cotisations sociales. » Le secrétaire général du gouvernement Renaud Denoix de Saint-Marc [1] participe de droit à ces comités : « J'étais stupéfait de voir Rocard trancher à coups de milliards. J'imagine aujourd'hui qu'il savait alors que c'en était fini pour lui. »

A l'heure du déjeuner, Édith Cresson arrive à l'Élysée. Que vient-elle faire ? se demande-t-on dans l'entourage présidentiel. Tout simplement partager le repas du président qui a convié à sa table, par l'entremise d'Abel Farnoux, Jean Daladier, qui vient de publier les Mémoires de son père, le président du Conseil Édouard Daladier. Michel Charasse [2] fait partie des convives : « On a parlé de tout, de Munich, de la guerre, du Vaucluse, mais pas un mot sur Matignon. Je raccompagne Édith à sa voiture. Nous nous embrassons. Elle ne m'a rien dit. Peut-être, connaissant François Mitterrand, n'était-elle pas encore certaine de son affaire. » Édith Cresson [3] : « Je n'avais pas à faire de confidences, d'autant que le président m'avait seulement demandé de me tenir prête pour la semaine suivante. »

Au même moment, Michel Rocard arrive au Sénat où il vient plancher devant le groupe socialiste, sans rien laisser paraître du psychodrame qui se joue en coulisses.

• « Préparez le décret »

Le lendemain, 15 mai, à 7 heures du matin, Michel Charasse [4] est réveillé par la sonnerie du téléphone : « C'est le président qui me dit : "J'ai décidé que c'était pour aujourd'hui. Il faut en finir avec ce terrible tambourinage médiatique. Préparez le décret." »

1. Entretien le 7 juillet 1995.
2. Entretien le 30 juin 1994.
3. Entretien le 18 novembre 1993.
4. Entretien le 21 septembre 1995.

Deux heures plus tard, le Premier ministre, comme chaque mercredi, prend place en face du président, installé à son bureau, pour l'entretien qui précède le Conseil des ministres.

François Mitterrand[1] raconte : « Je lui ai redemandé d'augmenter les cotisations sociales. Il m'a répondu, embarrassé, qu'il n'était pas indispensable de se précipiter et de prendre des mesures aussi rudes. Je lui ai dit que ma patience n'était pas éternelle et qu'il fallait en finir. Et je lui ai demandé de me faire parvenir sa lettre de démission aussitôt après le Conseil des ministres. Il était un peu surpris, mais il n'a pas mouftė. Tout c'est très bien passé et il est parti, "enveloppé dans le tapis". »

Michel Rocard[2] : « Comme nous n'éprouvions pas un vif plaisir à être ensemble, nos entretiens étaient rapides. Celui-ci n'a pas dérogé à la règle. Tout cela était fort civil. Il m'a dit que la rumeur enflait et qu'il fallait y mettre fin sans attendre, par ma démission immédiate. Je lui ai dit que je n'avais pas prévu de partir aujourd'hui car je tenais beaucoup à me rendre le lendemain devant l'assemblée générale du Conseil d'État pour présenter mon projet de loi sur les écoutes téléphoniques. Il est resté de marbre[3]. »

Michel Charasse[4] rapporte ainsi le récit que Mitterrand lui a fait de la scène :

Mitterrand : « Qu'avez-vous décidé pour la Sécurité sociale ? »

Rocard : « Je m'en occupe. »

1. Entretiens les 29 mars 1994 et 25 septembre 1995.

2. Entretiens les 7 avril 1994 et 22 mars 1996.

3. Dans leurs ouvrages respectifs *La Haine tranquille* publiée en janvier 1992 et *Le Mystère Rocard* publié en septembre 1993, Robert Schneider et Jean-Louis Andréani rapportent la même scène. Michel Rocard aurait déclaré : « Quand j'ai compris que le président me demandait de partir sur-le-champ, j'ai répliqué : "Pas vous, pas comme ça, pas maintenant", j'ai rangé mes papiers, je me suis levé et j'ai tourné les talons. » Andréani précise avoir recueilli le même témoignage qui émane d'une source fiable rapportant le récit de Rocard à des proches. François Mitterrand, Michel Rocard, Michel Charasse et Guy Carcassonne, interrogés par les auteurs, ont démenti cette version. Andréani avance une explication judicieuse : « Rocard n'est pas homme à parler ainsi à Mitterrand, mais il aurait tant voulu lui répondre de cette manière ce jour-là… »

4. Entretien le 30 juin 1994.

Mitterrand : « C'est faux. En dépit de mes mises en garde répétées, vous n'avez rien fait. Vous n'êtes plus l'homme de la situation. Vous pensez trop à la présidentielle et moi je pense à la France. Et puis il y a toutes ces rumeurs. Il faut en finir. Vous me remettrez donc votre lettre de démission après le Conseil des ministres. »

La version de Guy Carcassonne [1], qui a reçu les confidences de Rocard, est tout aussi fleurie : « Avant de partir pour l'Élysée, Rocard avait préparé une lettre de démission. Et il m'avait dit : "Si Tonton me rend responsable des rumeurs, je lui vole dans les plumes." Or, Mitterrand s'est bien gardé d'accuser Rocard d'avoir inventé la rumeur. Au contraire, il lui a dit que c'était peut-être parti du dîner du 10 mai à l'Élysée. Il lui a dit : "J'avais l'intention de vous demander de partir à la Pentecôte, mais comme c'est déjà dans la presse, il vaut mieux le faire dès maintenant." »

On le voit, d'après les rocardiens, le désaccord sur la Sécurité sociale n'est pas entré en ligne de compte, alors qu'il est mis en exergue du côté du président.

Carcassonne ajoute : « Nous étions convenus d'un code pour que Michel nous avertisse le plus tôt possible de la décision de Mitterrand. En sortant du bureau présidentiel pour gagner le salon Murat où se tient le Conseil des ministres, il demanderait au secrétaire général du gouvernement Renaud Denoix de Saint-Marc d'appeler Huchon à Matignon. Si le message était : "tel ou tel projet de loi n'est pas à l'ordre du jour", ça signifierait que Rocard reste à son poste. Si c'était : "le projet de loi est à l'ordre du jour dans une semaine", cela voulait dire démission dans les vingt-quatre heures, deux semaines, deux jours, etc.

« A Matignon, on reçoit un appel de Denoix qui nous dit : "Le projet de loi est inscrit dans deux jours." On n'y comprend rien ; on se perd en conjectures.

« A son retour, Rocard nous dit : "Mais, bougres d'idiots, deux jours, ça voulait dire que je pars dans deux heures !" »

1. Entretien le 6 octobre 1992.

Denoix de Saint-Marc [1] se souvient bien d'avoir transmis un message de Rocard à Huchon, mais avoue ne pas avoir réalisé qu'il s'agissait d'un code. Et il n'a rien décelé dans le comportement des deux chefs de l'Exécutif pouvant laisser à penser qu'ils venaient de tourner la page de trois années d'attelage commun.

Anne Lauvergeon [2] occupe le bureau mitoyen de celui du président. Elle voit sortir Mitterrand et Rocard après leur entretien fatidique : « Ils étaient impénétrables et plutôt souriants. Je me suis dit : "Ce n'est pas pour aujourd'hui." Et quand j'ai su, j'ai mesuré à quel point les grands politiques ne laissent rien transparaître de leurs émotions. »

Autour de la grande table du Conseil des ministres, rares sont ceux qui percent le secret que Mitterrand a demandé à Rocard de garder jusqu'à ce que l'Élysée en fasse l'annonce officielle [3]. Claude Évin [4] remarque bien que Rocard, contrairement à son habitude, n'a pas ouvert ses dossiers ce jour-là. Ses pressentiments sont confirmés quand « Michel, à la fin du Conseil, s'approche et nous glisse : "C'est terminé" ».

Jean-Paul Huchon [5] accueille Rocard à Matignon, vers 11 h 30. Le Premier ministre démissionnaire ignore qui le remplacera : « Mitterrand ne lui a même pas donné la primeur de son choix. » Rocard reprend son projet de lettre de démission, dont il modifie l'attaque. « A l'heure où je vous présente la démission de ce gouvernement… » devient : « A l'heure où *il me faut* vous présenter la démission… » Michel Rocard veut que les Français comprennent bien, comme il le dira plus tard, qu'il a été « viré » par François Mitterrand. Puis il reçoit à déjeuner des élus de son département des Yvelines.

A l'Élysée, François Mitterrand a regagné son bureau aussitôt achevé le Conseil des ministres. Il reçoit, à leur

1. Entretien le 7 juillet 1995.
2. Entretien le 27 janvier 1994.
3. Neuf ans plus tôt, le mercredi 5 juillet 1972, dans des circonstances politiques comparables, Georges Pompidou avait informé Jacques Chaban-Delmas avant le Conseil qu'il devait remettre sa démission. Le Premier ministre l'avait annoncée à son gouvernement à la fin du Conseil puis aux journalistes sur le perron de l'Élysée.
4. Entretien le 26 mai 1994.
5. Entretien le 22 novembre 1993.

demande, ses deux conseillers en communication Gérard Colé et Jacques Pilhan, qu'accompagne Jean-Louis Bianco [1] : « Colé est très remonté. Il dit au président qu'Édith Cresson n'a pas suffisamment de notoriété pour s'imposer dans un poste aussi exposé à l'impopularité. Et il rompt, assuré de retomber sur ses pieds, car le président avait accepté de le nommer à la présidence de la Française des Jeux. Pilhan et moi n'étions pas non plus enthousiastes, mais Jacques a dit qu'il ferait son possible pour aider le président et, pour ma part, je marchais sur des œufs car on disait partout que je rêvais d'aller à Matignon. »

Selon Jacques Pilhan [2], « la nomination de Cresson me paraissait regrettable et ne correspondait pas aux résultats des tests que le président nous avait demandés. Mais il avait pris sa décision, son choix était ferme et définitif. Il n'y a donc pas eu de discussion mais il nous a laissés parler. J'ai dit que nous entrions dans un scénario catastrophe et que la seule façon de jouer cette partie était de suivre un "plan médias" sur deux ans. Mais, sur le fond, sa décision était prise et elle lui appartenait. Notre rôle avec Colé n'a jamais été de lui conseiller une politique mais d'en organiser la communication ».

François Mitterrand [3] : « Colé et Pilhan ont voulu me parler et je les ai reçus. Mais il était totalement exclu que je les consulte sur des questions politiques. Quant aux autres conseillers qui se disaient défavorables, c'est sans doute que certains s'y voyaient, eux, plutôt qu'elle ! » Le président prend un air éloquent quand on lui demande s'il pense là à Jean-Louis Bianco et à Michel Charasse.

Tandis que le chef de l'État quitte le palais pour déjeuner à L'Escargot, rue Montorgueil, avec sa fille, Robert Badinter et Charles Salzmann, la plupart des membres de son cabinet se retrouvent, comme chaque mercredi, dans la petite salle à manger de l'aile Marigny.

Le ton des propos échangés au cours de ces agapes est généralement très libre. Michel Charasse y trouve un public

1. Entretien le 15 février 1993.
2. Entretien le 2 mars 1993.
3. Entretien le 29 mars 1994.

qui goûte ses histoires et plaisanteries paillardes, auvergnates ou bouffe-curé. Cette fois, même s'il s'en défend [1], le ministre du Budget et plusieurs de ses commensaux sonnent la curée. Plusieurs convives, gênés d'en parler, se souviennent de propos grossiers à l'égard d'Édith Cresson et de critiques féroces contre le choix du président.

Pour Anne Lauvergeon [2], « le gratin des conseillers politiques s'est livré à une descente en flammes immédiate d'Édith Cresson, donnant le ton des campagnes futures. Ils discutaient ouvertement du choix du président. Cresson venait contrecarrer les plans d'un certain nombre d'entre eux qui aspiraient à devenir Premier ministre. J'étais stupéfaite et choquée. Ils plaçaient ça sur le plan personnel. C'était un procès *a priori* et ma solidarité à l'égard d'Édith est née ce jour-là ».

Dans l'après-midi, le porte-parole de l'Élysée Hubert Védrine annonce officiellement le remplacement de Michel Rocard par Édith Cresson.

Tandis que le président se rend dans le studio de la rue de l'Élysée pour enregistrer l'allocution radiotélévisée qui sera diffusée à 20 heures, les conseillers se retrouvent dans les salons de l'hôtel Marigny pour une réception offerte à l'occasion du départ de trois d'entre eux. Les auteurs se souviennent des mines contrites et des commentaires dubitatifs des uns et des autres. Bref, c'était l'effarement dans le Landerneau élyséen. Quand le président fait son apparition, on se presse autour de lui et on parle d'autre chose…

A l'heure des journaux télévisés, François Mitterrand explique aux Français qu'il a demandé à Édith Cresson, dont il salue la « compétence » et le « caractère », de former le gouvernement. « Elle m'est apparue comme la plus apte à muscler davantage encore notre économie et à porter nos

1. Interrogé par les auteurs, le 30 juin 1994, Michel Charasse se contente d'un : « Dans la maison, certains ont râlé, c'était plutôt négatif comme réaction. Mais, moi, je ne prends jamais position sur le choix d'un Premier ministre par un président de la République. Je n'avais pas à en juger, c'est comme le choix d'une femme par un homme. »

2. Entretien le 27 janvier 1994.

industries au plus haut avant l'ouverture du Grand Marché unique, le 1er janvier 1993. » Un mot pour le sortant qu'il « remercie pour l'œuvre accomplie » et auquel il dit sa certitude qu'« il saura, le moment venu, rendre d'autres services au pays ».

Quel regard Mitterrand et Rocard portent-ils, avec le recul, sur cette période passée ensemble à la tête du pays ?

Un an avant de quitter le pouvoir, François Mitterrand [1] se déclare « déçu » par l'action de Michel Rocard à Matignon : « Sa fameuse méthode se caractérisait par une absence de prise de décision qui tenait ou bien à un problème de caractère ou bien à sa situation de candidat à l'Élysée, qui se voulait prudent, trop prudent. Je pense que les Français attendaient de lui davantage d'invention. Il n'a pas utilisé autant qu'il aurait pu le temps et les moyens dont il disposait. Il n'a pas explosé. »

Au soir de sa vie, l'ancien président [2] s'exprime avec une terrible sévérité : « C'était une erreur que de l'avoir nommé. Mais, en 1988, je craignais qu'en le tenant à l'écart, il ne provoque une scission du Parti socialiste alors qu'il était le plus populaire d'entre eux. Sur le moment, je me suis laissé un peu intoxiquer par la *vox populi*. Or, très vite, je me suis rendu compte qu'il ne faisait rien, qu'il était incapable de prendre la moindre mesure un tant soit peu impopulaire. Je n'ai eu de cesse de le lui dire. Il ne faut pas nommer à Matignon un candidat à la présidentielle. Ce sont deux choses incompatibles. Et puis son obséquiosité, son langage suranné à mon égard m'étaient devenus insupportables. J'aurais sans doute dû m'en séparer plus tôt, mais ce n'était pas si facile. »

Michel Rocard [3] éprouve la même déception : « Au fond, je n'étais qu'un employé. Avant ma nomination, il disait que je m'effondrerais au bout de six mois. Moi, j'avais cru à l'inverse à une réconciliation possible et je pensais que je

1. Entretien le 29 mars 1994.
2. Entretien le 25 septembre 1995.
3. Entretien le 7 avril 1994.

l'amènerais à constater que je n'étais pas si mauvais pour ce job. »

Deux ans plus tard[1], il exprime son ressentiment : « J'ai pu gouverner la France, mais ma vraie difficulté, ça a été d'essayer de transformer le président en un réformateur intelligent, à l'opposé des effets d'annonce et des débats fracassants dont il parlera en nommant Édith Cresson.

« Mais ma faute tactique majeure à Matignon, c'est que j'ai fait du peu visible et du peu médiatique. D'où la calomnie : "Il ne fait rien, il ne pense qu'à la présidentielle." Je considère pourtant avec arrogance que je suis loin d'avoir été l'un des plus mauvais Premiers ministres de la Ve République et c'est là une litote. »

A les entendre, cela relève presque du miracle que les deux chefs les plus charismatiques de la gauche française aient pu gouverner ensemble pendant trois ans !

En réalité, l'amertume les égare. Ils étaient d'accord sur l'essentiel en s'associant, au mois de mai 1988, pour conduire les affaires de la France. Ils ont une vision commune de l'avenir national dans l'Europe. Les différends des années 80 sur les choix économiques appartiennent au passé. Il n'y a plus, sauf pour les rares nostalgiques, de débat entre les deux cultures de la gauche socialiste.

Mais l'attelage Mitterrand-Rocard s'est ébranlé dans l'équivoque.

Pour le président, les apaisements et les réconciliations, résumées par le slogan de la « France unie », ne correspondent qu'à un moment politique, dicté par la tactique électorale et le contexte de la fin de la cohabitation.

Pour le Premier ministre, l'ouverture vers le centre et le discours consensuel sont le terreau idéal sur lequel va pouvoir s'épanouir le rocardisme : priorité au contrat sur la loi, recherche de convergences de comportements et de partenariat, au-delà des anciens clivages politiques et idéologiques.

Michel Rocard a bénéficié d'une conjoncture économique exceptionnellement favorable pour mener à bien les quelques

1. Entretien le 22 mars 1996.

réformes limitées auxquelles le conviait le programme présidentiel (RMI, ISF et Éducation nationale). Il a ainsi été en mesure de distribuer du pouvoir d'achat aux fonctionnaires, aux plus déshérités et à ceux qui revendiquaient dans la rue, sans mettre en péril les finances publiques. Il a poursuivi l'œuvre de modernisation industrielle menée par ses prédécesseurs. La croissance, davantage que l'action politique, a permis de stabiliser le chômage et de réduire le déficit commercial extérieur.

L'invention sociale, image de marque des rocardiens, a cependant eu bien du mal à se frayer un chemin dans une société soumise à la pression médiatique, à une technocratie par définition conservatrice et au carcan des directives libérales européennes. Michel Rocard restera cependant comme l'artisan de la réconciliation en Nouvelle-Calédonie, l'inventeur d'un impôt équitable et efficace, la CSG, et le modernisateur de la Fonction publique.

Michel Rocard a pu gouverner, même s'il était privé d'une majorité automatique à l'Assemblée nationale, en dépit des surenchères attisées par ses concurrents socialistes et malgré la toute-puissance du « social-monétariste » de Bercy.

Quant aux coups de pique ou de bride du « Commandeur » de l'Élysée, ils ont pu l'agacer, parfois le contrarier, mais jamais faire obstacle à l'essentiel de son action.

Sur le plan politique, Mitterrand et Rocard n'ont pas de quoi pavoiser. L'ouverture par débauchage individuel, voulue par Mitterrand, a tourné court. Les majorités d'idées chères à Michel Rocard n'ont en rien détaché durablement les centristes de la droite à laquelle leur électorat les lie indissolublement. Quant au Parti socialiste, il se retrouve, trois ans après la revanche de 1988, meurtri par ses luttes intestines et déconsidéré par une gestion catastrophique des « affaires » dont il n'a pourtant pas l'apanage.

Reste l'usure psychologique entre deux hommes trop fiers pour surmonter leur aversion réciproque. Elle était sans doute inéluctable et l'aîné n'a sans doute pas facilité la vie du cadet qui le lui rendait bien. Jean-Paul Huchon [1] approche vraisem-

1. Entretien le 22 novembre 1993.

blablement la vérité de cette relation quand il juge qu'« il ne s'agissait pas, à proprement parler, d'une haine de François Mitterrand à l'égard de Michel Rocard, mais plutôt d'une sorte de refus de l'homme. Au fond de lui-même, Mitterrand était persuadé que Rocard n'était pas le bon président pour la France ». Jean-Louis Bianco [1] voit la source psychologique de leur mésentente dans le fait que « Mitterrand et Rocard ne parlaient pas la même langue, même s'ils disaient à peu près la même chose ». Lui qui les a observés pendant trois ans estime que « le président était dur à l'égard de Rocard qui, dans son souci apparent d'être apprécié du chef de l'État, se montrait souvent maladroit ».

Au regard des déboires que connaîtront les socialistes après le mois de mai 1991, les Français peuvent regretter que Mitterrand se soit séparé de Rocard. Mais, après un bail honorable de trois ans, c'était son droit. Qu'il ait eu tort ou raison de le faire, il s'agissait de son propre septennat et sa gestion politique lui appartenait.

« Reste, au fond, que les deux hommes se complétaient bien et cela est si vrai que, tout au long de leur cohabitation, les Français se montrèrent, dans l'ensemble, satisfaits de leur action commune et ne perçurent pas les causes de leur divorce [2]. »

Paris, juillet 1996

1. Entretien le 20 novembre 1992.

2. Il n'y a rien à changer à ces lignes, pourtant écrites à propos de la séparation Pompidou-Chaban-Delmas en 1972, *in* Éric Roussel, *Georges Pompidou*, Paris, Jean-Claude Lattès, 1994, p. 514-515.

Remerciements

Les auteurs expriment leur gratitude envers : Alexandre Adler, Henry, Renée et Marie-Bénédicte Allaire, Claude Allègre, Colette Almy, Pierre Arpaillange, Jacques Attali, Jean Auroux, Robert Badinter, Édouard Balladur, Raymond Barre, Igor Barrère, Claude Bartolone, Thierry de Beaucé, Dominique Bertinotti, Jean-Louis Bianco, Joachim Bitterlich, Édith Boccara, Hervé Bourges, Bernard Bosson, Alain Boublil, Roger Bouzinac, Nicolas Brimo, Guy Carcassonne, Françoise Carle, Willem Caudri, Jean-Louis Chambon, Michel Charasse, Pierre Chassigneux, Jean-Pierre Chevènement, Michèle Cotta, Édith Cresson, Bruno Delaye, Jacques Delors, Renaud Denoix de Saint-Marc, Harlem Désir, Roger Douez, Julien Dray, Christiane Dufour, Roland Dumas, Georgette Elgey, Henri Emmanuelli, Claude Estier, Claude Évin, Laurent Fabius, Abel Farnoux, Pierre Feuilly, Lionel Fleury, Jean-Michel Gaillard, André Gauron, Hans Dietrich Genscher, Jean Glavany, Andreï Gratchev, Geneviève Guicheney, Elisabeth Guigou, Georges Hage, Hervé Hannoun, Loïc Hennekinne, François Heisbourg, François Hollande, Jean-Paul Huchon, Jean-Jacques Hyest, Patrick Jarreau, Lionel Jospin, Pierre Joxe, Claude Juvénal, Jean Kahn, Claude de Kémoularia, Philippe Kieffer, Georges Kiejman, Helmut Kohl, Bernard Kouchner, Bertrand Labrusse, Brice Lalonde, Pascal Lamy, Jack Lang, Gérard Longuet, Jacques Lanxade, Anne Lauvergeon, Jean-Claude Lebossé, Gérard Leclerc, François Léotard, Jasmine Lévy, Caroline de Margerie, Bertrand Marcincal, Pierre Mauroy, Louis Mermaz, Jean-Pierre Michel, Jean Miot, Jean-Christophe Mitterrand, François Mitterrand, Gérard Moine, Florence Muracciole, Jean Musitelli, Henri Nallet, Christian Nique, Marie-Claire Papegay, Michel Pezet,

Jean Peyrelevade, Jacques Pilhan, Jean Poperen, Jean-François Probst, Christian Quesnot, Paul Quilès, Michel Rocard, Philippe Rondot, Patrick Rotman, Olivier Rousselle, Michel Roussin, Michel Sapin, Nicolas Sarkozy, Anne Sastourné, Jean-Pierre Soisson, Dominique Strauss-Kahn, Jacques Toubon, Michel Vauzelle, Hubert Védrine, Philippe de Villiers, Gérard Welzer, et tous ceux qui ont préféré conserver l'anonymat.

Nos vifs remerciements s'adressent aussi à nos consœurs et confrères des services de documentation de l'Agence France-Presse et du journal *Le Monde*.

Index

Table

Douzième partie :
UNE ALLEMAGNE CONTRE UNE EUROPE

Treizième partie :
L'EFFRITEMENT

Quinzième partie :
LES DISSENTIMENTS

COMPOSITION : IGS CHARENTE-PHOTOGRAVURE À L'ISLE D'ESPAGNAC
IMPRESSION : MAURY-EUROLIVRES S.A. À MANCHECOURT
DÉPÔT LÉGAL : SEPTEMBRE 1997 – N° 32367 (97/08/60218)